Les yeux bleus

Thomas Hardy

Les yeux bleus

Roman traduit de l'anglais
par Georges Goldfayn

Éditions Joëlle Losfeld

Titre original : *A Pair of Blue Eyes*

106, boulevard Saint-Germain – 75006 Paris

ISBN : 2-7436-0928-1
ISSN : 1160-0977

Une violette dans la prime saison de la nature,
Précoce et fugitive, au parfum suave mais éphémère ;
Le simple plaisir d'un instant,
Pas plus[1].

1. Shakespeare, *Hamlet*, I,3.

1

« Une belle vestale dont le trône se dresse en Occident[1] »

Elfride Swancourt était une jeune fille aux émotions à fleur de peau. Seuls ont connu leur nature précise – et les changements que le passage du temps leur a imprimés – ceux qui ont suivi les détails de son histoire.

Des particularités très intéressantes se mélangeaient en sa personne, et c'est cette combinaison qui était singulière, bien plutôt que les éléments qui la constituaient. De fait, pendant une conversation avec elle, vous ne remarquiez nullement le dessin de ses traits ; et la charmante capacité de retenir un interlocuteur de scruter son aspect n'était pas liée à une conduite étudiée (car ses façons étaient largement enfantines) mais à l'attrayante spontanéité de ses remarques. Elle avait vécu toute sa vie dans l'isolement, à l'abri du *mostrari digito*[2] de la flatterie masculine, et, à dix-neuf ou vingt ans, sa conscience sociale n'était pas plus avancée que celle d'une citadine de quinze ans.

Une chose cependant vous frappait en elle : ses yeux.

1. Shakespeare, *Le Songe d'une nuit d'été,* II, 1.
2. Latin, littéralement : « montré du doigt ».

Ses yeux la résumaient tout entière ; il n'était pas besoin de chercher plus loin, c'est là qu'était sa vie.

Ces yeux étaient bleus ; bleus comme les lointains en automne – du bleu des brumes que l'on voit se retirer des collines et de leurs pentes boisées par un matin ensoleillé de septembre. Un bleu vaporeux, diffus, où le regard plonge plutôt qu'il ne s'y arrête.

Quant à sa présence, elle était loin d'être puissante : Elfride n'en avait guère. Certaines femmes parviennent à imprégner toute une salle de banquet de leur personnalité ; la sienne n'était guère plus envahissante que celle d'un chaton.

Elfride avait pour son propre compte cette gentillesse qui apparaît sur le visage de la *Madone à la chaise*, mais pas son expression extatique ; la chaleur et l'esprit du genre de traits féminins les plus communs aux beautés – mortelles et immortelles – de Rubens, sans leur aspect bien en chair. Elle prenait parfois l'expression caractéristique des visages féminins du Corrège – celle de pensées ardentes trop profondes pour les larmes –, mais rarement dans des conditions ordinaires.

Le moment où l'on peut dire que la vie d'Elfride Swancourt a définitivement pris un cours plus profond fut cet après-midi d'hiver où, en qualité de maîtresse de maison, elle se trouva face à face avec un homme qu'elle n'avait jamais vu auparavant et qu'elle considérait avec la curiosité d'une Miranda[1] et un intérêt qu'elle n'avait jamais jusque-là accordé à un mortel.

Ce jour-là, son père, veuf et pasteur d'une petite paroisse du Bas-Wessex, souffrait d'une attaque de goutte. Lorsqu'elle eut accompli ses devoirs de maîtresse de maison, Elfride commença à s'agiter, et, quittant la pièce à plusieurs reprises, elle grimpa l'escalier,

1. Dans *La Tempête* de Shakespeare, Miranda n'a jamais vu d'autre être humain que son père.

vint frapper à la porte de la chambre de son père pour lui dire quelques mots, et celui-ci lui répondait à chaque fois d'une voix joviale.

« Papa », dit-elle à l'une de ces occasions au quinquagénaire avenant, en robe de chambre sur le lit, qui soufflait et éructait comme une bouteille de mousseux, laissant échapper de temps à autre des bouts de paroles qui semblaient bien être des jurons, « papa, ne descendrez-vous pas ce soir ? »

Elle articulait soigneusement, car il était dur d'oreille.

« Peur que non, heu ! heu ! bien peur que non, Elfride ; pff ! pff ! je ne peux même pas supporter un mouchoir sur mon satané orteil ; encore moins une chaussette ou une pantoufle. Pff ! pff ! Voilà que ça recommence. Non je ne me lèverai pas avant demain.

– Alors j'espère que ce monsieur de Londres ne viendra pas ; car je ne saurais que faire, papa.

– Ce serait certainement bien ennuyeux.

– Je doute qu'il vienne aujourd'hui.

– Pourquoi ?

– Parce qu'il y a beaucoup de vent.

– Du vent ! Quelle drôle d'idée, Elfride ! Depuis quand le vent empêche-t-il un homme de faire son travail ? Comme c'est stupide, cette attaque de goutte !... S'il vient, envoie-le moi d'abord, puis donne-lui à manger et montre-lui sa chambre. Oh là là ! Que tout cela est ennuyeux !

– Faudra-t-il lui préparer un dîner ?

– Ce serait trop lourd, après la fatigue du voyage.

– Du thé ?

– Pas assez substantiel.

– Une collation, alors ? Du poulet froid, de la terrine de lapin, des petits pâtés, des choses de ce genre ?

– Oui, une collation.

– Devrai-je lui servir son thé, papa ?

– Bien sûr, tu es la maîtresse de maison.

– Quoi, rester assise en face de cet étranger comme

si je le connaissais, alors qu'il n'y a personne pour nous présenter !

– Cette question des présentations est une sottise, mon enfant. Tu es plus intelligente que cela ! Après avoir fait route depuis le petit matin, il sera fatigué, affamé et peu d'humeur ce soir à lier conversation et à se montrer galant. Il ne désirera que de la nourriture et du repos, et tu vas t'en occuper tout simplement parce que je suis empêché de le faire. Il n'y a là rien de bien terrible, il me semble ! Qu'est-ce que tu vas te fourrer dans la tête à lire tous tes romans ?

– Oh ! non, il n'y a là rien de bien terrible quand cela devient un cas de force majeure. Mais c'est que vous êtes toujours présent quand il y a des gens à dîner, même quand ce sont des familiers ; alors que cet homme de Londres est un parfait étranger et qu'il trouvera peut-être votre absence bizarre.

– Bah ! peu importe.

– Est-il l'associé de M. Hewby ?

– Je ne crois pas, mais c'est possible.

– Je me demande quel âge il a.

– Je ne saurais dire. Tu trouveras la copie de ma lettre à M. Hewby et sa réponse sur ma table de travail. Tu n'as qu'à les lire et tu en sauras autant que moi sur notre visiteur.

– Je les ai lues.

– Pourquoi me questionnes-tu, alors ? Je ne sais rien de plus. Aïe !... Petite peste ! Ne mets rien sur mon pied ! Je ne supporterais même pas le poids d'une mouche.

– Oh ! pardon, mon papa ! Je n'y pensais plus et je voulais vous protéger du froid », dit-elle en débarrassant prestement le malade de la couverture qu'elle avait jetée sur ses pieds. Elle attendit que l'expression de mauvaise humeur eût quitté le visage de son père, sortit de la chambre et redescendit.

2

C'était un soir d'hiver

Deux ou trois heures plus tard, on eût pu voir des silhouettes mouvantes se découper sur le ciel, vers le sommet d'une colline sauvage isolée. C'étaient celles de deux hommes, assis dans un dog-cart, qui progressaient malgré la morsure du vent. Au long de tout leur morne trajet dans la rase campagne, ils avaient rarement vu une maison ou même la trace d'une présence humaine. Maintenant que la nuit commençait à s'étendre, l'intense brillance de Jupiter devant eux et l'éclat de Sirius au-dessus de leurs épaules s'ajoutaient à la faible lueur du crépuscule qui leur permettait d'avoir une idée du paysage. Les seules lumières visibles sur terre étaient quelques points d'un rouge sourd dans les collines lointaines ; comme le conducteur le fit gracieusement remarquer à son passager, il s'agissait de feux destinés à consumer la tourbe et les ajoncs de terrains communaux qu'on ouvrait à la culture. Le vent était à peine moins violent que pendant la journée ; trois ou quatre petits nuages, délicats et pâles, passaient dans le ciel en direction du sud, vers la Manche.

Sur les quinze milles qui séparaient la gare de chemin de fer du terme de leur voyage, ils en avaient déjà parcouru treize, quand ils parvinrent au bord d'une vallée, large de quelques milles, où les restes hivernaux d'une végétation plus luxuriante que jusque-là attestaient une plus grande richesse de la terre et où les clôtures et l'entretien témoignaient de plus de soin que sur les pentes qu'ils venaient de franchir. Un peu plus loin, une trouée dans un rideau d'ormes qui s'étirait dans cette vallée fertile leur révéla un manoir.

« C'est le château d'Endelstow, la propriété de lord Luxellian, dit le conducteur.

– Le château d'Endelstow, propriété de lord Luxellian », répéta l'autre, machinalement.

Il se tourna à demi et examina attentivement les bâtiments presque invisibles, avec un intérêt qu'un tableau si indistinct ne semblait pas de nature à mériter.

« Oui, c'est bien la propriété de lord Luxellian », reprit-il au bout d'un instant.

Son regard était toujours fixé dans la même direction.

« Quoi ? C'est-y là que nous allons ?

– Non, au presbytère d'Endelstow, comme je vous ai dit.

– J'pensais que vous aviez changé d'idée, comme vous avez pas arrêté de regarder par là.

– Oh non ! Le château m'intéresse, c'est tout.

– Comme tout le monde, à c'qu'on dit.

– Mais pas de la même façon que la mienne.

– C'est que, ma foi, sa famille est pas meilleure que la mienne, j'crois bien.

– Comment cela ?

– En principe, ils taillaient des haies et creusaient des fossés. Mais il arriva à l'un d'entre eux – je vous parle de temps anciens –, pendant qu'il était au travail, d'échanger ses vêtements avec le roi Charles II, ce qui sauva la vie à celui-ci. Le roi était venu à lui comme un homme du peuple et lui avait fait brusquement : « Toi, l'homme à la blouse, mon nom est Charles II, veux-tu me prêter tes vêtements ? – Ça m'dérange pas », répondit le cantonnier Luxellian. Et ils firent l'échange sur-le-champ. « Maintenant, fais bien attention », reprit le roi Charles comme un homme du peuple, au moment où il partait à cheval, « si jamais j'accède à la couronne, viens à la cour, frappe à la porte et demande de manière assurée : « Est-ce que le roi Charles II est chez lui ? » Dis ton nom, on te laissera entrer, et tu seras fait lord. » N'est-ce pas que c'était bien gentil de la part de maître Charlie ?

– Très gentil.

– Eh bien, d'après la suite de l'histoire, le roi est monté sur le trône, et, quelques années plus tard, le cantonnier Luxellian s'en vint cogner à la porte du roi et demanda si le roi Charles II était là. « Non », lui fut-il répondu. « Et Charles III alors ? » reprit le cantonnier Luxellian. « Oui », dit un jeune gars qui se tenait là comme un homme du peuple, sauf qu'il portait une couronne. Et...

– Je crois vraiment qu'il y a là une erreur. Je ne me rappelle rien dans l'histoire anglaise sur Charles III, dit l'autre avec une intonation de légère remontrance.

– C'est pourtant bien historique, sauf qu'on l'a jamais imprimé ; c'était, si vous vous rappelez, un homme d'un tempérament assez étrange.

– Fort bien ; continuez.

– Coûte que coûte, le cantonnier Luxellian fut fait lord, et tout s'est fort bien passé jusqu'à ce que, quelque temps plus tard, il eût une terrible querelle avec Charles IV...

– Je ne peux pas supporter ce Charles IV. Ma parole, c'en est trop !

– Pourquoi ? Il y a bien eu un George IV, n'est-ce pas ?

– Certainement.

– Eh bien, les Charles sont aussi communs que les George. Quoi qu'il en soit, j'en dirai pas plus... Ma foi, c'est le monde le plus drôle où j'aie jamais vécu... sur ma vie, c'est bien vrai ! Ah, dire que les choses peuvent se passer ainsi !... »

Pendant cette conversation, le crépuscule était devenu nuit noire et les contours du château avaient progressivement disparu. Les fenêtres, qui peu auparavant semblaient des taches noires sur les murs plus clairs, s'illuminèrent et découpèrent des carrés de lumière dans le paysage nocturne qui avait absorbé jusqu'aux contours des bâtiments dans sa noirceur uniforme.

Plus un mot ne fut échangé. Les voyageurs grimpèrent une colline, à laquelle une autre succéda. Il y eut ensuite un mille de terrain plat sur une haute terre d'où l'on pouvait distinguer, sur la côte dont ils approchaient, deux phares marquant l'horizon de leur calme éclat bienveillant. La paroisse où ils se rendaient semblait ne pas être loin de la côte, quelque part entre Carn Beak et Tintagel. Ils atteignirent une nouvelle oasis, un petit vallon qui s'étendait à leurs pieds, vers lequel le conducteur poussa les chevaux sur une pente raide plongeant à pic sous les arbres, comme dans un terrier de lapin. Ils s'enfoncèrent de plus en plus.

« Le presbytère d'Endelstow est de ce côté, reprit l'homme qui tenait les rênes. Par ici, on est à Endelstow-Ouest. Le domaine de lord Luxellian est à Endelstow-Est et il a sa propre église. Le pasteur Swancourt dessert les deux villages et va sans cesse de l'un à l'autre. Ma foi, c'est un monde bien drôle ! J'crois bien qu'il y avait jadis une carrière là où s'élève cette maison. L'homme qui l'a bâtie dans le temps a gratté toute la terre qu'il a trouvée dans tout le bénéfice ecclésiastique pour la mettre autour du presbytère ; dans le sol qu'il a ainsi rassemblé, il a planté un petit paradis d'arbres et de fleurs, tandis que les champs qu'il avait grattés n'ont plus jamais été bons à rien.

– Depuis quand le pasteur est-il en exercice ?

– Un an, peut-être, ou dix-huit mois ; moins de deux ans, car il n'est pas encore scandalisé ; et en règle générale les paroissiens commencent à scandaliser un pasteur seulement au bout de deux ans de familiarité avec lui. Mais c'est quelqu'un de bien. Oui, le pasteur Swancourt me connaît bien parce que je viens souvent jusqu'ici ; et moi, je connais bien le pasteur Swancourt. »

En sortant de la charmille, ils décrivirent une courbe ; les cheminées et les pignons s'accusèrent, tout noirs. Il n'y avait pas la moindre lumière. Ils mirent pied à terre ; l'un d'eux tâtonna jusqu'au porche et tira la sonnette.

Au bout de trois ou quatre minutes d'attente silencieuse sans obtenir la moindre réponse, l'étranger refit son geste d'une manière plus énergique. Il crut entendre des pas dans le couloir et voir tourner le bouton de la porte, mais personne n'apparut.

« P't'êt qu'i'sont partis, soupira le conducteur. Moi qui me promettais de manger un morceau dans la cuisine du pasteur Swancourt. C'est qu'i'z'ont ici des pâtés de viande, des gâteaux aux figues et du cidre qui sont bien bons, avec quelques gouttes de cordial.

– Ça va, voisins ! Faut que vous soyez bien riches ou bien pauvres pour venir jusqu'au bout du monde à pareille heure de la nuit ! » s'exclama une voix à ce moment-là.

Tournant la tête, ils virent un bonhomme malingre qui avait fait le tour par la porte de derrière et arrivait en balançant une lanterne à la main.

« Comment ça, pareille heure ? Sept coups viennent à peine de sonner. Apportez de la lumière, William Worm, et faites-nous entrer.

– Oh ! c'est vous, Marc Lickpan ?

– Personne d'autre, William Worm.

– L'visiteur est venu avec vous ?

– Oui, fit l'étranger. M. Swancourt est-il chez lui ?

– Oui, m'sieur. Ça vous ferait-i rien de passer par l'arrière de la maison ? La grande porte est coincée à cause d'l'humidité, comme ça arrive de temps en temps, et même un Turc pourrait pas l'ouvrir. L'bon Dieu a pas permis que j'sois bien solide, m'sieur, mais j'peux toujours vous montrer le chemin. »

Le nouvel arrivant suivit son guide à travers une petite porte percée dans le mur et traversa l'arrière-cuisine, puis la cuisine, les yeux fixés à terre devant lui, car une horreur innée de paraître indiscret lui interdisait de promener son regard sur l'envers d'un arrangement domestique. Arrivé dans le hall, il était sur le point d'être conduit à sa chambre quand sortit du couloir de l'entrée principale la forme d'Elfride, venue s'enquérir de la cause du retard. Son sursaut d'étonnement à la vue du visiteur surgi de sous l'escalier prouva qu'elle ne s'attendait nullement à ce surprenant mouvement de flanc, entièrement dû à la candeur de William Worm.

Elle apparut dans la plus séduisante des tenues féminines, c'est-à-dire mi-vêtue, avec une cascade de boucles de cheveux dénoués sur les épaules. Une expression de gêne envahit son visage, et elle ne sut pas se montrer assez femme pour cette situation. Le visiteur retira son chapeau, et les premières paroles furent échangées ; Elfride commença à regarder avec un certain intérêt mêlé de surprise celui envers qui elle devait s'acquitter des devoirs de l'hospitalité.

« Je suis M. Smith, dit l'étranger d'une voix mélodieuse.

– Et moi, Mlle Swancourt », répondit Elfride.

Son embarras avait disparu. Il y avait un tel contraste entre la réalité qui était devant elle et le vieil homme d'affaires, sombre, taciturne et sévère dont elle avait imaginé la menace – un homme aux habits sentant la fumée de la ville, au teint cireux par manque de soleil, aux propos mordants – qu'Elfride sourit de soulagement ; qu'elle éclata presque de rire au nez du nouveau venu.

Stephen Smith, que l'obscurité nous avait caché jusqu'ici, n'était à ce moment de sa vie qu'un adolescent par le physique et pas encore un homme quant à l'âge.

À en juger d'après son aspect, Londres était le dernier lieu du monde d'où on l'eût cru venu : une telle apparence ne pouvait pas se nourrir de fumée, de boue, de brouillard et de poussière ; un visage si ouvert ne pouvait même avoir rien vu de « la fatigue, la fièvre et les tracas [1] » de la Seconde Babylone.

Son teint était aussi pur que celui d'Elfride ; le rose de ses joues presque aussi délicat. La forme de sa bouche avait la perfection de l'arc de Cupidon et la même nuance rouge cerise que celle de la jeune femme. Une éclatante chevelure bouclée, des yeux brillants d'un bleu gris ; une façon de rosir comme un gamin ; ni barbe ni moustache, car la légère ombre brune de sa lèvre supérieure ne méritait guère ce nom ; tel était cet homme d'affaires londonien dont la venue avait tant inquiété Elfride.

Elle s'empressa de lui dire qu'à son grand regret Swancourt ne pouvait pas l'accueillir ce soir-là et lui en donna la raison. D'une voix jeune qu'il s'efforçait de rendre virile, M. Smith répondit qu'il était désolé d'apprendre cette nouvelle mais qu'il ne se plaignait pas le moins du monde de sa réception.

Stephen fut alors conduit à sa chambre. Dès qu'il fut parti, Elfride se glissa furtivement dans celle de son père.

« Il est arrivé, papa. Qu'il est jeune, pour un homme d'affaires !

– Ah, vraiment ?

– Il est joli de visage, ma foi, comme moi.

– Hum ! C'est tout ?

– C'est tout ce que j'en ai vu jusqu'à maintenant. C'est déjà très bien, n'est-ce pas ?

– Nous verrons, quand nous le connaîtrons mieux. Descends lui donner à boire et à manger, pour l'amour du ciel ! Et quand il sera rassasié, dis-lui que j'aimerais

1. John Keats, *Ode à un rossignol*, st. 3.

échanger quelques mots avec lui, s'il veut bien monter jusqu'ici. »

La demoiselle redescendit avec grâce.

Pendant qu'elle attend le jeune Smith, nous allons pouvoir prendre connaissance des lettres se référant à cette visite.

1 – M. Swancourt à M. Hewby

Presbytère d'Endelstow, le 18 février 18.

Monsieur,

Nous songeons à faire restaurer la tour et une aile de l'église paroissiale. Lord Luxellian, le seigneur du comté, a indiqué votre nom comme celui de l'architecte le plus digne de confiance pour lui demander de diriger les travaux.

J'ignore tout à fait par quoi il faut commencer. Si, comme lord Luxellian le suppose, vous étiez disposé à nous venir en aide, le plus simple serait que vous-même ou quelque autre membre de votre équipe vinssiez au préalable examiner l'édifice et présenter des conclusions sur ce qui conviendrait le mieux.

Les lieux sont très écartés : il n'y a pas de gare à moins de quinze milles, et pour loger en ville à Castle Boterel – qui est plutôt un gros village, d'ailleurs – il faut faire dix milles de plus ; aussi vaudrait-il mieux descendre au presbytère – que je serais heureux de mettre à votre disposition – plutôt que de pousser jusqu'à l'hôtel pour revenir le matin.

N'importe quel jour de la semaine prochaine qui vous conviendra pour venir nous trouvera prêts à vous recevoir.

Agréez, monsieur, mes salutations distinguées.

Christopher Swancourt

2 – M. Hewby à M. Swancourt
Percy Place, Charing Cross, le 20 février 18..

Monsieur,

Dès réception de votre lettre du 18 courant, je me suis occupé de vous envoyer quelqu'un pour évaluer les dégradations survenues dans l'aile et la tour de votre église et pour lever les plans nécessaires à leur restauration.

Dans ce but, mon assistant, M. Stephen Smith, quittera Londres par le premier train, demain matin. Grand merci pour votre offre hospitalière. M. Smith l'accepte avec plaisir et arrivera probablement chez vous à la fin de l'après-midi. Vous pouvez avoir pleine confiance en lui et vous fier à sa compétence en matière d'architecture d'église.

Dans l'espoir que les projets de restauration que je dresserai d'après les éléments de son enquête vous plairont, ainsi qu'à lord Luxellian, je vous prie d'agréer, monsieur, mes salutations empressées.

Walter Hewby

3

De mélodieux oiseaux chantent des madrigaux [1]

Son premier repas au presbytère d'Endelstow fut très agréable au jeune Stephen Smith. La table était couverte de ces mets disparates dont Elfride avait parlé à son père, pour constituer une de ces collations qui plaisent à tous ceux qui se trouvent éloignés de la ville et particulièrement aux jeunes appétits. L'œil se délectait au spectacle d'une jolie décoration de fleurs et de feuillages d'hiver, de côtelettes, d'un poulet, de pâtisseries, etc., et de deux énormes pâtés qui débordaient les côtés d'un plat avec un air d'abondance.

Au bout de la table, près de la cheminée, était disposé le service à thé, en vieille porcelaine de Worcester, derrière lequel se tenait la fluette Elfride, affectant un air de digne matrone pour servir le thé et se préoccuper gravement de marmelade, de miel et de crème fouettée. Comme elle avait dîné avant l'arrivée du jeune homme, elle découvrit avec embarras qu'il ne lui restait rien d'autre à faire que de parler, dès lors qu'elle ne lui apportait plus assistance. Elle lui demanda la permission de terminer une lettre qu'elle avait commencé d'écrire à

1. Christopher Marlowe, *Le Berger passionné à son amour*, I, 8.

une table voisine, mais, à peine s'y était-elle mise, le remords de se montrer grossière l'envahit.

Constatant cependant qu'il ne semblait pas choqué de sa conduite, et que lui-même était embarrassé de la voir surveiller sa tasse pour la remplir à nouveau, Elfride se sentit plus à l'aise ; lorsqu'il heurta par mégarde le pied de la table et manqua renverser sa tasse de thé comme un collégien, elle se sentit maîtresse de la situation, et sa parole se libéra. Au bout de quelques minutes, leur ingénuité et la proximité de l'âge leur avait fait oublier qu'ils étaient des étrangers qui venaient à peine de se rencontrer. Stephen commença à raconter des anecdotes liées à sa faible expérience professionnelle ; quant à elle, qui ne pouvait se prévaloir d'aucune expérience, elle raconta avec beaucoup d'animation des histoires contées par son père, lequel eût été bien étonné de voir avec quelle fidélité elle les rapportait. Somme toute, c'était une très intéressante image des « doux vingt ans [1] » que l'on pouvait voir ce soir-là dans la maison de M. Swancourt.

Stephen dut ensuite monter à l'étage parler à tue-tête au pasteur et recevoir, au milieu d'onomatopées douloureuses, nombre d'excuses pour avoir été introduit sans cérémonie dans une chambre à coucher.

« Mais, continua M. Swancourt, j'éprouvais le besoin de vous dire quelques mots sans attendre demain matin quant à l'objet de votre visite. On épuise sa patience à rester toute la journée prisonnier au lit par le caprice soudain d'un mal ennemi, encore que je n'aie eu jusqu'ici que peu à souffrir de la goutte. Elle s'est étendue à mon autre orteil en douceur, et je compte bien qu'elle se sera éclipsée au matin. J'espère que vous avez été bien soigné en bas ?

1. Shakespeare, *La Douzième Nuit*, III, 3, 48-49 :
Ainsi, puisqu'il faut cueillir sa jeunesse,
Embrassez-moi, mes doux vingt ans.

– À la perfection. Il est malheureux que vous soyez alité, et je le déplore. Surtout, je vous supplie de ne pas vous soucier de ma présence dans cette maison.

– Je n'en ferai rien. Mais je serai levé demain. Ma fille est un excellent médecin. Une dose ou deux de ses baumes me guérissent plus vite que toutes les médications du monde. Venons-en à l'église. Prenez donc un siège. Nous ne faisons pas longtemps des manières ici ; comme un visiteur reste rarement longtemps avec nous, nous ne pouvons pas perdre du temps en formalités, sinon il sera parti avant que nous ayons pu faire véritablement connaissance. L'état de notre tour, comme vous le verrez, n'en permet plus la restauration, mais l'église tient encore assez bien, si l'on fait la comparaison avec quelques autres églises du comté aux sols défoncés et aux murs croulant sous le lierre.

– Mon Dieu !

– Oh, cela n'est rien ! Les paroissiens d'un de mes collègues du voisinage, quand il pleut pendant le service, sont obligés de garder leur parapluie ouvert jusqu'à ce que l'eau cesse de dégouliner du toit. Maintenant, si vous voulez bien me passer ces papiers et ces lettres que vous voyez sur la table, je vais vous montrer où nous en sommes. »

Stephen traversa la pièce pour aller les chercher, et le pasteur parut remarquer plus précisément combien le visiteur était élancé.

« J'imagine que vous êtes compétent ? interrogea-t-il.

– Tout à fait, répondit le jeune homme en rougissant légèrement.

– Vous êtes très jeune. Je vois bien que vous n'avez pas plus de dix-neuf ans.

– J'en ai passé vingt.

– Ce n'est pas même la moitié de mon âge. J'ai passé la cinquantaine... »

La conversation se poursuivit un certain temps. Une pensée vint alors à M. Swancourt :

« Au fait, vous m'avez dit que votre nom complet était Stephen Fitzmaurice Smith et que votre grand-père était originaire de Coxbury. Pendant que nous parlions, il m'est venu à l'idée que je connaissais quelque chose de vous. Vous appartenez à une ancienne et célèbre famille du comté – pour le moins, ce ne sont pas des Smith ordinaires.

– Je ne crois pas que nous soyons du même sang.

– Taratata ! Vous devez l'être. Passez-moi le *Répertoire de la noblesse terrienne*. Voyons voir. Voilà, Stephen Fitzmaurice Smith – il repose dans l'église Sainte-Marie, n'est-ce pas ? Eh bien, c'est de cette famille que sont issus les Leaseworthy Smith et, de manière collatérale, le général Sir Stephen Fitzmaurice Smith de Caxbury...

– Oui, j'ai vu son monument là-bas, s'écria Stephen. Mais il n'y a aucun rapport entre sa famille et la mienne ; c'est impossible.

– À votre connaissance, peut-être pas. Mais voyez les choses comme ceci, mon cher monsieur... »

Le pasteur souligna son propos d'un coup de poing sur la colonne du lit.

« Vous voilà Stephen Fitzmaurice Smith, vivant à Londres mais venant de Caxbury. Et voici, dans ce livre, un arbre généalogique des Stephen Fitzmaurice Smith du manoir de Caxbury. Il se peut que vous ne soyez plus qu'une famille de personnes exerçant des professions libérales. Je ne suis pas indiscret : je ne pose pas ce genre de questions ; ce n'est pas à moi de le faire. Mais il est aussi évident qu'un nez au milieu de la figure que c'est de là que vous êtes originaire ! Et M. Smith, je vous félicite pour votre sang ; du sang bleu, monsieur ! Et, le monde étant ce qu'il est, c'est une couleur très désirable.

– Puissiez vous me féliciter pour quelque qualité plus tangible ! dit le jeune homme, aussi triste que modeste.

– Taratata ! Cela viendra avec le temps. Vous êtes jeune, vous avez toute la vie devant vous. Maintenant, regardez... voyez dans quelles brumes de l'Antiquité s'enfoncent les racines de ma propre famille Swancourt. Voilà Geoffrey, poursuivit-il en se référant à une page du livre, celui de mes ancêtres qui a perdu une baronnie parce qu'il s'adonnait aux plaisanteries. Ah, voilà de quelle espèce nous sommes ! Mais c'est une histoire trop longue pour vous la raconter maintenant. Oui, je suis un pauvre homme... un pauvre gentilhomme, en fait : ceux dont j'aimerais être l'ami ne veulent pas être amis avec moi ; ceux qui souhaitent être de mes amis, je me trouve trop au-dessus de leur rang pour y consentir. En dehors de dîners avec deux ou trois collègues du voisinage et d'une conversation occasionnelle – ou parfois d'un dîner – avec lord Luxellian, une relation à moi, je suis dans une absolue solitude... absolue.

– Vous avez vos études, vos livres et... votre fille.

– Oh oui, oui, je ne me plains pas de ma pauvreté. *Canto coram latrone*[1]. Eh bien. M. Smith, ne me laissez pas vous retenir plus longtemps dans une chambre de malade. Ah ! Cela me rappelle une histoire que j'ai entendue dans mon jeune temps. »

Ici, le pasteur eut une série de petits gloussements de rire discrets ; et Stephen, l'air interrogateur.

« Oh non, non ! C'est... trop horrible pour que je le raconte, poursuivit M. Swancourt avec une sinistre hilarité sous-entendue. Eh bien ! descendez ; ma fille fera de son mieux pour vous distraire ce soir. Demandez-lui de chanter... elle chante fort bien et s'accompagne elle-même. Bonsoir, j'ai l'impression de vous connaître depuis cinq ou six ans déjà. Je vais sonner pour qu'on vous montre le chemin.

– N'en faites rien, dit Stephen, je le retrouverai tout seul. »

Et il descendit en songeant à l'agrément des manières

1. De la dixième satire de Juvénal, I, 22 : *cantavit vacuus coram latrone viator (le voyageur aux mains vides sifflera au nez du voleur).*

franches de ce pays perdu par opposition à la réserve de Londres.

« J'ai oublié de vous prévenir que mon père est assez dur d'oreille, dit Elfride avec inquiétude, lorsque Stephen entra dans le petit salon.

– Ne vous inquiétez pas. Je l'ai compris, et nous sommes de grands amis, répondit l'homme d'affaire avec enthousiasme. Et, Mlle Swancourt, voulez-vous avoir la gentillesse de chanter pour moi ? »

Cette requête parut à Mlle Swancourt excessivement brutale, ce qu'en fait elle était ; mais elle soupçonna une manigance de son père, car elle savait par expérience avec quel sans gêne son père l'utilisait pour divertir de mornes visiteurs. De plus, les façons de M. Smith étaient trop directes pour entraîner des reproches et son âge trop tendre pour inspirer la crainte ; elle était donc prête à – pour ne pas dire bien aise de – accéder à son désir. Elfride choisit dans la pile des musiques qui avaient déjà constitué dans le passé le répertoire de sa mère, s'assit au piano-forte et entonna *T'was on The Evening of a Winter's Day* d'une jolie voix de contralto. Puis elle chante *Should be upraid*, qui convenait superbement à sa voix et à son expression.

« Aimez-vous cette vieille mélodie ? s'enquit-elle après avoir terminé.

– Beaucoup, répondit Stephen, visiblement ému.

– Alors je vais vous chanter un air de Leyre que m'a communiqué une jeune Française pendant son séjour à Endelstow :

Je l'ai planté, je l'ai vu naître,
Ce beau roseau où les oiseaux, etc.

et pour finir, je vais interpréter ce que je préfère : les vers de Shelley mis en musique par ma pauvre mère : *Lorsque la lampe vole en éclats*. J'aime beaucoup chanter pour quelqu'un qui a réellement envie de m'écouter. »

Toute femme qui fait une impression durable sur un homme vit habituellement dans son souvenir telle qu'elle lui est apparue dans une scène particulière, laquelle paraît avoir été destinée à l'incarner tout entière dans le répertoire de tous les souvenirs qu'il garde. De même que chaque sainte a son attitude et ses accessoires codifiés dans les enluminures médiévales, on peut dire qu'une dulcinée a les siens fixés dans l'imaginaire de son amoureux, sans lesquels elle est rarement évoquée, à moins de gros efforts ; et cela perdure, même si elle a pu être observée par la suite en bien d'autres circonstances qu'on imaginerait plus appropriées au jeune rêve de l'amour.

L'image de Mlle Elfride choisit l'apparence sous laquelle elle fut contemplée pendant qu'elle chantait ainsi pour être la forme permanente sous laquelle elle allait désormaishanter l'esprit de Stephen, dans les heures de sommeil et de veille.

C'est le profil d'une femme en robe de soie gris perle, avec des parements en duvet de cygne, décolletée en pointe, comme un gilet porté sans chemise ; cette couleur pâle contraste admirablement avec le ton plus chaud de son cou et de son visage. La bougie placée tout au bout du piano arrive exactement à la hauteur de sa tête et, presque invisible, entoure ses boucles frisées d'un halo lumineux qui la couronne d'une auréole. Ses mains sont placées sur le clavier ; de ses lèvres entrouvertes s'échappent, en un *diminuendo* tendu, les derniers mots de la triste apostrophe :

Ô Amour, toi qui pleures
La fragilité des choses d'ici-bas,
Pourquoi choisir la plus frêle
Pour berceau, pour demeure et pour tombe[1] *!*

1. Shelley, *Lorsque la lampe vole en éclats.*

Elle se tient la tête un peu en avant, les yeux attentivement levés vers le haut de la partition qui est devant elle. Puis elle lance vers Stephen un regard rapide qu'elle ramène encore plus vite vers sa musique, pendant que son visage perd sa tristesse et se colore d'une certaine expression espiègle qui ne s'achève pourtant pas en sourire de badinage amoureux.

Stephen passa soudain de la droite à la gauche de la jeune femme et alla se coincer sur la petite ottomane encadrée par le piano et l'angle de la pièce. Sous le regard triste et rêveur du jeune homme constamment fixé sur son visage, les joues d'Elfride s'empourprèrent un peu plus à chaque vers. À la fin du poème, elle se tut et resta sans bouger une minute ou deux, avant d'oser tourner les yeux vers lui et de constater que ses traits exprimaient une tristesse indescriptible.

« Vous ne devez pas entendre beaucoup de chants, M. Smith, pour être si impressionné par les miens.

– Plus que la chanson, c'était peut-être la voix qui m'impressionnait, c'est-à-dire vous, répondit-il doucement.

Oh ! M. Smith !

– Mais il est parfaitement vrai que j'entends rarement chanter. Je crois que vous vous trompez sur mon compte. Parce que je fais intrusion dans votre vie retirée, vous vous imaginez que je mène une existence agitée et suis au fait des dernières nouveautés. Mais il n'en est rien. Ma vie est aussi tranquille que la vôtre et plus solitaire ; solitaire comme la mort.

– La mort qui vient d'un excès de vie ? Sincèrement, je vois bien que vous êtes très différent de la personne que j'imaginais. Vous n'êtes ni railleur, ni désabusé, ni intimidant. Voilà pourquoi j'ai consenti à vous chanter des airs que je ne savais qu'à moitié. »

En voyant qu'elle venait de le vexer sans le vouloir, elle ajouta vivement :

« À mes yeux, M. Smith, votre jeunesse et votre inexpérience sont des avantages et non pas des défauts. Je sais bien aussi que vous ne trouvez pas ma vie si triste et plate que ça.

– Certes non, dit-il avec ferveur. Elle doit être délicieusement poétique, pétillante, pure et...

– Comme vous y allez, M. Smith ! Eh bien ! les autres hommes, quand je parviens à leur faire avouer leurs impressions réelles, sont d'un avis opposé : ils trouvent que le cours normal de cette existence doit être d'un ennui épouvantable, même si elle paraît agréable pendant les quelques jours qu'ils passent ici.

– Je pourrais vivre ici pour toujours », dit-il sur un ton tel et avec une telle expression qu'Elfride fut surprise de voir la petite Troie que son chant avait incendiée dans le cœur de Stephen.

Elle répondit vivement :

« Mais vous ne pouvez pas vivre toujours ici.

– Hélas ! » fit-il en se recroquevillant comme un escargot.

Les émotions d'Elfride s'éveillaient aussi soudainement que celles de Stephen, mais la moindre des petites infirmités féminines – l'amour de l'admiration – l'avait porté à s'enflammer d'une manière louable, alors que la modestie faisait paraître coupable une disposition exactement semblable chez elle.

4

Où le gazon se soulève en de nombreux tas circulaires [1]

Pour des raisons connues de lui seul, le lendemain matin, Stephen sortit de son lit presque à l'aube.

Par la fenêtre de sa chambre, deux escarpements abrupts, formant ensemble une sorte de V, s'imposaient à la vue. Dans le fond, comme du liquide dans un entonnoir, on voyait la mer, grise, étroite. Sur la pente de la plus haute des deux collines s'élevait l'église qui allait être le théâtre de ses opérations. L'édifice solitaire était noir et nu, se détachant sur le ciel du profil de la colline. Il comportait une tour délabrée, sans créneaux ni pinacle, et donnait l'impression d'être un prolongement monolithique de la roche, d'une même substance qu'elle, plutôt qu'une structure érigée par-dessus. Un mur bas courait tout autour de l'église ; dépassant le niveau général du mur, le cimetière apparaissait – à la différence des autres cimetières qui sont des fragments du paysage, avec une variété de clairs-obscurs – comme une simple marge, découpant en dent de scie dans le ciel la silhouette des tombes et de rares monuments funéraires. Aucun arbre

1. Thomas Gray, *Élégie écrite dans un cimetière de campagne*, I, 14.

ne pouvait pousser là ; il n'y avait qu'une herbe monotone, gris-vert.

Cinq minutes après cet inventaire sommaire, la chambre à coucher était vide, et son occupant avait disparu sans bruit de la maison.

Au bout de deux heures, il était de retour dans la pièce et paraissait rayonner d'enthousiasme. Il entreprit alors de se vêtir avec soin, ce qu'il avait totalement négligé de faire quand il s'était levé tout d'abord pour cette mystérieuse escapade matinale. C'était vraiment un beau garçon. Sa bouche était une réussite dans son genre. C'était la bouche bien découpée, pincée de manière piquante, de William Pitt tel qu'il est représenté dans le buste de Nollekens – une bouche qui peut faire par elle-même la fortune d'un jeune homme s'il s'en sert convenablement. Son menton dessinait une courbe pleine et parfaite, aussi bien lorsque sa partie supérieure s'arrondissait vers l'intérieur et venait se presser contre le bas de la lèvre inférieure.

À un certain moment, il murmura le nom d'Elfride. Et justement, elle était là. En robe toute simple, sans chapeau ni bonnet, avec la vélocité d'un garçon combinée à la légèreté d'une fille, elle courait sur la pelouse en s'efforçant de capturer un lapin apprivoisé, alternant les appels tendres avec des ruées désespérées manifestement si peu en accord avec ses cajoleries que le timide animal favori s'esquivait d'un bond à son approche.

Ce décor différait tout à fait de celui des collines. Une plantation d'arbustes et d'arbrisseaux séparait ce jardin de la désolation environnante ; même à cette époque de l'année, l'herbe y était luxuriante. Le vent se brisait contre le rempart extérieur formé par de grands arbres robustes et n'allait pas au-delà de l'enceinte de broussailles toujours vertes.

Stephen entendit alors quelqu'un de lourd qui traînait ses pantoufles et appelait : « M. Smith ! ». Le jeune homme s'en fut rejoindre M. Swancourt dans son cabinet de travail et exprima son plaisir de voir que son hôte avait pu descendre.

« Oh oui, je savais que j'irai rapidement mieux. J'ai fait la connaissance de la goutte il n'y a guère plus de deux ans, et elle disparaît généralement la deuxième nuit. Eh bien ! où êtes-vous allé ce matin ? Je vous ai vu rentrer tout à l'heure.

– Oui, je suis allé me promener.

– De bonne heure ?

– Oui.

– Très tôt, il me semble ?

– Oui, assez tôt.

– De quel côté êtes-vous allé ? Vers la mer, je suppose. Tout le monde se dirige du côté de la mer.

– Non, j'ai suivi la rivière jusqu'au mur du parc.

– Vous êtes quelqu'un de différent. J'imagine qu'un endroit si sauvage est pour vous une nouveauté qui vous a tiré du lit.

– Ce n'est pas tout à fait une nouveauté et cela me plaît. »

Le jeune homme semblait répugner à s'expliquer.

« Il faut le croire, puisque vous vous levez au chant du coq, au lendemain d'un voyage de quatorze à seize heures. Chacun ses goûts, et j'apprécie les vôtres. Après le déjeuner, mais pas avant, je me sentirai capable d'une promenade de dix milles, mon jeune Smith ! »

Cette assertion ne paraissait pas exagérée. À la lumière du jour, M. Swancourt se montrait à l'évidence aussi beau que les deux autres personnes qui se trouvaient sous son toit – beau au sens où la lune brille même si sa surface apparaît ravinée à un examen attentif. Son teint, sans s'intensifier aux joues ni s'éclaircir au front, avait cette nuance rose saumon propre aux hommes qui se nourrissent bien – pour ne pas dire trop bien – et ne prennent pas trop la peine de penser ; chacun de ses pores était visiblement en état de marche. Son aspect général était celui d'un fermier de catégorie supérieure, à qui ses vêtements ne convenaient pas ; il se tenait fermement sur ses jambes, et, eût-il perdu l'équilibre, il serait tombé bien droit vers l'arrière.

Le pasteur se trouvait alors dans ce qui devrait toujours être le décor d'un pasteur : son cabinet de travail. Mais là s'arrêtait la cohérence. Sur toute la longueur de la tablette de la cheminée étaient rangées des bouteilles de potions pour les chevaux, les cochons et les vaches ; contre le mur, il y avait une haute table faite des fragments d'un porche de cimetière en chêne, sur laquelle se trouvaient des spécimens naturalisés de chouettes, de plongeons et de mouettes, avec des bottes d'épis de blé et d'orge dont des étiquettes indiquaient l'année de leur récolte. Des vitrines montraient des rayonnages plus ou moins chargés de livres – dont les plus remarquables étaient *Notes sur les Romains* du Dr Brown, *Notes sur les Corinthiens* du Dr Smith et *Notes sur les Galates, les Éphésiens et les Philistins* du Dr Robinson – et préservaient le caractère particulier du lieu, malgré une maison de poupée posée par-dessus et un aquarium marin installé dans la fenêtre, sur le bord duquel pendait un chapeau d'Elfride.

« Les affaires, les affaires ! » s'écria M. Swancourt sitôt pris le petit déjeuner. Il commençait à trouver nécessaire de jouer le rôle d'un volant régulateur pour les efforts irréguliers du visiteur.

Ils se préparèrent à partir pour l'église ; à la réflexion, le pasteur crut bon de monter sa jument noire comme le charbon pour éviter de fatiguer son pied dès le départ. Stephen expliqua qu'il lui faudrait quelqu'un pour l'aider.

« Worm ! » appela le pasteur.

Une minute ou deux plus tard, une voix se fit entendre, depuis un coin du bâtiment, qui marmonnait :

« Ah, j'étais plutôt solide, mais je l'suis plus autant. Ma foi, j'suis aussi indépendant que ç'ui-ci ou que ç'ui-là, même s'i'z'écrivent *squire* après leur nom.

– Qu'y a-t-il ? » demanda le pasteur quand Worm apparut, et sa remarque lui fut répétée.

« Worm dit parfois des choses tout à fait vraies, assura M. Swancourt, en se tournant vers Stephen. Quant à *squire*, cher M. Smith, l'usage s'en est détérioré, maintenant que le moindre faquin qui possède une veste noire s'en sert pour ses lettres. Autre chose, Worm ?

– Oui, les gens ont recommencé la friture !

– Mon Dieu ! Je suis désolé de l'apprendre.

– Oui, ronchonna Worm en direction de Stephen, Ça fait un tel boucan que c'est l'enfer nuit et jour. C'est exactement comme si on faisait frire du poisson. Et vas-y que ça grille tout l'jour dans ma pauv'têt', et j'sais bientôt plus où j'en suis. Le Tout-Puissant s'occupera de moi tôt ou tard, et j'espère qu'i'm'libérera.

– Ma surdité à moi, avança M. Swancourt de manière impressionnante, est comme un silence de mort ; pour William Worm, c'est comme si l'on faisait frire du poisson dans sa tête. C'est tout à fait remarquable, n'est-ce pas ?

– Oui, c'est remarquable, dit M. Smith.

– Étrange, très étrange », fit le pasteur en écho, et ils suivirent tous le chemin qui escaladait la colline, bordé de chaque côté par un muret de pierre, où des fragments de quartz et de marbre rouge sang sertis dans des marnes brunes brillaient en donnant l'impression d'une valeur inestimable.

Stephen marchait avec dignité, à la hauteur de la tête du cheval ; Worm avançait en trébuchant à quelques pas derrière ; et Elfride ne se tenait nulle part en particulier, quoique partout à la fois, devant, derrière ou parfois sur le côté, voletant comme un papillon le long de la procession, pas précisément liée au groupe mais y intervenant de quelque manière à certains moments de sa progression.

En chemin, le pasteur fournissait des explications :

« De fait, M. Smith, je ne voulais pas du tout des

tracas liés à la restauration de l'église, mais il était nécessaire de faire quelque chose pour se défendre, à cause de ces... *dissenters*[1]. J'utilise ce mot dans son sens religieux, et non comme un juron.

– Que c'est triste ! compatit Stephen, avec la sollicitude qu'exige une sympathie réelle.

– Triste ? Ce n'est rien en comparaison de ce qui se passe dans la paroisse de Twinkley. Les deux bedeaux sont... je préfère ne pas le dire... Le clerc et le sacristain le sont aussi !

– Comme c'est étrange ! s'étonna Stephen.

– Étrange ? Mon cher monsieur, ce n'est encore rien comparé à ce qui se passe dans la paroisse de Sinnerton. Quoi qu'il en soit, pour ce qui est de notre propre paroisse, j'espère que nous ferons bientôt quelques progrès.

– Il faut vous en remettre aux circonstances.

– Il n'y a pas de circonstances auxquelles s'en remettre. Nous pouvons aussi bien nous en remettre à la Providence, s'il s'agit de s'en remettre. Mais nous y voilà. C'est un endroit sauvage, n'est-ce pas ? Il me plaît, par des journées comme celle-ci. »

De ce côté-là, on entrait dans le cimetière par un escalier de pierre ; mais lorsqu'on l'avait escaladé, on se trouvait encore à flanc de coteau sauvage – l'intérieur n'étant pas assez séparé de l'extérieur pour faire perdre le sentiment de l'espace grandement ouvert. Un lieu plaisant pour y être enterré – en admettant que le plaisir puisse accompagner un homme dans sa tombe en quelque circonstance que ce soit. Il n'y avait rien d'horrible dans ce cimetière. Ni l'apparence de tertres funéraires serrés, avec des bordures qui vous crient l'emprisonnement aux oreilles au lieu de murmurer le repos ; ni plantations de fleurs bien entretenues qui sus-

1. Nom donné en Angleterre aux dissidents de l'Église anglicane.

citent l'image de gens avec du crêpe noir et des mouchoirs blancs qui viennent s'en occuper ; ni traces de roues qui nous rappellent corbillards et chars funèbres ; ni groupe de cyprès qui font parade de la tristesse ; ni planches de cercueil et os étalés derrière les arbres, qui montrent que nous ne sommes que les locataires de nos tombeaux. Non, rien qu'un immense gazon à l'état naturel, recouvrant des tertres aux formes diverses, sans souci de l'effet ; la présence impressionnante de la montagne dont tout cela faisait partie n'étant nulle part gommée par l'art du déguisement. Au-dehors, les pentes et l'herbe étaient les mêmes ; et puis la mer, sereine, impassible, occupait la moitié de l'horizon, faisant à l'œil l'effet d'un espace concave, comme l'intérieur d'un récipient bleu. Des rochers isolés se dressaient au loin, et un collier d'écume autour de leur base reflétait dans sa blancheur le plumage d'une multitude de mouettes qui voltigeaient sans cesse à l'entour.

« Allons, Worm ! » dit M. Swancourt d'une voix aiguë, et Worm se mit immédiatement au garde-à-vous, dans l'attente des ordres. On le laissa avec Stephen, et leur travail se poursuivit jusqu'au début de l'après midi, quand Unity, qui travaillait à la cuisine du presbytère, accourut à l'église sans bonnet annoncer le déjeuner.

Elfride ne fit son apparition à l'intérieur du bâtiment qu'à la fin de l'après-midi, et seulement parce que Stephen lui en avait préalablement formulé l'invitation pendant le déjeuner. Elle était animée et dégageait une vie si intense, en entrant dans le vieil édifice silencieux, que l'univers du jeune Smith s'illumina de « la lumière pourpre [1] » dans toute sa netteté. On se débarrassa de Worm en l'envoyant mesurer la hauteur de la tour.

1. Celle de l'amour. Il s'agit de la traduction du *lumen purpureum* de Virgile, dans *L'Énéide*.

Que pouvait-elle faire, sinon s'approcher du jeune homme – si près qu'un petit godet de sa robe effleura son pied –, lui demander où il en était de ses dessins et se disposer à apprendre les principes du mesurage des édifices irréguliers ? Il lui fallut ensuite monter en chaire, afin d'imaginer pour la centième fois ce que pouvait ressentir un prédicateur.

Elle se pencha vers l'avant de la chaire.

« Vous ne le direz pas à papa, n'est-ce pas M. Smith, si je vous raconte quelque chose ? » dit-elle, avec l'envie soudaine de faire une confidence.

« Oh non, je n'en ferai rien, répondit-il, les yeux levés vers elle.

– Eh bien ! je compose très souvent les sermons de papa, et il les prêche mieux que ceux qu'il fait lui-même ; ensuite il parle aux gens et à moi-même du contenu du sermon du jour, en oubliant que je l'ai rédigé pour lui. N'est-ce pas absurde ?

– Que vous devez être savante ! dit Stephen. Je ne pourrais pas composer un sermon pour tout l'or du monde.

– Oh, c'est assez facile », assura-t-elle.

Elle descendit de chaire et s'approcha de lui pour expliquer avec plus de vivacité :

« Voilà comment faire. Avez-vous déjà joué à un jeu de gages qu'on appelle « Quand est-ce ? Où est-ce ? Qu'est-ce ? »

– Non, jamais.

– Oh, quel dommage ! Parce que composer un sermon ressemble beaucoup à la pratique de ce jeu. Vous prenez la citation de départ et vous vous demandez : pourquoi ? de quoi s'agit-il ? et ainsi de suite. Vous écrivez cela sous le titre « Généralités ». Puis vous continuez par le *primo*, le *secundo* et le *tertio*. Papa ne veut pas de *quarto,* il dit que je suis bien la seule à en voir l'utilité. Ensuite vient une « Récapitulation », dont il faut mettre plusieurs pages entre de grandes parenthèses noires, en marge desquelles on écrit : *À laisser de côté si les fermiers s'endorment.* Puis viennent « Pour conclure » et « Encore quelques mots et j'en aurai terminé » Tout ce temps, vous avez inscrit au verso de chaque page *Ne pas hausser la voix...* Je veux dire, ajouta-t-elle pour se corriger, que c'est ainsi que je fais dans le registre des sermons de mon père, parce que, sinon, il parle de plus en plus fort, jusqu'à crier comme un fermier à l'extrémité de son champ. Oh ! papa est tellement drôle en certaines matières ! »

Puis, après ce jaillissement puéril de confidence, avertie par son instinct de femme que son ardeur avait été excessive, elle eut peur d'avoir été trop hardie devant un relatif étranger.

Elfride aperçut alors son père, partit dans le vent et fut prise par une bourrasque pendant qu'elle gravissait la pente du cimetière ; dans cette bourrasque, elle eut les mouvements d'un garçon manqué, sans en avoir les raisons, en même temps que la grâce d'une ballerine, sans sa timidité. Après avoir parlé une ou deux minutes avec son père, elle poursuivit son chemin vers le presbytère, pendant que M. Swancourt entrait dans l'église et allait vers Stephen. Le vent avait rafraîchi son teint à la manière dont il rafraîchit l'ardeur d'un tison. Le pasteur était d'humeur joviale, et c'est avec un sourire qu'il il regarda Elfride s'éloigner.

« Petite fille frivole ! Tu me parais bien excitée aujourd'hui », fit-il. Puis, se tournant vers Stephen : « Mais elle n'est pas du tout une enfant dissipée, M. Smith. Elle est aussi constante que vous ; et votre constance m'apparaît dans la rapidité de votre travail ici.

– Je trouve Mlle Swancourt très intelligente, observa Stephen.

– Oui, elle l'est ; elle l'est très certainement », dit son père, adoptant dans la mesure du possible le ton de la critique désintéressée. « Écoutez, Smith, je vais vous révéler quelque chose, mais il faut qu'elle ne le sache pour rien au monde... pour rien au monde, rappelez-vous, car elle insiste pour que cela demeure un secret total. *Elle écrit souvent mes sermons à ma place*, et elle les réussit très bien.

– Elle sait tout faire !

– Elle sait les faire. La petite canaille connaît les ficelles du métier. Mais, rappelez-vous, Smith, ne lui en touchez pas un mot, pas le moindre mot.

– Pas un mot, promit Stephen.

– Regardez par là, dit M. Swancourt. Que pensez-vous de ma toiture ? », et il pointa sa canne vers le toit du chœur.

« Est-ce vous qui l'avez faite, monsieur ?

– Oui, j'ai travaillé tout le temps en bras de chemise. J'ai retiré les vieux chevrons, en ai fixé de nouveaux, y ai posé les lattes et installé les ardoises ; tout cela de mes propres mains, avec la seule aide de Worm. Nous avons trimé comme des esclaves, n'est-ce pas, Worm ?

– Sûr que oui ; on a travaillé plus dur que ç'ui-ci ou que ç'ui-là, hi ! hi ! continua Worm, surgissant d'on ne sait où. Et qu'est-ce que vous avez écumé de rage quand les clous s'enfonçaient de travers, m'sieur ! Bon Dieu ! Et voilà, c'est pas aussi grave, quand on jure, de l'garder pour soi que de l'laisser sortir, hein, m'sieur ?

– Pourquoi ?

– Pas'que vous, m'sieur, en posant les ardoises su'l toit, vous juriez seulement dans vot'tête, et ça, j'crois bien, c'est pas un mal.

– Je ne pense pas que vous puissiez savoir ce qui se passe dans ma tête, Worm.

– Ah non, m'sieur, hi ! hi ! J'suis p'têt pas solide et j'sais pas bien lire, mais je sais épeler mon nom aussi bien que ç'ui-ci ou que ç'ui-là. Vous vous rappelez pas, m'sieur, cette nuit de tempête, quand vous m'avez demandé, dans vot'atelier, de vous tenir la chandelle pendant que vous avez fait une nouvelle chaise pour le chœur ?

– Oui, et alors ?

– J'étais là, avec la chandelle, et vous m'avez dit qu'vous aimiez la compagnie, même si c'était qu'un chien ou qu'un chat... et c'est à moi qu'vous pensiez. Pour la chaise tout allait de travers.

– Oui, je me souviens.

– La chaise, a'voulait rien savoir. L'avait bonne mine mais, bon Dieu !...

– Worm ! Combien de fois vous ai-je demandé de ne pas blasphémer ?

– L'avait bonne mine, mais on pouvait pas s'asseoir dessus. A's'tordait comme la lettre Z, quand on s'mettait dessus. « Levez-vous, Worm ! » que vous m'avez crié, quand vous avez vu qu'elle partait de travers avec moi. La colère vous prend, comme le feu prend le soufre, vous soulevez la chaise et vous la jetez à l'aut'bout de l'atelier. « Le diable soit de c'te chaise », que j'dis. « C'est justement ce que je pensais », qu'vous dites, vous, m'sieur. « J'l'avais lu sur vot'visage, j'dis, et j'espère que vous et l'bon Dieu me pardonnerez d'avoir dit la chose à vot'place. » Oui, j'suis bien aussi malin que ç'ui-ci ou que ç'ui-là. »

« J'ai pensé qu'il vous serait utile d'avoir un praticien avec vous, pour examiner la tour et l'église, dit M. Swancourt à Stephen le lendemain matin. De sorte que j'ai obtenu la permission de lord Luxellian pour vous en fournir un. Je lui ai demandé d'être ici à 10 heures. C'est un homme très intelligent, il vous dira tout ce que vous voudrez savoir sur l'état des murailles. Son nom est John Smith. »

Elfride ne tenait pas à être vue à nouveau dans l'église en compagnie de Stephen.

« Je surveillerai d'ici votre apparition au sommet de la tour, dit-elle en riant ; je verrai votre silhouette se découper sur le ciel.

– Et quand je serai là-haut, je vous ferai signe de

mon mouchoir, Mlle Swancourt, dit Stephen. J'y serai dans douze minutes, ajouta-t-il en regardant sa montre, et je vous guetterai. »

Elfride passa l'extrémité de la plantation d'arbustes pour le voir gravir le sentier qui menait vers le côté de la colline où s'élevait l'église. Elle distingua une tache blanche sur son chemin ; c'était un maçon en vêtements de travail qui l'attendait. Stephen le rejoignit et s'arrêta.

À la grande surprise de la jeune femme, au lieu de monter vers l'église, ils allèrent sans se presser s'asseoir sur une grosse pierre, non loin de là, et s'absorbèrent dans leur conversation. Elfride regarda sa montre ; neuf des douze minutes étaient passées, et Stephen ne faisait pas mine de vouloir bouger. D'autres minutes s'écoulèrent... À force d'attendre, elle eut froid et frissonna. C'est seulement au bout d'un autre quart d'heure qu'ils se remirent en marche, à une allure d'escargot.

« Mal élevé et discourtois, se dit-elle, dépitée. Ne croirait-on pas qu'il est amoureux de cet affreux maçon au lieu de... »

La phrase demeura inachevée sur ses lèvres, sinon dans sa tête.

Elle retourna vers le porche.

« L'homme que vous avez choisi est-il flemmard, fainéant et paresseux ? demanda-t-elle à son père.

– Non, répondit-il surpris, bien au contraire. C'est le maître maçon de lord Luxellian.

– Ah ! » fit Elfride d'un ton indifférent.

Elle revint à son poste, attendit encore et frissonna à nouveau. Après tout, c'était une broutille, un enfantillage : regarder du haut d'une tour et agiter un mouchoir. Mais son nouvel ami l'avait promis ; et pourquoi la taquiner ainsi ? L'effet d'un coup a autant de rapport avec la nature de ce qui est frappé qu'avec sa propre force ; et elle était capable d'être si profondément blessée que de petits heurts la faisaient beaucoup souffrir.

Ce n'est qu'au bout d'une demi-heure que deux silhouettes se montrèrent au-dessus du parapet du triste édifice, immobiles comme deux butors sur une mosquée en ruine. Et même à ce moment-là Stephen ne fut pas fidèle à la promesse courtoise qu'il avait faite : il disparut sans faire le moindre signe.

Il revint à midi. Elfride avait l'air vexé, quand elle ne se rendait pas compte qu'il avait l'œil fixé sur elle ; sévère, lorsqu'elle s'en rendait compte. Cependant, son attitude de froideur avait depuis longtemps survécu à sa froideur réelle, et il lui devint impossible de parler en simulant l'indifférence.

« Ah ! Ce n'était pas gentil de me faire attendre dans le froid et de ne pas tenir votre promesse », finit-elle par lui reprocher, d'une voix trop basse pour que son père pût l'entendre.

« Oh, pardon ! Pardonnez-moi ! supplia Stephen consterné. J'ai oublié... complètement oublié ! Quelque chose m'a empêché de me souvenir.

– C'est tout ce que vous trouvez à dire ? » fit Mlle Caprice, en esquissant une moue.

Il resta muet quelques minutes, et la regarda d'un air méfiant.

« Oui », dit-il avec l'accent de celui qui dissimule un péché.

5

Au sein d'un boqueteau touffu [1]

C'était l'heure du petit déjeuner.

Vu depuis la salle à manger du presbytère qu'un feu de cheminée rendait plus chaleureuse, le paysage extérieur était un monotone camaïeu de gris. Arbres à longues branches ou arbustes, les genévriers, les cèdres et les pins étaient gris-noir ; les larges feuilles et les herbes, vert-de-gris ; les collines éternelles et la tour, gris-brun ; le ciel bas, du gris de la mélancolie même.

En dépit de ce sombre effet artistique, la matinée n'était pas déprimante. Il était même réconfortant de constater qu'il ne pleuvait pas et que la pluie ne devait pas tomber avant plusieurs jours.

Elfride s'était détournée de la table vers la cheminée et tenait paresseusement à la main un petit écran, pour protéger son visage du feu, quand elle entendit grincer une petite grille dehors.

« Ah ! voilà le facteur », dit-elle.

Un homme à la démarche traînante avait dépassé les broussailles et traversait la pelouse. Elle disparut, alla l'accueillir sous le porche et revint ensuite, les mains derrière le dos.

1. John Milton, *L'Allegro*, I, 28.

« Combien y en a-t-il ? Trois pour papa, une pour M. Smith, zéro pour Mlle Swancourt. Et devinez, papa, d'où vient une des vôtres ?... De lord Luxellian. Elle contient quelque chose de dur. je l'ai senti à travers l'enveloppe, sans pouvoir trouver ce que c'est.

– Je me demande pour quelle raison lord Luxellian m'écrit ? » s'était interrogé M. Swancourt pendant qu'elle parlait.

Il tendit sa lettre à Stephen et prit la sienne, affichant un inhabituel air d'importance, celui qui sied à un gentilhomme pauvre qui s'apprête à lire la correspondance d'un pair apparenté.

Alors qu'il lisait sa missive, la mine de Stephen était tout à fait à l'opposé de celle du pasteur.

Percy Place, mardi soir

Cher Smith,

Le vieux H. est dans une rage indescriptible parce que vous restez trop longtemps à faire vos relevés dans l'église. Il jure que vous lui causez plus de tracas que vous n'en valez la peine. Il m'a chargé de vous demander de ne prolonger votre séjour sous aucun prétexte, car c'est un travail que quelqu'un comme lui aurait facilement terminé en trois heures. J'ai eu beau faire valoir que vous n'aviez pas son expérience, ce qu'il semblait oublier, cela n'a guère eu d'effet.

Soit dit entre nous, à votre place, cependant, je ne m'inquiéterais nullement d'un jour ou deux de retard, si je n'avais pas envie de rentrer, et je finirais la semaine à faire la fête. Il fulminera tout autant si vous arrivez ici samedi que si vous attendez lundi matin.

Bien amicalement,

Simkins Jenkins

« Oh là là ! C'est très fâcheux ! » fit Stephen désemparé. Il était dans l'état de confusion d'un sous-fifre accidentellement gonflé d'importance, qui se verrait brutalement ramené à sa dimension subalterne.

« Qu'est-ce qui est fâcheux ? », s'enquit Mlle Swancourt.

Smith s'était déjà ressaisi, et il manifesta la dignité professionnelle d'un architecte confirmé.

« Une affaire importante, j'ai le regret de vous l'annoncer, requiert ma présence immédiate à Londres, répondit-il.

– Quoi ? Vous devez partir tout de suite ? demanda M. Swancourt en regardant par-dessus la lettre. Une affaire importante ? Un jeune homme de votre âge a des affaires importantes ?

– La vérité », dit Stephen, en rougissant, assez honteux d'avoir simulé, ne serait-ce qu'un instant, une importance qu'il n'avait pas, « la vérité est que M. Hewby me fait rappeler. Je dois lui obéir.

– Je vois, je vois. Vous voulez dire qu'il est de bonne politique d'agir ainsi. Je vois plus de choses que vous ne croyez. Vous allez devenir l'associé de M. Hewby. Je vous ai déjà pris pour tel, dès que j'ai lu sa lettre l'autre jour, à voir la façon dont il parle de vous. Il fait grand cas de vous, M. Smith, sans quoi il ne serait pas si pressé de vous voir rentrer. »

De pareilles remarques ne pouvaient pas être désagréables à Stephen ; se voir offrir la perspective d'une association avec un des plus grands architectes de Londres était réconfortant, quelque indéfendable que l'idée lui en parût. Quelle que pût être l'opinion de M. Hewby, M. Swancourt devait le tenir en grande estime pour nourrir une opinion semblable, d'autant plus fragile qu'elle n'avait aucun fondement. De manière inexplicable, son visage s'assombrit d'un nuage de tristesse qu'une réflexion sur le caractère improbable de cette éventualité n'eût pas suffi à susciter.

Elfride en fut frappée, et même M. Swancourt le remarqua.

« Eh bien ! dit-il avec entrain, ne vous souciez pas de tout cela maintenant. Il vous faudra revenir ici de votre propre chef, autrement que pour affaires. Venez me faire une visite... disons pendant les vacances... car, vous autres de la ville, vous avez des vacances tout comme les écoliers. À quel moment les prenez-vous ?

– En août, je crois.

– Fort bien ; venez donc en août ; rien ne vous pressera à ce moment-là. Je suis content de trouver quelqu'un de bien à qui, ou avec qui, parler, dans cette *ultima Thulé.* Mais, à propos, j'ai quelque chose à dire... Vous ne partez pas aujourd'hui ?

– Non, ce n'est pas impératif, dit Stephen en hésitant. Je ne suis pas tenu d'être de retour avant lundi matin.

– Fort bien, alors ; j'en viens à ce que je voulais proposer. Voici une lettre de lord Luxellian, je crois que vous m'avez entendu le décrire comme le seigneur du pays et mon mécène.

– Je... sais qui c'est.

– Il est en ce moment à Londres. Il devait s'y rendre pour affaires et il a emmené lady Luxellian avec lui. Il m'a écrit pour me prier d'aller chez lui chercher dans ses documents privés un papier qu'il a oublié d'emporter.

– Qu'a-t-il joint à sa lettre ? demanda Elfride.

– La clé du secrétaire où se trouvent ses papiers. Il ne veut confier cette sorte de mission à personne autre. J'ai déjà fait ce genre de choses pour lui. Et ce que je propose, c'est que, tous les trois, nous consacrions l'après-midi à cette excursion. La voiture nous emmènera à la baie de Targan, puis nous passerons par Endelstow pour rentrer ; pendant que je chercherai dans les documents, vous pourrez fureter à votre guise dans le château. Il m'est ouvert en totalité, voyez-vous, à n'importe quel moment. De l'extérieur, son aspect massif ne paie pas de mine, mais il renferme un hall splendide, un escalier à galerie et quelques bonnes peintures.

– En effet, dit Stephen.

– Vous connaissez donc ?

– Je l'ai vu en arrivant, dit-il précipitamment.

– Ah oui, mais je parlais de l'intérieur. L'église – Saint-Eval – est plus ancienne que notre Sainte-Agnès. J'accomplis ma mission alternativement dans l'une et dans l'autre, voyez-vous. Le fait est que je devrais bien être assisté ; traverser le parc sur deux milles, par un matin humide, n'est pas la meilleure chose du monde. Si ma constitution n'était pas aussi robuste que, Dieu merci, elle l'est (à ces mots, M. Swancourt inspecta le devant de son corps comme si sa constitution y était apparente), je toussaillerais et toussoterais tout au long de l'année. Et lorsque les membres de la famille sont partis, je ne prêche guère que devant trois domestiques, quand j'y vais. Eh bien, tel est donc mon projet. Elfride, cela te plairait-il de venir aussi ? »

Elfride acquiesça, et l'on se sépara. Stephen voulait aller prendre quelques ultimes mesures à l'église, et le pasteur le suivit jusqu'à la porte, avec une mystérieuse expression d'interrogation sur les lèvres.

« Vous vous accommoderez de l'absence de prière familiale ce matin, j'espère ? murmura-t-il.

– Oui, tout à fait, assura Stephen.

– À vous dire le vrai, poursuivit-il à voix basse, nous n'en faisons pas une habitude ; mais, quand nous avons des visiteurs étrangers, j'ai la ferme conviction que c'est une chose à faire, et je n'y manque pas. Je suis très strict sur cette question. Mais vous, Smith, il y a quelque chose dans votre visage qui me met tout à fait à l'aise ; vous êtes très carré, somme toute. Ah ! cela me rappelle une histoire superbe que j'ai entendue quand j'étais un jeune homme désordonné... Quelle histoire ! Mais... »

Ici, le pasteur secoua la tête en signe d'autocensure et eut un rire sombre.

« Était-ce une histoire intéressante ? » demanda le jeune Smith, en souriant aussi.

« Oh oui, mais elle est grossière... trop grossière ! Je ne pourrais vous la raconter pour rien au monde. »

Stephen traversa la pelouse et entendit le pasteur glousser de rire tout seul pendant qu'il rentrait.

Ils partirent sur le coup de 3 heures. Le matin gris s'était mué en un clair après-midi où, sans que le soleil se montrât, il irradiait partout une pâle lumière. Ils allèrent d'abord à Parrett Down, au petit trot, les sabots du cheval claquant – sonnant presque – sur la route à péage, dure et blanche, qui longeait la ligne de crête de manière parfaitement rectiligne et se confondait à l'horizon avec le ciel.

Ils se rendirent ensuite à la baie de Targan, qui avait le mérite d'être facilement accessible. Ils firent alors demi-tour et empruntèrent d'innombrables chemins, ni droits ni plats sur plus de vingt yards à la fois, jusqu'à la propriété de lord Luxellian. La grande grille proche de la maison du gardien leur fut ouverte par une femme à double menton et à cou épais – ressemblant au portrait de la reine Anne par Dahl –, derrière laquelle se tenait un petit garçon.

« Je vais donner quelque chose à ce pauvre gamin », dit Elfride. Elle sortit sa bourse, dont elle dénoua précipitamment le ruban ; une foule de petits morceaux de papier s'en échappa, comme une volée d'oiseaux blancs ; ils flottèrent dans l'air et s'éparpillèrent dans toutes les directions.

« Ça alors ! fit Stephen, avec un léger rire.

– Qu'est-ce que tu fabriques ? s'exclama M. Swancourt. Ce ne sont tout de même pas des moitiés de billets de banque, Elfride ? »

Elfride eut l'air embêté et coupable.

« Ce ne sont que de petites choses à moi », bredouilla-t-elle.

Stephen sauta au bas de la voiture et, avec l'aide du petit garçon de la gardienne, alla chercher ces bouts de papier jusque sous les roues et les sabots du cheval, pour les rassembler et les rendre à la jeune femme, avant de remonter.

« Je suppose que vous vous demandez de quoi il s'agit ? » dit-elle, pendant qu'ils roulaient dans l'allée des sycomores. « Je peux aussi bien vous le dire. Ce sont des notes, pour un roman que j'écris. »

En faisant cette confession, elle ne put s'empêcher de rosir, malgré qu'elle en eût.

« Vous voulez dire un récit ? demanda Stephen.

– Oui. *La Cour du roi Arthur : une histoire romanesque du Lyonnesse*. Je sais que ce genre de chose fait démodé maintenant, mais cela me plaît de l'écrire.

– Un roman fourré dans une bourse ! Si un bandit des grands chemins voulait vous dévaliser, il serait bien pris !

– Oui ; c'est ma manière de transporter mon manuscrit. La vraie raison est que j'en écris des fragments sur des bouts de papier surtout quand je monte à cheval, et que je les mets là par commodité.

– Qu'allez-vous faire de votre roman quand vous l'aurez écrit ? demanda Stephen.

– Je n'en sais rien », répondit-elle en tournant la tête pour regarder la perspective.

Entre-temps, ils avaient atteint l'enceinte du manoir d'Endelstow. Une fois franchi un vieux porche de pierre brun-gris à haute voûte Tudor, ils se trouvèrent dans une cour spacieuse que des façades fermaient sur trois côtés. La majeure partie de l'édifice existant datait de Henry VIII ; mais cet endroit pittoresque et bien abrité avait été bâti dans des temps bien plus reculés. La licence de créneler *mansum infra manerium suum*[1] avait été

1. Latin, « maison d'habitation dans un domaine seigneurial. »

accordée par Edouard II à « Hugo Luxellian, chevalier », mais, bien qu'un vague contour de fossé et de butte fût visible par endroits, aucune trace ne subsistait du bâtiment primitif.

Sur toutes les façades, les fenêtres étaient hautes et à multiples meneaux, des lucarnes du même modèle brisaient la ligne des toits. Les pierres faîtières de ces lucarnes, aussi bien que celles des pignons, étaient surmontées de figures grotesques, dans les attitudes que l'héraldique nomme rampantes, passantes et dormantes. De grandes cheminées octogonales et tordues s'élançaient haut dans le ciel ; plus haut encore, cependant, quelques peupliers et quelques sycomores pointaient au-dessus de l'arête des toits et des parapets leurs sommets qui se balançaient mollement. Dans les coins de la cour polygonale, des renfoncements, dont l'espace était entièrement occupé par des arcs-boutants et des fenêtres, rompaient la régularité ; un oriel saillait fortement d'une fantastique série de moulages dominant le porche de l'entrée principale de cette résidence.

Comme il l'avait annoncé, M. Swancourt avait libre accès aux lieux, en l'absence du propriétaire. Aussitôt exposé le but de sa visite, ils furent tous introduits dans la bibliothèque et laissés entièrement à eux-mêmes. M. Swancourt fut bientôt plongé jusqu'au cou dans l'examen de la montagne de papiers qu'il avait extraits du secrétaire décrit par son correspondant. En attendant qu'il en eût terminé, Stephen et Elfride n'avaient rien de mieux à faire que d'errer dans la maison.

Elfride entra dans la galerie, et Stephen la suivit sans en avoir l'air. La pièce, longue et sombre, était garnie de meubles d'un ou deux siècles postérieurs aux murs du château. Des pilastres Renaissance supportaient une corniche d'où partait un plafond cintré, orné de panneaux contournés, dans le style de l'époque. De vieux vitraux gothiques subsistaient dans le haut des grandes fenêtres du fond, mais ils avaient fait place ailleurs à des vitrages plus modernes.

Depuis le bout de la galerie, Stephen regardait Elfride qui se tenait au milieu et commençait de se sentir quelque peu déprimée par la compagnie des ancêtres Luxellian, dont Holbein, Kneller et Lely avaient peint des portraits académiques qui paraissaient la fixer et même la transpercer de regards moralisateurs. Le silence, qui commençait à envoûter les visiteurs, fut rompu par l'ouverture d'une porte à l'extrémité la plus éloignée.

Deux petites filles jaillirent, en vêtements légers mais chauds. Leurs boucles se balançaient dans tous les sens et leurs bouches bien rouges riaient d'une joie sans mélange.

« Ah, Mlle Swancourt ! Chère Elfie ! Nous vous avons entendue. Allez-vous rester ici ? Vous êtes notre petite maman, n'est-ce pas ? Notre grande maman est allée à Londres, dit l'une.

– Laissez moi vous *brasser* », dit l'autre, d'une apparence très semblable à la première, mais d'un modèle bien plus petit.

Leurs joues roses et leurs cheveux blonds se mêlèrent très rapidement aux plis de la robe d'Elfride ; alors elle se pencha et les embrassa très tendrement toutes les deux.

« C'est drôle, non ? dit Elfride souriante en se tournant vers Stephen. Elles se sont récemment mis en tête de m'appeler « petite maman », parce que je les aime beaucoup et qu'elles m'ont vu dans une robe assez semblable à une de celles que porte lady Luxellian. »

Ces deux jeunes créatures étaient l'honorable Mary et l'honorable Kate – et paraissaient bien frêles pour supporter le poids de tels titres d'honneur. C'étaient les seuls enfants de lord et lady Luxellian, et il s'avéra que, pendant l'absence temporaire de leurs parents, elles avaient été laissées au château, à la garde d'une nurse et d'une gouvernante. Lord Luxellian était fou de ses enfants et plutôt indifférent à l'endroit de sa femme, depuis qu'elle s'était montrée encline à lui déplaire en lui refusant un fils.

C'est d'instinct que tous les enfants couraient après Elfride, la considérant plus comme un charmant spécimen exceptionnellement développé de leur propre tribu que comme une grande personne. Il était maintenant devenu une règle bien établie que, lorsque les deux petites filles la rencontraient – à l'intérieur ou à l'extérieur, pendant la semaine ou bien le dimanche –, chacune d'entre elles devait être serrée contre son cœur et son visage durant le quart d'une minute, et elles tiraient beaucoup de plaisir du système de mots tendres et de caresses auquel des filles inexpérimentées s'abandonnent à l'occasion.

Un regard d'appréhension des gamines en direction de la porte par laquelle elles étaient entrées attira l'attention sur une nurse venant mettre fin à la douce liberté des pauvres honorables Mary et Kate.

« Je voudrais que vous habitiez ici, Mlle Swancourt, dit l'une d'une voix flûtée, comme un bouvreuil mélancolique.

– Moi aussi, fit l'autre, comme un bouvreuil encore plus mélancolique. Maman ne sait pas jouer avec nous aussi bien que vous. Je ne crois pas qu'elle ait jamais appris à jouer quand elle était petite. Quand irons-nous vous voir ?

– Quand vous voudrez, mes chéries.

– Et nous coucherons chez vous toute la nuit ? C'est à cela que je pense, quand je parle de venir chez vous. Ça ne m'intéresse pas de voir les gens en chapeau ou avec leur bonnet, debout ou en train de marcher.

– Dès que nous aurons la permission de votre maman, vous viendrez et vous resterez aussi longtemps qu'il vous plaira. Au revoir ! »

Les prisonnières furent emmenées, et Elfride reporta

son attention vers son hôte, qu'elle avait laissé debout, à l'extrémité de la galerie. Après avoir promené son regard autour d'elle sans l'apercevoir, elle descendit à la bibliothèque, pensant qu'il y aurait rejoint son père. Mais M. Swancourt, maintenant dans la clarté joyeuse de deux bougies, était toujours seul, occupé à défaire des paquets de lettres et de papiers pour les renouer ensuite.

Comme Elfride n'était pas, avec l'objet de son intérêt, sur un pied d'intimité qui suffît à justifier qu'une jeune dame convenable comme elle commençât la recherche active à laquelle une juvénile impulsivité la poussait, et que, cependant, pour une raison qui se développait en rapport avec ces lèvres divinement dessinées qu'il avait, elle n'aimait guère qu'il ne fût pas à ses côtés, elle retourna donc d'un pas nonchalant vers l'escalier de chêne, une moue aux lèvres et le regard furetant, dans l'espoir de discerner sa jeune silhouette.

Bien qu'il fît encore jour dans les pièces, les corridors, plongés dans l'ombre, étaient froids, tristes et silencieux ; et ce n'est qu'en regardant vers des espaces éclairés au-delà qu'on pouvait distinguer quelque chose ou quelqu'un. Constatant qu'un de ces espaces clairs était dû aux panneaux vitrés qui se trouvaient dans la partie supérieure d'une porte, Elfride l'ouvrit et se trouva devant une pelouse secondaire, séparée de la pelouse principale du devant par un massif d'arbustes.

La vue qui se présentait maintenant devant elle la rendit perplexe. À angle droit de l'aile dont elle venait de sortir et à quelques pas de la porte, une autre aile de la maison s'avançait, plus basse et d'un style architectural moins pur. Juste en face d'elle, dans le mur de ce bâtiment, s'ouvrait une haute et large fenêtre, dont le store baissé s'illuminait d'un éclairage venant de l'intérieur de la pièce qu'il protégeait.

On voyait sur ce store la silhouette d'une personne qui devait en être proche, une silhouette de profil. Et ce profil, on ne pouvait s'y tromper, était celui de Stephen.

Il avait les bras levés et tenait un objet quelconque dans ses mains. Une autre ombre se profila alors et s'approcha de lui. C'était l'ombre d'une femme. Elle tourna le dos à Stephen : il leva ce qui s'avérait à présent être un châle ou une cape, qu'il tendit et plaça soigneusement – avec tant de délicatesse ! – sur les épaules de la dame ; il disparut, réapparut devant elle et noua l'attache du vêtement. L'embrassa-t-il ? Certainement pas. Mais le mouvement *eût pu* être celui d'un baiser. Puis les deux ombres s'agrandirent démesurément, se déformèrent et s'évanouirent.

Deux minutes s'écoulèrent.

« Ah, Mlle Swancourt ! Que je suis content de vous retrouver ! Je vous cherchais », dit une voix à côté d'elle – la voix de Stephen.

Elle s'avança dans le couloir.

« Connaissez-vous des gens ici ? demanda-t-elle.

– Personne. Comment se pourrait-il ? »

6

Adieu pour quelque temps [1]

Le bruit de la fermeture d'une porte dans le voisinage immédiat parvint aux oreilles d'Elfride en même temps que la réponse de Stephen. Ce bruit provenait de l'extrémité de l'aile à la pièce éclairée. Dans la lumière crépusculaire, elle distingua une silhouette de sexe indéterminé qui se dirigeait vers la rivière par le sentier de gravier coupant le parterre de fleurs. La silhouette s'éloigna et s'évanouit sous les arbres.

La voix de M. Swancourt se fit entendre, qui les appelait par leur nom depuis un lointain couloir dans le corps du logis. Ils revinrent sur leurs pas et le trouvèrent, pardessus boutonné et chapeau sur la tête, très satisfait d'avoir mené sa recherche à bien. La voiture fut avancée et le trio s'éloigna sans plus attendre, par le porche sonore et l'avenue aux sycomores défeuillés, pendant que la lueur vacillante des étoiles commençait à apparaître derrière le dédale des branches et des rameaux.

Ni le jeune homme ni la jeune femme ne rompirent le silence. L'innocente Elfride était entièrement absorbée par l'évaluation de ce qu'elle venait d'apprendre. Le garçon qui lui avait inspiré des sentiments si nouveaux,

1. Robert Burns, *Mon amour est comme une rose rouge*, I, 14.

qui était venu directement de Londres pour traiter une affaire avec son père et que seul le plus grand des hasards avait amené au château d'Eldelstow, ce garçon s'était vu accorder le privilège d'y approcher une dame et de l'honorer de petits soins marqués – le tout en l'espace d'une demi-heure.

Dans quelle pièce se tenaient-ils ? se demanda Elfride. Pour autant qu'elle pouvait en juger, ce devait être le cabinet de travail de lord Luxellian, ou son bureau. Qui se trouvait au château ? À sa connaissance, seulement la gouvernante et les domestiques, gens dont il affirmait ne pas les connaître. Est-ce que la personne qu'elle avait distinctement vue quitter le château avait quelque chose à voir avec ce qui s'y était déroulé ? Il était impossible de le savoir sans en appeler au coupable lui-même, et cela, elle ne le ferait jamais. Plus Elfride réfléchissait, plus elle était persuadée que la rencontre était fortuite et non organisée. Quant à l'ultime question de l'identité de cette femme, Elfride présuma immédiatement que ce ne pouvait pas être une subalterne. Stephen Smith n'était pas homme à se soucier d'amours de passage avec des femmes d'une condition inférieure à la sienne. Quoique discrète, l'ambition était apparente dans son regard brûlant ; manifestement, il espérait beaucoup, d'un espoir vague mais considérable. Elfride était intriguée, ce qui, par un entraînement naturel de petite fille, l'amenait à être fâchée contre lui. Elle n'eut aucun plaisir à constater que, partant du désir de plaire, elle en venait à l'aimer, gamin comme il était et innocent comme il avait paru.

Ils atteignirent le pont qui reliait les moitiés orientale et occidentale de la paroisse. Situé dans une vallée bordée par la mer, il constituait le fond d'une dépression où commençait la rude montée vers Endelstow-Ouest et le presbytère. Il n'y avait nécessité absolue de descendre de voiture pour aucun d'entre eux, mais, comme le pasteur avait coutume, après un long voyage, de soulager le cheval pour l'ascension de cette route pleine de virages, Elfride, par esprit d'imitation, sauta soudain à terre, juste au moment où Plaisant adoptait le pas lent qu'il associait avec cette partie du trajet.

Le jeune homme parut heureux d'avoir un prétexte pour rompre le silence.

« Oh, Mlle Swancourt, quelle imprudence ! » s'exclama-t-il.

Il suivit immédiatement son exemple, en sautant de l'autre côté de la voiture.

« Oh non, pas du tout ! » répondit-elle froidement, car cette histoire d'ombre au château l'occupait encore grandement.

Stephen avança seul deux ou trois minutes, adoptant la réserve dictée par le ton de la jeune fille. Puis, pensant manifestement que seules les filles boudaient et faisaient la moue, il la rejoignit d'un air serein et, avec une galanterie toute castillane, il lui offrit son bras pour l'aider à gravir les trois quarts restants de la montée.

C'était tentant : pour la première fois de sa vie, Elfride était traitée en femme adulte... L'offre de ce bras impliquait une possibilité de refus. Jusqu'à ce soir-là, elle n'avait jamais reçu d'attention masculine, au-delà de celle dont pouvaient témoigner telles propositions aimables de son père, du genre « Elfride, donne-moi la main », « Elfride, prends mon bras. » Son cœur tout neuf fit une date de cet incident ; elle pesa l'ensemble de ses sentiments, pour et contre. Ils étaient collectivement pour qu'elle prît le bras offert, mais le dépit à lui seul la détermina à punir Stephen par un refus :

« Non, merci, M. Smith ; j'avancerai mieux toute seule. »

C'était sa première fragile tentative de brusquer un amoureux. Mais comme elle craignait plus l'issue d'une pareille entreprise que ce qu'un doux jeune homme pouvait penser de son caractère imprévisible, elle décida aussitôt de se donner le plaisir de faire marche arrière.

« À la réflexion, je vais le prendre », dit-elle.

Ils gravirent lentement la colline, à quelques pas derrière la voiture.

« Que vous êtes silencieuse, Mlle Swancourt !

– Vous ne l'êtes pas moins.

– J'ai peut-être des raisons de l'être.

– Je n'en vois guère ; c'est le chagrin qui rend taciturne, et vous n'avez aucun motif de tristesse.

– Vous n'en savez rien ; j'ai un ennui ; encore qu'on puisse trouver que c'est moins un ennui qu'un dilemme.

– De quoi s'agit-il ? » s'enquit-elle, impulsivement.

Stephen hésita.

« Je pourrais le dire, fit-il, et, en même temps, il vaut peut-être mieux... »

Elle quitta son bras, qu'elle repoussa d'une manière impérieuse, en redressant la tête. Elle venait d'apprendre qu'on perd beaucoup de dignité à poser une question à laquelle est opposé un refus de répondre, si poli soit-il ; car, si la politesse rend service dans des cas d'exigence et de compromis, elle n'aide guère un refus direct.

« Je ne veux rien en savoir ; je n'y tiens pas, poursuivit-elle. La voiture nous attend au sommet de la colline, il faut y monter. »

Légère, elle fila vers l'avant.

« Papa, voici votre Elfride ! » cria-t-elle à la sombre silhouette du vieux monsieur. Elle bondit et se laissa tomber à côté de lui, sans daigner accepter l'aide de Stephen.

« Ah oui ! » dit le pasteur, d'un ton qu'il s'efforça de rendre alerte.

Il s'éveillait d'un sommeil très profond, et il se prépara soudain à mettre pied à terre.

« Mais que faites-vous, papa ? Nous ne sommes pas encore à la maison.

– Oh ! non, non, bien sûr que non ! Nous ne sommes pas encore à la maison », fit vivement M. Swancourt. Il s'efforça de reprendre sa position première, de l'air d'un homme qui n'avait pas bougé du tout.

« De fait, j'étais si absorbé dans une profonde méditation que j'en avais oublié où nous nous trouvions. »

Une minute plus tard, le pasteur ronflait à nouveau.

Cette soirée, qui devait être la dernière qu'il allait passer là, semblait jeter une ombre de tristesse exceptionnelle sur Stephen Smith, et les invitations réitérées du pasteur à revenir les voir pendant l'été avaient apparemment pour effet moins de relever son moral que de susciter de l'appréhension.

Il allait partir dans la lumière grise de l'aube, pendant que la terre aurait ses couleurs sombres et que le soleil serait encore caché à l'est. Elfride n'avait pas arrêté de gigoter dans son petit lit, toute la nuit, de crainte que personne dans la maison ne fût levé à temps pour le faire déjeuner, de peur aussi de ne pas revoir les yeux brillants et les cheveux bouclés auxquels le mystère caché de leur possesseur ajoutait une plus intense nuance de romanesque. Jusqu'à un certain point – tout intérêt féminin prend vite un caractère de sollicitude –, elle se sentait responsable de son bien-être. Ils prirent leur petit déjeuner avant le lever du jour ; M. Swancourt, de plus en plus séduit par l'apparente candeur de son hôte, avait décidé de se lever tôt pour lui faire des adieux amicaux. Il fut toutefois étonné de voir Elfride le rejoindre à table, chandelier à la main.

Pendant que William Worm achevait sa toilette (les habitants du presbytère attendaient toujours alors, avec une patience exemplaire), Elfride vagua jusqu'à la gloriette du jardin. Stephen l'y suivit. De là, les observateurs – eux-mêmes dans un air limpide – voyaient la vallée couverte de taillis maintenant toute enveloppée d'une brume cachant la rivière qui la traversait lentement.

Ils étaient côte à côte, accoudés à la balustrade rustique qui surplombait la forte pente. Elfride s'efforçait de souligner quelques particularités des hautes terres qui s'étageaient au loin. Le sens artistique était alors très faible chez Stephen, que ce fût en raison de sa nature ou des circonstances, et il ne prêtait qu'à demi attention à ses descriptions, comme s'il se préservait pour poursuivre une autre pensée qui l'occupait.

« Eh bien, adieu, dit-il tout à coup. Je crois que je ne vous reverrai jamais, malgré les invitations. »

La sincère affliction du jeune homme eut un effet immédiat sur les cordes sensibles de la jeune femme. Elle pouvait se permettre de lui pardonner une dissimulation ou deux. De plus, la timidité qui ne lui permettait pas de la regarder en face augmentait chez elle la vaillance du regard et de l'expression.

« Oh ! mais il faut que vous reveniez, M. Smith, fit-elle gentiment.

– J'aimerais beaucoup, mais il vaut mieux que je m'en abstienne.

– Pourquoi ?

– Certains éléments qui me sont propres le rendent peu désirable. Pas pour moi, mais pour vous.

– Bonté divine ! Comme si, venant de vous, quoi que ce soit pouvait me blesser », assura-t-elle, avec une hauteur suprême.

Voyant que son ton n'était pas approprié, elle en changea.

« Oh ! je sais pourquoi vous ne viendrez pas. Vous ne le désirez pas. Vous allez rentrer chez vous, à Londres, retrouver un tas de gens passionnants, et vous n'aurez plus jamais envie de nous revoir.

– Vous savez qu'il n'en est rien.

– Et vous continuerez à écrire à votre fiancée, tout comme avant.

– Que voulez-vous dire ? Je n'ai pas de fiancée.

– Vous avez écrit une lettre à une demoiselle Je-ne-sais-quoi ; je l'ai vue dans le porte-lettre.

– Peuh ! C'est une vieille dame qui tient un kiosque,

et je la priais de mettre des journaux de côté pour mon retour.

– Vous n'avez pas besoin de me fournir des explications ; cela ne me regarde pas. »

Mlle Elfride était plutôt soulagée de ce qu'elle venait d'entendre.

« Et vous ne reviendrez pas voir mon père ? insista-t-elle.

– Le revoir et vous revoir aussi... j'aimerais bien, mais...

– Allez-vous me révéler votre secret ? l'interrompit-elle avec mauvaise humeur.

– Non, pas maintenant. »

Elle ne pouvait que poursuivre, même si c'était maladroit.

« Dites-moi seulement une chose, le harcela-t-elle d'une voix tremblante. Est-ce que votre rencontre d'une dame au château d'Endelstow s'oppose à l'intérêt que vous pourriez me porter ? »

Il tressaillit légèrement.

« Nullement », fit-il avec emphase.

Il regarda la jeune fille droit dans les yeux, avec cette assurance que seule donne la sincérité, et encore seulement chez la jeunesse.

L'explication n'était pas venue, mais l'amertume la quitta. Elle ne pouvait qu'ajouter foi à sa déclaration. Quelle que fût l'énigme de l'ombre sur le store, cette énigme ne tenait pas à une passion sournoise.

Elfride se dirigea vers la maison et y pénétra par le jardin d'hiver. Stephen fit le tour jusqu'à l'entrée principale. M. Swancourt se tenait sur le perron, en pantoufles. Worm ajustait une boucle du harnais, en marmonnant quelque chose à propos de sa tête ; tout était prêt pour le départ de Stephen.

« Vous avez prévu août pour votre visite. Nous vous attendrons donc en août, si toutefois vous voulez de la compagnie d'un vieux fossile de Tory comme moi », dit M. Swancourt.

M. Smith répondit seulement, après une hésitation, qu'il aimerait bien revenir.

« Vous l'avez promis, vous devez donc le faire », insista Elfride, venue à la porte, et qui s'était glissée sous le bras de son père.

Quel que fût le motif du jeune homme pour décliner l'offre d'hospitalité, il ne prévalait plus. Stephen promit, fit ses adieux et grimpa dans le cabriolet qui remonta lentement la pente, jusqu'à disparaître hors de vue.

« Personne ne m'a jamais séduit autant que ce jeune garçon. Jamais de ma vie ! Je ne sais pas pourquoi... je ne comprends pas », se dit M. Swancourt, avec beaucoup d'énergie.

Et il rentra dans la maison.

7

Vous ne savez rien de moi, mon amour [1]

Stephen Smith revint au presbytère, comme il l'avait promis. Sa visite avait un véritable motif artistique, même si un tel prétexte n'était pas nécessaire. Trente-six vieux bancs, d'un exquis travail du XVe siècle, se dégradaient rapidement dans une aile de l'église ; il devenait sage de noter le dessin de leurs contours, déjà rongés par les vers, avant qu'ils ne fussent rendus méconnaissables par l'agitation de ce qu'on appelait une restauration.

Il pénétra dans la maison au coucher du soleil, et la vie sourit à nouveau à deux têtes blondes. Le désappointement avait pourtant pincé le cœur d'Elfride un moment, lorsqu'elle avait découvert par hasard qu'il n'était pas venu en toute hâte directement de Londres, mais qu'il était déjà arrivé dans le voisinage la veille au soir. Elle s'en serait étonnée, si elle ne s'était pas souvenue que plusieurs touristes visitaient la côte en cette saison : Stephen avait sans doute voulu en faire de même.

Ce soir-là, ils ne firent guère que bavarder, M.

1. Walter Scott, *L'Adieu du vagabond.*

Swancourt commençant par questionner son visiteur, minutieusement mais avec une chaleur paternelle, sur ses espérances et son avenir dans la profession qu'il s'était choisie. Stephen donna des réponses vagues. Le jour suivant, il plut. Dans la soirée, quand vingt-quatre heures de la présence d'Elfride eurent complètement ranimé l'ardeur de son admirateur, elle lui proposa une partie d'échecs.

Le jeu avait sa valeur pour aider au développement de leur avenir.

Elfride s'aperçut très vite que son partenaire n'était qu'un débutant. Elle remarqua ensuite qu'il avait une façon étrange de manipuler les pièces lorsqu'il roquait ou faisait une prise.

Elle eût supposé auparavant que tous les joueurs faisaient des gestes donnés de la même manière ; ses façons différentes lui enseignèrent qu'inconsciemment tous les joueurs ordinaires, ceux qui apprennent les échecs en regardant jouer les autres, touchent les pièces d'une manière stéréotypée. Cette impression d'une indescriptible étrangeté dans sa façon de faire la poussa à intervenir lorsqu'elle vit, au moment où il prenait un fou, qu'il le poussait de côté au moyen de sa propre pièce, au lieu de le retirer en préliminaire à son coup.

« Vous manipulez les pièces d'une façon bien étrange, M. Smith !

– Vraiment ? J'en suis désolé.

– Oh non... ne soyez pas désolé ! Ce n'est pas un motif de désolation. Mais qui vous a appris à jouer ?

– Personne, Mlle Swancourt, dit-il. J'ai appris dans un livre prêté par mon ami M. Knight, l'homme le plus noble du monde.

– Mais vous avez vu des gens jouer ?

– Je n'ai jamais vu jouer une seule partie. C'est aujourd'hui ma première occasion de jouer avec un partenaire réel. J'ai travaillé sur de nombreuses parties rapportées dans des livres et j'ai étudié les raisons des différents coups, mais c'est tout. » Cela expliquait complètement sa façon de faire, mais le fait qu'une personne intéressée par les échecs ait pu voir le temps s'écouler sans être capable d'assister ou de participer à une partie ne l'étonna pas qu'un peu. Elle médita la chose quelque temps, en regardant dans le vide et en gênant ainsi le déroulement du jeu.

M. Swancourt était assis, les yeux rivé à l'échiquier, mais pensant manifestement à autre chose. En attendant le jeu d'Elfride, il dit, à moitié pour lui-même :

– *Quae finis aut quod me manet stipendium ?*

Stephen reprit aussitôt :

– *Effare : jussas cum fide poenas luam*[1].

– Excellent... rapide... comme c'est agréable ! » dit M. Swancourt avec émotion.

Il abattit sa main sur la table, et l'ébranlement fit danser hors de leur case trois pions et un cheval.

« Je songeais à la façon dont ces mots s'appliquent à une étrange direction que je prends, mais il suffit ! Vous me causez un grand plaisir, M. Smith, car il est bien rare, dans ce désert, que je rencontre un homme assez bien né et assez érudit pour achever une citation, même banale.

– Je m'applique aussi ces paroles à moi-même, dit Stephen tranquillement.

– Vous ? J'aurais pensé que vous seriez le dernier homme sur terre à le faire.

– Allons ! » murmura Elfride, faisant la moue et désireuse de s'insinuer entre eux. « Dites-moi tout. Allons, expliquez, expliquez ! »

Stephen la regarda fermement dans les yeux et dit lentement, sur un ton plein de résonances lointaines qui paraissaient étrangement prématurées chez une personne aussi jeune :

1. Horace, *Épodes*, XVII, 2.

« *Quae finis*, que sera la fin, *aut*, ou bien, *quod stipendium*, quelle amende, *manet me*, m'attend ? *Effare*, parle franchement ; *luam*, je paierai, *cum fide*, loyalement, *jussas poenas*, la pénalité requise. »

Le pasteur, qui avait écouté cette récitation d'écolier les lèvres serrées de façon critique et qui, en raison de sa mauvaise ouïe, avait manqué le réalisme dont Stephen marquait l'énoncé de sa traduction, dit maintenant, avec hésitation :

« À propos, M. Smith (je sais que vous excuserez ma curiosité), bien que votre traduction soit irréprochablement correcte et proche, vous avez une façon de prononcer le latin qui me semble tout à fait singulière. Non que la prononciation d'une langue morte soit d'une grande importance, mais vos accentuations, vos brèves et vos longues ont un son grotesque à mes oreilles. J'ai d'abord pensé que vous aviez acquis votre prononciation des voyelles dans quelque université du Nord, mais il ne peut en être ainsi des accentuations. J'allais donc vous demander s'il était possible que votre professeur de lettres classiques vînt d'Oxford ou de Cambridge ?

– Oui, il était à Oxford... un membre du collège Saint-Cyprien.

– Vraiment !

Oh oui, il n'y a aucun doute à ce sujet !

– C'est la chose la plus bizarre que j'aie jamais entendue, dit M. Swancourt très étonné. Que l'élève d'un tel homme...

– L'homme le meilleur et le plus intelligent d'Angleterre.

– Que l'élève d'un tel homme prononce le latin à la manière dont vous le prononcez, cela dépasse mon entendement. Combien de temps vous a-t-il dispensé son enseignement ?

– Quatre ans.

– Quatre ans !

– Cela ne vous paraîtra pas si étrange quand je vous

aurai expliqué, s'empressa d'ajouter Stephen. Cela s'est fait par correspondance. Je lui envoyais exercices et analyses de textes deux fois par semaine, et deux fois par semaine il me les renvoyait corrigés, accompagnés de directives marginales. Voilà comment j'ai appris ce que je sais de latin et de grec. Il n'est pas responsable de ma scansion. Il ne m'a jamais entendu scander une seule ligne.

– Un cas original, et un singulier exemple de patience ! s'écria le pasteur.

– De sa part, non de la mienne. Ah, Henry Knight est d'une espèce rare ! Je me rappelle ses propos au sujet justement de la prononciation. Il dit que, à son grand regret, il voit venir un temps où chaque personne prononcera même les mots communs de sa propre langue comme cela paraîtra correct à ses seules oreilles, et on ne s'en scandalisera pas pour autant ; que l'âge du discours passe et fait place à l'âge de l'écriture. »

Aussi bien Elfride que son père avaient écouté attentivement pour entendre Stephen en venir à ce qui eût été la partie la plus intéressante de l'histoire, à savoir les circonstances qui pouvaient avoir rendu nécessaire une méthode éducative si peu habituelle. Mais aucune autre information ne fut spontanément fournie, et, à la façon dont le jeune homme se concentrait sur l'échiquier, ils virent qu'il était impatient d'abandonner le sujet.

La partie continua. Elfride jouait par routine ; Stephen avec de grands efforts de pensée. Elle estima qu'il serait extrêmement cruel de lui faire échec et mat après tout ce travail. Qu'était-elle assez malhonnête pour faire dans sa compassion ? Le laisser lui donner échec et mat à elle. Une deuxième partie suivit ; et comme elle était absolument indifférente à son issue (elle jouait mieux que la moyenne des femmes et le savait), elle lui permit de gagner encore une fois. Une dernière partie, où elle adopta le gambit de Muzio comme ouverture, se termina par la victoire d'Elfride au douzième coup.

Stephen la regarda avec méfiance. Son cœur battait avec une fébrilité encore plus grande que celui de la jeune femme, lequel avait accéléré son rythme lorsqu'elle s'était sérieusement mise au travail en cette dernière occasion. M. Swancourt, quant à lui, avait quitté la pièce.

« Vous vous êtes jouée de moi jusqu'à présent, s'exclama-t-il le visage empourpré. Vous n'avez pas joué de votre mieux au cours des deux premières parties. »

La culpabilité d'Elfride se lisait sur son visage. Stephen devint une incarnation de la contrariété et de la tristesse ; et, si elle les savoura un moment, elle regretta l'instant d'après l'erreur qu'elle avait commise.

« Pardonnez-moi, M. Smith, dit-elle gentiment. Je vois bien maintenant ce qui ne m'était pas apparu au départ, ce que mon action paraît témoigner de mépris pour vos capacités. Mais ce n'est certes pas ce que j'avais en tête. Ma conscience m'interdisait de remporter une victoire, dans ces deux premières parties, sur quelqu'un qui avait un tel désavantage et combattait si vaillamment. »

Il prit une profonde aspiration et murmura avec amertume :

« Ah ! vous êtes plus intelligente que moi. Vous pouvez tout faire. Moi, je ne sais rien faire. »

Son cœur s'enfla dans sa poitrine.

« Oh ! Mlle Swancourt, s'exclama-t-il violemment, il faut que je vous dise combien je vous aime. Pendant tous ces mois de séparation, je vous ai adorée ! »

Il sauta de son siège comme le gamin impulsif qu'il était, se glissa à son côté et, avant qu'elle pût s'en douter, il lui prit la taille, et leurs cheveux bouclés se mêlèrent.

La passion amoureuse était si inédite pour Elfride qu'elle se mit à trembler, autant de la nouveauté de l'émotion que de l'émotion elle-même. Soudain, elle se dégagea et se redressa, vexée de s'être soumise sans résistance à cette pression, même momentanée.

« Il ne faut pas recommencer de tels gestes », fit-elle, avec une coquetterie hautaine très transparente. « Et... ne recommencez pas... papa va arriver.

– Laissez-moi vous embrasser... un tout petit baiser », dit-il, avec sa douceur habituelle et sans percer la coquetterie de son attitude.

« Non, pas un seul.

– Seulement sur votre joue.

– Non.

– Sur le front ?

– Certainement pas.

– Vous aimez quelqu'un d'autre, alors ? Ah, je le savais !

– Bien sûr que non !

– Vous ne m'aimez pas non plus ?

– Comment pourrais-je le dire ? »

Elle avait parlé simplement, avec une simplicité inscrite à gros traits dans sa conduite et ses paroles. Il y avait ce demi-ton de voix et cette expression à demi-masquée des yeux qui indiquent à l'initié combien fragile, à ces moments-là, est la glace dont la réserve s'entoure.

Un bruit de pas se fit entendre. M. Swancourt rentra dans la pièce, mettant ainsi fin à leur entretien privé.

Le lendemain de cette révélation partielle, M. Swancourt proposa une sortie jusqu'aux falaises de l'autre côté de la baie de Targan, à trois ou quatre milles de là.

Une demi-heure avant le départ prévu, on entendit un craquement dans la cour, et Worm arriva pour dire, en partie au monde en général, en partie à lui-même et un peu à ses auditeurs :

« Ah oui ! Sûr que c'te friture sera la fin de William Worm. I's'y sont r'mis c'matin... comme toujours... grezz, grezz, grezz !

– Encore votre tête, Worm ? fit M. Swancourt. Qu'était ce bruit venu de la cour ?

– Oui, m'sieur, j'suis un malheureux chancelant, et la friture a continué dans ma pauv'têt'toute la nuit et tout c'matin comme d'habitude. Ça m'a tellement étourdi que j'ai fait tomber une grosse bûche su'l'brancard de la charrette et qu'il est cassé. « Oui, que j'dis, c'est comme si c'était ma charrette à moi. J'sais qu'c'est d'ma faute, que j'irai à l'hospice si j'dois partir d'ici, p'têt'que j'suis tant indépendant que ç'ui-ci ou que ç'ui-là.

– Oh là là ! le brancard de la voiture cassé ! » s'écria Elfride.

Elle était contrariée, et Stephen bien plus encore. Le pasteur s'échauffa beaucoup plus que l'incident ne paraissait l'exiger, au grand embarras et à la surprise de Stephen. Il n'avait pas supposé que tant de sévérité latente pût coexister avec l'ouverture d'esprit de M. Swancourt et son allure bon enfant.

« Vous ne resterez pas sur cette déception, finit par dire celui-ci. C'est trop loin pour vous y rendre à pied. Elfride montera son poney, et vous, Smith, ma vieille rosse. »

Elfride s'exclama sur un ton triomphal :

« Vous ne m'avez jamais vue à cheval. Vous allez voir ! »

Elle regarda Stephen et devina immédiatement sa pensée :

« Oh ! Vous ne savez pas monter, M. Smith ?

– À mon grand regret, non.

– Imaginez un homme qui ne sait pas monter ! » fit-elle avec effronterie.

Le pasteur vint au secours du jeune homme :

« Cela arrive souvent ; M. Smith a eu bien d'autres choses à apprendre. Voilà ce que je vous suggère : Elfride montera à cheval et vous, M. Smith, vous marcherez à son côté. »

Cet arrangement fut accueilli par Stephen avec une joie secrète. Il paraissait combiner tous les avantages d'une longue et lente promenade avec Elfride sans l'inconvénient contingent que le plaisir fût gâché parce qu'elle se serait fatiguée.

On amena le poney sellé. La jeune femme descendit de sa chambre vêtue en amazone et donnant l'impression, comme à chaque fois qu'elle changeait de tenue, d'être une toute nouvelle édition de quelque livre délicieux.

« M. Smith, fit-elle d'un ton impérieux, vous allez être chargé de mission aujourd'hui. Ces boucles d'oreilles sont mes préférées ; elles ont malheureusement des crochets si courts qu'elles peuvent tomber, si j'agite trop la tête ; or, lorsque je monte à cheval, je ne peux pas leur accorder toute mon attention. Vous seriez un excellent cavalier servant si vous ne les perdiez pas de vue, si vous y pensiez à chaque minute de la journée et me préveniez au cas où je viendrais à en perdre une. »

Elle poursuivit, en s'adressant à la bonne qui se tenait à la porte.

« Il s'en est souvent fallu d'un cheveu qu'elles disparaissent, n'est-ce pas, Unity ?

– Oui, mademoiselle, c'est bien vrai ! » confirma Unity, les yeux arrondis par la commisération.

« Une fois, c'est sur le chemin que j'en ai retrouvé une », continua Elfride sur un ton pensif.

« Une fois, c'est près de la grotte d'Eighteen Arms, intervint Unity.

– Et sur le tapis de ma propre chambre, ajouta Elfride.

– Et la fois où elle était accrochée à la broderie de votre jupon, mademoiselle, et la fois où elle était tombée dans le dos de votre robe, hein ? Oh ! Dans quel état vous étiez, mademoiselle, avant de la retrouver ! »

Stephen prit le pied menu d'Elfride dans sa main.

« Un, deux, trois, hop ! » fit-elle.

Malheureusement non. Il chancela au moment de soulever ; le cheval fit un écart ; Elfride revint à terre avec une énergie plus grande qu'il ne lui eût été agréable. Smith était tout contrit.

« Ça ne fait rien, dit le pasteur d'un ton encourageant. Essayez encore une fois ! Bien que ça ait l'air facile, c'est un petit exploit qui requiert de la pratique. Tenez-vous plus près de la tête du cheval, M. Smith.

– Je ne vais certes pas le laisser recommencer ! » fit-elle avec une petite moue d'indignation. « Worm, venez m'aider à monter. »

Worm s'avança, et elle fut en selle en un rien de temps.

Ils se mirent en marche et firent un bout de chemin en silence. Une brise, qui se frayait un chemin dans les ravins montant dc la mcr, rafraîchissait de temps en temps leurs visages baignés dans l'air chaud de la vallée.

« J'imagine, fit Stephen, qu'un homme ne sachant ni se tenir lui-même en selle ni aider une autre personne à s'y installer paraît inutile et encombrant ; mais, Mlle Swancourt, j'apprendrai tout cela pour l'amour de vous, je vous le promets. »

Sur un ton professoral légitime chez une amazone s'adressant à un pauvre diable de piéton, elle lui répondit :

« Ce qui est tellement insolite chez vous, c'est que votre connaissance de certaines choses s'allie à une telle ignorance de certaines autres. »

Stephen leva les yeux vers elle.

« Vous savez, c'est simplement qu'il y a tant d'autres choses à apprendre dans le vaste monde que je n'ai pas pris la peine d'acquérir ce savoir particulier. Je pensais qu'il me serait inutile ; mais je ne le crois plus. J'apprendrai à monter à cheval et tout ce qui s'y rapporte, car vous m'en aimerez mieux. Vous ai-je beaucoup déplu ? »

Elle le regarda de côté et traduisit tendrement sa réflexion critique.

« Trouvez-vous que je ressemble à *La Belle dame sans merci*[1] ? » commença-t-elle, sans répondre à sa question. « Imaginez-vous donc en train de déclarer :

Je l'assis sur mon coursier rapide,
Et ne vis rien d'autre tout le long du jour,
Car elle se penchait vers moi et chantait
Une chanson de fée...
Elle me trouva des racines d'une douceur exquise,
Du miel sauvage, de la manne...

et c'est tout ce qu'elle a fait.

– Non, non, dit le jeune homme en rougissant :

Et elle lui dit en une langue étrange,
Tu es mon bien-aimé.

– Pas du tout, répliqua-t-elle rapidement. Voyez un peu comme je galope. Allez, poussez-vous ! »

Et Elfride s'enfuit ; Stephen vit sa silhouette légère décroître aux dimensions d'un oiseau, pendant que, les cheveux au vent, elle s'enfonçait dans le lointain.

Il continua de marcher dans la même direction et, pendant un temps considérable, ne vit aucun signe de son retour. Morne comme une fleur sans soleil, il s'assit sur une grosse pierre ; pendant un quart d'heure, aucun son ne lui parvint, ni du cheval ni de la cavalière. Puis Elfride et Pansy apparurent sur la colline, qui s'en revenaient au trot.

« Quelle délicieuse course nous avons faite ! » dit-elle, les joues en feu et les yeux brillants. Elle fit faire

1. Poème de Keats.

demi-tour à son cheval, Stephen se leva, et ils reprirent leur chemin.

« Eh bien, qu'avez-vous à me dire, M. Smith, après ma longue absence ?

– Vous rappelez-vous une question à laquelle vous ne pouviez pas répondre précisément, hier soir : est-ce que je compte plus pour vous que quiconque ? demanda-t-il.

– Je ne peux pas répondre précisément maintenant non plus.

– Et pourquoi pas ?

– Parce que je ne sais pas si *moi*, je compte plus pour vous que qui que ce soit.

– Oui, incontestablement », s'exclama-t-il, d'une voix qui traduisait la plus haute appréciation. En même temps, il passa devant elle et la regarda bien en face.

« Les yeux dans les yeux ! » murmura-t-il, avec espièglerie.

Elle obéit, en rougissant, et lui retourna ses regards.

« Et pourquoi pas les lèvres sur les lèvres ? s'enhardit-il à proposer.

– Non, certainement pas. On pourrait nous voir, et c'en serait fini de moi. Vous pouvez baiser ma main, si vous voulez. »

Il eut une expression qui montrait combien baiser une main à travers un gant, et un gant de cheval encore, était une faible faveur en de telles circonstances.

« Bien ; alors, je vais ôter mon gant. N'est-ce pas une jolie main blanche ? Vous ne voulez pas la baiser ? Dans ce cas, je ne vous l'offre plus.

– Que je sois privé de baisers toute ma vie, si je ne le fais pas sur-le-champ, cruelle Elfride ! Vous savez bien que je vous aime plus que je ne saurais le dire ; que vous êtes ma reine. Je mourrais volontiers pour vous, Elfride ! »

Le rouge colora rapidement ses joues encore une fois, et elle le regarda pensivement. C'était pour Elfride un instant de fierté. Elle régnait sur un cœur en despote absolu, pour la première fois de sa vie.

Stephen se jeta subrepticement sur sa main.

« Non, pas question ! dit-elle avec intransigeance. Et vous ne devez pas me prendre par surprise. »

Pour la possession absolue de cette main très convoitée, une douce forme de bagarre s'ensuivit, où la pétulance d'un gamin et d'une fillette était bien plus frappante que la dignité d'un homme et d'une femme. Pansy commença à s'agiter. Elfride se redressa et se ressaisit.

« À cause de vous, je ne me tiens pas bien du tout », s'exclama-t-elle, sur un ton qui n'était ni celui du plaisir ni celui du reproche, mais relevait des deux. « Je n'aurais pas dû permettre un jeu aussi turbulent ! Nous sommes maintenant trop âgés pour ce genre de choses.

– J'espère que vous ne me trouvez pas... un individu trop déplaisant », dit-il d'un ton repentant, conscient qu'il avait lui aussi perdu un peu de dignité dans cette affaire.

« Vous êtes d'une familiarité intolérable ! Étant donné le peu de temps depuis lequel nous nous connaissons, M. Smith, vous en prenez trop à votre aise. Vous, un homme de la ville, vous pensez que je suis une paysanne et que peu importe la manière de me traiter !

– Je vous assure, Mlle Swancourt, que je n'avais aucune arrière-pensée. Je voulais déposer un baiser doux et sérieux sur votre main, c'est tout.

– Voilà que vous vous y remettez ! Et ne me regardez pas comme vous le faites », dit-elle en secouant la tête, et elle poussa sa monture de manière à le précéder de quelques pas. Elle quitta ainsi le chemin et prit à travers champs en direction des falaises. À la limite des champs les plus proches de la mer, elle exprima le désir de descendre de cheval. Celui-ci fut attaché à un poteau, et ils s'engagèrent tous les deux dans un chemin irrégulier qui s'achevait sur une corniche plate faisant le tour de l'énorme rocher bleu-noir, à mi-hauteur entre la mer et le rebord supérieur de la falaise. Très au-dessous, l'océan infini s'étendait devant eux ; autour de rochers isolés, on voyait de blanches mouettes criardes paraissant toujours vouloir se poser, sans jamais le faire. À droite et à gauche s'étageaient les crêtes en dents de scie des hauteurs battues par les vents qui formaient une suite culminant sous leurs pieds.

Une cavité naturelle, assez grande pour y admettre deux ou trois personnes, s'ouvrait dans la roche, derrière les jeunes gens, et formait un siège engageant. Elfride s'y assit et Stephen à côté d'elle.

« J'ai bien peur qu'il ne soit pas convenable pour nous d'être ici, dit-elle, d'un air à demi interrogateur. Nous ne nous connaissons pas depuis assez longtemps pour ce genre de choses, n'est-ce pas ?

– Oh si ! répondit-il judicieusement, bien assez longtemps.

– Qu'en savez-vous ?

– Ce n'est pas la longueur du temps qui mesure la qualité de notre relation, mais l'intensité de chaque minute.

– Oui, je comprends. Mais je voudrais que papa sache que je me conduis d'une manière vraiment nouvelle. Il ne le soupçonne même pas.

– Chère Elfie, je voudrais que nous soyons mariés. Je sais que j'ai tort de le dire avant que vous ne me connaissiez mieux ; pour autant, je le voudrais quand même. M'aimez-vous beaucoup, beaucoup ?

– Non », fit-elle troublée.

À cette dénégation catégorique, Stephen détourna résolument la tête et garda un silence de mauvais augure ; manifestement, il ne s'intéressait plus sur terre qu'aux bandes d'oiseaux de mer qui décrivaient des cercles, au loin.

« Je ne voulais pas vous interrompre complètement », balbutia-t-elle avec quelque inquiétude ; comme il restait toujours silencieux, elle ajouta avec une plus grande anxiété :

« Si vous renouvelez votre question, peut-être que je ne serais plus tout à fait... aussi obstinée... si... s'il ne vous plaît pas que je le sois.

– Oh ! mon Elfride ! » s'exclama-t-il, et il l'embrassa.

C'était le premier baiser d'Elfride. La nouveauté la rendit gauche, pleine de réticence... ne se laissant pas aller. Il n'y eut aucune de ces luttes apparentes pour se dégager d'un piège, dont le seul résultat est de vous y enfoncer encore plus, ni une attitude finale de passivité, pas plus que le rapprochement épaule contre épaule, la main contre la main, visage contre visage et, malgré la timidité affectée, les lèvres qui se trouvent juste où il faut, au moment suprême. Manquait cette façon gracieuse, encore qu'apparemment accidentelle, de trouver la bonne position, dont on a remarqué qu'elle précipite le résultat final et rend les amoureux plus aimants. Et pourquoi manquait-elle ? Parce que l'expérience faisait défaut. Une femme doit avoir reçu de nombreux baisers avant de bien savoir les donner.

De fait, l'art de tendre des lèvres féminines pour ces hommages amoureux suit les principes exposés par les traités de prestidigitation pour réussir le tour de la carte forcée. La carte doit être déplacée prestement, réservée, poussée par en dessous et n'être offerte cependant qu'au moment où la main de la personne qui ne se doute de rien atteint le paquet ; cette manœuvre doit être faite avec discrétion, mais de façon si câline toutefois que la personne dont on se joue imagine qu'elle choisit véritablement ce qui est en fait projeté dans sa main.

Là, on n'usait pas de tels mécanismes ; Stephen en eut conscience, avec d'abord un mouvement de regret que son baiser fût gâché par la confusion dans laquelle elle l'avait reçu ; avec ensuite le sentiment agréable que cette gaucherie faisait le charme de la dame.

« Alors, vous tenez à moi ? Vous m'aimez ? dit-il.

– Oui.

– Beaucoup ?

– Oui.

– Mais il ne faut pas que je vous demande de m'attendre et d'être un jour ma femme ?

– Pourquoi pas ? demanda-t-elle naïvement.

– Il y a peut-être une raison, mon Elfride.

– Pas que je sache.

– Supposez qu'à mon sujet quelque chose vous rende presque impossible de m'épouser, ou empêche votre père d'en approuver jusqu'à l'idée.

– Rien ne me fera cesser de vous aimer. On ne peut trouver aucun défaut à votre caractère personnel. Il est pur et généreux, je le sais : et je ne peux donc pas vous témoigner de la froideur.

– Rien d'autre ne pourrait vous affecter, quelque autre élément indépendant de mon caractère qui ruinerait mes qualités à vos yeux ?

– Aucunement, fit-elle avec un soupir de soulagement. Est-ce tout ? Et que m'importe une circonstance extérieure ?

– Vous pouvez difficilement en juger, ma chère, avant de savoir ce qu'il y a lieu de juger. Arrêtons donc d'en parler jusqu'à ce que nous soyons rentrés. Je crois en vous, mais je ne suis pas encore radieux.

– L'amour a pour nous la nouveauté et la fraîcheur de la rosée, et nous sommes ensemble, ce qui compte beaucoup pour des amoureux. Stephen, je crois bien saisir la différence entre vous et moi, et plus généralement entre les hommes et les femmes. Moi, je ne demande pas mieux que d'édifier mon bonheur, quelles que soient les circonstances qui se présentent ; vous, vous voulez bâtir un univers en conformité avec le vôtre.

– Elfride, vous tenez parfois des propos qui vous font paraître de cinq ans plus âgée que vous l'êtes, ou que je le suis. Il ne me viendrait pas de pensée aussi sage, même si je m'y appliquais... Aucun amoureux ne vous a embrassée auparavant ?

– Jamais.

– Je le savais ; vous étiez si inexpérimentée ! Vous montez bien à cheval, mais vous ne savez pas embrasser ; et, comme le disait mon ami Knight, c'est un défaut délicieux chez une femme.

– Allons, venez ; il faut que je me remette en selle, sans quoi nous ne serons pas rentrés pour le dîner. » Ils retournèrent à l'endroit où Pansy était attaché.

« Au lieu de confier mon pied à la paume instable d'un jeune homme, reprit-elle gaiement, je préfère user d'un marchepied plus sûr. Cette barrière fera l'affaire. Voilà qui est fait ! »

Ils rentrèrent au pas de promenade.

La gaieté de la jeune femme l'emporta sur les préoccupations de Stephen, et ils n'eurent plus qu'une chose en tête : le goût du moment présent.

Après avoir longtemps suivi un vol d'oiseau d'un regard rêveur, elle demanda :

« Qu'est-ce qui vous a fait m'aimer ?

– Je ne sais pas, répondit-il négligemment.

– Oh si ! vous le savez, insista Elfride.

– Vos yeux, peut-être.

– Qu'est-ce qu'ils ont ? Cela me contrarierait que vous répondiez à la légère. Qu'ont mes yeux ?

– Oh, rien qui vaille la peine d'être mentionné. Ils sont bien tous les deux.

– Allons, Stephen ! Cela ne me suffit pas. Qu'est-ce qui vous a fait m'aimer ?

– Il est possible que ce soit votre bouche.

– Eh bien, qu'est-ce qu'elle a, ma bouche ?

– Je trouve que c'est une bouche assez acceptable...

– Voilà qui n'est guère réconfortant.

– Avec des lèvres douces et une jolie moue ; mais, en réalité, rien de plus que tout le monde.

– N'inventez pas des choses au fur et à mesure, mon

cher Stephen. Allons : qu'est... ce... qui... vous... a... fait... m'aimer ?

– Peut-être votre cou et vos cheveux ; bien que je n'en sois pas sûr ; ou votre sang paresseux, qui ne fait que s'éloigner de vos joues, pour y revenir ; mais je n'en suis pas sûr. Ou vos mains et vos bras, parce qu'ils éclipsent toutes les autres mains et tous les autres bras ; ou vos pieds, parce qu'ils jouent sous votre robe comme de petites souris ; ou votre langue, parce qu'elle est d'une nuance délicate. Mais je n'en suis pas tout à fait sûr.

– Ah, c'est du joli ! Je ne me soucie pas de votre amour, s'il fait de moi un portrait aussi plat, sans être sûr de rien et avec des raisonnements aussi froids. Mais qu'avez-vous *senti* que j'étais, vous savez, Stephen (elle eut un rire furtif et lui lança un regard folâtre), quand vous vous êtes dit à vous même : « Je vais certainement m'éprendre de cette jeune femme. »

– Je... je ne me le suis jamais dit.

– Alors, quand vous vous êtes dit à vous-même : « Je ne vais jamais m'éprendre de cette jeune dame ? »

– Je ne me suis pas dit cela non plus.

– Alors, était-ce : « Je suppose qu'il me faut aimer cette jeune dame » ?

– Non.

– Alors, quoi ?

– C'était beaucoup plus fluctuant... Rien d'aussi net.

– Dites-le ! Dites-le-moi !

– C'était que je ne devais pas penser à vous, si je vous aimais sincèrement.

– Là, je ne comprends pas. Il n'y a pas moyen de vous faire parler. Et je ne vous demanderai plus – jamais plus – de me dire, du plus profond de votre cœur, ce qui vous a fait m'aimer.

– Douce provocatrice, à quoi bon ? Cela revient à cette seule chose simple : il fut un temps où je ne vous avais pas vue et où je ne vous aimais pas ; puis je vous ai vue, et je vous ai aimée. Est-ce suffisant ?

– Oui, je m'en contenterai... Je sais, je crois, ce qui m'a fait vous aimer. Vous êtes joli garçon, c'est entendu, mais ce n'était pas la raison. C'est que vous êtes docile et doux.

– Ce ne sont pas tout à fait les qualités propres à susciter l'amour pour un homme », remarqua Stephen.

Il avait parlé d'un ton à la fois mécontent et autocritique.

« Peu importe, reprit-il. Dès que nous serons rentrés, il faut que je demande à votre père la permission de nous fiancer. Ce seront de longues fiançailles !

– Je préfère... Mais, Stephen, ne dites rien avant demain.

– Pourquoi ?

– Parce que s'il s'y opposait – je ne le crois pas, mais si cela arrivait –, notre ignorance de ce refus nous aura permis d'avoir un jour de bonheur de plus... Eh bien ! Dans quelles pensées êtes vous absorbé ?

– J'imaginais le plaisir que mon ami Knight aurait à nous voir ainsi. Je souhaite qu'il puisse venir.

– Il me semble que vous pensez beaucoup à lui, remarqua-t-elle, avec une pointe de jalousie. Ce doit être un homme bien intéressant pour mobiliser autant de votre attention.

– Intéressant ? s'exclama Stephen, le visage rayonnant de ferveur. Vous devriez dire : noble !

– Oh ! oui, oui ; j'oubliais, fit-elle, à moitié ironique. « L'homme le plus noble d'Angleterre », avez-vous dit hier soir.

– C'est une personne remarquable ; riez si vous voulez, Mlle Elfie.

– Je sais qu'il est votre héros, mais que fait-il, s'il fait quelque chose ?

– Il écrit.

– Qu'écrit-il ? Je n'ai jamais entendu son nom.

– Parce que sa personnalité, et celle de quelques autres comme lui, est fondue dans un vaste collectif, à savoir l'impalpable entité nommée *The Present* – une revue mondaine et littéraire.

– N'est-il donc qu'un chroniqueur ?

– Seulement, Elfie ? Ma foi, je vous dirai que c'est une chose remarquable que de faire partie de l'équipe de *The Present*. Considérablement plus remarquable que d'écrire des romans.

– Voilà qui est dirigé contre moi et ma pauvre *Cour du château du roi Arthur*.

– Non, Elfie, murmura-t-il, ce n'est pas ce que j'ai voulu dire. Je veux dire que c'est un homme important dans le domaine littéraire, et pas tout à fait un chroniqueur. Les textes qu'il écrit sont plus que des chroniques, bien qu'il fasse de temps à autre la recension d'un livre. Ses sujets habituels sont la société et l'éthique – tout ce qui constitue *The Present* en dehors de la critique littéraire.

– J'admets qu'il doit avoir du talent, puisqu'il écrit dans *The Present*. Nous ne le lisons qu'irrégulièrement. Je veux que papa s'abonne, mais il est tellement conservateur ! Voyons autre chose, à propos de ce M. Knight... Je suppose que c'est un homme très bien.

– Un homme excellent. Je vais m'efforcer de devenir un jour son ami intime.

– Ne l'êtes-vous pas déjà ?

– Non, je ne vais pas jusque-là », répondit Stephen, comme si la supposition était extravagante. « Voilà ce qu'il en est : il est originaire du même endroit que moi, et il a été mon professeur, mais je ne suis pas, avec lui, sur un pied d'intimité. Comme je serai heureux, une fois riche et célèbre, d'être à tu et à toi avec lui ! »

Les yeux de Stephen étincelaient.

Une moue se forma sur les douces lèvres d'Elfride.

« Vous pensez toujours à lui, et vous le préférez à moi, dit-elle.

– Vraiment pas, Elfride. J'ai pour chacun de vous des sentiments tout à fait différents. Mais je l'aime bien, et il mérite encore plus d'affection de ma part que je ne lui en donne.

– Vous n'êtes pas gentil, en ce moment, et vous me rendez aussi jalouse que possible ! s'exclama-t-elle méchamment. Je suis sûre que vous ne parlerez jamais de moi à une tierce personne avec la chaleur que vous mettez à me causer de lui.

– Mais vous ne comprenez pas, Elfride, dit Stephen avec un mouvement d'inquiétude. Vous le connaîtrez un jour. Il est si brillant – non, ce n'est pas exactement brillant ; si attentionné – attentionné ne le décrit pas non plus – que vous serez charmée de lui parler. On ne peut que souhaiter l'avoir pour ami, et ce n'est pas la moitié de ce que je pourrais dire de lui.

– Peu m'importe qu'il soit bien ; je ne veux pas le connaître, parce qu'il vient se glisser entre vous et moi. Vous pensez à lui jour et nuit, beaucoup plus qu'à n'importe qui, et quand vous pensez à lui, je suis chassée de votre esprit.

– Non, ma chère Elfride ; je vous aime tendrement.

– Et il ne me plaît pas que vous m'en parliez si chaleureusement, juste au moment où vous me déclarez votre amour. Stephen, supposons que moi et votre Knight soyons tous les deux en train de nous noyer, et que vous ne puissiez sauver que l'un de nous.

– Oui, c'est la vieille question stupide : qui sauverais-je ?

– Eh bien, qui ? Pas moi.

– Tous les deux, dit-il en prenant sa main, qu'elle lui abandonna.

– Non, ça ne va pas ; un seul d'entre nous.

– Je ne peux pas dire, je ne sais pas. C'est désagréable... Il est tout à fait horrible de devoir considérer cette idée.

– Ah, je vois ! Vous le sauverez et vous me laisserez me noyer : je n'ai rien à faire de votre amour ! »

Elle avait fait son possible pour donner un ton enjoué

à ses propos, mais les dernières paroles étaient d'une gaieté un peu forcée.

À ce moment de leur discussion, elle força l'allure pour suivre un virage que le sentier piétonnier évitait avant de retrouver la route un peu plus loin. Quand elle refit son apparition, elle s'arrangea pour regarder continuellement dans une autre direction que Stephen et lui faire éprouver ainsi la froideur de son mécontentement. Il se sentit rapidement perdant, à ce jeu de l'indifférence, et fit en sorte de rentrer dans son champ de vision.

« Êtes-vous fâchée, Elfie ? Pourquoi ne parlez-vous pas ?

– Vous n'avez qu'à me sauver, donc, et laisser votre M. Intelligent se noyer. Je le hais. Alors, qu'allez-vous faire ?

– Vraiment, Elfride, vous ne devriez pas insister avec cette question pénible. C'est ridicule.

– Dans ce cas, je ne resterai plus jamais seule avec vous. C'est méchant de me blesser ainsi ! »

Elle rit de sa propre absurdité, mais elle s'obstina.

« Allons, Elfie, réconcilions-nous et soyons amis.

– Dites que vous me sauveriez et que vous le laisseriez se noyer.

– Je vous sauverais... et lui aussi.

Et le laisseriez se noyer. Dites le donc, ou bien c'est que vous ne m'aimez pas, insista-t-elle pour le taquiner.

– Je le laisserais se noyer, s'écria-t-il avec désespoir.

– Et voilà ! Maintenant, je suis toute à vous », dit-elle, avec un éclair de triomphe très féminin dans les yeux.

« Une seule boucle d'oreille, mademoiselle, sur ma vie, dit Unity, lorsqu'ils entrèrent dans le hall. L'inquiétude se lut sur le visage d'Elfride, et sa main vola comme une flèche jusqu'à son oreille.

« Et voilà ! » lança-t-elle à Stephen, avec un regard plein de reproches.

« J'ai complètement oublié ! Si seulement j'y avais pensé ! » répondit-il avec remords.

Elle fit demi-tour et se dirigea vers le massif d'arbustes. Stephen la suivit.

« Si c'était à moi que vous ayez dit de veiller sur quelque chose, Stephen, je l'eusse fait religieusement » s'écria-t-elle avec humeur, dès qu'elle l'entendit derrière elle.

« Un oubli est pardonnable.

– Eh bien ! retrouvez-la, si vous voulez que je vous respecte et me fiance à vous, quand nous en aurons demandé la permission à papa. »

Elle réfléchit un moment et ajouta, plus sérieusement :

« Je sais maintenant où je l'ai perdue, Stephen. C'était sur la falaise. Je me rappelle une légère sensation de changement en moi, mais j'étais trop distraite pour y faire attention. C'est là qu'elle se trouve maintenant, et il faut que vous alliez l'y chercher.

– J'y vais sur-le-champ. »

Et il s'éloigna, remontant la vallée sous un soleil brûlant, dans le silence de mort du début de l'après-midi. Il escalada avec une hâte vertigineuse la succession de rochers éventés, jusqu'à l'endroit où ils s'étaient assis. Il fouilla du regard et de la main pierres et anfractuosités, mais le bijou perdu d'Elfride ne se laissa voir nulle part. Stephen revint ensuite lentement sur ses pas, s'arrêta à un carrefour pour réfléchir un moment, puis il quitta le plateau et descendit à travers champs en direction du château d'Endelstow.

Sans la plus petite hésitation pour s'orienter, il suivit le petit sentier le long de la rivière, manifestement familier de chaque pouce de ce coin de terre. Les ombres commençaient à s'allonger et la lumière du jour devenait tamisée, quand il franchit les deux petites barrières qui signalaient la lisière du parc d'Endelstow.

La rivière passait maintenant sous la clôture du parc avant de s'enfoncer dans le bocage, un peu plus loin.

Là, entre la clôture et le cours d'eau, un cottage se dressait sur une petite élévation de terrain, autour de laquelle la rivière décrivait une boucle. L'élément caractéristique de cette habitation confortable était, à l'extrémité d'un pignon, une cheminée unique dont la forme carrée était masquée par un énorme manteau de lierre qui s'était développé avec tant de luxuriance et si loin de sa base qu'il conférait à la masse de la cheminée la dimension d'une tour. À courte distance de l'arrière de la maison passait l'enceinte du parc, par-dessus laquelle on pouvait voir les sycomores du bosquet marquant de lentes inclinaisons devant le vent qui s'éveillait.

Stephen traversa le petit pont de bois devant le cottage, s'avança vers la porte et l'ouvrit sans frapper ni se signaler autrement.

Des exclamations de bienvenue fusèrent, suivies du bruit de chaises raclant un sol de pierre, comme si elles avaient été repoussées en arrière par leurs occupants se levant de table. La porte fut refermée, et rien ne pouvait plus s'entendre, venant de l'intérieur, qu'un bavardage animé et un cliquetis de vaisselle.

8

Allen-a-Dale n'est ni baron ni lord [1]

Les brumes se glissaient hors des étangs et des marécages pour faire leurs pèlerinages nocturnes quand Stephen se présenta devant la porte d'entrée du presbytère. Elfride se tenait sur le seuil, baignée dans la lumière citron du soleil couchant.

« Vous n'avez pas passé tout ce temps à chercher ma boucle d'oreille ? demanda-t-elle, anxieuse.

– Oh non ! Et je ne l'ai pas trouvée.

– Tant pis. Je suis pourtant très contrariée, ce sont mes plus jolies boucles. Mais, Stephen, quoi que vous ayez fait, où étiez-vous ? J'étais tellement inquiète. Je craignais pour vous, sachant que vous ne connaissez pas le pays. J'imaginais que vous aviez pu tomber du haut de la falaise ! Mais à l'heure qu'il est, j'ai bien envie de vous gronder pour m'avoir causé une telle peur.

– Il faut maintenant que je parle à votre père, dit-il assez brusquement. J'ai beaucoup de choses à lui dire, et à vous aussi, Elfride.

– Ce que vous avez à lui dire peut-il compromettre les bons moments que nous passons ensemble ? S'agit-il

1. Scott, *Rokeby*, III, 30.

de ce secret ténébreux auquel vous faites si souvent allusion, et cela va-t-il me rendre malheureuse ?

– C'est possible. »

Elle respira péniblement et regarda autour d'elle, comme à la recherche d'un souffleur.

« Remettez cela jusqu'à demain matin », dit-elle.

Il soupira involontairement lui aussi.

« Non, cela doit se faire ce soir. Où est votre père, Elfride ?

– Quelque part dans le potager, je crois, répondit-elle. C'est là qu'il préfère se retirer le soir. Je vous laisse. Dites tout ce qu'il y a lieu de dire, faites tout ce qu'il y a lieu de faire. Songez que j'attends le résultat avec anxiété. »

Et elle rentra dans la maison.

Elle attendit dans le salon, observant les lueurs se changer en ombres, les ombres se changer en ténèbres, jusqu'à ce que son impatience de savoir ce qui s'était passé dans le jardin ne pût être maîtrisée plus longtemps. Elle fit le tour du massif d'arbustes, ouvrit la grille du jardin et balaya d'un regard intense l'espace déjà presque obscur, renfermé et protégé par les quatre murs : ils n'étaient pas là. Elle grimpa sur une petite échelle utilisée pour la récolte des fruits et, par-dessus le mur, elle scruta le champ. Ce champ s'étendait jusqu'à la limite des terres faisant partie du bénéfice ecclésiastique, et il était fermé de ce côté-là par une haie de troènes. M. Swancourt marchait de long en large devant la haie, en parlant à voix haute – tout seul, semblait-il d'abord. Non : une autre voix lançait des répliques, et cet interlocuteur paraissait se trouver de l'autre côté de la haie. La voix, toute douce qu'elle fût, n'appartenait pas à Stephen.

Cette autre personne devait se trouver dans le jardin abandonné d'un vieux manoir voisin, récemment racheté, avec ses terres, par une personne nommée Troyton qu'Elfride n'avait jamais vue. Son père pouvait avoir lié connaissance avec un membre de cette famille par-dessus la haie de troènes, ou bien quelque étranger à ce coin s'était-il égaré jusque-là.

Eh bien, il n'y avait aucune raison de le déranger. Selon toute apparence, Stephen n'avait pas encore fait la communication qu'il désirait faire à son père. Elle rentra encore une fois, en se demandant où le jeune homme pouvait être. Faute d'avoir mieux à faire, elle monta dans sa propre petite chambre. Elle s'y assit devant la fenêtre ouverte et plongea dans la méditation, le coude sur la table et la joue appuyée à sa paume.

C'était une chaude et tranquille nuit d'août. Si quelque interruption du silence s'élevait à la dignité de bruit, il pouvait être entendu à des milles de distance ; et le son le plus simple, de très loin. Elle resta ainsi, songeant à Stephen, à déplorer qu'il l'eût privée de sa compagnie sans motif apparent. Quel être délicat et sensible il était ! se disait Elfride, assez viril pour avoir son propre secret, et cela le grandissait considérablement à ses yeux. Ainsi absorbée dans sa vision intérieure, elle perdit la notion de l'heure.

Les conjonctions étranges de faits – de ceux, en particulier, qui appartiennent à la catégorie triviale du quotidien – sont si fréquentes dans une vie ordinaire que nous nous habituons à leur caractère inexplicable et oublions la question de savoir si les chances extrêmement faibles de telles rencontres ne seraient pas une sorte de réfutation que cela relevât le moins du monde du hasard. Ce qui arriva à Elfride à ce moment-là en est exemplaire. Elle évoquait, d'une manière très vivante et pour la vingtième fois, le baiser du matin et elle plaçait ses lèvres dans la position requise, lorsqu'elle entendit le bruit d'un baiser échangé sur la pelouse, exactement sous sa fenêtre.

Un baiser – non d'une sorte silencieuse et furtive, mais décidé, sonore et appuyé.

Son visage s'empourpra et elle regarda par la fenêtre,

mais en vain. Le bord du plateau dessinait sur la pâle splendeur du ciel une ligne sombre, triste et continue, sauf là où un jeune cèdre, ayant poussé plus haut que ses congénères, élevait sa tête au-dessus de l'horizon, perçant de son dard le firmament éclatant.

Si des personnes s'étaient tenues sur la partie herbeuse de la pelouse, Elfride eût pu voir leurs formes sombres. Mais les arbustes qui, primitivement pointillaient seulement la clairière s'étaient maintenant épaissis au point de dérober à la vue au moins la moitié de la haie qui les encerclait. Le couple pouvait se trouver de ce côté-là ; en tout cas, personne n'était visible.

Si aucune énigme n'avait été associée à son amoureux, à ses allusions et à ses absences, Elfride n'aurait jamais laissé s'insinuer dans son esprit le soupçon qu'il eût quelque chose à faire avec ce qui venait de se passer. Mais les réserves qu'il manifestait à présent – tout en ajoutant au mystère sans lequel elle ne l'eût peut-être jamais aimé – étaient propres à nourrir toutes sortes de doutes, et elle se demanda, avec une bouffée de jalousie, s'il n'était pas le coupable.

Elfride se glissa au rez-de-chaussée sur la pointe des pieds et se rendit dehors, au point précis où elle avait quitté Stephen pour lui permettre d'avoir une conversation privée avec son père. De là, elle visita tous les recoins autour de l'endroit d'où le bruit lui avait semblé provenir, parmi les énormes lauriers-tins, près des hautes touffes d'herbes de la pampa, au milieu de houx panachés, sous le saule pleureur. Mais en vain. En rentrant, elle appela :

« Unity !

– Elle est allée passer la soirée chez sa tante », expliqua M. Swancourt.

Il avait passé la tête par la porte de son cabinet de travail, permettant à la lueur de ses bougies d'inonder le visage d'Elfride, ce qui – pensa-t-elle –, non pas révéla mais créa une pourpre de perplexité pour brûler ses joues.

« Je ne vous savais pas dans la maison, papa, fit-elle surprise. Je suis sûre qu'aucune lumière ne venait de la fenêtre pendant que j'étais sur la pelouse. »

Elle constata que les volets étaient encore ouverts.

« Oh oui, je suis là, dit-il avec indifférence. Que voulais-tu à Unity ? Je crois qu'elle a préparé le souper avant de sortir.

– Ah oui ? Je ne suis pas allée voir. Ce n'est pas pour cela que je l'appelais. »

Elfride n'aurait pas su dire, maintenant qu'on le lui demandait, le motif précis de son appel. Son esprit passa à un autre sujet, apparemment futile. Une allumette était encore à l'état de braise dans le garde-feu, ce qui expliquait pourquoi elle n'avait pas vu de lumière venant de la fenêtre, puisque les bougies venaient d'être allumées.

« Je vais venir tout de suite. Je croyais que tu étais quelque part avec M. Smith. »

Malgré son inexpérience, Elfride ne put s'empêcher de penser que son père devait être merveilleusement aveugle s'il ne percevait pas les conséquences que commençait à avoir le fait qu'elle et Stephen fussent sans façons laissés ensemble ; merveilleusement innocent, s'il les voyait et ne s'en occupait pas ; merveilleusement bon, si – et c'est ce qu'elle trouvait le plus probable – il les avait vues, les avait étudiées et les couvrait de son approbation. Ces réflexions furent interrompues par l'apparition de Stephen, juste devant le porche, la tête et les épaules nimbés d'argent par les rayons de la lune qui avaient commencé à filtrer à travers les arbres.

« Votre trouble a-t-il quelque chose à voir avec un baiser sur la pelouse ? » demanda-t-elle brusquement, presque avec passion.

« Un baiser sur la pelouse ?

– Oui ! fit-elle, maintenant impérieuse.

– Je ne saisissais pas ce que vous vouliez dire et je

ne le comprends pas plus maintenant. Je n'ai certainement embrassé personne sur la pelouse, si c'est vraiment ce que vous voulez savoir, Elfride.

– Vous ne savez rien à ce sujet ?

– Absolument rien. Pourquoi me le demander ?

– Ne cherchez pas, ce n'est pas important. Et, Stephen, vous n'avez pas encore parlé à papa de nos fiançailles ?

– Non, fit-il avec regret. Je ne l'ai pas trouvé immédiatement, et puis j'ai tellement réfléchi à ce que vous avez dit, quant à la possibilité d'objections, de refus, de mots désagréables qui pourraient mettre fin à notre bonheur, que j'ai résolu d'attendre à demain ; cela nous donne un jour délectable de plus, aux délices mêlées de craintes.

– Oui, mais je crois qu'il ne conviendrait pas de garder le silence trop longtemps, dit-elle d'une voix douce. Je veux qu'il sache que nous nous aimons. Pourquoi avez-vous fait vôtre mon idée de délai ?

– Je vais vous l'expliquer, mais je veux d'abord vous dire mon secret, et vous le dire dès maintenant. Nous avons deux ou trois heures avant de nous retirer pour dormir. Remontons la colline jusqu'à l'église ! »

Elfride acquiesça passivement ; ils quittèrent la pelouse par un portillon latéral et montèrent dans le clair de lune qui inondait le vaste espace entourant l'édifice au sommet de la colline.

La porte en était fermée. Ils s'éloignèrent du porche et s'en furent, main dans la main, chercher un endroit où s'asseoir dans le cimetière. Stephen choisit une tombe plate paraissant plus fraîche et plus blanche que ses voisines, s'assit et l'attira doucement vers lui.

« Non, pas ici, dit-elle.

– Pourquoi pas ?

– Un simple caprice ; ne vous en inquiétez pas, dit-elle, souriante, en s'asseyant.

– Elfride, m'aimerez-vous en dépit de tout ce qui pourrait être dit contre moi ?

– Oh, Stephen ! Pourquoi répéter cela sans cesse si tristement ? Vous le savez bien. Oui, vraiment, assura-t-elle en se rapprochant, quoi qu'on dise de vous – et on ne peut m'en dire du mal –, je vous resterai attachée de la même façon. Je serai à votre côté jusqu'à ma mort.

– Avez-vous jamais songé à ce que pouvaient être mes parents ou la société dont je sors ?

– Non, pas spécialement. J'ai noté quelques petites bizarreries dans vos manières, c'est tout. Je suppose que vous avez fréquenté les cercles habituels de professions libérales.

– Supposez qu'il n'en soit rien, qu'en dehors de moi aucun membre de ma famille n'exerce une telle profession.

– Peu m'importe. Je ne m'occupe que de vous.

– Où croyez-vous que je sois allé à l'école ? Je veux dire : quelle sorte d'école ai-je fréquenté ?

– Le collège privé du Dr Untel, répondit-elle simplement.

– Non, la communale d'abord, puis une école paroissiale.

– Seulement ? Eh bien, je vous aime tout autant, Stephen, mon cher Stephen, murmura-t-elle tendrement. C'est vrai. Mais pourquoi me dites-vous ces choses avec tant de gravité ? En quoi m'importent-elles ? »

Il la serra contre lui et poursuivit :

« À votre avis, qui est mon père... Comment gagne-t-il sa vie ?

– J'imagine qu'il suit une carrière professionnelle ou une vocation.

– C'est un maçon.

– Un franc-maçon ?

– Non, il travaille comme maître maçon dans un village. »

Elfride commença par ne rien dire. Au bout d'un moment, elle murmura :

« C'est pour moi une drôle d'idée. Mais c'est égal, cela n'a aucune importance.

– Vous ne m'en voulez pas de ne pas vous l'avoir dit plus tôt ?

– Non, pas du tout. Avez-vous toujours votre mère ?

– Oui.

– Est-ce une femme bien ?

– Très bien... la meilleure mère du monde. Sa famille a été composée pendant des siècles de gros fermiers aisés, mais elle n'était qu'une simple laitière, parce qu'elle était restée orpheline.

– Oh, Stephen ! murmura-t-elle.

– Elle s'est occupée d'une laiterie longtemps après que mon père l'eut épousée, continua Stephen, maintenant assuré. J'ai des souvenirs très précis de ma prime jeunesse, quand j'allais la voir traire les vaches et écrémer le lait ; je somnolais pendant le barattage et je prétendais l'avoir aidée. Ah, c'était le temps du bonheur !

– Non, pas du bonheur !

– Mais si.

– Je ne vois pas comment il pouvait y avoir du bonheur quand il fallait travailler comme une bête de somme pour gagner sa vie – les mains rouges et gercées, des sabots aux pieds... Stephen, je reconnais qu'il semble étrange de vous voir à la lumière de... de... votre jeunesse fruste et des tâches ingrates que vous avez eues. »

Stephen se recula d'un ou deux pouces.

« Mais *je vous aime* tout autant », continua-t-elle, en se rapprochant de son épaule. « Je ne me soucie pas du passé et je vois bien que vous n'en valez que plus, pour avoir fait votre chemin dans le monde à partir de là.

– Ce n'est pas dû à mon mérite, c'est Knight qui m'a poussé.

– Ah, lui... vous parlez toujours de lui.

– Oui, à juste titre. Maintenant, Elfride, vous voyez pourquoi il me dispensait son enseignement par correspondance. Je l'ai connu des années avant qu'il n'entrât à Oxford, mais je n'étais pas assez avancé dans mes études pour que l'idée lui vînt de m'aider dans les lettres classiques avant qu'il ne partît de chez lui. Puis on m'a envoyé loin du village, et nous nous sommes rarement retrouvés, mais il a continué à me donner des leçons par lettres, avec la plus grande régularité. Je vous raconterai toute l'histoire, mais ce n'est pas le moment. Il n'y a rien à ajouter, sinon à préciser les lieux, les personnes et les dates. »

À ce moment-là, le débit de sa voix se ralentit timidement.

« Non, ne prenez pas la peine d'en dire plus. Vous êtes un brave et honnête garçon d'en avoir dit autant que vous l'avez fait, et il n'y avait là rien de terrible. Il est devenu normal qu'à leurs débuts les millionnaires arrivent à Londres avec leurs outils sur le dos et une demi-couronne en poche. Cette sorte d'origine devient tellement respectée, continua-t-elle gaiement, qu'elle acquiert un peu du parfum d'une lignée d'ancêtres normands.

– Ah, si j'avais déjà fait fortune, peu m'importerait ! Mais cela n'a guère été jusqu'ici que potentiel.

– C'est bien suffisant. Est-ce cela qui vous tracassait ?

– Je trouvais que j'agissais mal en vous laissant m'aimer avant de vous avoir fait le récit de ma vie ; j'avais pourtant peur de le faire, Elfie. Je redoutais tant de vous perdre que j'en devenais lâche.

– Comme tout ce qui vous concerne paraît clair après cette explication ! Du même coup, l'on comprend votre singulière façon de jouer aux échecs, votre prononciation latine que papa remarquait et votre curieux mélange de science livresque et d'ignorance de pratiques sociales courantes. Est-ce que cela a aussi quelque chose à faire avec ce que j'ai vu chez lord Luxellian ?

– Qu'avez-vous vu ?

– J'ai vu votre ombre enrouler une cape autour d'une dame. Moi, je me trouvais près de la porte latérale, vous deux étiez dans une pièce dont la fenêtre donnait vers moi. Vous m'avez rejointe un instant plus tard.

– C'était ma mère.

– Votre mère, *là* ? »

Elle se recula pour le contempler en silence.

« Elfride, ajouta Stephen, j'allais vous raconter le reste demain... Je le retenais encore... mais après tout, il faut que je vous le dise à présent. Le reste de mes révélations se rapporte au lieu de résidence de mes parents. Où croyez-vous qu'ils vivent ? Vous les connaissez... tout au moins de vue.

– Moi, je les connais ! fit-elle avec stupeur.

– Oui, mon père n'est autre que John Smith, le maître maçon de lord Luxellian qui habite près de la clôture du parc sur la rivière.

– Oh, Stephen ! Est-ce possible ?

– Il y a bien des années, il a bâti ou aidé à bâtir la maison que vous habitez ; il a élevé les colonnes de pierre qui flanquent la grille de la grande entrée du parc de lord Luxellian. Mon grand père a planté les arbres qui ceinturent votre pelouse ; ma grand-mère – qui travaillait les champs avec lui – maintenait chaque plan bien droit, pendant qu'il tassait la terre tout autour : ils me l'ont raconté quand j'étais enfant. Ce grand-père était aussi le bedeau, et c'est encore lui qui a creusé beaucoup des tombes qui sont ici.

– Votre inexplicable disparition le matin de votre arrivée et encore cet après-midi même, c'était pour courir voir votre père et votre mère ?... Je le comprends maintenant. Pas étonnant que vous paraissiez connaître le pays.

– Ce n'est pas étonnant. Mais rappelez-vous que je n'ai pas vécu ici depuis mes neuf ans. Je suis alors parti chez mon oncle, ouvrier du bâtiment près d'Exonbury, pour pouvoir être externe dans une école communale ; à cette date-là, il n'y en avait aucune sur la côte. C'est là que j'ai rencontré mon ami Knight. Et quand j'ai eu quinze ans, que l'instituteur et plus encore Knight m'eurent donné une certaine éducation, je fus placé comme élève dans un bureau d'architecte, parce que j'étais habile à manier le crayon. Mon apprentissage fut payé grâce aux grands efforts de mon père et de ma mère, malgré les réticences de lord Luxellian, lequel aime beaucoup mon père, cependant, et en pense le plus grand bien. J'y suis resté jusqu'à ce que, il y a six mois, j'obtinsse un poste de stagiaire – c'est le titre – dans un bureau de Londres. Voilà toute mon histoire.

– Dire que vous, le visiteur venu de Londres, le citadin, vous êtes né ici et avez connu ce village si longtemps avant moi ! Étrange ! Que cela me semble étrange ! murmura-t-elle.

– Dimanche dernier, ma mère a fait une révérence devant vous et votre père, indiqua Stephen avec un sourire douloureux. Et votre papa lui a dit : « Je suis content de vous voir régulièrement à l'église, Jane. »

– Je me le rappelle. Mais je ne lui ai jamais parlé. Nous ne sommes ici que depuis dix-huit mois, et la paroisse est si vaste !

– Opposée à tout cela, ajouta Stephen avec un rire amer, la croyance de votre père à mon « sang bleu » prévaut toujours dans son esprit. Le soir de mon arrivée, il a tenu à prouver que je descendais d'une des plus anciennes familles du pays, à cause de mon second nom de baptême ; alors qu'en réalité il m'a été donné parce que mon grand-père avait servi trente ans la famille Fitzmaurice-Smith comme aide-jardinier. J'avais entrevu votre visage, ma chérie, de sorte que je n'ai pas eu le cœur de le contredire et de lui raconter ce qui m'eût empêché de lier connaissance avec vous. »

Elle eut un profond soupir.

« Oui, je vois maintenant comment cette inégalité peut vous causer du tracas », murmura-t-elle. Elle reprit d'une voix basse et triste :

« Si seulement vos parents avaient vécu au loin ! Papa eût pu consentir à des fiançailles entre nous, s'ils avaient habité un village à une centaine de milles d'ici ; l'éloignement atténue les contrastes familiaux. Mais il ne voudra jamais... Oh, Stephen, Stephen ! Que faire ?

– Faire ? fit-il, timide et abattu. Renoncez à moi ; je vais rentrer à Londres, vous m'oublierez.

– Non, non ; je ne peux pas renoncer à vous ! Le caractère désespéré de nos affaires m'attache encore plus à vous. Mais je vois maintenant les choses sous un jour différent. Stephen, pourquoi nous tourmenter ? Pourquoi papa s'opposerait-il à nos fiançailles ? Un architecte à Londres est un architecte à Londres. Qui s'y pose des questions ? Personne. Nous allons vivre là-bas, n'est-ce pas ? Il n'y a pas lieu de nous alarmer. »

Les espérances d'Elfride réamorcèrent celles du jeune homme.

« D'ailleurs, fit Stephen, Knight ne tient aucun compte de ce que je ne suis qu'un fils de paysan. Je suis aussi digne de son amitié, dit-il, que le fils d'un lord ; et si je suis digne de son amitié, je suis digne de vous : qu'en pensez-vous, Elfride ?

– Non seulement je n'ai aimé personne d'autre que vous, reprit-elle au lieu de lui répondre, mais je n'ai jamais formé d'amitié solide, comme vous et Knight. Je regrette d'ailleurs que vous ayez de tels liens, je m'en sens diminuée.

– Allons, Elfride, vous savez le contraire, dit-il galamment. N'avez-vous vraiment jamais eu d'amoureux ?

– Jamais personne que je reconnaisse pour tel.

– Mais vous a-t-on déjà aimée ?

– Oui... Un homme a dit qu'il m'adorait.

– Il y a combien de temps ?

– Oh, longtemps.

– Combien, ma chérie ?

– Un an.

– Ce n'est pas très longtemps, remarqua-t-il, désappointé.

– J'ai dit longtemps et pas très longtemps.

– Voulait-il vous épouser ?

– Je crois. Mais il ne me plaisait pas. Même si je l'avais aimé, il n'était pas assez bien pour moi.

– Puis-je vous demander ce qu'il était ?

– Un gros fermier.

– Un gros fermier n'était pas assez bien pour vous... alors qu'il devait être bien plus riche que ma famille à moi ! Et où est-il maintenant ?

– Ici.

– Ici ! Que voulez-vous dire ?

– Je veux dire qu'il est ici.

– Où ça ?

– Il est sous cette tombe. Il est mort, et nous sommes assis sur sa sépulture. »

Le jeune homme se dressa et considéra la tombe.

« Elfie, quelle étrange et triste révélation ! Voilà qui me déprime beaucoup.

– Stephen, je ne voulais pas m'asseoir ici ; c'est vous qui avez insisté.

– Vous ne l'avez jamais encouragé ?

– Ni d'un mot, ni d'un regard, ni d'un signe, jamais, dit-elle avec solennité. Il est mort de consomption et il a été enterré le jour de votre arrivée.

– Partons ! Il me déplaît de me trouver près de lui, même si vous ne l'avez jamais aimé. Il vous a connue avant moi.

– Les soucis vous rendent déraisonnable. »

Elle boudait à moitié, mais elle suivit Stephen à quelques pas de distance.

« J'aurais peut-être dû vous en parler avant de nous asseoir. Oui, partons ! »

9

Son père entra en rage [1]

Oppressés malgré eux par la perspective de complications imminentes, Elfride et Stephen redescendirent la colline la main dans la main. Ils s'arrêtèrent à la porte, tristes et rêveurs, comme des enfants en retard à l'école.

Les femmes acceptent leur destin plus facilement que les hommes. Elfride s'était maintenant résignée à la révélation accablante des antécédents de son amoureux ; Stephen n'avait pas oublié ce très petit grief : Elfride avait été l'objet d'une admiration antérieure à la sienne.

« Quel était le nom de ce jeune homme ? s'enquit-il.

– Felix Jethway, le fils unique d'une veuve.

– Je me souviens de cette famille.

– Maintenant, elle me hait. Elle dit que je l'ai tué. »

Stephen resta songeur pendant qu'ils franchissaient le seuil.

« Stephen, je n'aime que vous », murmura-t-elle d'une voix tremblante.

Il lui serra les doigts ; la minuscule ombre de jalousie s'évanouit pour laisser place à une inquiétude commune bien plus réelle.

Le cabinet de travail était la seule pièce éclairée. Ils

1. Scott, *Marmion*, III, 13.

y entrèrent, après que chacun eut adopté un maintien destiné à masquer ce fait non dissimulable que l'amour réciproque constituait leur accord dominant. Elfride aperçut de dos un homme assis qui parlait avec son père. Elle se serait retirée, mais M. Swancourt l'avait vue.

« Entre, dit-il. Ce n'est que Martin Cannister ; il est venu chercher une copie du registre pour cette pauvre Mme Jethway. »

Martin Cannister, le bedeau, était au nombre des personnes qu'Elfride préférait. Il la captivait par le récit de ses étranges expériences, lorsqu'il déterrait au bout de longues années le corps de gens qu'il avait connus et qu'il les reconnaissait à tel ou tel petit signe particulier (alors qu'en réalité il n'avait jamais reconnu personne). Il avait de petits yeux rusés et il était riche d'un important double menton qui compensait dans une certaine mesure un pauvre nez minuscule.

Un bout de papier dans la main de Cannister et quelque shillings déposés devant lui sur la table montraient que la transaction avait déjà été opérée ; la teneur de leur conversation établit qu'un résumé des nouvelles du village mobilisait à présent l'attention du paroissien et du pasteur.

M. Cannister se leva et toucha du doigt son front au-dessus de l'œil, en guise de salutation respectueuse à Elfride ; il fit un salut moindre à Stephen (que, pas plus que les autres villageois, il ne reconnut un instant), puis il se rassit et reprit :

« Où en étais-je ?

– Au pieu, dit M. Swancourt.

– Ah, oui, le pieu. Alors, comme je disais, Nat enfonçait le pieu de cette façon, je pourrais dire. »

Ici, M. Cannister tint sa canne rigoureusement verticale de sa main gauche et, de la droite, il assena un coup très vigoureux sur le pommeau.

« John maintenait le pieu ainsi, je pourrais dire. »

Il donna alors une légère secousse à sa canne et jeta

un regard à la ronde, pour s'assurer avant de développer son propos que ses auditeurs avaient bien saisi la situation.

« Eh bien, quand Nat a eu donné une demi-douzaine de coups sur ce pieu, il s'arrêta une ou deux secondes. John, pensant qu'il en avait terminé, posa sa main sur le sommet du pieu, pour le secouer et voir s'il tenait bien dans le sol. »

M. Cannister ouvrit sa main au-dessus du pommeau de la canne qu'il masqua complètement de sa paume.

« Eh bien, Nat avait pas eu l'intention d'arrêter de cogner, pour ainsi dire, et quand John a eu posé sa main sur le pieu, la mailloche...

– C'est horrible ! s'exclama Elfride.

– La mailloche était déjà en train de tomber, vous voyez, monsieur. Nat a aperçu la main, mais il n'a pas pu arrêter le coup. La mailloche est retombée sur la main du pauvre John Smith et l'a réduite en purée.

– Mon Dieu ! Mon Dieu ! Le pauvre homme », s'écria le pasteur.

Sa voix avait eu l'intonation de la « Plainte des blessés » dans une adaptation de *La Bataille de Prague* pour piano-forte.

« John Smith, le maître maçon ? cria Stephen horrifié.

– Oui, lui-même ; et Dieu Tout-Puissant n'a jamais fait meilleure créature.

– Souffre-t-il beaucoup ?

– J'ai entendu dire, fit M. Swancourt sans prêter attention à Stephen, qu'il a un fils à Londres, un garçon de grand avenir.

– Oh ! qu'il doit souffrir ! insista Stephen.

– Un gros maillet ne peut pas causer une petite douleur. Eh bien, bonne nuit, m'sieur le pasteur, à vous aussi, m'sieur, et, ma foi, à vous mam'zelle. »

M. Cannister avait fait d'imperceptibles mouvements de recul, et lorsque ces salutations sortirent de sa bouche il avait déjà franchi la porte de la pièce. Il marcha d'un pas lourd le long du couloir, s'efforça plus d'une minute de fermer convenablement la porte extérieure, et on ne l'entendit plus.

Entre-temps, Stephen s'était tourné vers le pasteur pour lui dire :

« Je vous prie de m'excuser pour ce soir. Je dois partir. John Smith est mon père. »

Au début, le pasteur ne comprit point.

« Qu'avez-vous dit ? s'enquit-il.

– John Smith est mon père », répéta Stephen d'une voix ferme.

Un rouge plus prononcé colora le cou de M. Swancourt et gagna son visage ; ses traits durcirent et ses lèvres parurent s'amincir. Il était évident qu'une série de petites circonstances, dont il n'avait pas été tenu compte jusque-là, s'organisaient maintenant ensemble et formaient un tableau bien net dans son esprit, de manière à rendre superflue tout autre explication de Stephen.

« Vraiment », fit le pasteur d'une voix sèche et sans inflexion.

Comme la signification de ce mot dépend entièrement du ton qu'on emploie, l'énoncé de M. Swancourt équivalait à une absence d'expression.

« Je dois m'en aller », fit Stephen.

Il était agité et il eut un mouvement qui traduisait qu'il savait à peine s'il devait partir en courant ou rester plus longtemps.

« À mon retour, voudriez-vous bien, monsieur, m'accorder quelques minutes d'entretien privé ?

– Certainement. Encore qu'à l'avenir il me semble impossible que rien de privé puisse exister entre nous. »

M. Swancourt mit son chapeau de paille, traversa le salon baigné par le clair de lune, passa par la porte-fenêtre et sortit dans la véranda. Il n'était besoin d'aucun effort supplémentaire pour percevoir ce que le raisonnement eût pu faire prédire : d'une part, la coloration d'un esprit qui ne prenait ses plaisirs que dans les généalogies, les bons dîners et les réminiscences patriciennes ; d'autre part, que les préjugés de M. Swancourt excédaient sa générosité et que le temps où Stephen pouvait se tenir pour son ami et son égal lui était compté, s'il n'était pas déjà révolu.

Stephen fit un pas en avant, comme pour suivre le pasteur, puis il s'arrêta, absolument perplexe quant à la direction à prendre, et il partit gauchement vers la porte. Elfride le suivit lentement. Il n'avait pas fait plus de deux yards au-delà du seuil que Unity et Anne, la femme de chambre, rentraient d'une course au village.

« Avez-vous des nouvelles de John Smith ? L'accident n'est pas aussi grave qu'on l'a dit, n'est-ce pas ? demanda Elfride, suivant une intuition.

– Oh non ! Le docteur dit que ce n'est qu'une mauvaise contusion.

– J'en étais sûre ! fit Elfride gaiement.

– Selon lui, même si Nat pense qu'il n'a pas contrôlé la chute de la mailloche, il a quand même dû le faire sans s'en rendre compte... Et il l'a même beaucoup ralentie ; parce que s'il avait été frappé à pleine force, le coup aurait fait éclater la main, alors qu'en réalité elle est seulement toute bleue et noire.

– Quel bonheur ! » s'écria Stephen.

Unity, bouche bée, le regarda avec perplexité.

« Cela suffit, Unity », fit Elfride d'un ton magistral. Et les deux domestiques passèrent leur chemin.

« Me pardonnerez-vous, Elfride ? » dit Stephen, avec un faible sourire. « Personne n'est honnête en amour », et il serra les doigts de la jeune femme entre les siens.

Sa tête rejetée de côté, dans la pose chère à Greuze, Elfride semblait un tendre reproche. Elle lui pressa la main ; Stephen lui rendit cette pression par trois fois et s'éloigna rapidement vers le cottage de son père, près du mur du parc d'Endelstow.

« Elfride, que dis-tu de tout cela ? » demanda son père qui survint dès que Stephen se fut retiré.

Avec une vivacité toute féminine, elle fit usage de la moindre chance de plaider la cause de son amoureux.

« Il m'en avait parlé, affirma-t-elle d'une voix mal assurée ; de telle sorte que je n'ai rien eu à découvrir. Il venait justement vous en parler.

– Venait m'en parler ? Pourquoi ne l'avait-il pas encore fait ? Je trouve sa dissimulation sournoise aussi inadmissible, sinon plus, que le fait lui-même. On dirait vraiment qu'il s'est fichu de moi, et de toi aussi. Vous êtes sortis tous les deux et vous avez correspondu ensemble d'une façon que je désapprouve totalement... d'une façon tout à fait inconvenante. Tu eusses dû savoir combien une conduite pareille est déplacée. Une femme ne saurait être trop prudente pour ne pas être vue seule avec un je-ne-sais-qui.

– Vous nous avez vus, papa, et n'avez jamais rien dit.

– À quoi diable pouvais-je bien songer ? C'est ma faute, naturellement ; c'est ma faute. Lui, un fils de villageois ; et nous, les Swancourt, alliés aux Luxellian ! Nous n'avons accédé à rien pendant des siècles, mais maintenant je crois que nous sommes parvenus à quelque chose ! Je me demande qui je vais inviter ici, la prochaine fois ! »

Les chose prenant un tour défavorable, Elfride commença à pleurer.

« Oh, papa, papa, pardonnez-moi et pardonnez-lui ! Nous sommes tellement épris l'un de l'autre... Oh oui, tellement ! Et ce qu'il allait vous demander, c'est de nous permettre de nous fiancer, en attendant qu'il devienne un gentleman comme vous. Nous ne sommes pas pressés, mon cher papa, nous ne voulons pas le moins du monde nous marier à présent ni avant qu'il ne soit bien plus riche. Permettez-nous seulement de nous fiancer, parce que je l'aime tellement et qu'il en fait autant ! »

M. Swancourt était quelque peu touché par cet appel, mais cela le contrariait qu'il en fût ainsi.

« Certainement non ! » répondit-il. Il prononça cette interdiction de manière si insistante et sonore que le « non » sonna comme un « n-o-o-o-n ! »

– Oh, ne dites pas cela !

– Ah, c'est une charmante histoire ! Il ne suffit pas que j'aie été dupé en l'ayant ici – le fils d'un de mes paysans ! –, il faudrait encore que j'en fasse mon gendre ! Dieu du ciel, es-tu folle, Elfride ?

– Vous avez vu que des lettres de lui me parvenaient depuis sa première visite, papa, et vous saviez que c'étaient des sortes de... lettres d'amour ; depuis qu'il est ici, vous l'avez laissé se trouver seul avec moi presque tout le temps ; vous deviniez, vous deviez avoir deviné, ce à quoi nous pensions, ce que nous faisions ; et vous n'avez rien empêché. Après avoir cherché à se plaire, on en vient à vouloir se marier, et vous saviez que cela arriverait, papa. »

Le pasteur éluda cette attaque du bon sens.

« Je sais bien – puisque tu me forces à le dire – que j'avais prévu qu'un attachement enfantin pouvait naître entre vous ; je reconnais que je n'ai guère pris le peine de l'éviter ; mais je ne l'ai pas particulièrement approuvé ; comment peux-tu espérer, Elfride, que je le fasse à présent ? C'est impossible ; aucun père dans toute l'Angleterre n'y consentirait.

– Mais il reste le même homme, papa, le même dans toutes ses caractéristiques, comment me conviendrait-il moins à présent qu'auparavant ?

– Il paraissait être un jeune homme qui a du bien et des amis riches, mais il ne possède rien de tout cela, c'est donc un autre homme.

– Vous n'avez fait aucune enquête à son sujet ?

– Je m'en remettais à la recommandation de Hewby. Il eût dû m'informer. Tout comme le jeune homme lui-même eût dû me prévenir, bien entendu. Je tiens pour une conduite tout à fait malhonnête de s'introduire dans une maison comme un je-ne-sais-quoi perfide.

– Mais il n'osait pas vous parler ; et moi-même, je n'eusse pas agi différemment. Il m'aimait bien trop pour aller courir ce risque. Quant à parler de son entourage à sa première visite, je ne vois pas pourquoi il l'eût fait. Il venait ici pour affaires, et l'identité de ses parents ne nous concernait en rien. Ensuite, il a compris que, s'il vous en parlait, il ne serait plus invité ici et ne pourrait peut-être jamais plus me voir. Or il tenait à me revoir. Qui pourrait le blâmer de s'efforcer, par tous les moyens, d'être près de moi ?... la femme qu'il aime ? Tout est régulier en amour. Je vous l'ai entendu dire vous-même, papa ; vous en eussiez fait de même, tout comme n'importe qui.

– Et n'importe qui, ayant découvert ce que j'ai découvert, agirait comme je le fais pour réparer mon erreur ; autrement dit, je vais me débarrasser de lui aussitôt que les lois de l'hospitalité le permettront. »

Mais M. Swancourt se souvint alors qu'il était chrétien.

« Je ne voudrais pour rien au monde, ajouta-t-il, sembler le mettre à la porte, mais je pense qu'il aura assez de tact pour voir qu'il serait de mauvais goût de rester ici plus longtemps, après ce qui vient de se passer.

– Il l'aura, parce qu'il est un gentleman. Vous avez bien vu qu'il a de bonnes manières », continua Elfride ; même si les manières de Stephen, tout comme les prouesses légendaires d'Euryale, devaient leur attrait à ses yeux bien plus à l'attrait personnel du jeune homme qu'à leur propre excellence.

« Oui-da ! N'importe qui peut avoir de bonnes manières pour peu qu'il vive quelque temps dans une ville et ouvre grands ses yeux. Il peut très bien avoir appris les façons d'un gentleman en observant des pièces de théâtre où l'on met en scène le savoir-vivre des salons. Il me rappelle une des pires histoires que j'aie jamais entendues.

– Laquelle ?

– Ah non, merci ! Pour rien au monde je ne te raconterais une chose si inconvenante.

– Si son père et sa mère vivaient dans le nord ou dans l'est de l'Angleterre », insista vaillamment Elfride – malgré les sanglots qui commençaient à scander son discours –, « n'importe où ailleurs qu'ici... vous... n'eussiez... considéré... que lui, et pas eux !... Sa position sociale... n'eût dépendu... que de sa profession... et non pas de... l'humble condition de son père... avec lequel il ne vit plus. D'ailleurs, John Smith a fait beaucoup d'économies, dit-on, et il est plus à l'aise que nous, sinon il n'eût pu donner à son fils une profession si coûteuse. Et c'est tout à l'honneur... de l'intelligence de Stephen... d'incarner ce qu'il y a de meilleur dans sa famille.

– Oui. *Qu'un sot soit lord et domine mille sots, il sera admis à la table du roi*[1].

– Vous m'insultez, papa ! éclata-t-elle. Si fait, vous m'insultez ! C'est mon Stephen à moi !

– Voilà qui peut ou ne peut pas être vrai, Elfride », répondit son père, une fois de plus mal à l'aise malgré lui. « Tu confonds des probabilités futures avec des faits présents, ce que le jeune homme peut devenir avec ce qu'il est. Il nous faut considérer ce qui est, et non pas ce qu'un improbable succès professionnel pourrait faire de lui. Les choses se présentent ainsi : le fils d'un ouvrier de ma paroisse, plus riche que moi ou non – un garçon trop jeune encore pour s'être fait une fortune personnelle et dont la position sociale est donc celle de son père –, demande à se fiancer avec toi. Sa famille vit très précisément dans le même endroit de l'Angleterre que la tienne, de telle sorte que dans tout le comté – qui repré-

1. Shakespeare, *Hamlet*, V, 2.

sente l'ensemble du monde pour nous –, tu serais toujours la belle-fille du maçon John Smith et non pas la femme d'un architecte de Londres. On décrit toujours le mauvais côté des choses au lieu de ce qui y fait contrepoids. Voilà, il n'y a plus rien à dire. Tu pourrais discutailler toute la nuit, pour prouver tout ce que tu voudras, je m'en tiendrai là. »

Les yeux gonflés et lourds, les joues humides, Elfride regardait par la fenêtre vers l'extérieur de la maison, en silence, désespérée.

« Je trouve à ce Hewby bien de l'audace, reprit son père, et j'ai très envie d'appeler cela du toupet. Je n'ai jamais entendu une chose pareille... Fournir à un dadais natif d'ici une pareille introduction auprès de moi ! Tu as naturellement été trompée autant que moi et, pour le moment, tu n'es pas blâmable. »

Il alla chercher la lettre de M. Hewby.

« Voici ce qu'il m'a écrit ; « Monsieur, dès réception de votre lettre du 18 courant, je me suis occupé de vous envoyer quelqu'un pour évaluer les dégradations survenues... », etc. « Dans ce but, mon assistant, M. Stephen Smith », tu vois, il l'appelle « assistant », de sorte que j'ai compris qu'il s'agissait d'une sorte d'associé. Pourquoi n'a-t-il pas mis « commis » ?

– Dans cette profession, on ne les appelle pas « commis » parce qu'ils n'ont pas de travaux d'écriture. Stephen – M. Smith – me l'a expliqué. De telle sorte que M. Hewby a simplement usé du terme convenu.

– Je te prie de me laisser parler, Elfride ! « ... mon assistant, M. Stephen Smith, quittera Londres par le premier train, demain matin... *vous pouvez avoir pleine confiance en lui et vous fier* à sa compétence en matière d'architecture d'église ». Eh bien, je répète que Hewby devrait avoir honte de lui-même pour faire un tel cas d'un pauvre garçon de cette sorte.

– À Londres, fit valoir Elfride, les membres des professions libérales ne s'occupent pas des pères et des mères de leurs employés. Ils ont des assistants qui viennent travailler dans leurs bureaux pendant des années, sans qu'ils sachent même où ceux-ci habitent. C'est ce qu'ils sont capables de faire – le bénéfice que leur entreprise peut en retirer – qui intéresse les londoniens. Stephen possède un avantage supplémentaire : sa faculté de se montrer d'une amabilité constante.

– L'amabilité constante est plutôt un défaut qu'une faculté. Elle montre qu'un homme n'a pas assez de sens commun pour savoir qui mépriser.

– Elle montre qu'il agit en accord avec sa foi et non suivant les apparences, exactement comme l'ont recommandé ceux à qui vous prétendez succéder.

– Voilà encore un exemple de ce qu'il t'a dit, je suppose ! Oui, j'ai été enclin à le soupçonner, parce qu'il ne s'intéressait à aucune sauce. J'ai toujours douté qu'un homme fût un vrai gentleman s'il n'avait pas affiné le goût de son palais. Un palais mal éduqué est le signe révélateur du parvenu. Quelle idée j'ai eue de sortir une bouteille de mon *Martinez* 1840 – dont il ne me reste plus que onze – pour un homme incapable de faire la différence avec de la bibine ! Quant à la citation latine qu'il a complétée, il s'agissait quasiment d'une formule toute faite, sinon, moi qui n'ai pas mis le nez dans un ouvrage classique depuis dix-huit ans, je ne m'en serais pas souvenu. Bien, Elfride, tu ferais mieux de te retirer dans ta chambre ; avec le temps, tu te remettras de toutes ces bêtises.

– Non, non, non, papa, gémit-elle. De toutes les misères liées à un amour malheureux, la pire est de penser que puisse cesser la passion qui en est la cause.

– Elfride, dit son père avec une gentillesse bourrue, j'ai un excellent projet en vue, dont je ne peux pas te parler maintenant. Un projet bénéfique pour nous deux. Il m'est tombé dessus il y a déjà quelque temps – oui, tombé dessus –, mais je n'ai pas songé à sa valeur avant cet après-midi, quand la révélation nous a été faite. J'aurais le plus grand tort de ne pas le considérer.

– Ce mot ne me plaît pas, répliqua-t-elle d'un ton las. Vous avez déjà tant perdu avec des projets ! S'agit-il encore de ces maudites mines ?

– Non, il ne s'agit pas de mines.

– De chemins de fer, alors ?

– Pas plus que de chemins de fer. C'est comme ces offres mystérieuses dont on voit des réclames assurer que n'importe quel individu sans la moindre cervelle peut gagner tant par semaine sans risque, sans tracas et sans se salir les mains. Cependant, j'ai l'intention de ne rien raconter tant que tout ne sera pas tranché, encore que je dirai ceci : tu auras peut-être bientôt d'autres chats à fouetter que de penser à Stephen Smith. Songe que je ne veux pas montrer de la colère à ce jeune homme mais de l'amitié ; par égard pour toi, je vais le traiter comme un ami, dans une certaine mesure. Mais c'en est assez, dans quelques jours tu te rangeras à ma façon de voir. Et maintenant, va dans ta chambre. Unity te montera de quoi souper. Je voudrais que tu ne sois pas là quand il va revenir. »

10

À l'ombre d'un arbre séculaire [1]

Stephen refit le trajet qui l'avait mené au cottage seulement deux ou trois heures auparavant. Il approcha et passa sous la riche végétation qui poussait à la lisière du parc d'Endelstow, pendant qu'au-dessus de sa tête et dans son dos les éclats irréguliers des rayons de la lune et les ombres se poursuivaient en une suite ininterrompue de cabrioles. Quand il eut franchi le pont de bois et la grille du jardin, il vit une figure lumineuse émergeant de la clôture de l'autre côté de la maison. C'était son père, le bras en écharpe, qui admirait le jardin baigné de lune et en particulier les plus précoces des jeunes navets, avant de fermer la maison pour la nuit.

Il salua son fils d'un ton aussi énergique qu'à l'accoutumée.

« Salut, Stephen ! Encore dix minutes et on était au lit. T'es venu voir ce qui m'arrivait, hein, mon gars ? »

Le médecin était venu et reparti, et la main avait été déclarée blessée, mais légèrement ; encore que, M. Smith eût-il été un personnage plus important, le cas eût pu être tenu pour beaucoup plus grave. En réponse aux questions anxieuses de Stephen, son père eut quel-

1. Robert Burns, *Le Samedi soir du valet de ferme*, I, 20.

ques mots pour déplorer le désagrément d'un repos forcé de deux jours plutôt que la douleur provoquée par l'accident. Ils entrèrent ensemble dans la maison.

John Smith – brun comme l'automne quant à la peau, blanc comme l'hiver quant à la vêture – était un spécimen satisfaisant de l'artisan de la pierre villageois. Tout comme la plupart des artisans ruraux, il avait trop d'individualisme pour être un « ouvrier » typique – un résultat de cette usure des cailloux de la plage, d'une sorte qui n'est éprouvée que dans de grandes villes, qui métamorphose l'unité « moi » en une fraction de l'unité « classe ».

Il n'avait pas cette spécialisation dans le travail qui distingue l'artisan urbain. Bien que seulement maçon à strictement parler, il n'était pas au-dessus de la manipulation d'une brique, si les briques étaient à l'ordre du jour, ou d'une pile de tuiles, si un toit devait être couvert avant que le temps humide ne s'installe, et il n'y avait personne à proximité qui pût mieux le faire. Certes, en deux ou trois occasions au plus profond de l'hiver, quand le gel interdit absolument l'usage de la truelle ; qu'il fait s'affaisser les fondations, éclater les pierres, s'effriter le mortier, il s'était mis à abattre et à scier les arbres. De plus, il avait pratiqué si longtemps le jardinage dans sa propre parcelle que, en cas d'urgence, il eût pu gagner sa vie dans ce métier.

Notre campagnard n'était probablement pas un artisan aussi accompli dans une activité spécifique que ses collègues des villes. Mais il était, en vérité, comme ce gauche fabricant d'épingles qui fait une épingle tout entière, qu'Adam Smith méprise pour cette raison et que respecte Macaulay, bien plus artiste néanmoins.

Tel qu'il se présentait maintenant, à l'intérieur de la maison et à la lumière de la bougie, sa vigoureuse santé valait la peine d'être vue. Sa barbe était courte et emmêlée comme celle d'un Hercule de marbre ; les manches de sa chemise étaient en partie retroussées ; son gilet, déboutonné ; entre le blanc neigeux du linge et le teint haut en couleur de son visage et de ses bras, le contraste était le même qu'entre le blanc d'un œuf et son jaune.

En entendant ses hommes entrer, Mme Smith sortit de son cellier. C'était une matrone dont l'expression faisait appel à l'esprit plutôt qu'à l'œil, mais pas exclusivement. Elle avait gardé sa fraîcheur personnelle, même dans le prosaïque après-midi de sa vie ; mais ce que son aspect indiquait surtout, c'était la présence d'un solide bon sens disposé à faire un commentaire raisonné du monde en général.

Les détails de l'accident furent alors répétés par le père de Stephen, de cette manière dramatique commune à Martin Cannister, à d'autres individus du voisinage et au monde rural dans son ensemble. Pour compléter les descriptions, Mme Smith fit état de ses propres sentiments entre les actes, comme le coryphée de la tragédie antique. L'histoire finit enfin par s'achever, comme le fait même la plus longue, et Stephen engagea la conversation dans une autre voie.

« Eh bien, maman, ils savent tout à mon sujet, dit-il tranquillement.

– Tu as bien fait, dit le père ; mon esprit est en paix, maintenant.

– Je m'en veux et je ne me pardonnerai jamais de ne pas leur avoir dit auparavant », continua le jeune homme.

À ce moment, Mme Smith détourna son esprit du sujet précédent et intervint :

« Je ne vois pas pourquoi tu te désoles, Stephen. Les gens qui se font accidentellement des amis ne racontent pas l'histoire de leur famille du premier coup.

– T'as pas mal agi, pour sûr, dit son père.

– Non, mais j'aurais dû parler plus tôt. Cette visite que je suis venu faire engage plus que vous ne pensez... beaucoup plus.

– Pas plus que je pensais, moi », répondit Mme Smith.

Elle le contempla pensivement. Stephen rougit ; et le regard de son père courut de l'un à l'autre, témoignant d'une incompréhension absolue.

« C'est un assez beau brin de fille, continua Mme Smith, très grande dame et intelligente aussi. Même si elle te convient très bien, s'il s'agit de ça, qu'est-ce que tu a besoin, grand Dieu, d'une femme quelconque pour le moment ? »

John allongea sa bouche naturellement courte et fronça les sourcils.

« C'est d'ce côté-là que le vent souffle, hein ? fit-il.

– Que c'est absurde, maman ! s'exclama Stephen. Tu te demandes si elle me convient, mais il n'y a pas le moindre doute à ce sujet ! L'épouser serait le grand bonheur de ma vie, ma foi, sur le plan social, sur le plan pratique et sur de nombreux autres plans. Mais je n'aurai pas une chance pareille, je crains bien, elle est trop au-dessus de moi. Sa famille ne veut pas d'un garçon de la campagne comme moi.

– S'ils ne veulent pas de toi, à ta place je les laisserais crever avant de vouloir d'eux, et je chercherais une famille qui sera trop heureuse de t'avoir.

Oui, mais je ne me ferai jamais au dégoût d'être bien accueilli par des gens comme tu dis, tandis que je n'obtiendrais qu'indifférence de la part des siens.

– Quelle idée tordue va encore te venir en tête ? protesta sa mère. Et si on en vient là, elle est pas du tout au-dessus de toi, ou t'es pas au-dessous d'elle. Vois comme je fais attention à garder mon rang. Je suis sûre que je m'arrête jamais plus d'une minute en tout pour parler à des hommes de peine ; et j'invite jamais à nos fêtes de Noël quelqu'un qui est pas à son compte. Il y a aussi plusieurs des gens qui roulent carrosse et vont chez notre lord, à qui je parle sans leur donner du monsieur ou du madame, et ça passe comme une lettre à la poste.

– Tu as fait une révérence devant le pasteur, maman, et je le déplore.

– Mais c'était avant qu'il m'appelle par mon prénom, expliqua Mme Smith, vexée et prenant la mouche. Sinon, il aurait pas eu ma révérence. T'es après moi, Stephen, comme si j'étais ton pire ennemi ! Qu'est-ce que je pouvais faire d'autre pour me débarrasser de cet homme qui nous bassinait, ton père et moi, avec sa grandeur, ce qui lui était arrivé quand il était étudiant et je ne sais plus quoi d'autre : sa langue s'agitait dans sa bouche, comme une serpillière qu'on passe dans une laiterie ; pas vrai, John ?

– C'est à peu près ça, répondit son mari.

– Une femme aujourd'hui, reprit Mme Smith, si elle arrive à se marier, doit s'attendre à ce que son beau-père soit d'un rang inférieur à celui de son père. Les hommes sont montés et les femmes ont pas bougé. Chaque homme qu'on rencontre fait plus dandy que son père ; et toi, t'es juste au même niveau qu'elle.

– C'est ce qu'elle pense elle-même.

– Ça montre seulement qu'elle a du jugement. Je savais qu'elle te courait après, Stephen, je le savais.

– Mon Dieu ! Et puis quoi encore ?

– Et il faut que je le répète : tu devrais pas tant te presser, et attendre quelques années. À ce moment-là, tu pourrais bien viser plus haut que la fille d'un pasteur ruiné.

– En fait, maman, fit Stephen avec impatience, tu n'y comprends rien. Je ne viserai jamais plus haut, parce que je ne le veux pas, et je ne le ferais pas même si je vivais jusqu'à cent ans. Et quand tu dis qu'elle court après moi, ça me déplaît, parce que cet aperçu suppose une femme intrigante et un homme qui vaut qu'on complote pour lui ; dans le cas présent, c'est non seulement faux mais grotesque. N'est-ce pas, papa ?

– J'ai peur de pas comprendre cette affaire assez bien pour donner mon avis », dit son père, avec l'expression du renard qui s'est enrhumé et a perdu tout son flair.

« De toute façon, on peut pas dire qu'elle était pas pressée, à voir depuis quand tu la connais, dit sa mère. Bon, je trouve que, dans cinq ans d'ici, tu seras bien assez jeune pour penser à ces choses-là. Elle peut vraiment se permettre d'attendre et, crois-moi, elle le fera. Et puisqu'elle vit dans un trou comme ici, elle devrait être très contente de voir que tu l'as remarquée. Pour sûr qu'elle aurait pu finir vieille fille si t'étais pas arrivé.

– C'est absurde », fit Stephen, mais à voix basse.

Maintenant qu'elle avait réduit Stephen à quia, Mme Smith se montra plus complaisante :

« C'est une fille bien sympathique, y a rien à dire contre elle, je le reconnais. Je la vois parfois toute pomponnée, comme un cheval qu'on mène à la foire, et je l'admire pour ça. Une petite dame parfaite. Mais on peut pas s'empêcher de penser que, si elle avait appris dans son école à écrire des chiffres au lieu de lettres, ça vaudrait mieux pour sa bourse ; parce que, comme je dis, y'a jamais eu une époque pire que maintenant pour des gens comme elle.

– Allons, maman ! fit Stephen, avec un sourire désapprobateur.

– Oh, je le répéterai ! reprit sa mère avec âpreté. Je lis pas les journaux pour rien, et je sais que les hommes montent tous en grade par le mariage. Les hommes de sa classe, disons les pasteurs, épousent des filles de squires ; les squires épousent des filles de lords ; les lords épousent des filles de ducs ; les ducs épousent des filles de reines. Les gentilshommes de chaque échelon s'accouplent avec une personne d'un échelon plus haut ; et les demoiselles bien nées de l'échelon le plus bas restent célibataires, ou bien elles se déclassent par leur mariage.

– Ma chère maman, tu viens juste de dire... »

rétorqua Stephen, incapable de résister à la tentation de prouver l'incohérence de sa mère.

Mais il s'arrêta.

« Eh bien, qu'est-ce que j'ai dit ? » Et Mme Smith prépara ses lèvres pour une nouvelle campagne.

Tout en regrettant d'avoir commencé, puisque cela pouvait entraîner une éruption volcanique, Stephen fut contraint de poursuivre.

« Tu as dit juste avant que je n'étais pas d'une classe inférieure à la sienne.

– Allons bon ! C'est tout à fait toi : ma propre chair, mon propre sang. Chaque fois que tu peux, je garantis que tu vas chercher des points faibles dans ce que ta mère dit. Pour ça, t'es bien comme ton père ; on prends le parti de n'importe qui, mais pas le mien. Pendant que je parle, que je trime, que je fais tout mon possible pour votre bien, vous êtes là à attendre de me prendre en défaut. Oui, t'es de la même classe qu'elle, mais c'est justement dans ce cas-là que les gens de son espèce parlent de mésalliance. Ne cherche pas toujours la querelle, Stephen ! »

Stephen garda un silence discret, en quoi il fut imité par son père, et pendant plusieurs minutes on n'entendit plus que le tic-tac du cartel à panneaux verts pendu au mur.

Sur un ton beaucoup plus philosophique et en guise de péroraison, Mme Smith ajouta :

« Je suis bien sûre que si, de mon temps, il y avait eu autant de difficultés à trouver un mari que ces jours-ci – où il faut traiter un homme en Dieu tout-puissant pour l'amener à dire oui devant l'autel –, j'aurais accepté les pires besognes plutôt que d'abaisser ma dignité à me marier. »

La discussion tomba, et comme il se faisait tard Stephen souhaita le bonsoir à ses parents ; il ne fut pas moins affectueux avec sa mère, car, même si Mme Smith et lui se disputaient toujours, ils n'étaient jamais en guerre ouverte.

« Il est possible que je parte demain ; je ne sais pas. Si je ne reviens pas, avant de retourner à Londres, vous n'allez pas vous inquiéter, n'est-ce pas ?

– Mais n'es-tu pas venu pour une quinzaine, parce que tu as un mois de vacances ? Tu crois qu'il vont te mettre à la porte ?

– Pas du tout. Il se peut que je reste plus longtemps ; il se peut que je parte. Si je pars, vous feriez mieux de ne pas parler de ma venue, par égard pour elle. À quelle heure le marchand ambulant passe-t-il par le sentier d'Endelstow, le matin ?

– À 7 heures. »

Il s'éloigna en songeant que, si le pasteur lui permettait de se fiancer ou d'espérer des fiançailles et de continuer à penser à son Elfride adorée, il resterait. Si on lui interdisait tout espoir, il résolut de partir immédiatement. Et cette dernière éventualité paraissait la plus probable, même à l'optimisme de la jeunesse.

Stephen regagna le presbytère comme il en était venu, en marchant à travers les prés, entouré du doux gazouillement musical de l'eau passant de petits barrages, dans la pâle clarté de la lune et la fraîche senteur de la rosée. C'était une heure où le seul spectacle des choses engendre la méditation ; et la méditation, de la paix. Mais Stephen n'était guère assez philosophe pour profiter de ce que la nature lui offrait. Il était composé de particularités très simples et constituait un type qui, rare au printemps des civilisations, semble devenir plus abondant à mesure qu'une nation vieillit, que l'individualité dépérit et que l'éducation s'étend ; c'est ainsi que son cerveau avait d'extraordinaires capacités réceptives mais pas de grandes facultés créatrices. À même d'acquérir toutes sortes de savoirs qui se présentaient à lui et doté d'une adaptabilité docile, plus commune aux femmes qu'aux hommes, il changeait de couleur comme un caméléon, suivant que la société dans laquelle il se trouvait prenait une coloration plus intense et plus artificielle. Il n'avait pas beaucoup d'idées originales, mais il n'y avait presque pas d'idée à laquelle, après une formation appropriée, il n'eût pu ajouter un élément appréciable.

Cette nuit-là, il ne vit rien à l'extérieur de lui-même, et ce qu'il vit à l'intérieur était une fatigue de tout son corps. Pour un observateur sans parti pris, cependant, ses prétentions à Elfride, quoique assez prématurées, étaient loin d'être absurdes, les mariages étant ce qu'ils sont, à moins que ne les rendît tels la proximité accidentelle de parents simples mais honnêtes.

L'horloge sonna onze coups lorsqu'il entra dans la maison. Elfride avait attendu sans presque bouger depuis son départ. Avant qu'il ne lui eût parlé, elle l'aperçut en train de passer dans le cabinet de travail, avec son père. Elle vit qu'il avait trouvé le moyen d'obtenir l'entretien privé qu'il désirait.

Pendant l'absence de Stephen, une migraine nerveuse s'était développée chez cette fille émotionnable, et elle ne pouvait rien faire à présent que monter dans sa chambre, comme elle l'avait fait précédemment. Au lieu de s'étendre, elle s'assit dans le noir, sans fermer la porte, et guetta, le cœur battant, les bruits d'en bas. Les domestiques étaient allés se coucher. Elle finit par entendre les deux hommes sortir du bureau et passer dans la salle à manger où le souper attendait depuis plus d'une heure. La porte resta ouverte, et elle constata que le repas se déroulait sans autre conversation, entre son père et son amoureux, que des lieux communs sur la culture et la salubrité des concombres et des melons, échangés sur un ton compassé et cérémonieux. Cela indiquait l'échec.

Peu après, Stephen monta dans sa chambre et fut presque immédiatement suivi par son père, qui se retira lui aussi pour la nuit. Elle n'eut pas envie de mettre la lumière, se déshabilla à moitié et s'assit sur le lit, où elle resta absorbée dans ses pensées douloureuses pendant quelque temps, une heure peut-être. Puis elle se leva pour fermer la porte avant de se déshabiller complètement ; elle vit alors un rai lumineux traversant le palier. La porte de son père était close, et l'on entendait son ronflement régulier. La lumière venait de la chambre de Stephen, et les petits bruits qui en provenaient aussi soulignaient ce qu'il était en train de faire. Dans un parfait silence, elle entendit la clôture d'un couvercle et le déclic d'une serrure : il fermait sa boîte à chapeaux. Puis un bruit de sangles et le déclic d'une autre clé : il bouclait sa valise. Animée de sombres pressentiments, elle ouvrit doucement sa propre porte et s'avança vers la sienne. Un sentiment la mettait hors d'elle. Stephen, son jeune et beau chéri, s'en allait ; le reverrait-elle autrement qu'en secret et dans la tristesse ? Elle ne le reverrait peut-être jamais plus. En tout cas, attendre jusqu'au matin pour apprendre le résultat de son entretien – comme elle s'y était résolue – lui était devenu impossible. Elle ajusta sa robe de chambre autour d'elle, frappa doucement à sa porte et murmura : « Stephen ! » Il vint ouvrir aussitôt et s'avança sur le palier.

« Dites-moi, pouvons-nous espérer ? »

Il répondit d'une voix basse et troublée, une larme au coin de l'œil :

« Je dois cesser de nourrir un projet si grotesque... Voilà ce qu'il m'a dit. Je pars demain. Je comptais vous faire mes adieux.

– Mais il ne vous a pas dit de partir... Oh ! Stephen, il ne vous l'a pas dit ?

– Non, pas en ces propres termes. Mais je ne peux pas rester.

– Oh, non ! Ne partez pas ! Venez, il faut que nous parlions. Descendons quelques minutes au salon ; ici, il pourrait nous entendre. »

Elle le précéda dans l'escalier, le bougeoir à la main,

bizarrement haute et menue dans sa longue robe de chambre gorge-de-pigeon.

Elle ne se souciait pas de savoir si, dans les circonstances présentes, cet entretien de minuit était convenable ou pas. Elle songeait que la tragédie de sa vie venait de commencer ; quasiment pour la première fois, elle sentait que son existence pouvait avoir un côté grave, dont l'ombre enveloppait et rendait invisible la subtile gradation des usages et de l'étiquette.

Elfride ouvrit doucement la porte du salon et ils y entrèrent tous les deux. Quand elle eut posé le bougeoir sur le table, il la prit dans ses bras, sécha ses yeux de son mouchoir et lui baisa les paupières.

« Stephen, c'est fini... notre merveilleux roman d'amour est terminé, le soleil ne brillera plus pour nous !

– Je vais faire fortune, je viendrai vous chercher et vous serez à moi !

– Papa ne voudra jamais en entendre parler... jamais... jamais ! Vous ne le connaissez pas. Moi, si. Ou bien un penchant le prédispose en faveur d'une chose, ou bien il entretient un préjugé contre elle ; dans les deux cas, le raisonnement est impuissant.

– Non, je ne veux pas le voir sous ce jour, assura Stephen. Si je me présente devant lui, à quelque temps d'ici, avec un nom et une position bien établis, il m'acceptera... Je sais qu'il le fera. Ce n'est pas un méchant homme.

– Non, il n'est pas méchant. Mais vous dites « à quelque temps d'ici » comme si ce n'était rien. Pris dans l'agitation et la fièvre, le temps vous paraîtra peut-être relativement court ; à moi, il semblera trois fois plus long qu'en réalité ! Chaque été durera une année... chaque automne, une année... chaque hiver, une année ! Oh, Stephen ! Vous pouvez peut-être m'oublier ! »

L'oubli : c'était – c'est – le véritable poison de l'attente pour une femme aimante. La supposition d'Elfride suscita chez Stephen une crainte converse :

« De votre côté, vous pouvez être persuadée de renoncer à moi, quand le temps aura estompé mon souvenir dans votre mémoire. Car, souvenez-vous, votre amour pour moi doit être entretenu en secret ; je ne pourrai plus venir vous soutenir. Tout conspirera à m'effacer de votre pensée. »

Elfride était trop pleine de ses propres inquiétudes, pour tenir compte de ses derniers mots.

« Stephen, dit-elle, il y a de belles femmes là où vous vivez... Je le sais, bien entendu... Elles vous détacheront peut-être de moi. (À la perspective de cette infidélité, ses larmes réapparurent.) Et ce ne sera pas de votre faute. (Elle fixa la bougie de ses yeux larmoyants.) Non ! Vous considérerez que vous avez été repoussé et vous me confondrez avec mon père. Il se formera un vide dans votre cœur, et d'autres le combleront.

– Il ne se passera rien de semblable. Elfie, ne vous laissez pas envahir de sombres pressentiments.

– Si, si ! reprit-elle. Vous les regarderez d'abord avec indifférence, puis avec intérêt ; au bout de quelque temps, vous vous direz : « Ah ! Elles savent tout de la vie dans cette ville, les salons, les cénacles et les manières des nobles, tandis que la pauvre petite Elfie, autour de laquelle on a fait tant d'histoires, elle ne connaît rien d'autre que sa petite maison, quelques falaises et la mer, au loin. » Alors, vous aurez encore plus d'intérêt pour elles, et elles me remplaceront dans votre cœur et se montreront cruelles envers moi parce que je suis sotte, qu'elles sont intelligentes et qu'elles me haïssent. Et je les hais, moi aussi, je les hais ! »

Les propos fougueux qu'elle venait de tenir eurent en tout cas le pouvoir de lui faire reconnaître le caractère incertain de ce qui n'a pas été accompli. Et, pire que cette impression générale, il restait bien entendu la tristesse liée aux traits particuliers de son propre cas. Quelque éloigné que tel dénouement désiré puisse être, le simple fait d'être entré dans la voie qui y mène réconforte, dans une certaine mesure, par un sentiment d'accomplissement. Si M. Swancourt avait consenti à des fiançailles prolongées d'au moins dix ans, Stephen eût pu être relativement enjoué pendant cette attente ; ils auraient eu le sentiment qu'ils se trouvaient quelque part sur la route de Cupidon. Mais ils n'avaient jusque-là aucun commencement en vue, même s'il était possible que l'épreuve durât moins longtemps ; le point zéro de l'espoir n'avait pas encore été atteint. M. Swancourt aurait à abroger ses propos redoutables, avant que l'attente du mariage ne pût même commencer. C'était désespérant.

« Ah, si nous pouvions nous marier maintenant ! murmura-t-il, comme s'il décrivait un rêve impossible.

– C'est ce que souhaitent tous les amoureux, approuva-t-elle.

– Un mariage secret nous suffirait, n'est-ce pas, Elfride ?

– Oui, un mariage secret suffirait ; cela vaudrait même mieux », dit-elle, avant de poursuivre sa réflexion. « Tout ce que nous voulons, c'est rendre absolument impossible que des circonstances futures contrecarrent notre projet d'être heureux ensemble ; ce n'est pas commencer à connaître le bonheur tout de suite.

– Exactement, murmura-t-il sur le même mode qu'elle. Nous nous marierions secrètement, nous nous séparerions et nous continuerions à vivre comme nous vivons à présent ; seulement, personne n'aurait plus jamais le pouvoir de vous enlever à moi, chérie.

– Ni vous à moi, mon chéri.

– Ni moi à vous. Il est possible d'imaginer des circonstances assez puissantes pour contraindre n'importe quelle femme au monde à se marier contre sa volonté ; mais aucune pression imaginable ne peut forcer une femme, déjà mariée avec son amoureux, à devenir l'épouse d'un autre homme. »

L'hypothèse d'un mariage secret ne leur avait paru

soutenable jusque-là que pour déjouer la misère d'un moment. Pendant le silence qui suivit la dernière réflexion de Stephen, un aperçu fascinant – qui devint une séduisante conviction – flamboya dans leurs deux esprits. L'aperçu était qu'un mariage immédiat pouvait être combiné ; la conviction, qu'un tel acte – en dépit de son audace, de l'imprévisibilité de ses résultats et de son caractère mensonger – serait préféré par chacun d'eux à la vie qu'il faudrait mener dans n'importe quelle autre condition.

Le jeune homme prit la parole le premier, la voix vibrante de la grandeur de l'idée qu'il caressait :

« Oh ! Elfride, que nous aurions de force pour suivre nos trajets séparés comme auparavant, sans craindre une séparation finale ! Pensez-y, Elfride, pensez-y ! »

Il est certain que l'opposition de son père avait avivé l'amour de la jeune femme pour Stephen et l'avait fait flamboyer avec dix fois plus d'intensité que s'il avait été laissé à lui-même. Jamais les circonstances n'avaient été plus favorable à ce que le premier béguin d'une fille pour le beau visage d'un jeune garçon – un béguin appuyé par le manque d'expérience et nourri de solitude – se développât en une passion sauvage et irréfléchie, assez ardente pour mener à n'importe quoi. Tous les éléments d'un développement de cette sorte étaient rassemblés, le principal étant le désespoir – un ingrédient toujours nécessaire pour parfaire le mélange de sentiments réunis dans ce qu'on dénomme l'amour éperdu.

« Nous le dirions vite à papa, n'est-ce pas ? demanda-t-elle timidement. Personne d'autre n'aurait à le savoir. Il serait alors convaincu qu'on ne peut pas se jouer des cœurs ; l'amour encouragé est prêt à croître, l'amour découragé est prêt à mourir, et c'est sur l'instant. Stephen, ne pensez-vous pas que, si des mariages conclus contre le vœu des parents peuvent jamais se justifier, c'est lorsque les jeunes gens ont été approuvés jusqu'à un certain moment et que cette approbation leur a soudain été retirée ?

– Oui. Ce n'est pas du tout comme si, dès le départ, nous avions agi en opposition avec les vœux de votre père. Il suffit de se rappeler, Elfie, combien il était aimable avec moi, il y a seulement six heures ! Il me trouvait sympathique, faisait mon éloge et ne s'opposait jamais à me laisser seul avec vous.

– Il vous aime bien encore, je crois, s'exclama-t-elle. Et s'il voyait que vous m'appartenez irrémédiablement, il l'admettrait et vous aiderait. »

Elle se souvint tout à coup qu'il avait déjà plié bagage et l'émotion la submergea à nouveau :

« Oh, Stephen, Stephen ! Je ne peux pas supporter que vous partiez comme cela. C'est trop affreux. Que tous mes espoirs soient ainsi lamentablement tués en moi ! »

Stephen eut une bouffée de chaleur.

« Je ne vais pas constituer un doute pour vous, pas plus que la pensée de vous ne sera une souffrance pour moi, dit-il. Nous serons mari et femme avant de nous séparer pour longtemps ! »

Elle enfouit son visage dans l'épaule du jeune homme.

« N'importe quoi pour être *sûre* ! murmura-t-elle.

– Il ne me plaisait pas de vous proposer le mariage immédiatement, continua Stephen. Cela me paraissait – cela me paraît encore – une manière de chercher à m'emparer de vous, de vous qui êtes d'un rang social plus élevé que moi.

– Pas ça, vraiment ! S'agit-il d'un meilleur monde ? À quoi bon se référer au passé ? Nous pouvons avoir été quelque chose autrefois et ne plus être rien maintenant. »

Ils eurent alors une longue et sérieuse conversation à voix basse ; Stephen proposait avec hésitation des plans variés ; la respiration haletante, les joues enfiévrées, les yeux extraordinairement brillants, Elfride les modifiait.

À 2 heures, ils n'avaient pas encore fini de conclure un arrangement.

Elle lui demanda alors de la laisser et lui donna son bougeoir pour qu'il pût monter dans sa propre chambre. Ils se séparèrent, d'accord pour ne pas se retrouver le lendemain matin. Quand il eut fermé sa porte depuis un certain temps, il entendit Elfride se glisser doucement dans sa chambre à elle.

11

Tout voyage s'arrête au rendez-vous d'amour [1]

Stephen regardait la Grande Ourse ; Elfride avait les yeux fixés sur le parallélogramme monotone que dessine le store d'une fenêtre. Ni l'un ni l'autre ne dormit cette nuit-là.

Tôt le matin suivant – c'est à dire quatre heures après leur entretien furtif et au moment où la plus matinale des domestiques commençait à s'agiter – Stephen Smith descendit, sa valise à la main. Toute la nuit, il avait nourri l'intention de voir M. Swancourt une nouvelle fois, mais la sévère rebuffade de la soirée précédente rendait un tel entretien particulièrement déplaisant. Il y avait peut-être une autre raison, plus tortueuse. Il résolut de différer. Qu'une telle décision fût biaisée ou qu'elle résultât de la timidité morale, même la prise de conscience de cette situation ne fut pas assez forte pour modifier son projet. Il rédigea pour lui un mot dans sa chambre, où il indiquait qu'il ne se sentait plus bien dans la maison, après le soudain veto opposé par M. Swancourt à ce pour quoi il montrait de la bienveillance quelques heures plus tôt ; mais il espérait voir se renouveler, un jour prochain peut-

1. Shakespeare, *La Nuit des rois,* I, 3, 40.

être, le plaisir qu'il avait eu d'abord à être l'hôte de M. Swancourt.

Il s'attendait à trouver aux pièces du rez-de-chaussée cet aspect triste et gris que l'absence de soleil donne à toutes choses au petit matin. Mais il découvrit, déjà préparés dans la salle à manger, tous les éléments d'un petit déjeuner auquel quelqu'un venait juste de faire honneur.

La bonne, à qui il remit sa lettre, lui apprit que M. Swancourt, levé dès l'aube, avait pris son déjeuner très tôt, mais qu'à sa connaissance il ne se proposait pas de partir.

Stephen avala une tasse de café, quitta la maison de son amour et se mit en route. Il était si tôt que, là où le soleil donnait habituellement, ses rayons n'étaient qu'à peine parvenus et que, là où il ne donnait pas, cela sentait encore la nuit. La lumière était si rasante que la moindre déclivité du terrain prenait l'allure d'un creux profond. La trouée du chemin suffisait même à projeter de l'ombre, et ses pierres se prolongeaient vers l'ouest de traits effilés et sombres, aussi longs que le piquet de tente de Jaël[1].

À quelque cent yards du presbytère, le chemin croisait la grand-route. Arrivé à ce point d'intersection, Stephen s'arrêta et tendit l'oreille. Aucun autre bruit ne se faisait entendre que le murmure continu de la mer s'élevant du rivage voisin. Il consulta sa montre, puis il escalada une barrière sur laquelle il s'assit pour attendre l'arrivée du voiturier. Des bruits de roues s'approchant de deux directions différentes lui parvinrent alors.

Il soupçonna que le véhicule venant de la droite devait être celui du voiturier. Dans la tranquillité du matin, on entendait distinctement ses exclamations et les claquements de fouet dont il encourageait son cheval à gravir la colline.

1. Le piquet de tente dont Jaël s'est servi pour tuer Sisera. *Les Juges*, IV, 21.

Les autres roues résonnaient sur le chemin que Stephen venait de traverser. À la réflexion, il comprit qu'elles devaient rouler dans l'enceinte du vieux manoir qui touchait au presbytère. Débouchant de la grille d'entrée, une voiture fut bientôt en pleine vue. C'était une simple berline de voyage, transportant très peu de bagages, ceux d'une dame, selon toute apparence. Elle atteignit le carrefour une demi-minute avant que le voiturier n'y parvînt et elle le traversa juste devant lui, poursuivant sa route sur le chemin de l'autre côté.

À l'intérieur de la berline, Stephen distingua juste une dame âgée et une jeune femme qui semblait devoir être sa femme de chambre. La route qu'elles suivaient menait à Stratleigh, une petite ville d'eau, à quatorze milles au nord.

Il entendit la grille du manoir grincer à nouveau et il vit une autre personne en sortir et s'éloigner en direction du presbytère. « Ah, que j'aurais aimé aller dans cette direction ! » se dit-il incidemment. L'homme était de haute taille et ressemblait à M. Swancourt par sa silhouette et son allure. Il ouvrit la porte du presbytère et y entra. C'était donc M. Swancourt, assurément. Au lieu de rester au lit ce matin-là, le pasteur avait décidé d'assister au départ en voyage de sa nouvelle voisine. Il devait porter beaucoup d'intérêt à ladite voisine pour se conduire d'une manière si inhabituelle.

Le voiturier s'était arrêté ; Stephen lui tendit sa valise, escalada le brancard, puis demanda, d'un ton indifférent, à cet homme nommé Lickpan :

« Qui est cette dame, dans la berline ? »

– C'est Mme Troyton, m'sieur, une veuve cousue d'argent. Elle possède toute cette partie d'Endelstow qu'est pas à lord Luxellian. Ça lui est venu en héritage, et elle est ici depuis peu de temps. Le propriétaire d'avant était un personnage terriblement mystérieux qu'a jamais vécu ici et qu'on voyait presque pas, sauf au mois de septembre, je pourrais dire. »

Les chevaux repartirent ; le tintamarre rendit trop difficile la poursuite d'une conversation. Stephen se glissa sous la bâche et s'abandonna bientôt à sa rêverie.

Trois heures et demie de montées ardues et de descentes chaotiques les amenèrent à Saint-Launce, la ville commerçante et le station de chemin de fer la plus proche d'Endelstow, d'où Stephen était parti pour les *downs,* un soir d'hiver, pour lui mémorable, au début de cette même année. Le voiturier l'amena à la gare juste à temps pour prendre un train en partance. Deux ou trois heures de chemin de fer – le long de voies profondément encaissées dans la roche métamorphique, à travers de riches halliers d'yeuses vertes s'étendant sur les pentes de vallées, de glens et de ravins délicieux, où l'eau étincelait comme les nombreux ruisseaux de quelque mont Ida –, et il plongea au milieu des cent cinquante mille personnes qui peuplent la ville de Plymouth.

Comme il avait un peu de temps devant lui, il laissa son bagage à la consigne et partit à pied le long de la rue de Bedford, jusqu'à l'église Saint-Andrew : Il y erra au milieu des multiples pierres tombales, regarda à travers le vitrail du chœur et rêva à ce qui allait probablement se passer près de l'autel, dans le courant du mois prochain. Il partit, monta sur le Hoe, contempla la superbe étendue de mer et les promontoires massifs, sans toutefois s'attacher à un élément particulier du paysage si varié. Il était encore occupé de sa vision intérieure : cet événement qu'il espérait voir se dérouler dans l'église là-bas. Le large Sound, la Breakwater, le phare sur la lointaine Eddystone, les sombres bateaux à vapeur, bricks, trois-mâts et goélettes, flottant calmement ou glissant imperceptiblement, tout cela était comme un rêve ; et l'événement rêvé était comme la réalité.

Stephen descendit bientôt du Hoe et retourna à la gare. Il prit son billet et monta dans le train pour Londres.

Ce fut une journée pénible au presbytère d'Endelstow. Ni le père ni la fille ne firent allusion au départ de Stephen. L'attitude de M. Swancourt à l'endroit d'Elfride participa d'une componction aimable liée à la crainte d'avoir commis une injustice antérieure.

Que ce soit par suite d'un manque de capacité à saisir l'ensemble d'une question ou en raison d'un don naturel pour certaines sortes de stoïcisme, les femmes sont moins démontées que les hommes dans certaines situations critiques de forme passive. Dans le cas d'Elfride tout au moins, c'était probablement un aveuglement devant les plus grandes contingences du futur qu'elle se préparait qui lui permit de demander à son père, d'une voix calme, s'il pouvait lui donner bientôt un jour de liberté, pour aller à cheval jusqu'à Saint-Launce et continuer jusqu'à Plymouth.

Elle ne s'était rendue seule à Plymouth qu'une seule fois auparavant, et c'était pour s'acquitter d'une obligation incontournable. Comme elle était une jeune fille de la campagne et, pour le moins, une bonne cavalière, elle avait pris un grand plaisir à parcourir au petit galop, sans l'ombre d'une escorte, les quatorze ou seize milles de route pavée entre sa demeure et la gare de Saint-Launce, remiser le cheval, faire le reste du trajet par le train, puis rentrer dans la soirée par les mêmes moyens. Bien qu'elle eût une fois accompli ce voyage avec succès, il fut alors décidé que cela ne serait pas répété sans une quelconque escorte.

Mais il ne faut pas confondre Elfride avec une jeune cavalière ordinaire. Les conditions de sa vie étroite et solitaire exigeaient que, lorsqu'elle voulait faire du cheval dans les environs, elle pût le faire seule ou qu'elle y renonçât. L'habitude lui rendit vite la chose parfaitement naturelle. Son père, qui avait mené une vie différente, n'aimait pas beaucoup l'idée qu'une Swancourt – dont on pouvait suivre l'arbre généalogique aussi aisément qu'un fil de soie dans un écheveau – folâtrât dans les collines comme une fille de paysan, même s'il ne s'occupait ordinairement que peu d'elle. Comme il ne pouvait pas se permettre de lui offrir dans les règles une personne de compagnie, qu'il avait l'habitude invétérée de laisser les choses suivre leur cours pour s'éviter des tracas, la situation devint coutumière. C'est ainsi que se forma, dans l'esprit des villageois, l'idée durable que toutes les dames faisaient du cheval sans escorte, comme Mlle Swancourt, à l'exception d'un petit nombre d'entre elles qui rendaient parfois visite à lord Luxellian.

« Il ne me plaît guère que tu te rendes à Plymouth toute seule, et en particulier que tu ailles à cheval jusqu'à Saint-Launce. Pourquoi n'irais-tu pas en voiture et ne prendrais-tu pas le valet avec toi ?

– Il n'est pas agréable d'être ainsi surveillée. »

La compagnie de Worm n'aurait pas sérieusement dérangé ses plans, mais elle n'était pas disposée à l'avoir avec elle.

« Quand veux-tu y aller ? demanda son père.

– Bientôt, se borna-t-elle à répondre.

– Je vais y réfléchir », dit-il.

Elle réitéra sa demande quelques jours plus tard. Une lettre lui était parvenue de Stephen, à une date dont ils étaient convenus par avance. Il y précisait quel était le premier matin où il pourrait la retrouver à Plymouth. Son père avait fait un petit voyage à Stratleigh, dont il était revenu plein d'entrain. C'était une bonne occasion ; d'autant que, depuis qu'il avait éconduit Stephen, le pasteur avait généralement été d'humeur à faire de menues concessions, pour éviter d'en faire de grandes en rapport avec son amoureux proscrit.

« Le mardi en huit, je dois faire un autre voyage, dit son père. En fait, je vais quitter la maison la veille au soir. Tu pourrais choisir le même jour, car les domestiques veulent battre les tapis, ou quelque chose de ce genre. Comme je l'ai déjà dit, je n'aime pas beaucoup que tu ailles seule en ville à cheval ; mais si tu y tiens, vas-y. »

Mardi en huit. Son père fixait le jour même que Stephen avait indiqué comme le plus proche où il pourrait la retrouver ; c'était environ quinze jours après son départ d'Endelstow. Quinze jours : un laps de temps auquel la loi anglaise sur le mariage a donné un caractère fort intéressant.

Elle regarda involontairement son père d'un air si étrange que, lorsqu'elle en prit conscience, elle se sentit gênée et pâlit. Le pasteur parut, lui aussi, confus. À quoi pensait-il donc ?

Il semblait qu'un pouvoir extérieur offrait une facilité spéciale à Elfride du fait que M. Swancourt se proposât de quitter la maison la veille au soir du jour où elle souhaitait partir. Son père faisait rarement de longs voyages, il découchait encore plus rarement, sauf peut-être la nuit qui suivait l'inspection de quelque partie lointaine de sa paroisse. Elle n'allait pas se montrer trop curieuse des motifs de cette occasion, puisque lui-même ne donnait aucune explication de son propre chef, comme cela eût pourtant été naturel. Quoique peu portés à se faire des confidences à proprement parler, le père et la fille n'avaient pas eu jusqu'alors de secrets l'un pour l'autre. Mais leur différend au sujet de Stephen avait engendré une réserve qui s'étendait maintenant aux sujets domestiques les plus ordinaires.

Elfride était inconsciemment presque soulagée, car elle se persuadait que la discrétion de son père en cette occasion justifiait la sienne propre – une discrétion qui correspondait dans son cas à une décision nécessairement prise d'avance. Une jeune conscience est si soucieuse de se trouver des circonstances atténuantes que la nature *ex post facto* d'un motif ne suffit pas à le faire écarter.

Elle passa surtout la quinzaine suivante à se promener seule au milieu des arbustes et des arbres ; pendant ce temps, elle s'abandonnait parfois à des prévisions pleines d'espérances, mais souvent, beaucoup plus souvent, à de sombres pressentiments. Toutes ses fleurs lui paraissaient avoir des couleurs ternes ; ses animaux favoris lui donnaient l'impression de lui lancer des regards de regret, comme s'ils n'avaient plus avec elle la même relation amicale qu'auparavant. Elle mettait des parures tristes, s'absorbait dans la contemplation des couchers de soleil et bavardait avec des hommes et des femmes âgés. C'était la première fois qu'elle avait un univers intérieur privé différent du monde visible autour d'elle. Elle souhaitait que son père, au lieu de lui porter encore moins d'attention que de coutume, lui fît une ouverture : juste un seul mot ; elle lui eût tout raconté alors, au risque de mécontenter Stephen. Cela la ramena au jeune homme, elle le vit en imagination, debout, les yeux pleins d'une affection triste, renonçant à sa tentative avec désespoir, parce qu'elle avait renoncé à la sienne ; et il lui fut impossible de reculer.

Elle devait recevoir une nouvelle lettre le mercredi suivant. Elle résolut de laisser son père constater son arrivée cette fois-là, quelles qu'en fussent les conséquences ; la crainte de perdre son amoureux par ce geste d'honnêteté lui fit renoncer à suivre sa résolution. Cinq minutes avant l'arrivée attendue du facteur, elle se glissa dehors et alla à sa rencontre. Elle le trouva là où le chemin tournait à angle droit, ce qui allait la dérober à la vue depuis le presbytère. L'homme lui tendit une missive en souriant, et il était sur le point de lui en tendre une autre, une circulaire de fournisseur.

« Non, dit-elle, portez celle-là jusqu'à la maison.

– Tiens ! mademoiselle, vous faites exactement ce que votre père a fait ces quinze derniers jours. »

Elle ne comprit point.

« Oui, il venait jusqu'à ce coin chaque matin chercher une lettre toujours rédigée de la même main et il me faisait porter toutes les autres jusqu'au presbytère. »

Et l'homme poursuivit son chemin.

À peine eut-il tourné le coin, elle entendit son père arriver et s'adresser au facteur. À deux minutes près, elle ne sauvegardait pas sa lettre. Elle entendit distinctement son père se livrer exactement au jeu dont elle venait de se rendre coupable.

Cette conduite furtive était de sa part pour le moins étrange.

Étant donné une jeune fille impulsive et illogique, dont la vie intérieure est négligée par son seul parent, et les forces suivantes qui vivent en elle, déterminer la résultante :

Un premier amour sur lequel agit une peur mortelle d'être séparé de son objet ; l'inexpérience guidant le désir forcené d'empêcher l'issue ci-dessus indiquée ; des doutes en matière de convenances, conjugués avec l'espoir d'une disculpation ; l'indignation devant une inconséquence parentale qui encourage d'abord pour interdire ensuite ; un sens de la désobéissance à vous donner le frisson, accablé par une scrupuleuse incapacité à souffrir de rompre ses engagements avec un homme qui, pour l'essentiel, n'avait pas changé depuis le début ; un saint espoir que l'opposition parvînt à convertir un jugement erroné ; une foi éclatante dans une amélioration de la situation et dans une issue heureuse.

Il est probable que le résultat, après tout, eût été nul si la conversation qui suit n'avait pas été tenue un jour, pendant le petit déjeuner.

Son père était d'excellente humeur ; il se souriait à lui-même au souvenir d'histoires trop inconvenantes pour être racontées, et il venait de traiter affectueusement Elfride de petite canaille pour avoir subrepticement sauvé quelques chatons aveugles de la noyade. Après qu'il eut usé de cette expression, elle lui demanda soudain :

« Si M. Smith avait déjà fait partie de la famille, vous

n'auriez pas été affecté de découvrir qu'il avait des parents médiocres ?

– Tu veux dire dans la famille par le mariage ? » répondit-il, distrait et continuant à peler son œuf.

Qu'elle devînt cramoisie témoignait que c'était ce qu'elle voulait dire autant que sa réponse affirmative.

« Je m'y serais sans doute résigné, observa M. Swancourt.

– De sorte que vous n'auriez pas été poussé dans une mélancolie irrémédiable et vous seriez accommodé de lui ? »

Depuis son plus jeune âge, l'esprit fantasque d'Elfride avait continuellement plongé son père dans la perplexité par ses questions hypothétiques, assorties de conditions absurdes. La question présente paraissait tellement coulée dans le même moule que les précédentes que, lui qui ne s'adonnait pas à l'analyse synthétique des conjonctures, il y répondit avec sa suffisance coutumière.

« S'il nous était allié sans recours, bien entendu, moi comme n'importe quel homme sensé, j'accepterais des conditions qui ne pourraient pas être modifiées, et je ne deviendrais certainement pas irrémédiablement mélancolique de ce fait. Et ne laisse rien te le faire devenir non plus.

C'est promis, papa ! » s'écria-t-elle avec une vivacité sereine qui plut à son père.

M. Swancourt doit certainement avoir été loin de penser que cette vivacité était liée à une décision vivifiante : elle ne se retiendrait plus de s'engager dans la folle action qu'elle avait projetée.

Dans la soirée, le pasteur partit pour Stratleigh, tout seul ; et c'était là une conduite inhabituelle pour lui. Sur le pas de la porte, Elfride avait une fois de plus tenté de tout lui raconter.

« Pourquoi allez-vous à Stratleigh, papa ? » lui demanda-t-elle, le regard ardent.

« Je te le dirai demain, à mon retour », dit-il gaiement, et pas avant. « Ce que tu ignores, tu ne le divulgueras pas ; j'ai confiance en toi jusque-là, douce Elfride[1]. »

Elle se sentit réprimée et en fut blessée.

« Je vous dirai aussi ce que je vais faire à Plymouth demain, à mon retour », murmura-t-elle.

Il partit. La jovialité du père fit paraître plus légère à la fille la résolution qu'elle avait prise, tout comme son indifférence à lui la fortifia dans sa décision d'agir à sa guise.

C'était un de ces couchers de soleil familiers en septembre, avec des bouts de nuages d'un bleu sombre qui se détachaient sur un ciel jaune orangé. Ces couchers de soleil lui donnaient l'envie de marcher vers eux, comme toute beauté donne l'envie de s'en approcher. Elle traversa le champ jusqu'à la haie de troènes, y grimpa et se coucha sur les branches épaisses. Après avoir regardé en direction de l'ouest pendant un temps considérable, elle s'en voulut de ne pas regarder vers l'est, où se trouvait Stephen, et elle changea de position. Son regard finit par se poser sur le sol.

La vue au-dessous d'elle présentait un caractère singulier. Un champ vert s'étendait de part et d'autre de la haie ; une partie appartenait au bénéfice ecclésiastique ; l'autre aux terres du manoir adjacent. Du côté du presbytère, elle vit un petit sentier, dont la particularité somme toute exceptionnelle était qu'il ne mesurait que dix yards de longueur et qu'il se terminait brusquement à chacune de ses extrémités.

Un sentier qui commence soudain et qui soudain se termine, qui vient de nulle part et ne conduit nulle part, elle n'en avait jamais vu auparavant.

Si, à la réflexion, elle avait vu un sentier tout à fait

1. Adapté de Shakespeare, *Henry V*, 1re partie, II, 3.

semblable devant une caserne, et qui résultait du piétinement des sentinelles.

Ce souvenir lui fournit l'origine du sentier qu'elle avait sous les yeux. Son père l'avait tracé en marchant de long en large, comme elle l'avait vu faire une fois.

Assise sur la haie comme elle l'était, elle avait vue sur ses deux côtés. Au bout de quelques minutes, Elfride regarda du côté qui appartenait au manoir.

Il y avait là un autre sentier de sentinelle. Il était de même longueur que le premier, et il commençait et se terminait exactement en face du début et de la fin de son voisin, mais il était plus étroit et moins marqué.

Il pouvait y avoir deux raisons à cette différence. Ce dernier sentier pouvait avoir été piétiné par un même poids que l'autre, mais moins souvent, ou bien il pouvait avoir été foulé tout aussi fréquemment, mais par un pied plus léger.

Un monsieur de Scotland Yard serait-il passé à ce moment-là, sans doute eût-il tenu la dernière branche de l'alternative pour la plus probable. Elfride pensa autrement, pour autant qu'elle pensât. Son grand Demain était maintenant imminent ; toute pensée inspirée par ce que son œil avait vu accidentellement ne pouvait s'exercer que dans un recoin inférieur de son cerveau, avant d'être totalement bannie.

En fin de compte, Elfride se voyait forcée de raisonner pratiquement sur ce qu'elle allait entreprendre. Toutes ses idées précises là-dessus, une fois détachée l'émotion qui les accompagnait, se ramenaient à ceci :

Comptons une heure trois quarts de cheval jusqu'à Saint-Launce.

Comptons une demi-heure à l'auberge du *Faucon* pour changer de vêtements.

Comptons deux heures pour attendre un train et parvenir à Plymouth.

Comptons une heure de libre avant midi.

Temps total entre le départ d'Endelstow et midi, cinq heures.

Il me faut donc partir à 7 heures.

Aucune surprise ni conscience de l'insolite ne frappa les domestiques devant un départ si matinal. La monotonie de l'existence de gens à faibles revenus, dans des régions où le sifflet du chemin de fer ne se fait pas entendre, ne souffre qu'une seule exception – laquelle éclipse l'expérience des habitants de grands centres de population –, c'est le voyage. Chaque grand déplacement y est plus ou moins une aventure ; des heures aventureuses sont nécessairement choisies pour l'excursion la plus ordinaire. Mlle Elfride devait partir tôt, et c'était tout.

Quand elle montait à cheval, Elfride n'emportait jamais rien hors de la maison, mais elle y rapportait quelque chose – un objet trouvé ou acheté. Si elle avait trotté jusqu'à un village ou jusqu'en ville, sa charge était faite de livres. Si c'était dans les collines, dans les bois ou au bord de la mer, c'étaient des mousses merveilleuses, des ramilles anormales, un mouchoir plein de coquillages ou d'algues humides.

Un jour de foire, par temps boueux, où Pansy descendait avec elle la rue de Castle Boterel, et où elle avait un paquet devant elle et un autre sous le bras, un accident arriva aux paquets, et ils glissèrent à terre. Sur l'un de ses côtés, trois volumes de romans gisaient dans la boue ; sur l'autre, de nombreux écheveaux de laines de toutes les couleurs s'en imprégnaient. Au spectacle de cet accident, des femmes désagréables sourirent derrière leurs fenêtres, les hommes se retournèrent tous ; et un gamin qui gardait un étalage de pains d'épice, pendant que son propriétaire était allé s'enivrer, éclata d'un gros rire. Les yeux bleus d'Elfride devinrent des saphirs et ses joues s'empourprèrent de dépit.

Après cette mésaventure, elle mit son intelligence au

travail, et elle fut assez ingénieuse pour inventer un système de petites courroies rattachées à la selle, grâce auquel beaucoup de choses pouvaient être transportées par-dessus, sous un volume restreint. C'est là qu'elle disposait maintenant et assurait un simple costume de ville et d'autres petites pièces d'habillement. Worm lui ouvrit la grille, et elle disparut bientôt.

C'était un des matins les plus radieux de la fin de l'été. Le pourpre des bruyères et le jaune des ajoncs avaient leur plus haute intensité ; les sauterelles grésillaient aussi fort que des oiseaux, les serpents sifflaient comme de petites locomotives ; et Elfride se sentit tout d'abord pleine d'entrain. Confortablement installée sur Pansy, en tenue orthodoxe d'amazone et en coiffe inclassable, son apparence correspondait à ce qu'elle éprouvait. Mais à cette période-là, le mercure jouait parfois le tour de tomber de manière inattendue. Tout d'abord, ce ne fut qu'une minute sur dix qu'elle eut la sensation d'une dépression. Puis, un gros nuage qui pendait au nord comme une toison noire vint se placer entre elle et le soleil. Cela facilita ce qui était déjà inévitable, et elle sombra dans une tristesse constante.

Elle se tourna sur sa selle et regarda vers l'arrière. Ils se trouvaient alors sur un plateau découvert, dont l'altitude lui permettait encore d'avoir une vue de la mer près d'Endelstow. Elle couva cet endroit-là des yeux.

Pendant ce petit revirement de sentiments, Pansy avait continué à avancer, et Elfride trouva qu'il serait absurde de faire tourner la tête de sa petite jument dans l'autre direction.

« Pourtant, pensa-t-elle, si j'avais une maman à la maison, je m'en retournerais sans doute ! »

Faisant un de ces mouvements furtifs par lesquels une femme permet à son cœur de jouer avec sa tête, elle fit virer sa monture de bord, comme inconsciemment, et partit au galop en direction de chez elle, sur plus d'un mille. À ce moment-là et compte tenu de cette habitude invétérée de faire grand cas de ce à quoi l'on renonce, à peine vient-on de choisir dans une alternative, le souvenir de son Stephen abandonné la rappela ; elle changea de direction et reprit le petit galop vers Saint-Launce.

Un abominable conflit de pensées commença à faire rage en elle avec sauvagerie. N'en pouvant plus, tremblante, elle laissa tomber les rênes sur les épaules de Pansy et abandonna à sa monture le choix de la direction à prendre.

Pansy ralentit son allure jusqu'au pas et avança ainsi trois ou quatre minutes. Au bout de ce temps, ils étaient arrivés à la hauteur d'un petit chemin de traverse, qui descendait sur la droite vers une mare. Le poney s'arrêta, regarda vers la mare, s'en approcha et pencha la tête pour boire.

Elfride consulta sa montre et découvrit que si elle voulait atteindre Saint-Launce assez tôt pour se changer au *Faucon* et avoir une chance d'attraper un train du matin pour Plymouth – il n'y en avait que deux – il fallait poursuivre sa route immédiatement.

Elle était impatiente. Il lui semblait que Pansy n'arrêterait jamais de boire ; la tranquillité de la mare ; les mouvements paresseux des insectes et des mouches au-dessus d'elle ; le calme balancement des glaïeuls ; les squelettes de feuilles, pareils à de la dentelle de Gênes, qui reposaient placidement au fond ; le contraste que tout cela formait avec sa propre agitation intérieure accrut encore son impatience.

Pansy finit par se tourner et remonter la pente jusqu'à la grand-route. Le poney y parvint et resta immobile, à regarder alternativement vers la gauche et vers la droite. Le cœur d'Elfride battait la chamade.

« Les chevaux, pensa-t-elle, lorsqu'ils sont abandonnés à eux-mêmes, se dirigent vers l'endroit où ils sont le mieux nourris. Pansy va rentrer à la maison. »

Pansy tourna et avança au pas en direction de Saint-Launce.

Durant l'été, Pansy ne se nourrissait guère que d'herbe au presbytère. Après une course à Saint-Launce, elle recevait toujours un picotin d'avoine, afin de la soutenir pour le voyage du retour. Aussi, puisqu'elle était maintenant plus qu'à mi-parcours, préféra-t-elle Saint-Launce.

Elfride ne s'occupait de rien de tel. Tout ce qu'elle se souciait d'admettre, c'était la chimère qu'elle n'était pour rien dans son coup de tête du jour. Désemparée par ses humeurs changeantes, il lui parut nécessaire de suivre un programme. Les motivations sont si étrangement entortillées que, plus que sa promesse à Stephen, plus même que son amour, elle se trouvait obligée d'agir comme elle s'y était engagée de manière insensée dix minutes plus tôt, par le sentiment de la nécessité de garder foi en soi.

Elle n'eut plus d'hésitation. Pansy s'élança comme le coursier d'Adonis voulant faire une démonstration [1]. Déjà les bizarres pignons et le fouillis des toits de Saint-Launce s'étendaient au-dessous d'elle ; elle descendit la colline et entra dans la cour du *Faucon*. Mme Buckle, la propriétaire, vint l'accueillir à la porte.

Les Swancourt étaient très connus ici. Le passage du costume de cheval à la vêture habituelle du voyageur de chemin de fer avait plus d'une fois été exécuté dans cet établissement, par le père ou par la fille.

Après un peu moins d'un quart d'heure. Elfride émergea de la porte, en vêtements de ville, et se dirigea vers la gare. Elle n'avait rien dit de ses intentions à Mme Buckle et était supposée partir faire des courses.

Une heure et quarante minutes plus tard, elle était dans les bras de Stephen, à la gare de Plymouth. Non

1. Allusion à Shakespeare, *Vénus et Adonis*, I, 277 : « Parfois il trotte, comme s'il voulait faire une démonstration. »

pas sur un des quais, mais dans la retraite secrète d'une salle d'attente déserte.

Le visage de Stephen présageait une mauvaise nouvelle. Il était pâle et défait.

« Qu'y a-t-il ? demanda-t-elle.

– Nous ne pouvons pas nous marier ici aujourd'hui, mon Elfie ! J'aurais dû m'en douter et rester ici. Dans mon ignorance, je ne l'ai pas fait. J'ai bien la licence, mais elle ne peut servir que dans ma paroisse de Londres. Je ne suis arrivé à Plymouth que d'hier, comme vous le savez.

– Qu'allons-nous faire ? s'enquit-elle d'une voix blanche.

– Il n'y a qu'une seule chose que nous puissions faire, ma chérie.

– Quoi donc ?

– Aller à Londres par le train en partance et nous y marier demain.

– Les passagers du train de 11 h 05, en voiture ! » cria un employé sur le quai.

– Voulez-vous partir, Elfride ?

– Oui. »

Trois minutes plus tard, le train s'ébranlait, emportant Stephen et Elfride.

12

Adieu ! crie-t-elle, agitant sa blanche main [1]

Les quelques bribes de nuages du matin avaient gonflé et s'étaient amassées, le soleil s'était retiré derrière elles pour ne plus réapparaître de la journée, et la soirée prit fin sous des torrents de pluie. Les gouttes d'eau cognaient comme de la grenaille de plomb contre la fenêtre du wagon où se trouvaient Stephen et Elfride.

Le trajet de Plymouth à Paddington, même par le plus impétueux des trains, dure assez longtemps pour donner à quelque passion que ce soit le loisir de se refroidir. Son excitation évanouie, Elfride resta plongée dans une sorte de stupeur toute la dernière moitié du voyage. Elle en fut tirée par le grincement des roues sur le dédale des rails, à l'approche de la gare.

« Sommes-nous à Londres ? demanda-t-elle.

– Oui, ma chérie », dit Stephen, sur un ton d'assurance qu'il était loin de ressentir. Pour lui, non moins que pour elle, la réalité différait grandement de ce qu'il s'était figuré.

Elle scruta l'extérieur, autant que le lui permettaient les gouttes de pluie qui s'écrasaient contre la vitre, et ne

1. John Gay, *Le Doux William fait ses adieux aux yeux noirs de Susan.*

vit que les lampes, juste allumées, qui vacillaient dans l'atmosphère humide, et des rangées de hideux tuyaux de cheminées de zinc, en faible relief sur le ciel. Elle s'agita, mal à l'aise, comme lorsqu'une pensée enfle dans la tête et qu'elle fera beaucoup de peine quand elle sera formulée. Elfride n'en savait pas plus sur les effets cuisants d'une mauvaise réputation que les oiseaux sauvages sur le résultat du premier coup de feu de Robinson Crusoë. Maintenant, elle voyait un peu plus loin, et encore un peu plus loin.

Le train s'immobilisa. Stephen lâcha la douce main qu'il avait tenue toute la journée et s'occupa d'aider la jeune femme à descendre sur le quai.

Poser le pied sur un sol nouveau parut être tout ce qu'il lui fallait pour parfaire une résolution en elle.

Elle lança à son fiancé un regard désespéré.

« Oh, Stephen ! s'écria-t-elle. Je me sens tellement misérable ! Il faut que je rentre à la maison ! Il le faut absolument ! Pardonnez ma lamentable hésitation. Rien ne me plaît ici... ni moi-même... ni vous ! »

Stephen parut abasourdi et ne dit pas un mot.

« Voulez-vous me permettre de rentrer à la maison ? implora-t-elle. Je ne veux pas vous donner la peine de me raccompagner. Je ne veux pas vous peser davantage ; dites seulement que vous me permettez de rentrer ; que vous n'allez pas me haïr pour autant, Stephen ! Il vaut mieux que je m'en retourne ; vraiment, cela vaut mieux, Stephen.

– Mais nous ne pouvons pas rentrer maintenant, fit-il de manière dépréciative.

– Il le faut ! Je le veux !

– Comment ? Quand voulez-vous partir ?

– Maintenant. Ne peut-on partir tout de suite ? »

Le jeune homme inspecta le quai avec désespoir.

« Si vous devez vous en aller, si vous pensez que c'est mal de rester, ma chérie, dit-il tristement, vous partirez. Vous ferez ce qu'il vous plaira, mon Elfride. Mais préférez-vous vraiment partir maintenant plutôt que d'attendre jusqu'à demain et ne rentrer qu'une fois devenue ma femme ?

– Oui, oui... de beaucoup... Je veux partir maintenant. Il le faut absolument, s'écria-t-elle.

– De deux choses l'une, observa-t-il sombrement. Ou bien il ne fallait jamais commencer ou bien il ne faut pas rentrer sans être mariée. Il me déplaît de vous le dire, Elfride... vraiment ; mais il faut que vous sachiez ceci : rentrer sans être mariée peut compromettre votre réputation aux yeux des gens qui viendraient à l'apprendre.

– Ils n'en sauront rien ; il faut que je parte.

– Oh, Elfride ! C'est moi qu'il faut blâmer pour vous avoir amenée ici.

– Pas du tout. De nous deux, je suis l'aînée.

– D'un mois seulement ; et qu'est-ce que ça fait ? Mais peu importe, maintenant. »

Il regarda autour de lui et avisa un employé.

« Y a-t-il un train pour Plymouth, ce soir ? »

L'homme s'éloigna sans répondre.

« Y a-t-il un train pour Plymouth, ce soir ? fit Elfride à un autre.

– Oui, mademoiselle ; le 8 h 10 part dans dix minutes. Mais vous vous êtes trompée de quai ; descendez cet escalier et prenez la voie de l'autre côté. Changez à Bristol pour le train postal de nuit. »

Les voilà qui se précipitent dans l'escalier, courent au guichet et se hâtent vers un wagon. Un contrôleur : « Vos billets, s'il vous plaît ? » On ferme les portières. Sur le quai, l'activité s'accélère jusqu'à être comme le va-et-vient des navettes dans un métier à tisser. Un coup de sifflet. L'agitation d'un drapeau. Un cri. Un jet de vapeur. Et en route pour Plymouth !

« Il s'en est fallu peu que ces deux petits ne ratent leur train ! » s'exclama une voix.

Elfride reprit haleine.

« Vous m'accompagnez, Stephen ? Pourquoi donc ?

– Je ne vous quitterai que lorsque je vous verrai saine et sauve à Saint-Launce. Ne me jugez pas pire que je ne suis, Elfride. »

Ils refirent avec fracas le chemin du retour toute la nuit. Le temps s'était éclairci et les étoiles brillaient au-dessus d'eux. Leurs deux ou trois compagnons de voyage gardaient les yeux clos la plupart du temps. Stephen sommeillait parfois ; seule Elfride, palpitante, n'était pas disposée à dormir.

Le jour commença à poindre, montrant qu'ils étaient près de la mer. Des rochers rouges les surplombèrent et prirent une teinte livide dans l'atmosphère d'un bleu gris, au fur et à mesure qu'ils s'éloignèrent. Le soleil se leva et inonda leurs visages défaits de ses rayons perçants. Une heure de plus, et le monde commença de s'activer. Encore un peu d'attente et le train ralentit en vue de Saint-Launce.

Elfride frissonna, pensive et triste.

« Je n'avais pas mesuré toutes les conséquences, dit-elle. Les apparences sont malheureusement contre moi. Si quelqu'un découvre mon escapade, je suis déshonorée.

– Les apparences sont trompeuses ; mais peu importe : tôt ou tard, je serai votre mari, c'est certain, et cela établira votre droiture.

– Une fois à Londres, dit-elle d'une voix ferme, j'eusse dû vous épouser. C'était ma seule défense légitime. Je vois plus clairement les choses aujourd'hui qu'hier. La seule chance qui me reste est que ma fuite ne soit point découverte, et il faut s'y employer avec acharnement. »

Ils descendirent. Elfride se couvrit le visage d'un voile épais.

Une femme aux lourdes paupières rouges et aux yeux brillants était assise sur un banc juste derrière la porte d'un bureau. Elle fixa Elfride des yeux, avec une expression dont l'intensité était indiscutable mais le sens peu clair ; puis elle regarda le wagon qu'ils venaient de quitter. Elle paraissait trouver une signification sinistre à ce spectacle.

Elfride recula et se détourna.

« Qui est cette femme ? demanda Stephen. Elle vous a regardée avec insistance.

– Mme Jethway, une veuve, la mère de ce jeune homme sur la tombe duquel nous étions assis l'autre soir. Stephen, elle est mon ennemie. Si Dieu avait eu un peu de miséricorde pour moi, il m'eût cachée d'elle.

– Ne soyez pas si désespérée, protesta-t-il. Je ne pense pas qu'elle nous ait reconnus.

– Je prie le ciel qu'il en soit ainsi. »

Il afficha un air plus énergique.

« Maintenant, il nous faut manger un petit déjeuncr.

– Non, non, supplia-t-elle. Je ne peux pas manger. Il faut absolument que je rentre à Endelstow.

– Mais depuis hier soir, vous n'avez rien pris qu'une tasse de thé, à Bristol.

– Je ne peux pas manger, Stephen.

– Du vin et des biscuits ?

– Non !

– Ni thé ni café ?

– Non !

– Un verre d'eau ?

– Non. Je veux quelque chose qui rende les gens forts et énergiques sur-le-champ ; qui emprunte de la vigueur à demain pour l'utiliser aujourd'hui, quitte à en priver totalement le lendemain ; même si cela prive de toute vie le lendemain, pourvu que cela me permette de rentrer chez moi maintenant. Du brandy ! Voilà ce que je veux. Les yeux de cette femme m'ont rongé le cœur !

– Vous divaguez et vous me faites de la peine, chérie. Voulez-vous vraiment du brandy ?

– Oui, s'il vous plaît.

– Combien ?

– Je ne sais pas. Je n'en ai jamais bu d'un seul coup plus d'une cuillerée à café. Tout ce que je sais, c'est que j'en veux. Mais il ne faut pas que ce soit au *Faucon* que vous vous en procuriez... »

Il la laissa dans les champs et se rendit dans l'auberge la plus proche. Il en revint bientôt avec un petit flacon presque plein et, dans un sac en papier, quelques tartines de pain beurré, minces comme des hosties. Elfride but une ou deux gorgées.

« Cela me monte jusqu'aux yeux, dit-elle d'un ton las. Je ne peux pas en absorber davantage. Si, je vais le faire, en fermant les yeux. Ah ! Cela y monte quand même par l'intérieur. Je n'en veux plus. Jetez-le ! »

Elle pouvait manger, cependant, et elle le fit. Sa préoccupation majeure était d'imaginer comment retirer sa jument des étables du *Faucon* sans éveiller les soupçons. Elle interdit à Stephen de l'accompagner en ville. Elle agissait maintenant sur des décisions prises en dehors de lui ; il semblait avoir perdu tout pouvoir sur elle.

« Il vaut mieux qu'on ne vous voie pas avec moi, même ici où je ne suis guère connue. Nous avons commencé à agir en cachette, comme des voleurs, il nous faut maintenant continuer, coûte que coûte. Jusqu'à ce que j'aie tout raconté à papa moi-même, la découverte de notre escapade serait terrible. »

Ils déambulèrent tout en ayant de tristes échanges jusqu'aux environs de 9 heures, moment où Elfride crut pouvoir se présenter au *Faucon* sans créer trop de surprise. Derrière la gare coulait la rivière enjambée par un vieux pont Tudor, d'où la chaussée divergeait dans deux directions ; dans l'une d'elles, après avoir longé la périphérie de la ville, elle finissait par rejoindre la grand-route pour Endelstow. C'est là que Stephen s'assit, pour attendre le retour de la jeune femme.

Il se tenait immobile, comme lorsqu'on pose pour un portrait, et il observait la danse des ombres et des lumières sur le tronc des arbres, les enfants qui jouaient devant l'école avant de rentrer pour la classe du matin, les moissonneurs au travail dans un champ lointain. La certitude qui accompagne la possession n'était pas venue, et il n'y avait rien pour tempérer la mélancolie du jeune homme, qu'aggravait l'évocation de la séparation si proche maintenant.

Elle finit par arriver vers lui, au petit trot, très proche en apparence de la personne qu'elle était ce matin romantique de leur visite à la falaise, mais dépouillée de ce rayonnement qui émanait d'elle alors. Toutefois, le fait d'être relativement à l'abri de nouveaux tracas et de plus grands risques l'avait rassérénée. La capacité de souffrance d'Elfride n'était dépassée que par sa capacité à en guérir, ce qui, à tort ou à raison, est souvent tenu pour un indice du caractère passager des sentiments en général.

« Elfride, qu'est-ce qu'on a dit, au *Faucon* ?

– Rien. Personne n'a manifesté de curiosité à mon sujet. Ils savaient que j'allais à Plymouth, et il m'est arrivé d'y passer la nuit chez Mlle Bicknell, de temps en temps ; je comptais d'ailleurs là-dessus. »

Le spectre de la séparation se dressait maintenant entre ces deux enfants, car il était impératif qu'elle se mît en route sur-le-champ. Stephen marcha à côté d'elle sur près d'un mille. Pendant qu'il l'accompagnait ainsi, il dit tristement :

« Elfride, vingt-quatre heures se sont écoulées, et notre projet n'a pas été réalisé.

– Oui, mais vous vous êtes assuré qu'il le sera.

– Comment ça ?

– Oh, Stephen ! Vous le demandez ? Croyez-vous que je puisse épouser un autre homme après être allée si loin avec vous ? N'ai-je pas donné la preuve indiscutable que je ne puis appartenir à aucun autre ? Ne me suis-je pas irrémédiablement compromise ? – l'orgueil n'a compté pour rien en face de mon grand amour. Vous avez mal interprété ma reculade, et je ne peux pas l'expliquer. Partir avec vous était une faute dès le commencement ; et quoiqu'il eût été pire de continuer, cela aurait peut-être été de meilleure politique. Soyez certain de ceci : dès que vous aurez une maison pour moi – si pauvre et humble soit-elle – et que vous viendrez me réclamer, je serai prête. » Amère, elle ajouta : « Quand mon père apprendra ce qui vient de se passer, il ne sera que trop heureux de me laisser partir.

– C'est bien possible, mais insistez alors sur un mariage immédiat ! » répondit Stephen, voyant luire un rayon d'espoir au cœur du remords de la jeune femme. « Et j'espère qu'il en sera ainsi, même s'il faut encore nous séparer jusqu'à ce que je sois digne de vous, comme nous l'avions prévu. »

Elfride ne répondit pas.

« Vous ne ressemblez plus à la femme que vous étiez hier, Elfie.

– Je ne le suis pas non plus. Au revoir ! Il est temps que vous vous en retourniez. »

Elle lâcha la bride à son cheval pour partir, mais elle s'écria :

« Oh, Stephen, je me sens si faible ! Je ne sais pas comment affronter mon père. Ne pourriez-vous pas, après tout, revenir avec moi ?

– Le voulez-vous ? »

Elfride prit un temps de réflexion.

« Non, cela n'irait pas. Je viens de tenir des propos insensés, mais il vous rappellera bientôt.

– Dites-lui, poursuivit Stephen, que nous avons agi ainsi par désespoir. Dites-lui que nous ne lui demandons pas de montrer de la partialité en notre faveur, mais de nous traiter avec justice. S'il nous permet de nous marier tout de suite, tant mieux. Sinon, dites-lui que tout peut s'arranger, à condition qu'il me promette votre main pour le jour où j'en serai digne. – ce qui ne saurait tarder. Dites-lui que je n'ai rien à lui offrir en échange de son trésor et que j'en suis navré ; mais que tout l'amour, toute la vie, tout le travail d'un honnête homme vous sont acquis. Je vous laisse le soin de juger du meilleur moment pour lui dire tout cela. »

Ces paroles la ragaillardirent assez pour badiner, tout sourire :

« Et si la calomnie s'en mêle, Stephen, il faudra, ma foi, que la fleur d'oranger me sauve, comme elle a sauvé des vierges du souffle empoisonné du dragon, au temps de saint Georges. Maintenant, pardonnez ma hâte, mais je m'en vais. »

Les jeunes gens prirent soin de ne pas prononcer de paroles d'adieu :

« Dieu vous garde, ma chère petite femme, jusqu'à notre prochaine réunion !

– Jusqu'à notre prochaine réunion, au revoir ! »

Elle cessa de parler, et le cheval partit. Stephen vit sa silhouette diminuer et son voile bleu pâlir, avec le sentiment douloureux d'une mort lente.

Après s'être ainsi séparée du meilleur homme qu'elle eût jamais connu, Elfride progressa rapidement, mais une larme perlait de temps en temps à ses yeux. Ce qui avait paru si désirable hier, si prometteur, léger même, avait maintenant revêtu le caractère d'une tragédie.

Quand elle vit les rochers et la mer aux approches d'Endelstow, elle poussa un soupir de soulagement.

Après avoir passé le champ qui s'étendait derrière le presbytère, elle entendit les voix d'Unity et de William Worm. Ils suspendaient un tapis à une corde. Unity concluait une phase par :

« ... Lorsque Mlle Elfride va rentrer.

– Quand c'est que vous l'attendez ?

– Pas avant ce soir, maintenant. Elle est en sécurité chez Mlle Bicknell, que Dieu la bénisse ! »

Elfride fit le tour de la maison jusqu'à la porte. Elle ne frappa ni ne sonna, et ne voyant personne à qui confier sa jument elle la conduisit dans la cour, lui retira son harnachement et la parqua. Puis elle se glissa à l'intérieur de la maison et visita toutes les pièces du rez-de-chaussée : son père n'était pas là.

Sur la cheminée du salon l'attendait une lettre à son nom, de l'écriture du pasteur.

Stratleigh, mardi

Chère Elfride,

À la réflexion, je ne rentrerai pas ce soir et m'arrêterai à Wadcombe. Je serai de retour à la maison demain après-midi, avec une personne amie.

Bien à toi, en hâte.

Ch. S.

Après une rapide toilette, elle se sentit renaître, malgré une migraine. En fermant sa porte, elle rencontra Unity en haut des marches.

« Oh, Mlle Elfride ! Je me disais : "Voilà son spectre !" On imaginait pas que vous alliez pas rentrer hier soir. Vous aviez pas dit que vous alliez y passer la nuit.

– J'avais l'intention de rentrer le soir même, mais j'ai changé d'avis. Maintenant, je le regrette. Je suppose que papa va être fâché.

– Vaut mieux pas lui dire, mademoiselle, fit Unity.

– Cela m'embête, murmura-t-elle. Unity, vous ne voudriez pas lui en toucher un mot, quand il rentrera ?

– Quoi ! Vous faire avoir des ennuis ?

– Je les mérite.

– Non, vraiment, je ferai pas ça, dit Unity. C'est pas formidablement important, Mlle Elfridc. Je m'étais dit comme ça : « Le patron s'est pris des vacances, et comme il a pas été très gentil avec Mlle Elfride, ces derniers temps, elle...

– ... En fait autant. Eh bien, faites comme il vous plaira. Voulez-vous me faire déjeuner, maintenant ? »

Après avoir satisfait l'appétit que le frais air marin

lui avait donné en triomphant de ses préoccupations, Elfride mit son chapeau et traversa le jardin jusqu'à la gloriette. Là, elle s'assit, appuya sa tête dans un coin et ne tarda point à s'endormir.

À moitié réveillée, elle consulta précipitamment sa montre. Trois heures s'étaient écoulées. Au même instant, elle entendit les grincements de la grille que l'on ouvrait et des roues d'une voiture qui faisait son entrée. Puis ce fut la voix de son père qui appelait Worm.

Elfride se dirigea vers la maison par une allée que cachait une rangée d'arbustes. Une voix lui parvint, qui n'était celle d'aucun des domestiques et qui menait une conversation avec son père. Son père et la personne étrangère échangeaient des rires. Il y eut un frou-frou de soie ; puis M. Swancourt et la ou les personnes qui l'accompagnaient entrèrent dans la maison, car il n'y eut plus aucun bruit. Elfride s'en était retournée, pour méditer sur l'identité de ces amis, quand elle entendit des bruits de pas, et son père s'exclama derrière elle :

« Ah, Elfride, te voilà ! J'espère que tout s'est bien passé ! »

Le cœur d'Elfride cogna dans sa poitrine, et elle ne répondit rien.

« Allons une minute dans la gloriette, poursuivit M. Swancourt ; il faut que je te parle, comme je l'avais promis. »

Ils entrèrent et s'accoudèrent à la balustrade de bois noueux.

« Maintenant », dit M. Swancourt, rayonnant, « devine un peu ce que j'ai à te dire. »

Il portait une attention si soutenue à sa propre existence que ce qui arrivait à sa fille ne le préoccupait pas et qu'il ne le voyait même pas.

« Je ne sais pas, papa, fit-elle, tristement.
– Essaie, ma chérie.
– J'aimerais mieux pas.

– Tu es fatiguée. Tu as l'air épuisé. Cette chevauchée t'a exténuée. Eh bien, voici pourquoi je me suis absenté : je suis allé me marier !

– Vous marier ! » bafouilla-t-elle, et elle eut de la peine à retenir un involontaire : « Comme moi. » L'instant d'après, son projet d'aveu s'évanouit comme une bulle de savon.

« Oui, et avec qui, crois-tu ? Avec Mme Troyton, la nouvelle propriétaire du domaine de l'autre côté de la haie et du vieux manoir. Cela n'a finalement été décidé entre nous que lorsque je suis allé à Stratleigh, il y a quelques jours. »

Il baissa la voix et prit un ton de gaieté malicieuse :

« Quant à ta belle-mère, tu vas constater qu'elle ne mérite guère d'être regardée mais qu'elle vaut d'être écoutée. D'abord, elle a une demi-douzaine d'années de plus que moi.

– Vous oubliez que je la connais. Après que nous sommes allés chez elle, sans la trouver, elle nous a rendu une visite ici.

– Mais oui, bien sûr. Eh bien ! quel que soit son aspect, c'est la meilleure des femmes. Elle vient d'hériter, outre ce domaine, d'une rente de trois mille cinq cents livres, sans compter un legs important, à titre de provision pour veuvage.

– Trois mille cinq cents livres par an !

– Ainsi qu'un vaste – ou disons un spacieux – hôtel particulier à Londres. Elle a aussi un arbre généalogique plus long que ma canne ; bien que ce mariage ait toutes les caractéristiques d'une excellente affaire, c'est une de ces choses qui se font maintenant, tout comme on bâtit des ruines sur un terrain vierge et que l'on fabrique des antiquités à Birmingham. »

Elfride se contentait d'écouter, sans rien dire. Il continua plus calmement et sur un ton plus émouvant :

« Oui, Elfride, elle est très riche, comparée à nous, mais elle a peu de relations importantes. Toutefois, elle pourra te présenter un peu dans le monde. Pour l'amour de toi, nous allons échanger sa maison de Baker Street contre un hôtel particulier dans Kensington. Elle dit que c'est là que tout le monde réside maintenant. À Pâques, nous émigrerons en ville pour les trois mois habituels – à ce moment-là, j'aurai déjà un vicaire, bien entendu. Elfride, j'ai passé l'âge de l'amour, tu le sais, et j'avoue honnêtement que je l'ai épousée pour ton bien. Pourquoi une femme dans sa position s'est-elle jetée à ma tête, Dieu seul le sait. Je suppose que son âge et son manque d'attraits étaient trop marqués pour un citadin. Avec ta beauté, si tu joues bien tes cartes, tu peux te faire épouser par n'importe qui. Naturellement, il faudra peut-être arranger un peu les choses, mais je ne vois rien qui puisse t'empêcher de trouver un mari titré. Lady Luxellian n'était que la fille d'un squire. Vois-tu maintenant pourquoi ton petit béguin était insensé ? Mais viens ! Elle est à la maison et attend de te voir. »

Pendant qu'ils se dirigeaient vers la maison, le pasteur reprit :

« Je lui ai fait ma cour à travers cette haie de troènes ; pas tout le temps, vois-tu, mais le soir, c'est là que nous nous promenions... et vers la fin, c'était quasiment tous les soirs. Inutile d'entrer dans les détails, mais je t'assure que tout cela était très prosaïque. Et ce jour où je suis allé la voir à Stratleigh, nous avons décidé de tout régler sur-le-champ.

– Et vous ne m'en avez jamais dit un mot », répondit Elfride, sans qu'il y ait de reproches ni dans sa voix ni dans sa pensée. Elle éprouvait le contraire d'un sentiment réprobateur. C'était fait de soulagement et même de gratitude. Quand la confiance n'a pas été accordée à autrui, comment pourrait-on en attendre en retour ?

Le pasteur prit ce manque d'émotion pour une façon polie de passer sur un mauvais traitement.

« Je ne suis pas tout à fait à blâmer, fit-il. Il y avait deux ou trois raisons de garder le secret. L'une était que le parent dont elle héritait était décédé très récemment, mais cela ne te concernait pas. N'oublie pourtant pas, Elfride, continua-t-il de façon plus raide, que tu fréquentais de manière si ridicule ces gens inférieurs, les Smith – juste au moment où Mme Troyton et moi-même commencions à nous entendre –, que je résolus de ne rien dire, même à toi. Comment pouvais-je savoir jusqu'où tu étais allée avec eux et avec leur fils ? Et si tu t'étais fait un devoir de prendre le thé chaque jour avec eux ? »

Elfride ravala ses sentiments du mieux qu'elle put et posa une question, mollement mais carrément :

« Avez-vous embrassé Mme Troyton sur la pelouse, il y a environ trois semaines ? Le soir où je suis entrée dans votre cabinet de travail quand vous veniez d'allumer des bougies ? »

M. Swancourt rougit de confusion, comme le font les amoureux d'âge mûr quand on les surprend qui s'abandonnent aux pratiques des plus jeunes.

« Ma foi, oui, je crois bien, balbutia-t-il ; seulement pour lui faire plaisir, tu sais. »

Puis, se ressaisissant, il rit de bon cœur.

« C'est à cela que se référait votre citation d'Horace ?

– Effectivement, Elfride. »

Ils pénétrèrent dans le salon par la véranda. À ce même moment, Mme Swancourt, venant du premier étage, y entrait par l'autre porte.

« Charlotte, voici ma petite Elfride », fit M. Swancourt, du ton plus qu'affectueux qu'on adopte parfois pour faire des présentations.

La pauvre Elfride, ne sachant que faire, ne fit rien du tout, sa vue, son ouïe et son toucher en éveil.

Mme Swancourt s'avança, prit sa belle-fille par la main et l'embrassa.

« Ah, ma chère ! s'exclama-t-elle gaiement ; lorsque vous montriez votre serre à une vieille visiteuse, il y a un mois ou deux, et que vous lui parliez si joliment de vos fleurs, vous n'imaginiez pas qu'elle réapparaîtrait bientôt chez vous sous une nouvelle identité. Elle non plus, assurément. »

La nouvelle mère avait été assez fidèlement décrite par M. Swancourt. Physiquement, elle n'avait rien de séduisant. Elle avait un teint mat, très sombre ; un peu de corpulence ; et un assez grand reste de cheveux, moitié blancs, moitié noirs, mais ceux-ci vraiment noirs. À première vue, ce n'était pas une femme sympathique. Mais il fallait aller plus loin. Il était clair, même pour l'observateur le plus superficiel, qu'elle ne faisait aucun effort pour déguiser son âge. Le premier regard lui donnait cinquante-cinq ans, âge que rien n'amenait à réévaluer quand on la connaissait de plus près.

Les coins de sa bouche constituaient une particularité encore plus engageante. Lorsqu'elle était sur le point de faire une remarque, ils se contractaient doucement ; non d'avant en arrière, ce qui est un signe de nervosité ; ni vers le bas de la mâchoire, ce qui marque la résolution ; ils se relevaient de manière évidente, précisément suivant cette courbe que les écoliers adoptent, dans leurs caricatures, pour signifier la gaieté. C'était le seul trait de son visage qui exprimât quelque chose de l'intérieur de cette femme, mais il était aisément reconnaissable. Il exprimait un humour subjectif aussi bien qu'objectif, un humour qui pouvait faire le compte de ses propres travers autant que des bizarreries d'autrui.

Ce n'était pas la seule particularité de Mme Swancourt. Elle avait tendu vers Elfride des mains si chargées de bagues que les doigts étaient raides, *signis auroque rigentes* [1], comme la robe d'Hélène. Apparemment, ces bagues n'étaient pas portées par pure vanité. La plupart étaient des antiquités sans éclat, mais quelques-unes étaient tout le contraire.

1. Voir la description de la vêture d'Hélène de Troie, « raide à force d'anneaux et d'or », dans Virgile, *Enéide*.

MAIN DROITE

1er . Un onyx ovale, très simplement monté, figurant une tête démoniaque.
2e . Une intaille de jaspe vert à veines rouges.
3e . Un anneau tout en or, portant la représentation d'un griffon hideux.
4e . Un monstrueux diamant vert d'eau, entouré de petits diamants.
5e . Une antique intaille de cornaline, avec la silhouette d'un faune dansant.
6e . Un large anneau ciselé de têtes de dragons.
7e . Une escarboucle à facettes, accompagnée de dix émeraudes étincelantes.

MAIN GAUCHE

1er . Une crapaudine rouge-jaune.
2e . Une lourde bague émaillée de couleurs, portant une jacinthe.
3e . Un saphir améthyste.
4e . Un rubis poli, entouré de diamants.
5e . Un anneau gravé de mère abbesse.
6e . Une intaille très sombre.

En dehors de cet assez étrange ensemble de pierres et de métaux, Mme Swancourt ne portait aucun autre ornement.

Elfride avait été favorablement impressionnée par Mme Troyton lors de leur rencontre, deux mois plus tôt ; mais trouver de l'agrément à faire la connaissance d'une femme au passage était bien différent de la retrouver dans le rôle de votre belle-mère. Son incertitude ne dura cependant qu'un instant : Elfride décida de l'aimer.

Si elle n'était pas une femme d'action, comme son mariage le donnait à penser, Mme Swancourt était une femme d'expérience. Elfride et elle furent bientôt inextricablement engagées dans une conversation, et M. Swancourt les abandonna à elles-mêmes.

« Et qu'avez-vous trouvé à faire ici ? » demanda

Mme Swancourt, après quelques propos sur le mariage. « Je sais que vous montez.

– Oui. Mais pas beaucoup, parce qu'il ne plaît guère à papa que je sorte seule.

– Il vous faudra quelqu'un pour veiller sur vous.

– Je lis et j'écris un peu.

– Vous devriez écrire un roman. Pour tous ceux qui ne voient pas grand-chose du monde, le moyen habituel de vivre un roman est d'en rédiger un.

– C'est ce que j'ai fait », dit Elfride en regardant Mme Swancourt avec inquiétude, comme si elle craignait de paraître ridicule.

« C'est très bien. Voyons, de quoi s'agit-il ?

– Eh bien... C'est un roman du Moyen Âge.

– Ne sachant rien de notre époque, que tout le monde connaît, vous avez choisi prudemment une époque que ni vous ni personne ne connaît. C'est cela, n'est-ce pas ? Non, non, je plaisantais, ma chère.

– Eh bien, j'ai eu différentes occasions d'étudier l'art et les mœurs médiévaux à la bibliothèque et au musée privé du château d'Endelstow, et j'ai pensé que je devrais me faire la main dans un récit de fiction. Je sais que la mode de ce genre d'histoires est passée, mais cela m'intéressait, cela m'intéressait très vivement.

– Et quand paraîtra-t-il ?

– Oh ! jamais, j'imagine.

À d'autres, ma chère enfant ! Il faut absolument le publier. Toutes les dames en font de même, à présent, non pas pour le profit mais pour offrir une garantie de respectabilité intellectuelle à leurs futurs époux.

– C'est une excellente idée pour nous autres femmes.

– Quoique j'aie bien peur que cela ressemble plutôt à la ruse mélancolique qui conduisait à jeter des miches de pain aux assiégeants, par-dessus les murailles, et suggérait que le désespoir régnait à l'intérieur bien plus que l'abondance.

– Vous y êtes vous jamais essayée ?

– Non, il n'était plus temps pour moi, même pour cela.

– Papa dit qu'aucun éditeur ne prendra mon livre.

– Cela reste à prouver. Je vous donne ma parole, ma chère, qu'il sera imprimé d'ici à un an.

– Vraiment ? » fit Elfride, presque épanouie, bien qu'assez triste en profondeur. « Je croyais qu'une grande intelligence était la qualité requise – et même la seule – pour faire partie de la république des lettres. Une simple créature ordinaire comme moi en sera rapidement expulsée.

– Oh, non ! Une fois dedans, vous serez comme une goutte d'eau dans un fragment de cristal de roche : votre nature ordinaire aura été anoblie.

– Ce sera un grand motif de contentement », murmura Elfride, et, en songeant à Stephen, elle souhaita amasser une grosse fortune, grâce à ses romans, pour l'épouser et vivre heureuse.

« Puis nous irons à Londres et ensuite à Paris, ajouta Mme Swancourt. J'en ai discuté avec votre père. Mais il va falloir d'abord que nos affaires soient installées au manoir, et nous pensions demeurer à Torquay pendant ce temps. Dans l'intervalle, au lieu de nous dépêcher de partir en voyage de noces à nous deux, nous sommes venus vous chercher, pour aller passer tous ensemble deux ou trois semaines à Bath. »

Elfride exprima son assentiment avec plaisir, et même avec joie ; mais elle vit bien que, en raison de ce mariage, son père et elle allaient cesser à jamais d'être aussi proches qu'ils l'étaient encore quelques semaines auparavant. Il était maintenant impossible de lui faire le récit de sa folle escapade avec Stephen Smith.

Celui-ci était toujours douillettement niché dans son cœur. Son absence lui avait rendu une grosse partie de cette auréole de sainteté que lui avait presque ôté l'humeur réprobatrice de la jeune femme, pendant le lamentable voyage de retour depuis Londres. Le ravissement est souvent tempéré par un contact avec sa cause, surtout dans des conditions malencontreuses. Et cette récente expérience avec Stephen ne l'avait certainement pas fait briller aux yeux d'Elfride. Même la bonté dont il avait fait preuve en la laissant rentrer était tenue pour une faute. La jeune femme avait l'amour propre à son sexe pour la force brutale de l'homme, même mal employée ; lors de ce moment critique à Londres, la seule chance pour Stephen de conserver l'ascendant sur elle que son visage et non pas ses rôles lui avait acquis eût été de faire ce que, en principe, il était bien trop jeune pour entreprendre : la traîner par le poignet devant quelque autel, pour l'épouser de manière autoritaire. Les esprits critiques jugeront qu'un acte tranchant est souvent dépourvu d'objet et parfois fatal ; mais la résolution, quelque suicidaire soit-elle, a plus de charme pour une femme que le moins équivoque succès de Fabius Cunctator.

Cependant, quelques-uns des aspects désagréables de ces circonstances étaient oubliés, et Stephen avait repris nombre de ses couleurs fascinantes.

13

Il a mis en ordre un grand nombre de sentences [1]

Nous sommes à Londres, deux mois plus tard, en octobre.

Bede's Inn a cette particularité que sa façade est ouverte sur une artère affairée où l'on ne s'occupe que de richesses et d'honneurs, pendant que la porte de derrière donne sur un lacis de ruelles aussi grouillantes et misérables que celles de toute métropole. Les conséquences morales en sont que, premièrement, les locataires de l'auberge peuvent étudier une grande partie des coutumes et des plaisirs de ceux qui n'ont même pas une chemise, sans avoir plus à faire que de regarder du haut d'une fenêtre ; deuxièmement, ils ont un rappel salubre, encore que désagréable, de la situation sociale en entendant une voix rauque, un pas inégal, l'écho d'un coup ou d'une chute qui, venant de quelque ivrogne ou d'un homme qui bat sa femme, trouble tout à coup le silence de la cour intérieure. Des individus de cette sorte, en empruntant la minuscule ruelle qui la borde sur l'arrière, traversent ainsi fréquemment l'auberge, mais ils ne s'attardent pas.

1. *L'Ecclésiaste*, XII, 11.

Il est à peine nécessaire d'indiquer que tous les mouvements dans l'auberge, tout ce qui s'y peut voir, sont parfaitement ordonnés. Par ce beau soir d'octobre où nous y suivons Stephen Smith, un portier placide est assis sur un tabouret, sous un sycomore, et tient une badine à la main. On remarque sur les branches un épais vêtement de suie qui pend en lambeaux par en dessous, comme dans une cheminée. La noirceur du branchage n'améliore pas l'aspect de l'arbre, dans le moment présent ou il est quasi défeuillé ; mais au printemps, sa fraîche beauté verte est doublement exaltée par le contraste. Ceint d'une clôture à claire-voie, un jardin est planté de dahlias et de chrysanthèmes respectables, et un homme y ratisse les feuilles mortes sur le gazon.

Stephen franchit une certaine porte et gravit un vieux mais large escalier de bois, avec des balustres et une rampe sculptés, qui eût passé, dans un manoir de campagne, pour un remarquable exemple du travail de la Renaissance. Il atteint une porte du premier étage peinte, en lettres noires, de l'inscription : « M. Henry Knight » – on comprend qu'il s'agit d'un avocat, mais cela n'est pas indiqué. Le mur est épais, et il y a une porte sur la face intérieure et sur la face extérieure. Celle-ci est entrebâillée ; Stephen s'avance jusqu'à l'autre et frappe.

« Entrez ! » crie-t-on du fin fond de l'appartement.

On se trouvait d'abord dans une petite antichambre, séparée du reste de la pièce par un passage voûté large de deux ou trois yards. Une paire de rideaux d'un vert sombre barrait ce passage, faisant un mystère de tout ce qui se trouvait derrière, hormis le grattement spasmodique d'une plume d'oie. Il y avait là un assemblage chaotique d'objets divers – principalement des vieilles gravures et des peintures encadrées – appuyés de côté contre le mur, comme des ardoises dans la cour d'un couvreur. Tous les livres qu'on pouvait voir étaient des in-folios trop énormes pour qu'on pût les voler ; les uns posés sur une solide table de chêne, les autres parmi les tableaux ; le tout mêlé à de vieux habits, des chapeaux avachis, des parapluies et des cannes.

Stephen écarta les rideaux et se trouva devant un homme assis qui s'adonnait à l'écriture comme si sa vie en dépendait – ce qui était bien le cas.

Un homme d'une trentaine d'années, en veste de laine mouchetée, à la chevelure d'un brun profond, barbe ondulée et moustache frisée la rejoignant de chaque côté de la bouche, dont elle masquait ainsi la véritable expression, comme à l'ordinaire, sous un aspect d'impassibilité continuelle.

« Ah ! cher ami, je pensais bien que c'était vous », dit Knight, en relevant la tête, avec un sourire et en lui tendant la main.

La bouche et les yeux de Knight étaient maintenant visibles. Ils étaient beaux et avaient cette particularité de paraître plus jeunes que le visage auquel ils appartenaient, lequel s'était « étiolé à l'ombre pâle de la pensée [1] ». La bouche n'avait rien perdu de ses douces courbures au profit du caractère anguleux de l'âge mûr ; et les yeux, bien que vifs, laissaient filtrer, plutôt que percer, leurs regards : ce qu'ils avaient perdu de leur éclat puéril, à la suite de douze années de lectures assidues, leur donnait une quiétude seyante.

Une dame eût dit qu'il flottait un léger parfum de tabac dans la pièce ; un homme, que cela ne sentait rien.

Knight ne se leva point. Il consulta une pendule sur la tablette de la cheminée et se remit à ses lettres en désignant une chaise.

« Eh bien, je suis content que vous soyez venu. Je ne suis rentré en ville que d'hier ; maintenant, Stephen, ne me parlez pas pendant dix minutes, c'est juste le temps qui me reste avant la dernière levée. Dès la onzième minute, je serai à vous. »

1. Shakespeare, *Hamlet,* III, 1, 85.

Stephen prit place, comme si ce genre de réception n'était pas une nouveauté pour lui, et le plume de Knight se mit à monter et à descendre, comme un bateau dans la tempête.

Cicéron appelait une bibliothèque l'âme de la maison ; ici, tout l'appartement était devenu âme. Certaines parties du plancher et la moitié de l'espace des murs étaient occupées par d'ordinaires et extraordinaires casiers de livres ; le reste, ainsi que des consoles, de petites tables, etc., était encombré de moulages, de statuettes, de médaillons et de plaques de différentes sortes, récoltés par le maître de céans au cours de ses pérégrinations en France et en Italie.

Quelques rayons du soleil couchant pénétraient dans la pièce par une fenêtre d'encoignure donnant sur une cour. Dans cette fenêtre était placé un aquarium. La plus grande partie de la journée, ce parallélépipède constituait un monde plutôt morne pour les créatures qui y vivaient ; mais le soir, pendant quelques minutes, un bienveillant rayon errant illuminait et réchauffait ce petit univers ; alors, les zoophytes s'ouvraient et se tendaient, les algues disposaient d'une transparence plus riche, les coquillages luisaient d'un jaune plus doré, et toute la timide communauté exprimait sa joie plus clairement qu'avec des mots.

Au bout des dix minutes prévues, Knight lâcha sa plume, sonna le garçon pour lui faire porter les lettres à la poste et, la porte refermée, s'exclama :

« Dieu merci, c'est terminé ! Maintenant, Stephen, approchez votre chaise et dites-moi ce que vous devenez. Avez-vous continué votre grec ?

– Non.

– Comment se fait-il ?

– Je n'ai pas assez de temps.

– C'est absurde !

– Eh bien, à défaut, j'ai fait beaucoup de choses. J'ai même fait une chose extraordinaire. »

Knight fit complètement face à Stephen.

« Ah ha ! Laissez-moi voir votre visage. Si je rapproche les indices, je vais avoir de fortes raisons de deviner. »

Stephen rougit davantage.

Knight le tint fermement par les épaules pendant une minute, tout en scrutant son expression d'un œil bienveillant et en silence.

« Tiens, tiens ! Smith, vous êtes amoureux.

– Ma foi, le fait est...

– Alors, dites-moi tout. »

Devant l'air désolé de Stephen, il opta pour un ton plus doux :

« Allons, Smith, mon garçon, vous me connaissez assez bien depuis le temps – ou, en tout cas, vous devriez ; vous savez que s'il vous plaît de me faire un récit détaillé de ce qui vous arrive, je vous écouterai ; si vous ne le souhaitez pas, je serai le dernier homme au monde à me soucier de l'entendre.

– Alors, je vous dirai ceci : je suis vraiment amoureux et je désire vraiment me marier. »

Knight eut un air sinistre en entendant ces propos.

« Ne me jugez pas avant d'en savoir davantage », s'écria Stephen en voyant le changement de contenance de son ami.

« Je ne juge pas. Votre mère est-elle au courant ?

– Pas de manière précise.

– Et votre père ?

– Non. Mais je vais vous dire : la jeune personne...

– Allons, c'est terriblement peu galant ! Mais peut-être que je comprends un peu votre disposition d'esprit, alors continuez. Votre dulcinée...

– Elle est d'un rang social supérieur au mien.

– Comme il se doit.

– Telles que sont les choses, son père ne veut entendre parler de rien.

– Ce qui n'est pas exceptionnel.

– Voici maintenant le problème sur lequel je voudrais avoir votre avis. Quelque chose s'est passé dans la maison de cette jeune personne qui me rend impossible de présenter une nouvelle demande à son père en ce moment. Nous gardons donc le silence. Dans l'intervalle, un architecte de l'Inde vient juste d'écrire à M. Hewby pour lui demander de trouver un jeune assistant disposé à se rendre à Bombay, afin de préparer les dessins pour des travaux anciennement exécutés par les ingénieurs. Il offre un salaire de trois cent cinquante roupies par mois, soit quinze livres. Hewby m'en a parlé, et je suis allé consulter le Dr Wray, lequel affirme que je pourrai m'acclimater sans être trop malade. Que feriez-vous à ma place ?

– Vous voulez dire que cela pourrait vous ouvrir une nouvelle route vers la jeune dame ?

– Oui. Je pensais que je pourrais y aller et amasser un peu d'argent ; puis revenir et demander sa main. J'aurais la possibilité de m'établir à mon propre compte au bout d'un an.

– Vous sera-t-elle fidèle ?

– Oh oui ! À jamais... jusqu'à la fin de sa vie !

– Qu'en savez-vous ?

– Allons ! Comment sait-on ces choses-là ? Cela ne fait aucun doute. »

Knight se ramassa sur sa chaise.

« Écoutez, bien que je la connaisse parfaitement telle qu'elle existe dans votre cœur, Stephen, je ne la connais pas en réalité. Tout ce que je veux savoir, c'est si cette idée d'aller en Inde est entièrement fondée sur votre croyance à sa fidélité.

– Oui ; je n'irais pas si ce n'était pas pour elle.

– Eh bien, mon garçon, vous m'avez mis dans une position assez embarrassante. Si je vous donne mon opinion sincère, je vais heurter vos sentiments ; si je ne le fais pas, je vais blesser ma conscience. Et n'oubliez pas que je ne connais pas grand-chose aux femmes.

– Mais vous devez bien avoir noué des liens, quoique vous m'en ayez dit très peu à ce sujet.

– Attendre d'en savoir plus ne va pas vous empêcher de dormir, j'espère ! »

Ainsi remis à sa place, Stephen se renfrogna.

« Je n'ai jamais éprouvé d'attachement profond, reprit Knight. Je n'ai jamais trouvé une femme qui en fût digne. Jamais, non plus, je ne me suis fiancé.

– Vous écrivez comme si vous aviez été fiancé une centaine de fois, si vous me permettez de le dire, fit Stephen d'une voix offensée.

– Oui, c'est possible. Mais, mon cher Stephen, il n'y a que ceux qui ne connaissent un sujet qu'à moitié pour en écrire. Ceux qui le connaissent parfaitement n'en prennent pas la peine. Tout ce que je sais sur les femmes – ou sur les hommes, d'ailleurs – n'est qu'un ensemble de généralités. Je chemine d'un pas pesant ; de temps à autre, je lève les yeux et j'effleure la surface confuse de l'humanité qui s'étale entre moi et l'horizon, comme le ferait un corbeau ; rien de plus. »

Knight se tut, comme s'il avait été absorbé par l'enchaînement de ses idées, et c'est avec un respect affectueux que Smith regarda un maître dont l'esprit, pensait-il, pouvait ne faire qu'une seule bouchée de tout ce que sa propre tête contenait.

Entre Knight et Stephen Smith, il y avait une réelle sympathie, sans véritable communion d'esprit. Knight avait rencontré son jeune ami quand celui-ci n'était encore qu'un gamin aux joues rouges, s'était intéressé à lui, ne l'avait pas quitté des yeux et l'avait généreusement aidé dans ses lectures, jusqu'à ce que ce qui n'était qu'attitude protectrice devienne camaraderie et mûrisse ensuite en amitié. De telle sorte que, bien que Stephen ne fût pas exactement le genre d'homme que Knight eût délibérément choisi pour ami – ni même comme l'un d'une douzaine d'amis –, il était quand même son ami d'une certaine manière. Comme d'habitude, ce sont les circonstances qui ont tout fait. Combien d'entre nous peuvent dire de notre *alter ego* intime – sans parler d'amis plus éloignés – qu'il est l'homme que nous aurions finalement choisi pour incarner le résultat ultime d'une opération où nous aurions fait l'addition de tous les éléments que nous aimons dans la nature humaine et de tous les principes auxquels nous tenons, pour en soustraire tout ce que nous détestons ? L'homme est en réalité quelqu'un que nous connaissons par une simple proximité physique longtemps maintenue, et à qui nous accordons notre confiance, à qui même nous ouvrons notre cœur, comme à un pis-aller.

« Et que pensez-vous d'elle ? » hasarda Stephen après un silence.

« À juger de ses mérites sur votre parole, dit Knight, comme nous le faisons des poètes romains dont nous ne connaissons rien d'autre que l'existence, je persiste à croire qu'elle ne vous sera pas fidèle pendant... disons trois ans d'absence en Inde.

– Mais si, s'écria Stephen désespéré. C'est une jeune personne toute de délicatesse et d'honneur. Une femme de cette nature, qui s'est compromise avec un homme autant qu'elle l'a fait avec moi, ne peut en épouser un autre.

– Compromise ? De quelle manière ? » demanda Knight avec curiosité.

Stephen ne répondit point. Knight avait considéré son amour avec tant de scepticisme qu'il ne servirait à rien de lui raconter tout ce qu'il s'était préparé à lui confier.

« Eh bien, ne dites rien, fit Knight. Mais vous supposez vrai ce qui est en question, comme c'est, je crois, inévitable en amour.

– Je vais vous parler d'autre chose, intervint Stephen. Vous souvenez-vous de ce que vous m'avez dit une fois sur les femmes qui reçoivent un baiser ? Selon vous, nous ne devrions pas être charmé par une conduite séduisante en pareille occasion et devrions immédiatement douter d'elles si leur confusion montre de la grâce : la gaucherie maladroite serait le véritable charme de ces circonstances, en ce qu'elle indique qu'il s'agit d'une pratique nouvelle pour elles.

– C'est tout à fait vrai, murmura Knight, bien que je n'aie aucun souvenir de l'avoir dit. »

Il arrive souvent que le disciple se souvienne ainsi des leçons du maître longtemps après que le maître les a oubliées.

« Eh bien, c'était son cas, s'écria Stephen d'un air triomphant. Elle était tellement bouleversée qu'elle ne savait plus ce qu'elle faisait.

– Voilà qui est splendide, dit Knight avec douceur. Il ne me reste plus à vous dire que, si, à votre avis, Bombay peut vous offrir de bon débouchés, vous devriez y aller, sans vous donner la peine de distinguer entre les motifs. Personne n'a une conscience nette des opinions d'après lesquelles il agit ni de la signification de ses actions.

– Oui, je vais partir pour Bombay. Et si vous le permettez, je vais rédiger ici ma lettre d'acceptation.

– Prenez le conseil de votre oreiller – c'est la meilleure façon de faire – et rédigez-la demain. En attendant, allez vous asseoir devant cette fenêtre et voyez mon spectacle de l'humanité. Je dîne en ville, ce soir, et je dois passer mon habit que j'ai ici dans une valise. J'apporte ainsi mes effets, pour m'éviter le tracas de faire l'aller et retour entre Richmond, où j'habite, et mon bureau. »

Knight alla au milieu de la pièce et ouvrit sa valise, Stephen s'approcha de la fenêtre. Le pinceau de rayons du soleil s'était élevé doucement, éloigné discrètement et évanoui ; les zoophytes dormaient : l'obscurité envahissait la pièce. Une tout autre lumière éclairait les vitres.

« Tenez ! fit Knight. Où y a-t-il en Angleterre un spectacle qui puisse rivaliser avec celui-ci ? Je m'assieds ici pour tout observer chaque nuit, avant de rentrer chez moi. Ouvrez doucement le châssis mobile de la fenêtre à guillotine. »

Au-dessous d'eux, une ruelle allait jusqu'au mur, tournait de côté et continuait au-delà d'un passage voûté, de telle sorte que la fenêtre arrière de Knight surplombait exactement l'angle et avait vue sur toute la longueur de la ruelle. Une foule, surtout composée de femmes, se répandait en flots, s'affairait, allait de-ci, de-là. Des becs de gaz projetaient une vive lumière sur des étals de bouchers et illuminaient les gros morceaux de viande de taches d'orange et de vermillon, semblables aux couleurs folles des derniers tableaux de Turner ; et le murmure des voix, le babil des langues – sons de toutes hauteurs, témoignant de toutes sortes d'humeurs – étaient pour cette forêt humaine ce que le gazouillement d'un ruisseau est pour la forêt naturelle.

Près de dix minutes s'écoulèrent. Knight s'approcha alors lui aussi de la fenêtre.

« Eh bien, maintenant je vais appeler un fiacre et m'en aller en direction de Berkeley Square », dit-il en boutonnant son gilet et en jetant son costume du matin dans un coin. Stephen se leva pour partir.

« Quel amoncellement de littérature ! » dit-il en faisant un dernier examen circulaire de la pièce, comme si demeurer là à jamais eût été le suprême plaisir de sa vie, mais avec le sentiment qu'il avait peut-être dépassé le temps qui lui était imparti. Son regard s'arrêta sur un fauteuil où s'empilaient journaux, magazines et volumes flambant neufs, verts et rouges.

« Oui », approuva Knight avec un soupir las, les yeux tournés dans la même direction. « Je crois bien qu'il va falloir faire rapidement quelque chose pour quelques-uns d'entre eux. Mon cher ami, vous disposez encore de quelques minutes, si vous voulez rester ; je ne suis pas tout à fait prêt. Examinez ces volumes, pendant que je vais enfiler ma veste, et je ferai un bout de chemin avec vous. »

Stephen s'assit près du fauteuil et commença à fouiller dans les livres. C'est ainsi qu'il découvrit un petit roman, en un seul volume, *La Cour du château du roi Arthur par Ernest Field.*

« Allez-vous faire une recension de ce livre ? » s'enquit Stephen avec une indifférence feinte, en montrant l'épanchement d'Elfride.

« Lequel ? Oh, ça ! Je pourrais bien... quoique je ne fasse guère de critiques en ce moment. Mais il est critiquable.

– Que voulez-vous dire ? »

Knight n'avait jamais aimé être interrogé sur ce qu'il voulait dire.

« Ce que je veux dire, c'est que les livres qui sont publiés ne sont, dans leur majorité, ni assez bons ni assez mauvais pour provoquer la critique, et que ce livre-ci la mérite.

– Pour ses qualités ou ses défauts ? » demanda Stephen avec un peu d'anxiété quant au score de la pauvre petite Elfride.

« Ses défauts. Il semble être écrit par une jeune adolescente. »

Stephen n'ajouta pas un seul mot. Il ne voulait pas parler clairement d'Elfride, après avoir fait une malheureuse bourde quant à sa compromission ; en outre, l'honnêteté sévère de Knight – têtue ; obstinée, presque – ne pouvait être ébranlée par les humbles vœux d'un jeune ami comme Stephen.

Knight était prêt. Il ferma le gaz et claqua la porte ; ils descendirent ensemble et sortirent dans la rue.

14

Folâtrons pendant que dure le mois de mai [1]

Il faut se rendre compte que près des trois quarts d'une année se sont écoulés. Au lieu du paysage automnal qui constituait le décor de ce qui s'est déroulé précédemment, nous sommes au plus fort de l'efflorescence estivale de l'année suivante.

Stephen est en Inde, s'éreintant dans un bureau de Bombay ; de temps à autre, il accomplit des tâches à la campagne, et il se demande pourquoi dcs gens installés ici depuis plus longtemps que lui se plaignent tant de l'effet du climat sur leur santé.

Jamais jeune homme n'eut dc meilleures conditions de départ que celles qui semblaient s'offrir alors à Stephen. Il était arrivé juste pendant ces exceptionnels beaux jours de prospérité qui ont illuminé Bombay il y a quelques années. Le bâtiment et le génie civil participaient à l'élan général. La spéculation s'accélérait chaque jour davantage, avec, pour seule éventualité désagréable, la possibilité d'un effondrement.

Elfride n'avait jamais parlé à son père de son escapade de vingt-quatre heures avec Stephen, et, pour autant

1. T. Gray, *Ode au printemps*.

qu'elle le sût, rien n'était parvenu à ses oreilles par quelque autre canal. Pendant un court laps de temps, ce fut un tracas et une peine secrets pour la jeune femme, et le départ de Stephen constitua un élément supplémentaire de sa tristesse. Mais Elfride avait des dispositions spéciales pour se débarrasser des tracas après un laps de temps décent. Alors qu'une nature lente s'imbibe d'un malheur petit à petit, Elfride avait vidé la coupe de souffrance en une seule gorgée, et elle s'épanouissait déjà à nouveau. Elle pouvait se dépouiller d'un chagrin et le remplacer par un espoir aussi aisément qu'un lézard renouvelle un de ses membres.

Deux excellentes distractions s'étaient ainsi présentées. L'une était la publication de son roman et la recherche des comptes rendus dans les journaux, lesquels, malgré leur brièveté significative, avaient servi à changer le cours de ses pensées. L'autre fut le déménagement du presbytère vers la vieille maison de Mme Swancourt, plus spacieuse et surplombant la même vallée. Au début, l'idée d'être transplanté en terre féminine déplut à M. Swancourt, mais les avantages évidents d'un tel accroissement de dignité le réconcilièrent avec le changement. Les choses se présentaient donc sous un aspect radicalement différent ; les deux dames restaient à Torquay, comme prévu, et le pasteur faisait des allers et retours.

Mme Swancourt développa considérablement les idées d'Elfride dans une direction aristocratique, et celle-ci commença à pardonner son mariage de raison à son père. Assurément, dans un sens mondain, avoir un beau visage à cinquante ans n'a jamais manqué d'être d'un grand secours à un homme.

La nouvelle maison de Kensington était prête, et ils étaient tous à Londres.

Les arbustes de Hyde Park avaient été replantés comme d'habitude, les chaises alignées, les bordures du gazon rectifiées ; on avait donné aux routes l'air d'avoir souffert d'un gros orage ; les fortunés étaient dans leurs calèches, les sportifs sur leurs chevaux ; le Drive et le Row étaient, une fois de plus et pour une heure, des concentrés de gaieté.

Nous contemplons ce spectacle à 6 heures d'une après-midi d'été, dans une atmosphère de cloche à melon et sous un ciel violet. L'équipage des Swancourt fait partie du flot.

Mme Swancourt était une grande causeuse qui tenait des propos mordants et elle ne devenait jamais lassante grâce à sa voix, grave et mélodieuse, le seul attrait de cette vieille femme.

« Tenez », dit-elle à Elfride qui, telle Énée à Carthage, était pleine d'admiration devant ce spectacle brillant, « vous allez constater que le défaut de compagnon donne à chacun un extraordinaire pouvoir pour lire ici les traits de ses semblables. Dans des endroits comme celui-ci, j'écoute toujours, au lieu des récits que font les langues de mes voisins, ce que dit leur visage ; cela présente un avantage, car, que je me trouve sur le Row, les Grands Boulevards, le Rialto ou le Prado, ils parlent tous le même langage.

« J'ai peut-être acquis une certaine habileté dans cette pratique du fait que, pendant de nombreuses années, j'ai été une femme laide et solitaire, sans personne pour m'informer ; et vous ne trouverez rien d'étrange à cela si vous tenez compte d'une situation parallèle : les gens sans montre donnent l'heure juste.

– Oui, c'est bien ce qu'ils font, confirma M. Swancourt. J'ai connu des ouvriers, à Endelstow et dans d'autres fermes, qui ont imaginé dans ce but des systèmes complets d'observations. Au moyen des ombres, des vents, des nuages, des mouvements des moutons et des bœufs, du gazouillement des oiseaux, du chant du coq et de cent autres signes et sons dont ceux qui ont des montres en poche ne soupçonnent même pas l'existence, ils peuvent dire l'heure à dix minutes près, n'importe quand ou presque. Cela me rappelle une vieille histoire, dont j'ai bien peur qu'elle soit trop inconvenante pour vous la raconter. »

Ici, le pasteur secoua la tête et se mit à rire tout seul.

« Allons, racontez-la ! firent ces dames.

– Je ne dois pas le faire.

– C'est absurde, dit Mme Swancourt.

– C'est juste l'histoire d'un homme qui usait d'un système analogue d'observations attentives et qui était connu pour avoir fait croire, pendant plus de deux ans, qu'il cachait un baromètre chez lui, tant il prévoyait avec exactitude les changements du temps suivant les braiments de son âne et les humeurs de sa femme. »

Que ce fût bien l'anecdote annoncée ou pas, Elfride se mit à rire.

« Fort bien, reprit Mme Swancourt. Et tout comme ces gens ont appris à lire les signes de la nature, j'ai appris le langage de son frère illégitime : l'artificiel ; c'est ainsi que les petits mensonges des yeux, le mépris marqué par les narines, l'indignation indiquée par le rejet des cheveux en arrière, le rire des vêtements, le cynisme d'une démarche et les diverses émotions suggérées par les moulinets des cannes, les manières de soulever un chapeau, le port d'un parapluie ou la hauteur à laquelle on tient son ombrelle, tout cela est devenu le b.a.-ba pour moi.

« Regardez donc cette créature fin de race qui se trouve dans la calèche là-bas », continua-t-elle en s'adressant à Elfride et en désignant la dame d'un simple coup d'œil. « L'absorbante conscience de son rang, telle que sa contenance la révèle, est tout à fait humiliante pour qui aime son pays. On a de la peine à croire, n'est-ce pas, que les membres du « beau monde » – dont le degré zéro des préoccupations est tellement au-dessus du plus haut niveau qu'atteignent celles des humbles –

soient à ce point dépourvus d'un instinct élémentaire de retenue.

– Comment cela ?

– Ils portent sur leur visage, aussi lisible que dans un phylactère, l'inscription : « De grâce, voyez donc la couronne de mes panneaux. »

– Vraiment, Charlotte, dit la pasteur, vous en voyez autant dans les visages que M. Puff dans le salut de lord Burleigh. »

Elfride ne pouvait qu'admirer la beauté de ses compatriotes féminines, d'autant plus qu'elle-même et les quelques relations qui lui étaient propres avaient toujours été hâlées par le soleil à cette époque de l'année et que le dos de leurs mains montrait des égratignures de ronces.

« Qu'elles sont jolies, les fleurs et les feuilles qu'elles portent à leur chapeau ! s'exclama-t-elle.

– Oh oui ! répliqua Mme Swancourt. Quelques-unes d'entre elles ont même des couleurs plus impressionnantes que si elles étaient vraies. Voyez cette belle rose que porte la dame de l'autre côté de la barre d'appui. D'élégants cirres de vignes sortent de la hampe comme une amélioration par rapport aux épines, et tout cela pousse si naturellement juste au-dessus de son oreille. Je dis « pousse » à dessein, car le rose des pétales et celui de ses belles joues paraissent également dus à la nature, aux yeux du plus désinvolte des observateurs.

– Dites-en un peu de bien, elles le méritent, suggéra la généreuse Elfride.

– Eh bien, je le fais. Voyez comme la duchesse de... ondule sur son siège et utilise l'oscillation de son landau pour ne regarder autour d'elle que lorsque sa tête est balancée vers l'avant, témoignant ainsi d'une morgue passive qui lui interdit de résister à la pression des circonstances. Voyez la belle moue des bouches de cette famille là-bas ; on ne la dirait pas dessinée à l'avance, tellement c'est bien fait. Voyez la modestie affectée de la manière dont ces petits poings serrent leur ombrelle ; l'alerte tout petit pouce se dresse contre la tige d'ivoire de la façon la plus rusée qui soit, et le satin de l'ombrelle est invariablement assorti au teint du visage qui se trouve en dessous, quoique cela paraisse accidentel, ce qui rend la chose d'autant plus attirante. Le registre rouge posé sur le siège d'en face indique le nombre important de leurs relations. Et j'admire particulièrement l'aspect de cette femme abondamment dotée de filles qui est de l'autre côté ; j'apprécie la manière dont elle affecte d'être inconsciente qu'elles sont dévisagées par les passants, et, par-dessus tout, l'allure des filles elles-mêmes, dont le regard se perd au plus profond des yeux des hommes bien tournés, sans qu'elles paraissent s'apercevoir qu'elles observent des regards masculins plutôt que les feuilles des arbres. Voilà le bien que vous vouliez m'entendre dire. Mais je plaisante, mon enfant, vous le savez.

– Ouf ! Qu'est-ce qu'il fait chaud ! » soupira M. Swancourt, comme s'il avait l'esprit bien loin de tout ce qu'il voyait. « Je vous assure que ma montre est tellement brûlante que j'ose à peine la toucher pour voir l'heure, et tout a une odeur d'intérieur de chapeau.

– Comme les hommes vous regardent, Elfride ! constata la vieille dame. Vous allez me tuer complètement, je crains.

– Vous tuer ?

– Tout comme un diamant tue une opale, s'ils sont montés ensemble.

– J'ai remarqué que plusieurs dames et gentlemen me dévisageaient », fit Elfride ingénument, montrant par là qu'elle trouvait du plaisir à être observée.

« Ma chère, il ne faut plus dire « gentlemen » de nos jours », lui répondit sa belle-mère, sur ce ton malicieux qui convenait si bien à sa laideur. « Nous avons abandonné « gentlemen » à la petite bourgeoisie, où le mot est toujours lié à des bals de fournisseurs et à des thés provinciaux.

– Que faut-il dire, alors ?

– Toujours : *femmes* et *hommes.* »

À ce moment, dans le flot des voitures qui roulaient dans l'autre sens, un cabriolet apparut, dont toute la surface extérieure avait la riche nuance indigo d'un ciel de minuit, les roues et les bordures étant ornées d'un mince filet outremer ; les livrées des valets de pied étaient composées de vestes d'un bleu profond à passements d'argent et de culottes rouge indien. L'ensemble formait un tout organique qui se déplaçait derrière une paire de hongres marron foncé, dont certaines régions de la peau veinée étaient parfois parcourues de frissons et qui avançaient suivant un pas de trot exécuté avec grâce. Il s'y trouvait un homme sans autre caractéristique précise que de ressembler à quelque voyageur de commerce accommodant, d'une catégorie supérieure. À son côté se trouvait une femme aux yeux et au teint laiteux, qui appartenait à la classe « intéressante » à ce degré où elle devient écœurante, tant sa plus grande satisfaction est apparemment de ne trouver du plaisir à rien. En face de ce couple, il y avait deux petites filles, coiffées de chapeaux blancs à plumes bleues.

La dame vit Elfride, sourit, s'inclina et toucha le coude de son mari ; celui-ci se retourna et souleva son chapeau, en homme galant, au moment où Elfride faisait un mouvement prouvant qu'elle les avait reconnus. Les deux petites filles tendirent leurs bras vers Elfride avec des rires de joie.

« Qui est-ce ?

– Mais c'est lord Luxellian, n'est-ce pas ? » fit Mme Swancourt ; tout comme le pasteur, elle leur tournait le dos.

« Oui, répondit Elfride. Il est le seul homme, parmi tous ceux que j'ai vus ici, que je trouve plus beau que papa.

– Merci, ma chérie, dit M. Swancourt.

– Oui, mais votre père est bien plus vieux. Quand lord Luxellian sera d'un âge un peu plus avancé, il n'aura pas moitié aussi belle apparence que notre homme.

– Merci également à vous, ma chère, fit M. Swancourt.

– Voyez ! » s'exclama Elfride, les yeux toujours fixés sur eux. « Comme ces petites chéries ont besoin de moi. L'une d'elle est même en train de me réclamer en pleurant. »

« Nous parlions de bracelets, tout à l'heure. Regardez celui de lady Luxellian », remarqua Mme Swancourt, au moment où la baronne levait sa main pour soutenir l'une de ses filles. « Il glisse le long de son bras, car il est à moitié trop large. Je déteste voir du jour entre un bracelet et le poignet ; je me demande pourquoi les femmes n'ont pas meilleur goût.

– Là n'est pas la vraie raison, critiqua Elfride. C'est que son bras a maigri, la pauvre. Vous ne pouvez pas imaginer combien elle a changé ces douze derniers mois. »

Leurs voitures s'étant rapprochées, il y eut un échange de salutations plus familières entre les deux familles. Les Luxellian traversèrent et vinrent se ranger sous les platanes, juste derrière les Swancourt. Lord Luxellian descendit et s'avança, avec un rire musical.

C'était, chez cet homme, son moyen de séduction, ce par quoi il plaisait aux gens, lesquels en oubliaient qu'il n'avait aucun talent. On se souvenait de M. Swancourt pour ses bonnes manières ; de Stephen Smith pour son beau visage ; de lord Luxellian pour son rire.

M. Swancourt fit quelques remarques amicales et, entre autres choses, il parla de la chaleur.

« Oui, confirma lord Luxellian. Nous sommes passés devant la vitrine d'un fourreur, cet après-midi, et cette vue nous a tellement donné l'impression de suffoquer que nous étions contents de nous en éloigner. Ha ! ha ! »

Puis, se tournant vers Elfride :

« Mlle Swancourt, je vous ai à peine vue ou parlé depuis que vos exploits littéraires ont été rendus publics. Je n'avais pas idée qu'une enfant prenait des notes dans le paisible Endelstow ; sinon, j'eusse certainement fait en sorte que mes amis et moi-même nous montrions sous notre meilleur jour. Swancourt, vous auriez dû me le donner à entendre. »

Elfride se troubla, rougit, rit, et soutint que cela ne méritait pas d'en parler, etc.

« Eh bien, je trouve pour ma part que vous avez été plutôt maltraitée par *The Present*. Il était absurde de critiquer si lourdement une chose aussi légère que *La Cour du château du roi Arthur*.

– Comment ? » s'écria Elfride, en ouvrant de grands yeux. « Il y a eu un article dans *The Present* ?

– Mais oui. Vous ne l'avez pas vu ? Tenez, c'était il y a quatre ou cinq mois.

– Non, je ne l'ai jamais vu. Comme c'est désolant ! C'est une honte de la part de mon éditeur ! Il m'avait promis de m'adresser tous les articles qui seraient publiés.

– Dans ce cas, je redoute presque de vous avoir fourni une information désagréable qui avait été délibérément retenue par courtoisie. Vous pouvez être sûre que votre éditeur a estimé qu'il ne sortirait rien de bon de cet envoi et qu'il était inutile de vous causer de la peine.

– Oh non ! Je suis tout à fait contente que vous m'en ayez parlé, lord Luxellian. C'est une gentillesse bien mal placée de la part de l'éditeur. Cette critique est-elle très dure contre moi ? s'enquit-elle timidement.

– Non, non ; pas exactement... encore que j'en aie maintenant oublié le propos précis. C'était seulement... seulement acerbe, vous voyez... Je pourrais dire que cela manquait de générosité. Mais en réalité, mon faible souvenir ne me permet pas d'en trancher.

– Nous allons nous rendre aux bureaux de *The Present,* pour le prendre directement, n'est-ce pas, papa ?

– Si vous y tenez tant, ma chère, nous y passerons, ou nous enverrons quelqu'un. Mais demain sera bien assez tôt.

– Maintenant, Elfride, rendez-moi un petit service », dit lord Luxellian d'un ton chaleureux, l'air bien embêté de lui avoir communiqué une nouvelle fâcheuse. « En réalité, je suis envoyé ici par mes petites Polly et Katie, comme un messager spécialement chargé de vous prier de venir les rejoindre un petit moment dans notre voiture. Il faut que je traverse à pied jusqu'à Piccadilly, et j'ai laissé ma femme seule avec elles. J'ai bien peur qu'elles ne soient des enfants plutôt gâtées, mais j'ai presque promis que vous iriez. »

Les marchepieds furent abaissés et Elfride transbordée ; cela s'accompagna d'une grande joie chez les petites filles et d'un intérêt modéré chez les flâneurs à peau rouge et à long cou qui évaluaient l'opération d'un coup d'œil rapide, leur canne aux lèvres, riant parfois des yeux et d'un rire qui montait du plus profond de leur gorge, sans que leur bouche intervînt le moins du monde. Lord Luxellian fit signe au cocher de démarrer, souleva son chapeau et envoya un sourire qui manqua son but et atterrit sur un parfait étranger qui s'inclina, abasourdi. Lord Luxellian suivit longtemps Elfride du regard.

C'était un regard viril de franche et sincère admiration ; un hommage momentané que n'importe quel Anglais honnête eût pu rendre à la beauté, sans avoir honte de ce qu'il éprouvait et sans que cela empiétât le moins du monde sur ses obligations d'époux et de chef de famille. Puis lord Luxellian se détourna et, l'air songeur, il remonta vers l'autre extrémité de la promenade.

M. Swancourt était descendu en même temps qu'Elfride et s'était dirigé vers le Row pour échanger quelques mots avec un ami qu'il y avait reconnu ; sa femme était ainsi restée seule occupante de la voiture.

Pendant que se déroulait cette petite scène, il y avait, au milieu des spectateurs en promenade, un homme d'une allure quelque peu différente de celle des autres. Derrière la foule et les chaises alignées, appuyé contre le tronc d'un arbre, il examinait Elfride avec un paisible intérêt critique.

Trois détails révélaient à un œil exercé que cet individu discret n'était pas un habitué du Row. D'abord, un ou deux faux plis de sa redingote, à hauteur de la taille, montraient qu'il n'avait pas assez empoisonné son tailleur pour obtenir de lui un extrême fini de l'exécution ; en deuxième lieu, un certain manque de tenue du parapluie, dû à l'habitude de son propriétaire de s'y appuyer trop lourdement et de s'en servir comme d'une canne, au lieu de ne permettre à sa pointe que d'effleurer le sol, comme pour lui faire une chatterie, ce qui est la bonne manière de se conduire sur le Row ; troisièmement et surtout, comprenne qui pourra, on pouvait difficilement se retenir de penser, lorsqu'on voyait son visage, qu'on se trouvait en présence d'un esprit distingué, au lieu d'avoir affaire aux manières distinguées *et praeterea nihil* qui étaient de droit la marque du Row.

Il est probable que, si Mme Swancourt n'avait pas été laissée seule dans sa voiture, sous l'arbre, cet homme serait resté à l'écart, inaperçu. Mais là, il s'approcha, passa sous la barre d'appui et se tint devant la portière de la voiture.

Mme Swancourt le regarda d'un air réfléchi pendant un quart de minute, puis elle lui tendit la main en riant :

« Mais c'est Henry Knight... bien sûr ! Mon cousin au deuxième... au troisième... au quatrième degré... que dois-je dire ? En tout cas, c'est un parent.

– Oui, le vestige d'une branche qui n'a pas été coupée. Je n'étais pas certain de vous reconnaître non plus, de l'endroit où je me tenais.

– Je ne vous ai pas vu depuis votre entrée à Oxford ;

comptez le nombre des années ! Vous avez appris mon mariage, j'imagine. »

Un dialogue s'ensuivit, relatif à des questions de famille, naissances, morts et mariages, qu'il est inutile de rapporter. Bientôt, Knight demanda :

« La jeune personne qui s'en est allée dans l'autre voiture est donc votre belle-fille ?

– Oui, Elfride. Il faut que vous fassiez connaissance.

– Et qui était cette dame, dans le cabriolet où Elfride est entrée ? Elle avait une apparence mal définie, liquide, comme si elle n'était que le reflet d'elle-même dans une pièce d'eau.

– Lady Luxellian ; elle est très faible, à ce que dit Elfride. Ce sont des parents éloignés de mon mari ; mais il n'y a guère d'intimité entre nous. Quoi qu'il en soit, Henry, il faut venir nous voir, bien entendu. 24 Chevron Square. Venez cette semaine. Nous ne resterons en ville qu'une ou deux semaines de plus.

– Laissez-moi voir. Il me faut aller à Oxford demain, et je vais y rester plusieurs jours ; de sorte que je crains bien devoir renoncer au plaisir de vous voir à Londres cette année.

– Alors, venez à Endelstow ; pourquoi ne nous accompagneriez-vous pas quand nous rentrerons ?

– J'ai bien peur que, si je venais à présent, il ne me faille repartir au bout d'un ou deux jours. Mais je serais enchanté de vous rejoindre au début du mois d'août, et je pourrais disposer largement de mon temps. J'avais déjà pensé à passer l'été dans l'Ouest.

– Très bien. Rappelez-vous que c'est une affaire conclue. N'allez-vous pas attendre pour voir M. Swancourt ? Il ne restera pas absent dix minutes de plus.

– Non ; veuillez m'excuser auprès de lui ; il me faut passer encore une fois dans mon bureau, avant de rentrer chez moi ; en vérité, je devrais m'y trouver en ce moment même... j'ai tant d'affaires urgentes à traiter justement en ce moment ! Vous voudrez bien le lui expliquer, je vous prie ? Au revoir !

– Et faites-nous savoir le jour de votre arrivée dès que vous le pourrez.

– Je n'y manquerai pas. »

15

Une voix vagabonde[1]

Quoique une douleur véritable et intelligible ne puisse pas disparaître comme par enchantement, lorsqu'elle est confiée à une simple personne de connaissance, cette méthode est un palliatif pour certaines mauvaises dispositions. Une de celles-ci est le dépit embarrassé, une espèce de trouble qui, comme un cours d'eau, devient moins profond par suite d'un simple élargissement de n'importe quelle partie.

Le lendemain soir de la rencontre dans Hyde Park, Elfride et Mme Swancourt se trouvaient dans le cabinet de toilette de cette dernière, engagées dans une conversation animée. Elles commençaient à prendre l'habitude de traiter ainsi un certain genre de problèmes.

Juste auparavant, Elfride venait de recevoir de Bombay une lettre affectueuse de Stephen Smith, qu'on lui avait fait suivre depuis Endelstow. Puisque la question n'est pas là, nous ne pousserons pas l'inventaire du contenu de cette lettre au-delà de la découverte que, avec une confiance téméraire bien que pardonnable, Stephen, très en verve, s'adressait à elle comme à sa future petite épouse chérie.

1. W. Wordsworth, *Au coucou.*

On ne peut probablement pas donner un exemple de méthode empirique plus rapide et plus sûre pour tester le tempérament d'un homme – sanguin ou précautionneux – que celui-ci : oui ou non antidate-t-il le mot « épouse » dans sa correspondance avec une fiancée qu'il aime honnêtement ?

Elle avait emporté cette lettre dans sa propre chambre, en avait lu une partie seulement, afin de garder le reste pour le lendemain, ne voulant pas être extravagante au point d'épuiser tout le plaisir d'un seul coup. Elle ne put néanmoins résister à l'envie d'en savourer un petit peu plus ; elle ressortit donc la lettre et, malgré ses pressentiments quant à sa prodigalité, elle la dévora en totalité. Finalement, elle relut attentivement la lettre encore une fois et la remisa dans sa poche.

Qu'était cela ? Un périodique adressé à Elfride, qu'elle avait négligé tout d'abord, dans sa hâte à ouvrir la lettre. C'était l'ancien numéro de *The Present,* contenant la critique de son livre, qui lui avait été envoyé comme elle l'avait demandé.

Elfride l'avait rapidement lue en entier, s'était ratatinée de manière perceptible et, l'article en main, était allée trouver Mme Swancourt dans son cabinet de toilette, espérant alléger son dépit, ou tout au moins l'atténuer, grâce aux appréciations pleines de discernement de sa belle-mère.

Maintenant, elle regardait tristement par la fenêtre.

« Ne vous en préoccupez pas trop, mon enfant », dit Mme Swancourt, après une lecture attentive du texte en question, « je ne vois pas que cette critique soit si terrible que ça, après tout. D'ailleurs, tout le monde l'a déjà oubliée, à l'heure qu'il est. Je suis sûre que le début est assez bon pour quelque livre qu'on ait jamais écrit. Écoutez donc : cela sonne mieux quand on le lit à voix haute que lorsqu'on le médite en silence. « *La Cour du château du roi Arthur. Un roman sur le Lyonnesse, par Ernest Field.* Dans l'espoir que nous allions échapper un moment à la répétition monotone de détails lassants du paysage social moderne, aux analyses de personnages dépourvus d'intérêt et aux péripéties artificielles d'une intrigue à sensation, nous avons pris ce volume en main avec un sentiment de plaisir. Nous étions disposé à nous bercer de l'espoir qu'une nouvelle musique se fasse entendre à propos de châteaux forts à donjons, chaînes et armures, de joues barrées de cicatrices profondes, de tendres et pures jeunes filles déguisées en pages, tous éléments dont nous n'avons guère été occupés depuis longtemps. » À mon avis, c'est un très bon début, et l'on pourrait tirer gloire d'avoir inspiré cela à un homme qui ne vous connaît pas.

– Oui, murmura Elfride tristement, mais voyez la suite.

– Eh bien ! je reconnais que la partie suivante est plutôt dure », convint Mme Swancourt.

Elle poursuivit sa lecture :

« Au lieu de quoi, nous nous trouvons en présence d'une jeune fille qui n'a pas encore atteint l'âge de raison, assez sotte pour adopter le pseudonyme dont elle se sert dans l'intention de déguiser son sexe.

– Je ne suis pas sotte, s'indigna Elfride. Il pouvait tout dire de moi, mais pas cela.

– C'est incontestable ! Bon, je continue : « ... Une jeune fille qui... multiplie tournois, tourelles et fuites invraisemblables. Cela se lit comme une plate copie de scènes analogues dans les romans de G.P.R. James et des épisodes d'*Ivanhoé* les plus dépourvus de réalité. L'appât est si artificiel que le goujon le plus crédule ne peut que s'en détourner. » Eh bien ! ma chère, je ne vois là rien dont il y ait lieu de se plaindre outre mesure. Cela prouve que vous avez été assez habile pour le faire penser à Sir Walter Scott, ce qui est beaucoup.

– Oh, oui ; bien que je ne sache pas lâcher la bride à mon imagination, je suis capable de lui rappeler ceux qui le savent. »

Ces paroles, dans l'esprit d'Elfride, étaient des sarcasmes dont elle entendait accabler son ennemi invisible, mais elle n'avait pas plus de moyens satiriques qu'une palombe, et ce ne fut qu'un joli murmure qui s'échappa de ses lèvres boudeuses.

« Certainement, et c'est déjà quelque chose. Votre livre est assez bon pour être jugé mauvais suivant les critères littéraires ordinaires ; il n'y a rien de pire que de ne pas même mériter d'être attaqué. Voyons la suite : « Pour que l'intérêt d'un roman historique puisse avoir de nos jours une chance de se soutenir, il est indispensable que le lecteur se sente guidé par une espèce presque disparue de légende qui, au-delà d'un intérêt pour le matériel des temps anciens et une foi indéfectible dans le nimbe médiéval, anime une faculté inventive où la délicatesse des sentiments est largement dépassée par la capacité à souder des incidents mouvementés et un ensemble entraînant de passions humaines élémentaires. » Eh bien, ce long épanchement sinueux ne vous concerne aucunement, Elfride, ce n'est que du remplissage. Voyons, où en revient-il à vous ? Pas avant la fin, en réalité. Et voici comment il vous expédie : « Revenons en au petit ouvrage que nous avons pris pour prétexte de cet article. Nous sommes loin de dénigrer tous les moyens de son auteur. Elle dispose d'une certaine souplesse qui lui permet d'user efficacement d'un style de narration qui lui est particulier et que l'on pourrait décrire comme un murmure de délicats petits riens émotionnels, le don propre à ceux pour qui la compassion est le pain quotidien d'une époque paisible. C'est ainsi que, là où les petites touches qui confèrent de la réalité aux personnages et les éléments qui relèvent de l'expérience domestique peuvent être introduits sans anachronismes trop flagrants, elle obtient parfois des résultats heureux ; en fin de compte, par considération pour ces détails qui n'ont aucun lien avec le récit, nous trouvons justifié de soutenir que le lecteur supportera de parcourir ce livre. » Il y a là une intention satirique, je suppose ; mais, maintenant, n'y pensez plus, ma chère. Il est 7 heures. »

Et Mme Swancourt sonna sa femme de chambre.

Les attaques sont plus piquantes que l'harmonie. La lettre de Stephen ne concernait rien d'autre que l'accord avec elle ; l'article en était exactement l'inverse. Et un étranger sans nom, sans visage et sans âge, mais doté d'une voix puissante, constituait naturellement une nouveauté pour la dame à qui il avait choisi de s'adresser. Quand Elfride s'endormit, cette nuit-là, elle aimait l'auteur de la lettre, mais elle pensait à l'auteur de l'article.

16

Et la vision prend corps, comme elle sait le faire [1]

Quelque trois semaines plus tard, le trio Swancourt bavardait tranquillement dans le salon des Rochers, le manoir de Mme Swancourt à Endelstow, et passait en revue les deux mois précédents à Londres, une période fatigante, même pour des gens dont les relations se comptaient sur les doigts.

Une simple saison en ville, avec une femme expérimentée comme sa belle-mère, avait tellement affiné la sensibilité d'Elfride que son amourette avec Stephen lui paraissait émotionnellement pauvre et lui semblait avoir reculé de plusieurs années jusque dans son passé d'enfant. Pour ce qui est de nos expériences mentales, tout comme en ce qui concerne l'observation visuelle, notre propre progrès se lit comme un dépérissement de ce à partir de quoi ce progrès s'est effectué.

Elle était assise sur une chaise basse, et c'est avec un intérêt mélancolique qu'elle relisait son roman, pour la première fois depuis qu'elle avait pris connaissance des observations que *The Present* lui avait consacrées.

« Vous pensez toujours à votre chroniqueur, Elfie ?

1. Tennyson, *In memoriam*, section LXXX.

– Pas à lui personnellement, mais à son opinion. En vérité, lorsque je relis ce livre avec le recul du temps, il me paraît en avoir évalué une partie assez justement.

– Non, non ; n'allez pas hisser dès maintenant un drapeau blanc. Peut-on imaginer que l'auteur se rende ainsi à l'ennemi ? Comment les hommes de Monmouth peuvent-ils combattre si Monmouth s'enfuit ?

– Je n'en fais rien. Mais je trouve certains de ses arguments pertinents, même si les autres ne le sont point. Et, comme il a certains droits à mon respect, je regrette d'autant plus qu'il se trompe tellement sur mes motifs en deux ou trois occasions. Il est plus vexant d'être incomprise que déformée ; et lui, il ne m'a pas comprise. Je ne puis me sentir à l'aise pendant qu'une personne dort tranquille, nuit après nuit, après m'avoir attribué des intentions que je n'ai jamais eues.

– Il ne connaît ni votre nom ni rien de ce qui vous concerne. À l'heure qu'il est, il doit sans aucun doute avoir oublié jusqu'à l'existence de votre livre.

– Quant à moi, il me plairait certainement qu'il fût repris sur un ou deux points », dit le pasteur qui avait gardé le silence jusque-là. « Les critiques continuent à écrire, sans être jamais rectifiés et sans qu'on discute leur point de vue, voyez-vous ; ils ne font donc jamais de progrès.

– Papa, fit Elfride épanouie, écrivez-lui !

– De fait, il me paraît préférable de lui écrire plutôt que de le rencontrer, dit M. Swancourt.

– Faites-le ! Et dites que la jeune personne qui a écrit le livre n'a pas adopté un pseudonyme masculin par vanité ou par suffisance mais parce qu'elle craignait qu'on ne la trouvât présomptueuse de publier son nom ; dites qu'elle n'a pas voulu écrire cette histoire pour des personnes comme lui, mais comme une vulgarisation de l'histoire pour les jeunes gens, dans l'espoir de leur donner le goût de savoir ce qui s'est passé dans leur propre pays des centaines d'années plus tôt et de les amener ainsi à vouloir approfondir le sujet. Oh, il y a tant de choses à expliquer ! J'aimerais pouvoir lui écrire moi-même.

– Tiens, Elfie, je vais te dire ce que nous allons faire », répondit M. Swancourt, excité par une sorte d'humour bucolique à l'idée de critiquer le critique. « Fais un relevé clair de toutes ses erreurs ; je vais le recopier et le lui envoyer comme s'il était de moi.

– Tout de suite ! bondit Elfride. Quand l'enverrez-vous, papa ?

– Oh ! Dans un jour ou deux, je suppose », répondit-il. Puis le pasteur marqua un temps et eut un léger bâillement ; à la manière des gens d'un certain âge, son ardeur tombait au moment de réaliser ce qu'il était question d'entreprendre. Il ajouta :

« Mais, en réalité, cela n'en vaut guère la peine.

– Oh, papa ! fit Elfride, très désappointée. Vous avez promis de le faire, et maintenant vous vous défilez. Ce n'est pas juste.

– Mais comment pouvons nous envoyer une lettre quand nous ignorons à qui l'adresser ?

– Si vous voulez vraiment envoyer la lettre en question, cela peut se faire aisément », assura Mme Swancourt, venant à le rescousse de sa belle-fille. « Une enveloppe adressée « Au critique de *La Cour du château du roi Arthur*, aux bons soins du rédacteur en chef de *The Present* » lui parviendrait certainement.

– Je suppose que oui.

– Pourquoi ne lui écrivez-vous pas une réponse vous-même, Elfride ? s'enquit Mme Swancourt.

– Je pourrais, dit-elle en hésitant, et je la lui enverrais anonymement : ce serait le traiter comme il m'a traitée.

– Pour rien au monde !

– Mais il ne me plairait guère qu'il connaisse mon nom exact. Et si je signais uniquement de mes initiales ? Moins on en sait sur vous, plus on y pense.

– Oui, vous pourriez procéder ainsi. »

Elfride se mit immédiatement au travail. Son unique désir des quinze derniers jours paraissait avoir une forte probabilité de se réaliser. Comme il arrive à des personnes sensibles et qui vivent retirées, le fait de s'appesantir continuellement sur ce sujet avait donné des proportions colossales à l'espace qu'elle occupait, ou avait occupé, dans l'esprit du critique occulte. Midi et soir, elle s'empoisonnait la vie à force de tentatives pour percevoir plus distinctement la conception qu'il se faisait d'elle en tant que femme, l'auteur mis à part : la méprisait-il véritablement ? Pensait-il à elle plus ou moins qu'aux jeunes femmes ordinaires qui ne s'étaient jamais exposées au feu de la critique ? Elle allait avoir maintenant la satisfaction de sentir qu'en tout cas il connaîtrait les véritables intentions qu'elle avait en croisant son chemin et en l'impatientant tellement par son travail ; il apprendrait peut-être à moins la mépriser.

Quatre jours plus tard, une enveloppe, adressée à Mlle Swancourt et d'une écriture inconnue, fit son apparition dans le courrier.

Le cœur d'Elfride lui manqua.

« Oh ! fit-elle. Cet homme m'enverrait-il un sermon sur l'impertinence ? Voici une autre lettre, de la même écriture, pour Mme Swancourt ! » Elle n'osait pas ouvrir la sienne. « Mais comment pourrait-il savoir mon nom ? Cela doit venir de quelqu'un d'autre.

– Quelle blague ! dit son père d'un air sévère. Tu as mis tes initiales, et il disposait d'un annuaire. Encore qu'il n'eût pas pris la peine d'y aller voir, a moins d'être tout à fait furieux contre toi. Il est vrai que, selon moi, ta lettre avait un ton plus âpre qu'il n'était nécessaire dans une simple discussion littéraire. »

Cette dernière phrase était destinée à réserver le jugement du pasteur pour l'issue de cette affaire.

« Eh bien, allons-y ! » fit Elfride, en brisant le cachet avec l'énergie du désespoir.

« Ah, par exemple ! » s'exclama Mme Swancourt en

relevant les yeux de sa propre lettre. « Christopher, j'ai complètement oublié de vous dire, lorsque je vous ai raconté ma rencontre avec mon parent éloigné, Harry Knight, que je l'avais invité ici pour tout le temps qu'il pourrait trouver. Et il m'écrit maintenant qu'il pourrait venir n'importe quel jour d'août.

– Répondez lui d'arriver le premier du mois, suggéra le pasteur au hasard.

Et comme elle poursuivait sa lecture :

« Bonté divine ! Ce n'est pas tout. Il est l'auteur de l'article sur le livre d'Elfride. Que tout cela est absurde ! Il ne me serait pas venu à l'idée qu'il fît la critique des livres dans *The Present*. Il est avocat, et je croyais qu'il n'écrivait que dans les revues de droit. Ma chère Elfride, nous voilà avec un bel embrouillamini ! Et à vous, que dit-il ? »

Le visage empourpré, Elfride avait déjà posé sa lettre.

« Je ne sais pas. L'idée qu'il connaît et mon nom et tout de moi m'enrage ! Il ne dit rien de particulier, tenez :

Chère Mademoiselle,

Si je suis désolé que mes remarques vous aient semblé bien dures, il m'est agréable de constater qu'elles vous ont fourni l'occasion d'y apporter une réponse si ingénieuse. J'ai malheureusement écrit mon article il y a si longtemps que ma mémoire me dessert au point de ne pas trouver un seul mot à dire pour ma défense, à supposer qu'il en soit, ce dont je doute.

Vous apprendrez, par une lettre que j'ai adressée à Mme Swancourt, que nous ne sommes pas aussi étrangers l'un à l'autre que nous avons pu le penser. Il est même possible que la joie me soit donnée de vous rencontrer bientôt et de prêter alors aux arguments qu'il vous plaira d'avancer toute l'attention qu'ils méritent.

« On voit bien que tout cela est pur sarcasme.

– Oh ! non, Elfride.

– Et puis ses remarques ne m'ont pas semblé bien dures... je ne lui ai rien dit de tel, en tout cas.

– Il doit vous croire d'une humeur massacrante, fit M. Swancourt, avec un rire étouffé.

– Il va venir ici, il sera en face de moi, il trouvera les propos de l'auteur aussi méprisables que ses façons ont été impertinentes. Ah ! si seulement je ne lui avais pas écrit !

– Peu importe ! » dit Mme Swancourt, riant elle aussi par à-coups. « Cela donnera un caractère très comique à la rencontre et nous offrira l'occasion de superbes jeux de scène secondaires, à votre père et à moi-même. La perspective de nous trouver continuellement face à face avec Harry Knight, je n'arrive pas à m'en remettre ! »

Le pasteur s'était immédiatement souvenu que ce nom était celui du précepteur et ami de Stephen Smith ; mais, comme il avait cessé de s'occuper de cette affaire, il se garda bien, en toute logique, de faire la moindre remarque qui pût restaurer le souvenir désagréable de son erreur quant à la généalogie de Stephen et à sa position sociale.

Elfride avait bien entendu perçu la même chose ; cela ajoutait aux relations une complication dont sa belle-mère ne savait rien. Cette identification ne valorisait guère l'attrait de Knight maintenant, bien qu'elle ne se fût souciée de le rencontrer douze mois plus tôt qu'en raison de l'intérêt qu'il présentait en tant qu'ami de Stephen. Heureusement pour la venue de Knight, un tel motif de bienvenue ne devenait embarrassant pour elle qu'au moment où l'intérêt acquis par le critique pour son propre compte ne le rendait plus nécessaire.

Ces coïncidences, et tout ce qu'elle savait de lui, contribuaient à tendre l'esprit d'Elfride vers Knight. Comme elle en avait l'habitude, lorsqu'elle était enfermée dans un dilemme, elle s'isolait au milieu des lauriers, immobile, déchirant une feuille sans l'arracher de sa tige, et rassemblait ses souvenirs des propos que Stephen avait fréquemment tenus à la louange de son ami, en regrettant de ne pas les avoir écoutés avec plus d'attention. Tirant toujours sur la feuille, elle rougissait alors à l'idée d'une nouvelle mortification causée par les paroles qu'il énoncerait lors de leur rencontre, pour souligner le caractère importun – pensait-elle maintenant – de la lettre qu'elle lui avait écrite.

Le développement suivant de ses méditations se fit au sujet de ce que pouvait être l'apparence personnelle de cet homme : était-il grand ou petit, brun ou blond, gai ou triste ? Elle eût bien interrogé Mme Swancourt, n'était le risque de s'attirer quelque taquinerie.

Pour finir, Elfride pensait : « Quelle peste que ce critique ! » et elle tournait son visage du côté où elle croyait que se trouvait l'Inde, en murmurant : « Ah ! mon petit mari, où êtes-vous en ce moment ? Au sud, à l'est, où donc ? Derrière cette colline, si loin, toujours. »

17

Sa bienvenue, souhaitée d'une voix tremblante [1]

« Voici Harry Knight ! » déclara un jour Mme Swancourt.

Elles se trouvaient, non loin des Rochers, à l'extrémité d'un clos retourné à l'état sauvage qui surplombait presque la vallée déjà décrite comme descendant jusqu'à la mer et au petit port de Castle Boterel. La saillie rocheuse sur laquelle elles se tenaient avait la forme d'une tête d'homme et était couverte d'ajoncs, comme une barbe. Juste sur la crête, une haie avait été destinée autrefois à retenir les cultivateurs du champ de rouler accidentellement au bas de ces creux et de ces bosses, et c'est exactement le service qu'elle rendait à ce moment-là à Elfride et à sa belle-mère.

Ayant grimpé plus haut dans la haie et tendu son cou plus avant au-dessus des ajoncs, Elfride regarda dans la direction de l'individu désigné. Il marchait sans se presser sur le petit sentier vert du fond, le long de la rivière ; une sacoche pendait sur sa hanche gauche ; il tenait une grosse canne à la main et portait un chapeau de lin écru sur la tête. La sacoche était vieille, usée, et

1. Scott, *La Demoiselle de Neidpath.*

la surface extérieure polie du cuir était craquelée et s'écaillait.

Ayant franchi les collines jusqu'à Castle Boterel sur le toit d'une affreuse patache, il avait préféré remonter la vallée à pied sur les deux milles qui restaient et demander la livraison de son bagage.

Derrière lui marchait à l'aventure un gamin à qui Knight avait brièvement demandé le chemin d'Endelstow ; suivant cette loi naturelle de la physique qui fait graviter les petits corps autour des plus grands, ce gamin était resté près de Knight, trottant sur ses talons comme un petit chien, tout en sifflotant, les yeux rivés aux mouvements des brodequins de l'avocat.

Quand ils eurent atteint un point exactement en face de celui où Mme et Mlle Swancourt se tenaient en embuscade, Knight s'arrêta et se retourna.

« Viens ici, mon garçon », fit-il.

Le gamin entrouvrit ses lèvres, écarquilla les yeux et ne répondit rien.

« Voici six pence pour toi, à condition que tu ne t'approches pas à moins de vingt yards de mes talons jusqu'au bout de la vallée. »

Le gamin, qui n'avait apparemment pas eu la moindre conscience de regarder les talons de Knight, prit mécaniquement les six pence ; Knight poursuivit son chemin, absorbé dans sa méditation.

« Une jolie voix, pensa Elfride, mais quel drôle de caractère ! »

« Il nous faut rentrer maintenant, avant qu'il ne gravisse la pente », dit Mme Swancourt doucement. Et elle prirent un raccourci, franchirent un échalier, entrèrent sur la pelouse par une porte latérale et parvinrent devant la maison.

M. Swancourt était parti pour le village avec le vicaire, et Elfride se sentit trop nerveuse pour attendre l'arrivée du visiteur au salon avec Mme Swancourt. De telle sorte que, lorsque la vieille dame entra dans la maison, la jeune prétexta la vue d'une nouvelle variété de géraniums pourpres et s'attarda dehors, parmi les fleurs.

Après tout, cela ne l'avançait à rien, pensa-t-elle ; quelques minutes plus tard, elle pénétrait hardiment dans la maison par une porte vitrée sur le côté, suivait le couloir et entrait dans le salon. Personne ne s'y trouvait.

Dans un angle de la pièce, une porte-fenêtre donnait directement sur la serre octogonale qui formait le coin du bâtiment. Un bruit de conversation venait de cette serre : c'étaient les voix de Mme Swancourt et de l'étranger.

Elfride s'attendait qu'il causât brillamment. À sa grande surprise, c'est à la façon d'un ignorant complet qu'il posait des questions sur les fleurs et les arbustes qu'elle connaissait depuis de longues années. Au bout d'un certain temps, il s'exprima plus longuement ; elle constata alors qu'il y avait un caractère net et tranchant dans la forme de ses phrases, comme si, à la différence des siennes et de celles de Stephen, elles n'avaient pas été fraîchement construites sur le moment, mais tirées toutes prêtes de quelque vaste réserve. Elle entendit sa belle-mère et le visiteur s'approcher pour rentrer au salon.

« Ceci est une variété couleur chair, expliquait Mme Swancourt. Mais les lauriers-roses, bien qu'ils constituent des arbustes volumineux, sont tellement fragiles qu'on ne peut pas les tailler : ce sont des géants, avec une sensibilité de jeunes demoiselles. Ah, voici Elfride ! »

Elfride avait l'air aussi coupable et déconfit que lady Teazle au tomber de l'écran[1]. Mme Swancourt le pré-

1. Dans *L'École de la médisance* de Sheridan, lady Teazle apprend des vérités désagréables sur son entourage pendant qu'elle est cachée par un écran dont l'effondrement la met dans une situation embarrassante.

senta sur un mode à demi comique, et Knight se plaça à côté de la jeune femme au bout d'une ou deux minutes.

Un ensemble complexe de pulsions instinctives réprimait les conventionnels sourires obligeants et hospitaliers d'Elfride ; elle était d'autant moins à l'aise que Mme Swancourt, partie pour aller chercher son mari, les avait laissés ensemble presque immédiatement après. M. Knight, pour sa part, ne paraissait nullement gêné par ses sentiments ; il s'exprima avec aisance et légèreté :

« Ainsi donc, Mlle Swancourt, je vous rencontre enfin. Je ne vous ai manquée que de quelques minutes pendant que nous étions à Londres.

– Oui, j'ai appris que vous aviez vu Mme Swancourt.

– Le critique et la critiquée se trouvent maintenant face à face, ajouta-t-il avec insouciance.

– Oui, encore que votre parenté avec Mme Swancourt émousse le piquant de la situation. Il est étrange que vous ayez été tout le temps un membre de sa famille. »

Elfride commençait à se ressaisir ; elle précisa, en le regardant droit dans les yeux :

« J'étais simplement soucieuse de vous faire savoir les véritables intentions de mon livre... extrêmement soucieuse.

– Je comprends parfaitement ce vœu ; et j'ai été heureux de constater que mes observations portaient juste. Cela leur arrive si rarement, je crains ! »

Elfride se rétracta en elle-même. Voilà qu'il maintenait ses opinions aussi fermement que si l'amitié et la politesse n'exigeaient pas qu'il y renonçât immédiatement.

« Vous m'avez beaucoup gênée et peinée par ce que vous avez écrit », murmura-t-elle, abandonnant soudain le caquetage qui sied aux présentations mondaines et exprimant un peu du ressentiment d'un enfant à l'endroit d'un maître d'école sévère.

« C'est assez l'objectif des critiques sincères, en pareil cas. Il ne s'agit pas de provoquer un chagrin inutile, mais « Vous avez été attristés selon Dieu, afin de ne recevoir de notre part aucun dommage[1]. » C'est, je crois, ce qu'une plume puissante a écrit aux Gentils. Allez-vous écrire un autre roman ?

– En écrire un autre ? fit-elle. Pour que quelqu'un en rédige une condamnation et « y enfonce le clou des Écritures[2] » une nouvelle fois, comme vous le faites maintenant, M. Knight ?

– Vous ferez peut-être mieux la prochaine fois, dit-il placidement. Je le crois. Mais je vous conseille de vous en tenir à la description de la vie domestique.

– Merci. Mais je ne recommencerai pas !

– Eh bien, vous avez peut-être raison. La meilleure nouvelle qu'on puisse avoir d'une jeune femme n'est en aucune façon qu'elle se soit mise à l'écriture.

– Quelle est la meilleure ?

– Je préfère n'en rien dire.

– Si vous en avez une idée précise, je vous prie de me la dire.

– Eh bien... (Knight se préparait évidemment à fournir une autre réponse) c'est d'apprendre qu'elle s'est mariée.

– Et une fois mariée ? » finit-elle par dire, après avoir hésité et avec l'intention d'abstraire sa propre personne de la discussion.

« De ne plus faire parler d'elle. Comme Smeaton le disait de son phare : son plus grand mérite, une fois oublié l'attrait de la cérémonie d'inauguration, c'est que rien ne se produise pour le maintenir au centre des conversations.

– Oui, je vois, dit Elfride doucement et de manière

1. *Seconde épître de Paul aux Corinthiens,* VII, 9.
2. Burns, *La Mort et le Dr Hornbook.*

réfléchie. Bien entendu, il en va tout autrement pour les hommes. Pourquoi n'écrivez-vous pas de romans, M. Knight ?

– Personne ne s'intéresserait à ceux que j'écrirais.

– Pourquoi ?

– Pour plusieurs raisons. Si l'on veut obtenir un succès populaire, il faut par exemple dissimuler judicieusement ses pensées véritables.

– Est-ce vraiment nécessaire ? Eh bien, je suis certaine que vous pourriez apprendre à le faire, avec un peu d'entraînement », assura Elfride *ex cathedra*, de l'air d'une personne qui témoignerait de sa longue expérience dans cet art. Elle poursuivit :

« Il ne fait aucun doute que vous deviendriez célèbre.

– Tant de gens se font un nom de nos jours qu'il est plus distingué de demeurer dans l'obscurité.

– Sérieusement, ce sujet mis à part, dites-moi pourquoi vous n'écrivez pas un livre, au lieu de ces articles détachés les uns des autres.

– Puisqu'il vous plaît de me faire parler de moimême, je vais vous répondre sérieusement », déclara Knight, non moins amusé de se faire ainsi sermonner par sa jeune amie qu'il n'était intéressé par son allure. « Comme je l'ai laissé entendre, je n'en éprouve pas le désir. Et si j'en avais le désir, je ne pourrais pas maintenant me concentrer suffisamment. Nous ne disposons tous que d'une certaine quantité d'énergie, dont nous usons de notre mieux. Et quand on a laissé fuir cette énergie, semaine après semaine, trimestre après trimestre, comme je l'ai fait de la mienne ces neuf ou dix dernières années, le moment arrive où il ne reste plus assez de pression derrière les pistons du moteur pour fournir la force nécessaire à la rédaction d'un livre complet, sur quelque sujet que ce soit. À cela s'ajoutent les questions de confiance en soi et de faculté d'attente. Là où les résultats rapides sont devenus l'ordinaire, un coup fatal a été porté à la possibilité d'ajouter foi au futur.

– Oui, je comprends ; vous avez donc choisi d'écrire par fragments ?

– Non, je n'ai pas choisi au sens que vous croyez ; ce n'était pas un choix parmi tout un ensemble de professions également possibles. J'y ai été poussé par un pur hasard. Et je ne trouve rien à redire à ce qui est accidentel.

– Pourquoi ne trouvez-vous rien à y redire ?... Je veux dire : pourquoi éprouvez-vous tant de quiétude quant au déroulement des choses ? »

Elfride était à moitié prise de peur de lui poser toutes ces questions, mais elle continuait à le faire, tant était intense sa curiosité de voir la face cachée de l'activité littéraire de M. Knight.

Il ne déplaisait pas à celui-ci d'être franc avec elle. Chacun d'entre nous se rappelle des exemples de ce trait de caractère chez des hommes réservés d'habitude, sans être dépourvus de sentiments. Quand ils trouvent un auditeur qui n'a aucune possibilité de les utiliser, de rivaliser avec eux ni de les condamner, des hommes réservés, ou même soupçonneux du monde entier deviennent francs et savourent avidement la face interne de leur franchise.

« Si je ne trouve rien à redire à ce qui est accidentel, expliqua-t-il, c'est que, dans les débuts, la poussée du hasard dans telle ou telle direction vaut souvent mieux qu'une liberté absolue.

– Je vois... ou plutôt : je verrais, si je comprenais parfaitement ce que signifient toutes ces généralités.

– Ceci, tenez : lorsque l'activité de l'esprit ne peut aucunement modifier la base arbitraire d'un travail, l'attention est libre de se fixer sur le travail lui-même et d'en tirer le meilleur parti.

– La compression latérale force l'altitude, pour parler votre langue, répliqua-t-elle avec malice. Et j'imagine que là où il n'existe aucune limitation, comme dans le cas où un homme très riche et de goûts très variés veut faire quelque chose, il vaut mieux choisir une limitation par caprice, plutôt que n'en avoir aucune.

– Oui, dit-il après réflexion, j'irai jusque-là.

– Eh bien ! reprit Elfride, je pense que ne rien faire de particulier correspond mieux à la nature de l'homme.

– Mais il existe des cas où l'on est bien obligé.

– Oui, certes ; je parlais de la situation où l'on n'est poussé par rien d'autre que le plaisir trouvé dans une perspective de célébrité. J'ai souvent pensé récemment qu'un petit bonheur général, commençant maintenant et du même acabit que la continuité des jours de votre vie, est préférable à une félicité extrême attendue dans un futur lointain, sans rien avoir immédiatement.

– C'est exactement ce que je décrivais tout à l'heure comme le principe de ceux qui, comme moi, ne mènent que des actions éphémères.

– Oh ! je suis désolée de vous avoir pastiché, s'excusa-t-elle, confuse. Oui, bien sûr. C'est ce que vous vouliez dire en parlant de ne pas chercher à devenir célèbre. » Puis, avec cette promptitude dans la conviction caractéristique de sa tournure d'esprit, elle ajouta :

« Il y a beaucoup de petitesse à tâcher d'être grand. Un homme doit avoir une haute idée de sa personne et être assez suffisant pour croire en soi, avant de s'y efforcer.

– Mais pour déclarer nuisible qu'un homme ait une haute idée de sa personne, il est bien assez tôt d'attendre que la preuve soit faite qu'il avait tort, et, même à ce moment-là, il est parfois encore trop tôt. D'ailleurs, nous ne devrions pas conclure de ce qu'un homme cherche ardemment le succès qu'il le fasse avec un sens aigu de son propre mérite. Il peut constater combien le succès a peu à voir avec le mérite, et sa motivation peut être son humilité même. »

Cette manière de la traiter exaspérait assez Elfride.

Elle n'avait pas plus tôt exprimé son accord avec lui qu'il semblait cesser de le vouloir, et prenait le parti opposé.

« Ah ! pensa-t-elle à part soi, je me garderai d'avoir affaire avec un homme de ce genre, bien qu'il soit ici en visite. »

« Je crois que vous découvrirez », reprit Knight – poursuivant la conversation pour le plaisir de préciser sa pensée sur le sujet bien plus que pour fixer l'attention de son interlocutrice – « que, pour les hommes dans la vie réelle, persévérer dans leurs efforts pour aller de l'avant est simplement une question d'instinct. Ils se rendent compte tout à coup que, sans l'avoir prémédité, ils ont mené quelques petits efforts, et ils se disent à eux-mêmes : « Puisque j'ai déjà été jusque-là, je vais faire quelques efforts de plus. » Ils persévèrent parce qu'ils ont commencé. »

De son côté, Elfride n'était pas particulièrement attentive aux paroles de l'avocat à ce moment-là. Elle avait une manière bien à elle, encore qu'inconsciente, de s'emparer de n'importe quel élément qui l'intéressait dans les propos d'un interlocuteur, de s'y appesantir et d'y greffer ses propres réflexions, sans plus se soucier de ce que lui-même y ajoutait. Dans ces moments-là, elle dévisageait ingénument la personne qui parlait ; et c'était vraiment une scène à peindre ! Ses yeux paraissaient vous regarder, et au-delà de vous, tel que vous étiez alors, regarder dans votre avenir ; et au-delà de votre avenir, dans votre éternité – non pas pour lire, mais en s'absorbant dans la contemplation d'une inconsciente manière insolite –, pendant que son esprit restait toujours attaché à sa pensée première.

Voilà comment elle regardait Knight.

Elfride prit soudain conscience de ce qu'elle était en train de faire, et sa confusion fut douloureuse.

« Qu'est-ce qui vous absorbait tellement à mon propos ? » s'enquit-il.

– Pour autant que je songeais à vous, je songeais combien vous êtes intelligent », répondit-elle avec une absence de préméditation saisissante d'honnêteté et de simplicité.

Agitée par ce qu'elle venait de dire sans le vouloir, elle se dressa et, comme elle entendait les voix de son père et de Mme Swancourt se rapprochant, elle se dirigea vers la porte-fenêtre. « Les voici », dit-elle en sortant. Knight la suivit sur le gazon. Elle s'immobilisa au bord de la terrasse, près de la balustrade de pierre, et regarda en direction du soleil flottant au-dessus de la clairière que son père traversait et qui était en ce moment aussi belle que la vallée de Tempé.

Knight ne put s'empêcher de contempler la jeune femme. Le soleil était à moins de dix degrés de l'horizon et sa chaude lumière inondait son visage, intensifiant jusqu'au rouge vermillon la couleur de ses joues, dont le rose naturel ne se laissait voir que là où leur arrondi plongeait dans l'ombre. Sa chevelure lui pendait dans le cou et les extrémités de ses cheveux glissaient d'avant en arrière sur son épaule, suivant qu'une faible brise se faisait sentir ou non. Les franges et les rubans de ses vêtements, sous la poussée de cette même brise, léchaient le tissu autour d'elles, voletaient au-dessus de plis ombreux et prenaient leur part de l'éclatante lumière orange.

Arrivé à quelque trente yards de Knight, M. Swancourt lui cria des paroles de bienvenue ; puis il abrégea les préliminaires et s'engagea dans une conversation du plus grand sérieux sur le vieux nom de famille de son visiteur et sur les théories de la généalogie et des mariages croisés. Dans l'intervalle, la valise de Knight était arrivée ; ils se retirèrent alors afin de se préparer pour le dîner, lequel avait été retardé de plus d'une heure par rapport aux habitudes.

Une arrivée nouvelle constituait un événement dans

la vie d'Elfride, maintenant qu'ils étaient de retour à la campagne, et celle de Knight était nécessairement encore plus absorbante. Quand elle se mit au lit ce soir-là, elle ne pensa pas du tout à Stephen, pour la première fois.

18

Il entendit ses palpitations mélodieuses

La vieille tour de l'église d'Endelstow en était aux dernières semaines de son existence. Une nouvelle devait la remplacer, conçue par M. Hewby, l'architecte qui avait dépêché Stephen. Des planches et des mâts d'échafaudages étaient arrivés dans le cimetière ; des barres d'acier avaient été enfoncées dans la vénérable crevasse qui s'ouvrait depuis le clocher jusqu'aux fondations ; les cloches avaient été descendues ; les hiboux avaient abandonné la demeure de leurs aïeux ; et six iconoclastes, en futaine blanche, du genre qui voue un culte superstitieux à tout édifice lézardé, s'étaient logés dans le village avant de commencer le véritable enlèvement des pierres.

On était au lendemain de l'arrivée de Knight. Afin de jouir une dernière fois, depuis le haut de la tour, de la perspective vers le large, le pasteur, Mme Swancourt, Knight et Elfride grimpèrent tous l'escalier en colimaçon ; M. Swancourt montait le premier, en soufflant très fort ; sa femme le suivait en silence, mais elle ne souffrait pas moins. À peine avaient-ils atteint le sommet qu'un gros nuage livide, évident réservoir à pluie, à tonnerres et à éclairs, arrivait au-dessus de leurs têtes, venant du nord.

Prudents, les deux anciens suggérèrent un retour

immédiat et se mirent en devoir de le mettre en pratique pour leur propre compte.

« Mon Dieu ! Comme je voudrais ne pas être montée ! s'exclama Mme Swancourt.

– Nous allons mettre plus de temps que vous deux à descendre, dit le pasteur en parlant par-dessus son épaule. Ne partez pas d'ici avant que nous ne soyons presque en bas ; sinon, dans l'obscurité de l'escalier, vous risquez de nous renverser et de nous rompre le cou. »

Elfride et Knight attendirent donc sur le toit que l'escalier fût dégagé. Knight n'était pas d'humeur loquace ce matin-là. S'il ne lui parlait pas, pensait Elfride, c'est qu'il la trouvait indigne de son attention ; elle restait donc obstinément sur la réserve. Pendant que Knight observait le gonflement du nuage, elle alla à petits pas jusqu'à l'autre côté de la tour, où elle se rappelait avoir accompli un exploit vertigineux l'année précédente. Il s'était agi de faire le tour de l'édifice en marchant sur le parapet, dépourvu de créneaux et de pinacle et offrant une surface plate, lisse et large d'environ deux pieds, qui formait une sorte de chemin de ronde sur ses quatre côtés. Sans réfléchir le moins du monde à ce qu'elle faisait, elle grimpa alors sur le parapet, comme elle l'avait fait autrefois, et commença à en faire le tour.

« Nous sommes arrivés en bas, cousin Henry, cria Mme Swancourt dans l'escalier. Vous pouvez nous suivre. »

Knight se retourna et vit Elfride commencer sa promenades dans les airs. Son visage refléta un mélange d'anxiété et de colère devant cette étourderie.

« Je vous aurais crue plus sensée », dit-il.

Elle rougit légèrement et continua d'avancer.

« Mlle Swancourt, je vous prie de descendre immédiatement, s'exclama-t-il.

– Dans une minute. Je suis en sûreté. Je l'ai fait souvent. »

À ce moment, en raison du léger trouble que les paroles de Knight lui avaient causé, le pied d'Elfride se prit dans une petite touffe d'herbe qui avait poussé à la jointure de deux blocs de pierre, et elle faillit perdre l'équilibre. Knight bondit en avant, le visage horrifié. Grâce à ce qui parut être l'intervention spéciale d'une Providence attentionnée, elle chancela vers le bord intérieur du parapet, au lieu de le faire du côté extérieur, et s'abattit sur la couverture de plomb du toit, deux ou trois pieds en dessous.

Knight la saisit comme dans un étau et lui jeta :

« Jamais je n'aurais cru que je rencontrerais une femme assez bête pour faire une chose de ce genre ! Grand Dieu, vous devriez avoir honte de vous ! »

L'ombre de la mort avait été si proche qu'Elfride se trouva mal et pâlit comme un cadavre avant même qu'il ne lui eût parlé. Déjà diminuée, ses paroles l'accablèrent, et elle défaillit entre ses bras.

Elle ne garda pas les yeux fermés plus de quarante secondes. Elle les ouvrit et se souvint immédiatement de la situation. L'expression du visage de Knight était passée de la grosse colère à la pitié. Mais, ses rudes observations l'ayant assez effrayée, elle lutta pour se libérer.

« Si vous pouvez tenir debout, faites-le ! » dit-il en desserrant les bras. « Je ne sais pas s'il vaut mieux rire de votre peur ou vous gronder pour votre folie. »

Elle s'effondra immédiatement sur les plaques de plomb. Knight la souleva de nouveau.

« Êtes-vous blessée ? » demanda-t-il.

Elle murmura quelques mots incohérents et tenta de sourire ; puis son humeur changea, son visage marqua de l'aversion, et elle déclara :

« J'ai seulement eu peur. Posez-moi ! Je vous dis de me poser !

– Mais vous ne pouvez pas marcher, fit Knight.

– Comment pouvez-vous le savoir ? J'ai seulement eu peur, vous dis-je », répondit-elle avec irritation, et elle porta la main à son front. Knight vit alors qu'elle saignait d'une grave coupure au poignet, là où celui-ci avait heurté le coin d'une plaque de plomb. Elfride, elle aussi, parut la voir et la ressentir pour la première fois, et elle perdit conscience une nouvelle fois, pendant près d'une minute. Knight noua rapidement son mouchoir autour de la blessure ; pour ajouter à la complication de la situation, le nuage qu'il avait observé commença à répandre de grosses gouttes de pluie. Knight vit le pasteur s'éloigner à grands pas vers la maison ; Mme Swancourt se dandinait à côté, comme un pauvre petit canard mené à la dure.

« Comme vous êtes très faible, il vaudrait mieux que vous me laissiez vous porter jusqu'en bas, dit Knight. Ou tout au moins à l'intérieur, loin de la pluie. »

Mais elle résista tant qu'il lui fut impossible de la soulever plus de cinq pas.

« C'est de la folie, une grosse folie ! s'exclama-t-il en la reposant.

– Ah, vraiment ! murmura-t-elle, les larmes aux yeux. Je dis que je ne veux pas être portée, et vous dites que c'est de la folie !

– Il en est bien ainsi.

– Non, il n'en est rien !

– C'est de la folie, je trouve. En tout cas, ce qui est à l'origine de tout ceci l'est bien.

– Je ne suis pas d'accord. Et vous n'avez pas besoin de vous mettre tellement en colère contre moi, je n'en vaux pas la peine.

– Si fait ! Vous valez la haine de princes, comme on l'a dit de quelqu'un d'autre. Maintenant, voulez-vous bien nouer vos bras autour de mon cou, pour que je puisse vous porter en bas, sans vous faire de mal ?

– Non, non.

– Vous feriez mieux, ou je vais vous forclore.

– Qu'est-ce à dire ?

– Vous priver de vos facultés. »

Elfride s'agita un peu.

« Ne vous contorsionnez pas tant, quand j'essaie de vous porter.

– Je ne peux pas m'en empêcher.

– Alors laissez-vous faire calmement.

– Peu m'importe, ça m'est égal ! » murmura-t-elle languissamment en fermant les yeux.

Il la prit dans ses bras, s'engagea dans l'escalier et descendit toute la spirale à pas lents et précautionneux. Puis, avec la douceur d'une mère, il dispensa ses soins à la coupure de son bras. Pendant qu'il procédait ainsi aux opérations de nettoyage de la plaie et de renouvellement du pansement, l'expression du visage d'Elfride, parcouru de menus frémissements et de frissons sans importance, passa de l'indifférence douloureuse à quelque chose comme de l'intérêt timide.

Au milieu de ses joues pâles, une petite tache rouge, de la taille d'une hostie, fit son apparition et continua de grandir. Elle attendit un moment le renouvellement du sermon sur sa bêtise, mais Knight se borna à dire :

« Promettez-moi de ne *jamais plus* marcher sur ce parapet.

– Je veux bien : on va bientôt le démolir. »

Quelques minutes plus tard, elle reprit, d'une voix plus basse et sur un ton sérieux :

« Bien entendu, il vous est arrivé, comme à tout le monde, d'éprouver cet étrange sentiment qu'un moment s'est déjà produit, ou sera reproduit.

– Que l'on a déjà vécu un tel moment auparavant ?

– Ou qu'on va le revivre. Eh bien, j'ai eu le sentiment, sur la tour, qu'une scène analogue allait se reproduire entre nous deux.

– À Dieu ne plaise ! fit Knight. Promettez-moi que

vous ne monterez jamais plus dans des endroits pareils, sous aucun prétexte.

– Je vous le promets.

– Un incident de ce genre ne s'est jamais produit dans le passé, nous le savons. J'ai votre promesse de ne pas le reproduire. Cessez donc d'imaginer ce genre de sottise ! »

Il était tombé beaucoup de pluie, mais il n'y avait pas eu d'éclairs. Quelques minutes plus tard, l'orage avait cessé.

« Maintenant, je vous prie de prendre mon bras.

– Oh, non, ce n'est pas nécessaire. »

Elle se braquait, parce qu'il venait une fois de plus de lui associer la sottise.

« Quelle blague ! C'est tout à fait nécessaire ; il va se remettre à pleuvoir dans un instant, et vous êtes loin d'avoir récupéré. »

Sans plus discuter, Knight prit son bras, le passa sous le sien et l'y maintint avec tant de fermeté qu'elle n'eût pu le dégager sans une véritable lutte. Ainsi menée pour la première fois, elle se sentait comme un poulain au bout d'une longe, mais elle n'osa pas se mettre en colère, et ce fut avec soulagement qu'elle vit la voiture tourner le coin pour venir les chercher.

Dès leur retour à la maison, il fut nécessaire d'expliquer jusqu'à un certain point sa chute sur le toit, mais ils s'abstinrent l'un et l'autre de dire un seul mot de ce qu'elle avait fait pour provoquer un accident pareil. Elfride demeura invisible le reste de l'après-midi ; mais elle reparut à l'heure du dîner, aussi sémillante que de coutume.

Au salon, après avoir passé une heure à ne parler qu'avec M. et Mme Swancourt, Knight se retrouva en face d'Elfride. Elle était penchée sur le problème d'échecs d'un des magazines illustrés.

« Vous aimez les échecs, Mlle Swancourt ?

– Oui. C'est mon jeu scientifique favori ; il l'emporte vraiment sur tous les autres. Y jouez-vous ?

– J'y ai joué, mais pas ces derniers temps.

– Défie-le, Elfride, fit le pasteur en riant. Elle joue très bien pour une femme, M. Knight.

– Voulez-vous jouer, demanda Elfride, avec une certaine hésitation.

– Certainement, avec plaisir. »

La partie commença. M. Swancourt avait oublié qu'une scène analogue s'était déroulée l'année dernière avec Stephen. Elfride, non ; mais elle avait commencé à prendre pour devise une vérité dont elle ne doutait point, à savoir que la nécessité de continuer à être fidèle à Stephen, sans qu'on le soupçonnât, imposait une conduite volage aussi impérativement que l'inconstance elle-même ; ce qui accorderait un avantage saisissant à cette dernière manière d'être, si jamais elle apparaissait.

Knight, par une de ces distractions inexcusables qui arrivent aux meilleurs joueurs, plaça sa tour à la portée d'un pion de son adversaire. C'était le premier avantage d'Elfride. Elle prit un air triomphant, avec même un peu de brutalité.

« Sapristi ! Où avais-je la tête ? » fit Knight calmement ; et il chassa alors de ses pensées tout souci relatif à cet incident.

« Nous observons le règlement des clubs, M. Knight, n'est-ce pas ? demanda Elfride d'un ton suave.

– Certes oui ! » répondit M. Knight ; mais une pensée lui traversa l'esprit à ce moment-là : à deux ou trois reprises, il lui avait permis de replacer une pièce, lorsqu'elle l'avait assuré, la main sur la conscience, qu'un tel coup n'était qu'une complète bévue.

Elle prit immédiatement la malheureuse tour, ce qui lui donnait une supériorité pour continuer la partie. Par la suite, il remporta un échange, regagna une bonne position et commença à serrer Elfride de près. Elle perdit la tête et plaça sa reine sur la colonne de la tour qui restait à son adversaire.

« Quelle stupidité ! Je vous donne ma parole que je n'avais pas vu votre tour. Bien entendu, il faudrait être fou pour placer sciemment sa reine là ! »

Elle parlait de manière agitée, espérant à moitié que son coup lui serait rendu.

« Il le faudrait, bien entendu ! » approuva Knight avec sérénité, et il tendit la main vers sa royale victime.

« Il n'est pas très agréable de voir qu'on en tire avantage, alors, fit-elle quelque peu dépitée.

– Vous avez bien parlé du règlement des clubs, n'est-ce pas ? » rétorqua Knight d'un air un peu narquois, et il s'empara impitoyablement de la reine.

Elle était sur le point de faire la moue, mais elle eut honte de le montrer ; des larmes lui montèrent aux yeux. Elle s'était tellement concentrée sur le jeu que la tête lui tournait ; après tout, c'était cruel de sa part de la traiter ainsi.

« Je trouve... commença-t-elle.

– Quoi ?

– ... que ce n'est pas gentil de tirer avantage d'une simple erreur que j'ai faite.

– J'ai perdu ma tour par une erreur encore plus simple », observa l'ennemi, sur un mode inexorable et sans même lever les yeux.

« Oui, mais... » Comme il était d'une logique irréfutable, elle se contenta de faire entendre une protestation :

« Je ne peux pas supporter ces manières d'être insensibles des clubs et des joueurs professionnels comme Staunton et Morphy. Comme s'il importait véritablement qu'on ait quitté une pièce des doigts ou pas ! »

Knight sourit, aussi impitoyable que précédemment ; et ils continuèrent à jouer en silence.

« Échec et mat, fit Knight.

– Une autre partie ! dit Elfride, péremptoire et très animée.

– Très volontiers !

– Échec et mat ! » fit Knight encore une fois, au bout de quarante minutes.

« Une autre partie ! répondit-elle résolument.

– Je vous donne l'avantage d'un fou, lui offrit Knight aimablement.

– Non, merci », répliqua-t-elle, sur un ton supposé marquer une indifférence courtoise mais qui, de fait, était vraiment très cavalier.

« Échec et mat ! » finit encore par dire son adversaire, sans la moindre émotion.

Quel contraste entre l'état d'esprit d'Elfride à ce moment-là et celui où elle faisait des bévues à dessein pour que Stephen pût gagner !

Il était l'heure d'aller au lit. L'esprit complètement brouillé, elle monta se coucher, mortifiée d'avoir été défaite coup sur coup, alors qu'elle avait pris l'initiative de la bataille. Comme elle avait joui durant deux ou trois ans de la réputation d'être une excellente joueuse – auprès de son père, mais il était pour elle presque la totalité de l'univers –, le fiasco lui était intolérable ; car la personne la plus obstinée dans la croyance en une fausse réputation est malheureusement celle qui la possède, celle-là même qui dispose justement des meilleurs moyens de savoir qu'elle n'est pas fondée.

Une fois au lit, elle ne fut pas apaisée par le sommeil ; ce doux état est comme un ami de milieu de l'été, en ce sens que l'arrivée de nuages le fait fuir. Après être restée couchée sans fermer l'œil jusqu'à 2 heures du matin, une idée parut la frapper. Elle se leva doucement, alluma une bougie et alla chercher *La Pratique des échecs* dans la bibliothèque. Elle revint s'asseoir dans son lit et étudia le livre avec application jusqu'au moment où elle entendit sonner 5 heures et où ses paupières étaient devenues épaisses et lourdes. Alors, elle éteignit la lumière et s'allongea de nouveau.

« Vous avez l'air pâle, Elfride, remarqua Mme Swancourt au petit déjeuner. N'est-ce pas, cousin Knight ? »

Une jeune fille rarement malade si peu que ce soit peut difficilement s'empêcher de le devenir quand elle est tenue pour telle par tous les yeux qui la dévisagent, à la suite de quelque remarque. Tout le monde regarda Elfride. Elle était effectivement pâle.

« Suis-je pâle ? demanda-t-elle avec un léger sourire. Je n'ai pas beaucoup dormi. Malgré tous mes efforts, je ne parvenais pas à me débarrasser d'une armée de fous et de chevaux.

– Le jeu d'échecs est une mauvaise chose juste avant de se coucher ; surtout pour des personnes émotives comme vous, ma chère. Ne jouez plus jamais tard.

– Au contraire, je jouerai tôt. Cousin Knight, fit-elle en imitant Mme Swancourt, voulez-vous bien me faire une faveur ?

– Demandez-moi la moitié de mon royaume.

– Eh bien ! faisons une partie de plus.

– Quand ?

– Maintenant, tout de suite, dès que nous aurons pris notre petit déjeuner.

– Il est absurde de devenir esclave d'un jeu de cette façon, Elfride ! assura son père.

– Mais j'en ai envie, papa ! Je suis tout agitée, parce que j'ai été vaincue si ignominieusement. Et cela n'ennuie pas M. Knight. Quel mal peut-il donc y avoir là ?

– Mais comment donc ! Jouons, si vous le souhaitez », dit Knight.

Quand le petit déjeuner fut terminé, les combattants se retirèrent dans le calme de la bibliothèque, et la porte fut fermée. Elfride parut se rendre compte qu'elle ne se conduisait guère dans les règles et prenait des libertés saisissantes avec les contraintes conventionnelles. Pire : elle crut voir sur le visage de Knight une expression quelque peu amusée par ses façons d'agir.

« Vous me trouvez sotte, j'imagine, dit-elle avec insouciance ; mais je veux faire de mon mieux, juste une fois, et voir si je peux vous vaincre.

– Certainement : il n'y a rien de plus naturel. Mais je crains bien que ce ne soit pas là le plan qu'adoptent les femmes du monde après une défaite.

– Et pourquoi, je vous prie ?

– Parce qu'elles savent que, si la victoire est agréable, on peut trouver autant d'agrément dans la capacité à effacer le souvenir d'avoir été battue, et c'est ce à quoi elles consacrent toute leur attention.

– J'ai tort encore une fois, bien entendu.

– Il se peut que votre manière d'avoir tort soit plus satisfaisante que leur manière d'avoir raison.

– Je ne sais pas très bien si vous le pensez ou si vous vous moquez de moi », dit-elle, sceptique mais disposée à accepter l'interprétation la plus flatteuse. « Je suis presque sûre que vous trouvez qu'il y a beaucoup de vanité de ma part à croire que je puisse rivaliser avec vous. Eh bien, s'il en est ainsi, je dirai qu'en pareil cas la vanité n'est pas un crime.

– Eh bien, peut-être pas. Encore que cela puisse difficilement passer pour une vertu.

– Oh ! si, dans une bataille ! La bravoure de Nelson se nourrit de sa vanité.

– Certes ! sa mort aussi.

– Oh ! non, non ! Car il est écrit dans le livre du prophète Shakespeare :

Ayez peur : on vous tue ! Autant lutter alors :
Celui-là vainc la mort qui meurt avec courage. »

Ils s'assirent ; Elfride eut le trait, et l'affrontement commença. La partie suivait son cours. Le cœur d'Elfride battait si violemment qu'elle ne pouvait pas rester tranquille. Sa terreur était qu'il l'entendît. Il finit par le découvrir : quelques fleurs, sur la table, frémissaient au rythme de ses pulsations.

« Je crois que nous ferions mieux d'arrêter, dit Knight en la regardant avec douceur. Je sais que c'en est trop pour vous. Notons la position, et nous terminerons une autre fois.

– Non, je vous en prie, implora-t-elle. Je ne pourrai pas trouver le repos si je ne connais pas le résultat tout de suite. C'est à vous de jouer. »

Dix minutes s'écoulèrent.

Soudain, elle sursauta, le rouge de la colère lui monta aux joues, et elle s'écria, indignée :

« Je sais ce que vous faites ! Il vous est venu en tête de me laisser gagner, pour me faire plaisir !

– Je veux bien le reconnaître », répondit Knight, avec un flegme qui paraissait d'autant plus grand qu'il contrastait vivement avec l'agitation de la jeune femme.

« Mais il ne faut pas ! Je ne veux rien de tel.

– Fort bien.

– Non, cela ne suffit pas ; j'insiste pour que vous me promettiez de ne pas faire une chose si absurde. C'est insultant pour moi !

– Très bien, madame. Je ne ferai pas une chose si absurde. Vous ne gagnerez pas.

– Cela reste à prouver », répliqua-t-elle fièrement ; et la partie continua.

Maintenant, on n'entend plus rien que le tic-tac d'une pittoresque vieille pendule, au sommet d'un casier à livres. Dix minutes s'écoulent ; il s'empare de son cheval ; elle prend son cheval à lui et semble un vrai Rhadamanthe.

Quelques minutes passent ; elle lui prend un pion, ce qui lui donne un avantage qu'elle a bien calculé.

Cinq minutes de plus ; il prend son fou, elle rétablit l'égalité en prenant son cheval à lui.

Trois minutes encore ; elle a l'air assuré et lui prend sa reine ; il a l'air placide et lui prend la sienne.

Huit ou dix minutes s'écoulent ; il prend un pion ; elle lâche un petit « peuh ! » mais ne trouve pas même l'ombre d'un pion à prendre par mesure de rétorsion.

Dix minutes passent ; il prend un autre pion en disant : « Échec ! » Elle rougit, s'en sort en capturant son fou et prend un air triomphant. Il prend immédiatement son fou à elle, et la voilà surprise.

Cinq minutes encore ; elle attaque soudainement et lui prend le seul fou qui lui reste ; il répond en prenant le seul cheval qui subsiste chez elle.

Deux minutes ; il lui demande échec ; son esprit soumis à une tension douloureuse, elle met sa main en abat-jour.

Quelques minutes de plus. Il prend sa tour et lui demande échec une nouvelle fois. Maintenant, elle tremble littéralement de peur qu'une ingénieuse surprise qu'elle lui réserve ne soit devancée par l'ingénieuse surprise que, très évidemment, il tient en réserve pour elle.

Cinq minutes :

« Échec et mat en deux coups ! s'exclame Elfride.

– Si vous pouvez, dit Knight.

– Oh, je me suis trompée dans mes calculs ! Comme c'est cruel !

– Échec et mat ! » fait Knight ; et il remporte la victoire.

Elfride se leva et se détourna, sans laisser voir son visage. Une fois dans le hall, elle se précipita dans l'escalier, courut à sa chambre, se jeta sur son lit et pleura amèrement.

« Où est Elfride ? » demanda son père au déjeuner.

Knight tendit l'oreille avec sollicitude. Il avait espéré la revoir bien plus tôt.

« Elle n'est pas bien, monsieur », fut-il répondu.

Mme Swancourt se leva, quitta la pièce et monta chez Elfride.

Unity était devant la porte ; dans la nouvelle organisation de la maisonnée, elle était une femme de chambre plus particulièrement attachée à la jeune maîtresse.

« Elle dort profondément », murmura Unity.

Mme Swancourt ouvrit la porte. Elfride était couchée sur le lit, tout habillée, le visage rouge de fièvre, les bras tournés de travers. Dans son sommeil agité, elle se retournait d'un côté à l'autre, toutes les minutes, et elle marmonnait en gémissant des mots du vocabulaire des échecs.

Mme Swancourt avait un penchant pour donner des soins médicaux, et elle lui prit le pouls. Il vibrait comme une corde de harpe, au rythme de près de cent cinquante pulsations par minute. Elle modifia la position de la jeune dormeuse pour qu'elle fût un peu moins inconfortable, puis elle redescendit.

« Maintenant elle sommeille, rapporta Mme Swancourt. Elle ne semble pas très bien. Cousin Knight, où aviez-vous l'esprit ? Son tendre cerveau ne supporte pas d'être creusé autant que votre grosse tête. Vous eussiez dû lui interdire absolument de jouer encore. »

En vérité, l'expérience de l'essayiste en matière de jeunes femmes était beaucoup moins étendue que la connaissance abstraite qu'il en avait pouvait le laisser croire aux autres et à lui-même. Il savait faire des phrases à leur sujet, mais il était nul quant à la pratique.

« Je suis vraiment désolé », fit Knight, et il l'était encore plus qu'il ne le disait. « Mais cette jeune personne doit certainement mieux savoir ce qui est bon pour elle.

– Dieu vous bénisse ! C'est justement ce qu'elle ne sait pas. Elle ne pense jamais à ces choses-là ; n'est-ce pas, Christopher ? Son père et moi devons lui donner des ordres et la tenir bien en main, comme on le fait pour un enfant. Elle dit des choses qui mériteraient de figurer dans un recueil d'épigrammes français et se conduit comme un rouge-gorge dans une serre. Mais je crois qu'il faut faire venir le Dr Granson, cela ne peut pas faire de mal. »

Un homme fut aussitôt dépêché à cheval jusqu'à Castle Boterel, et le monsieur connu comme le Dr Granson vint dans le courant de l'après-midi. Il déclara que son système nerveux était incontestablement dérangé et fit parvenir une potion lénitive, après avoir laissé des ordres afin que, pour rien au monde, elle ne rejouât plus aux échecs.

Le matin suivant, Knight, qui s'en voulait beaucoup, attendit avec des sentiments curieusement mêlés sa venue pour le petit déjeuner. Les domestiques féminines arrivaient pour les prières à des intervalles irréguliers, et, au moment ou chacune faisait son entrée, il ne parvenait pas, dût-il lui en coûter la vie, à s'empêcher de tourner la tête, dans l'espoir que ce pourrait être Elfride. M. Swancourt commença la lecture sans l'attendre. Quand quelqu'un se glissa silencieusement dans la pièce ; Knight releva doucement les yeux : ce n'était que la petite fille de cuisine. Knight trouva que la lecture des prières était assommante.

Il sortit tout seul, et ce fut une des rares fois où il manqua de constater qu'on ne souffre pas de la solitude si l'on s'abandonne aux charmes de la nature. Lorsqu'il revint à la maison, il aperçut sa jeune amie coupant un talus par un sentier qui croisait au bout d'un champ le chemin qu'il suivait lui-même. C'est là qu'ils se rencontrèrent. Elfride exulta et tout à la fois resta interdite : se trouver en sa présence avait sur elle le même effet que l'entrée dans une cathédrale. Knight avait son carnet à la main, et il était justement en train d'y consigner une note, au moment où ils étaient arrivés en face l'un de l'autre. Il s'arrêta au milieu d'une phrase et s'enquit très chaleureusement de l'état de sa santé. Elle répondit qu'elle allait parfaitement bien, et elle n'avait effectivement jamais eu meilleure mine. Sa santé était aussi inconséquente que ses actions. Ses lèvres étaient rouges, sans le poli des cerises, et leur rougeur côtoyait la peau blanche sur une ligne aussi précise qu'une arête vive. Somme toute, elle paraissait la dernière personne au monde à pouvoir être terrassée par une partie d'échecs, car elle semblait même trop primesautière pour en jouer une.

« Prenez-vous des notes ? » demanda-t-elle, avec un empressement moins lié à l'intérêt qu'elle avait pour ce sujet qu'à l'envie de détourner d'elle-même le cours des pensées de Knight.

« Oui, j'enregistre quelque chose. Et, avec votre permission, je vais finir de le faire. »

Il s'immobilisa et écrivit. Elfride resta un moment à côté de lui, puis elle reprit sa marche.

« Il me plairait de lire tous les secrets qui sont dans ce carnet, lui lança-t-elle par-dessus son épaule.

– Je ne crois pas que vous en trouviez beaucoup qui vous intéressent.

– Je crois bien que si.

– Dans ce cas, bien sûr, je n'ai plus rien à dire.

– Mais j'aimerais vous poser d'abord cette question : s'agit-il d'un carnet où vous notez de simples faits relatifs à vos déplacements, à vos frais et ainsi de suite, ou bien y consignez-vous vos pensées ?

– Eh bien, en vérité, ce n'est ni l'un ni l'autre. La plupart du temps, ce sont des notes isolées et sans suite, pour des articles et des essais, qui ne peuvent avoir d'intérêt pour personne autre que moi.

– J'imagine que ce carnet contient à l'état embryonnaire ce qui constituera vos pensées.

– Oui.

– Si elles sont intéressantes, une fois développées à la dimension d'un article, comme elles doivent l'être sous une forme concentrée ! Du pur alcool rectifié, d'une concentration extrême, avant qu'il ne soit allongé pour convenir à la consommation humaine : « des mots qui brûlent[1] » véritablement !

– Plutôt un ballon avant qu'il ne soit gonflé. Elles sont flasques, sans forme, mortes. Vous auriez du mal à les lire.

– Puis-je essayer ? fit elle d'un ton charmeur. J'ai écrit mon pauvre roman de cette manière – j'entends : par fragments, dans la nature – et j'aimerais bien voir si votre façon de traiter les choses est la même que la mienne.

– Vraiment, c'est une requête plutôt embarrassante. Je suppose qu'il m'est difficile de refuser maintenant que vous l'avez énoncée de manière si directe, mais...

– Vous me trouvez mal élevée de le demander. Mais le fait que vous écriviez en ma présence ne suffit-il pas à me justifier ? Si j'étais tombée par hasard sur votre carnet, il en eût été autrement ; mais vous vous tenez devant moi ; vous me dites : « Excusez-moi », sans vous soucier de savoir si j'y consens ou non ; vous écrivez ; et vous me dites qu'il ne s'agit pas d'éléments privés mais d'idées publiques.

– Très bien, Mlle Swancourt. Si vous tenez à voir, vous en subirez les conséquences. Souvenez-vous que je vous ai conseillé de ne pas toucher à ce carnet.

– Cette mise en garde faite, j'ai votre permission ?

– Oui. »

Elle hésita un instant, regarda la main de Knight où se trouvait le carnet, puis elle rit, dit : « Il faut que je le voie », et le retira de ses doigts.

Il s'avança lentement vers la maison, la laissant, immobile dans le chemin, à tourner les pages. Au moment où il atteignit la petite porte à claire-voie, il vit qu'elle avait bougé et il attendit qu'elle le rejoignît.

Elfride avait fermé le carnet et le portait avec dédain,

1. Gray, *L'Avancement de Poésie*.

en le tenant par un coin entre le pouce et l'index ; son visage affichait de l'irritation. Elle lui tendit le petit volume en silence, sans que son regard s'élevât plus haut que sa main.

« Prenez-le, dit-elle très vite. Je ne veux pas le lire.

– Parvenez-vous à déchiffrer ?

– Pour autant que j'aie regardé. Mais je ne me suis pas souciée d'en lire beaucoup.

– Pourquoi, Mlle Swancourt ?

– Seulement parce que je n'en avais pas envie... C'est tout.

– Je vous avais prévenue.

– Oui, mais je n'imaginais pas que vous m'y aviez mise, *moi*.

– Votre nom n'est pas une seule fois mentionné dans ces pages.

– Pas mon nom... Je le sais.

– Ni votre description ni quoi que ce soit qui permettrait à quelqu'un de vous reconnaître.

– Moi exceptée. Qu'est donc ceci ? » s'exclama-t-elle ; elle lui reprit le carnet et l'ouvrit. « 7 août. C'était avant-hier. Mais je ne lirai pas », dit Elfride, en refermant le carnet, avec assez de hauteur. « Et pourquoi le ferais-je ? Je n'aurais pas dû regarder dans votre carnet. C'est bien fait pour moi. »

Knight se rappelait à peine ce qu'il avait écrit. Il se rapporta au carnet et trouva ceci :

> 7 août. Un fille atteint son adolescence et sa conscience de soi naît. Après un certain laps de temps passé dans la faiblesse enfantine, elle commence à agir. Simple, jeune et inexpérimentée au début. Un observateur attentif peut évaluer avec précision l'âge de cette conscience par l'adresse acquise dans un art nécessaire à son succès : l'art de la dissimulation. Commence généralement sa carrière par des actions qu'on qualifie de manière populaire de « m'as-tu-vu ».

La méthode adoptée dépend dans chaque cas du caractère, du rang social et du lieu de résidence de la jeune personne. Une citadine énoncera quelque paradoxe moral sur les viveurs et sur l'amour. Une campagnarde aura une façon de faire plus matérielle : elle choisira le parti le plus horrible, en sifflotant, ou elle va vous glacer le sang en paraissant risquer sa vie. (Cf. Tour d'Endelstow.)

Une vanité innocente est bien entendu à l'origine de ces démonstrations. « Regardez-moi », disent ces jeunes débutantes dans la ruse féminine, sans examiner s'il est ou non à leur avantage de tout montrer d'elles-mêmes. (Développer et corriger pour article sur Arts ingénus.)

« Ah oui, je me souviens maintenant, dit Knight. Ces notes ont certainement été suggérées par vos manœuvres sur la tour de l'église. Mais il ne faut pas trop vous préoccuper d'observations faites comme cela, au hasard », poursuivit-il d'une manière encourageante, en voyant qu'elle avait l'air blessé. « Une pure fantaisie qui a traversé mon esprit revêt pour vous une importance de fait, parce qu'elle prend une allure définitive pour avoir été formulée par écrit. Tout le genre humain a des pensées aussi mauvaises que celles-là, à propos des gens qu'on aime le plus au monde, mais ces pensées n'étant jamais énoncées sur du papier, on tient pour établi qu'elles n'ont jamais existé. Vous avez très probablement vous-même pensé telle ou telle chose désagréable, à mon sujet, qui aurait l'air tout aussi épouvantable si elle était écrite. Je vous mets au défi, là, maintenant, de me la dire.

– La pire chose que j'aie pensée de vous ?

– Oui.

– Il ne faut pas.

– Mais si.

– J'ai pensé que vous étiez plutôt rond d'épaules. »

Knight parut légèrement plus rouge.

« Et qu'il y avait une petite surface chauve au sommet de votre crâne.

– Ha, ha ! Deux défauts inextirpables », fit Knight, et l'on pouvait discerner quelque chose d'un peu atroce dans son rire. « Ils sont bien pires aux yeux d'une dame que lorsqu'on en prend conscience soi-même, j'imagine.

– Ah, c'est très bien », dit-elle, trop dépourvue d'expérience pour se rendre compte qu'elle avait marqué un point et peu disposée, par conséquent, à oublier les notes. « Et puis vous avez fait allusion à moi comme si j'étais une enfant. Tout le monde en fait de même. Je n'arrive pas à le comprendre. Je suis tout à fait une femme, vous savez. Quel âge me donnez-vous ?

– Quel âge ? Ma foi, je dirais dix-sept ans. Toutes les filles ont dix-sept ans.

– Vous êtes dans l'erreur. J'ai beaucoup plus que cela. Quelle sorte de femme préférez-vous, celles qui ont l'air plus jeunes ou celles qui font plus vieilles que leur âge ?

– Au pied levé, j'aurais tendance à dire celles qui font plus que leur âge. »

Ce n'était donc pas la catégorie d'Elfride.

« Mais il est bien connu », poursuivit-elle avec passion – et il y avait quelque chose de touchant dans ce désir ingénu qu'on fasse grand cas d'elle qui se dévoilait dans son propos –, « que plus un caractère se développe lentement, plus il est riche. Les gamins et les filles qui sont des hommes et des femmes, avant d'en avoir l'âge, sont des nullités au moment où ceux qui semblaient en retard montrent jusqu'où ils peuvent aller.

– Oui, dit Knight, pensif. Il y a vraiment un fond dans cette remarque. Mais, au risque de vous froisser, je dois vous rappeler que vous considériez comme allant de soi que la femme qui était en retard à un âge donné n'avait pas atteint alors la limite de ses ressources. Son arriération peut être liée non pas à la lenteur de son développement mais au fait qu'elle avait rapidement épuisé ses capacités à le faire. »

Elfride eut l'air déçu. À ce moment-là, ils étaient parvenus à l'intérieur de la maison. Mme Swancourt, pour qui l'arrangement de mariages par n'importe quel moyen honnête était le boire et le manger, avait maintenant un petit plan de cet ordre pour cette paire-là. La salle à manger du petit déjeuner, où ils s'attendaient tous deux à la trouver, était vide ; pour la raison qui vient d'être énoncée, la vieille dame l'avait quittée par une porte, juste quand ils y entraient par l'autre.

Knight s'approcha de la cheminée et examina négligemment deux portraits miniatures sur ivoire.

« À en juger par ce que je vois ici, ces dames roses, malgré leurs traits bien grossiers, avaient incontestablement des chevelures magnifiques.

– Oui, et c'est tout ce qui compte, dit Elfride (en pensant peut-être à la sienne et peut-être pas).

– Pas tout ; mais cela importe beaucoup, certainement.

– Quelle couleur préférez-vous ? se risqua-t-elle à demander.

– C'est plus une question d'abondance que de couleur.

– À abondance égale, puis-je savoir quelle est votre couleur favorite ?

– Le noir.

– Je veux dire pour les femmes », dit-elle, très légèrement décontenancée, dans l'espoir d'avoir été mal comprise.

« Moi aussi », répondit Knight.

Il était impossible, pour quelque homme que ce fût, de ne pas savoir la couleur des cheveux d'Elfride. Chez des femmes qui les portent tirés, cet élément peut échapper à des hommes dont le regard est peu doué pour une attention soutenue. Mais les siens barraient toujours le passage. On voyait les siens d'aussi loin qu'on pouvait distinguer sa silhouette, et on savait qu'ils étaient du châtain le plus clair. Elle comprit que Knight, parfaitement au courant, avait en cette matière des critères d'admiration indépendants.

Elfride était totalement mortifiée. Elle ne pouvait qu'être frappée par la franchise de ses opinions, et le pire était que, plus elles lui étaient contraires, plus elle les respectait. Alors, comme un joueur aventureux, elle hasarda son dernier et meilleur trésor. Ses yeux : son va-tout.

« Quelle couleur d'yeux préférez-vous, M. Knight ? demanda-t-elle lentement.

– Honnêtement ou pour faire un compliment ?

– Honnêtement, bien entendu. Je ne cherche les compliments de personne ! »

Et pourtant, Elfride savait qu'il en allait autrement, qu'un compliment ou un mot d'approbation venant de cet homme-là eût été comme un puits dans le désert pour un Arabe altéré.

« Je préfère les yeux noisette », répondit-il d'un ton serein.

Elle avait joué et elle avait perdu, une fois de plus.

19

L'amour vint immédiatement après [1]

Knight ne disposait d'aucune de ces légères familiarités de langage qui, par d'habiles touches de flatterie, font oublier à une femme les opinions abstraites que l'on a énoncées devant elle. Aussi ni l'un ni l'autre ne dit-il plus rien à propos de chevelure, d'yeux ou de développement.

Le sentiment de sa propre petitesse avait imprégné l'esprit d'Elfride au point que cette évidence lui devint désagréable, et son visage reflétait ce malaise. Toutes leurs dernières conversations tendaient, doucement mais sûrement, à la déprécier ; la nécessité d'une légitime défense la contraignit à évoquer Stephen de manière très favorable. Lui, pensa-t-elle, n'aurait pas été assez peu affectueux pour admirer une idiosyncrasie et des traits différents de ceux qu'elle avait. Il est vrai que Stephen avait déclaré qu'il l'aimait et que M. Knight n'avait rien fait de tel. Cela n'améliorait donc pas les choses, et le sentiment de sa petitesse aux yeux de Knight persista. Si la situation avait été inverse ; si Stephen l'avait aimée malgré des goûts différents ; et si Knight était indifférent, bien qu'elle ressemblât à son idéal, cela eût donné

1. John Dryden, *Le Festin d'Alexandre.*

naissance à des pensées de loin plus heureuses. Telles que les choses se présentaient, l'admiration de Stephen pouvait résulter d'un aveuglement lié à la passion. Le jugement de tout esprit pénétrant lui serait peut-être tout à fait défavorable.

Ils partagèrent plus ou moins le reste du samedi avec les parents, et aucune conversation ne s'engagea qui fût exclusivement la leur. Quand Elfride se mit au lit cette nuit-là, ses pensées revinrent toujours sur le même sujet. Tantôt elle maintenait qu'il donnait la preuve de son mauvais caractère en parlant d'une manière aussi tranchante qu'il l'avait fait, tantôt elle y voyait l'évidence d'une honnêteté véritable.

« Ah ! quelle pauvre nullité je suis, soupirait-elle. Les gens comme lui, qui connaissent le monde, n'ont rien à faire de mes traits ou de mes dispositions. »

Quand un homme occupe l'esprit d'une femme à ce point-là, il est peut-être déjà à mi-chemin de son cœur ; la distance entre ces deux points est proverbialement courte.

« Partez-vous vraiment cette semaine ? » demanda Mme Swancourt à Knight le lendemain, qui était un dimanche.

Ils escaladaient la colline, sans se presser, vers l'église où un dernier service était célébré à cette heure exceptionnelle de la soirée, au lieu de l'après-midi, avant la démolition des parties en ruine de l'édifice.

« J'ai l'intention de faire la traversée de Bristol à Cork, puis de poursuivre jusqu'à Dublin.

– Au retour, repassez par ici et restez un peu plus avec nous, suggéra le pasteur. Une semaine, ce n'est rien. Nous avons eu à peine le temps de nous rendre compte que vous étiez là. Cela me rappelle une histoire, mais elle est trop... »

Le pasteur s'interrompit brusquement. Il avait oublié qu'on était le jour du Seigneur et il eût laissé libre cours à ses pensées profanes si le vent n'avait soulevé sa robe dans le champ de sa vision, lui rappelant qu'on n'était pas un jour de semaine. Il modifia sur-le-champ le fil de son récit, avec la dextérité que les circonstances rendaient nécessaire.

« C'est l'histoire du Lévite qui se rendit à Bethléhem de Juda[1], histoire qui a servi de thème à mon sermon d'il y a deux semaines et qui est tout à fait à propos », poursuivit-il du ton d'un homme qui, loin d'avoir eu l'intention de raconter une histoire profane l'instant d'avant, n'avait eu en tête que des questions religieuses depuis plusieurs semaines. « Qu'a-t-il gagné à toute son agitation ? S'il était resté dans la ville des Jésubites, au lieu de se hâter vers Gibéah, aucun de ses malheurs ne fût arrivé.

– Mais il avait déjà perdu cinq jours », remarqua Knight, fermant les yeux sur la pieuse diversion du pasteur. « La faute réside dans le fait d'avoir commencé à s'attarder.

– Exact, c'est vrai ; mon exemple est mauvais.

– Au contraire du sens de l'hospitalité qui vous a fait penser à cette histoire.

– Il vous faut donc revenir », insista Mme Swancourt, car elle s'était rendu compte qu'Elfride avait été légèrement décontenancée par l'annonce de Knight.

Celui-ci promit à moitié de s'arrêter sur le chemin de son retour ; mais la marge d'incertitude qu'il laissait fut tout à fait suffisante pour emplir Elfride d'un intérêt plein de regrets pour tout ce que Knight fit au cours des heures restantes. Le vicaire avait déjà officié deux fois dans les deux églises ; aussi M. Swancourt se chargea-t-il en totalité du service du soir ; Knight fit pour lui la lecture de la Bible. Le soleil coulait à flots à travers le vitrail délabré et répandait une lumière dorée sur l'assemblée des fidèles ; et Knight, pendant qu'il lisait,

1. *Juges*, XIX.

baignait dans le même lustre doux. À l'orgue, Elfride le regardait avec une tristesse palpitante nourrie par le sentiment d'être exclue de la sphère à laquelle il appartenait. Il poursuivait, sans hâte, la lecture qui lui avait été demandée – une partie de l'histoire d'Élie [1] – et en était à la magnifique progression qui fait se succéder le vent, le tremblement de terre, le feu et un murmure doux et léger ; ses intonations profondes éveillaient des échos qui tenaient manifestement si peu compte de son existence à elle que sa présence à lui inspirait à Elfride un sentiment désespérant de l'inapprochable, tel que son absence eût difficilement pu le provoquer.

Au même moment, comme elle tournait la tête pour admirer la gloire du soleil couchant qui tombait sur lui, ses yeux s'arrêtèrent sur une femme assise dans une des galeries. C'était l'ingrate et triste silhouette de la veuve Jethway, qu'Elfride n'avait pas vue depuis le matin de son retour avec Stephen Smith. Cette malheureuse avait de petits moyens qui lui permettaient de subsister, et elle passait sa vie à aller du cimetière d'Endelstow à celui d'un village proche de Southampton, où reposaient son père et sa mère.

Elle n'avait pas assisté à l'office depuis un temps considérable, et le choix de sa place paraissait maintenant motivé. Depuis la galerie, la tombe de son fils était très visible, au premier plan d'une perspective qui se terminait par l'immuable horizon de la mer.

La lumière du soleil baignait aussi son visage, tourné maintenant vers Elfride, avec une expression dure et amère que la solennité du lieu élevait à une dignité tragique qu'il n'avait pas intrinsèquement. La jeune fille reprit son attitude naturelle, avec un trouble accru.

L'émotion d'Elfride était d'un type qui s'accumulait et qui, au bout d'un certain temps, se donnait libre cours

1. *Premier livre des Rois*, XIX, 11-13.

tout à coup. Un très petit ajout suffisait à la libérer : un poème, un coucher de soleil, tel accord musical habilement ménagé, telle vague représentation mentale étaient les agents habituels qui aidaient à sa manifestation. Quand les rayons du soleil se haussèrent vers le toit, que la partie inférieure de l'église fut gagnée par une douce pénombre, pendant qu'elle fléchissait le genou avant de partir, elle ne put s'empêcher de penser au poème morbide de Coleridge *Les Trois Tombes,* et, tout en frissonnant à l'idée que Mme Jethway était en train de la maudire, elle éclata en pleurs, comme si son cœur se brisait.

Ils sortirent de l'église juste comme le soleil s'évanouissait sous l'horizon, laissant le paysage comme une estrade qu'un orateur viendrait de quitter et dont le public n'aurait plus rien à faire que de se lever, pour rentrer à la maison. M. et Mme Swancourt partirent en voiture ; comme la vieille et habile marieuse l'avait imaginé, Knight et Elfride préférèrent rentrer à pied, et ils descendirent la colline côte à côte.

« Votre façon de lire m'a beaucoup plu, M. Knight, dit alors Elfride. Vous le faites mieux que papa.

– Compliment pour compliment : vous avez admirablement joué, Mlle Swancourt, et avec beaucoup de justesse.

– De la justesse, oui.

– Ce doit être un grand plaisir, pour vous, de prendre une part active à l'office.

– Je voudrais savoir jouer avec plus de sentiment. Mais la sélection de musiques dont je dispose, sacrées ou profanes, n'est guère étendue. J'aimerais avoir un bon choix de partitions et que tous les nouveaux morceaux qu'on m'adresse soient d'une qualité réelle.

– Il me plaît beaucoup de vous entendre émettre ce souhait. Je trouve incroyable que tant de femmes n'aient pas un amour véritable de la musique pour elle-même, et non comme moyen, sans parler de celles qui n'ont rien dans la tête. La plupart des femmes s'intéressent à la musique pour des raisons accessoires. Je n'en ai jamais rencontré une qui l'aimât de la même manière qu'une bonne dizaine des hommes que je connais.

– Comment tracez-vous la ligne de démarcation entre les femmes qui ont quelque chose dans la tête et celles qui n'y ont rien ?

– Eh bien, répondit Knight après un instant de réflexion, je dis que n'ont rien dans la tête celles qui ne se soucient de rien d'important. Voici un exemple : j'ai connu un homme qui avait une jeune amie, à laquelle il portait beaucoup d'intérêt ; de fait, ils devaient se marier. Elle donnait l'impression d'avoir du goût pour la poésie, et il lui offrit le choix entre deux éditions de poètes britanniques qu'elle prétendait aimer beaucoup. Il lui demanda : « Laquelle préféreriez-vous que je vous envoie ? » Elle lui répondit : « Si vous n'y voyez pas d'inconvénients, plutôt que l'une ou l'autre, j'aimerais mieux une paire de jolies boucles d'oreilles de Bond Street. » Je dis d'une fille pareille qu'elle n'a pas grand-chose d'autre en elle que de la vanité ; et vous en êtes probablement d'accord.

– Oh, oui », répondit Elfride avec effort.

Pendant qu'elle lui répondait ainsi, il crut voir sur son visage que la tentative qu'elle faisait pour être sincère était vaine, et Knight fut pris d'un doute.

« Vous, Mlle Swancourt, vous n'auriez en aucun cas préféré les colifichets ?

– Non, je ne crois vraiment pas, balbutia-t-elle.

– Je vais vous poser une question, dit l'inflexible Knight. Que préféreriez-vous de ces deux objets d'à peu près égale valeur : un ensemble de partitions choisies, de ces excellentes musiques dont vous parliez – reliées en maroquin, dans un casier à musique en bois de noyer, avec une serrure et sa clé –, ou bien une paire des plus jolies boucles d'oreilles qu'on puisse trouver dans les vitrines de Bond Street ?

– La musique, bien entendu, répondit Elfride, avec une ferveur forcée.

– Vous en êtes tout à fait sûre ? la pressa-t-il.

– Tout à fait, fit-elle d'une voix tremblante, si j'étais certaine de pouvoir acheter les boucles d'oreilles par la suite. »

D'une manière qu'on peut réprouver, Knight prenait un vif plaisir à s'escrimer ainsi contre cette créature palpitante et changeante, dont la nature excitable rendait un tel assaut quelque peu cruel. Il la regarda d'un air bizarre et dit :

« Fi donc !

– Pardonnez-moi », dit-elle, moitié souriante, moitié effrayée, en rougissant jusqu'aux oreilles.

« Ah, Mlle Elfie, que n'avez-vous admis dès le départ : « Je suis aussi répréhensible qu'elle, je ferais le même choix », comme l'eût fait toute femme décidée ?

– Je ne sais pas, fit Elfride tristement, avec un sourire piteux.

– Je vous croyais passionnée de musique.

– Je pense l'être. Mais vous me soumettez à une rude épreuve... assez douloureuse.

– Je ne comprends pas.

– La musique ne fait pas le même bien, ou plutôt...

– Et voilà ce qu'il fallait dire, Mlle Swancourt. Voyons...

– Vous ne comprenez pas ! Vous ne comprenez pas !

– Voyons, à quoi peuvent bien servir des bijoux de pacotille ?

– Non, non, non et non ! s'écria-t-elle avec irritation. Je n'ai pas voulu dire ce que vous croyez. Je préfère la musique, mais j'aime...

– ... Mieux les boucles d'oreilles ; reconnaissez-le, dit-il, taquin. Eh bien ! je crois que moi, j'aurais eu le courage moral de l'admettre immédiatement, sans prétendre à une élévation d'esprit qui ne serait pas la mienne. »

Tout comme on le dit des militaires français, la défensive n'était pas le fort d'Elfride. Ce fut presque avec des larmes de désespoir aux yeux qu'elle répondit :

« Ce que je voulais dire, c'est que, en ce moment précis, je préfère les boucles d'oreilles, parce que j'en ai perdu une l'an dernier qui faisait partie de ma plus jolie paire, et que papa ne veut plus m'en acheter, ni me permettre de le faire moi-même, sous prétexte que j'ai été négligente ; et je voudrais tant en avoir une aussi belle, maintenant ! Voilà ce qu'en réalité je voulais dire.

– Je crains bien d'avoir été dur et grossier », dit Knight, avec une expression de regret, en voyant combien elle était troublée. « Mais, sérieusement, si les femmes savaient à quel point ce genre d'accessoires porte tort à leur apparence, je suis bien sûr qu'elles n'en voudraient point.

– Elles étaient jolies et elles m'allaient très bien !

– Pas si elles étaient comme ces horribles choses dont les femmes se farcissent les oreilles de nos jours – dans le genre régulateurs de machine à vapeur, plateaux de balance, potences d'or avec chaînes, palettes de peintre ou mécanisme d'horlogerie, ou Dieu sait quoi encore.

– Non, les miennes n'avaient aucun rapport avec ça. Elles étaient jolies comme ceci », assura-t-elle, très animée.

Et, de la pointe de son ombrelle, elle dessina un agrandissement de la chère disparue, à une échelle qui eût convenu à une géante haute d'un demi-mille.

« Oui, très jolies, effectivement », fit Knight, avec une pointe d'ironie contenue. « Et comment se fait-il que vous ayez perdu une paire d'articles aussi précieux ?

– Je n'en ai perdu qu'une. Personne ne perd les deux en même temps. »

Elle fit cette remarque avec gêne et un mouvement nerveux de ses doigts. Étant donné que la perte s'était produite quand Stephen Smith l'avait embrassée pour la première fois, sa confusion n'était guère surprenante. Malencontreuse, la question ne reçut aucune réponse directe.

Knight parut ne rien remarquer.

« Ah, personne ne perd les deux... je vois. Et le fait qu'il s'agisse d'une perte débarrasse certainement votre choix de tout parfum de vanité.

– Je ne sais jamais si vous êtes sérieux, et pas plus en cet instant », dit-elle en dévisageant son oracle d'un air interrogateur. Elle vint galamment à sa propre rescousse :

« Si je vous parais vraiment vaniteuse, c'est seulement que mes façons le seraient ; il n'y a pas de vanité dans mon cœur. Les pires femmes sont celles qui ont la vanité au cœur et non dans leurs manières.

– Voilà une distinction habile. Eh bien, elles sont sans aucun doute les plus choquantes des deux sortes, admit Knight.

– La vanité est-elle un péché mortel ou véniel ? Vous qui connaissez la vie, dites-le moi.

– Je suis bien loin de savoir ce qu'est la vie. Se faire une idée juste de la vie est une entreprise trop vaste pour la réussir pendant le court intervalle où on la traverse.

– Est-ce que, pour une femme, le fait d'avoir le goût des bijoux peut, dans le sens le plus élevé, faire de sa vie un échec ?

– La vie de personne n'est un échec complet.

– Bon, mais vous savez ce que je veux dire, même si mes mots sont mal choisis, dit-elle avec impatience. Ce n'est pas parce que mon expression est banale qu'il vous faut supposer que je pense seulement par lieux communs. Ma pauvre provision de mots est comme un nombre limité de moules grossiers où je dois couler tous mes matériaux, bons et mauvais ; et la nouveauté ou la finesse de la substance est souvent perdue dans la trivialité de la forme.

– Fort bien ; je vais croire en cette ingénieuse présentation. Pour ce qui est du sujet en cause – les vies qui sont des échecs –, il ne faut pas vous tracasser. La vie de quelqu'un peut être tout aussi romantique, étrange et intéressante si elle, ou lui, réussit que si elle, ou lui, échoue. Si un homme de pouvoir s'efforce d'accomplir un exploit et manque son but, par suite d'un accident qui n'est pas de son fait, son histoire jusque-là contient autant que celle d'un homme qui a accompli son exploit. C'est une bizarrerie du monde que de tenir les détails de la scolarité d'un enfant pour un roman intéressant, ou de les trouver dénués de toute signification, en proportion précise de son renom ultérieur. »

Ils effectuaient leur descente de la colline entre le coucher du soleil et le lever de la lune. Pendant que le soleil s'était enfoncé à l'horizon, une lune presque pleine entamait sa montée dans le ciel. Leurs ombres, projetées par la lumière qui venait de l'ouest, commençait à s'effacer au profit d'une paire rivale que la lune précisait petit à petit, dans la direction opposée.

« Je considère que, dans une certaine mesure, ma vie est un échec », reprit Knight, après un silence pendant lequel il avait remarqué l'antagonisme des ombres.

« Vous ? De quelle façon ?

– Je ne sais pas exactement. Mais, d'une certaine manière, j'ai raté la cible.

– Vraiment ? L'avoir fait n'est guère triste en soi, mais sentir qu'on l'a fait doit être une source de chagrin. Ai-je raison ?

– En partie, mais pas complètement. Car le sentiment d'avoir été instruits par l'expérience sert d'une sorte de consolation aux gens qui sont conscients d'avoir pris de mauvais virages dans leur vie. Pour contradictoire que cela paraisse, il n'y a rien de plus vrai que ce fait : les gens qui ont toujours marché droit en savent moitié moins, quant à l'essence du marcher droit et aux façons d'y parvenir, que ceux qui ont toujours marché de travers. Quoi qu'il en soit, il n'est pas souhaitable que je refroidisse votre saison estivale par ces considérations.

– Vous ne m'avez toujours pas dit si je suis vraiment pleine de vanité.

– Si je dis oui, je vais vous blesser ; si je dis non, vous croirez que je ne dis pas ce que je pense, répondit-il en la dévisageant avec curiosité.

– Ah ! bon, fit-elle avec un soupir désolé. « Ce qui est loin, ce qui est profond, profond, qui peut l'atteindre [1] ? » Je suppose qu'il me faut faire avec vous ce que je fais avec la Bible : trouver et comprendre ce que je peux, puis avaler le reste en bloc, par simple foi. Trouvez-moi vaine, si vous voulez. La grandeur ici-bas requiert tant de petitesse pour s'y développer qu'une infirmité de plus ou de moins n'est pas matière à regrets.

– Pour ce qui est des femmes, je ne saurais dire, répondit Knight avec insouciance ; mais pour un homme, c'est sans aucun doute une calamité que d'être né avec une nature véritablement noble, s'il a sa vie à gagner. La magnanimité conduira un homme à l'asile des pauvres ; il se peut donc que vous ayez raison de prendre la défense de la vanité.

– Non, non, je ne fais rien de tel, dit-elle avec regret. M. Knight, quand vous partirez, voulez-vous bien m'envoyer un de vos textes ? Quel est votre moi véritable : le cynique que vous avez été ce soir ou le philosophe délicat que vous avez été jusqu'à aujourd'hui ?

– Ah, lequel ? Vous en savez autant que moi. »

Leur conversation les retint sur la pelouse près du portique, jusqu'au moment où les étoiles commencèrent de clignoter. Elfride rejeta sa tête en arrière et remarqua paresseusement :

1. *L'Ecclésiaste*, VII, 24.

« Il y a une étoile brillante exactement au-dessus de moi.

– Toute étoile qui brille est exactement au-dessus de quelque part.

– Croyez-vous ? Mais oui, bien sûr. Où est celle-là ? fit-elle en pointant son doigt.

– Elle plane comme un faucon blanc au-dessus de quelqu'un qui est probablement dans les îles du Cap-Vert ou non loin.

– Et celle-là ?

– Elle domine la source du Nil.

– Et cette solitaire qui a l'air tranquille ?

– Elle observe le pôle Nord et n'a pas moins que la totalité de l'équateur pour horizon. Et cette paresseuse-là, très proche de la terre, vers laquelle nous avons presque roulé, est en Inde, au-dessus de la tête d'un jeune ami à moi, lequel regarde peut-être l'étoile qui est à notre zénith et qui est très basse à son horizon à lui, en pensant qu'elle signale le lieu où demeure la dame qu'il aime. »

Elfride lança vers Knight un regard dubitatif. Était-ce d'elle qu'il parlait ? Elle ne pouvait pas distinguer ses traits, mais son attitude semblait indiquer qu'il ne savait rien.

« Cette étoile est au-dessus de ma tête à moi, dit-elle d'une voix hésitante.

– Ou de n'importe qui d'autre en Angleterre.

– Ah ! oui, je vois, fit-elle avec un soupir de soulagement.

– Ses parents sont originaires de ce comté. Je ne les connais pas, bien que j'aie entretenu toute une correspondance avec lui pendant de nombreuses années, jusqu'à ces derniers temps. Heureusement ou malheureusement pour lui, il est tombé amoureux et il est parti pour Bombay. Depuis lors, je n'ai eu que peu de nouvelles de lui. »

Knight n'alla pas plus loin dans ses déclarations spontanées ; et même si Elfride fut un instant tentée de mettre à profit les leçons d'honnêteté qu'il venait de lui donner, la chair fut faible, et l'intention se dissipa en silence. Il semblait y avoir un reproche dans les paroles formulées à l'aveugle par Knight, mais elle ne fut cependant pas capable de définir clairement de quelle perfidie elle avait été coupable.

20

Un attachement loin de la colline [1]

Knight tourna le dos à la paroisse d'Endelstow et fit la traversée vers Cork.

Chaque jour qui succédait aux autres pesait un peu plus sur son cœur. Il poussa jusqu'aux lacs de Killarney, erra dans les bois luxuriants, contempla l'infinie variété d'îles, de coteaux et de vallons qu'on y trouve et écouta les merveilleux échos de ces lieux romantiques ; mais il regretta la splendeur et l'atmosphère onirique qu'il découvrait auparavant dans ces régions favorisées.

La présence enfantine d'Elfride ne l'avait pas sensiblement troublé tant qu'il était en sa compagnie. Il ne s'était pas rendu compte qu'elle lui eût apporté quoi que ce fût en entrant dans sa sphère ; mais, maintenant qu'elle n'était plus là, il constatait un grand manque. Le superflu était devenu une nécessité : Knight était amoureux.

Stephen s'était épris d'Elfride en la voyant ; Knight, lorsqu'il eut cessé de le faire. Quand et comment il s'était embrasé, il ne le savait pas ; il était certain toutefois qu'au moment de quitter Endelstow il n'avait éprouvé aucune des exquises nuances de la tristesse poi-

1. Tennyson, *In memoriam*, LXIV.

gnante qui eût été naturelle en pareil cas, à en juger par le caractère délicieux qu'avait depuis l'évocation d'Elfride. Avait-il commencé de l'aimer au vu du regard qu'elle lui avait lancé après sa mésaventure de la tour ? Il l'avait alors simplement trouvée faible. S'était-il mis à l'aimer lorsque le soleil couchant la dorait sur la pelouse ? Il avait trouvé qu'elle avait un beau teint, rien de plus. Étaient-ce les propos qu'elle avait tenus qui avaient semé la graine ? Il les avait trouvés ingénieux pour une femme, mais pas remarquables. Sa façon de jouer aux échecs était-elle intervenue ? Certainement pas : sur l'instant, il l'avait jugée une petite mijaurée.

Ce qui était arrivé à Knight était une réfutation parfaite de l'hypothèse selon laquelle l'amour naît toujours d'un échange de regards et de l'effleurement sympathique des doigts : que, telle la flamme, il est sensible dès sa naissance. Jusqu'à ce qu'ils fussent séparés et qu'il en sublimât le souvenir, on ne pouvait même pas dire qu'il lui eût prêté une grande attention.

Après avoir passivement rassemblé des images d'elles, sur lesquelles son esprit n'avait pas réagi avant que celle qui en était le sujet ne fût plus présente, il lui apparut ainsi qu'il était tombé amoureux de son âme, laquelle s'était provisoirement désincarnée pour l'accompagner, lui, dans son voyage.

Elle commença d'exercer sur lui un pouvoir si impérieux que, lui qui était habitué à pratiquer l'analyse, il tremblait presque devant l'introduction d'une force nouvelle parmi celles qui étaient harmonieusement ajustées au cours de sa vie ordinaire. Il devint agité, et le plaisir de penser à elle lui fit oublier tout autre sujet.

Il est toutefois possible que Knight ait aimé de manière philosophique plutôt que romantique.

Il examina en pensée le comportement qu'elle avait eu avec lui. La simplicité frise la coquetterie. Avait-elle seulement flirté avec lui ? Aucun effort pour traduire l'exaltation en soupçon ne parvint à appuyer cette théorie. La conduite dont il avait été le témoin était trop sincère pour n'être qu'une comédie bien jouée. Il voyait même les défauts sans lesquels rien n'est authentique. Aucune actrice de vingt ans de métier, aucune dame d'expérience ne mentionnant sa première sortie dans le monde que d'une manière évasive, personne n'aurait pu interpréter le rôle de l'ingénue comme Elfride l'avait vécu. Elle avait aussi de ces petites habiletés qui compensent en partie la candeur.

Il y a, chez les hommes, des célibataires par nature et des célibataires de circonstances ; les vieilles filles sont des deux sortes elles aussi, même si certains ne pensent qu'à celles de la deuxième catégorie. Quoi qu'il en soit, Knight avait été tenu pour un célibataire par nature. À quoi en était-il arrivé ? Ses propres théories au sujet de l'amour lui paraissaient très étranges à présent qu'il les évaluait à partir d'une expérience neuve, qu'il voyait combien ses phrases étaient plus lourdes de sens qu'il ne leur en avait trouvé en les écrivant. Les gens découvrent souvent la force véritable d'un vieil adage banal seulement lorsqu'une aventure de hasard la leur impose ; mais Knight n'avait jamais entendu parler d'un homme qui eût appris de cette manière la portée de ses propres épigrammes. Il retirait une intense satisfaction d'un aspect de cette affaire. Il avait, profondément enracinée en lui, une invincible répugnance à être autre que le premier entré dans le cœur d'une femme. Il avait découvert en lui-même qu'il y avait une condition nécessaire, si jamais il se décidait au mariage : ce devait être qu'aucune source de troubles ne pourrait se trouver dans le surgissement de vieilles lettres gênantes, ni dans les signes d'intelligence ou la rougeur soudaine qui accompagneraient la rencontre par hasard de quelque mystérieux étranger. Les sentiments de Knight n'étaient que les sentiments ordinaires d'un homme de son âge qui aime sincèrement, légèrement exagérés peut-être par ses travaux personnels. Quand les hommes éprouvent leur premier amour dans l'adolescence, c'est au centre même de leur cœur, et rien d'autre n'intervient dans cette opération. Avec le temps, un plus grand nombre de facultés cherchent à s'associer à la passion, jusqu'à ce que, à l'âge de Knight, le raisonnement veuille y mettre la main. Il vaudrait mieux le laisser en dehors. Un homme amoureux qui confie à son cerveau le soin d'évaluer sa position est comme celui qui voudrait déterminer la longitude d'un bateau d'après une lumière en tête du mât.

À partir d'un comportement dont lui n'avait pas l'habitude, et qui était une donnée de fait, Knight raisonnait sur un manque d'habitude d'Elfride en matière amoureuse, qui était seulement une donnée de l'induction. « Incrédules les plus crédules[1]. »

« Elfride, se disait-il, avait à peine levé les yeux sur un homme avant de me voir. »

Pas un instant il n'avait oublié la sévérité qu'il lui avait manifestée, parce qu'elle préférait la parure à l'instruction, et il l'avait excusée une centaine de fois, depuis, en pensant qu'il était bien naturel aux femmes d'aimer les ornements et qu'il fallait une nuance de vanité personnelle pour colorer la délicate et fascinante structure de l'esprit féminin. De sorte qu'au bout d'une semaine d'absence, pendant laquelle il était revenu de Killarney à Dublin, il résolut d'écourter son voyage, de retourner à Endelstow et de s'engager en faisant une réalité de l'offre hypothétique qu'on lui avait faite dans la soirée de ce samedi-là.

En dépit de la grande quantité d'écrits théoriques qu'il avait concoctés sur la civilité et les usages modernes en général, un légère dose de pratique lui faisait défaut ; malgré les efforts les plus vifs, Knight ne parvenait pas à se rappeler s'il était tenu pour correct d'offrir des objets de parure personnelle à une jeune dame avant des fian-

1. Évangile selon Jean, V, 8.

çailles en bonne et due forme. Mais, à la veille de quitter Dublin, il se mit en quête d'une bijouterie de grande classe, où il acheta pour Elfride ce qui, pensait-il, lui conviendrait le mieux.

Après avoir regagné sa chambre d'hôtel et bien refermé sa porte, c'est avec une gêne inhabituelle qu'il ouvrit l'écrin de maroquin et éleva devant ses yeux chacun des deux fragiles articles d'orfèvrerie. Ce homme de lettres solitaire connaissait beaucoup de choses depuis longtemps, mais celles-ci étaient une nouveauté, et il manipulait comme un enfant un produit de la civilisation que ses doigts n'avaient jamais touché auparavant. Un dédain soudain lui fit décider que le modèle choisi ne siérait finalement pas, ce qui le conduisit à se dresser, tout en émoi, pour courir ventre à terre jusqu'au magasin, afin d'échanger les boucles d'oreilles contre d'autres. Après avoir eu bien du tracas pour faire un nouveau choix, et que son esprit fut à ce point désorienté que sa capacité critique à évaluer les objets d'art le désertât complètement, Knight emporta une autre paire de pendants d'oreilles. Ils restèrent en sa possession jusque dans l'après-midi, quand, après les avoir examinés cinquante fois avec le soupçon croissant que son dernier choix était pire que le premier, il sentit que le sommeil ne le visiterait pas avant qu'il n'améliorât beaucoup plus encore la qualité de son achat. Totalement mortifié par ses propres tergiversations, il arriva encore une fois devant la porte du magasin ; eut honte d'entrer et de déranger à nouveau ; se rendit dans une autre bijouterie ; acheta une nouvelle paire de boucles d'oreilles, à un prix considérablement plus élevé, parce qu'elles lui paraissaient être juste ce qu'il fallait ; demanda au joaillier s'il accepterait de reprendre l'autre paire dans un échange ; s'entendit expliquer qu'on ne pouvait pas faire un échange avec un objet acheté ailleurs ; partit en ayant maintenant deux paires de boucles d'oreilles en sa possession ; et se demanda que diable il pourrait bien faire de la paire superflue. Il souhaita presque les perdre, ou se les faire voler, et fut accablé par le sentiment que lui, un homme de qualité, avec des idées précises sur les économies, il devait absolument les vendre quelque part ; il finit par le faire, à vil prix. Il éprouvait des sentiments mélangés : il était déconcerté d'avoir perdu toute une journée à courir la ville, pour faire ce genre nouveau et extraordinaire d'emplette ; il était confus d'avoir gaspillé plusieurs livres dans ce gâchis ; mais il était quelque peu satisfait d'avoir émergé pour toujours hors de son ignorance antédiluvienne en matière de bijoux féminins et fini par acquérir une création vraiment artistique. Il passa le reste de la journée à scruter les parures de toutes les dames qu'il croisait de l'œil extrêmement averti d'un expert.

Le lendemain matin, Knight retraversait le canal Saint-Georges – se dirigeant sur Bristol, et non pas sur Londres par la route d'Holyhead, comme il en avait tout d'abord eu le projet –, avec l'intention de profiter de l'invitation de M. et Mme Swancourt à leur rendre visite lors de son retour.

Devançons-le auprès d'Elfride.

La passion dominante des femmes – fasciner et exercer une influence sur ceux qui sont plus puissants qu'elles – n'avait incontestablement pas de but précis chez Elfride, toute opérante qu'elle fût. La jeune femme avait voulu dès l'abord que son ami Knight eût une bonne opinion d'elle : combien elle désirait plus maintenant que cet ingrédient élémentaire de l'amitié, elle craignait trop de le savoir pour se le demander. Dans le souhait originel de plaire à l'homme le plus distingué qu'elle eût jamais connu de près, il n'y avait rien de déloyal vis-à-vis de Stephen Smith. Elle ne pouvait pas – et peu de femmes le peuvent – se rendre compte des énormes conséquences d'un début aussi anodin.

Elle ne recevait forcément que peu de lettres de Stephen, et la fidélité d'Elfride s'agrippait à la dernière reçue comme le naufragé à une épave. La jeune femme se persuadait qu'elle était heureuse des droits que, selon elle, Stephen avait acquis à sa main en raison de leur fuite. Elle se trompait elle-même en se disant : « Si je ne m'étais pas tellement compromise, je pourrais tomber amoureuse de M. Knight. »

Dans ces conditions, la semaine d'absence de Knight lui parut morne et désagréable. Elle n'oublia aucunement Stephen dans ses prières et relut toutes ses anciennes lettres – à titre de médecine, en vérité, même si elle se leurrait de la croyance que c'était pour le plaisir.

Ces lettres témoignaient de plus en plus d'espoir. Il l'assurait qu'il finissait son travail chaque soir avec le sentiment agréable d'avoir arraché une pierre de plus au mur qui les séparait. Puis il dessinait l'image du beau couple qu'ils formeraient un jour tous les deux. Les gens se retourneraient en s'extasiant : « Il a gagné le gros lot ! » Elle ne devait pas s'attrister de leur folle escapade. (Elfride s'en était à plusieurs reprises désolée.) Quoi qu'en pensât toute autre personne qui l'apprendrait, lui connaissait sa chasteté. Il ne lui faisait qu'un seul reproche, très tendrement, celui de lui avoir témoigné moins d'attention quand elle était à Londres. Ce qu'elle lui avait écrit alors rendait compte d'une animation au milieu de laquelle elle ne semblait guère penser à lui.

Les intentions de Knight, quant à un prompt retour à Endelstow, avaient été vagues ; et sa promesse de le faire, plus vague encore. Il était de la sorte d'hommes qui se gardent de tenir des propos qui les engagent trop à l'avance. Le pasteur fut assez surpris de le revoir si vite ; Mme Swancourt, non. Une fois arrivé, Knight apprit qu'ils avaient tous formé le projet d'aller à Saint-Leonards pour y passer quelques jours à la fin du mois.

Aucune occasion favorable ne se présenta le premier soir d'offrir à Elfride ce qu'il avait eu tant de difficulté à se procurer. Il est vrai qu'il se montrait difficile dans son évaluation des circonstances propices à ses projets. Le lendemain matin, comme le temps s'était mis au beau après une semaine de pluie, il fut proposé de faire une excursion et décidé d'aller à Barwith Strand, une curiosité naturelle locale que ni Mme Swancourt ni Knight n'avaient vue. Celui-ci, qui flairait de loin les situations romantiques, prévit qu'une telle occurrence se présenterait avant la fin de la journée.

Leur route passait à travers des collines d'un vert neutre, sur lesquelles des haies d'arbustes se traînaient comme des cordages sur un quai. Des trouées dans ces hautes terres révélaient la mer bleue, mouchetée de quelques taches claires et d'une voile blanche solitaire, qui s'élevait jusqu'à la ligne tirée de flanc de coteau à flanc de coteau qui constituait l'horizon. Ils dégringolèrent ensuite dans un défilé, avec des rochers couleur chocolat formant un mur des deux côtés, dont l'un faisait tomber son ombre épaisse et dentelée jusqu'au milieu de la route. De l'eau fraîche jaillissait par endroits d'une crevasse, crépitait en tombant sur de larges feuilles vertes et s'écoulait en ruisseaux au bas des murs. Des boules hirsutes de bruyère apparaissaient sur les parois ; à mi hauteur, des tiges de ronces en jaillissaient et se balançaient au-dessus de leurs têtes, en menaçant de griffer leurs chevelures.

Ils escaladèrent la dernière colline, et la baie qui devait être le terme de leur voyage se découvrit à leurs yeux. L'océan devenait d'un bleu plus profond en s'étendant jusqu'au pied des falaises rocheuses et se terminait en frange blanche ; à cette distance, il était silencieux, mais on le voyait s'abaisser et se soulever, comme une courtepointe sur un dormeur agité. On eût dit bleus les creux ombrés des rochers pourpres et bruns, si l'eau qui les environnait ne se fût pas si complètement approprié cette couleur.

La voiture fut remisée dans le hangar qui jouxtait un

petit cottage ; le garçon d'écurie et le cocher transportèrent les paniers à provisions jusque sur la plage.

Knight trouva l'occasion qu'il attendait.

« Je n'ai pas oublié votre vœu », commença-t-il dès qu'ils furent seuls.

Elfride eut l'air de ne pas comprendre.

« Et je vous ai apporté ceci », continua-t-il, en produisant gauchement l'écrin et en le lui tendant, après l'avoir ouvert.

« Oh, M. Knight ! » fit Elfride, confuse, en devenant toute rouge. « Je ne savais pas que vous parliez sérieusement. Je croyais à une simple supposition. Je n'en veux pas. »

La pensée qui venait de traverser son esprit avait donné à sa réponse un caractère plus résolu qu'il n'eût eu autrement. Le lendemain était le jour où une lettre de Stephen était censée arriver.

« Vous allez bien les accepter ? » demanda Knight, et il sentit qu'il avait moins de pouvoir sur elle qu'auparavant.

« Je préfère ne pas les accepter. Elles sont belles ; ce sont les plus belles que j'aie jamais vues », répondit-elle d'un ton convaincu, succombant à moitié à la tentation, avec le regard qu'Ève avait dû avoir pour la pomme. « Mais je n'en veux pas, et je vous prie de me pardonner, M. Knight.

– Je n'ai rien à vous pardonner », assura-t-il, son élan brisé par la tournure imprévue des événements.

Un silence suivit. Knight gardait l'écrin ouvert et regardait assez piteusement les bijoux scintillants qu'il avait eu tant de peine à trouver ; il tournait l'écrin de côté et d'autre, l'abaissait et l'élevait comme si, devant le manque de considération qu'elle avait manifesté pour son présent, il s'efforçait de l'admirer énormément tout seul.

« Enfermez-les et ne me les faites pas voir plus longtemps ! » dit-elle en riant, sur un ton où se mêlaient étrangement le regret et la supplication.

« Pourquoi, Elfie ?

– Pas Elfie pour vous, M. Knight. Oh ! parce que je vais les vouloir. Là, je sais que je suis sotte de le dire ! Mais j'ai une raison de ne pas les prendre... maintenant. »

Elle avait retenu le dernier mot un instant, pour laisser supposer que son refus était définitif ; mais il lui avait échappé et détruit l'effet recherché.

« Vous les prendrez un jour ?

– Je ne veux pas.

– Et pourquoi donc, Elfride Swancourt ?

– Parce que. Il ne me plaît pas de les prendre.

– Je trouve à cela une signification affligeante. Étant donné que ces boucles d'oreilles vous plaisent, ce qui vous déplaît, c'est qu'elles vous viennent de moi.

– Non, ce n'est pas cela.

– Qu'est-ce alors ? Je vous inspire quoi ? »

Elfride rougit davantage et regarda au loin, ses traits exprimant une charmante critique de la réponse qu'elle allait faire.

« Je vous aime bien, murmura-t-elle enfin, doucement.

– Mais pas beaucoup ?

– Vous êtes si sévère envers moi et vous me dites des choses si dures, comment le pourrais-je ? répondit-elle évasivement.

– Vous me trouvez une vieille barbe, j'imagine ?

– Non... si... Je veux dire que je ne sais pas ce que je pense de vous. Allons retrouver papa ! » fit Elfride, tout en émoi.

– Eh bien, je vais vous dire ce qui m'a conduit à vous faire ce cadeau », dit Knight, avec un calme destiné à ôter de l'esprit de la jeune femme toute impression qu'il était ce qu'il était : son amoureux. « C'était, voyez-vous, la moindre des choses qu'exigeait de moi la simple politesse. »

À cette déclaration claire, Elfride se sentit la tête vide.

Knight rangea l'écrin dans sa poche et reprit :

« J'ai senti, voyez-vous, comme n'importe qui l'eût fait, que les mots dont j'ai usé l'autre jour pour qualifier votre choix étaient injustes et odieux, et j'ai jugé que mes excuses devaient être matérialisées.

– Je comprends. »

Elfride était désolée – sans savoir pourquoi – qu'il ait fourni une raison aussi légitime. Elle était déçue qu'il ait tout le temps une motivation froide qui pourrait être énoncée devant tout le monde sans entraîner le moindre sourire. Eût-elle pensé que les boucles d'oreilles lui étaient offertes dans un tel esprit, elle eût accepté ce cadeau séduisant. Et le plus douloureux était qu'il la soupçonnait peut-être d'imaginer qu'elles lui étaient offertes en gage d'amour, ce qui était extrêmement mortifiant, s'il n'en était rien.

Mme Swancourt s'approcha à ce moment-là de l'endroit où il était assis, pour choisir un rocher plat où étendre la nappe, de sorte qu'ils suspendirent leur conversation. Knight interpréta le refus d'Elfride comme une preuve incontestable de timidité inaugurale que, somme toute, il pouvait accepter. Si l'on avait représenté à Knight qu'il s'agissait d'un concept de fidélité luttant contre un amour naissant, sans la moindre certitude de vaincre, il eût peut-être cessé de contribuer à cette victoire.

Une légère contrainte apparut alors entre eux pour le reste de l'après-midi. La marée s'était inversée, et ils furent obligés de monter plus haut. La journée s'acheva dans l'habituel calme rêveur de ce genre de circonstances – quand chaque chose que l'on fait et chaque pensée qui vous vient sont des efforts pour éviter de faire ou de penser davantage. Du rebord d'une falaise, ils regardèrent paresseusement les flots recouvrir petit à petit leur table de pierre et la laver des miettes et des reliefs de leur repas. Le pasteur tira une leçon de morale de ce spectacle ; Knight lui donna la réplique. Puis les vagues déferlèrent avec fureur : des langues d'eau vertes et bleues se précipitaient contre le rivage, se métamorphosaient en écume et retombaient blanches, suivies de traînées pâles.

Il y eut ensuite une forte averse qui les força à chercher refuge dans une grotte étroite ; après quoi on attela les chevaux, et ils prirent le chemin du retour. À peine avaient-ils regagné les hauteurs, le ciel s'éclaircissait à nouveau et les rayons du soleil ricochaient sur la route qu'ils avaient suivie pour escalader la colline. Les ornières creusées par leurs roues – une paire de canaux lilliputiens – étaient comme d'étincelantes barres d'or qui s'effilaient dans le lointain. Mais ils tournèrent le dos à ce spectacle, et la nuit s'étendit sur la mer.

La soirée était fraîche, et il n'y avait pas de lune. Knight s'assit auprès d'Elfride, et, lorsque l'obscurité rendit peu perceptible la position exacte que l'on occupait, il se rapprocha davantage. Elfride se recula.

« J'espère que vous m'accordez de la place de bonne grâce », murmura-t-il.

– Oh, oui ; c'est la moindre des choses qu'exige de moi la simple politesse », répondit-elle, en prononçant les mots de façon qu'il les entendît comme une citation de ses propres propos.

Ils eurent l'un et l'autre le sentiment de balancer entre deux possibilités. Et c'est ainsi qu'ils rentrèrent à Endelstow.

Cette expérience anodine parut délicieuse à Knight. C'était pour lui une période de douce innocence – une période qui, même si elle est faite de petits riens, se répète rarement dans la vie d'un homme et qu'il évoque rétrospectivement avec une tendresse particulière. Il n'éprouve pas encore les inconvénients d'un amour profond et il se berce du sentiment apaisant d'être capable de jouir de la moindre chose avec une joie d'enfant. Il avait avalé jusqu'aux platitudes de prêche dont le pasteur avait truffé ses discours, parce qu'il s'y croyait professionnellement tenu devant un homme de la qualité de Knight. La présence d'Elfride lui permit de tolérer ce genre de propos au-delà de ce que la civilité ordinaire recommandait ; il les écouta, les apprécia comme s'ils étaient justes et nécessaires, et se laissa aller au sentiment apaisant que tout était en ordre.

Lorsqu'elle regagna sa chambre, ce soir-là, Elfride trouva un petit paquet sur sa table de toilette. Elle ignorait la manière dont il avait pu arriver là. Les mains tremblantes, elle retira le papier blanc qui l'enveloppait. Oui, c'était bien le merveilleux écrin de maroquin, contenant les merveilleux bijoux qu'elle avait refusés dans la journée.

Elfride les tint un moment de part et d'autre de son visage, se regarda dans le miroir, rougit violemment et les rangea. Ils remplirent ses rêves toute la nuit. Elle n'avait jamais rien vu de si joli, mais jamais rien ne lui avait paru si évident que la nécessité de refuser, en femme honnête qu'elle était. On pourra toujours se demander pourquoi il ne lui apparaissait pas avec la même évidence qu'il était de son devoir de coordonner plus rigoureusement ses conduites.

Le lendemain matin lui fit l'effet d'un spectre. C'était le jour de la lettre de Stephen ; il lui fallait se précipiter au-devant du facteur et accomplir en cachette un acte qu'elle n'avait jamais aimé, afin d'atteindre à un but qu'elle avait cessé de désirer.

Mais elle le fit.

Il y avait deux lettres.

L'une venait de la banque de Saint-Launce, où elle avait un petit compte ; c'était sans doute un relevé d'intérêts. Elle la mit dans sa poche, rentra, monta dans sa chambre et là, à l'abri des regards, elle ouvrit en tremblant la lettre de Stephen.

Que lui disait-il ?

Elle devait se rendre à la banque de Saint-Launce qui avait reçu l'ordre de lui verser une certaine somme d'argent.

La somme était de deux cents livres.

Il n'était joint ni chèque, ni mandat, ni billet à ordre d'aucune sorte. De fait, l'information se limitait à ceci : l'argent se trouvait maintenant à son nom à la banque de Saint-Launce.

Elle ouvrit immédiatement l'autre lettre. Elle contenait un reçu de la banque pour une somme de deux cents livres, ajoutée à son compte. L'information de Stephen était juste, et le transfert avait déjà été opéré.

Ce sont mes économies d'une année, et je ne trouve rien de mieux à faire, ni de plus agréable, que de vous les faire parvenir, pour que vous en usiez comme il vous plaira. J'ai largement de quoi vivre, en dehors de cet argent-là. Si vous ne voulez pas le laisser dormir à la banque, demandez à votre père de l'investir dans un placement sûr à votre nom. C'est un petit présent de celui qui est plus que votre fiancé. Je pense que votre père, Elfride, se rendra compte maintenant que mes prétentions à votre main sont autre chose que le rêve niais d'un gamin qui ne mérite même pas un examen rationnel.

Avec sa délicatesse naturelle, Elfride, lorsqu'elle avait rapporté le mariage de son père à Stephen, n'avait pas fait état des ressources financières de la dame.

Une fois énoncées ces considérations pratiques, Stephen poursuivait, d'une façon quelque peu puérile :

Vous souvenez-vous, ma chérie, du matin qui suivit mon arrivée dans votre maison ? Après la prière, votre père lut le miracle du paralytique à qui il est dit : « Lève-toi, prends ton lit, et marche[1]*. » Je me rends compte maintenant de la force de ce passage. Comme le lit de l'Oriental est une très petite natte, j'ai vu hier un naturel du pays exécuter très exactement cette action, ce qui m'a conduit à évoquer ce souvenir. Mais vous êtes bien plus cultivée que moi et vous savez tout cela depuis longtemps... J'ai un jour acheté quelques idoles pour vous les envoyer à titre de curiosités ; puis, j'ai découvert qu'elles avaient été fabriquées en Angleterre, vieillies artificiellement et transportées ici ; je les ai alors rejetées avec dégoût.*

Cela me rappelle que nous sommes obligés de faire venir d'Angleterre tous les éléments métalliques qui entrent dans la construction des bâtiments. Celle-ci nécessite ici une organisation prévisionnelle comme nulle part ailleurs. Avant de commencer, nous devons passer commande de chaque colonne, de chaque serrure, de chaque gond et de chaque vis dont nous aurons besoin. On ne peut pas aller se les procurer à la minute dans une rue voisine, comme à Londres. M. L... dit que quelqu'un devra se rendre très prochainement en Angleterre pour superviser l'exécution d'une énorme commande de cet ordre. Je forme le vœu que ce soit moi.

Elfride avait devant elle le reçu du dépôt de deux cents livres et, tout à côté, le présent distingué de Knight. Elle se sentit envahie par le froid ; puis son sang reflua et ses joues devinrent brûlantes. Si la destruction de ce petit bout de papier avait pu faire perdre toute réalité à cette opération financière, elle eût très volontiers sacrifié l'argent qu'il représentait. Elle ne savait que faire de ces deux objets. Elle redoutait presque de les laisser l'un à

1. Pascal, *Pensées* (en français dans le texte).

côté de l'autre : les intérêts qu'ils incarnaient étaient si opposés qu'une répulsion miraculeuse de l'un par l'autre avait de bonnes chances de se produire.

On vit peu Elfride de la journée. Le soir venu, elle avait pris une résolution, et elle agit en conséquence. Avec une larme de regret, elle referma l'écrin sur les superbes objets qu'il contenait, l'enveloppa et le déposa sur la table à écrire de la chambre de Knight. Puis elle rédigea une lettre à Stephen, où elle indiquait qu'elle ne savait pas encore très bien quoi faire de l'argent envoyé ; mais elle se déclarait prête à tenir sa promesse de l'épouser. Après avoir écrit cette lettre, elle différa son envoi, sans jamais cesser d'être ardemment convaincue qu'il allait bien falloir le faire.

Plusieurs jours s'écoulèrent. Une nouvelle lettre arriva d'Inde pour Elfride. Celle-ci ne s'y attendait pas ; son père la vit et ne fit pas la moindre remarque, sans qu'elle sût pourquoi. Les nouvelles, cette fois, étaient accablantes. Comme il l'avait souhaité, Stephen avait été choisi comme le plus indiqué pour surveiller l'exécution de la commande dont il avait parlé. Une fois sa tâche accomplie, il aurait trois mois de congé. Il disait encore qu'il suivrait sa lettre d'une semaine et qu'il allait saisir cette occasion pour demander carrément à son père d'autoriser leurs fiançailles. Il dépeignait sur une page suivante la joie qu'ils auraient l'un et l'autre à se retrouver et indiquait qu'il allait écrire à ses agents maritimes, pour leur demander de préciser à Elfride par télégramme le moment où le bateau qui le ramènerait en Angleterre serait en vue, car il savait combien cette information lui importerait.

Elfride vécut et agit alors comme dans un rêve. Au début, Knight se fâcha presque devant son refus persistant du présent qu'il lui avait fait – et non moins de la manière dont elle l'avait marqué que du fait lui-même. Mais à voir qu'il venait à la jeune femme un air fatigué et malade, sa contrariété se mua en simple perplexité.

Il cessa de rester de longues heures avec elle dans la maison, comme auparavant, et se mit à faire des excursions archéologiques et géologiques dans les environs. Il eut envie de tout plaquer mais ne put s'y résoudre. Usant du privilège que confère la parenté, il allait et venait à sa guise, mais il restait à Endelstow.

« Je ne resterai pas un jour de plus, si ma présence vous est désagréable, dit-il un après-midi. Au début vous vous plaigniez de ma dureté et, maintenant que je suis gentil, vous me traitez injustement.

– Non, non. Ne dites pas cela. »

L'origine de leurs relations donnait aux rapports qu'ils avaient l'un avec l'autre un tour particulier et peu commun. S'ils énonçaient carrément les oppositions ou les divergences de leurs opinions, ils étaient réticents à étaler des sentiments plus doux.

« J'ai bien envie de m'en aller et de ne plus vous causer de tracas », poursuivit Knight.

Elle ne souffla mot, mais l'expression de ses yeux et de son visage blême lui reprocha sa rudesse avec éloquence.

« Il vous plaît donc que je sois ici ? s'enquit-il doucement.

– Oui », fit-elle.

La fidélité à l'amour ancien et la véracité du nouvel amour s'étaient affrontés ; la véracité n'avait guère eu de peine à l'emporter.

« Dans ce cas, je resterai un peu plus longtemps, dit Knight.

– Ne m'en veuillez pas si je reste souvent seule. Il se peut que quelque chose se produise et que j'aie à vous parler.

– Pure timidité », se dit Knight, et il s'éloigna, le cœur allégé.

La capacité de discerner quelles forces énigmatiques sont à l'œuvre chez une femme à un moment donné, instinct infaillible de certains hommes, est particulière à des esprits moins francs et moins honnêtes que celui de Knight.

Le lendemain soir, vers 5 heures, avant que l'avocat ne fût rentré d'un pèlerinage sur la grève, un homme se dirigea vers la maison. C'était un messager exprès venu de Camelton, une ville voisine de quelques milles, où le chemin de fer aboutissait en été.

« Un télégrammc pour Mlle Swancourt ; il y a trois shillings et six pence à payer pour l'exprès. »

Mlle Swancourt paya, signa le papier et ouvrit le message d'une main tremblante. Elle lut :

De Johnson, Liverpool
à Mlle Swancourt, Endelstow, près de Castle Boterel

« Amaryllis » signalé à Holyhead, 4 heures. Attendu dans le bassin de Canning demain matin, 10 heures.

Le pasteur appela sa fille dans son cabinet de travail.

« Elfride, qui vous envoie ce message ? demanda-t-il, soupçonneux.

– Johnson.

– Qui est Johnson, pour l'amour de Dieu ?

– Je ne sais pas.

– Diantre ! Et qui le saura, si ce n'est vous ?

– À ce jour, je n'ai jamais entendu parler de lui.

– Voilà qui est bizarre, vous ne trouvez pas ?

– Je ne sais pas.

– Allons, mademoiselle ! Qu'était ce télégramme ?

– Voulez-vous vraiment le savoir, papa ?

– Ma foi, oui.

– Rappelez-vous que je suis maintenant une femme adulte.

– Et alors ?

– Étant une femme et non plus une enfant, j'ai le droit d'avoir un ou deux secrets.

– Il semble que vous en ayez.

– Toutes les femmes en ont.

– Mais elles ne les gardent pas. Alors, parlez !

– Si vous cessez d'insister maintenant, je vous donne ma parole de vous dire ce que tout cela signifie avant la fin de la semaine.

– Sur votre honneur ?

– Sur mon honneur.

– Fort bien. Il m'est venu un certain soupçon, voyez-vous, et je serais bien aise qu'il soit sans fondement. Ces derniers temps, votre comportement me déplaît.

– À la fin de la semaine, papa ; je vous l'ai promis. »

Son père ne répondit rien, et Elfride quitta la pièce.

Elle recommença à guetter le facteur. À trois matins de là, il apporta une lettre de Stephen, timbrée d'Angleterre. Écrite à la hâte, elle contenait peu de chose. Il expliquait qu'après s'être acquitté de sa mission à Liverpool, il arriverait chez ses parents le soir même, vers 5 ou 6 heures ; dès la nuit venue, il se rendrait à l'église d'Endelstow-Est et, si elle le voulait bien, il pourrait la retrouver sous le porche, comme autrefois. Il croyait peu sage de se présenter officiellement au presbytère, si tard dans la soirée, et proposait ce plan car il ne pourrait pas dormir avant de l'avoir serrée dans ses bras.

Elfride croyait encore fermement que l'honneur lui commandait de le retrouver. Sa grande envie de l'éviter donnait probablement un poids supplémentaire à cette conviction, car elle appartenait de façon marquée à cette sorte de gens qui soupirent après ce qui est hors de portée et pour qui, au suprême degré, l'espoir est agréable parce qu'il n'est pas la possession. Et elle se connaissait si bien ce défaut qu'elle était portée à l'exagérer encore.

Elle passa sa journée à envisager son devoir avec fermeté ; elle lut l'ode pleine de force, mais déprimante, que Wordsworth a composée pour cette divinité [1], et se

1. Wordsworth, *Ode au Devoir.*

soumit à elle, tout en éprouvant l'attrait de désirs plus risqués.

Elle commença à prendre un plaisir mélancolique dans la contemplation de son sacrifice à un homme qu'un sens virginal de la propriété l'obligeait à tenir pour son seul mari possible. Elle allait le retrouver et elle ferait tout ce qui relèverait d'elle pour l'épouser. Pour s'empêcher de revenir sur sa détermination, elle envoya immédiatement au cottage des Smith un mot fixant l'heure du rendez-vous, afin que Stephen le trouvât à son arrivée.

21

Sur tes froids rochers gris, ô mer [1]

Stephen avait indiqué qu'il passerait par Bristol et emprunterait ensuite le steamer de Castle Boterel de façon à éviter le long voyage à travers les collines de Saint-Launce. Il ignorait la prolongation de la voie ferrée jusqu'à Camelton.

Dans l'après-midi, il vint à l'idée d'Elfride que, du haut des falaises du rivage, il lui serait possible d'apercevoir le steamer quelques heures avant son arrivée.

Elle avait accumulé assez de force religieuse pour faire un acte surérogatoire. Il s'agissait en l'espèce de se rendre à quelque point avancé de la côte pour guetter le bateau qui ramenait son futur mari chez lui.

C'était un après-midi orageux. Le ciel lourd emplissait souvent Elfride de vague à l'âme ; généralement, elle se persuadait alors que le temps était aussi beau que possible de l'autre côté des nuages, sans guère de résultat pratique. Ses dispositions présentes s'harmonisaient avec ce ciel chargé.

Elle escalada une colline derrière la maison, la franchit et parvint à un petit ruisseau qui lui servit de guide jusqu'à la côte. Il était plus mince que celui de sa propre

1. Tennyson, *Brise, brise, brise.*

vallée et coulait à une plus grande hauteur. Des arbustes s'alignaient sur les pentes de ses berges étroites ; au fond de son lit, un tapis vert tendre formait un ruban large de deux ou trois pieds.

En hiver, l'eau coulait au-dessus de l'herbe ; en été, comme maintenant, elle se traînait en un mince filet au milieu.

Elfride sentit qu'on la suivait des yeux. Elle se retourna et vit M. Knight. Il était descendu dans la vallée par le flanc de la colline. Elle tressaillit de plaisir et s'en voulut de le faire.

« Je vous rencontre dans une bien grande solitude ! fit-il.

– Je vais jusqu'au littoral en longeant le ruisseau. Je crois qu'il se vide non loin, sous la forme d'un filet d'eau argenté qui retombe en cascade d'une grande hauteur.

– Et pourquoi êtes-vous chargée de ce lourd télescope ?

– Pour regarder la mer, dit-elle d'une voix faible.

– Je vais vous le porter jusqu'au terme de votre promenade. » Il le lui prit des mains sans qu'elle résistât. « La mer ne peut être à plus d'un demi-mille d'ici. Regardez, on la voit. »

Il désigna un bout d'horizon dont le gris sale tranchait sur le ciel.

Elfride avait déjà scruté la petite surface visible de l'océan et n'y avait vu aucun bateau.

Ils marchèrent de conserve, parfois séparés par le ruisseau – il n'était pas plus large qu'un pas humain –, parfois côte à côte. Le tapis vert devint marécageux, et ils grimpèrent plus haut.

L'une des deux crêtes entre lesquelles ils avançaient s'abaissait jusqu'à s'aplatir complètement. L'autre, sur leur droite, s'élevait de plus en plus et culminait comme si une arête vive avait été brutalement découpée dans la lumière. Un peu plus loin, le lit du ruisseau se termina de la même brusque manière.

Là où ils étaient arrivés, le talus ne s'élevait qu'à hauteur de la poitrine, et le regard ne voyait plus la vallée au-delà. À sa place, il n'y avait plus qu'un ciel infini ; sous eux, à la perpendiculaire, petite et lointaine, s'étendait la surface ridée de l'Atlantique.

C'est là que le petit ruisseau mourait. Bondissant dans le précipice, il se dispersait en écume, avant d'être parvenu à mi-hauteur, et tombait en pluie sur des saillies qu'il transformait en minuscules prairies herbeuses. Au terme de leur chute, les gouttelettes s'infiltraient dans le sol, parmi les roches détritiques. Telle était la fin peu glorieuse du cours d'eau.

« Que regardez-vous ? » demanda Knight, en suivant la direction du regard d'Elfride.

Elle fixait un petit objet noir plus proche de la côte que de l'horizon ; une brume nébuleuse s'échappait de son sommet et s'étalait comme une gaze sur la mer.

« Je crois bien que c'est le *Puffin*, un petit vapeur qui fait la liaison estivale entre Bristol et Castle Boterel, dit-elle. Voulez-vous me passer le télescope ? »

Knight ouvrit l'engin suranné mais puissant et le tendit à Elfride.

« Je ne peux pas le tenir en l'air, fit-elle.

– Posez-le sur mon épaule.

– C'est trop haut.

– Sous mon bras.

– Trop bas. Regardez donc, vous, murmura-t-elle d'une petite voix. »

Knight appliqua son œil à l'oculaire et balaya la mer de son instrument jusqu'à ce que le bateau entrât dans son champ de vision.

« Oui, c'est le *Puffin*, un rafiot minuscule. Je peux voir distinctement sa figure de proue : un oiseau dont le bec est aussi gros que la tête.

– Voyez-vous le pont ?

– Attendez une minute ! Oui, assez bien. Et je distingue les formes noires de ses passagers sur sa surface blanche. L'un d'eux a pris quelque chose à son voisin... une lorgnette, il me semble... oui, c'est bien cela... et il la braque dans notre direction. Vous pouvez être sûre qu'en nous détachant sur le ciel nous devons attirer leurs regards. On dirait qu'il pleut sur eux : ils enfilent leurs manteaux et ouvrent leurs parapluies. Ils disparaissent et descendent à l'intérieur du bateau... tous, sauf celui qui a emprunté la lorgnette. C'est un jeune gars élancé qui nous observe toujours. »

Elfride pâlit et déplaça nerveusement le poids de son corps de l'un de ses petits pieds à l'autre.

Knight abaissa son télescope.

« Je crois qu'il vaut mieux rentrer, dit-il. Ce nuage qui fond sur eux peut nous rattraper rapidement. Tiens ! Vous avez l'air malade. Qu'est-ce qui se passe ?

– Quelque chose dans l'air a une action nocive sur mon visage.

– J'ai bien peur que ces jolies joues ne soient bien délicates, remarqua-t-il tendrement. Cet air devrait les rosir plus qu'elle ne l'ont jamais été, penserait-on... N'est-ce pas, enfant gâtée de la nature ? »

Elfride reprit ses couleurs.

« Après tout, la vue est bien plus belle de notre côté », assura Knight.

Tournant le dos à Stephen Smith et à son bateau, elle vit, sur la droite, la face verticale de la colline qui s'élevait bien plus haut qu'eux et, sans se projeter en direction de la mer aussi loin que le lit de la vallée, formait l'arrière d'une petite baie, apparaissant comme un mur concave légèrement incurvé sur la gauche, à partir de l'endroit où ils étaient.

Ici, à l'extrémité d'une fissure, la composition de l'énorme colline se révélait jusqu'au plus profond. Elle était faite d'une vaste stratification d'ardoises d'un gris tirant sur le noir, sans la moindre variation de teinte sur toute sa hauteur.

Il en est des falaises et des montagnes comme des

individus ; elles ont ce qu'on appelle une présence, laquelle n'est pas nécessairement en proportion de leurs tailles effectives. Tel petit escarpement va vous impressionner puissamment ; telle haute falaise, pas du tout. Comme pour un être humain, tout dépend de l'aspect.

« Je ne peux pas supporter la vue de cette falaise, dit Elfride. Elle a une personnalité horrible qui me fait frissonner. Partons !

– Savez-vous grimper ? demanda Knight. Si oui, ce sentier nous permettrait d'escalader le sommet de ce sinistre personnage.

– Mettez-moi à l'épreuve, fit-elle avec dédain. J'ai gravi des pentes bien plus raides que celle-là. »

Depuis l'endroit où ils flânaient, un sentier herbeux, conçu pour la sauvegarde de randonneurs imprudents, serpentait à travers toute la déclivité, jusqu'au sommet du précipice, et se poursuivait en direction de l'intérieur des terres.

« Prenez mon bras, Mlle Swancourt, proposa Knight.

– Je m'en sortirai mieux sans vous, merci. »

Lorsqu'ils eurent fait un quart de l'ascension, Elfride s'arrêta pour reprendre haleine. Knight lui tendit la main.

Elle la prit, et ils gravirent ensemble le reste de la pente. Le sommet atteint, d'un commun accord, ils s'assirent pour se reposer.

« Juste ciel, quelle altitude ! » s'exclama Knight, en contemplant le désert d'eau entre Cam Beak et « le sinistre Dundagel qui trône au bord de la mer[1] ».

Depuis l'endroit où ils se tenaient maintenant, la cascade leur donnait l'impression de pouvoir tenir dans le creux d'une main. Elfride regardait vers la gauche. Le steamer était de nouveau en pleine vue et semblait presque au bord du rivage, en raison de la vaste surface

1. Révérend R. S. Hawker, *La Quête du Saint-Graal.*

d'océan qu'on découvrait depuis leur position supérieure.

« Au-delà du rebord de ce précipice, là où l'on ne voit que du vide, il y a une masse mouvante. Le vent frappe la surface du roc, la remonte, s'élève comme un jet d'eau bien au-dessus de nos têtes, se courbe alors comme une arche et se disperse derrière nous. De fait, c'est une cascade inversée, aussi parfaite que les chutes du Niagara, faite d'air au lieu d'eau et qui s'élève au lieu de tomber. Voyez donc ! »

Knight jeta un fragment de schiste de façon qu'il roulât au bas de la falaise. Lorsqu'il atteignit le bord, il s'éleva en l'air, comme un oiseau, rebroussa chemin et vint retomber sur le sol, derrière eux. Autour d'eux, c'était le calme absolu.

« Un bateau traverse le Niagara immédiatement au pied de ses chutes, là où l'eau est parfaitement calme, car la masse d'eau qui est tombée suit une trajectoire courbe pour remonter. Nous sommes exactement dans la même situation par rapport à la cataracte atmosphérique que nous avons ici. Si vous vous écartiez à cinquante yards de la falaise, vous sentiriez un vent très vif. Il doit probablement y avoir un petit courant d'air rétrograde aux environs de ce remblai. »

Knight se leva et alla se pencher par-dessus le remblai. À peine sa tête avait-elle dépassé, son chapeau sembla en être aspiré, glissa au bas de son front et roula en direction de la mer.

« C'est le tourbillon dont je vous parlais », cria-t-il, puis il se lança à la poursuite de son chapeau et disparut par-dessus le remblai.

Elfride attendit une minute ; il ne revint pas. Elle attendit encore une minute, mais il ne se manifesta aucunement.

Il y eut quelques gouttes de pluie, puis une soudaine averse.

Elle se leva et s'approcha du remblai. Elle vit que de

l'autre côté, il y avait deux ou trois yards de terrain plat, une courte pente raide, puis le bord du précipice. Knight se trouvait sur cette pente, son chapeau sur la tête. Il se tenait à quatre pattes et s'efforçait de regagner le terrain plat. La pluie avait mouillé la surface schisteuse du plan incliné. Une légère humidification de ce sol le rendait beaucoup plus glissant que s'il avait été complètement détrempé. La substance interne du sol était toujours dure, mais elle était lubrifiée par une fine pellicule d'eau de pluie.

« J'ai du mal à remonter », dit Knight.

Le cœur d'Elfride se mit à lui peser comme du plomb.

« Mais vous allez revenir ? » s'enquit-elle, affolée.

Knight y consacra tous ses efforts, pendant deux ou trois minutes, au point que son front se couvrit de sueur.

« Non, j'en suis incapable », répondit-il.

Par un effort de volonté, Elfride écarta de sa conscience le sentiment que Knight courût un danger physique. Mais elle devait chercher à l'aider. En s'appuyant sur le télescope fermé, elle s'aventura sur la pente traîtresse et lui tendit la main, avant même qu'il ne se fût rendu compte de ce qu'elle entreprenait.

« Oh, Elfride ! Pourquoi avez-vous fait cela ? dit-il. Je crains bien que vous vous soyez seulement mise en danger vous-même. »

Et comme pour prouver la justesse de cette assertion, ils glissèrent tous deux un peu plus bas, jusqu'à ce que lui s'arrêtât. Son pied avait trouvé un tasseau sous la forme d'un bloc de quartz qui pointait comme une dent juste au bord du précipice. Ainsi stabilisé, il put affermir la jeune femme, dont la tête se trouva alors à un pied du début de la pente. Elfride avait lâché le télescope, lequel avait roulé jusqu'au bord du gouffre et disparu dans le vide du ciel.

« Agrippez-vous à moi », dit-il.

Elle noua ses bras autour du cou de Knight dans une

telle étreinte qu'elle était assurée de ne pas tomber, tant qu'il serait là.

« Ne perdez pas la tête, reprit-il. Aussi longtemps que ce bloc nous soutiendra, nous serons en sûreté. Laissez-moi le temps de réfléchir à ce que nous devrions faire. »

Il tourna les yeux vers les profondeurs vertigineuses qui s'ouvraient derrière lui, pour examiner la situation.

Il se rendit compte tout de suite d'une évidence effroyable : ils finiraient par basculer et tomber en tournoyant dans le vide, à moins de réussir le tour de force de remonter la pente avec une précision mécanique.

Pour y parvenir, il était tout d'abord nécessaire qu'il reprît haleine et qu'il retrouvât les forces que ses efforts précédents lui avaient coûtées. Il se donna donc le temps d'affronter l'ennemi en pensée.

La crête de cette terrible façade naturelle passait auprès des habitants du voisinage pour surplomber l'eau de sept cents pieds. Des mesures effectives avaient prouvé qu'elle avait très exactement six cent cinquante pieds de haut.

C'était près de trois fois la hauteur de Flamborough ; une fois et demie celle de South Foreland ; cent pieds de plus que Beachy Head – le promontoire le plus élevé de l'est ou du sud de ladite île ; deux fois la hauteur de Saint-Aldhelm ; trois fois celle du Lizard et juste le double de la hauteur de Saint-Bees. Un seul point du bord de mer, sur la côte occidentale, est connu pour avoir une altitude plus élevée, mais seulement de quelques pieds. C'est le cap Ormes, dans le Caernarvonshire.

Et il faut se souvenir que notre falaise possède un trait qui renforce son caractère impressionnant et dont sont dépourvus plusieurs des autres lieux géographiques que l'on vient de mentionner : une verticalité parfaite à partir du niveau moyen des marées.

Ce remarquable rempart ne forme cependant pas un cap : il enserre plutôt une crique – les promontoires sur chaque côté sont de beaucoup plus bas. De telle sorte que, loin d'être en saillie, sa section horizontale est concave. En fait, l'océan, dont les vagues viennent directement d'Amérique du Nord, a creusé un gouffre dans le cœur d'une colline, et le géant, aux abois et discret, se tient derrière des soutiens à taille de pygmées. Il n'est pas moins singulier que ni la colline, ni le gouffre, ni le précipice ne portent d'appellation. C'est pourquoi on pourrait désigner ces lieux comme la Falaise-sans-nom.

Outre sa hauteur, ce qui ajoutait à la terreur était sa noirceur. Dans cette face sombre, les assauts de dix mille vents d'ouest avaient creusé une sorte de fleur, dont l'effet visuel était peu différent de celui d'un grain de raisin de Hambourg. De plus, la fleur paraissait flotter dans l'atmosphère et instiller la terreur à travers les poumons.

« Ce bloc de quartz qui supporte mes pieds est sur l'arête même de la falaise », dit Knight, brisant le silence après sa méditation sombre et stoïque. « Et voici ce que vous allez faire : vous allez grimper le long de mon corps, jusqu'à ce que vous puissiez poser vos pieds sur mes épaules ; une fois là, je pense que vous parviendrez à vous hisser sur le terrain plat.

– Que ferez-vous ?

– J'attendrai, pendant que vous irez chercher de l'aide.

– C'est ce que j'aurais dû faire pour commencer, n'est-ce pas ?

– J'étais en train de glisser, et, si vous n'aviez pas pesé sur moi, il est fort probable que je n'aurais pas trouvé de point d'appui. Mais cessons de parler ! Du courage, Elfride ! Grimpez ! »

Elle se prépara à faire cette ascension, tout en disant :

« Voilà l'instant dont j'avais le pressentiment sur la tour. Je savais qu'il se produirait !

– Ce n'est pas le moment d'être superstitieuse, assura Knight. Chassez toutes ces pensées !

– Je vais le faire, promit-elle humblement.

– Maintenant, posez votre pied dans ma main... puis, l'autre... C'est cela... très bien. Tenez-vous à mon épaule. »

Il fit de sa main un étrier sur lequel elle posa le pied ; elle fut alors assez haut pour voir la surface de la colline au-delà du rebord.

« Pouvez-vous grimper sur le plat ?

– J'ai bien peur que non. Je vais essayer.

– Que voyez-vous ?

– La lande en pente.

– Et sur cette lande ?

– De la bruyère pourpre et un peu d'herbe.

– Rien d'autre ? Ni homme ni présence humaine d'aucune sorte ?

– Personne.

– Tâchez de vous soulever un peu plus haut. Vous voyez cette touffe d'œillets maritimes au-dessus de vous ? Empoignez-la bien, mais ne vous y fiez pas complètement. Lorsque vous aurez mis le pied sur mon épaule, je pense que vous devrez atteindre le sommet. »

En tremblant de tous ses membres, elle fit exactement ce qu'il lui disait de faire. Le calme surhumain et la solennité de Knight l'inondaient et lui communiquaient un courage qu'elle n'avait pas en propre. Prenant appui sur l'épaule de l'avocat, elle fit un bond et se retrouva sur le sommet.

Puis elle se retourna vers lui.

Par malheur, la force exercée vers le bas par le bond d'Elfride, ajoutée au propre poids de Knight, c'en était trop pour cette dent de quartz sur laquelle les pieds de ce dernier faisaient fond. En vérité, il s'agissait à l'origine d'une saillie de roche ignée dans l'énorme masse des assises noires ; sous l'action de siècles de gels et de pluies, un descellement s'était produit qui avait laissé la roche hétérogène sans beaucoup de soutien.

Elle bougea. Knight empoigna une touffe d'œillets maritimes dans chaque main.

La roche qui avait été son salut était maintenant pire qu'inutile. Elle roula hors de vue, basculant dans ce même vide du ciel qui avait englouti le télescope.

Une des touffes auxquelles il se tenait se déracina, et Knight commença de suivre le bloc de quartz. Ce fut un instant horrible. Elfride poussa un cri d'angoisse grave et plaintif, courba la tête et se couvrit le visage de ses deux mains.

Entre la pente pleine de mottes d'herbe et la gigantesque falaise verticale, il y avait une série de rebords dentelés, érodés par le temps, qui formaient une déclivité plus raide que la première. Pendant qu'il glissait lentement, pouce après pouce, Knight fit un effort désespéré pour s'agripper à la dernière touffe de végétation : un ultime bouquet de maigres herbes avant que la roche n'apparaisse dans une totale nudité. Il arrêta sa descente. Knight se trouvait maintenant littéralement suspendu par ses bras. Ceux-ci étaient certes soulagés d'une partie de son poids – car l'inclinaison du terrain était dans un rapport dont les ingénieurs disent qu'il est de un à trois –, mais il n'y avait pas assez de surface plane pour le retenir.

En dépit d'une épouvantable tension du corps et de l'esprit, Knight trouva le temps d'éprouver de la gratitude : Elfride était sauve.

Elle était couchée sur le côté, au-dessus de lui, ses doigts crispés. Voyant qu'il était à nouveau immobilisé, elle se leva d'un bond.

« Si seulement je pouvais vous sauver en courant chercher du secours ! s'écria-t-elle. Sans vous, je serais morte. Pourquoi avez-vous fait tant d'efforts pour me préserver ? »

Elle se tourna pour courir trouver de l'aide.

« Elfride, combien de temps vous faut-il pour aller jusqu'à Endelstow et en revenir ?

– Trois quarts d'heure.

– Cela n'ira pas. Mes mains ne me soutiendront pas dix minutes. N'y a-t-il personne plus près ?

– Non ; à moins qu'un passant ne vienne par hasard.

– Il n'aurait rien qui puisse m'être utile. Y a-t-il un pieu ou un bâton quelconque sur la lande ? »

Elle regarda autour d'elle. Il n'y avait rien sur la lande que de la bruyère et de l'herbe.

Ils réfléchirent l'un et l'autre en silence pendant une minute, peut-être plus. Tout à coup l'expression d'une angoisse impuissante quitta le visage d'Elfride. Elle disparut derrière le rebord, hors de la vue de Knight.

Il eut le sentiment de se trouver en présence de la solitude matérialisée.

22

Une idée de femme

Entre autres sortes variées d'affreuses élévations, les falaises décharnées sont aussi fréquentes que les oiseaux de mer sur la côte qui s'étend d'Exmoor à Land's End ; mais ce spécimen contourné et entouré était le plus laid de tous. Leurs sommets ne sont pas des endroits sûrs pour s'y livrer à des expériences scientifiques sur les principes des courants d'air, comme Knight l'avait maintenant découvert, à sa grande épouvante.

Il s'agrippait toujours à l'escarpement – non pas dans l'affolement et avec l'énergie du désespoir, mais avec une détermination obstinée à exploiter de son mieux la moindre miette d'endurance, afin de donner le plus possible de temps à Elfride pour réaliser ses intentions, quelles qu'elles fussent.

Il se trouvait main dans la main avec le monde à l'état d'enfance. Entre lui et le passé, il n'y avait ni la végétation ni les insectes qui vous relient au présent. Rien ne suggère avec plus de vigueur l'antagonisme invétéré de ces sombres précipices avec tout ce qui lutte pour la vie que la pauvreté en herbes, en lichens ou en algues de leurs rebords extrêmes.

Knight spéculait sur la signification de la disparition hâtive d'Elfride, mais il ne pouvait pas s'empêcher de conclure instinctivement qu'il ne lui restait guère d'espoir. Pour autant qu'il en pouvait juger, sa seule chance de salut résidait dans la possibilité de disposer d'une corde ou d'une perche ; et cette possibilité était peu probable. Le sol de ces hauts *downs* était laissé si inculte qu'ils n'avaient aucune clôture sur des milles de distance, hormis un talus accidentel ou un perré, et qu'on n'y venait rarement que dans le but de rassembler ou de compter le troupeau qui trouvait là de maigres moyens de subsistance.

Au début, quand la mort lui semblait improbable parce qu'il n'en avait jamais encore eu la perspective, Knight ne pouvait pas penser à l'avenir ni à rien qui fût en relation avec le passé. Il ne pouvait que considérer gravement la tentative traîtresse de la nature de lui donner une fin et chercher à la contrecarrer.

Étant donné que la falaise constituait la face interne d'un énorme cylindre – avec le ciel pour sommet et la mer comme base, la baie l'occupant sur presque un demi-cercle –, il pouvait voir la paroi verticale se recourber de chaque côté de lui. Il regarda au loin vers le bas de cette façade et se rendit compte plus parfaitement de la menace qui pesait sur lui. Chaque détail tenait du sinistre ; de part en part, ces lieux hostiles étaient une désolation.

Par une de ces rencontres bien connues dont le monde inanimé appâte l'esprit de l'homme quand le temps semble suspendu, juste à la hauteur des yeux de Knight, un fossile se détachait en faible relief sur la roche. C'était une créature avec des yeux. Et ces yeux, morts et pétrifiés, étaient fixés sur lui, même maintenant. C'était un de ces crustacés de l'époque primaire dénommés trilobites. Leurs vies séparées par des millions d'années, cet invertébré et Knight semblaient se rencontrer à l'endroit de leur mort. Dans le champ de vision de celui-ci, c'était le seul exemplaire d'un être qui eût été vivant, avec un corps à préserver, comme lui-même en ce moment.

La créature ne représentait qu'un type inférieur d'existence animale ; à aucune période de leurs primes années les plaines indiquées par ces innombrables couches d'ardoise n'avaient été traversées par une intelligence qui méritât ce nom. Les zoophytes, les mollusques et les crustacés étaient les formes vivantes les plus développées au cours de ces ères antiques. Les immenses laps de temps que chaque formation représentait n'avaient rien connu de la dignité humaine. Il y avait eu des époques glorieuses ; mais il y avait eu aussi des époques médiocres, et leurs reliques étaient médiocres. Lui, dans sa mort, il serait avec la petitesse.

Knight était un assez bon géologue ; et telle est la suprématie des habitudes sur les circonstances, pour défricher les pensées humaines, qu'en cette épouvantable conjoncture son esprit trouva le temps d'évoquer par un balayage momentané les diverses scènes qui eurent leur temps entre l'époque de cette créature et la sienne propre. Aucun lieu ne vaut un paysage fissuré pour ramener en tête des représentions pareilles.

Le temps se ferma comme un éventail devant lui. Il se vit lui-même à une extrémité du cours des âges, face à face avec les origines et avec tous les siècles intermédiaires simultanément. Des hommes féroces, vêtus de peaux de bêtes, armés d'énormes gourdins et de lances acérées pour se défendre ou attaquer, surgirent de la roche, comme les spectres devant l'infortuné Macbeth. Ils vivaient dans des cavernes, des forêts et des huttes de boue – ou peut-être dans les grottes de rochers voisins. Derrière eux, une troupe plus ancienne, dont aucun homme ne fait partie. D'énormes formes éléphantines, le mastodonte, l'hippopotame, le tapir, des antilopes de taille monstrueuse, le mégathérium, le mylédon – les uns à côté des autres pour le moment. Ils masquent en partie des oiseaux aux becs énormes perchés derrière eux et des créatures porcines aussi grandes que des chevaux. Encore plus indistincts, les contours sinistres de sauriens : crocodiles, alligators et autres formes grossières, aboutissant à ce lézard colossal, l'iguanodon. Repliées derrière, des formes de dragons et des nuées de reptiles volants ; encore dessous, des créatures moins développées, de l'espèce des poissons ; et ainsi de suite, jusqu'à ce que des scènes de l'époque du fossile qui était en face de lui rendissent compte d'un état de choses alors présentes et modernes.

Ces images passèrent devant l'œil intérieur de Knight en moins d'une demi-minute, et il se retrouva à considérer son présent véritable. Allait-il mourir ? L'image mentale d'Elfride vivant sans qu'il fût là pour la chérir lui cingla le cœur d'un coup de fouet. Il avait espéré être sauvé, mais que pouvait faire une jeune fille ? Il n'osait pas bouger d'un pouce. La mort lui tendait-elle la main ? Le sentiment antérieur, selon lequel il était peu probable qu'il mourût, s'était maintenant affaibli.

Cependant, Knight s'agrippait toujours à la falaise.

Aux campagnards songeurs de l'ouest du pays, qui passent la plus grande partie de leurs jours et de leurs nuits dehors et qui sont battus des vents, la nature paraît avoir des humeurs, dans un sens autre que poétique : elle préfère nettement que certains actes soient accomplis à certains moments, sans que cela obéisse apparemment à une loi ni que la saison en rende compte. On la voit comme une personne dotée d'un curieux caractère ; une personne qui ne répand pas bontés et cruautés alternativement, impartialement et dans un certain ordre, mais des rigueurs cruelles et des libéralités confondantes suivant des caprices anarchiques. La situation de l'homme revient toujours à être ou bien le favori d'une prodigue ou bien le pensionné d'une avaricieuse. Au moment où elle est hostile, elle donne l'impression de s'amuser comme un félin excité par l'avant-goût du plaisir qu'il va prendre à avaler sa victime.

Cette manière de penser avait parue absurde à Knight, mais il commençait maintenant à la faire sienne. Il avait été tout d'abord comme embroché sur ce rocher. De nouvelles tortures suivirent. La pluie redoubla et le tourmenta avec une exceptionnelle continuité entraînée, fut-il amené à croire, par l'état pitoyable où il se trouvait déjà. Un ordre de choses tout à fait nouveau apparut, du fait de l'introduction de la pluie dans la scène. C'est vers le haut qu'il pleuvait, et non pas vers le bas. Le puissant courant d'air ascendant emportait les gouttes de pluie avec lui dans sa remontée de l'escarpement, et elle se précipitaient sur Knight avec une telle vélocité qu'elles s'enfonçaient dans sa chair comme des aiguilles d'un métal froid. Chaque goutte était une sorte de flèche qui lui transperçait la peau. Ces flèches d'eau semblaient le soulever sur leurs pointes ; dans son mouvement du haut vers le bas, aucune pluie n'a jamais pu mettre à une telle torture. En un rien de temps, il fut trempé jusqu'aux os, excepté en deux endroits : le haut de ses épaules et sous la calotte de son chapeau.

Alors qu'il ne soufflait pas fort en d'autres lieux, le vent ici était violent. Il s'engouffrait dans sa veste et la soulevait. Nous sommes généralement habitués à tenir l'opposition de tout ce qui n'est pas animé comme l'effet d'une indifférence impassible et inexorable qui fatigue notre patience plutôt que notre force. Ici, en tout cas, l'hostilité n'assumait pas cette forme lente et écœurante. C'était une opération cosmique, active, cinglante, assoiffée de conquête ; une résolution et non pas un obstacle insensible.

Knight avait surestimé la force de ses mains. Elles commençaient déjà à faiblir.

« Elle ne reviendra jamais ; voilà dix minutes qu'elle est partie », se dit-il.

L'erreur venait de l'insolite concentré d'expériences qu'il venait d'avoir : en réalité, elle n'était partie que depuis trois minutes.

« Il ne s'écoulera pas le même temps avant que ma fin n'arrive », pensa-t-il.

Un autre exemple suivit d'une incapacité de l'esprit à faire des comparaisons, dans des circonstances de ce genre.

« C'est un après-midi d'été, songea-t-il, et je n'ai jamais de ma vie vu une pluie si forte et si froide un jour d'été. »

Il se trompait une fois de plus. La pluie était tout à fait ordinaire en quantité ; l'air en température. Comme d'habitude, c'était leur caractère menaçant qui magnifiait leurs pouvoirs. Le vent et les gouttes de pluie soulevaient sa moustache, cinglaient ses joues, s'insinuaient sous ses paupières et frappaient ses yeux ; il reporta cependant son regard vers le bas. Il vit la surface de la mer : elle paraissait se trouver immédiatement sous ses pieds, alors que, de fait, elle en était séparée par un huitième de mille ou plus de deux cents yards. Nous colorons les objets que nous regardons en fonction de nos humeurs. Sous d'heureux auspices, le mer fût apparue à Knight d'un bleu profond ; à cet instant, il ne la vit pas autrement que distinctement noire. Cette étroite bordure blanche était de l'écume, il le savait fort bien ; mais, à cette distance, les mouvements houleux semblaient n'être qu'une pulsation et le clapotement des vagues n'était presque pas audible. Une bordure blanche à une mer noire : c'était son drap funéraire, avec sa ganse.

Dans une certaine mesure, le monde était pour lui sens dessus dessous. La pluie montait d'en bas. Sous ses pieds, il y avait un espace aérien et l'inconnu ; la terre ferme familière se trouvait au-dessus de lui et ce qu'il aimait le plus par-dessus.

La nature impitoyable avait alors deux voix, et seulement deux. La plus proche était la voix du vent dans ses oreilles, dont le volume augmentait ou diminuait suivant que l'intensité du souffle malmenât Knight ou qu'elle fût faible. La seconde voix, distante, était le gémissement de l'insondable océan qui frottait son flanc, loin en dessous, contre la Falaise-sans-nom.

Knight tenait bon, avec persévérance. Avait-il foi en Elfride ? Peut-être bien. L'amour est foi, et la foi, comme une fleur coupée, continue de vivre même sans racines.

Personne ne se serait attendu que le soleil brillât à la fin d'une telle journée. Pourtant, il apparut, très bas au-dessus de la mer. Non pas avec la frange dorée naturelle dont il balaie jusqu'aux plus lointaines extrémités du paysage, ni avec cette étrange et aveuglante blancheur qu'il revêt parfois comme une alternative à la couleur, mais comme une tache de vermillon sur un fond de plomb : un visage rouge, avec un rictus d'ivrogne.

La plupart des hommes qui ont de la cervelle le savent, et rares sont ceux qui ont la sottise de déguiser ce fait, à eux-mêmes ou aux autres, bien que son ostentation puisse être qualifiée de suffisance. Knight, sans beaucoup le montrer, savait que ses capacités intellectuelles étaient au-dessus de la moyenne. Et il pensa – il ne put s'empêcher de penser – que sa mort serait assurément une perte d'un bon matériel pour la terre ; que, s'il s'agissait de procéder à une expérience en matière de meurtre, ont eût pu la pratiquer sur une créature moins développée.

Lorsqu'elles sont d'humeur amère, certaines personnes croient à cette chimère qu'une conjoncture inexorable ne se présente que pour faire obstacle à ce que l'intelligence recherche. Renoncez au désir d'une situation longtemps contestée, pour vous engager sur une autre voie, et il ne se passera pas longtemps avant qu'on ne vous offre le gros lot, comme par dépit de ne pouvoir vous infliger plus longtemps le supplice de Tantale.

Knight renonça complètement et absolument à des pensées de vie ; il se tourna vers la contemplation de « la vallée de l'ombre de la mort [1] » et du futur inconnu au-delà. Nous ne le suivrons pas dans les profondeurs

1. *Psaumes*, XXIII, 4.

obscures de ces spéculations. Qu'il nous suffise de faire connaître ce qui suivit.

Alors qu'il ne lui venait plus aucune pensée relative à la vie présente, quelque chose perturba le dessin du rebord au-dessus de lui. Un point apparut. C'était la tête d'Elfride.

Knight se prépara immédiatement à faire de nouveau bon accueil à la vie.

L'expression du visage d'une personne consignée dans une solitude absolue, dès que se pose sur lui un regard ami, est émouvante par son caractère pathétique. Lorsqu'on se rend dans un bateau-feu ou dans un phare ceint par la mer, dont ceux qui y vivent éprouvent la mélancolie d'une réclusion monotone, sans avoir la terreur immédiate de la mort, l'éloquente gratitude de leur contenance, au moment où ils vous accueillent, qui exprime leur reconnaissance pour votre visite, suffit à émouvoir profondément l'observateur le moins attentif.

Le regard que Knight lança vers le haut, en direction d'Elfride, était de cette nature ; bien plus transcendant, même. Les lignes de son visages s'étaient creusées en rides profondes, et chacune d'entre elles la remerciait visiblement. Ses lèvres remuèrent pour prononcer le mot « Elfride », mais il n'en sortit aucun son, sous le coup de l'émotion. Ses yeux défièrent toute description en combinant les différents registres de l'éloquence, de la passion profonde de l'amoureux à la gratitude qu'un être humain éprouve devant la preuve qu'un individu de son espèce ne l'a pas oublié.

Elfride était revenue ! Ce qu'elle était venue faire, il ne le savait pas. Il se pouvait qu'elle soit réduite à n'être que la spectatrice de sa mort. Toujours est-il qu'elle était revenue, qu'elle ne l'avait pas complètement abandonné, et cela comptait pour beaucoup.

C'était un spectacle d'une nouveauté extrême que de voir Henry Knight – pour qui Elfride n'était qu'une enfant, qui l'avait portée comme un arbre porte un nid d'oiseau, qui l'avait dominée et fait pleurer très amèrement sur son insignifiance – manifester cette sorte de gratitude à la vue du visage de la jeune femme, luisant de pluie et de larmes. Elle avait les yeux fixés sur lui. Il sourit faiblement.

« Comme il est calme ! pensa-t-elle. Qu'il est grand et noble d'être si calme ! »

À cet instant, elle aurait accepté de mourir dix fois pour lui. La silhouette du steamer glissant sur la mer accrocha son regard ; elle n'en tint aucun compte. Une question sortit de ses lèvres pâles et lutta contre le vent pour descendre jusqu'à lui :

« Combien de temps pouvez-vous attendre ?

– Quatre minutes, fit Knight, d'une voix très faible.

– Mais avec un sérieux espoir d'être sauvé ?

– Sept ou huit. »

Il remarqua alors qu'elle portait dans ses bras un paquet de linges blancs, et que sa forme avait singulièrement maigri. La minceur et la souplesse d'Elfride étaient si surnaturelles, à ce moment-là, qu'elle semblait ployer sous les coups légers des flèches de pluie qui frappaient ses côtés et sa poitrine et éclataient en poussière d'eau sur son visage. Il n'y a rien comme une pluie battante qui vous trempe jusqu'aux os pour aplatir des vêtements ballonnés, mais ceux d'Elfride paraissaient lui coller à la peau comme des gants.

Sans plus tenir compte de l'attaque des nuages autrement qu'en levant la main pour essuyer ses yeux quand la pluie y avait giclé, Elfride s'assit et commença à se hâter de déchirer le linge en bandes qu'elle nouait bout à bout, puis tordait comme les torons d'un cordage. Au bout d'un court laps de temps, elle obtint de cette façon une corde parfaite, de six ou sept yards de longueur.

« Pouvez-vous attendre que je la rende plus solide ? » demanda-t-elle, en abaissant son regard vers lui avec anxiété.

« Oui, si ce n'est pas trop long. L'espoir m'a donné un merveilleux surcroît de force. »

Les yeux d'Elfride revinrent à son travail. Elle déchira la toile qui lui restait en languettes plus étroites, les noua l'une à l'autre, comme précédemment mais à une échelle plus petite, et enroula le long cordon qu'elle avait ainsi formé autour du cordage de linge, lequel, sans cette ligature, avait tendance à s'éployer.

Pour l'avoir regardé faire très attentivement, non seulement Knight avait compris ce qu'elle avait en tête, mais il avait réfléchi plus avant.

« Maintenant, dit-il, je peux encore tenir trois minutes de plus. Utilisez ce laps de temps pour vérifier la solidité des nœuds, un à un. »

Elle obéit aussitôt et les éprouva séparément, en posant son pied entre chacun des nœuds avant de tirer sur la corde de toute la force de ses mains. L'un des nœuds céda.

« Oh ! dire qu'elle se serait rompue, sans votre prévoyance ! » s'exclama-t-elle, terrifiée.

Elle renoua les deux extrémités. La corde était maintenant solide en toutes ses parties.

« Quand vous l'aurez laissée pendre, dit Knight qui avait déjà repris son attitude directive, reculez-vous du bord de la pente, au-delà du remblai, aussi loin que la corde vous le permettra. Il vous faudra ensuite la tenir à deux mains, le corps bien renversé en arrière. »

Pour aboutir à sa délivrance, il avait d'abord imaginé un plan plus sûr, mais ce plan avait le grave défaut de mettre éventuellement la vie d'Elfride en danger.

« Je l'ai attachée autour de ma taille, s'écria-t-elle, et je vais m'appuyer directement sur le remblai, tout en la tenant à deux mains. »

C'était la disposition à laquelle il avait pensé et qu'il ne voulait pas suggérer.

« Je vais la relever et la baisser trois fois, continua-t-elle, dès que je serai derrière le remblai. Cela voudra dire que je suis prête. Faites attention ! Oh ! prenez les plus grandes précautions, je vous en supplie ! »

Elle laissa filer une extrémité de la corde vers lui, pour mesurer sur quelle longueur il faudrait la laisser pendre de ce côté-là du rebord ; puis, elle recula et disparut comme elle l'avait fait auparavant.

La corde traînait sur les épaules de Knight. Très vite, elle s'agita trois fois.

Il attendit encore une seconde ou deux, puis la saisit.

L'inclinaison de la partie supérieure du précipice, large seulement de quelques pieds, si elle n'avait aucune utilité pour un grimpeur à mains nues, était extrêmement précieuse dans la situation présente ; car Knight ne pesait sur la corde que de la moitié de son poids. Une demi-douzaine d'extensions des bras, alternant avec une demi-douzaine de saisies de la corde avec les pieds, suffirent à l'amener au niveau du terrain plat.

Il était sauvé, et c'était grâce à Elfride.

Il étira ses membres engourdis, comme un dormeur qui vient de s'éveiller, et sauta par-dessus le remblai.

À sa vue, elle se dressa d'un bond et émit une sorte de cri de joie. Les yeux de Knight rencontrèrent les siens, et, en ce bref instant, les regards de chacun exprimèrent un vaste ensemble d'émotions longtemps dissimulées. Mus par un instinct irrésistible, ils coururent se jeter dans les bras l'un de l'autre.

Pendant cette embrassade, les yeux d'Elfride cherchèrent involontairement le *Puffin*. Il avait doublé le cap ; on ne le voyait plus.

Elle avait sauvé l'homme qu'elle révérait de la mort la plus horrible : l'exultation submergea son âme. Cette joie déborda la conscience de ses devoirs envers Stephen et le souci de la foi jurée. Chaque brin de sa volonté était maintenant totalement soumis à ses sentiments ; en tant que faculté de maîtriser la conduite, la volition l'avait abandonnée. Demeurer passivement dans l'étreinte des bras de Knight, comme elle l'était en ce moment, était un résultat parfaitement suffisant, une manière de couronner glorieusement toutes les années de sa vie. Peut-être témoignait-il seulement de la reconnaissance et ne l'aimait-il pas. Peu importait : il valait infiniment mieux être même l'esclave d'un grand homme que la reine d'un individu moindre. Sans être des pensées achevées, quelques intuitions de cette nature se bousculaient dans l'âme impressionnable d'Elfride.

Pour ce qui est de leur comportement, il était impossible à deux personnes d'en arriver plus près du baiser que ne le furent Knight et Elfride pendant cette étreinte impulsive sous la pluie battante. Pourtant, ils ne l'échangèrent point. La nature singulière de Knight ne lui permettait pas de profiter de la spontanéité de la jeune femme et de son tacite aveu passionné.

Elfride se ressaisit et chercha doucement à se dégager.

Il la laissa aller à regret ; puis, il l'examina des pieds à la tête. Elle paraissait aussi petite qu'un enfant en bas âge. Il comprit comment elle avait obtenu la corde.

« Elfride ! Mon Elfride ! s'exclama-t-il, avec une gratitude émue.

– Je crois... qu'il me faut... vous quitter à présent », fit-elle, pendant que le rouge lui montait au front et que l'expression de son visage était à mi-chemin entre la honte et la joie. « Vous pouvez me suivre, mais à quelque distance.

– La pluie et le vent vous transpercent ; vous allez prendre froid. Dieu vous bénisse pour un tel dévouement ! Tenez, mettez mon veston !

– Non ; je me réchaufferai en courant. »

Entre elle et le sale temps, Elfride n'avait absolument rien d'autre qu'un « costume » diaphane. Une idée inventive était venue à une femme, et celle-ci avait trouvé le moyen de la réaliser. Derrière le remblai, tandis que Knight attendait la mort, agrippé à la pente vertigineuse, elle avait retiré tous ses vêtements, ne gardant sur elle qu'un fin corsage et une jupe légère. Chaque brin de tout le reste gisait maintenant à terre, sous la forme d'une corde de laine et de coton.

« J'ai l'habitude de me faire tremper, ajouta-t-elle. Je me suis fait saucer sur Pansy des douzaines de fois. Au revoir. Nous nous retrouverons à la maison, au coin du feu, habillés et en possession de toutes nos facultés. »

Elle détala alors, sous la pluie battante, comme un lièvre ; ou plutôt comme un faisan qui court à toute vitesse, la queue basse, dans l'intention de s'envoler mais sans le faire. Elle fut bientôt hors de vue.

Knight se sentit désagréablement mouillé et frigorifié, mais son cœur était plein de ferveur. Tout en appréciant parfaitement la délicatesse enfantine dont Elfride avait fait preuve, en refusant son escorte parce qu'elle était si légèrement vêtue, il éprouva cette nécessaire séparation d'une demi-heure comme une perte très douloureuse.

En ramassant les morceaux noués et tordus de toile brodée et de dentelles qui avaient constitué sa vêture, il remarqua sur le sol une enveloppe chiffonnée et détrempée. Tandis qu'il la dépliait, un papier s'en échappa, que le vent emporta dès qu'il tomba de ses mains. Il voleta vers la droite, puis vers la gauche, dépassa le rebord de la falaise, flotta au-dessus de la mer fut projeté vers le haut, tournoya dans l'air et revint au-dessus de la tête de Knight.

Celui-ci suivit le papier, finit par s'en emparer et y jeta les yeux pour voir s'il valait la peine qu'il s'était donnée.

Ce feuillet récalcitrant était un reçu bancaire pour une somme de deux cents livres déposée au compte de Mlle Swancourt, reçu dont cette fille manquant d'esprit pratïque avait totalement oublié qu'elle l'avait sur elle.

Knight le plia aussi soigneusement que son humidité le permettait, le mit dans sa poche et suivit le même chemin qu'Elfride.

23

Faut-il oublier les vieilles connaissances [1] ?

Pendant ce temps, Stephen Smith avait débarqué sur le quai de Castle Boterel et respirait son air natal.

Un teint plus foncé, une moustache plus prononcée et un commencement de barbe étaient les principales modifications apportées à son apparence.

Malgré la pluie, qui avait d'ailleurs diminué, il prit une petite valise à la main, en laissant le reste de ses bagages à l'auberge, et se mit en devoir de gravir les collines en direction d'Endelstow-Est. Cette localité se trouvait dans un vallon à elle, plus à l'intérieur des terres que le village de l'ouest avec lequel, bien que très proche, elle avait peu de caractéristiques physiques en commun. Endelstow-Est était plus boisé et plus fertile ; il s'enorgueillissait du château et du parc de lord Luxellian, et l'on n'y trouvait pas de ces hautes terres découvertes et désertes qui confèrent un tel air de désolation au voisinage de la côte – à l'exception, toujours, de la petite vallée où se dressent le presbytère et Les Rochers, la vieille maison de Mme Swancourt.

Stephen avait presque atteint le sommet de la chaîne

1. Burns, *Le Bon Vieux Temps.*

de coteaux, quand la pluie redoubla ; cherchant un abri temporaire, il gravit un sentier fort raide, dont la partie inférieure pénétrait dans un bois de noisetiers bien dense pour en émerger sur une corniche protégée par un surplomb de blocaille couronné d'arbustes, immédiatement au-dessus de la route à péage. Pour une raison à lui, le jeune homme fit de cet endroit son refuge contre l'orage ; se tournant vers la gauche, il étudia le paysage comme un livre.

Il dominait la vallée où se trouvait la demeure d'Elfride.

Depuis ce point d'observation, la perspective présentait cette particularité d'être faite de la vive brillance du premier plan et des teintes assourdies du lointain, car une brusque dénivellation dérobait à la vue les terres intermédiaires. En apparent contact avec les arbres et les buissons qui poussaient juste à côté de Stephen, les étendues reculées se terminaient soudain par les bords d'une série de falaises, où culminait la toute géante sans nom – petite et de peu d'importance vue de là. Une feuille sur une branche, près du coude du jeune homme, masquait la totalité d'une colline dans le paysage du fond ; une verte grappe de noisettes y couvrait entièrement un haut plateau ; et un petit rocher tout à côté de lui surpassait la grande falaise elle-même. Stephen avait contemplé ce paysage des centaines de fois avant ce jour-là, mais il ne l'avait jamais vu avec une pareille tendresse.

En faisant quelques pas de plus dans cette direction, il put voir la tour de l'église d'Endelstow-Ouest, au pied de laquelle il devait retrouver Elfride le soir même. Au même moment, il remarqua une tache blanche qui se déplaçait sur la colline en venant des falaises. Au premier abord, on eût dit une mouette volant bas, mais cela s'avéra finalement être une silhouette humaine courant très vite. La forme continua à se déplacer, sans se soucier de la pluie qui avait poussé Stephen à s'arrêter là ; elle dégringola la colline couverte de bruyère, entra dans le vallon et fut hors de vue.

Tandis qu'il méditait sur la signification de ce phénomène, il vit se glisser dans son champ de vision, venant du même point de départ, une autre tache mouvante, aussi différente que possible de la première, dans la mesure où celle-ci se distinguait seulement parce qu'elle était noire. Lentement et régulièrement, elle décrivit la même trajectoire, et il était peu douteux que c'était la forme d'un homme. Lui aussi descendit progressivement des hauteurs et se perdit dans la vallée en dessous.

La pluie avait alors encore une fois faibli, et Stephen regagna la route. Au loin devant lui, il vit deux hommes et une carriole, mais ils lui furent rapidement cachés par une haute haie. Juste avant qu'ils ne réapparussent, il entendit leur dialogue.

« Faut que j'sois bientôt dans l'voisinage, si c'est vrai qu'il arrive », disait une voix de ténor que Stephen reconnut instantanément pour être celle de Martin Cannister.

« Pour sûr », fit une autre voix – celle du père de Stephen.

Le jeune homme avança jusqu'à leur hauteur. Ils allaient à pied, quasiment endimanchés, à coté d'un cheval gris qui traînait une carriole peinte de couleurs vives.

« Vous avez le bonjour de celui qu'on croyait perdu, M. Cannister ! » s'exclama le jeune Smith, retrouvant immédiatement le ton traditionnel des salutations. « Me voici, père !

– Même que j'en suis bien content, fiston ! répondit John Smith, au comble de la joie. Comment que tu vas ? Rentrons à la maison ! Faut pas rester ici, dans l'humidité. Ça doit être un temps terrible pour un jeune gars qui r'vient d'un grand pays comme l'Inde. Pas vrai, voisin Cannister ?

– Pour sûr que oui. Mais faut-y pas ramener ses bagages ? Y'a des malles, des ballots énormes, des gros paquets avec des inscriptions étrangères, je parie ?

– Vraiment pas tout ça, fit Stephen en riant.

– On a pris la carriole pour aller jusqu'à Castle Boterel avant que t'arrives. « Faut atteler » a dit le Martin. « J'm'en occupe », que j'y ai dit. Et j'l'ai fait tout de suite. Mais maintenant, p't'êt'bien que le Martin va continuer avec la carriole pour chercher tes choses, pendant que toi et moi, on va rentrer à pied, non ?

– J'serai de retour presque aussi vite que vous. Peggy va toujours bien, même si elle prend de la bouteille, comme nous tous d'ailleurs. »

Stephen expliqua à Martin où il trouverait ses bagages, puis il repartit vers chez lui, en compagnie de son père.

« Comme t'arrives un jour plus tôt qu'on t'attendait, dit John, tu trouveras tout en plein chambardement. Oui, m'sieur ! Tiens, v'la que j'donne du m'sieur à mon propre fils. Mais t'es devenu quelqu'un, Stephen ! On a tué le cochon pour toi, ce matin, en pensant que t'auras une bonne faim et que ça te plaira d'avaler un bout de viande fraîche. I'sera pas découpé avant ce soir, mais on pourra te faire un bon souper de friture ; ça se laissera bien manger avec un p'tit peu de moutarde et quelques patates nouvelles, le tout arrosé de bonne *ale*. Ta mère a récuré toute la maison pour ton arrivée, l'a frotté tous les meubles de ta chambre, l'a acheté une nouvelle cuvette et un broc à une colporteuse de poterie qu'est venue chez nous, l'a nettoyé les chandeliers et lavé les fenêtres ! Oui, je sais pas ce qu'a pas été fait ! J'ai jamais vu un remue-ménage pareil, je crois. »

Une conversation de ce type, les précisions qu'il fallut fournir à Stephen quant au bien-être de sa mère, tout cela occupa les deux hommes pendant le reste de leur trajet Quand ils approchèrent de la rivière et du cottage qui se trouvait derrière, ils purent entendre la pendule du maître maçon sonner les heures de la journée écoulée à des intervalles d'un quart de minute. Entre deux sonneries, Stephen voyait en imagination l'index de sa mère faire le tour du cadran en poussant l'aiguille des minutes.

« La pendule s'est arrêtée ce matin ; on dirait bien que ta mère la met à la bonne heure », dit son père.

Ils remontèrent le jardin jusqu'à la porte, entrèrent et Stephen témoigna toute son affection à sa mère, en bon fils respectueux.

Elle portait une robe de cotonnade bleu sombre, semée en totalité d'une multitude de lunes nouvelles ou pleines, d'étoiles et de planètes, avec de loin en loin une sorte de comète pour ajouter de la diversité.

Puis, on entendit dehors le grincement des roues de la carriole, et Martin Cannister s'encadra dans l'embrasure de la porte, sous la forme d'une paire de jambes derrière un grand coffre, le reste du corps n'étant guère visible. Quand les bagages furent tous rentrés et que Stephen fut monté changer de vêtements, l'esprit de Mme Smith sembla retrouver un fil perdu.

« Notre pendule ne vaut vraiment pas un penny », fit-elle en essayant de remettre le balancier en marche.

– Encore arrêtée ? demanda Martin avec commisération.

– Bien sûr », répondit Mme Smith.

À la manière de certaines matrones, pour la langue desquelles l'harmonie entre un sujet et une certaine humeur est une meilleure recommandation que sa pertinence avec les circonstances, elle poursuivit :

« John, s'il pouvait, il dépenserait bien des livres chaque année à faire nettoyer c'te vieille camelote, quand on peut aussi bien la réparer soi-même. J'lui dis : « John, la pendule est encore arrêtée. » « T'as qu'à la faire nettoyer, qu'il m'répond. Ça fait cinq shilling. » « C'te pendule grince encore », je lui dis. « T'as qu'à la faire nettoyer », qu'il m'répond encore. « C'te pendule, elle sonne faux, John », que j'dis. « T'as qu'à la faire nettoyer », qu'il continue. Depuis l'temps, les roues dentées auraient pu en être usées jusqu'au squelette, si je l'avais écouté, et je vous promets bien qu'on aurait pu acheter une beauté à devant en porcelaine avec le bon argent qu'on a gaspillé ces derniers dix ans pour cette vieille chose à devant vert. Mais vous devez être mouillé, Martin. Mon fils est monté se changer. John est plus trempé que j'aimerais être à sa place, mais il dit que c'est rien. Les bonnes de Mme Swancourt sont venues se mettre à l'abri ici, parce qu'elles ont été surprises par la pluie pendant une promenade ; et je vous assure que l'état de leurs bonnets était terrible.

– Salut la compagnie ! On a été à Castle Boterel et qu'est-ce qu'on a pris comme orage ! Ma pauv'tête en peut plus ! Grezz, grezz, grezz ! C'est la friture de poisson du matin jusqu'au soir, fit alors une voix fêlée à la porte.

– Bon Dieu ! C'est qui ça ? » s'exclama Mme Smith pour elle-même. Elle se retourna et vit William Worm qui s'efforçait de paraître courtois et amical en répandant sur son visage un large sourire sans rapport avec son humeur. Derrière lui une femme, qui avait deux fois sa taille, s'abritait sous un grand parapluie. C'était Mme Worm, l'épouse de William.

« Entrez donc, William ! fit John Smith. On tue pas le cochon tous les jours. Vous pareillement, Mme Worm. Je vous souhaite la bienvenue. On vous voit plus beaucoup, William, depuis que vous avez quitté le service du pasteur Swancourt.

– Non, pour dire la vérité, depuis que j'suis garde-barrière, j'ai pas beaucoup sorti ; aller à l'office du dimanche, ça fait plus partie d'mon devoir, comme quand j'étais dans la famille du pasteur. Mais le fiston, i'peut m'remplacer maintenant, alors j'ai dit : « Barbara, allons voir John Smith ! » que j'y ai dis.

– Je suis désolé d'apprendre que vot'tête va toujours mal.

– Oui ! Je vous promets que j'entends faire frire du poisson le jour et la nuit. Et vous savez ? Y a des fois, c'est pas du poisson, c'est des tranches de bacon avec de l'oignon ! Oui ! J'entends la graisse qui grésille juste comme dans la vie, pas vrai, Barbara ? »

Mme Worm avait passé tout ce temps à fermer son parapluie ; elle corrobora cette déclaration, en entrant dans la pièce ; c'était une grosse femme confortable, au visage épanoui, dont la joue s'ornait d'une verrue portant une petite touffe de poils en son milieu.

« Z'avez jamais rien essayé pour guérir vot'bruit, maître Worm ? s'enquit Martin Cannister.

– Oh, que si ! J'ai tout essayé, par exemple ! Je sais bien que la Providence est pleine de miséricorde, et j'ai espéré que le bon Dieu, i'm'aiderait, vu aussi que j'ai passé tant d'années dans une famille de pasteur, mais y a rien qui m'soulage. Oui ! J'suis un pauv'bonhomme tout chancelant, et c'est sûr que la vie est dure !

– C'est vrai, c'est tristement vrai ! Faut faire drôlement attention dans le monde, ou bien alors on est dans la pagaille.

– Débarrassez-vous, Mme Worm ! fit Mme Smith. On est plutôt sens dessus dessous, pour vous dire la vérité, parce que le fils vient de nous arriver de l'Inde un jour plus tôt qu'on l'attendait, et le tueur de cochon va venir faire la découpe. »

Mme Barbara Worm n'était pas femme à profiter de ce que des gens fussent sens dessus dessous pour les regarder sous le nez ; elle retira son bonnet et sa cape en gardant le regard fixé sur les fleurs du jardin.

« Vous avez de bien beaux lis tigrés ! fit-elle.

– Oui, i'sont très bien ; mais i'm'donnent bien du souci, à cause des enfants qui viennent ici et qui mangent les baies sur les tiges, en disant que c'est des groseilles. Question goût, les jeunes ont des drôles d'idées !

– Et vos gueules-de-loup ont l'air féroce !

– Eh bien, vrai, répondit Mme Smith, prompte à

traiter le sujet sur un ton professoral, on dirait plus des chrétiens que des fleurs. Mais ça va plutôt bien avec le reste, sans qu'on doive beaucoup s'en occuper. On peut dire la même chose des roues-de-meunier. C'est une fleur que j'aime beaucoup, même si elle est pas compliquée. John dit que ces fleurs-là, i's'en fiche ; mais les hommes, ça n'a pas l'œil pour tout ce qui est simple. I'dit que sa fleur préférée, c'est le chou-fleur. Et je vous promets que je tremble au printemps, parce que c'est vraiment du meurtre.

– Qu'est-ce que vous me dites-là, Mme Smith ?

– John retourne la terre avec les racines, vous savez. L'enfonce sa bêche à l'aveuglette à travers les racines et les bulbes de tout ce qui fait pas bonne figure au-dessus du sol ; et de les retourner, ça coupe tout en morceaux. Pas plus tard que l'automne dernier, je voulais repiquer des tulipes, et j'ai trouvé tous les bulbes la tête en bas, avec les tiges cassées autour. Il avait tout retourné au printemps, et les pauv'créatures ont vite vu que le paradis était plus là où elles avaient cru.

– C'est quoi, ces fleurs à longues tiges sous la haie ?

– Ça ? On les appelle des échelles-de-Jacob. Elles sont horribles, c'est pas moi qui vais en dire du bien. Je prends des colères contre elles, parce qu'elles sont toujours prêtes à pousser là où on en veut pas. Dans un sens, elles sont bien, mais j'aime pas ce que le manque de soins tue pas. J'ai beau creuser, arracher, tirer, gratter, j'en ai toujours trop. Je taille les racines, elles poussent trois fois plus fortes. Je les jette par-dessus la haie et c'est là qu'elles poussent, en me regardant comme un chien affamé qu'on chasse et qui revient, une ou deux semaines après, se traîner comme avant. C'est des échelles-de-Jacob par ici, des échelles-de-Jacob par là ; et si vous les plantez là où rien au monde va pousser, vous en avez une foule au bout d'un ou deux mois. John a fait un nouveau tas de compost l'été dernier, et i'm'a dit : « Maria, si t'as des fleurs que t'as pas besoin, t'as qu'à les planter autour du tas de compost pour le cacher un peu, même si y a pas beaucoup de chances que rien de bon pousse là. » Alors j'ai pensé : « Je vais y mettre les échelles-de-Jacob, elles peuvent pas faire du mal dans un endroit pareil. » Et pour sûr, c'est ce que j'ai fait. Z'ont poussé et poussé, sur le compost, à côté du compost ; z'ont couvert tout le tas. Quand John a voulu s'en servir pour le jardin, l'a dit : « Que le diable emporte tes échelles-de-Jacob, Maria ! Z'ont bouffé tout le bon de mon fumier, et i'vaut pas plus que du sable à c't'heure ! » Et c'est bien ce que ces mortelles affamées avaient fait. Moi, je crois que si on savait la vérité, dans le secret de leur cœur, les échelles de Jacob sont des mauvaises herbes et pas du tout des fleurs. »

Marc Lickpan, le voiturier tueur de cochon, arriva à ce moment-là. Le gras animal, qui pendait dans l'arrière-cuisine, fut fendu le long du milieu de son épine dorsale ; pendant ce temps, Mme Smith se mit en devoir de préparer le souper.

Entre découpe et hachage, de l'*ale* fut passée à la ronde ; Worm et le charcutier écoutèrent John Smith décrire sa rencontre avec Stephen, leur regard vide fixé sur la nappe, de manière que rien du monde extérieur ne vînt interrompre leurs efforts pour évoquer la scène correctement.

Stephen descendit au milieu de ce récit ; après la petite interruption provoquée par son entrée et les souhaits de bienvenue, le fil en fut repris, exactement comme si le jeune homme n'eût pas été présent ; l'histoire lui était racontée à lui aussi, comme s'il n'en eût rien su.

« Aussitôt que je l'ai vu à travers les ronces : « Mais oui, que je m'suis dit, c'est le gamin ; j'le reconnais à la démarche de son grand-père. » Parce qu'il a toujours marché comme mon pauv'père. Mais y avait quelque chose de fringant qui m'étonnait. Je m'suis rapproché et j'm'ai dit : « C'est le gamin ; i'porte une valise noire, comme un voyageur. » Mais la route est à tout le monde et y'a plus d'un seul voyageur. Alors, j'ai gardé l'œil bien ouvert et j'ai dit à Martin : « Là, c'est mon gars ; j'le reconnais aux moulinets de sa canne et à son pas familial. » Quand on a été un peu plus près, j'ai dit : « C'est bon. » J'aurais pu jurer que c'était lui. »

On critiqua ensuite l'apparence personnelle de Stephen.

« Son visage a l'air beaucoup plus maigre, pour sûr, que quand j'l'ai vu chez le pasteur et que j'le reconnaissais pas, croyez-moi », dit Martin.

Les yeux fixés sur le visage de Stephen, quelqu'un d'autre affirma :

« Moi, j'l'aurais reconnu n'importe où. L'a le nez de son père, en forme de T. »

– Cela a souvent été remarqué, fit Stephen, modestement.

– Et l'est certainement plus grand », constata Martin, en laissant son regard courir du haut en bas du jeune homme.

« Moi, j'pensais qu'il a exactement la même hauteur », répondit Worm.

– Ben tiens ! C'est qu'il est plus gros aussi. »

Et tous les yeux se portèrent avec un bel ensemble sur la taille de Stephen.

« J'suis un pauv'gars chancelant, mais j'peux faire la part des choses, dit William Worm. C'est sûr que, c'te fois-là, l'est arrivé comme un pèlerin étranger chez le pasteur Swancourt, et que pas une âme l'a reconnu, après tant d'années ! Mais oui, la vie est bien étrange, Stephen... Faut p'têt que j'dise monsieur Stephen ?

– Oh, cela n'est pas nécessaire », répondit le jeune homme, mais il se promit à part lui d'éviter la proximité de cet ami familier, dès qu'il aurait fait valoir ses prétentions à la main d'Elfride.

« Ah bon, fit Worm, d'un air songeur ; y'en a

qu'auraient voulu rien de moins que du monsieur. On voit qu'y a des différences entre les gens.

– Pareil qu'avec les cochons », observa John Smith, en regardant les demi-carcasses du sien.

Marc Lickpan, le tueur de cochons, semblait être ainsi appelé à se mêler de la conversation.

« Oui, z'ont leurs tempéraments particuliers, remarqua-t-il pour commencer. Et j'en ai connu beaucoup des pas ordinaires.

– J'en doute pas, maître Lickpan. »

L'intervention de Martin indiquait que ses convictions, non moins que ses bonnes manières, exigeaient une explication.

« Oui », reprit le tueur de cochon, en homme habitué à être écouté. « J'en ai connu un qu'était sourd et muet, et on arrivait pas à comprendre ce qui se passait avec ce cochon-là. I'mangeait pas mal quand i'voyait l'auge, mais quand i'tournait l'dos, vous pouviez toujours faire cliqueter vot'seau toute la journée, le pauv'diable, i'vous entendait pas. Quand on lui jouait des sales tours dans l'dos, i's'en rendait pas compte plus vite que la pauvre sourde, mamie Bates. Mais l'est devenu bien gras, et j'ai jamais vu un porc mieux s'ouvrir, quand on l'a tué, et l'était tendre à manger, très tendre ; la meilleure viande qu'on ait vu, on aurait pu l'aspirer à travers une paille. »

Après avoir tranquillement vidé une pinte d'*ale* dans son gosier et reposé sa chope, avec une précision mathématique, exactement à l'endroit d'où il l'avait levée, le tueur reprit :

« J'en ai connu un autre qu'a perdu l'esprit.

– Comme c'est triste ! murmura Mme Smith.

– Mais oui, le pauvre, j'l'ai connu ! Aussi totalement perdu l'esprit que le plus malin des chrétiens. Dans sa jeunesse, l'était mélancolique et ç'avait jamais été un cochon qui promettait en rien. C'était un cochon à Andrew Steiner ; v'la à qui il était.

– J'me rappelle assez bien ce cochon, attesta John Smith.

– C'était un beau cochon bien gras. Et vous devez tous connaître ceux de la ferme Buckle, non ? Au jour d'aujourd'hui, ils souffrent tous de rhumatismes, à cause de l'humidité de la porcherie où z'ont vécu tout jeunes.

– Eh bien, maintenant on va faire la pesée, dit John.

– Si l'était pas si beau, on l'aurait pesé en entier ; mais comme il est, on va prendre un côté à la fois. Alors, John, on se souvient de ma vieille blague ?

– Pour sûr ; la première fois que j'l'ai entendue, c'était y a pas mal de temps.

– Oui, dit Lickpan. Je peux dire que c'te blague a été dans ma famille depuis des générations. Mon père s'est servi de c'te blague chaque fois qu'i'tuait l'cochon, pendant plus que quarante-cinq ans, le temps qu'i'l'a fait ce métier. Et i'm'a dit que, quand l'était tout gosse, l'avait entendu son père la raconter, plus ou moins chaque fois qu'i'tuait l'cochon ; et en c'temps là, tuer l'cochon, c'était tuer l'cochon !

– C'est bien vrai, ça !

– J'ai jamais entendu c'te blague, fit Mme Smith, avec une certaine hésitation.

– Moi non plus », intervint Mme Worm, laquelle, étant la seule autre dame dans la pièce, se sentait tenue par les lois du savoir-vivre de suivre Mme Smith en tout.

« Mais si, pour sûr que oui », dit le tueur, en regardant de manière soupçonneuse ces matrones plongées dans les ténèbres de l'ignorance. « C'est pourtant pas grand-chose, j'dirai pas l'contraire. Ça commence quand je dis : Là, Marc va vous dire le poids de vot'cochon. » Et toute la congrégation des voisins pense que je parle de mon fils Marc ; mais le secret, c'est que j'parle de *la marque* qu'est sur mon peson. Ha, ha, ha !

– Ho, ho, ho ! » rit Martin Cannister, qui avait entendu l'explication de cette histoire saisissante pour la centième fois.

« Huh, huh, huh ! » rit John Smith, pour qui c'était la millième.

« Hi, hi, hi ! » rit William Worm, qui ne l'avait jamais entendue mais avait peur de l'avouer.

« Votre grand-père Marc doit avoir été un gars bien éveillé pour avoir inventé c't'histoire », ajouta Martin Cannister, en s'abandonnant à une forme placide de plaisir critique.

« Au dire de tout le monde, l'avait de la tête. Et comme tous les premiers-nés des Lickpan ont toujours été des Marc, vous voyez, l'histoire s'est transmise jusqu'au jour d'aujourd'hui.

– L'pauv'Joseph, votre second fils, pourra jamais la raconter en compagnie, ce qu'est bien malheureux, dit Mme Worm avec prévenance.

– Ben non ! Oui, l'grand-père était un gars malin, comme z'avez dit ; mais j'en ai connu un plus malin. C'était mon oncle Levi. L'oncle Levi s'est fabriqué une tabatière qu'était un vrai casse-tête à ouvrir. L'avait l'habitude de la faire passer à la ronde dans les mariages, les baptêmes, les funérailles et chaque fois qu'on était en joyeuse compagnie, pour que chacun essaye son adresse. C'te tabatière extraordinaire avait un ressort derrière, une charnière là où semblait être le couvercle, une glissière au bout, une vis sur le devant, des boutons et des encoches bizarres partout. Un homme essayait le ressort ; un autre, la vis ; un troisième, la glissière ; mais malgré tous leurs efforts, la boîte s'ouvrait pas. I'savaient pas l'ouvrir et i'l'ouvraient pas. À votre avis, c'était quoi, le secret de c'te boîte ? »

Il revêtirent tous une expression montrant que leurs pensées mises en commun n'étaient pas à la hauteur des circonstances.

« Ma foi, la boîte s'ouvrait pas du tout. L'était pas faite pour s'ouvrir. Z'auriez pu essayer jusqu'à la fin des temps, z'auriez arrivé à rien, parce que la boîte était collée de partout.

– C'était un homme très profond, pour avoir fait une boîte pareille.

– Oui. C'était l'oncle Levi tout craché.

– Pour sûr. J'm'en rappelle très bien. C'était l'homme le plus grand que j'aie jamais vu.

– C'est bien ça. Après qu'il a fini de pousser, l'a plus jamais dormi sur un châlit, parce qu'on en trouvait pas d'assez grand. Quand i'vivait dans c'te p'tit'maison, au bord de l'étang, i'laissait la porte de sa chambre ouverte, chaque nuit quand l'allait au lit, et ses pieds débordaient sur le ponton.

– Il est mort et parti, maintenant, comme les plus mauvais, le pauv'gars », observa Worm pour remplir le silence qui suivit la conclusion du discours de Marc Lickpan.

Le pesage et la découpe se poursuivirent au milieu d'une discussion animée sur les voyages de Stephen ; pour finir, les premiers produits de la tuerie du jour furent frits avec des oignons et servis très chauds, grésillants encore presque jusque dans les bouches.

Il faut bien admettre que, pendant le cours de ces opérations, le si convenable fils de la maison n'avait pas l'air tout à fait à sa place. Il n'était pas non plus assez philosophe pour se sentir à l'aise parmi ces gens, dont il était depuis longtemps établi qu'ils étaient les amis de son père. Il n'avait jamais vécu longtemps dans cette maison, et presque plus du tout depuis son enfance. La présence de William Worm était l'élément le plus embarrassant de la situation, car, même si Worm avait quitté le service de M. Swancourt, se trouver quasiment de mèche avec un ancien domestique forçait Stephen à se souvenir des classifications du pasteur, avant son départ d'Angleterre. Mme Smith eut conscience que cette rencontre intempestive avait été permise par un défaut des dispositions qu'elle avait prises. Elle prit Stephen à part pour lui dire :

« J'ai pas l'habitude de recevoir des gens pareils, mais

qu'est-ce que j'pouvais faire ? Et puis ton père a une nature tellement simple qu'i'les fréquente plus qu'i'faudrait.

– Ne te fais pas de soucis, maman, je m'en arrangerai.

– Quand on quittera le service de lord Luxellian et qu'on partira d'ici – et j'espère bien que ça arrivera bientôt –, tout sera différent. On sera avec des gens nouveaux, dans une maison plus grande, et je pense qu'on gardera la tête un peu plus haute.

– Sais-tu si Mlle Swancourt est chez elle ? s'enquit Stephen.

– Oui, ton père l'a vue ce matin.

– Vous la voyez souvent ?

– Très rarement. Le vicaire, M. Glim, vient de temps en temps, mais les Swancourt font que traverser le village en voiture. Ils dînent au château plus souvent qu'avant. Ah, tiens ! Voilà une lettre qu'un gosse a apportée pour toi ce matin. »

Stephen saisit avidement l'enveloppe et la déchira, sous les yeux attentifs de sa mère. Il lut le mot qu'Elfride lui avait envoyé avant de partir pour la falaise cet après-midi-là :

Oui, je vous rencontrerai dans l'église,
ce soir, à 9 heures.

E. S.

« Stephen, lui dit sa mère d'un ton significatif, je sais pas si tu penses encore à Mlle Elfride, mais je m'occuperais plus d'elle, si j'étais à ta place. On dit que la vieille Mme Swancourt laissera rien de son argent à sa belle-fille. »

– Je vois que c'est une belle soirée ; je sors faire un petit tour, fit-il, en évitant de répondre directement. Quand je vais rentrer, nos visiteurs seront probablement partis, et nous pourrons parler à cœur ouvert.

24

La brise, l'oiseau et la fleur donnaient l'heure [1]

La pluie avait cessé depuis le coucher du soleil, mais le ciel de la nuit restait très nuageux ; la clarté lunaire, adoucie et filtrée par un voile de brume, se répandait en gris pâle sur la campagne.

Une silhouette sombre s'échappa de la porte du cottage de John Smith, au bord de la rivière, et s'éloigna rapidement vers Endelstow-Ouest d'un pas léger. Notre jeune homme gagna rapidement les hauteurs, tourna un coin, suivit un chemin charretier et vit la tour de l'église où il se rendait se découper sur le ciel. Moins d'une demi-heure après son départ, il passait par-dessus l'échalier du cimetière.

Le petit enclos irrégulier faisait toujours partie intégrante de la vieille colline. L'herbe y était toujours haute, mais l'usure du temps n'avait guère affecté les monuments funéraires élevés par Martin Cannister et, avant lui, par le propre grand-père de Stephen.

L'horloge du clocher de Castle Boterel sonna l'heure ; le son se propageait dans l'air immobile et se faisait entendre aussi distinctement que s'il provenait de

1. Scott, *County Guy*, I, 7.

la tour toute proche qui, enveloppée dans son silence solitaire, ne donnait aucun signe de vie.

« Un, deux, trois, quatre, cinq, six, sept, huit, neuf. »

Stephen compta soigneusement, bien qu'il sût fort bien par avance quel serait le nombre des coups. C'était Elfride elle-même qui avait fixé l'heure de leur rendez-vous.

Stephen s'approcha du porche et écouta. Il aurait pu entendre la plus légère des respirations de toute personne qui se fût trouvée à l'intérieur ; mais il n'y avait personne. Il s'assit sur le banc de pierre, près de la porte, et attendit, le cœur battant.

De faibles bruits accentuaient le silence général : le lointain ressac de la mer, le long de la côte ; le cri d'un distant engoulevent. D'autres étaient beaucoup plus ténus : des frôlements de fils de la Vierge ; un crapaud se frayant humblement un chemin à travers les herbes ; le craquement d'une feuille morte qu'un ver s'efforçait d'entraîner sous terre ; une bulle d'air qui venait s'écraser aux pieds de Stephen, sous le poids d'une graine ailée.

Parmi ces sons légers, le jeune homme guettait en vain le seul qu'il souhaitât entendre : celui des pas d'Elfride.

Pendant tout un quart d'heure, il resta assis dans cette attente, sans bouger le moindre muscle. Puis il se leva pour aller vers la façade ouest de l'église. Lorsqu'il eût tourné le coin de la tour, une forme blanche surgit devant lui. Il recula, mais se reprit aussitôt. C'était la tombe du jeune fermier Jethway, qui donnait l'impression d'être aussi fraîche et neuve qu'au jour de son érection ; la pierre pâle dans laquelle elle avait été taillée était d'une étrange singularité au milieu des dalles bleues, provenant des carrières locales, dont les autres stèles funéraires étaient formées.

Il pensa à la nuit où il s'y était assis en compagnie d'Elfride, et il se souvint nettement du regret qu'il avait éprouvé pour la raison qu'elle avait reçu – même sans le désirer – des hommages amoureux qui précédaient les siens. Par comparaison, son angoisse actuelle, bien tangible, réduisait ce sentiment à n'être qu'un pur enfantillage sentimental. Il déambula à travers les tombes jusqu'à l'extrémité du cimetière, d'où, pendant le jour, l'on pouvait distinctement voir le presbytère et la résidence actuelle des Swancourt. Personne n'avançait sur le chemin qui en venait, mais une lumière brillait derrière une fenêtre de cette dernière.

Stephen savait qu'il ne pouvait y avoir aucune erreur quant à l'heure ou au lieu, ni aucune difficulté qui pût empêcher de tenir une promesse. Il attendit cependant encore un peu et passa de l'impatience à un état où il n'avait plus aucune conscience de l'écoulement du temps. Il fut tiré de sa rêverie par l'horloge de Castle Boterel.

Un, deux, trois, quatre, cinq, six, sept, huit, neuf, DIX.

Un seul petit coup de marteau de plus que le nombre qu'il avait eu un si vif plaisir à entendre, et quelle différence cela faisait pour lui !

Il quitta le cimetière par le côté opposé à celui par lequel il était entré, s'engagea sur le chemin et s'approcha lentement de la grille de la maison de sa dulcinée. Il l'ouvrit doucement et remonta l'allée de gravier qui menait à la porte. Là, il s'arrêta plusieurs minutes.

Au bout de ce temps, le murmure d'une voix masculine parvint à ses oreilles depuis une fenêtre ouverte derrière le coin de la maison. Un rire clair et doux y répondit. C'était le rire d'Elfride.

Stephen éprouva une douleur cuisante au cœur. Il revint sur ses pas, aussi furtivement qu'il était venu. Certaines déceptions nous font simplement mal ; il en est d'autres qui nous infligent des blessures dont nous emportons la cicatrice jusque dans la tombe. Celles-ci sont tellement douloureuses qu'aucune satisfaction ultérieure du même désir ne parviendra jamais à les effacer : elles se gravent en nous comme la trace de la perte irrémédiable du bonheur. Telle était la déception présente de Stephen. Ce qu'il venait de surprendre avait porté un coup suprême à son rêve ; lorsqu'il s'en retourna, Elfride l'eût-elle rejoint seulement dix minutes plus tard, la déception qu'il éprouvait eût encore été évidente.

De retour chez lui, le jeune homme y trouva une lettre arrivée en son absence. Croyant qu'elle contenait une explication, même s'il ne pouvait en imaginer aucune qui pût lui servir de justification, il déchira l'enveloppe en toute hâte.

Le contenu n'était pas un mot d'Elfride mais le reçu du dépôt de ses deux cents livres. Au dos, un chèque de la même somme, qu'elle avait établi au porteur.

Confondu, Stephen s'évertua à deviner la nature de son motif. Eu égard au peu d'informations qu'il avait sur sa conduite récente, il supposa avec perspicacité que quelque chose s'était produit, entre le matin, quand elle lui avait envoyé son message, et le soir, où elle refusait son cadeau sans la moindre explication, et que c'était cet événement-là qui avait modifié du tout au tout l'attitude qu'elle avait à son endroit.

Le jeune homme ne savait que faire. Il paraissait absurde maintenant d'aller trouver le pasteur le lendemain matin, comme il se l'était proposé, et demander à se fiancer avec sa fille, car il n'était pas impossible qu'Elfride elle-même ne prît pas son parti. Un seul comportement semblait raisonnable : attendre et voir ce que l'avenir lui réservait. Il allait se rendre à Birmingham pour y remplir sa mission. À son retour, il tâcherait d'apprendre ce qui s'était passé et de voir ce qu'une rencontre pourrait entraîner ; surprise par sa retenue, elle se déciderait peut-être à manifester autant de chaleur qu'autrefois.

Cette sorte de patience était tout à fait en harmonie avec le caractère d'un homme comme Stephen. Neuf hommes sur dix se fussent précipités auprès d'Elfride, en usant de moyens plus ou moins contestables, et il en fût résulté une catastrophe. Peut-être cela eût-il mieux valu ; mais plus probablement, cela eût été pire.

Il partit pour Birmingham dès le lendemain matin. Un jour de plus n'eût sans doute rien modifié ; mais il était homme à ne pas pouvoir trouver le repos avant d'avoir commencé, puis achevé, le programme qu'il s'était fixé. L'activité physique libère parfois de l'anxiété aussi complètement que la confiance elle-même.

25

Celui-là même avec qui j'étais en paix [1]

Tout le temps de son absence, Stephen vécut dans deux états alternés. Chaque fois que ses émotions se donnaient libre cours, il était à la torture. Chaque fois qu'il n'était pas à la torture, c'était qu'un travail harassant ne laissait même pas à son esprit la force de réfléchir à Elfride ou à l'amour.

À la fin de la semaine, lorsqu'il prit le chemin du retour, Stephen s'était presque forgé la résolution d'aller affronter Elfride. Il suivit alors son itinéraire favori, en empruntant le petit steamer estival de Bristol à Castle Boterel ; le temps qu'on croyait gagner par la vitesse du chemin de fer était gaspillé par les correspondances et par le trajet tortueux.

Smith débarqua dans la petite ville par une claire et calme fin d'après-midi du début de septembre. Il eut envie de s'attarder un peu sur le quai, avant d'escalader les collines, car il avait formé le projet romantique de rentrer chez lui en passant devant la maison d'Elfride, mais il ne voulait pas se trouver dans ce voisinage avant d'être suffisamment dérobé à la vue par les ombres du soir.

1. *Psaumes*, XLI, 10.

En attendant l'approche de la nuit, il observa le spectacle paisible qui s'offrait à sa vue, et auquel la pâle luminosité de l'ouest conférait une teinte uniforme et mélancolique, lentement brunie par le crépuscule. Une étoile apparut, puis une autre, puis une troisième. Elles scintillaient au milieu des vergues et du gréement des deux bricks charbonniers amarrés bords à quai, comme de petites lampes suspendues dans les cordages. Les mâts se balançaient de manière somnolente, en suivant le flux infinitésimal de la marée qui gloussait et gargouillait, avec une régularité paresseuse, dans les renfoncements et les trous des installations portuaires.

Le crépuscule était maintenant assez avancé pour convenir aux projets de Stephen ; il s'apprêtait à partir, le cœur lourd, quand une embarcation occupée par deux personnes glissa au milieu du port aussi légèrement qu'une ombre. Le canot arriva à sa hauteur, le dépassa et accosta à l'extrémité du débarcadère. L'un des deux occupants était un homme ; Stephen l'avait compris au vu de la manière souple dont il souquait ferme. Il vit que la seconde personne était une femme, dès que le couple fut plus visible, pour avoir gravi le petit escalier du quai ; elle portait un ornement blanc – apparemment une plume – à son chapeau ou à son bonnet, et cette tache blanche était le seul élément de son habillement qu'on pût nettement distinguer.

Il resta un moment derrière eux, les regarda s'éloigner, puis il poursuivit son chemin et oublia aussitôt cette circonstance. Il franchit un pont, délaissa la grand-route et s'engagea sur le chemin qui remontait la vallée jusqu'à Endelstow-Ouest. Il entendit soudain le bruit d'une barrière que l'on fermait à quelques yards devant lui. Lorsqu'il y parvint et la franchit à son tour, il entendit un autre bruit de la même nature venant d'une autre barrière plus en avant. Il était évident qu'une ou plusieurs personnes le précédaient sur le chemin, dont les pas étaient étouffés par un épais tapis d'herbes.

Stephen accéléra son allure et distingua bientôt deux formes. L'une d'elles était surmontée de la plume blanche qu'il avait remarquée sur la coiffe de la femme aperçue sur le quai : c'était donc le couple du canot. Stephen ralentit son pas.

Un peu plus loin, un sentier quittait le chemin qui serpentait au fond de la vallée le long d'un mince ruisseau, pour escalader une colline sur la gauche. Ce sentier, en grande partie dépourvu d'herbes, ne conduisait qu'à la résidence de Mme Swancourt et à un ou deux cottages tout proches. Le bruit de pierres qui roulaient sous les pieds indiqua à Stephen que le couple s'y était engagé. Il suivit la même direction, mais, sans raison particulière, il marcha plus doucement que ceux qui le précédaient. Une vague curiosité lui vint : la femme devant lui pouvait être une visiteuse aux Rochers, une domestique ou Elfride. La question finit par le tarauder. Cette dame était-elle Elfride ? Un motif possible de son inexplicable manquement s'imposa douloureusement à lui.

Après une autre barrière et à l'approche de la maison, le sentier, très élargi maintenant et bien entretenu, serpentait bizarrement parmi des arbustes vers un pavillon octogonal nommé belvédère, en raison de la vue d'ensemble que ses sièges verts offraient sur les environs. Au-delà de cet édifice, le chemin menait à la maison et au petit cottage du jardinier, de l'autre côté, d'où il était possible de continuer jusqu'à Endelstow-Est ; de telle sorte que Stephen n'hésita pas à franchir la barrière à son tour et à prendre ce chemin de promenade qu'on pouvait difficilement tenir pour une voie privée.

Il eut l'impression d'entendre ouvrir et refermer la barrière derrière lui. Il se retourna mais ne vit personne.

Les gens du bateau le précédaient vers le pavillon. L'un d'eux dit : « J'ai bien peur que nous ne nous fassions gronder pour rentrer si tard. »

Stephen reconnut sur-le-champ une voix familière,

plus riche et plus pleine qu'avant. « Elfride », murmura-t-il, et il se retint à un baliveau pour calmer l'agitation provoquée par cette proximité. Son cœur faisait des bonds ; il avait cherché une explication, pouvait-il maintenant éviter de comprendre ?

« Une brise se lève à nouveau. Comme les frênes bruissent ! Les entendez-vous ? demandait Elfride. Quelle heure peut-il être ? »

Stephen lâcha le baliveau.

« Je vais frotter une allumette et je pourrai vous le dire. Entrons dans le pavillon, à l'abri du vent », répondit l'homme.

La cadence de cette voix – son trait distinctif – lui revint en mémoire tels ces chants des oiseaux du Nord à leur retour au pays natal qui nous font l'effet d'un renouvellement d'un vieil élément de la nature, mais auxquels on n'avait pas prêté une attention particulière avant ce renouvellement.

Le couple entra dans le belvédère. Dans sa partie inférieure, celui-ci était fait de l'entrecroisement de lattes de bois ; la partie supérieure était percée de nombreuses fenêtres.

On entendit le craquement d'une allumette, et une lueur illumina l'intérieur de l'édifice. La lumière fit apparaître les ombres dansantes de feuilles et de tiges ; des zébrures, des taches et des éclats brillants ; ainsi que des fils à l'éphémère chatoiement argenté d'une incroyable variété. Elle réveilla et attira des moustiques, révéla de luisants fils de la Vierge et dérangea des lombrics. Stephen n'accorda que peu d'attention à ces phénomènes, et encore moins de temps. Dans l'intérieur du pavillon, il vit surtout un tableau très éclairé.

D'abord, le visage de son ami et précepteur Henry Knight ; ils s'étaient quelque peu détachés l'un de l'autre, sans motifs précis autres que l'absence, l'âge et des sympathies divergentes.

Ensuite, son étincelante étoile particulière, Elfride. Le

visage d'Elfride avait plus de féminité qu'au temps où elle se disait sienne, mais il était toujours aussi ouvert et plein de santé. Son abondante chevelure avait sa beauté habituelle, et la légère modification de sa coiffure ne tenait qu'à un changement de la mode.

Leurs deux fronts étaient proches l'un de l'autre, presque à se toucher, et tous les deux regardaient vers le bas. Elfride tenait sa montre ; Knight tenait l'allumette de sa main droite, pendant que son bras gauche entourait la taille de la jeune femme. Les lattes horizontales, au travers desquelles Stephen voyait la scène, lui firent l'impression d'être les côtes de leurs squelettes.

Le bras de Knight resserra son étreinte autour de la taille d'Elfride.

« Il est 8 heures et demie », fit-elle d'une voix basse, dont la modulation musicale particulière était sans doute liée au plaisir d'avoir découvert une nouvelle preuve d'amour.

La flamme baissa, puis mourut, et tout fut plongé dans des ténèbres encore plus profondes, semblait-il, que l'obscurité qui avait précédé l'illumination. Stephen, bouleversé, écœuré, se détourna. Ce faisant, il aperçut une silhouette noire derrière l'autre coté du pavillon. Ses yeux s'habituèrent progressivement à l'obscurité. S'agissait-il d'une forme humaine, ou bien était-ce un épais buisson de genévriers ?

Les amoureux sortirent, frôlèrent les lauriers et poursuivirent leur chemin vers la maison. La forme indistincte bougea et passa devant Smith. Elle était si parfaitement enveloppée qu'il lui fut impossible de discerner son sexe. Elle glissa sans le moindre bruit.

De crainte que cette ombre ne médite quelque mauvais coup contre les deux autres, Stephen s'avança et l'interrogea :

« Qui êtes-vous ?

– Peu importe qui je suis », répondit un faible murmure sorti des replis qui l'enveloppaient. « L'état dans lequel je suis, j'espère qu'elle y sera réduite à son tour ! J'ai connu – oh, si bien ! – un jeune homme dont vous avez pris la place, comme un autre est en train de prendre la vôtre. Allez-vous la laisser vous briser le cœur et vous mener à une mort prématurée, comme elle l'a fait pour celui qui vous a précédé ?

– Vous êtes Mme Jethway, je pense. Que faites-vous ici ? Et pourquoi ces propos insensés ?

– Parce que mon cœur est désolé et que personne ne s'en soucie. Puisse le sien éprouver toutes les souffrances que j'ai endurées !

– Taisez-vous ! fit Stephen, dévoué à Elfride malgré lui. Elle ne nuirait à personne de son propre chef, jamais ! Comment êtes-vous venue ici ?

– J'ai vu le couple monter le sentier et j'ai voulu vérifier si c'était bien elle. Puis-je m'empêcher de la haïr, quand je pense au passé ? Puis-je m'empêcher de la surveiller, quand je me souviens de mon garçon ? Puis-je m'empêcher de lui vouloir du mal à elle, si je veux du bien à lui ? »

La silhouette sombre et voûtée s'éloigna, franchit la barrière et s'évanouit dans la nuit.

Stephen avait entendu dire que Mme Jethway n'avait plus toute sa tête depuis la mort de son fils, et qu'elle était abandonnée de tous ; par compassion, il écarta de son esprit les griefs imaginaires qu'elle nourrissait, mais pas sa condamnation de l'infidélité d'Elfride. Cela se mêla aux sentiments que sa nouvelle expérience avait suscités. Il tirait de la petite scène dont il avait été témoin un enseignement parallèle à l'opinion de cette malheureuse, opinion avérée pour ce qui le concernait, quelque dépourvue de fondement elle fût pour le passé.

Un lourd désespoir le submergea lentement et l'étreignit corps et âme, aussi différent d'une douleur fulgurante que mourir d'inanition l'est d'une mort par coup de feu. La découverte n'avait pas été totalement imprévue, car toute son angoisse, ces derniers jours après la nuit dans le cimetière, l'avait porté à analyser l'incertitude à son désavantage. Ses espérances positives n'avaient constitué que des interruptions momentanées d'une crainte du pire continuelle.

Un étrange accessoire de sa détresse était la singularité de sa forme. Que son rival fût Knight – qu'il avait adoré, à un certain moment, comme un homme est rarement adoré par un autre homme, de nos jours, et qu'il continuait d'aimer –, cela ajoutait une dépréciation à la tristesse et du cynisme aux deux. Henry Knight – dont il avait si souvent claironné les louanges aux oreilles d'Elfride, dont elle avait été véritablement jalouse, de crainte d'être diminuée à cause de lui dans le cœur de son amoureux – avait dû la conquérir plus facilement grâce à ces éloges que Stephen n'avait cessé de prononcer que sur ordre de la jeune femme. En cette matière, comme en toute autre, elle avait régné sur lui comme une reine. Stephen pouvait dire d'après l'attitude d'Elfride, si brièvement qu'il l'eût observée, et par ses paroles, pour peu nombreuses qu'elles fussent, que sa position par rapport à Knight était différente. Il était clair qu'elle adorait son nouvel amoureux à genoux, alors qu'elle n'avait souri à Stephen que du haut de son piédestal.

La soudaineté avec laquelle Elfride avait renoncé à lui alimentait de nouvelles tortures. Pour un observateur objectif, cela pouvait s'interpréter au moins de deux façons : ou bien elle avait voulu rester fidèle au premier élu de son cœur tant que la puissance de ce qu'elle éprouvait pour un amoureux qu'elle voyait n'avait pas dépassé la force du souvenir de celui qui n'était pas là ; ou bien elle avait voulu conserver l'amour de l'un jusqu'à ce qu'elle fût sûre de l'amour d'un autre. Mais pour Stephen Smith, ce dernier motif était tout à fait insupportable.

Il songea aux lettres qu'elle lui avait écrites et où elle n'avait jamais fait la moindre allusion à Knight.

Observons néanmoins qu'elle n'eût pu le faire que dans deux lettres seulement. L'une fut rédigée environ une semaine avant l'arrivée de Knight ; si elle n'y parlait pas à Stephen de la venue annoncée, elle n'avait pas en tête un motif précis de s'en abstenir. Elle mentionnait fortuitement Knight dans la seconde. Mais Stephen avait quitté Bombay longtemps avant l'arrivée de cette lettre.

Stephen considéra la forme sombre de la maison adjacente, qui découpait un polygone noir sur le ciel, et il éprouva de la haine pour cet endroit. Il ignorait beaucoup d'éléments de cette affaire, mais il ne pouvait pas s'empêcher de mettre l'inconstance d'Elfride en rapport avec le mariage de son père et leur introduction dans la bonne société de Londres. Il referma la barrière qui limitait l'accès au jardin d'arbustes aussi silencieusement qu'il l'avait ouverte, et il s'engagea sur le pré herbeux. De là, il pouvait voir le vieux presbytère, la seule demeure qui fût associée à la douce époque de son amour débutant pour Elfride. Se détournant de l'endroit qui n'était plus le coin où ses pensées pouvaient venir se blottir quand il était au loin, il prit la direction du village de l'est, pour arriver chez son père avant que tout le monde ne fût allé se coucher.

Le plus court chemin pour gagner le cottage traversait le parc. Il n'était pas pressé. Le bonheur a souvent des raisons de nous brusquer, mais la désolation a rarement besoin de bousculades ou d'efforts. Il s'arrêtait parfois sous les basses branches des arbres et regardait à terre d'un air absent.

Stephen se tenait ainsi, ses pensées à peine moins mutilées que ses yeux n'étaient vides, quand un son clair s'insinua dans l'air tranquille et se propagea au loin. C'était la cloche de l'église d'Endelstow-Est qui se trouvait dans l'enceinte du parc, à moins de quarante yards du château de lord Luxellian. Un autre coup retentit, qui établit la signification des deux ; puis de nombreux autres se succédèrent lentement.

« Quelqu'un est mort », dit-il à voix haute.

On sonnait le glas d'un paroissien de l'est.

Ce qui était insolite, c'est que ce glas n'avait pas commencé suivant la coutume d'Endelstow et des autres paroisses du voisinage. À chaque mort, le sexe et l'âge de la personne décédée étaient annoncés par un système de permutations. Trois fois trois coups signifiaient que le défunt était un homme ; trois fois deux, une femme ; deux fois trois, un garçon ; deux fois deux, une fille. La régularité continue de la sonnerie suggérait que c'était une reprise du glas, plutôt que son début, et que Stephen n'avait pas entendu celui-ci, faute d'être assez près.

L'angoisse qui l'avait momentanément affecté, en pensant à ses parents, se dissipa. Il les avait quittés en parfaite santé, et si l'un ou l'autre eût été pris d'une maladie grave, une communication lui fût parvenue avant cela. Au même moment, puisque son chemin passait sous les ifs du cimetière, il résolut de jeter un coup d'œil dans le beffroi, en passant, et d'échanger quelques mots avec Martin Cannister, qui devait s'y trouver.

Au sommet de la colline, Stephen fut tenté de renoncer à son projet. Son humeur était telle qu'il lui serait pénible de parler à quelqu'un sans pouvoir se confier à lui. Mais avant d'avoir décidé de sa conduite, le jeune homme vit une vive lumière briller à travers les arbres ; ses rayons perçaient le triste feuillage plumeux des ifs et venaient du centre du cimetière.

Stephen s'approcha machinalement. On ne pourra jamais trouver un plus grand contraste entre deux lieux de même destination qu'entre ce cimetière-là et celui du village suivant. Ici, l'herbe faisait l'objet de soins attentifs et constituait virtuellement une partie de la pelouse du château ; les deux lieux étaient indistinctement plantés de fleurs et d'arbustes ; les quelques tombes visibles avaient une sorte de précision mathématique dans leurs formes et dans l'égalité de leurs surfaces et donnaient, le jour, l'impression d'être des mentons rasés de frais. Il n'y avait pas de mur, la séparation entre le cimetière proprement dit et le domaine de lord Luxellian étant indiquée par des pierres carrées équidistantes. Parmi les gens qui ont des sentiments romantiques au sujet de leur dernière demeure, la plupart eussent probablement choisi un tel lieu de préférence à tout autre ; seul un petit nombre, gêné par son apparence soignée, eût préféré le sommet de colline sauvage du site voisin, où la nature revêt sa tenue la plus négligée.

Stephen découvrit bientôt que la lumière du cimetière avait sa source à ras de terre et il supposa qu'elle pouvait venir d'une lanterne posée à l'intérieur d'une tombe partiellement creusée. En approchant, il vit qu'elle venait de l'ouverture d'un passage voûté, immédiatement sous le mur du bas-côté. Il pouvait maintenant entendre des voix et la vérité de toute cette affaire se fit jour dans son esprit. En se dirigeant vers l'ouverture, il discerna un amoncellement de terre, sur sa gauche, et, devant lui, une volée de marches de pierre que la terre retirée avait découverte. C'était l'entrée d'un vaste caveau de famille qui s'étendait sous l'aile nord.

Stephen ne l'avait jamais vu ouvert ; après avoir descendu une ou deux marches, il se pencha pour regarder sous la voûte. Le caveau lui apparut peuplé de cercueils, à l'exception d'un espace vide au centre, qui permettait d'accéder aux trois côtés sur lesquels les cercueils étaient étagés dans des sortes de casiers de pierre ou de niches.

L'endroit était bien éclairé par des bougies fichées sur des piques de bois fixées dans les murs. En descendant une marche de plus, les occupants vivants du caveau devenaient reconnaissables. C'étaient son maître maçon de père, un compagnon maçon, Martin Cannister, plus vieux, et deux ou trois jeunes ouvriers. Des pinces à levier et des masses étaient disséminées partout. Assis en rond sur des cercueils apparemment retirés de leurs niches pour quelque modification ou agrandissement du caveau, ils mangeaient tous du pain avec du fromage et buvaient de l'*ale* dans une chope à deux anses qu'ils se passaient à la ronde.

« Qui est mort ? » s'enquit Stephen en descendant les dernières marches.

26

À ce dernier rien sous terre [1]

Tous les regards se tournèrent vers l'entrée quand Stephen parla, et ce conclave ancienne manière l'examina d'un œil inquisiteur.

« Tiens, v'là not'Stephen ! » dit son père en se levant de son siège ; tout en gardant la chope pleine de mousse à la main gauche, il tendit la droite pour une étreinte. « Ta mère t'attend ; on croyait que t'arriverais avant la nuit. Tu vas m'attendre et venir à la maison avec moi ? J'ai presque fini ma journée, et je vais rentrer directement.

– Oui, pour sûr que c'est maître Stephy. J'suis bien content que vous soyez déjà de retour, maître Smith », affirma Martin Cannister, et il modéra la joie qu'exprimaient ses paroles par une attitude neutre, pour être autant que possible en harmonie avec la solennité d'un caveau de famille.

« Pareillement, Martin ; bonsoir, William », dit Stephen en faisant un signe de tête à tous les autres qui, la bouche pleine de pain et de fromage, furent obligés de ne répondre qu'en plissant amicalement leurs yeux et leurs rides.

1. Tennyson, *Les Deux Voix.*

« Et qui est mort ? » répéta Stephen.

– Lady Luxellian, la pauv'dame, comme on le fera tous, expliqua l'aide-maçon. Oui, et nous, on va élargir le caveau pour y faire une place.

– Quand est-elle morte ?

– Ce matin de bonne heure », répondit son père, en donnant l'apparence de revenir sur une pensée. « Martin s'est presque pas arrêté de sonner le glas depuis. On s'y attendait ; elle était bien affaiblie.

– Oui, la pauv'créature, ce matin », reprit l'aide-maçon, un merveilleux vieux bonhomme, dont la peau paraissait à tel point trop grande pour son corps qu'elle ne pouvait pas tenir en place. « À c't'heure, elle doit savoir si elle va aller en haut ou en bas, la pauv'femme.

– Elle avait quel âge ?

– Pas plus que vingt-sept ou vingt-huit ans, à la lumière des bougies. Mais, Seigneur ! le jour, c'était quarante ans comme un rien.

– Oui, la nuit ou le jour, ça fait des différences de vingt ans pour les femmes riches, observa Martin.

– En vérité, l'avait que trente et un ans. Je le sais par des gens qui sont au courant, expliqua John Smith.

– Pas plus que ça !

– L'avait une bien mauvaise allure, la pauv'dame. Honnêtement, on peut dire qu'elle était morte depuis des années, avant de l'avouer.

– Comme le disait mon vieux père : « Y a des morts qui veulent pas tomber. »

– La pauv'créature, dit un ouvrier derrière les cercueils déplacés, j'l'ai vue pas plus tard qu'à la Saint-Valentin. L'était bras dessus, bras dessous avec le lord. J'me suis dit : « C'te noble dame est bonne pour le cimetière, même si elle le voit pas. »

– Je suppose que le lord va écrire à tous les autres lords du pays pour leur faire savoir qu'elle est partie.

– C'est déjà fait. J'ai vu tout un paquet de lettres

partir une heure après le décès. Z'avaient des magnifiques bordures noires d'un demi-pouce, pour le moins.

– Ça c'est trop, observa Martin. Pas question qu'un être humain soye assez en deuil pour des bords noirs d'un demi-pouce. En somme, j'suis bien sûr que les gens ont pas plus de sentiments que pour une bande plus étroite, même quand i'z'en ont beaucoup.

– Mais il y a deux petites filles, n'est-ce pas ? demanda Stephen.

– C'est des orphelines, à c'te heure, et bien jolies avec ça !

– Elles venaient souvent chez le pasteur Swancourt, pour jouer avec Mlle Elfride, au temps où j'y étais. Et c'est bien ce qu'elle faisaient », dit William Worm. Cette dernière phrase était destinée à ajouter la mélancolie nécessaire à une remarque qui, par elle-même, convenait peu aux circonstances. « Oui, continua Worm ; et que j'te monte l'escalier, et que j'te descends l'escalier ; les petites couraient partout avec elle. L'aimaient beaucoup, c'est vrai.

– Plus que leur mère, y'en a qui disent, ajouta un ouvrier.

– Eh bien, vous voyez, c'est naturel. Lady Luxellian, l'était toujours à l'écart des p'tites ; on l'aurait dit à moitié endormie ; alors les gosses pouvaient pas l'aimer comme quelqu'un avec qui on s'amuse. Pas plus tard que l'hiver dernier, j'ai vu Mlle Elfride qui parlait à la lady et aux gosses, et Mlle Elfride leur a mouché le nez, aux filles ; la lady, l'avait même pas vu qu'i'fallait le faire ; alors, c'est naturel, les enfants i'z'aiment qu'on soye amis avec eux.

– En tout cas, l'est plus là, la dame ; et faut y faire une place, dit John. Allez, les gars, finissez vot'*ale* ! On va débarrasser ce coin pour que ça soye prêt demain, au lever du jour, quand on se mettra au mur. »

Stephen demanda alors où lady Luxellian devait reposer.

« Là, répondit son père. On va reculer le mur et faire un renfoncement ; on a pas mal de boulot avant l'enterrement. Quand la mère du lord est morte, lady Luxellian m'a dit : « John, il faudra élargir le caveau avant de pouvoir y placer un autre cercueil. » J'aurais jamais cru qu'i'faudrait le faire si vite. Vaudrait mieux déménager lord George en premier, tu crois pas, Siméon ?

Il désigna du pied un lourd cercueil recouvert de ce qui avait dû être du velours rouge, dans le temps, et dont on avait peine à distinguer la couleur maintenant.

« Comme tu voudras, maître John », répondit le maçon tout ridé.

Il considéra l'énorme cercueil avec recueillement et reprit :

« Le pauv'lord George... Lui et moi, on était aussi grands ennemis qu'on peut l'être, quand y en a un qu'est lord et que l'autre est à son service. Pauv'diable ! i'm tapait sur l'épaule en jurant comme si ç'avait été un voisin ordinaire. Oui, i'pestait tout l'temps contre moi, puis i's'exaltait, et ses belles dents en or toutes neuves brillaient au soleil comme des fers de cuivre, pendant que moi, petit et pauvre, j'étais bien obligé de rien dire. Oui, c'était aussi un grand gaillard de gentilhomme ! Des fois, i'm'plaisait bien. Mais de temps en temps, quand j'voyais toute sa hauteur, j'me disais tout seul : « Z'allez avoir un drôle de poids sur nos bras, Seigneur, quand va falloir vous descendre sous la nef de l'église d'Endelstow ! »

– L'a eu pour de vrai ? s'enquit un jeune ouvrier.

– Pour sûr. Y avait cinq cents livres comme un rien ; avec le plomb, le chêne, les poignées, ceci, cela... (ici, le vieil homme claqua sa main sur le couvercle avec une force telle que les os s'entrechoquèrent, à l'intérieur), j'me suis à moitié cassé le dos, quand je l'ai pris par le devant pour descendre les marches que v'là. « Ah », que j'ai dit à John ici présent, pas vrai, John ? « faut-i'que la gloire d'un homme pèse autant sur un autre homme ! » I'm'arrivait de bien aimer lord George quand même.

– C'est étrange, quand on y pense, dit un autre, que pendant que toute la famille des Luxellian est gentiment rassemblée ici, sous l'même toit, i'sont dans la réalité à des milles les uns des autres, sous la forme de gentils moutons et de chèvres coquines, pas vrai ?

– Faut en tenir compte, c'est vrai.

– Et que quelqu'un, quand l'est monté là-haut, i'sait pas plus que l'homme de la lune ce que fait sa femme, si elle, l'est descendue en bas. Et que l'malheureux qu'est là où i'fait chaud, i'chiale vers ç'ui qu'est tout heureux dans les nuages, en oubliant complètement que leurs corps sont dans des boîtes voisines tout ce temps-là.

– Oui, faut tenir compte aussi que je peux dire : « Salut ! » de tout près au bouillant lord George, et qu'i'm'entend pas.

– Et moi, j'mange mon oignon près du nez de la délicate lady Jane, et elle me sent pas.

– Pourquoi qu'on met toutes leurs têtes dans l'même sens ? s'enquit un jeune homme.

– Parce que c'est la loi des cimetières, nigaud ! La loi des vivants, c'est qu'un homme i'sera debout ou couché ; la loi des morts, c'est qu'un homme i'sera vers l'est ou vers l'ouest. Chaque état du monde a ses lois.

– On va pourtant briser la loi pour que'ques-unes de ces pauv' créatures. Allez, faut s'y mettre ! » dit le maître maçon.

Et ils s'attelèrent de nouveau à leur travail.

L'ordre des enterrements pouvait aisément être déduit de l'apparence des cercueils empilés. Ceux qui n'étaient là que depuis une ou deux générations conservaient encore leurs ornements. Ceux d'une période antérieure ne montraient que du bois nu, d'où pendillaient de rares lambeaux d'étoffe. Pour d'encore plus vieux, des morceaux de bois étaient épars au bas de la niche, et il ne restait du cercueil que le coffrage de plomb ; dans le cas des plus anciens, le plomb lui-même était bosselé, fendillé, et révélait à un œil curieux qu'il contenait une masse de poussière. Beaucoup d'écussons, n'étant plus guère assujettis, eussent pu être retirés à la main ; leurs surfaces ternies exhibaient encore, de manière quelque peu indistincte, le nom et le titre du défunt.

Les arêtes et les creux des voûtes se recourbaient dans toutes les directions et descendaient bas à proximité des murs, où la hauteur ne permettait qu'à peine la station debout.

Faute de place, le corps du quatorzième et dernier baron avait été installé, avec deux ou trois autres de date plus récente que la grande masse des cercueils étagés là, sur des tréteaux, au bout du caveau, et non pas dans des niches comme le reste. C'étaient ceux-là qu'il fallait déplacer pour creuser la cavité où ils seraient logés pour finir. Trouvant le lieu et l'activité en harmonie avec ses sombres pensées, Stephen attendit en silence.

« Siméon, tu te rappelles c'te pauv'lady Elfride qui s'était enfuie avec un acteur, du temps que mon père était sacristain ici ? demanda John Smith au bout d'un instant. Voyons voir... elle est où ?

– Que'que part par ici, répondit Siméon en regardant autour de lui. Tiens ! je la tiens justement dans mes bras en ce moment. »

Il posa l'extrémité du cercueil qu'il soutenait et s'essuya le visage ; comme il voulait désigner un autre cercueil, il y jeta un morceau de bois pourri et ajouta :

« Et ça, c'est son mari. C'était l'plus beau couple de la région ; en plus, z'avaient bon cœur. J'm'en rappelle très bien, et pourtant j'étais qu'un gosse à l'époque. L'est tombé amoureuse de son jeune gars, et on publia leurs bans dans une église de Londres ; i's'est trouvé que les noms ont été prononcés trois fois devant son vieux lord de père, mais qu'il a pas remarqué ç'ui de sa fille au milieu de tout un paquet qu'on disait à toute vitesse. Quand elle s'est mariée, l'a dit à son père ; i's'est mis dans une colère monstrueuse et l'a dit qu'elle aurait même pas le quart d'un penny. Lady Elfride a dit qu'elle voulait pas son argent mais son pardon, et que pour vivre elle ferait la chanteuse avec son mari. Le vieux lord a eu très peur ; i'leur a donné une maison pour vivre dedans, un grand jardin, un ou deux petits champs, une voiture et pas mal de guinées. Eh ben, la pauv'est morte de son premier-né, et son mari, qu'était le gars le plus tendre qu'ait jamais existé, i's'est brisé le cœur (à c'qu'on a dit). Z'ont été enterrés l'même jour ; mais l'bébé, l'a vécu. Du coup, la famille du lord a apprécié le gars, et on l'a mis ici, avec sa femme, dans l'coin qu'il est maintenant. Le dimanche d'après, y a eu un sermon funéraire sur le thème « Avant que le cordon d'argent se détache, que le vase d'or se brise[1] ». Au moment du prêche, les hommes ont caché leurs yeux plusieurs fois et les femmes ont pleuré à grosses larmes.

– Qu'est devenu le bébé ? » demanda Stephen qui avait souvent entendu des fragments de cette histoire.

« Sa grand-mère l'a élevée, et c'est devenue une jolie fille. Elle s'est enfuie avec un pasteur, même que c'est le pasteur Swancourt. Puis la grand-mère est morte ; le titre et tout, c'est passé dans une aut'branche de la famille. Le pasteur Swancourt, l'a gaspillé beaucoup de l'argent de sa femme ; et elle lui a laissé Mlle Elfride. Ce truc de s'enfuir, on dirait que ça se transmet dans les familles, comme la folie ou la goutte. Mais ces deux femmes, z'étaient comme deux sœurs.

– Quelles deux femmes ?

– Lady Elfride et la jeune demoiselle qui vit maintenant. Les mêmes yeux et les mêmes cheveux ; la mère de Mlle Elfride, l'était beaucoup plus brune.

– La vie, c'est une drôle d'affaire, fit William Worm d'un air songeur. Si le titre de lord passait aux femmes,

1. *L'Ecclésiaste*, XII, 8.

à c't'heure, Mlle Elfride serait lord Luxellian... je veux dire lady Luxellian ; mais comme le monde va, le sang est épuisé, et, suivant la loi, l'est rien pour la famille Luxellian, malgré tout c'qu'on sait.

– En voyant Mlle Elfride embrasser les petites Luxellian, j'ai souvent trouvé qu'elles se ressemblaient, assura Siméon ; mais j'pense que c'était seulement dans ma tête, parce que l'air de famille, avec le temps, ça change.

– On va encore déplacer des deux-là, et puis on pourra rentrer, indiqua John Smith (comme il convenait à un maître d'œuvre, il voulait ranimer une ardeur au travail qui semblait bien près d'être vaincue par le goût du bavardage). La dame-jeanne d'*ale* nous attendra bien ici jusqu'à demain ; j'pense que les gens d'ici vont pas y toucher. »

Le travail de la soirée achevé, le groupe se retira de la paisible résidence des morts ; ils fermèrent la vieille porte de fer et firent claquer le pêne de la serrure dans l'énorme gâche de cuivre : un acte incongru d'incarcération pratiqué à l'endroit de ceux qui ne songeaient nullement à s'évader.

27

Comment t'accueillerais-je[1] ?

L'amour meurt fréquemment sous le seul effet du temps qui passe, mais beaucoup plus souvent par suite d'un remplacement. Un puissant motif de réussite du remplacement, dans le cas d'Elfride, tenait au fait que le nouveau venu se montrait supérieur à celui qui l'avait précédé. Au regard des rebuffades instructives et piquantes qu'elle recevait de Knight, l'amabilité constante de Stephen lui parut insipide ; au regard de la cour retenue que lui faisait Knight, les épanchements continus de Stephen, languissants. Stephen était à peine un homme, et elle commençait d'aspirer à plus de virilité.

Il y avait peut-être une prédisposition à l'inconstance dans la nature d'Elfride ; mais qui se trouvait hors de portée de cette inconstance ne pouvait manquer de trouver cette nature la plus exquise de toutes, par sa souplesse et la promptitude avec laquelle elle manifestait ses sympathies. Si Stephen avait échoué à donner un caractère permanent à l'empire qu'il avait eu sur le cœur de la jeune femme, c'était aussi dû en partie à sa trop timide habitude de se déprécier aux yeux d'Elfride ; lorsqu'il s'adresse à des hommes raisonnables, ce com-

1. Byron, *Quand nous nous sommes séparés,* IV.

portement particulier peut provoquer un attachement qu'une assurance marquée n'entraînerait pas, mais il conduit inévitablement la femme la plus sensée du monde à sous-estimer celui qui l'adopte. Quand cesse la domination directe d'un homme, la femme commence à lui infliger des avanies ; pour être un fait banal, il n'en est pas moins malheureux que le sexe faible ait rarement la capacité d'apprécier un traitement équitable de la part de son complément naturel. Le spectacle permanent de la situation sociale inférieure des parents de Stephen avait bien entendu eu quelque peu à voir avec le renoncement d'Elfride. Pour des filles comme elles, à la différence d'une grande masse matérialiste de l'humanité, la pauvreté peut ne pas être un péché en soi ; mais elle est un péché parce que les manières raffinées et pleines de grâce existent rarement dans cet environnement. Rares sont les femmes de vieilles familles à qui l'on peut enseigner qu'une belle âme peut porter un sarrau ; lorsqu'il est ainsi vêtu, celui qui est reconnu comme un homme du peuple n'est qu'un ver de terre à leurs yeux. Les mains rugueuses et les vêtements grossiers de John Smith, les propos de sa femme, l'inévitable étroitesse de leur genre de vie, tous ces éléments qui se trouvaient constamment sous les yeux d'Elfride ne pouvaient manquer d'avoir sur elle une influence négative.

En rentrant à la maison après leur périlleuse expédition au bord de la mer, Knight se sentit indisposé et se retira presque immédiatement. La jeune demoiselle qui l'avait aidé si essentiellement en fit de même, mais elle réapparut, convenablement habillée, vers les 5 heures. Elle erra dans la maison, dans un état d'agitation où le récent danger de mort auquel ils avaient échappé ensemble n'était pour rien. L'orage qui avait brisé l'arbre n'avait qu'à peine penché le roseau, et, une fois Knight sauvé, elle ne pensait plus à l'accident. L'aveu mutuel que celui-ci avait précipité occupait plus durablement ses méditations.

Le trouble actuel d'Elfride était lié à la hantise incessante de sa déplorable promesse de retrouver Stephen. La perception de la petitesse de celui-ci par rapport à Knight s'imposait à elle de manière alarmante. Maintenant, elle trouvait beaucoup de sagesse au conseil paternel de renoncer à lui et elle était aussi désireuse de le suivre qu'elle y était opposée jusque-là. Il n'y a peut-être rien qui endurcisse davantage de jeunes cœurs que de découvrir le pouvoir de ce personnage cynique qu'est le Temps, à même d'harmoniser leurs vœux les plus chers et les plus profonds avec cette sorte de calcul égoïste qu'ils méprisaient tellement autrefois.

L'heure du rendez-vous arriva, et avec elle vint une crise ; et avec la crise, un effondrement.

« Dieu me pardonne... je ne peux pas retrouver Stephen ! s'exclama-t-elle dans son for intérieur. Je ne l'aime pas moins, mais j'aime M. Knight beaucoup plus ! »

Oui : elle se garderait d'un homme qui n'était pas fait pour elle, et malgré toutes les promesses. Elle obéirait à son père et n'aurait plus rien à faire avec Stephen Smith. Une résolution volage prit ainsi les dehors de la vertu.

Les jours suivants s'écoulèrent sans qu'aucun aveu bien déterminé ne franchît les lèvres de Knight. Ils firent ensemble de fréquentes promenades, et il se produisit des scènes semblables à celle dont Smith avait été témoin au belvédère, mais elle faisait l'objet d'une cour si intangible que toute personne dépourvue d'une perception aussi fine que celle d'Elfride ne s'en fût pas rendu compte du tout. La vie commença réellement à être douce pour elle. Elle chassa de ses pensées le sens du péché de ses conduites passées et s'abandonna à l'ivresse du moment. Que Knight ne fît aucune déclaration véritable ne lui semblait pas un inconvénient. Depuis qu'il avait trahi ses sentiments, elle savait qu'il avait un réel amour pour elle ; préférant lui garder sa forme essentielle, elle était disposée à éviter pour le moment le grossier intermédiaire des mots. Comme ils avaient été forcés à faire une démonstration plutôt prématurée de leurs sentiments, ils s'abandonnaient l'un et l'autre à une réaction.

Mais, à peine était-elle venue à bout du remords de son infidélité, elle dut affronter une nouvelle angoisse. C'était moins la crainte qu'une rencontre fortuite n'eût lieu dans la paroisse entre Knight et Stephen que d'être alors le sujet de leur conversation.

En apprenant à mieux connaître Knight, Elfride s'aperçut que, loin de se douter que Stephen l'eût précédé, il n'imaginait même pas qu'elle eût déjà pu avoir un quelconque soupirant. Dans la vie courante, elle était si franche qu'elle disait tout ce qui lui venait à l'esprit et elle avait l'esprit si droit qu'elle révélait jusqu'au plus profond de son cœur. Mais le moment était venu de changer. Elle fit comme si elle ignorait jusqu'à l'existence de l'ami de Knight. Quand les femmes sont dissimulatrices, elles le sont à fond ; et le plus souvent, elles ne commencent à l'être qu'avec l'arrivée de leur deuxième amoureux.

Le souvenir du premier la hantait moins que le spectre de leur escapade ensemble, lequel, tel l'esprit de Glenfinlas, grandissait à mesure qu'elle s'efforçait de le terrasser. Son honnêteté foncière l'incitait à se confesser à Knight qui ne pouvait manquer de lui pardonner généreusement ; elle savait aussi que, si elle devait avouer, il était de bien meilleure politique de le faire sans attendre. Plus elle tarderait, plus l'aveu serait difficile. Pourtant, elle différa. La peur puissante qui accompagne, chez de jeunes femmes, un puissant amour avait trop de force pour lui permettre de pratiquer une qualité morale qui lui était si contraire.

La peur grandit, dès que l'amour s'y mêle
Et de petites craintes font une grande peur.
Amour et peur grandissent de conserve[1].

M. et Mme Swancourt tenaient le mariage pour acquis. Le pasteur se rappela la promesse d'Elfride de lui révéler la signification du télégramme qu'elle avait reçu ; deux jours après la scène du belvédère, il insista pour l'obtenir. Sa fille fut tout à fait franche.

« J'ai correspondu avec Stephen Smith depuis son départ de l'Angleterre jusqu'à très récemment, dit-elle calmement.

– Quoi ! s'exclama le pasteur consterné. Même sous les yeux de M. Knight ?

– Non ; quand j'ai découvert que je préférais M. Knight, je vous ai obéi.

– Trop aimable ! Et quand avez-vous commencé à vous intéresser à M. Knight ?

– Cela ne me paraît pas une question pertinente, papa ; le télégramme venait d'un agent maritime, et je n'y étais pour rien. Il annonçait l'arrivée d'un bateau qui le ramenait chez lui.

– Chez lui ! Quoi, il est ici ?

– Oui ; je pense qu'il est au village.

– A-t-il essayé de te voir ?

– Seulement par des moyens honnêtes. Mais ne me posez pas toutes ces questions, papa ! C'est une torture !

– Une seule chose encore, répondit-il. L'as-tu rencontré ?

– Pas du tout. Je peux vous assurer qu'à l'heure actuelle il n'y a pas plus d'entente entre moi et ce jeune homme qui vous déplaisait tant qu'entre vous et lui. Vous m'avez dit de l'oublier ; et je l'ai oublié.

1. Shakespeare, *Hamlet,* III, 2, 182-183.

– Bon ; quoique tu ne m'aies pas obéi dès le départ, si tu as fini par le faire, tu es une bonne fille.

– Ne dites pas que je suis une bonne fille, fit-elle amèrement, vous ne savez pas ; et moins on en dit sur certains sujets, mieux cela vaut. Souvenez-vous que M. Knight ignore tout de l'autre. Oh, que tout cela est mauvais ! Je ne sais pas où je vais.

– Dans l'état actuel de la situation, si j'étais toi, je lui parlerais ; ou, en tout cas, je ne m'inquiéterais pas qu'il le sache. Il a appris l'autre jour que nous étions ici dans la paroisse où demeure le père du jeune Smith... Qu'est-ce qui te met dans un tel émoi ?

– Je ne sais pas ; mais promettez-moi, je vous en supplie, de ne rien lui dire ! Ce serait ma perte !

– Allons, mon enfant. Knight est un bon garçon et un homme intelligent ; mais il ne m'échappe nullement que ce n'est pas pour toi un parti exceptionnel. Les hommes de son tour d'esprit ne constituent pas des maris merveilleux. Si tu avais voulu attendre, tu eusses pu trouver un homme beaucoup plus riche. Mais sache bien que, s'il te plaît, je n'ai pas un mot à dire contre lui. Charlotte est ravie, tu le sais.

– Eh bien ! papa, fit-elle avec un sourire confiant qui l'emportait sur ses craintes, il m'est agréable de sentir qu'en me laissant aller... à l'aimer, j'ai contenté ma famille. Mais je ne suis pas une bonne fille ; oh ! non, j'en suis bien loin !

– C'est triste à dire, mais personne n'est bon, expliqua le père avec douceur ; tu sais, les jeunes filles ont le droit de changer d'idée. Cela leur a été reconnu par les poètes depuis des temps immémoriaux. Catulle dit : *Mulier cupido quod dicit amanti, in vento...* Quelle mémoire ! Le sens de ce passage est que les discours d'une femme à son amoureux sont écrits sur le vent et sur l'eau. Ne te tracasse donc pas trop, Elfride.

– Ah, vous ne savez pas ! »

Comme cette conversation se tenait sur la pelouse, ils

purent voir Knight s'avancer lentement en contrebas. Elfride alla à sa rencontre, le cœur bien plus léger ; les choses étaient maintenant plus nettes. Elle avait l'impression d'avoir fait passer une partie de la responsabilité de son inconstance de ses propres épaules à celles de son père. Il subsistait toutefois des ombres. Elle ne cessait de penser :

« S'il m'avait parlé de cette façon, tout en sachant jusqu'où je suis allée avec Stephen, je serais bien plus heureuse ! »

Dans l'après-midi, les amoureux partirent faire du cheval une heure ou deux ; ils ne souhaitaient pas être vus, en raison du récent décès de lady Luxellian dont les obsèques avaient eu lieu la veille dans une grande intimité, mais ils durent passer devant l'église d'Endelstow-Est.

Comme on l'a vu, les marches du caveau partaient de l'extérieur de l'édifice, immédiatement sous le mur de la nef latérale. Du haut de leurs montures, Knight et Elfride pouvaient voir par-dessus les arbustes qui masquaient le cimetière.

« Regardez, on dirait que le caveau est encore ouvert, dit Knight.

– Oui, il est ouvert, répondit-elle.

– Qui est cet homme, à côté ? Le maçon, je suppose.

– Oui.

– Je me demande si c'est John Smith, le père de Stephen.

– Je crois bien que oui.

– Dans ce cas, j'aimerais bien lui demander des nouvelles de mon ancien élève. Par ailleurs, d'après la description de votre père, l'intérieur du caveau doit être intéressant. Si nous y allions ?

– Je ne sais pas si nous devrions. Lord Luxellian y est peut-être.

– Ce n'est guère probable. »

Elfride y consentit alors, puisqu'elle ne pouvait pas

faire autrement. La consternation avait d'abord fait défaillir son cœur, mais elle se remit en pensant au caractère de John Smith. Homme calme et modeste, il se conduirait certainement avec elle comme avant ces amours passagères avec son fils qui auraient pu lui inspirer un air plus prétentieux. C'est donc sans beaucoup de crainte qu'elle mit pied à terre, prit Knight par le bras et le suivit parmi les tombes. Le maître maçon la reconnut dès qu'elle approcha et, comme d'habitude, souleva son chapeau avec respect.

« Je sais que vous êtes M. Smith, le père de mon vieil ami Stephen », fit Knight, dès qu'il eut examiné les traits hâlés et rudes de John.

« Oui, m'sieur, c'est bien moi.

– Comment se porte votre fils ? Je n'ai eu de ses nouvelles qu'une seule fois, depuis qu'il est parti pour l'Inde. Vous l'avez probablement entendu parler de moi ; je suis M. Knight, et nous nous sommes connus, il y a de nombreuses années, à Exonbury.

– Pour sûr que oui. Stephen va très bien, merci, et l'est en Angleterre ; en fait, l'est au village. Bref, m'sieur, l'est dans le caveau, ici, en train de regarder les nobles défunts. »

Le cœur d'Elfride frémit comme les ailes d'un papillon. Knight parut stupéfait.

« Eh bien, c'est extraordinaire ! murmura-t-il. Savait-il que j'étais dans la paroisse ?

– J'peux vraiment pas dire, m'sieur », fit John, en essayant de se tenir à l'écart d'un embrouillamini qu'il soupçonnait plutôt qu'il ne le percevait.

« Est-ce que la famille nous tiendrait pour des intrus, si nous entrions dans le caveau ?

– Oh, que Dieu vous bénisse, non, m'sieur ! Des vingtaines de gens sont descendus ; on l'a laissé ouvert exprès.

– Alors, allons-y Elfride !

– J'ai peur que ça sente le renfermé, fit-elle d'un air suppliant.

– Oh ! non, mam'zelle, assura John. Ça sentait au début ; mais on a chaulé les murs et les voûtes le jour qu'on a ouvert, comme on fait toujours, et on a recommencé le matin des funérailles ; l'endroit a une odeur aussi douce qu'un grenier.

– J'aimerais bien que vous veniez avec moi, Elfie ; vous étiez vous-même un rejeton de cette famille.

– Je n'aime pas aller où la mort est si emphatiquement présente. Je vais rester près des chevaux, pendant que vous descendrez ; ils pourraient se sauver.

– C'est absurde ! Je n'avais pas idée que vous fussiez assez fragile pour être perturbée par quelques restes de mortels ; restez dehors, si vous avez tellement peur, mais comment donc !

– Oh non, je n'ai pas peur ; ne dites pas cela. »

Elle se cramponna misérablement à son bras, en pensant que, peut-être, la révélation pouvait tout aussi bien se faire tout de suite que dix minutes plus tard, car Stephen raccompagnerait certainement son ami jusqu'à son cheval.

Au début, l'obscurité du caveau, éclairé seulement par une paire de bougies, était trop grande pour leur permettre de rien distinguer ; mais, en s'avançant quelque peu, Knight discerna, devant les masses noires alignées le long des murs, la silhouette d'un jeune homme, debout, qui écrivait dans un carnet ; il ne dit qu'un mot :

« Stephen ! »

Stephen Smith, qui n'avait pas été dans une ignorance des coordonnées de Knight aussi absolue que Knight de celles de Smith, reconnut instantanément son ami et connaissait par cœur la silhouette de la belle dame qui se tenait derrière lui. Il s'approcha et serra la main de l'essayiste sans rien dire.

« Pourquoi ne m'avez-vous pas écrit, mon ami ? »

demanda Knight, sans aucunement signaler la présence d'Elfride à Stephen. Pour lui, Smith restait toujours le petit paysan qu'il avait protégé et dont il s'était occupé ; lui présenter la dame à qui il était fiancé eût été incongru et absurde.

« Pourquoi ne m'avez-vous pas écrit à moi ? répliqua Stephen.

– Ah oui. Pourquoi ne l'ai-je pas fait ? Pourquoi ne l'avons-nous pas fait ? C'est toujours la sorte de question à laquelle nous ne pouvons pas apporter de réponse précise sans avoir une conscience peu satisfaisante de nos insuffisances. Quoi qu'il en soit, je ne vous ai point oublié, Smith. Maintenant que nous nous sommes retrouvés, il faudra se revoir et bavarder plus longuement qu'on ne peut le faire ici. Je veux savoir tout ce que vous avez fait. Je sais que vous avez réussi, il va vous falloir m'en enseigner le moyen. »

Elfride se tenait dans le fond. Stephen comprit la situation au premier coup d'œil et devina qu'elle n'avait jamais mentionné son nom à Knight. Le tact qui lui permettait d'éviter les catastrophes était la qualité principale qui le rendait intellectuellement respectable, qualité en quoi il se montrait de loin supérieur à Knight ; il décida donc de s'efforcer à donner une issue paisible à cette rencontre, sans que ni le cœur de Knight ni celui d'Elfride ne fussent déchirés. Il n'avait jamais cessé de se sentir redevable envers Knight, et son amour pour Elfride était maintenant plein de générosité.

Il prévit qu'elle aurait à son endroit une attitude dictée par celle qu'il adopterait envers elle ; que, s'il se conduisait comme un étranger, elle trouverait un moyen de salut à faire de même. Les circonstances étant favorables à cette solution, il fallait aussi se montrer plutôt réservé avec Knight, pour écourter cette rencontre autant que possible.

« J'ai bien peur que mon temps soit trop limité pour me permettre ce plaisir, dit-il. Je m'en vais d'ici demain.

Et jusqu'à mon départ pour le continent et l'Inde, qui aura lieu dans une quinzaine, je n'aurai pas un moment à moi. »

La déception de Knight et son mécontentement manifeste devant cette réponse serrèrent le cœur de Stephen autant que l'avait fait la vue d'Elfride. Les propos qu'il avait tenus sur la limitation du temps étaient littéralement vrais, mais le ton sur lequel il les avait prononcés était loin de l'être. Il aurait eu le plus grand plaisir à parler avec Knight comme par le passé, et il éprouva comme une perte fatale que, pour sauver une femme qui ne se souciait plus de lui, il renonçât délibérément à son ami.

« Oh, que je suis désolé de l'apprendre ! fit Knight d'une voix changée. Mais, bien entendu, si de puissants intérêts vous réclament, il ne faut pas les négliger. Et si ceci doit être notre première et dernière rencontre, laissez-moi vous souhaiter le succès de tout mon cœur ! »

La chaleur de Knight se ranima vers la fin ; la solennité des lieux qui commençait de l'imprégner chassait de son cœur comme un enfantillage le dépit que les mots lui avaient causé.

« C'est un endroit étrange pour notre rencontre », poursuivit-il, en regardant autour de lui.

Stephen acquiesça brièvement et il y eut un silence. Les noirs cercueils étaient plus visibles qu'au début, car ils se détachaient en fort relief sur les murs et les voûtes blanchis à la chaux. Cette scène allait s'imprimer de manière indélébile dans le souvenir des trois participants. Knight, le visage songeur, se tenait entre ses compagnons, dans une position légèrement avancée par rapport à eux, avec Elfride à sa droite et Stephen à sa gauche. La lumière blanche du jour filtrait doucement sur sa droite et se teintait de bleu par contraste avec la lueur jaune des bougies contre le mur. Elfride, timidement reculée et la plus proche de l'entrée, en recevait le plus de clarté, tandis que Stephen n'était entièrement éclairé que par la lumière des bougies, et que, pour lui, le coin de ciel bleu visible à l'extérieur, au-dessus des marches, se présentait comme une tache de bleu métallique, et rien de plus.

« Je suis venu ici deux ou trois fois depuis que c'est ouvert, dit Stephen. Mon père, comme vous le savez, a été chargé du travail.

– Oui. Et que faites-vous ? » s'enquit Knight, en regardant le calepin et le crayon que Stephen avait à la main.

« J'ai relevé quelques détails dans l'église ; par la suite, j'ai recopié les noms inscrits sur quelques-uns des cercueils qui se trouvent ici. Avant de quitter l'Angleterre, je faisais beaucoup ce genre de choses.

– Oui, bien sûr. Ah, voici la pauvre lady Luxellian, j'imagine. » Knight désigna un cercueil en clair bois satiné de l'Inde qui reposait dans la nouvelle niche sur des lambourdes de pierre. « Et le reste de la famille est de ce côté-là. Qui sont ces deux-ci, serrés l'un contre l'autre ? »

La voix de Stephen s'altéra légèrement lorsqu'il répondit :

« C'est lady Elfride Luxellian Kingsmore, née Luxellian, et voici Arthur, son mari. J'ai entendu mon père raconter qu'ils se sont enfuis ensemble, et qu'elle l'a épousé contre le gré de son père.

– Alors je suppose que c'est d'elle que vous vient votre prénom, Mlle Swancourt ? dit Knight en se tournant vers elle. Vous m'avez bien dit que, trois ou quatre générations plus tôt, votre famille a constitué une ramification des Luxellian ?

– Elle était ma grand-mère », répondit Elfride, après avoir vainement cherché à humecter ses lèvres avant de parler. Elfride avait à ce moment-là, sous une forme plus enfantine, l'air tourmenté par le remords que le Guide a donné à sa Madeleine. Elle maintenait son visage détourné en partie de Knight et de Stephen et fixait son regard sur le coin de ciel visible à l'extérieur, comme si son salut dépendait de la vitesse avec laquelle elle pourrait l'atteindre. Elle retira à moitié sa main gauche qui reposait légèrement sur le bras de Knight, comme si elle avait honte d'affirmer ses prétentions sur lui sous les yeux de son ancien amoureux, sans vouloir cependant y renoncer ; ce faisant, son gant effleura sa manche.

« Peut-on obtenir le pardon, tout en persévérant dans l'offense [1] ? » se rappela-t-elle.

La conversation parut manquer de force pour être soutenue ; elle se poursuivit à bâtons rompus.

« Dans cette atmosphère si solennelle, une quantité de pensées se pressent dans la tête, remarqua Knight d'une voix calme et mesurée. De temps en temps, on a exprimé bien des choses remarquables sur la mort ! Et nous avons aussi nos propres pensées ! Nous pouvons imaginer chacun de ceux qui reposent ici disant :

Ô Éternel, tu m'as élevé bien haut,
Pour me saisir et me rejeter au loin.

« Quelle est la suite, Elfride ? Je pense au Psaume CII.

– Oui, je le connais », murmura-t-elle ; elle poursuivit d'une voix encore plus basse, comme si elle redoutait que des mots exprimant son émotion ne parvinssent jusqu'à Stephen :

Mes jours sont comme l'ombre à son déclin,
Et je me dessèche comme l'herbe.

– Eh bien, fit Knight d'un air songeur, laissons-les. Des circonstances comme celles-ci semblent nous forcer

1. Shakespeare, *Hamlet,* III, 3, 56.

à errer hors de nous-mêmes, très loin du cadre fragile où nous vivons, et à nous développer jusqu'à ce que notre capacité perceptive devienne si importante que notre réalité physique n'ait plus aucune commune mesure avec elle. Nous nous retournons sur la faible et minuscule tige dont cette croissance luxuriante dépend et nous nous demandons s'il est possible qu'une telle capacité ait une fondation si petite ; s'il faut encore une fois retourner à notre déambulation quotidienne dans cette étroite cellule qu'est un corps humain, où les pensées du monde peuvent nous mettre au supplice ? N'en est-il point ainsi ?

– Oui, firent Stephen et Elfride.

– On trouve injuste, aussi, qu'une telle ampleur de perception chez un être sensible soit confinée dans le fragile récipient d'un corps. Qu'est-ce qui affaiblit nos intentions relatives à l'avenir autant que cette pensée ?... Quoi qu'il en soit, il faut que nous nous accordions suivant une note plus égayante, car il y a encore beaucoup à faire pour nous tous. »

Tandis que Knight s'adressait à ses cadets sur ce mode méditatif – ignorant des tromperies pratiquées, pour des raisons différentes, par les cœurs désunis qui se trouvaient à son côté et sans connaître les incidents qui les avaient réunis autrefois –, chacun des deux trouvait que lui ou elle ne l'emportait pas par contraste avec leur mentor songeur. Si Knight n'avait la beauté physique ni du jeune architecte ni de la fille du pasteur, sa minutie et son intégrité illuminaient ses traits d'une dignité qu'on ne voyait même pas encore poindre chez les deux autres. Il est difficile de concevoir des règles qui s'appliqueront aux deux sexes, et Elfride, une fille encore immature, peut sans doute malaisément être chargée des responsabilités morales attachées à un homme en des circonstances analogues. De plus, le charme d'une femme est en partie lié à sa subtilité dans les questions amoureuses. Mais si l'honnêteté est une vertu en soi, Elfride, qui n'en avait aucune à ce moment-là, semblait difficilement assez bonne pour Knight. Stephen, même s'il avait des motifs non méprisables, usait après tout de tromperie ; des résultats importants viendraient-ils embellir cette stratégie quand elle réussit, elle attire rarement l'admiration, surtout quand elle échoue.

En temps ordinaire, eût-il été tout à fait seul avec Stephen, Knight n'eût fait aucune allusion à ses rapports avec Elfride. Mais, dans l'émotion des circonstances, il fut poussé à la confidence.

« Stephen, dit-il, cette jeune fille est Mlle Swancourt. J'habite en ce moment chez son père, comme vous le savez probablement. »

Il fit quelques pas pour se rapprocher de Smith et ajouta à voix plus basse :

« Je peux même vous confier que nous sommes fiancés. »

Si bas que ces paroles eussent été prononcées, Elfride les avait entendues, et elle attendit la réponse de Stephen, le souffle coupé, dans un grand silence (si tant est que l'on puisse parler de silence quand la robe d'Elfride frémissait à chaque battement de son cœur, l'indiquant comme quelque manomètre, et bruissait contre le mur). La lumière du jour qui tombait sur son visage lui conférait une pâleur bleue qui contrastait avec la couleur des deux autres visages.

« Je vous félicite, marmonna Stephen. Je connais un peu Mlle Swancourt, ajouta-t-il d'une voix forte. Vous devez vous souvenir que mon père est un des paroissiens du pasteur Swancourt.

– Je pensais que vous aviez peut-être quitté le foyer familial avant leur arrivée ici.

– Il est de fait que je n'ai pas habité le pays depuis cette date.

– J'ai déjà vu M. Smith, fit Elfride d'une voix mal assurée.

– Eh bien, je n'ai aucune excuse. Si vous étiez des

étrangers l'un pour l'autre, je suppose que j'eusse dû commencer par vous présenter ; si vous vous connaissiez, il n'eût pas fallu que je me tienne si continûment entre vous. Mais le fait est, Smith, que je vous considère toujours comme un gamin. »

Stephen parut prendre une conscience plus aiguë de la grande cruauté de son sort dans le moment présent. Il ne put s'empêcher de dire avec une certaine amertume :

« Vous auriez dû dire que je vous faisais toujours l'effet d'être le fils du maçon de campagne que je suis, indigne, par conséquent, de la cérémonie des présentations.

– Ah non, non ! Pas de ça ! »

Knight avait tâché de donner à sa réponse une tonalité rieuse pour les oreilles d'Elfride et de la gravité pour celles de Stephen : il échoua remarquablement dans ses deux efforts et produisit un discours forcé qui ne fut agréable ni à l'un ni à l'autre.

« Eh bien, sortons à l'air libre. Mlle Swancourt, vous êtes particulièrement silencieuse ; il ne faut pas vous inquiéter de Smith. Je le connais depuis de nombreuses années, comme je vous l'ai dit.

Oui, en effet, confirma-t-elle.

– Dire qu'elle n'a jamais parlé de moi ! » murmura Stephen, et il pensa avec un peu de remords combien la conduite d'Elfride ressemblait à la sienne, lors de sa première venue au presbytère comme s'il était un parfait étranger dans le pays.

Ils montèrent à la lumière du jour. Knight ne tint aucun compte supplémentaire de la conduite d'Elfride que, comme à l'accoutumée, il attribua à la timidité naturelle d'une jeune femme qui se voyait découverte alors qu'elle était avec lui dans des termes qui ne laissaient guère de doutes sur leur signification. Elfride traversa le cimetière en laissant les deux hommes quelque peu en retrait.

« Vous avez beaucoup changé, Smith, dit Knight,

mais je suppose que ce n'est pas plus qu'on pouvait s'y attendre. Quoi qu'il en soit, n'allez pas croire que je m'intéresserai moins à vos faits et gestes chaque fois que vous voudrez me les confier. Je n'ai pas oublié l'attachement sentimental que vous m'avez donné comme le motif de votre départ pour l'Inde. C'était une jeune personne de Londres, n'est-ce pas ? J'espère que les choses se présentent bien.

– Non : le mariage est rompu. »

Comme il est toujours difficile en ces circonstances de savoir s'il faut manifester de la tristesse ou de la joie – puisque cela dépend de la nature du projet de mariage –, Knight ne prit aucun risque en disant :

« J'espère que tout est pour le mieux.

– Je l'espère. Mais je vous supplie de ne pas insister... non, vous n'avez pas insisté... ce n'est pas ce que je voulais dire... mais je préfère ne pas m'étendre sur ce sujet », répondit Stephen, son élocution précipitée.

Knight n'en dit pas plus, et ils suivirent Elfride qui gardait quelques pas d'avance sur eux et n'avait pas entendu l'allusion que Knight avait inconsciemment faite à elle. Stephen lui fit ses adieux à la grille du cimetière, sans en sortir, et les regarda monter à cheval, lui et sa dulcinée.

« Bonté divine ! Elfride, s'exclama Knight, que vous êtes pâle ! Sans doute n'aurais-je pas dû vous emmener à l'intérieur de ce caveau. Qu'y a-t-il ?

– Rien, fit Elfride d'une voix faible. Je redeviendrai moi-même dans un instant. Tout était si étrange et inattendu là-dessous, cela m'a indisposée.

– Je trouvais que vous parliez peu. Voulez-vous que j'aille vous chercher de l'eau ?

– Non, non.

– Ne craignez-vous pas qu'il soit dangereux pour vous de monter ?

– Non, pas du tout, assura-t-elle avec une intonation de prière.

– Dans ce cas, on y va ! » murmura Knight, et il la souleva tendrement pour la mettre en selle.

Toujours appuyé à la grille douze yards plus loin, son ancien amoureux regardait la scène. Lorsqu'elle fut en selle et qu'elle tint fermement les rênes dans sa main, elle tourna la tête comme sous l'empire d'une fascination irrésistible et, pour la première fois depuis leur mémorable séparation sur la lande proche de Saint-Launce, après la tentative passionnée qui visait à l'épouser, Elfride regarda celui qu'elle avait aimé le premier. Il était le jeune homme qui l'avait appelée son inséparable épouse à de nombreuses reprises, et à qui elle s'était même adressée comme à son mari. Leurs yeux se rencontrèrent. Les mesures de la vie devraient être prises suivant l'intensité d'une expérience plutôt que sa durée. Leur regard qui ne dura qu'un bref instant, dans l'ordre temporel, constitua toute une saison dans leur histoire. Pour Elfride, le reproche d'une atroce souffrance qu'elle lut dans l'œil de Stephen fut comme une aiguille qui lui perça le cœur d'une douleur mortelle qu'aucun mot ne saurait décrire. D'un effort convulsif, elle détourna le regard, enleva son cheval et, dans le chaos de ses souvenirs perturbés, oublia toute présence à son côté. La tromperie était accomplie.

Lorsqu'ils furent parvenus à un tertre où le parc se transformait en bois et en halliers, Knight arriva à sa hauteur et lui demanda :

« Vous sentez-vous mieux à présent, ma chérie ?

– Oh, oui ! »

Elle pressa une main sur ses yeux, comme pour en effacer l'image de Stephen. Une petite surface d'un rouge éclatant brillait maintenant avec un éclat surnaturel au centre de chacune de ses joues, laissant au reste de son visage sa blancheur de lis précédente.

« Elfride », dit Knight, en adoptant ce qui était plutôt son ancien ton de mentor, « vous savez que je ne veux pas le moins du monde vous réprimander, mais ne faites-vous pas montre, pour une grande mesure, d'une faiblesse peu féminine en vous laissant accabler par la vue de ce qui, après tout, n'est pas une nouveauté ? Chaque femme digne de ce nom devrait, je crois, être capable de regarder la mort avec une certaine dose de sang-froid. Je suis certain que vous êtes du même avis que moi.

– Oui ; j'en conviens. »

Son manque de compréhension de la cause du malaise qu'elle avait eu, en fournissant la preuve de son entière exemption de tout soupçon relatif à un envers des choses, montrait combien Knight était, pour sa part, incapable de tromperie, bien plutôt que cela n'indiquait une lenteur foncière de son esprit à comprendre la nature humaine. Cette évidence clairement perçue par Elfride ajouta de l'âpreté à son remords, et elle le vénéra encore plus d'être si différent d'elle. Même le spectacle récent du visage de Stephen et le son de sa voix, qui avaient un moment pincé une ou deux cordes sensibles d'ancienne tendresse, furent incapables de contenir une adoration renouvelée maintenant qu'il était hors de vue.

Elle avait répondu précipitamment aux questions de Knight et s'était mise immédiatement à parler de sujets indifférents. Lorsqu'ils furent de retour à la maison, elle se tint à l'écart de lui jusqu'à l'heure de se mettre à table. Le dîner terminé, quand ils contemplèrent tous la tombée de la nuit depuis le salon, Knight sortit sur la terrasse. Elfride le suivit, très décidée, sous l'impulsion d'une intention vertueuse.

« M. Knight, j'ai quelque chose à vous dire, fit-elle d'une voix calme et ferme.

– À quel propos ? lui retourna gaiement son amoureux. Une chose heureuse, j'espère. Ne laissez rien vous rendre aussi triste que vous avez paru l'être aujourd'hui.

– Je ne peux pas vous donner le sujet de mon affaire avant de vous en exposer toute la substance, dit-elle. Et c'est ce que je vais faire demain. Je m'en suis rappelée aujourd'hui. C'est relatif à une chose que j'ai faite dans le passé et que je n'eusse pas dû faire, je crois. »

Il faut bien dire que c'était là une manière plutôt anodine de se référer à une passion frénétique et à une fuite qui, plus ou moins graves par elles-mêmes, n'avaient été que fortuitement préservées d'un scandale public.

Knight crut qu'il s'agissait d'une peccadille et l'interrogea d'une manière plaisante :

« Alors, je ne vais pas entendre cette terrible confession tout de suite ?

– Non, pas maintenant. Je n'avais pas l'intention de vous en parler ce soir, répondit Elfride d'une voix un peu moins ferme. Ce n'est pas aussi futile que vous le croyez... et cela me tracasse beaucoup. »

Craignant ensuite l'effet de sa propre gravité, elle s'obligea à ajouter :

« Encore que vous allez peut-être trouver cela futile, après tout.

– Mais vous n'avez pas précisé quand vous voulez me parler.

– Demain matin. Fixez une heure, je vous prie, et forcez-moi à m'y tenir. Je vous demande de le faire parce que je suis faible et que, sinon, je peux m'évertuer à tout éluder. »

Elle eut un rire exagéré qui montrait combien sa résolution était encore craintive.

« Eh bien, disons après le petit déjeuner... à 11 heures.

– Oui, 11 heures. Je vous le promets. Forcez-moi à tenir parole. »

28

J'apaise une crainte qui me tourmente[1]

« Mlle Swancourt, il est 11 heures. »

Elle était à la fenêtre de son cabinet de toilette, au premier étage, et Knight, qui paressait depuis un certain temps près de la balustrade de la terrasse, partageait ses regards entre l'éclat des géraniums et des calcéolaires, les pages du livre qu'il tenait à la main et la fenêtre ouverte d'Elfride.

« Oui, je sais. Je descends. »

Il vint plus près, sous la fenêtre.

« Comment allez-vous ce matin, Elfride ? Vous ne paraissez pas avoir beaucoup profité de votre longue nuit de repos. »

Peu après, elle apparut à la porte et prit le bras qu'il lui offrait ; ils descendirent ensemble le sentier de gravier qui menait jusqu'à la rivière, au loin sous les arbres.

Sa détermination n'avait pas faibli ces quinze dernières heures : elle était résolue à lui dire toute la vérité et le moment était venu.

Ils avançaient, pas à pas, mais elle ne parlait toujours pas. Ils étaient presque au bout de la promenade, quand Knight rompit le silence :

1. Tennyson, *In memoriam,* LXV.

« Eh bien, cette confession, Elfride ? »

Elle s'arrêta un instant, prit une longue inspiration, et voici ce qu'elle dit :

« Je vous ai dit un jour – ou plutôt je vous ai donné à entendre – quelque chose qui n'était pas vrai. Je vous ai laissé supposer que j'aurai vingt ans à mon prochain anniversaire, alors que je les ai eus à mon dernier anniversaire. »

C'en avait été trop pour elle. Le moment critique venu, ni les remords de conscience, ni l'amour de l'honnêteté, ni le désir de se confier et d'obtenir le pardon avec un baiser, rien ne fut assez fort pour pousser Elfride à affronter les risques de son entreprise. Sa crainte qu'il ne fût implacable s'aggrava du rappel de l'hypocrisie dont elle avait fait preuve la veille, laquelle pouvait ajouter du dégoût au désappointement de son amoureux. La certitude de gagner un jour de bonheur de plus par son silence l'emporta sur l'espoir hasardeux d'un amour éternel dû à sa franchise.

L'agitation causée par ces pensées sur ce qu'elle avait l'intention de dire fit si naturellement trembler les mots qu'elle dit effectivement que Knight ne soupçonna pas une seconde qu'ils étaient le fruit d'une substitution du dernier instant. Il sourit et lui pressa la main affectueusement.

« Mon Elfie chérie... oui, maintenant vous l'êtes... ne protestez pas. Quelle petite femme séduisante vous faites, à être si absurdement scrupuleuse à propos d'une simple vétille ! Vraiment, je ne me suis pas une seule fois demandé si votre vingtième année était la précédente ou l'actuelle. Et je ferais mieux de ne pas me le demander, sapristi ! Une vieille barbe qui a douze ans de plus ne va pas s'occuper d'une bagatelle pareille.

– Ne faites surtout pas mon éloge ! Comme il vient de vous, j'en fais le plus grand cas, mais je ne le mérite pas du tout. »

Plein d'une exceptionnelle bienveillance, Knight

interpréta cette expression de détresse comme de la pure modestie. Au bout d'une minute, il ajouta :

« Je ne vous en aime que mieux, vous savez, pour une telle exigence morale, même si je l'ai qualifiée d'absurde. Car, Elfride, poursuivit-il avec une tendre gravité, s'il y a une chose que j'aime à voir chez une femme, c'est une âme éprise de vérité et claire comme la lumière du paradis. Je peux m'accommoder de n'importe quoi, si je la trouve, et ne passer sur rien dans le cas contraire. Si jamais une femme a eu une âme de cette sorte, Elfride, c'est vous ; et puisque vous l'avez, conservez-la comme elle est, sans prêter attention aux théories à la mode sur les privilèges des femmes et leur droit naturel à user de ruses. Soyez convaincue, ma chérie, que la noblesse d'une femme est faite de son honnêteté autant que celle d'un homme. Et par honnêteté, j'entends une loyauté qui, outre les affaires et la vie sociale, s'applique à tous les délicats rapports amoureux auxquels se réfèrent plus particulièrement les privilèges que l'on accorde à votre sexe. »

Elfride, dans un grand trouble, regardait les arbres.

« Continuons jusqu'à la rivière, Elfie.

– J'aimerais bien, si j'avais un chapeau, fit-elle en dissimulant sa peine.

– Je vais vous le chercher », proposa Knight, tout disposé à acheter sa compagnie à ce bas prix. « Asseyez-vous ici, j'en ai pour une minute. »

Il retourna d'un pas rapide vers la maison, pour en rapporter l'objet en question.

Elfride s'assit sur un des bancs rustiques qui ornaient ces lieux, le regard perdu dans les herbes. Elle leva les yeux en entendant des pas légers et irréguliers tout à côté. Sur le chemin qui coupait celui où elle-même se trouvait et courait à travers les broussailles, elle vit passer la veuve du fermier, Mme Jethway. Sans remarquer Elfride, elle s'arrêta pour regarder la maison, en partie visible derrière les arbustes. Elfride se recula un peu, dans l'espoir que la déplaisante personne partirait sans la voir. Mais Mme Jethway – qui interpellait silencieusement la maison, avec des gestes qui paraissaient dictés par une raison quelque peu chancelante – remarqua la jeune femme et vint immédiatement se planter devant elle.

« Ah, Mlle Swancourt ! Pourquoi me dérangez-vous ? Suis-je en train de violer une propriété privée ?

– Vous pouvez emprunter ce chemin autant qu'il vous plaira, Mme Jethway. Je ne vous dérange pas.

– Vous me dérangez l'esprit, et mon esprit est toute ma vie, car mon garçon s'y trouve encore, alors qu'il a quitté mon corps.

– Oui, le pauvre jeune homme. J'ai eu de la peine, quand il est mort.

– Savez-vous de quoi il est mort ?

– De consomption.

– Oh, non, non ! s'exclama la veuve. Ce mot, consomption, masque beaucoup de choses. Il est mort parce que vous étiez sa bien-aimée, et que vous lui avez été infidèle : c'est ça qui l'a tué. Oui, Mlle Swancourt, fit-elle dans un murmure fiévreux, vous avez tué mon fils !

– Comment pouvez-vous dire des bêtises aussi méchantes ? » répliqua Elfride, en se levant, indignée. Mais l'indignation n'était pas dans sa nature, en sorte que, pour avoir été éprouvée et épuisée par les derniers événements, elle avait perdu les moyens de défense que ce sentiment eût pu lui fournir. « Je ne pouvais tout de même pas empêcher votre fils de m'aimer !

– C'est exactement ce que vous auriez pu empêcher. Vous savez bien comment cela a commencé, Mlle Elfride. Oui : vous avez dit que vous préfériez le prénom de Félix à tous les autres de la paroisse ; or vous saviez que c'était le sien et que cela lui serait rapporté par ceux à qui vous l'aviez dit.

– Je connaissais son prénom, bien entendu ; mais,

Mme Jethway, je suis tout à fait sûre de ne pas avoir parlé dans l'intention que cela lui fût répété.

– Mais vous saviez qu'on le ferait.

– Pas du tout.

– Plus tard, le jour de la fête du village, vous êtes passée à cheval près de notre maison, devant laquelle tous les garçons étaient rassemblés, et vous avez voulu mettre pied à terre ; quand Jim Drake, George Upway et trois ou quatre autres se sont précipités pour tenir la bride, alors que Félix se tenait à l'écart par timidité, pourquoi l'avez-vous appelé, en disant que vous aimeriez mieux avoir affaire à lui ?

– Oh, Mme Jethway, vous vous méprenez complètement ! Je voulais lui confier cette tâche parce que j'ai toujours trouvé qu'il était doux et poli, en sorte qu'il me paraissait le plus sympathique.

– Et pourquoi l'avez-vous laissé vous embrasser ?

– C'est faux ! C'est totalement faux ! s'écria Elfride, pleurant presque de désespoir. Il est arrivé derrière moi et il a voulu m'embrasser dans le cou ; c'est pourquoi je lui ai dit que je ne voulais plus jamais le voir.

– Mais vous ne l'avez rapporté ni à votre père ni à personne, comme vous l'auriez fait si vous vous étiez sentie aussi insultée que vous le prétendez maintenant.

– Il m'a suppliée de n'en rien dire, et j'ai été assez folle pour y consentir. Je le regrette bien, à présent. Je ne m'attendais guère que ma bonté fût si mal récompensée. Maintenant, Mme Jethway, je vous prie de me laisser », finit par dire Elfride en manière de remontrance.

« Oui, vous l'avez durement repoussé, et il est mort. Et son corps n'était pas encore froid que vous donniez votre cœur à un autre, que vous avez envoyé paître avec insouciance pour en choisir un troisième. Vous pensez peut-être que ce n'est rien, Mlle Swancourt, poursuivit-elle en se rapprochant, mais cela a entraîné une chose très grave. Avez-vous oublié votre fuite dans l'intention de vous marier ; votre voyage à Londres ; votre retour sans que ce mariage eût lieu ; et qu'il y a là de quoi ruiner la réputation d'une femme, serait-elle mieux établie que la vôtre ? Vous avez peut-être oublié ; moi, pas. L'inconstance par rapport à un amoureux, ce n'est pas bien ; mais se montrer inconstante après avoir joué à l'épouse, c'est du libertinage !

– C'est un mensonge pervers et cruel ! Oh non ; ne dites pas une chose pareille !

– Est-ce que votre nouvel ami est au courant ? Je ne le crois pas, sinon il ne se lierait pas avec vous. Le peu que les gens savent de cette histoire circule déjà dans les environs ; mais j'en sais bien plus que quiconque et je ne vois pas pourquoi je respecterais votre amour.

– Je vous défie de faire et de dire tout ce que vous pouvez pour me perdre, tempêta Elfride. Essayez donc, mettez votre langue au travail, je vous y invite ! Je vous mets au défi de répandre vos calomnies. Tenez, le voici qui arrive ! » Sa voix trembla fortement au moment où elle vit à travers la végétation la silhouette adorée de Knight franchir la porte, son chapeau à la main. « Dites-le-lui tout de suite ; je peux le supporter.

– Pas maintenant », dit la femme, et elle disparut à un tournant du sentier.

La surexcitation de ses derniers mots avait redonné des couleurs aux joues d'Elfride ; elle s'essuya rapidement les yeux et s'éloigna quelque peu : au moment où son amoureux la rattrapa, toute trace d'émotion avait presque disparu de son visage. Knight la coiffa de son chapeau, prit sa main et la plaça au creux de son bras.

C'était l'avant-veille de leur départ pour Saint-Leonards, et Knight semblait avoir décidé de passer beaucoup de son temps en compagnie de la jeune femme ce jour-là. Ils se promenèrent à l'aventure le long de la vallée. On était arrivé à cette période de l'automne où, à lui seul, le feuillage des plantations ordinaires est assez riche en couleurs pour épuiser les combinaisons chromatiques d'une palette de peintre. Les plus éclatants de tous sont ceux des hêtres, qui passent du rouge rouille brillant, à l'extrémité des branches, au jaune vif, plus près du tronc ; les jeunes chênes sont encore d'un vert moyen ; les pins sylvestres et les houssaies sont presque bleus ; tandis que les autres espèces qui parsèment le paysage fournissent des marron et des pourpres de toutes les nuances. Ici, la rivière courait au milieu d'une sorte de dallage de pierres plates séparées par des crevasses de largeurs irrégulières. Avec la sécheresse estivale, le torrent avait rétréci jusqu'à n'être plus qu'un filet de cristal qui faisait des méandres dans le lit rocailleux tout entier occupé pendant l'hiver. Knight s'aida des pieds et des mains pour passer à travers les buissons qui, à cet endroit-là, cachaient presque le cours d'eau à la vue et sauta sur la partie sèche du fond de la rivière.

« Elfride, je n'ai jamais rien vu de pareil ! s'exclama-t-il. Les noisetiers forment une voûte parfaite au-dessus du cours de la rivière et le sol est superbement pavé. L'endroit me rappelle une galerie de cloître. Laissez-moi vous aider à venir ici. »

Il l'assista pour franchir les broussailles et descendre jusqu'au dallage. Ils s'approchèrent ensemble d'une minuscule cascade haute et large d'un pied, près de laquelle ils s'assirent sur les pierres plates ensevelies neuf mois de l'année sous une masse bouillonnante. À leurs pieds, le mince filet d'eau coulait quasiment goutte à goutte et zigzaguait jusqu'à l'endroit où il se perdait dans l'ombre, demeurant seul à pouvoir expliquer à quoi servait cette nef couverte de feuilles.

Knight, appuyé sur le coude, après avoir contemplé ce spectacle, considéra Elfride en critique.

« Une chevelure si luxuriante ne se clairsème-t-elle pas au fur et à mesure qu'on passe de dix-huit à vingt-huit ans ?

– Oh non ! »

Elle avait répondu très vite, manifestant clairement sa

répugnance devant une idée qui la choquait d'une manière qu'un homme aurait de la difficulté à comprendre. Elle ajouta ensuite, avec une sourde inquiétude :

« Pensez-vous vraiment qu'une grande abondance de cheveux encourt davantage le risque de diminuer qu'une quantité modérée ?

– Oui, vraiment. Je crois – je suis presque sûr, en fait – que si nous disposions de statistiques à ce sujet, vous verriez que les personnes qui ont des cheveux clairsemés sont celles qui en avaient originellement une pléthore, et que celles qui commencent avec une quantité modérée la conservent sans grande perte. »

Le trouble envahit le visage d'Elfride en même temps que son cœur. Pour une femme, l'idée de perdre sa beauté est peut-être presque aussi épouvantable que la perte de sa réputation. En tout cas, elle reprit cet air lugubre qui ne l'avait guère quitté de la journée.

« Vous ne devriez pas vous tracasser tant à propos d'un simple ornement personnel », dit Knight, avec un peu de cette sévérité qui lui était coutumière avant qu'elle ne l'eût séduit au point qu'il devînt doux.

« Je pense que c'est le devoir d'une femme d'être aussi belle qu'elle le peut. Si j'étais lettrée, je m'appuierais sur la citation d'un de vos auteurs latins, en vous fournissant la référence précise. Je sais qu'il existe un texte de cette nature, car papa y a fait allusion.

– *Munditiae, et ornatus, et cultus,* etc. – est-ce bien cela ? Mais c'est un passage de Tite-Live qui ne va pas dans votre sens.

– Non, ce n'est pas cela.

– Alors, laissons cela, car j'ai tout lieu de cesser d'agiter mon vieux gourdin contre vous. Devinez-vous pourquoi ?

– Non ; mais je suis bien contente de le savoir, fit-elle avec gratitude. Car c'est épouvantable de vous entendre parler ainsi. Quelque horrible que soit le nom qu'on voudra donner à cette faiblesse, je dois avouer franchement que je suis terrifiée à l'idée que ma chevelure puisse devenir clairsemée.

– Bien entendu ; toute femme sensible préférera perdre son intelligence plutôt que sa beauté.

– Peu m'importe que vous vous moquiez et que vous me jugiez cruellement. Je sais que mes cheveux sont beaux ; tout le monde le dit.

– Ma foi, chère amie, répondit-il tendrement, je n'ai pas dit le contraire. Mais vous connaissez l'adage qui oppose être belle et faire de belles choses.

– La pauvre Mlle Fait-de-belles-choses aura une bien triste figure à coté de Mlle Est-belle, aux yeux de tous les hommes ; et les vôtres ne feront pas exception, M. Knight, quoi que vous en disiez », assura Elfride d'un ton effronté. Puis, baissant la voix, elle ajouta :

« Vous n'auriez pas dû prendre tant de peine pour me sauver du précipice, parce qu'il est évident que vous ne trouvez pas que ma vie vaille beaucoup d'efforts.

– Vous trouvez peut-être que la mienne ne valait pas les vôtres.

– Elle valait ceux de n'importe qui ! »

Sa main faisait clapoter l'eau de la petite cascade, et elle suivait du regard sa petite occupation paresseuse.

« Vous parlez de ma sévérité à votre endroit, Elfride ; mais, vous savez, vous êtes cruelle avec moi.

– Comment ça ? demanda-t-elle en levant les yeux.

– J'ai pris la peine de trouver des bijoux qui vous plussent, et vous n'avez pas voulu les accepter.

– Peut-être que je les accepterais maintenant ; très volontiers, peut-être.

– Alors, faites-le », fit Knight.

Il tira l'écrin de sa poche et l'offrit pour la troisième fois. Elfride le prit, l'air ravi, et se hâta de l'ouvrir pour faire sien ce présent lourd de sens.

« Si j'enlevais tout de suite ces affreuses boucles

d'oreilles que je porte, s'exclama-t-elle, et que je mette les vôtres, qu'en dites-vous ?

– Je vous en saurais gré. »

Pour invraisemblable que cela soit, si l'on mesure jusqu'où leur conversation les avait menés, Knight ne s'était encore jamais aventuré à embrasser Elfride. Il était bien plus lent que Stephen dans ces questions-là. Dans ses démonstrations affectives, il n'était jamais allé au-delà de ce que Stephen avait pu voir au belvédère. Comme la joue d'Elfride restait encore pour lui un fruit défendu, il céda à une impulsion et dit :

« Elfie, j'aimerais tant toucher ces oreilles si séduisantes que vous avez. Ces boucles vous viennent de moi, permettez-moi de vous les mettre. »

Elle hésita, mais d'une hésitation encourageante.

« Alors, laissez m'en placer une seule. »

Elle afficha une mine plus chaleureuse.

« Je ne sais pas si ce serait dans le bon ordre des choses », fit-elle ; et elle se remit à jouer avec l'eau de la minuscule cataracte.

La tranquillité des lieux fut troublée par un oiseau venu boire dans le ruisselet. Knight le regarda tremper son bec, s'ébrouer et s'envoler dans un arbre ; puis, avec cette brusquerie courtoise qui plaisait tant à la jeune femme, il lui répondit :

« Elfride, vous devriez être honnête. Cela peut vous ennuyer que je le fasse, mais très peu, alors donnez-m'en la permission.

– Je serai donc honnête », lui confia-t-elle, en le regardant bien en face. Pouvoir faire montre d'un peu de franchise sans crainte lui causait un plaisir particulier. « Cela ne m'ennuie pas que vous le fassiez... Cette attention est de nature à me plaire. Mais je me demandais s'il était convenable que je vous le permette.

– Alors, je vais le faire ! » répliqua-t-il.

À propos d'une petite chose – un simple jalon dans le badinage ou le flirt passager, aux yeux d'un homme à femmes –, il avait parlé avec cette gravité singulière que l'on ne rencontre que chez les hommes d'une nature profonde et qui n'ont pas l'habitude de jouer avec les femmes, gravité assez insolite pour constituer le tribut le plus précieux que l'on puisse payer et l'hommage le plus exquis que l'on puisse recevoir.

« Mais oui », murmura-t-elle, sans plus de réserve et en abandonnant le rôle de maîtresse des cérémonies.

Elfride se pencha vers lui, rejeta ses cheveux en arrière et plaça sa tête de côté. Ce faisant, elle appuya forcément son bras et son épaule contre la poitrine de Knight. Ils eurent alors tous les deux l'impression que toutes leurs sensations se concentraient en ce point de contact.

Tout le temps qu'il lui fallut pour exécuter sa délicate manœuvre, il trembla comme un chirurgien à sa première opération.

« Maintenant, l'autre, murmura-t-il.

– Non, non.

– Pourquoi pas ?

– Je ne sais pas exactement.

– Il faut savoir.

– Cela me trouble tellement. Rentrons !

– Ne dites pas cela, Elfride. De quoi s'agit-il, après tout ? Ce n'est tout bonnement rien. Tournez-vous, ma chérie. »

Elle se trouva impuissante à désobéir et se tourna sur-le-champ ; alors, sans intention précise de part ou d'autre, leurs visages se rapprochèrent ; il la soutint ainsi et l'embrassa.

Knight fut aussitôt le plus ardent et le plus froid des hommes. Quand ses émotions sommeillaient, il semblait presque flegmatique ; lorsqu'elles s'éveillaient, il devenait presque passionné. Et là, sans avoir jamais projeté un mariage rapide, il posa carrément la question, avec une ardeur accumulée depuis de longues années sous sa réserve naturelle :

« Quand allons-nous nous marier, Elfride ? »

Elle trouva de la douceur à ces mots, mais il s'y mêlait de l'amertume. Les élans auxquels il donnait maintenant libre cours – dont cette simple question était l'apogée –, se manifestant le jour même des reproches foudroyants de Mme Jethway, lui faisaient apparaître son inconstance comme une énormité. L'aimer en secret ne lui avait pas semblé participer d'une inconstance à tout crin autant que le même amour reconnu et assumé face à ce qui le menaçait. Son affolement fut interprété par celui qui se trouvait à son côté comme le signe extérieur du bouleversement produit par une expérience inédite.

« Je ne vous presse pas de me répondre tout de suite, ma chérie », dit-il, en voyant qu'elle n'était pas à même de fournir une réponse lucide. « Prenez votre temps. »

Knight était aussi honorable que tout homme qui a été aimé et abusé par une femme. On peut dire que son aveuglement en amour en fournit la preuve, car la sagacité en amour va habituellement de pair avec une bassesse générale. Une fois que la passion l'eut dominé, sa perspicacité devint confuse. Knight amoureux était de beaucoup plus simple d'esprit que Stephen, lequel lui était inférieur en d'autres domaines.

Sans plus parler de leur mariage, Knight la tint à bout de bras, comme si elle eût été un gros bouquet, et la scruta d'un regard affectueux.

« Est-ce que votre beau cadeau me va bien ? s'enquit-elle, les cils encore humides.

– À la perfection, sans le moindre doute ! » fit son amoureux, en adoptant un ton plus léger pour la mettre à l'aise. « Ah, vous devriez les voir ; vous avez l'air plus rayonnant que jamais. Imaginez un peu : j'ai réussi à vous embellir !

– Suis-je vraiment tellement jolie ? J'en suis heureuse pour vous. J'aimerais pouvoir me voir.

– Vous ne pouvez pas. Il vous faudra attendre d'être rentrée.

– Je n'y arriverai pas, fit-elle en riant. Écoutez, j'ai trouvé un moyen !

– Ah, ce que c'est que l'esprit des femmes !

– Tenez-moi très fermement !

– Oh, oui.

– Vous ne me laisserez pas tomber ?

– Soyez tranquille ! »

Un peu plus bas que l'endroit où ils étaient assis, le filet d'eau s'élargissait en une petite mare à la surface bien lisse. Knight la soutint pendant qu'elle s'agenouillait et se penchait au-dessus.

« Je me vois très bien et, vraiment, malgré tous mes scrupules, je ne peux pas m'empêcher d'admirer l'allure qu'elles me donnent.

– C'est certain. Mais comment pouvez-vous aimer tant les parures ? Je crois que vous allez me corrompre et m'en donner le goût. Je haïssais tout ce genre de choses avant de vous connaître.

– J'adore les ornements, parce que je veux que les gens admirent celle qui est à vous ; je veux qu'ils vous envient et qu'ils se disent : « Ah, si j'étais à sa place ! »

– Je suppose qu'il ne me reste plus qu'à me taire après cela. Et jusqu'à quand allez-vous continuer à vous regarder ?

– Jusqu'à ce que vous soyez fatigué de me tenir. Oh, je veux vous demander quelque chose. (Elle se retourna.) Et vous allez me répondre franchement, n'est-ce pas ? Quelle est la couleur de cheveux que vous préférez maintenant ? »

Knight ne répondit pas immédiatement.

« Nommez une couleur claire, murmura-t-elle de manière enjôleuse, et pas le noir comme l'autre fois.

– Alors, châtain clair. Exactement la couleur des cheveux de ma dame.

– Vrai ? » fit Elfride, en savourant comme une vérité ce qu'elle savait n'être qu'une flatterie.

« Oui.

– Et les yeux bleus, aussi ? Pas noisette ? Dites oui, dites oui !

– Une seule rétractation suffira pour aujourd'hui.

– Non, non.

– Très bien : les yeux bleus. »

En riant, Knight l'attira à lui pour l'embrasser une deuxième fois – manœuvre qu'il exécuta avec le soin d'un fruitier maniant une grappe de raisin pour ne pas lui enlever son velouté.

Elfride se refusa à ce deuxième baiser et détourna vivement son visage – ce mouvement dérangea son chapeau et sa coiffure. Elle porta la main à son oreille, et, sans se rendre compte de ce qu'elle disait dans l'agitation du moment, elle s'écria :

« Oh ! il faut faire attention ! J'ai déjà perdu l'autre boucle d'oreille de la même façon. »

Dès qu'elle se rendit compte de ce que cela signifiait, un voile de trouble assombrit son visage et elle ferma la bouche comme pour retenir ses paroles.

« De quelle façon ? demanda Knight, perplexe.

– En me promenant dehors », répondit-elle vivement.

29

Prends garde, tu te corromps !

C'est une soirée de début d'octobre, et le plus doux des couchers de soleil d'automne irradie Londres, jusqu'en ses lointains quartiers de l'est. En regardant vers l'ouest, on voit des colonnes de fumée s'élever dans l'air immobile comme de grands arbres. Dans l'ombre, tout se colore d'un bleu riche et brumeux.

M., Mme Swancourt et Elfride observent ces contrastes entre des couleurs blafardes et éclatantes de la fenêtre d'un grand hôtel près de Blackfriars Bridge. Le séjour qu'ils avaient fait chez leurs amis de Saint-Leonards une fois terminé, ils se sont arrêtés pour un jour ou deux dans la métropole, avant de rentrer chez eux.

Pendant ce temps, Knight avait fait la traversée par Jersey jusqu'à Saint-Malo et poursuivi de Bretagne en Normandie avant de retourner à Londres lui aussi, où il était arrivé deux jours après Elfride et ses parents.

Cette soirée d'octobre les voyait réunis dans l'hôtel sus-indiqué, où ils avaient tous réservé leurs appartements. Dans le cours de l'après-midi, Knight était passé à son logement de Richmond pour renouveler le contenu de son bagage ; à son retour, jamais un domestique affable n'introduisit dans une pièce confortable un homme plus heureux que Knight quand on le conduisit là où se tenaient Elfride et sa belle-mère, après une journée de courses fatigantes.

Le changement n'avait pas donné meilleure mine à Elfride, alors que Knight avait pris la couleur d'une noix. Ils s'isolèrent assez vite dans un coin de la pièce. Maintenant que les fiançailles étaient officielles, il ne serait pas venu à l'idée de la jeune fille de maintenir son prix par ce système de réserve dont se servent d'autres promises plus accomplies. Son amoureux était de nouveau avec elle, et c'était assez : elle lui ouvrait son cœur en totalité.

Le dîner fut rapidement expédié. Après un premier tour de conversation sur ce que chacun avait fait depuis leur séparation, on en vint à discuter le retour du lendemain.

« Comme je redoute ce trajet énervant que nous allons faire demain, dans le climat étouffant du sud du Devon ! disait Mme Swancourt. J'espérais qu'il ferait moins chaud à cette date-ci.

– Ne l'avez-vous jamais fait par la mer ? s'enquit Knight.

– Jamais. En tout cas, pas depuis qu'il existe une liaison ferroviaire.

– Dans ce cas, si vous pouvez vous permettre de prendre un jour de plus, je propose de voyager par bateau. En ce moment, la Manche est comme un lac. Il faut environ quarante heures pour atteindre Plymouth, je crois, et l'on s'embarque sous London Bridge, là-bas (il désigna l'est du doigt, par-dessus son épaule).

– Très bien, bravo ! s'écria le pasteur.

– Voilà une idée, approuva sa femme.

– Évidemment, ces bateaux ne sont que des caboteurs, indiqua Knight. Cela ne vous ennuie pas ?

– Non, pas du tout.

– Et leur salon ressemble au marché à poisson d'une

petite ville de dixième ordre, mais cela ne vous importe guère ?

– Oh, non, mon cher. Si nous y avions pensé plus tôt, nous aurions pu utiliser le yacht de lord Luxellian. C'est égal, nous voyagerons par la mer. Nous échapperons ainsi à l'horrible fracas du parcours à travers tout Londres, demain matin, sans parler du risque de se faire écraser par les trains des excursions ; risque qui n'est pas mince, si j'en crois les journaux. »

Elfride, elle aussi, fut ravie de l'arrangement ; le lendemain matin vit ainsi deux cabs avancer au pas sur le Mint, puis entre les murs incroyablement hauts de Nightingale Lane, en direction des quais de la Tamise.

Le premier véhicule était occupé par les voyageurs eux-mêmes, tandis que le second transportait les bagages, sous la surveillance de Mme Snewson, la femme de chambre de Mme Swancourt et celle d'Elfride aussi, ces quinze derniers jours ; en effet, même si la jeune demoiselle n'était pas accoutumée à disposer d'une aide pour s'habiller, sa belle-mère la forçait à paraître en avoir l'habitude, quand elles étaient en voyage.

Bientôt les charrettes encombrées de ballots aux odeurs de toute sorte se multiplièrent au point que les cabs ne purent progresser qu'avec une extrême lenteur. De temps en temps, il fallait s'arrêter complètement, en attendant que les lourds véhicules que l'on déchargeait devant eux fussent rangés, exploit qui n'était pas accompli sans une quantité de jurons et de tapage. Le pasteur mit la tête à la portière.

« Nous nous sommes certainement trompés de chemin », fit-il, très soucieux, en rentrant la tête. « On ne peut voir ici aucune voiture respectable en dehors de la nôtre. J'ai entendu dire qu'il y avait d'étranges bouges dans cette partie de Londres, où des gens ont été pris au piège et assassinés. Le cocher ne trame certainement pas un mauvais coup, n'est-ce pas ?

– Oh, non, non. Tout va bien », dit Knight, serein, tranquillement assis à côté d'Elfride.

– Ce que je dis, insista le pasteur en manifestant une plus grande inquiétude encore, s'appuie sur ce qu'on peut voir. La route maritime de Londres à Plymouth ne peut pas passer par ici, parce que d'ici on ne va nulle part. Nous allons rater notre bateau et notre train aussi, voilà ce que je crois.

– Soyez assuré que nous sommes sur le bon chemin. D'ailleurs, nous somme arrivés.

– Trimmer's Wharf », annonça le cocher en ouvrant la portière.

Aussitôt descendus, ils virent que le cocher du second cab en venait aux mains avec une foule de porteurs qui l'avaient chargé en colonne serrée pour obtenir la possession des valises et des malles, tandis que Mme Snewson levait les bras au ciel, au milieu de la mêlée. Knight s'avança, plein de vaillance, et parvint, après un dur combat, à réduire le nombre des assaillants à deux, sur les épaules et les chariots desquels les bagages disparurent avec une rapidité saisissante en direction du bord de l'eau.

D'autres membres de la même tribu qui avaient couru en avant firent entendre des cris d'appel aux bateliers, dont trois vinrent se ranger le long du quai ; deux d'entre eux ayant été vaincus, les bagages furent entassés dans l'embarcation du vainqueur.

« Je n'ai jamais vu un spectacle si terrifiant de ma vie... jamais ! dit M. Swancourt en pataugeant dans le canot. C'est pire que d'« être frappé par la famine et l'épée [1] ». Je pensais que de telles coutumes étaient réservées aux ports continentaux. N'es-tu pas étonnée, Elfride ?

– Oh ! non », assura Elfride qui, dans ce cadre

1. *Ésaïe,* LI, 19.

miteux, faisait l'effet d'un arc-en-ciel dans d'un ciel brouillé. « Je trouve que c'est une nouveauté plaisante. »

– Dans ce vaste océan, où est donc notre steamer ? s'enquit le pasteur. Sur ma vie, je ne vois rien d'autre que de vieilles carcasses.

– Juste derrière celle-là, répondit Knight. Nous allons y parvenir sans tarder. »

Ce qu'ils cherchaient se découvrit rapidement à leur vue : une grosse et lourde forme d'un noir d'encre, qui semblait n'avoir jamais éprouvé le contact de la peinture depuis cinquante ans. Elle en jouxtait une autre, semblable, et le seul moyen d'y accéder était de passer par un étroit couloir d'eau entre les deux, large d'un pied et demi à l'une de ses extrémités et qui allait rétrécissant. Au moment où ils s'engageaient dans ce passage exigu, une embarcation rivale descendait la rivière à force d'avirons, à la manière d'un fringant coursier, et engendrait une suite de vagues telles que leur frêle esquif était ballotté par les flots comme une coquille de noix ; le pasteur et sa femme penchaient de-ci, de là, se cognaient la tête comme Punch et Judy [1], pendant que, les vaguelettes s'écrasant contre la coque des deux bateaux, leurs genoux en étaient tout éclaboussés.

« Quelle horreur ! C'est épouvantable ! » murmura le pasteur pour lui-même, ajoutant à voix haute : « Je pensais que nous monterions à bord directement depuis la terre ferme. Eussé-je su qu'il fallait endurer pareils tracas, je crois bien que je ne fusse pas venu !

– S'il faut se faire éclabousser, je préférerais que ce soit avec de l'eau propre », dit la vieille dame en essuyant sa robe de son mouchoir.

« J'espère que nous ne risquons rien, poursuivit le pasteur.

1. Couple toujours en train de se quereller, héros de spectacles de marionnettes destinés aux enfants.

– Oh, papa, vous n'êtes pas très brave ! s'écria joyeusement Elfride.

– La bravoure n'est qu'un manque de compréhension de ce qui est contingent », répondit M. Swancourt avec sévérité.

Mme Swancourt éclata de rire, comme Elfride, et Knight rit aussi ; c'est dans cette bonne humeur qu'ils entendirent les cris d'un homme, venant de quelque part entre leurs têtes et le ciel, et apprirent qu'ils étaient devant le *Juliet*, où ils grimpèrent non sans vaciller.

Comme la marée basse empêchait leur départ avant encore une heure, n'ayant rien de mieux à faire, ils regardèrent distraitement des hommes en chandail bleu faire de mystérieuses réparations avec des cordages brayés ; ils contemplèrent les taches de lumière blafarde qui provoquaient leur attention en dansant sur les rides de l'eau comme de petites étoiles de cuivre bruni ; ils écoutèrent la retentissante musique des grues à vapeur opérant non loin, les gros soupirs venus des cheminées de steamers passant à proximité qui faiblissaient à mesure qu'ils s'éloignaient, ou bien les cris qui se faisaient entendre sur les ponts des différents bateaux qui se trouvaient dans les parages et qui étaient tous plus ou moins des « Ohé ! » ou des « Holà ! ».

À 10 heures et demie, on n'était pas encore parti. M. Swancourt étouffa un bâillement d'ennui et examina l'ensemble de ses compagnons de voyage. Leurs visages ne valaient certainement pas le spectacle. L'attente s'y inscrivait si absolument qu'il était difficile d'y discerner autre chose. Toute animation était suspendue jusqu'à ce que la Providence fît monter le flot et leur permît de partir.

« Il me vient à l'idée, dit Knight, que nous sommes au milieu de la catégorie des personnes les plus rares du royaume. Une piètre opinion de la valeur de son propre temps est la plus étrange de toutes les caractéristique humaines. Nous voyons ici des exemplaires de cette espèce patiente et heureuse : des vagabonds, à distinguer des autres voyageurs.

– Ce sont des assoiffés de plaisirs pour qui le temps n'a pas d'importance.

– Oh, non. Les assoiffés de plaisirs que l'on rencontre sur les grandes routes sont plus pressés que des voyageurs de commerce. Tandis que ces gens exceptionnels que nous avons ici, outre qu'ils perdent du temps pour parvenir au but de leur voyage, risquent le mal de mer en prenant ce moyen de transport. »

– Le risquons-nous vraiment ? interrogea le pasteur avec appréhension. Certainement pas ici, M. Knight, dans notre Manche anglaise ; à notre porte, si je puis ainsi m'exprimer.

– Les entrées sont toujours pleines de courants d'air, et la Manche est comme toutes les autres. Les marins en perdent leur sang-froid. Des philosophes ont calculé que, dans le cours d'une année, plus de gros mots montent au ciel depuis la Manche que depuis l'ensemble des cinq océans. »

On finit par partir, et les visages sans vie de toute la foule se ranimèrent immédiatement. L'homme, qui avait halé frénétiquement sur une manœuvre sans qu'on en voie la fin, interrompit son labeur, et l'on descendit lentement les méandres de la Tamise.

N'importe quoi n'importe où était une source d'intérêt pour Elfride ; ainsi de ce qui se passait là.

« Cela va mieux, à présent, dit Mme Swancourt après le passage de la Nore, mais j'avoue que jusqu'ici je me suis fait du souci pour le voyage. »

Dès qu'ils furent parvenus en pleine mer, une brise s'était levée qui les avait ragaillardis, la vieille dame et ses deux compagnons plus jeunes. Mais elle avait malheureusement eu un effet inverse sur le pasteur, lequel, après avoir revêtu une sorte de couleur mastic émaillée de points pourpres, allégua une indisposition et disparut.

L'après-midi s'étira. Mme Swancourt s'était gentiment isolée pour lire, et les fiancés furent laissés à eux-mêmes. Elfride s'accrocha en toute confiance au bras de Knight, et c'est avec fierté qu'elle parcourut avec lui le pont de long en large ou qu'elle alla s'appuyer à son coté au bastingage du gaillard d'avant, pour admirer le soleil couchant qui se retirait progressivement, à la poupe, derrière un groupe d'énormes nuages livides frangés d'or qui montaient à sa rencontre.

Elle était animée et remuante comme une enfant, bien qu'en se promenant avec lui de côté et d'autre devant les autres passagers, et en se faisant ainsi remarquer d'eux, elle se sentît d'abord assez confuse, car c'était la première fois qu'elle se montrait ouvertement sous pareille protection.

« J'espère bien qu'ils sont pleins d'envie et parlent de nous ; pas vous ? murmurait-elle à Knight avec un sourire furtif.

– Oh, non, répondait-il d'un air dégagé. Pourquoi nous envieraient-ils et que pourraient-ils bien dire ?

– Rien de mal, bien entendu, répondit Elfride ; des choses comme : « Qu'ils sont heureux ces deux-là ! Comme elle est fière ! » Le pire est que je viens d'entendre ces deux joueurs de cricket dire : « C'est la fille qui jette le plus de jus de tout le bateau. » Mais, vous savez Harry, cela ne me fait rien.

– Même si vous ne m'en aviez pas parlé, je n'eusse pas imaginé le contraire », assura Knight avec une grande affabilité.

Elle ne se fatiguait pas de poser des questions à son amoureux et d'admirer ses réponses, pour bonnes, mauvaises ou indifférentes qu'elles fussent. Le soir tomba et la nuit vint ; des lumières s'allumèrent à l'horizon et au-dessus d'eux.

« Regardez maintenant, juste devant nous, ce halo argenté. Observez-le et vous verrez ce qu'il en adviendra. »

Elle l'observa quelques minutes : deux lumières blanches émergèrent du côté d'une colline et s'avérèrent être l'origine du halo.

« Quel éclat éblouissant ! Qu'indiquent-elles ?

– Le cap Foreland du Sud que la falaise nous cachait jusqu'ici.

– Qu'est cette ligne d'étincelles à fleur d'eau ? une ville, j'imagine ?

– C'est Douvres. »

Durant tout ce temps, et par la suite encore, des éclairs diffus sortaient sans bruit d'un nuage qui se trouvait sur leur chemin, illuminaient leurs visages pendant qu'ils se promenaient, se reflétaient dans l'eau et donnaient un instant à l'horizon l'apparence d'un fil tranchant.

Elfride dormit cette nuit-là d'un sommeil profond. Le lendemain matin, la première pensée qui lui vint et l'émut fut que Knight se trouvait aussi près d'elle qu'à la maison, à Endelstow, et le premier spectacle qu'elle eut, en regardant par le hublot de sa cabine, fut le mur perpendiculaire de Beachy Head, d'un blanc éclatant sous le soleil de 6 heures. Ce beau lever du jour changea pourtant bien vite d'aspect. Un vent froid et un brouillard pâle s'élevèrent de l'eau et parurent augurer une journée lugubre.

Quand ils approchèrent de Southampton, Mme Swancourt vint expliquer que son mari se sentait tellement mal qu'il voulait être débarqué, pour continuer le voyage par terre.

« Il se sentira parfaitement bien dès qu'il foulera la terre ferme à nouveau. Que faire ? Le suivre ou finir notre voyage comme nous l'avions prévu ? »

Elfride était confortablement abritée sous un parapluie que Knight tenait au-dessus d'elle pour la protéger du vent.

« Oh, ne descendons pas à terre ! fit-elle avec consternation. Ce serait tellement dommage !

– Très bien, dit Mme Swancourt malicieusement et comme si elle parlait à un enfant. Regardez : le vent lui a donné de belles couleurs ; la mer, de l'appétit et de l'entrain ; et quelqu'un, du bonheur. Oui, ce serait certainement dommage !

– C'est mon infortune, qu'on s'adresse toujours à moi du haut d'un piédestal, gémit Elfride.

– Eh bien, nous ferons comme il vous plaira, Mme Swancourt, dit Knight, mais...

– Je préfère moi-même rester à bord, l'interrompit la vieille dame. Et M. Swancourt souhaite particulièrement descendre tout seul. De sorte que le problème est réglé.

Le pasteur, qui était maintenant de couleur gris-brun, fut débarqué et se rétablit sur-le-champ.

Assise seule dans une partie retirée du bateau, Elfride vit une femme voilée parmi les derniers arrivants de ce port qui montaient à bord. Elle était vêtue de soie noire et portait un châle sombre sur le bras. Sans regarder autour d'elle, elle se dirigea vers les cabines de deuxième classe. Toutes les belles couleurs dont Mme Swancourt avait complimenté sa belle-fille quittèrent les joues d'Elfride, et elle se mit à trembler visiblement.

Elle courut vers l'autre côté du bateau où se tenait Mme Swancourt.

« Après tout, rentrons par le chemin de fer avec papa, suggéra-t-elle d'un ton convaincu. Je préférerais faire le voyage avec lui, voulez-vous bien ? »

Mme Swancourt regarda un moment autour d'elle, comme si elle ne parvenait pas à prendre un décision.

« Ah ! s'exclama-t-elle. Il est trop tard maintenant. Que ne l'avez-vous dit plus tôt, quand nous avions tout le temps ? »

À cette minute, le *Juliet* commençait de s'éloigner lentement du quai dans une grande trépidation de ses moteurs. Il n'y avait plus rien à faire que de rester là, à moins que le *Juliet* ne revînt accoster, ce qui ne manquerait pas de causer beaucoup de dérangements. Elfride renonça à son projet et se résigna calmement. Son bonheur était maintenant tristement endommagé.

La femme dont la présence l'avait tant perturbée ressemblait beaucoup à Mme Jethway. Elle semblait hanter Elfride comme un spectre. Après quelques minutes d'une vaine tentative pour comptabiliser les motifs que Mme Jethway pouvait avoir de l'épier, Elfride décida de penser que, si c'était bien la veuve, cette rencontre était fortuite. Il lui revint à l'esprit que, dans son agitation incessante, la veuve se rendait souvent dans le village, proche de Southampton, dont elle était originaire ; il était possible qu'elle eût choisi le trajet maritime par souci d'économie.

« Qu'y a-t-il, Elfride ? s'enquit Knight, quand il la rejoignit.

– Rien d'autre qu'un peu de dépression.

– Cela ne m'étonne guère ; ce quai était déprimant. Nous avions l'air d'être en dessous de tout ce qui nous entourait. Mais nous allons rapidement retrouver la brise de mer, et cela va vous remettre, ma chérie. »

Le soir tomba et l'obscurité s'accrut pendant qu'ils descendaient Southampton Water et passaient par le Solent. L'agitation d'Elfride était telle que tout l'entrain des dernières vingt-quatre heures l'avait complètement désertée. Le temps lui aussi était devenu plus lugubre, car, même si les averses du matin avaient cessé, le ciel était plus couvert que jamais d'épais nuages de plomb. Comme le crépuscule avait été superbe quand ils avaient doublé le cap Foreland du Nord, la veille au soir ! À présent, il était impossible de savoir à une demi-heure près quand le soleil allait se coucher. Knight était avec Elfride, mais, déjà habitué à ses soudaines sautes d'humeur, il négligea de chercher la cause nécessaire de celle-ci, compte tenu des caractéristiques constantes de la jeune femme : elle avait une fibre sensible et du ressort.

Elle jeta un coup d'œil furtif vers l'autre extrémité du bateau. Mme Jethway, ou son double, était assise à la poupe, le regard fixé sur Elfride.

« Allons à l'avant du navire, dit-elle rapidement à Knight. On voit là-bas un homme qui établit les lumières pour la nuit. »

Knight acquiesça et, après avoir observé les opérations de suspension des fanaux rouges et verts par bâbord et tribord devant, ainsi que le hissage du fanal blanc en tête de mât, il marcha de long en large avec elle jusqu'à ce que le redoublement du vent rendît la promenade difficile. Par intervalles, les yeux d'Elfride se portaient furtivement vers l'arrière, pour voir si l'ennemi s'y trouvait réellement. À ce moment-là, on ne voyait personne.

« Est-ce que nous descendons ? » demanda Knight en voyant que le pont était presque désert.

« Non, dit-elle. Si vous aviez la gentillesse d'obtenir une couverture pour moi auprès de Mme Swancourt, j'aimerais rester ici, si cela ne vous ennuie pas. »

L'idée lui était venue que Mme Jethway pouvait être une passagère de première classe, et elle redoutait de tomber sur elle par accident.

Knight revint, muni de la couverture, et ils s'assirent à l'abri d'un coupe-vent, juste au moment où les deux yeux rouges des Needles surgissaient de l'obscurité pour les fixer, pendant que leurs sommets pointus se découpaient sur le ciel comme deux ombres fantomatiques. Il fut nécessaire de descendre pour un indéfinissable repas de 8 heures, et Elfride fut grandement soulagée de ne pas trouver trace de Mme Jethway. Ils remontèrent et demeurèrent sur le pont jusqu'à ce que Mme Snewson vînt en titubant leur dire que Mme Swancourt trouvait qu'il était temps pour Elfride de la rejoindre. Knight l'accompagna en bas, puis remonta passer encore un peu de temps sur le pont.

Elfride se coucha à moitié déshabillée et s'endormit rapidement d'un sommeil léger. Elle n'eût pas su dire depuis combien de temps elle reposait ainsi, quand l'impression s'imposa progressivement à elle qu'on lui murmurait à l'oreille des mots comme :

« En ce qui vous concerne, je constate que tout va pour le mieux avec lui. Eh bien, vous pouvez me défier en ce moment, mais vous verrez que je finirai par l'emporter. »

Aussitôt, Elfride fut tout éveillée et terrifiée. Elle savait que ces mots, s'ils avaient été prononcés, ne pouvaient l'avoir été que par une seule personne, et que cette personne était Mme Jethway. Mais il se pouvait aussi que tout cela n'eût été qu'un rêve.

La lampe s'était éteinte et la cabine était plongée dans l'obscurité. Elfride pouvait entendre sa belle-mère respirer péniblement, sur la couchette voisine, et Snewson, dans la suivante, plus bruyamment encore. Elles étaient les seules autres occupantes légitimes de la cabine, mais Mme Jethway avait peut-être manigancé de s'y introduire et d'en sortir furtivement, à moins qu'elle ne se fût glissée dans une couchette vide au-delà de celle de Snewson. La peur que ce ne fût le cas accrut encore l'agitation d'Elfride ; cela prit même les dimensions d'une certitude : comment une étrangère de l'autre extrémité du bateau eût-elle pu trouver le moyen d'entrer ? Cela avait-il été un rêve ?

Elfride se souleva sur sa couchette et regarda par le hublot. La mer se précipitait contre le flanc du navire, juste à la hauteur de sa tête, et se retirait, pâle et gémissante, dans l'étendue indistincte ; loin derrière, on voyait les deux lumières placides, comme des étoiles sans rayonnement. Craignant presque maintenant de tourner son visage vers l'intérieur de la cabine, par peur de voir Mme Jethway surgir à côté d'elle, Elfride hésita à appeler Mme Snewson pour qu'elle lui tînt compagnie. Elle entendit sonner 2 heures du matin, puis un bruit de voix, ce qui lui redonna un peu de courage. Cela ne valait pas la peine d'appeler Mme Snewson.

En tout cas, Elfride ne pouvait pas rester là, pantelante d'émotion, à courir le risque d'être à nouveau perturbée par cet épouvantable murmure. Elle se couvrit donc en toute hâte, sortit dans le couloir, trouva le pied de l'escalier grâce à une faible lumière qui éclairait l'entrée du salon et grimpa sur le pont. C'était un endroit extrêmement triste, contrastant tout à fait avec ce qu'il paraissait de jour. Elle pouvait voir une lueur de ver luisant dans le poste de pilotage, la vague silhouette de l'homme à la barre et une autre forme à l'avant. Aucune autre personne n'était visible de la proue à la poupe.

Si, il y en avait deux autres, près du bastingage. L'une s'avéra être son Harry ; la seconde, le mousse. Cela la mit véritablement en joie, et elle s'approcha pendant qu'ils continuaient à causer tranquillement de questions nautiques. Elle courut glisser sa main sous le bras de Knight, en partie par amour, en partie pour assurer sa stabilité.

« Elfie ! Vous ne dormez pas ? fit Knight, en s'écartant avec elle de quelques pas.

– Non, je ne peux pas dormir. Puis-je rester ici ? C'est tellement lugubre en bas et... j'ai eu peur. Où sommes-nous maintenant ?

– En plein sud de Portland Bill. Regardez : on en voit les feux par le travers. C'est un endroit terrible, les nuits d'orage. Distinguez-vous cette petite lumière qui monte et qui descend, sur la droite ? C'est un bateau-phare qui indique des hauts-fonds dangereux appelés les Shambles, où de nombreux bons vaisseaux ont été mis en pièces. Entre eux et nous se trouve le Race – où des courants contraires s'affrontent et forment des tourbillons –, un endroit où l'on se fait chahuter par le plus beau des temps et qui est terrifiant quand il y a du vent. Cet horizon sombre et triste qu'on discerne à peine sur la gauche est la West Bay, laquelle se termine vers la terre par Chesil Beach.

– Quelle heure est-il, Harry ?

– Guère plus de 2 heures.

– Allez-vous descendre ?

– Oh, non ; pas cette nuit. Je préfère l'air pur. »

Elle s'imagina qu'il était peut-être mécontent qu'elle fût venue le trouver à cette heure indue.

« Il me plairait de rester ici moi aussi, si vous me le permettez, fit-elle timidement. J'aurais des choses à vous demander.

– Vous le permettre, Elfie ! » dit Knight en passant son bras autour de sa taille pour l'attirer à lui. « Je suis deux fois plus heureux quand vous êtes à côté de moi. Oui, nous allons rester ici et attendre le lever du jour. »

Ils regagnèrent le recoin où ils s'étaient déjà abrités auparavant, s'enveloppèrent à nouveau dans la couverture. et s'assirent pour subir le mouvement ondulatoire du bateau.

« Que vouliez-vous me demander ? s'enquit Knight.

– Oh, pas grand-chose... et je ne devrais peut-être pas le faire », répondit-elle avec une hésitation.

Elle avait soudain souhaité découvrir sur-le-champ s'il avait jamais été fiancé auparavant. Si c'eût été le cas, cela lui eût fourni une occasion de révéler un peu de son aventure avec Stephen. Les derniers propos apparemment tenus par Mme Jethway avaient tellement déprimé la jeune femme qu'elle se peignait maintenant sa fuite sous les plus noires couleurs et désirait ardemment soulager sa conscience par une confession immédiate. Si jamais Knight avait lui-même commis quelque imprudence, elle espérait qu'il pourrait tout pardonner.

« Je voulais vous demander, poursuivit-elle, si... si jamais vous aviez été fiancé auparavant. Je l'espère, ajouta-t-elle d'une voix chevrotante. Je veux dire que cela ne m'ennuie pas du tout si vous l'avez été.

– Non, je ne l'ai jamais été, répondit Knight immédiatement et de bon cœur. Elfride (il y avait une certaine fierté heureuse dans le ton de sa voix), j'ai douze ans de plus que vous ; je me suis trouvé en beaucoup d'endroits et j'ai d'une certaine façon fréquenté le monde, ce que vous n'avez pas fait. Je ne suis pourtant pas indigne de vous comme des rigoristes pourraient l'imaginer en supposant que cette différence d'âge signifie indubitablement une majoration proportionnelle de mes pratiques amoureuses. »

Elfride frissonna.

« Vous avez froid... il y a peut-être trop de vent pour vous ?

– Non », dit-elle tristement.

L'espoir auquel elle se raccrochait comme à une ancre de salut se trouvait démenti. Cette relation de la nature exceptionnelle de son expérience, un exposé qui l'eût ravie deux années plus tôt, lui glaçait le sang maintenant.

« Cela ne vous gêne pas que je vous questionne ? poursuivit-elle.

– Oh, non, pas du tout.

– Avez-vous embrassé beaucoup de dames ? » bafouilla-t-elle, avec l'espoir qu'il en avouerait pour le moins une centaine.

Le moment, les circonstances et le lieu étaient de nature à inciter l'homme le plus réservé aux confidences.

« Elfride, murmura Knight, je trouve étrange que vous me posiez cette question. Mais j'y répondrai, bien que je n'aie jamais confié cela jusqu'ici. J'ai évité les femmes d'une manière assez absurde. Jamais de ma vie je n'ai donné un baiser à une femme, vous et ma mère exceptées. »

Et cet homme expérimenté de trente-deux ans s'empourprait d'une honte ingénue de gamin en faisant cette confession.

« Quoi, pas une ? balbutia-t-elle.

– Pas une seule.

– Comme c'est étrange.

– Oui, l'expérience contraire est beaucoup plus commune. Pourtant, aux yeux de ceux qui, comme moi, ont observé le comportement des individus de leur propre sexe, je ne constitue pas un cas remarquable. Les hommes du monde ont la faveur des femmes : voilà un postulat, et le regard superficiel ne va pas assez loin pour constater qu'il peut y avoir des exceptions isolées.

– En êtes-vous fier, Harry ?

– Non, vraiment pas. Ces dernières années, j'ai même regretté de n'avoir pas agi à ma guise et jeté ma gourme comme le font des hommes plus légers. J'ai pensé à toutes les expériences heureuses que j'ai manquées, faute de faire la cour aux femmes.

– Alors pourquoi vous en êtes-vous abstenu ?

– Je ne saurais dire. Je ne pense pas que c'était dans ma nature ; ce sont peut-être les circonstances qui m'ont retenu. Je l'ai déploré pour une autre raison. Cette grande négligence qui était la mienne, elle a fait son effet sur moi. Plus je prenais de l'âge, et plus clairement je me rendais compte que cela m'empêchait d'être attiré par une femme qui ne fût pas aussi novice que moi ; et j'ai renoncé à l'espoir de trouver au XIXe siècle une jeune dame aussi dépourvue d'expérience que je le suis. C'est alors que je vous ai rencontrée, Elfride, et j'ai pensé pour la première fois que c'était une bénédiction d'avoir été si exigeant. Cela m'a aidé à me rendre digne de vous. J'ai senti aussitôt que, pour différents que nous soyons en d'autres domaines, sur ce point-là, je vous ressemblais. Eh bien, n'êtes-vous pas contente d'entendre cela, Elfride ?

– Si, fit-elle d'une voix forcée. Mais j'ai toujours cru que les hommes avaient une quantité d'aventures avant de se marier... surtout s'ils ne se marient pas très jeunes.

– C'est ce que croient toutes les femmes, j'imagine, et à bon droit, certainement, quant à la majorité des célibataires, comme je viens de l'indiquer. Mais il y a une appréciable minorité d'hommes qui sont en quelque sorte des traînards et qui ne se sont pas conduits ainsi ; aussi sont-ils très gauches lorsqu'ils en viennent à s'engager. Cela n'a toutefois pas eu d'importance dans mon cas.

– Pourquoi ? demanda-t-elle, mal à l'aise.

– Parce que vous en savez encore moins que moi en matière de pratiques amoureuses et de préparatifs matrimoniaux, de telle sorte que vous ne pouvez pas faire de comparaisons désobligeantes si je ne m'y prends pas convenablement.

– Je trouve que vous vous y prenez magnifiquement.

– Grand merci, ma chérie. Mais, poursuivit Knight en riant, votre opinion n'est pas celle d'un expert, et celle-là seule aurait de la valeur. »

Lui eût-elle affirmé que c'était presque son cas, Knight eût été bien étonné.

« Si vous aviez déjà été fiancée, continua-t-il, j'ai dans l'idée que vous auriez une opinion différente de la façon dont je vous ai fait la cour. Mais alors, je n'aurais pas...

– Vous n'auriez pas quoi, Harry ?

– Oh, j'étais tout simplement sur le point de dire que, dans ce cas-là, je n'aurais jamais eu le plaisir de demander votre main, puisque c'est votre défaut d'expérience qui m'a attiré, ma chérie.

– Vous êtes sévère à l'endroit des femmes, n'est-ce pas ?

– Non, je ne crois pas. J'avais bien le droit de m'en tenir à mon goût, et c'était celui des lèvres vierges. Des hommes différents de moi en acquièrent le goût en prenant de l'âge... mais ils ne trouvent pas une Elfride...

– Quel est cet horrible bruit qui se fait entendre quand nous tanguons vers l'avant ?

– C'est seulement l'hélice... ils ne trouvent pas une Elfride comme je l'ai fait. Dire que j'ai découvert ici, dans l'Ouest, une telle fleur restée inaperçue ! Que pour elle un seul homme est comme toute une suite de mâles pour certaines femmes et un cabotage dans la Manche comme une croisière autour du monde !

– Renonceriez-vous à une femme, interrogea-t-elle d'une voix tremblante, si vous étiez fiancé avec elle et que vous appreniez qu'elle a été embrassée une fois avant vous ? Est-ce que vous partiriez en l'abandonnant ?

– Pour un baiser ? Non, sans doute pas.

– Deux ?

– Ma foi, je peux difficilement faire ce genre de calcul. Un excès de cette sorte me ferait certainement prendre une femme en grippe. Mais ne nous occupons que de nous-mêmes et non de circonstances hypothétiques. »

Elfride s'était permis de « caresser des suppositions erronées [1] », et chacun des propos de Knight l'écrasait d'un nouveau poids. Ils restèrent longtemps silencieux, à contempler les noires eaux mystérieuses et écouter l'étrange voix du vent sans repos. Le balancement des vagues, quand la brise n'est pas trop violente et froide, calme même les esprit les plus agités. Elfride avait glissé doucement contre Knight, et celui-ci se rendit compte en se penchant qu'elle s'était endormie. Il resta immobile pour ne pas la réveiller et il éprouva un intense plaisir à sentir la chaleur de ce jeune corps qui bougeait au rythme de sa douce respiration régulière.

Tout en restant bien éveillé, Knight se mit lui aussi à rêver. Il était agréable de constater la confiance implicite qu'elle plaçait en lui et la charmante innocence d'une personne qui pouvait sombrer dans le sommeil d'une manière si simple et si peu cérémonieuse. Plus que tout, cet homme studieux, songeur et peu doué de sens pratique, sentit l'immense responsabilité qu'il prenait sur ses épaules en devenant le protecteur et le guide d'une créature si confiante. Le sommeil paisible de l'âme d'Elfride apaisait celle de Knight. Puis elle se mit à gémir et à s'agiter. Bientôt, son marmonnement se fit plus distinct :

« Ne lui dites pas... il ne m'aimera plus... Je ne vou-

1. Milton, *Lycidas*, I, 153.

lais rien faire de honteux... vraiment pas... alors ne lui dites pas... Nous devions nous marier... C'est pourquoi je me suis enfuie... Il ne veut pas d'une femme qu'on a déjà embrassée... Si vous lui dites, il va partir, et j'en mourrais... J'implore votre miséricorde... Pitié ! »

Elfride s'éveilla en sursaut.

L'instant d'avant, un tintement musical venu de la droite l'avait tirée de son sommeil.

« Qu'est-ce que c'est ? demanda-t-elle, terrifiée.

– Ce n'est que la cloche qui sonnait 4 heures, dit Knight avec douceur. N'ayez pas peur, petit oiseau, vous êtes en sécurité. À quoi rêviez-vous ?

– Je ne saurais dire, fit-elle en frissonnant. Oh, je ne sais pas quoi faire !

– Restez tranquillement près de moi. Nous allons bientôt voir le point du jour. Voyez comme l'étoile du matin est belle là-bas. Les nuages se sont totalement dissipés pendant que vous dormiez. Qu'y avait-il dans votre rêve ?

– Une femme de notre paroisse.

– Vous ne l'aimez pas ?

– Non. Elle me déteste. Où sommes-nous ?

– Au sud d'Exeter. »

Knight n'ajouta rien quant aux paroles qu'elle avait prononcées pendant qu'elle rêvait. Ils contemplèrent le ciel jusqu'à ce qu'Elfride retrouvât son calme, et l'aube se leva. Ce ne fut d'abord qu'une faible pâleur. Puis, le vent souffla d'une manière différente et céda la place à une brise légère. L'étoile du matin fondit dans la lumière du jour.

« Voilà comment j'aimerais mourir », dit Elfride, en se soulevant de son siège et en s'appuyant au bastingage pour observer la dernière lueur de l'étoile.

« Comme écrit le poète, répondit Knight,

S'éteindre comme l'étoile du matin, laquelle
Ne s'enfonce pas dans un ouest assombri, pas plus qu'elle

Ne se cache parmi les tempêtes de cieux obscurcis,
Mais se fond dans toute la gloire du paradis[1].

– Ah ! d'autres personnes ont eu la même pensée que moi, n'est-ce pas ? C'est toujours ce qui se passe avec ce que je crois être mon originalité, elle n'est originale qu'à mes seuls yeux.

– Cette situation ne vous est pas particulière. Quand j'ai débuté dans la critique, je trouvais que c'était un abominable traquenard : s'épancher longuement sur un sujet de rencontre qui vous semble une nouveauté, pour découvrir ensuite que la question avait déjà été épuisée quand vous étiez encore dans vos couches.

– C'est délicieux ! Chaque fois que j'apprends que vous vous êtes rendu coupable d'une bêtise, j'en suis heureuse, parce que cela me semble vous rapprocher de moi qui en ai tant commis. »

Et la pensée d'Elfride revint à son ennemie qui dormait peut-être juste sous le pont où elle se trouvait.

Tout le long de la côte, les saillies commencèrent à se distinguer des renfoncements. Puis un ciel rose s'étendit au-dessus de la mer orientale et derrière la basse ligne de la terre, projetant la couleur de sa livrée sur les fins nuages vaporeux qui se trouvaient encore là. Les avancements de terre paraissaient être autant de doigts désireux d'accrocher un peu de cette lumière liquide répandue si prodigalement dans le ciel. Après une période fantastique où les clartés jaunes se succédèrent vers l'est, les hauteurs qui dominaient le rivage furent inondées des mêmes couleurs. Les contours escarpés et nus de la pointe Start happèrent le premier éclat extrêmement brillant, comme le firent aussi les flancs du phare blanc perché sur un replat de son front abrupt, à la façon d'un saint médiéval dans une niche. Bolt Head,

1. Robert Pollock, *Le Cours du temps*, livre V.

leur altier voisin de gauche, gardait son gris, car il n'avait pas encore été atteint par les rayons dorés.

Enfin, le soleil vint, par secousses, de l'extrémité orientale de la terre vers le large ; après avoir projeté une échelle de Jacob sous forme de sentier lumineux de lui à Elfride et à Knight, il enroba ceux-ci de rayons en quelques minutes. Les dignitaires inférieurs du rivage – la pointe Froward, Berry Head et Prawle – avaient déjà reçu une portion de l'illumination, et les plus petites protubérances de vagues, falaises ou criques, jusqu'aux renfoncements les plus profonds de la charmante vallée du Dart, tout finit par en avoir sa part ; la lumière du soleil, possession maintenant commune à tous, cessa alors d'être le magnifique objet de convoitise qu'elle avait été une courte demi-heure plus tôt.

Après le petit déjeuner, Plymouth apparut à la vue et devint plus distinct à mesure qu'on s'en approchait, la digue paraissant être un trait phosphorescent à la surface de l'eau. Elfride jeta un regard furtif à la ronde pour chercher Mme Jethway, mais elle ne discerna rien qui lui ressemblât. Plus tard, dans le remue-ménage du débarquement, elle chercha encore, sans plus de résultat. Ou bien la femme s'était glissée sur le quai sans qu'on la voie, ou bien elle n'avait jamais été là. Elfride se détendit avec soulagement, pendant que Knight s'occupait de leurs bagages, puis elle vit son père s'approcher à travers la foule, tout en agitant sa canne pour attirer leur attention. Après avoir tous joué des coudes jusqu'à lui, ils entrèrent ensemble dans la ville ; celle-ci sourit à Elfride d'un sourire aussi large que le jour où, entre un et deux ans plus tôt, elle y était entrée, justement à la même heure, en tant que promise de Stephen Smith.

30

Vassale de l'amour [1]

Jour après jour, Elfride s'attachait de plus en plus à Knight. Se fût-on interrogé à propos de tout le reste, il était indiscutable qu'elle avait pour lui une dévotion qui l'absorbait corps et âme. Un être supérieur à Stephen avait surgi, et elle avait tout quitté pour le suivre.

L'expansive jeune femme n'hésitait pas à laisser son amoureux voir combien elle l'admirait. Jamais elle ne défendait une idée opposée aux siennes, jamais elle n'insistait auprès de lui sur tel ou tel point, jamais elle ne témoignait de son indépendance, jamais elle ne maintenait sa position sur quelque sujet que ce fût. Énonçait-il un caprice, elle le respectait et lui obéissait comme si c'était une loi, et si, lorsqu'elle avait exprimé une opinion sur telle ou telle question, il prenait le sujet en main et n'était pas de son avis, elle abjurait instantanément sa propre opinion comme fausse et insoutenable. Même ses ambiguïtés et ses malices n'étaient que les manifestations de la même attitude – des charades mimées, incarnant les paroles de son prototype, la tendre et sensible belle-sœur de Naomi : « Oh ! que je trouve grâce à tes yeux, mon seigneur ! Car tu m'as consolée,

1. Tennyson, *In memoriam*, XLVIII.

et tu as parlé au cœur de ta servante. Et pourtant je ne suis pas, moi, comme l'une de tes servantes[1]. »

Un jour qu'elle seringuait les plantes dans la serre, Knight observait la scène, assis sous une passiflore. Parfois, il regardait dehors la pluie tomber du ciel, puis il reportait les yeux vers l'intérieur sur les gouttes plus grosses de la pluie provoquée par Elfride, gouttes qui tombaient des arbres et des arbustes après avoir pendu des branches comme de petits fruits argentés.

« Il faut que je vous donne quelque chose pour vous faire penser à moi cet automne, quand vous serez chez vous, dit-elle. Qu'est-ce que cela pourrait bien être ? Les portraits font plus de mal que de bien, en choisissant la pire expression dont un visage soit capable. Une boucle de cheveux porte malheur. Et vous n'aimez pas les bijoux.

– Donnez-moi quelque chose qui me rappellera les bons moments que nous avons passés dans cette serre. Je vois ce que j'apprécierai beaucoup. Ce myrte nain en pot auquel vous avez prodigué tant de soins. »

Elfride regarda l'arbuste d'un air pensif.

« Je peux facilement le transporter dans ma boîte à chapeau, reprit Knight. Je le placerai sur ma fenêtre, et, comme je l'aurai toujours sous les yeux, je penserai continuellement à vous. »

Il se trouvait que le myrte distingué par Knight avait une histoire particulière. C'était à l'origine un rameau que Stephen Smith portait à sa boutonnière, qu'il en avait ôté pour le ficher dans un pot et dire à Elfride que, s'il prenait racine, elle devrait en prendre soin, car il lui rappellerait son futur mari parti au loin.

Elle regarda la plante d'un air songeur et triste ; une sorte de fidélité au souvenir de Smith lui serra le cœur du regret que Knight eût demandé justement celle-là. Il

1. *Ruth*, II, 13.

lui sembla que la laisser partir excéderait un simple manque de délicatesse.

« N'y a-t-il rien que vous préféreriez ? s'enquit-elle tristement. Ce n'est qu'un myrte ordinaire.

– Non, j'aime beaucoup le myrte. » En voyant que l'idée ne lui plaisait guère, il ajouta : « Pourquoi vous opposez-vous à ce que je l'emporte ?

– Oh non... Je ne m'y oppose pas exactement... C'est une question de sentiment... Tenez, voici une autre bouture qui a pris récemment... la plante est tout aussi petite, mais d'une meilleure espèce, avec des feuilles plus jolies : le *Myrtus microphylla.*

– Il me conviendra parfaitement. Faites-le monter dans ma chambre, afin que je ne l'oublie pas. Quel roman s'attache donc à l'autre ?

– C'est un cadeau qu'on m'a fait. »

On abandonna le sujet. Knight n'y pensa plus jusqu'au moment où, rentrant le soir dans sa chambre, il trouva le second myrte placé sur sa table de toilette, comme il l'avait demandé. Il resta un moment à admirer la fraîche apparence des feuilles à la lumière des bougies, puis il pensa à la transaction qu'ils avaient effectuée ce jour-là.

Trop de gentillesse peut gâter les amoureux, hommes autant que femmes ; pour attaché qu'il fût à Elfride, sa soumission constante avait conduit Knight à lui en demander trop en cas de crise.

« Pourquoi m'a-t-elle refusé celui que j'ai choisi en premier ? » se demanda-t-il.

La bien légère opposition qu'elle avait manifestée à ce moment-là était assez exceptionnelle pour être remarquable. Il n'était pas fâché contre elle le moins du monde, mais la simple différence entre sa conduite du jour et ses façons habituelles le laissait songeur, parce qu'elle le mettait dans la perplexité. « C'est un cadeau qu'on m'a fait », avait-elle dit. Même si c'était un cadeau, il trouva qu'elle pouvait difficilement faire plus grand cas d'un simple ami que de lui-même, son amoureux, et lui confier la plante n'eût pas changé grand-chose.

« À moins, évidemment, que ce ne fût le cadeau d'un amoureux », murmura-t-il.

Il lui vint une idée tout à fait nouvelle qu'il énonça à voix haute :

« Je me demande si Elfride n'aurait pas déjà eu un amoureux auparavant. »

Cette pensée et celles qui en découlaient suffirent à l'occuper complètement avant que le sommeil ne vînt, bien plus tard qu'à l'accoutumée.

Le lendemain, quand ils furent à nouveau seuls, il lui demanda assez brusquement :

« M'aimez-vous plus ou m'aimez-vous moins, Elfie, pour ce que je vous ai dit à bord du steamer ?

– Vous m'avez dit tant de choses ! répondit-elle en levant les yeux vers lui avec un sourire.

– Je fais allusion à la confession que vous avez obtenue de moi à force de cajoleries et selon laquelle je n'avais jamais été amoureux auparavant.

– J'imagine qu'il est très satisfaisant d'être la première à prendre place dans votre cœur, lui dit-elle en essayant de garder le sourire.

– Je vais maintenant vous poser une question, fit Knight assez gauchement. C'est juste une lubie, vous savez, et je ne le fais pas très sérieusement, Elfride. Vous allez peut-être trouver cela bizarre. »

Elfride s'efforça désespérément de garder de la couleur à son visage. Elle n'y parvint pas, bien qu'elle fût douloureusement convaincue que pâlir témoignait la conscience d'une faute plus grave que simplement rougir.

« Oh ! non ; je ne penserai rien de ce genre », fit-elle, parce qu'elle se sentait obligée de dire quelque chose pour rompre le silence qui avait suivi la remarque de son interlocuteur.

« Voici ma question : avez-vous jamais eu un amoureux ? Je suis presque sûr que non ; mais qu'en est-il ?

– Les choses étant ce qu'elles étaient, ce n'était pas un amoureux. Je veux dire qu'il ne vaut pas la peine d'en parler, Harry », bredouilla-t-elle.

Sous le coup de la tension émotionnelle excessive qu'il avait déjà éprouvée auparavant, Knight se sentit quelque peu défaillir.

« Toujours est-il que c'était un amoureux ?

– Ma foi, une sorte d'amoureux, je suppose, finit-elle par dire.

– Un homme, je veux dire... vous savez bien.

– Oui, mais quelconque, et...

– Véritablement amoureux ?

– Oui ; amoureux, il l'était certainement. Oui, on pourrait l'appeler mon amoureux. »

Pendant plus d'une minute, Knight ne réagit pas, tout en accompagnant d'un tapotement de doigt le tic-tac de la pendule de la bibliothèque où cet entretien se déroulait.

« Cela ne vous ennuie pas, Harry, n'est-ce pas ? » s'enquit-elle anxieusement, en se serrant contre lui et en observant son visage.

« Bien entendu. Cela ne m'ennuie pas sérieusement. Un homme ne peut pas raisonnablement s'arrêter à une vétille pareille. C'est seulement que je ne vous imaginais pas... c'est tout. »

Quoi qu'il en fût, un rayon était retiré de la gloire qui auréolait sa tête. Mais ensuite, quand Knight erra tout seul dans les collines nues et ventées en réfléchissant à ce sujet, ce rayon lui fut soudain rendu. Car il était possible qu'elle ait eu un amoureux sans s'être jamais souciée le moins du monde de lui. Elle pouvait aussi avoir fait un usage abusif du mot et voulu dire « admirateur » tout le temps. Elle avait bien entendu été admirée ; et un homme avait peut-être réussi à rendre son admiration plus remarquable que celle des autres... tout cela était bien naturel.

Ils étaient assis sur un des sièges du jardin quand il trouva l'occasion de vérifier sa supposition :

« Avez-vous aimé un tant soit peu ce fameux amoureux ou admirateur, Elfie ?

– Oui, je crois », murmura-t-elle à contrecœur.

Knight se retrouva en état de détresse.

« Un petit peu seulement ? demanda-t-il.

– Je ne suis pas sûre de la quantité.

– Mais vous êtes sûre, ma chérie, de l'avoir aimé un peu ?

– Je crois être sûre de l'avoir un peu aimé.

– Mais pas beaucoup, Elfie ?

– Mon amour n'était pas soutenu par de l'admiration pour ses capacités.

– Mais, Elfride, l'aimiez-vous profondément ? demanda Knight nerveusement.

– Je ne sais pas exactement quel degré de profondeur vous entendez par profondément.

– C'est absurde !

– Vous vous méprenez ; et, du coup, vous avez lâché ma main ! s'écria-t-elle, les larmes aux yeux. Harry, ne soyez pas dur avec moi et ne me questionnez plus. Je ne l'ai pas aimé comme je vous aime. Et pouvais-je l'aimer profondément si je ne lui trouvais pas de qualités supérieures aux miennes ? Car tel était le cas. Vous me faites beaucoup de peine... vous ne savez pas à quel point.

– Je ne dirai plus un seul mot à ce sujet.

– Et vous n'y penserez plus, non plus, n'est-ce pas ? J'imagine que vous allez évaluer mes faiblesses dès que je ne serai plus en votre présence ; or, si j'ignore de quoi il s'agit, je ne peux pas me défendre. Si seulement vous étiez d'une nature moins subtile ! Vraiment, j'en arrive presque à le souhaiter, Harry. Ou plutôt non, je voudrais que vous restiez tel que vous êtes, mais que je puisse profiter des avantages que vous conféreraít une nature plus rude.

– Quels avantages ?

– Moins d'angoisse et plus de sécurité. Les hommes ordinaires ne sont pas aussi délicats dans leurs goûts que vous l'êtes ; et lorsque l'amoureux ou le mari n'a pas un caractère profond, raffiné, difficile à satisfaire, les choses semblent aller mieux... pour autant que j'aie déjà pu observer le monde.

– Oui, c'est sans doute vrai. Le peu de profondeur présente cet avantage qu'on ne peut s'y noyer.

– Mais je crois que je vais vous prendre tel que vous êtes ; oui, c'est ce que je vais faire ! assura-t-elle d'un air charmeur. Les maris et les épouses pragmatiques, qui acceptent philosophiquement leur sort, sont très ennuyeux, n'est-ce pas ? Oui, moi, cela me tuerait. Je vous préfère tel que vous êtes.

– Même si je déplore que vous ayez aimé quelqu'un avant moi ?

– Oui. Et il ne faut pas le déplorer. N'en faites rien !

– Je vais essayer, Elfride. »

Elle l'espéra, mais son cœur était inquiet. Puisque ce sujet l'affectait autant, que dirait-il s'il savait tout et voyait les choses comme Mme Jethway ? Il ne ferait jamais d'elle la fille la plus heureuse du monde en la prenant pour être sienne à jamais. Chaque fois que cette pensée se présentait à son esprit perturbé, elle lui fermait tout horizon comme une tombe. Elfride s'efforça de croire que Mme Jethway ne lui porterait pas un tort cruel en majorant la mauvaise apparence de sa folie par des allusions malveillantes ; et elle décida que la dissimulation, ayant été entreprise, devait être poursuivie. Car il se pouvait qu'il tînt pour un tort égal au fait lui-même sa dissimulation antérieure pour un motif stratégique.

Mais Elfride savait que Mme Jethway était son ennemie et la haïssait. Peut-être voudrait-elle lui faire le plus grand mal possible ? Dans ce cas, tout serait fini.

Cette femme pourrait-elle entendre raison et se laisser persuader de ne pas détruire quelqu'un qui ne lui avait jamais fait volontairement du tort ?

La nuit s'étendait sur la vallée entre Endelstow Crags et le rivage. On entendait distinctement le murmure du ruisseau qui suivait ce chemin jusqu'à la mer et au-dessus duquel commençait de pendre un blanc ruban de brume. Sur la gauche de la vallée, on pouvait voir la silhouette noire de l'église se découper sur le ciel. De l'autre côté s'élevaient des noisetiers, quelques arbres et, là où ils faisaient défaut, des bouquets d'ajoncs – poussés à hauteur d'homme – aux tiges presque aussi grosses que des arbres. On entendait de temps à autre le cri terrorisé de quelque oiseau chassé de son perchoir et qui cherchait un nouvel endroit où dormir cette nuit sans être davantage inquiété.

Dans l'ombre du crépuscule, un peu plus bas dans la vallée et à l'abri d'une rangée de chênes rabougris, on pouvait encore discerner un cottage. Il était absolument solitaire. La maison était plutôt spacieuse, mais les fenêtres de certaines chambres étaient obstruées par des planches clouées de l'extérieur, ce qui donnait un aspect particulièrement abandonné à la totalité du bâtiment. Depuis la porte d'entrée, une suite irrégulière de marches grossières et biscornues, taillées dans le rocher, descendait jusqu'au bord du ruisseau, lequel s'écoulait au travers du bassin formé à l'extrémité de cette sorte d'escalier. Il était évident que le ou les habitants du cottage avaient trouvé là le moyen de se fournir en eau.

On entendit un pas léger descendre des pentes supérieures de la colline. Une vague forme féminine apparut dans le sentier, qui s'avança et frappa timidement à la porte. Ne recevant aucune réponse, elle frappa une deuxième fois, sans plus de succès, puis une troisième, tout aussi vainement.

De l'une des deux seules fenêtres du rez-de-chaussée

qui n'étaient pas obstruées fusaient des rais lumineux, ni volet ni rideau ne masquant l'intérieur de la pièce aux yeux des passants. Ceux qui s'aventuraient par là après la tombée de la nuit devaient être si rares qu'on n'avait pas jugé utile de recourir à ces moyens pour se protéger de l'indiscrétion.

L'irrégularité des rayons qui venaient frapper les arbres devant ces fenêtres indiquait que la lumière ne provenait que d'un feu tremblotant. Après son troisième coup, la visiteuse se déplaça un peu vers la gauche pour avoir vue sur l'intérieur et rejeta son capuchon en arrière. Le chatoiement jaune révéla la belle figure anxieuse d'Elfride.

À l'intérieur de la maison, il suffisait du feu de bois pour éclairer la pièce et montrer que le mobilier du cottage était d'une qualité meilleure que ne permettait de le supposer un extérieur si peu engageant. Il indiqua aussi à Elfride que la pièce était vide et que rien n'y bougeait ou n'y bruissait, hormis les flammes qui tremblaient et crépitaient légèrement.

Elle tourna la poignée de la porte, entra et se débarrassa du manteau qui l'enveloppait et sous lequel elle apparut, sans chapeau ni bonnet, dans cette sorte de tenue dépourvue d'apparat dont les campagnards se contentent pour dîner. Puis elle s'avança jusqu'au pied de l'escalier pour appeler d'une voix craintive, mais distincte :

« Mme Jethway ! »

Pas de réponse.

Sa mine reflétant à la fois du soulagement et du regret, ce qui dénotait que son cœur était allégé et son esprit déçu, Elfride hésita plusieurs minutes, comme indécise quant à la conduite à adopter. Elle décida d'attendre et prit place sur une chaise. Les minutes passèrent ; après avoir grillé d'impatience pendant une demi-heure, elle fouilla dans sa poche, en retira un crayon et une lettre, dont elle déchira une page restée blanche où elle écrivit :

Chère Mme Jethway,

Je suis venue vous rendre visite, car je désirais beaucoup vous voir, mais je ne peux pas attendre plus longtemps. Je venais vous supplier de ne pas mettre à exécution les menaces que vous m'avez répétées. Je vous adjure, Mme Jethway, de ne révéler ce que j'ai fait à personne ! Ce serait ma perte et me briserait le cœur. Je ferai n'importe quoi pour vous, pour peu que vous me traitiez avec bonté. Au nom de la solidarité féminine, je vous implore de ne pas provoquer un scandale.

Bien à vous,

E. Swancourt

Elle plia la feuille en diagonale, y inscrivit l'adresse et la plaça sur la table. Puis, après avoir replacé le capuchon sur sa tête bouclée, elle ressortit aussi silencieusement qu'elle était entrée.

Pendant que cet épisode se déroulait dans le cottage de Mme Jethway, Knight était passé de la salle à manger au salon, où il avait trouvé Mme Swancourt, seule.

« Elfride a disparu là-haut ou ailleurs, dit-elle. Et moi, je lisais un article dans un vieux numéro du *Present* que j'ai trouvé par hasard il y a peu de temps ; c'est un article dont vous nous aviez dit qu'il était de vous. Eh bien, Harry, sauf le respect de vos dons littéraires, permettez-moi de vous dire qu'à mon avis c'est toute une tartine d'absurdités.

– De quoi s'agit-il ? demanda Knight, qui prit la revue et se mit à lire.

– Allons, ne rougissez pas ! Avouez que cette expérience vous a appris à être plus charitable. Je n'ai jamais rien lu de si peu chevaleresque de ma vie... venant d'un homme, je veux dire. Là, je vous pardonne ; c'était avant que vous ne connussiez Elfride.

– Ah, oui, fit Knight en relevant les yeux. Je me souviens maintenant. Le thème de ce sermon ne venait pas du tout de moi ; il m'a été suggéré par un jeune homme du nom de Smith... celui-là même dont je vous ai dit qu'il était originaire de cette paroisse. À cette époque, j'ai trouvé l'idée assez ingénieuse et je l'ai développée pour me faire quelques guinées, parce qu'il ne me venait rien d'autre en tête.

– Quelle est cette idée que vous appelez le thème ? Je suis très curieuse de le savoir.

– Eh bien, dit Knight un peu à contrecœur, ceci : que l'expérience est un maître ; que, tout comme un tailleur habille très imparfaitement son premier client, votre dulcinée se montrera forcément maladroite si vous êtes le premier homme de sa vie ; réciproquement, la jeune personne qui se tire avec élégance de son premier baiser laisse à penser qu'elle a quelque pratique du métier.

– Voulez-vous dire que vous avez écrit cela sous l'influence de ce qu'un autre pensait et sans l'avoir vérifié par vous-même ?

– Oui, tout à fait.

– Eh bien, je trouve que c'était déplacé et injuste. Et comment savez-vous que c'est vrai ? J'espère que vous le regrettez à présent.

– Puisque vous me portez à parler sérieusement, je vais le faire avec franchise. Je crois que cette thèse est parfaitement véridique et, puisque je l'ai écrite, je la soutiendrai n'importe où. Mais je regrette souvent de l'avoir écrite, comme d'autres de la même sorte. J'ai vieilli depuis, et je pense qu'adopter un ton pareil est une manière délibérée de faire du mal. Le premier venu dans la littérature peut se faire un nom s'il arrive à torcher quelques médiocres satires contre la féminité ; même les femmes s'y sont mises ; de telle sorte qu'en fin de compte je commence à avoir un peu honte de mes collègues.

– Et, depuis, vous êtes tombé amoureux, Harry ; cela fait une différence, remarqua Mme Swancourt avec une sécheresse goguenarde.

– C'est vrai ; mais ce n'est pas le motif.

– Puisque vous avez constaté, dans le cadre de votre propre expérience, qu'une prétendue oie blanche était un cygne, il paraît absurde de dénier une telle possibilité à l'expérience d'autres hommes.

– Vous pouvez faire mal, cousine Charlotte. Vous êtes comme un gamin qui place un caillou à l'intérieur de sa boule de neige, et je ne joue plus avec vous. Excusez-moi, je vais faire mon bout de promenade du soir. »

Knight avait usé du ton de la plaisanterie, mais cette conversation l'avait soudainement déprimé. Comme elle était survenue, assez singulièrement, juste après sa découverte qu'Elfride avait su, avant de le rencontrer, ce qu'il en était d'aimer chaudement, son esprit s'appesantit sur le sujet, et la pipe familière qu'il fumait en parcourant la plantation d'arbustes de long en large ne lui apporta aucune consolation. Il repensa à ces paroles en l'air – jusque-là parfaitement oubliées – sur le premier baiser d'une jeune fille, et la théorie lui parut plus que raisonnable. Ce qu'elles avaient maintenant de mordant tenait à leur application, bien entendu, à Elfride.

Sous le premier baiser de Knight, la jeune femme avait certainement été très différente de celle qu'elle avait été sous celui de Stephen. Pour le meilleur et pour le pire, elle avait merveilleusement appris le rôle d'une fiancée ; et la finesse fascinante de son comportement, lors de la deuxième expérience, résultait probablement du franc encouragement de Stephen. Knight, avec toute la rapidité de la sensibilité jalouse, bondit sur les quelques mots qu'elle avait laissés échapper au sujet d'une boucle d'oreille et qu'il n'avait pas très bien compris sur le moment. C'était pendant ce « baiser inaugural » près de la petite cascade :

« Oh ! il faut faire attention ! J'ai déjà perdu l'autre boucle d'oreille de la même façon. »

Une rougeur, faite d'orgueil blessé autant que de

chagrin, monta au visage de Knight, au souvenir de ce que, dans sa simplicité, il lui avait si souvent dit :

« J'ai toujours entendu être le premier à occuper le cœur d'une femme ; je veux des lèvres vierges ou rien du tout. »

Que son aveuglement avait dû lui paraître puéril, à elle qui n'était qu'une enfant ! Comme elle avait dû rire de lui ! Il souffrait vraiment le martyre en pensant à la confession qu'elle lui avait arrachée sur le bateau, dans l'obscurité de la nuit. La seule idée qui lui avait permis de rester digne quand il s'était avancé hors de sa coquille protectrice en cette occasion – celle de la charmante ignorance de la jeune femme – comme elle était absurde !

Cet homme dont l'imagination s'était nourrie dans des proportions considérables d'études solitaires et de l'observation silencieuse des êtres de son espèce, ce reclus dont les émotions s'étaient développées avec lenteur et délicatesse comme des plantes dans une cave, voilà qu'il était dans la désolation absolue. Qui plus est, plusieurs années d'études poétiques et, s'il faut dire la vérité, d'efforts poétiques avaient contribué au développement du côté affectif de sa personnalité, à la mesure de ses capacités actives. Il avait cru que les câlineries étaient une nouveauté absolue pour Elfride, et cela avait constitué à ses yeux son charme principal. Il commença à penser qu'il était aussi difficile d'occuper le premier le cœur d'une femme que d'entrer avant tout le monde dans la piscine de Béthesda[1].

Le hasard avait voulu que Knight fût ainsi fait ; que le deuxième amoureux d'Elfride n'eût pas fait partie de la grande masse des humains affairés, peu portés à l'introspection et compensant peut-être un manque de sensibilité par leur bonne nature. Mais c'était le mauvais

1. *Évangile selon Jean*, V, 1-4.

sort de la palpitante, confuse et imprudente Elfride qu'elle eût à se défendre toute seule contre l'examen minutieux et la puissance de la logique que Knight, maintenant que ses soupçons étaient éveillés, ne manquerait pas d'exercer sur elle, tôt ou tard. Une déplorable aberration était manifeste dans ces circonstances où un esprit fort allait pratiquer un tir à l'arc infaillible contre un cœur que le possesseur de cet esprit aimait plus que le sien propre.

La docile dévotion d'Elfride à Knight était maintenant son propre ennemi. En s'accrochant à lui de manière si dépendante, la jeune femme lui avait enseigné à présumer de cette dévotion – une leçon que les hommes ne mettent pas beaucoup de temps à apprendre. Une légère insubordination de temps à autre n'eût pas fait de mal à Knight, alors qu'elle eût créé tout un monde avantageux pour Elfride. Mais elle l'idolâtrait et se montrait fière d'être son esclave et sa servante.

31

Un ver dans le bourgeon [1]

Un jour, l'homme de lettres dit :

« Retournons aux falaises, Elfride. »

Et, sans aucunement consulter la jeune femme quant aux désirs qu'elle pouvait avoir, il se leva comme pour se mettre immédiatement en chemin.

« La falaise où nous avons eu notre épouvantable aventure ? demanda-t-elle en frissonnant. Cette falaise personnifie la mort qui me regarde droit dans les yeux. »

Néanmoins, elle avait tellement enfoui sa personnalité à l'intérieur de celle de Knight que cette remarque ne fut pas énoncée comme une remontrance et qu'elle se prépara à l'accompagner.

« Non, pas celle-là, fit Knight. C'est pour moi aussi un affreux souvenir. Je pensais à cet autre endroit, comment s'appelle-t-il déjà ?... Windy Beak. »

Sous le rapport de la hauteur, Windy Beak était la deuxième falaise de cette côte, mais, comme c'est souvent le cas des éléments topographiques de la terre non moins que des éléments intellectuels des hommes, elle passait pour la première. Bien plus, c'était la falaise où

1. Shakespeare, *La Nuit des rois*, II, 4, 110.

Elfride était venue à cheval, en compagnie de Stephen Smith, ce fameux matin de sa visite estivale.

De telle sorte que, même si le rappel de la première falaise l'avait fait frissonner au souvenir des périls auxquels son amoureux et elle-même avaient été exposés, le fait de n'être associée qu'avec le seul Knight la rendait moins désagréable que Windy Beak. Ce lieu était pire que simplement lugubre, il était comme un reproche perpétuel.

Mais elle n'avait pas envie de refuser, aussi dit-elle :

« C'est plus loin que l'autre falaise.

– Oui ; mais vous pourrez y aller à cheval.

– Vous aussi ?

– Non, j'irai à pied. »

C'était une répétition de ce qui s'était passé avec Stephen. Une sorte de fatalité devait peser sur elle. Mais elle cessa d'élever des objections.

« Fort bien, Harry, fit-elle avec douceur, je monterai. »

Un quart d'heure plus tard, elle était en selle. Mais l'humeur était bien différente celle de de la première fois. Elle avait indubitablement renoncé à être reine de l'inférieur pour se faire vassale du supérieur. À présent, il n'était pas question de parader ; pas de disparition au galop de Pansy, pour embarrasser et fatiguer son compagnon ; pas d'allusion effrontée à *La Belle Dame sans merci*. Elfride était accablée par l'intensité même de son amour.

Knight parla presque tout le temps. Elfride l'écoutait en silence et s'abandonnait complètement à l'amble de sa monture, s'élevant et s'affaissant tour à tour, comme un oiseau de mer sur les vagues. Quand ils eurent atteint la limite au-delà de laquelle un quadrupède ne pouvait plus aller, Knight la souleva tendrement de sa selle, attacha le cheval et se promena avec elle jusqu'au siège formé par le rocher. Là, il s'assit, attira prestement Elfride à côté de lui, et ils contemplèrent la mer.

Deux ou trois degrés au-dessus de cette ligne mélancolique et éternellement horizontale qu'est l'horizon d'un océan, un soleil de cuivre jaune, sans rayonnement visible, pendait dans un ciel de cendre. C'était un ciel que le soleil n'illuminait pas ni n'embrasait aucunement, comme il le fait habituellement en se couchant. Ce drap de ciel rejoignait la masse salée d'eau grise, mouchetée de blanc par-ci, par-là. Les embruns provoqués par les vagues qui s'écrasaient au pied de la falaise venaient par bouffées leur humidifier le visage.

Dans son for intérieur, Elfride déplora qu'il ne se fût pas écoulé plus de temps depuis qu'elle s'était assise là avec Stephen et avait consenti à devenir sa femme. La proximité de ce moment-là ajoutait à ses angoisses chroniques actuelles.

N'empêche que Knight se montrait très tendre et la tenait serrée contre lui.

Ni l'un ni l'autre n'avait prononcé un mot depuis qu'il s'étaient assis, quand Knight, songeur et l'air absent, dit :

« Je me demande si, dans le passé, des amoureux se sont assis ici et se sont tenus enlacés, comme nous maintenant. C'est bien probable, car le rocher forme un véritable siège. »

Le souvenir d'un certain couple qui l'avait fait, de la fameuse perte qui s'était ensuivie et de la manière dont le jeune homme avait été envoyé chercher l'objet manquant conduisit Elfride à regarder par terre autour d'elle. Même s'il s'agit d'une babiole, nombreux sont les gens qui la cherchent encore instinctivement du regard, lorsqu'ils reviennent longtemps après sur les lieux où ils ont égaré quelque chose. Mais ils ne la retrouvent pas souvent. Or, en tournant sa tête, Elfride vit un objet briller faiblement dans une crevasse de cette sorte de stalle où elle avait pris place. C'est seulement quelques minutes par jour que le soleil éclairait cette alcôve jusque dans le fond de ses creux et de ses fissures les plus reculées, mais c'était justement à ce moment-là, et ses rayons horizontaux jouèrent à Elfride le bon ou le mauvais tour de lui désigner sa parure perdue.

Elfride pensa aussitôt aux propos qu'elle avait involontairement tenus à ce sujet et fut saisie par la crainte que Knight ne s'en souvînt, à la vue de l'objet. Son instinct la poussa donc à vouloir récupérer la boucle d'oreille sans qu'il la vît.

Ellc était si profondément enfoncée dans la crevasse que la main d'Elfride ne parvint pas à la retirer, malgré plusieurs essais furtifs.

« Que faites-vous donc, Elfie ? » demanda Knight, qui avait remarqué ses efforts et regardait à son tour derrière lui.

Elle avait abandonné ses tentatives, mais trop tard.

Knight scruta du regard la fente d'où elle venait de retirer sa main et vit ce qu'elle avait vu. Il sortit aussitôt un canif de sa poche et, à force de gratter, de racler, il réussit à extraire la boucle.

« Cela ne peut pas être à vous ? fit-il.

– Si, dit-elle calmement.

– Eh bien, c'est tout à fait extraordinaire que nous la trouvions ainsi ! » Il eut une réminiscence et ajouta : « Est-ce celle dont vous m'avez parlé ?

– Oui. »

À en juger par le regard qu'il eut à ce moment-là, la malheureuse remarque qu'elle avait faite lors de leur premier baiser trottait dans la tête de Knight. Il ne put s'empêcher d'aborder le sujet, plus dans l'espoir de se faire détromper qu'avec le désir de mettre son nez dans le passé.

« Étiez-vous réellement fiancée à cet amoureux ? s'enquit-il, le regard perdu vers le large.

– Oui... mais pas officiellement. Oui, je crois bien que je l'étais.

– Oh, Elfride !... Fiancée ! murmura-t-il.

– Des fiançailles secrètes... en quelque sorte. N'ayez pas l'air si déçu et ne me blâmez pas !

– Non, non.

– Pourquoi dites-vous « non, non » de cette façon ? C'est gentil, mais c'est pauvre. »

Knight ne répondit pas directement :

« Elfride, je vous ai dit une fois que je n'avais jamais embrassé une femme avant vous. Je suppose qu'un baiser n'est pas grand-chose et que peu de jeunes filles sont capables de se priver d'attentions et de câlineries, en dehors de celles que leur dispense l'homme qu'elles épouseront plus tard. Mais j'ai des faiblesses particulières, Elfride ; et j'imagine que je dois en souffrir parce que j'ai mené une vie elle aussi particulière. J'avais espéré... ma foi, ce que je n'avais aucun droit d'espérer à votre propos. Bien entendu, vous avez accordé à votre ancien amoureux les mêmes privilèges qu'à moi. »

Un « oui » tomba de ses lèvres comme le dernier triste souffle de la brise.

« Et il vous embrassait... naturellement.

– Oui.

– Peut-être même lui permettiez-vous de vous faire la cour en prenant plus de libertés que je n'en ai prises moi-même ?

– Non, je ne le lui permettais pas. » (Cela fut dit d'un ton plus alerte.)

« Mais il le faisait sans votre permission ?

– Oui.

– Que je vous ai placée haut, Elfride, et que je me suis tenu à distance ! s'écria Knight, manifestement blessé. Je me suis nourri d'espoirs à votre sujet tant d'heures et tant de jours durant... Je n'ai pas osé vous embrasser plus que ces deux seules fois. Alors que lui n'avait aucun scrupule... »

Elle se rapprocha de lui en tremblant autant que si elle avait très froid. La peur que toute son histoire fût portée à la connaissance de son fiancé, agrémentée d'on ne sait quels ajouts, la fit paraître si agitée que Knight s'en alarma, et que son embarras le réduisit au silence.

L'authentique innocence qui lui faisait redouter tant ce qui, le monde étant ce qu'il est, n'était pas de nature à la perdre définitivement, exagérait en même temps sa faute apparente. Cela eût pu indiquer à Knight qu'une femme qui se montrait si bouleversée dès les préliminaires devait avoir quelque chose d'épouvantable dans la suite de son histoire.

« Je sais », poursuivit-il, avec une incroyable réticence dans le ton et le comportement, « Je sais que j'ai d'absurdes scrupules à votre sujet... que je vous veux trop exclusivement mienne. Je voulais croire que vous m'apparteniez dès le berceau... bien avant de me connaître. Je voudrais vous faire mienne de vive force. Elfride, continua-t-il avec véhémence, je ne peux pas m'empêcher d'être jaloux ! C'est dans ma nature, il doit en être ainsi, et j'ai en horreur le fait que vous ayez reçu des caresses auparavant ; oui, je l'exècre ! »

Elle respira profondément, et c'était presque un sanglot. Le visage de Knight était dur, et il évitait de la regarder, les yeux fixés sur le large où la lumière devenait crépusculaire. Sur les hauteurs, peu de temps sépare le coucher du soleil de la nuit, il n'y a pratiquement pas de demi-jour, et, si la soirée débutait tout juste là où ils étaient assis, le crépuscule était venu depuis plus d'une demi-heure dans les vallées. Sur la morne étendue de la mer, la lumière d'un bateau-phare prenait de plus en plus d'éclat.

« Quand cet amoureux vous a embrassé pour la première fois, Elfride, était-ce dans un endroit comme celui-ci ?

– Oui.

– Vous ne me confiez rien. Pourquoi faut-il que je vous arrache les mots ? Quand je vous ai fait des confidences, pourquoi ne m'en avez-vous pas fait en retour et pourquoi m'avez-vous tu tout cela ? À bord du *Juliet*, pourquoi avez-vous été si secrète ? Lorsque je pense que, au moment où je vous faisais valoir combien il était désirable que nous n'eussions pas de secrets l'un pour l'autre, vous acquiesciez en paroles tout en me démentant dans les faits, j'ai vraiment l'impression d'avoir été berné. La confiance eût constitué une bien plus grande promesse de bonheur. Si vous aviez eu confiance en moi, si vous m'aviez parlé spontanément, je serais... différent. Mais vous taisez tout, et il faut que je vous pose des questions. Est-ce qu'à l'époque vous viviez à Endelstow ?

– Oui, fit-elle d'une toute petite voix.

– Où vous trouviez-vous, lors de ce premier baiser ?

– J'étais assise ici même.

– Ah, c'est ce que je pensais ! » dit Knight, en se levant pour lui faire face. « Et cela explique tout... l'exclamation que vous avez commentée avec duplicité et le reste. Excusez la rudesse de mon propos, Elfride. »

Il eut un sourire superficiel et poursuivit :

« Quel pauvre homme je suis de ne jouer jamais que les seconds rôles et de m'en laisser faire accroire par de petits mensonges !

– Oh, taisez-vous, Harry, ne dites pas cela !

– En quel endroit vous a-t-il encore embrassée ?

– Sur une tombe où nous étions assis... dans le cimetière... et ailleurs, répondit-elle.

– Après tout, peu importe », s'écria-t-il, en voyant qu'elle s'agitait et que des larmes lui venaient aux yeux. « Je ne veux pas vous faire de la peine. Ça m'est égal. »

Mais cela ne lui était pas égal.

« Cela ne change rien, reprit-il, en voyant qu'elle ne répondait rien.

– J'ai froid, dit Elfride. Si nous rentrions ?

– Oui, l'année est trop avancée pour rester longtemps dehors. Il nous faut quitter cette corniche avant qu'il ne fasse trop sombre pour distinguer où nous mettrons nos pieds. J'imagine que le cheval s'impatiente déjà. »

Knight ne lui disait plus que de simples banalités. Il avait espéré jusqu'au dernier moment qu'elle lui ferait volontairement le récit complet de son premier attachement. Il lui devenait de plus en plus désagréable qu'elle gardât un secret de cette nature. Entre lui-même et une innocente jeune épouse qui n'eût pas connu d'autres accents amoureux que les siens, il avait souhaité que s'établît une confiance totale... en prenait-on le chemin ? Il la hissa sur le cheval, et ils se mirent en route, mal à l'aise l'un et l'autre. Le poison du soupçon faisait bien son œuvre.

Sur le trajet du retour, il se produisit un incident qui ajouta une nuance noire à une atmosphère sombre et dont ils allaient se souvenir longtemps tous les deux. Knight ne parvenait pas à écarter de son esprit le reproche d'Adam à Ève, dans *Le Paradis perdu*, et il finit par murmurer :

Bernés et séduits : toi par lui, moi par toi !

« Qu'avez-vous dit ? demanda Elfride, avec crainte.

– Ce n'était qu'une citation. »

Ils étaient arrivés dans un creux, et la tour de l'église se détacha sur le pâle ciel du soir, tandis que sa partie inférieure restait masquée par quelques arbres. Elfride, à qui il n'avait pas été fourni de réponse, regardait la tour en cherchant quelle citation elle pourrait retourner à Knight pour retrouver sa tendresse. Après réflexion, elle trouva à dire, de manière engageante :

Car tu es pour moi un refuge,
Une tour forte en face de l'ennemi[1].

Ils avancèrent. Quelques minutes plus tard, on vit trois ou quatre oiseaux s'envoler de la tour.

« La tour invincible bouge, s'écria Knight, surpris.

1. *Psaumes*, XLI, 4.

Un coin de la masse carrée pencha vers l'avant, s'effondra et disparut. Un énorme grondement suivit, et un nuage de poussière s'éleva, là où tout avait été si net auparavant.

« C'est l'œuvre des restaurateurs d'églises ! » dit Elfride.

À cet instant, on vit s'approcher M. Swancourt, l'air affairé, manifestement absorbé tout entier dans ce qui l'occupait.

« Nous avons abattu la tour ! s'exclama-t-il. Cela s'est fait plus vite que nous n'en avions eu l'intention. Le projet initial prévoyait de la démolir pierre après pierre, vous savez. Mais quand on a commencé, la fissure s'est considérablement élargie, et l'on a jugé que les hommes ne seraient plus en sécurité s'ils restaient plus longtemps sur les murs. Alors nous avons décidé de la saper, et trois hommes se sont mis au travail du côté le plus faible cet après-midi. Ils s'étaient interrompus pour la soirée, avec l'intention de finir la besogne demain matin, et ils étaient rentrés chez eux depuis près d'une demi-heure, quand elle s'est écroulée. C'est une réussite... c'est vraiment du beau travail. Mais cet édifice était un vieux bonhomme solide, malgré la fissure. »

Et M. Swancourt essuya de son visage la sueur dont la surexcitation l'avait couvert.

« Pauvre vieille tour ! s'écria Elfride.

– Oui, je suis désolé pour elle, dit Knight. C'était une antiquité intéressante... un témoignage de l'art régional.

– Ah, mais mon cher monsieur, nous allons en avoir une nouvelle, protesta M. Swancourt ; une tour splendide... dessinée par un architecte londonien de premier ordre... dans le style gothique le plus nouveau... et pleine de sentiments chrétiens.

– Vraiment ! fit Knight.

– Oh, oui. Ce ne sera pas le style barbare et maladroit qu'on trouve dans ces parages ; on ne voit rien d'aussi grossier et païen nulle part ailleurs en Angleterre. Quand les ouvriers seront partis, je vous engage à aller voir l'église avant qu'on y poursuive les travaux. Vous pouvez maintenant vous asseoir dans le chœur, voir toute la nef à travers le cintre ouest, et le regard s'étend très loin vers le large. De fait, ajouta M. Swancourt d'un air qui en disait long, si un mariage était célébré devant l'autel demain matin, une bonne longue-vue permettrait d'en être le témoin depuis le pont d'un bateau en route pour les mers du Sud. D'ailleurs, après le dîner, allez-y vous en rendre compte par vous-mêmes, au clair de lune. »

Knight acquiesça avec un empressement fébrile. Il venait de décider depuis quelques minutes qu'il ne trouverait pas le repos cette nuit-là avant d'avoir eu un nouvel entretien avec Elfride sur le sujet qui les séparait à présent : il était résolu à tout savoir et à soulager son inquiétude de quelque manière. Elfride eût volontiers évité une autre conversation seule avec lui, cette soirée-là, mais cela semblait impossible.

Juste après le lever de la lune, ils quittèrent la maison. Que l'expectative de la vue au clair de lune – prétexte de leur sortie – eût peu à faire avec le motif véritable que Knight avait de donner le bras à la douce jeune femme, Elfride ne le savait pas moins bien que lui-même.

32

Si j'avais su avant de t'embrasser [1]

On était en octobre, et la soirée était fraîche. Après avoir veillé à ce qu'elle fût chaudement vêtue, Knight emmena Elfride le long du chemin escaladant la colline qu'ils avaient gravi ensemble tant de fois, quand le doute leur était inconnu. En arrivant à l'église, ils constatèrent qu'un côté de la tour manquait complètement, comme le pasteur l'avait raconté, et que ses décombres étaient répandus à leurs pieds. Du côté est, la tour tenait bon, et elle eût pu, même maintenant, résister aux coups des orages et aux ravages du temps pendant encore plusieurs générations. Ils entrèrent par une porte latérale, allèrent du côté est et s'assirent sur les marches de l'autel.

La lourde arcade qui se trouvait à la jonction de la tour et de la nef formait ce soir-là le cadre noir d'une vue embrumée qui s'étendait loin en direction de l'ouest. Immédiatement après l'arcade, on voyait l'amoncellement des moellons tombés, puis une portion du cimetière éclairé par la lune et, derrière, la vaste mer convexe. C'était une perspective qui n'avait plus été possible depuis que les maçons du Moyen Âge avaient rattaché la vieille tour à l'encore plus vieille église, ce qui lui

1. Du poème anonyme *La Fiancée abandonnée*.

donnait donc un autre intérêt qu'une vue du clair de lune sur un mur ancien, le rivage et la mer – dont la mention à l'heure actuelle, c'est à craindre, devient un de ces chants de coucou qu'on entend sans jamais en voir rien. Derrière Elfride et Knight, des lueurs cramoisies, bleues et pourpres apparaissaient au vitrail de l'est, où des saints et des anges, environnés de paysages et de ciels primitifs, rivalisaient les uns avec les autres et projetaient sur le dallage, aux pieds des fiancés, une reproduction plus douce des mêmes couleurs translucides, au milieu desquelles les deux têtes vivantes formaient des taches opaques et saillantes. À un certain moment, un nuage passa devant la lune, et l'iridescence s'évanouit.

« Là, c'est parti ! remarqua Knight. J'ai pensé, Elfride, qu'à ce même endroit où nous sommes assis, nous pouvons espérer nous agenouiller bientôt ensemble. Mais je suis agité et anxieux, et vous savez pourquoi. »

Avant qu'elle répondît, la clarté de la lune revint, illuminant la portion du cimetière qu'ils pouvaient voir. La partie la plus proche s'éclaira d'abord, et, sur l'arrière-plan que l'ombre du nuage masquait encore, se détacha une tombe blanche, la plus lumineuse de toutes, celle du jeune Jethway

Knight, toujours préoccupé par le secret d'Elfride, se rappela ce qu'elle avait dit à propos du baiser ; il avait eu lieu sur une tombe, dans ce cimetière.

« Ma chère », fit-il, avec une espièglerie superficielle qui ne cachait qu'à moitié un courant profond de reproches, « savez-vous que vous eussiez pu me parler spontanément de ce passé de fiançailles et de baisers, sans me causer tant de malaise et de peine ? Est-ce bien la tombe à laquelle vous avez fait allusion, pour vous y être assise avec lui ?

– Oui », répondit-elle au bout d'un instant.

Knight sursauta d'être tombé juste, alors qu'il avait tiré un coup au hasard ; encore que, la plupart des autres monuments commémoratifs du cimetière étant faits de pierres tombales dressées sur lesquelles on ne pouvait guère s'asseoir, ce n'était pas si merveilleux.

Même à cette occasion, Elfride ne fournit aucune des explications supplémentaires que son amoureux exigeant souhaitait avoir, et il recommença de s'irriter de sa réticence. Il fut porté à lui faire un sermon.

« Pourquoi ne me dites-vous pas tout ? s'indigna-t-il. Il n'y a pas une seule conviction à laquelle je sois plus attaché qu'à celle-ci : il faut que tout soit éclairci entre deux personnes avant qu'elles ne deviennent mari et femme. Ce comportement est souhaitable et sage, pour s'épargner tous les désagréments qui résulteraient de découvertes ultérieures. Car, Elfride, un secret sans importance aucune peut devenir le point de départ d'une mésentente fatale pour la seule raison qu'il a été démasqué, au lieu d'être confessé. On dit qu'il n'y a jamais eu un couple dont l'un des membres n'eût un secret que l'autre n'a jamais su ou qu'il n'était pas destiné à savoir. C'est peut-être vrai et c'est peut-être faux ; mais si c'est vrai, des gens ont pu être heureux en dépit de ce fait, plutôt qu'à cause de lui. Si un homme voit un autre homme lancer un regard appuyé à sa femme et constate que celle-ci tressaille et s'empourpre, si elle lui raconte alors la vérité, à savoir que, par exemple, à sa grande contrariété, elle s'est un jour accidentellement évanouie dans les bras de cet homme, croyez-vous que son mari sera aussi satisfait que si elle lui avait spontanément rapporté cet épisode longtemps auparavant, sans y être forcée par les circonstances ? Imaginez un peu que cet admirateur, dont vous avez parlé à propos de cette tombe là-bas, survienne et me tracasse. Cela empoisonnerait nos vies, si j'étais alors à moitié dans le noir, comme je le suis maintenant. »

Knight énonça cette dernière phrase avec une force croissante.

« Cela ne se peut pas, assura-t-elle.

– Et pourquoi pas ? » s'enquit-il avec brusquerie.

Chagrinée de lui trouver une si mauvaise humeur, Elfride se mit à trembler. Dans une grande confusion d'idées et probablement sans vouloir tricher à dessein, elle répondit précipitamment :

« S'il est mort, comment pourriez-vous le rencontrer ?

– Il est mort ? Oh, c'est tout à fait différent ! dit Knight, extrêmement soulagé. Mais voyons voir... que disiez-vous à propos de cette tombe et de lui ?

– C'est sa tombe, poursuivit-elle d'une voix éteinte.

– Comment ! l'homme qui est enterré là-bas serait votre amoureux ? demanda Knight.

– Oui ; et je ne l'ai pas aimé ni encouragé.

– Mais vous l'avez laissé vous embrasser... vous me l'avez dit, vous savez bien, Elfride. »

Elle ne répondit point.

« Mais », reprit Knight, à qui des souvenirs revenaient peu à peu, « vous avez dû me dire que vous lui étiez en quelque sorte fiancée... et vous deviez l'être, s'il vous a embrassée. Or vous m'affirmez à présent que vous ne l'avez jamais encouragé. Je crois bien vous avoir entendue dire – j'en suis même presque certain – que vous étiez assise avec lui *sur* cette tombe. Dieu du ciel ! » s'écria-t-il, avec une colère soudaine, « me diriez-vous des mensonges ? Pourquoi vous jouez-vous ainsi de moi ? J'irai au fond des choses. Elfride, nous ne serons jamais heureux ! Il y a un nuage entre nous, et nous ne pourrons pas nous marier tant qu'il ne sera pas dissipé. »

Knight s'écarta d'elle d'un mouvement impétueux, comme s'il voulait la quitter.

Elle bondit et s'agrippa à son bras.

« Non, Harry, ne partez pas !

– Alors, dites-moi tout, fit Knight. Et souvenez-vous : plus de dérobades, ou bien, sur mon âme, je vais me fâcher complètement. Juste ciel ! Dire que j'en suis venu à me laisser berner par une suite de mensonges !

– Non, ne vous montrez pas si cruel ! Oh, Harry, Harry ayez pitié de moi et retirez ces paroles épouvantables ! Je suis véridique, je le suis par nature, et je ne sais pas ce qui est la cause de ce malentendu ! Mais j'ai eu tellement peur ! »

Dans son bouleversement, elle était saisie d'un tel tremblement qu'il se communiquait à Knight.

« Vous avez bien dit que vous étiez assis sur cette tombe ? demanda celui-ci, la mine maussade.

– Oui, c'est vrai.

– Alors, au nom du ciel, comment un homme peut-il être assis sur sa propre tombe ?

– C'était un autre. Vous allez me pardonnez, Harry, n'est-ce pas ?

– Quoi ! un amoureux dans la tombe et un autre dessus ?

– Oh !... Oh !... Oui !

– Il y en a donc eu deux avant moi ?

– Je... le suppose.

– Allons, ne faites pas la sotte avec vos suppositions... je déteste ça, dit Knight. Eh bien, nous apprenons là des choses étranges. Je ne suis pas absolument sûr de ce que j'eusse fait pour ma part – personne ne sait jusqu'où les circonstances peuvent vous entraîner –, mais je doute que j'eusse pu avoir le front d'accepter les faveurs d'un nouvel amoureux pendant que je me trouvais sur les pauvres restes de l'ancien ; sur mon âme, j'en doute fort. »

Knight, l'air méditatif, continuait de regarder la tombe qui semblait les affronter comme un spectre vengeur.

« Mais vous êtes injuste avec moi... et très gravement ! s'écria-t-elle. Je n'ai pas médité une chose pareille, croyez-moi, Harry, jamais. C'est arrivé en quelque sorte tout seul.

– Ma foi, j'imagine que vous ne l'avez pas fait *à*

dessein. C'est toujours ainsi pour tout le monde, poursuivit-il tristement.

– Et celui qui est dans la tombe, je ne l'ai jamais aimé le moins du monde.

– J'imagine que le deuxième amoureux et vous, pendant que vous étiez assis là, vous vous êtes jurés une fidélité éternelle. »

Elfride resta sans voix ; sa respiration était pénible, elle semblait sur le point d'éclater en sanglots.

« Alors, vous avez décidé de rester peu communicative ? » remarqua-t-il.

– Naturellement, nous nous l'étions jurés, finit-elle par dire.

– « Naturellement » ! Vous semblez prendre les choses bien à la légère !

– C'est du passé, et ce n'est rien du tout, maintenant, pour nous.

– Elfride, ce rien du tout, même s'il peut faire rire un homme insouciant, ne peut que faire souffrir un cœur sincère. C'est une douleur lancinante. Racontez-moi tout, d'un bout à l'autre.

– Jamais ! Oh, Harry ! Comment comptez-vous que je puisse le faire, quand le peu que vous savez vous rend si dur avec moi ?

– Écoutez-moi bien, Elfride. Vous savez que ce que vous avez dit, après tout, ne fait que jurer avec les espérances subtiles qui ont pu exister. Ma façon de sentir pourrait être qualifiée de sentimentalité pure, et elle l'est effectivement ; je ne veux pas que vous alliez imaginer qu'une promesse de mariage ordinaire, engagée antérieurement avec droiture, pourrait modifier mon amour, ou mon désir de faire de vous ma femme. Mais vous paraissez avoir autre chose à révéler, et c'est là que ça ne va pas. Y a-t-il autre chose ?

– Pas grand chose », répondit-elle d'un ton las.

Knight conserva toute une minute un silence plein de gravité.

« Pas grand-chose » dit-il à la fin. « Je l'espère vraiment ! »

Il ajouta d'une voix plus basse et ferme :

« Elfride, il ne faut pas vous froisser de m'entendre dire une chose qui vous paraîtra étrange, parce que c'est ce que je vais faire. Et c'est ceci : s'il y avait *réellement* grand-chose à ajouter à un récit qui comporte déjà tous les éléments que la bienséance envisage dans la rupture d'un engagement, ce serait quelque particularité exceptionnelle qui pourrait rendre impossible, à moi ou à qui que ce soit d'autre, de vous aimer et de vous épouser. »

Le trouble de Knight l'entraînait plus loin qu'il ne fût allé dans un moment plus calme. Mais même dans ces conditions, si Elfride avait eu un tant soit peu d'assurance, il n'eût pas été si péremptoire, et si elle avait été ferme de caractère – plus pratique, moins imaginative –, elle eût mieux profité de la position qu'elle occupait dans son cœur pour l'influencer. Mais cette tendresse confiante qui avait séduit Knight s'accompagne toujours d'un abandon au cours des événements, lequel conduit toutes les femmes de cette nature à attendre de meilleurs résultats de la bienveillance du destin plutôt que de leurs propres raisonnements.

« Bien, bien, murmura-t-il, désabusé ; je ne dirai pas que c'est de votre faute : j'imagine que c'est dû à ma mauvaise fortune. En réalité, je n'avais aucun droit de vous questionner... tout le monde dirait que c'était présomptueux de ma part. Quand nous avons fait une méprise, nous nous sentons blessé par le sujet de notre méprise. Jamais vous n'avez dit que personne d'autre ne vous avait fait la cour, pourquoi donc vous blâmerais-je ? Elfride, je vous demande pardon.

– Non, non ! Je préfère votre colère à cette froide politesse peinée. N'en usez pas, Harry ! Pourquoi me l'infliger ? Cela me réduit au rang d'une simple relation.

– Vous avez agi de cette façon avec moi, au lieu d'échanger confiance contre confiance.

– Oui ; mais je ne vous ai pas posé une seule question sur votre passé : je ne voulais pas le connaître. Peu m'importait d'où vous étiez venu, ce que vous aviez fait, qui vous aviez aimé, tout ce dont je m'occupais, c'était que pour finir vous fussiez à moi. Vous seriez-vous soucié de moi, Harry, si vous aviez su dès le début que j'avais déjà aimé ?

– Je ne dirai pas tout à fait cela. Bien que, je l'avoue, l'idée de votre inexpérience eût un grand charme pour moi. Mais ce que je pense, c'est que je ne me serais jamais épris de vous, si j'avais su que vous refuseriez de me révéler une partie de votre passé amoureux, au cas où je demanderais à le connaître. »

Elfride sanglotait amèrement.

« Suis-je donc seulement... une sorte de jouet dépourvu de caractère... dont le seul charme... serait la fraîcheur ? Ne suis-je pas intelligente ? Vous m'avez trouvé des idées fines et ingénieuses... n'est-ce donc rien ? N'ai-je pas quelque beauté ? Je crois que si... j'en suis même sûre... oui, parfaitement ! Vous-même avez loué ma voix, mon maintien et mes talents dans les arts d'agrément. Et tout cela mis ensemble n'aurait aucune valeur parce que... j'ai vu par hasard un homme avant vous !

– Allons, Elfride ! « J'ai vu par hasard un homme » est une formulation bien faible. Vous l'aimiez, rappelez-vous.

– Si peu !

– Et vous ne voulez pas me dire comment tout cela s'est terminé. Car vous refusez toujours, Elfride ?

– Vous n'avez pas le droit de me questionner ainsi... c'est vous-même qui l'avez dit. C'est injuste. Ayez confiance en moi, comme j'ai confiance en vous.

– Il ne s'agit pas de cela.

– Je ne vous aimerai plus si vous vous montrez tellement cruel, et c'est cruel de me disputer ainsi.

– Peut-être bien. Oui, j'en conviens. Je me suis laissé

emporter par les sentiments que j'éprouve pour vous. Dieu sait que je n'en avais pas l'intention. Mais je vous aimais tant que j'ai mal agi envers vous.

– Peu m'importe, Harry ! » répondit-elle très vite, en allant se serrer contre lui. « Et je ne trouverai pas du tout que vous ayez mal agi envers moi si vous me pardonnez et si vous n'êtes plus fâché contre moi. J'aurais bien voulu être exactement la femme que vous souhaitiez, mais cela n'a pas dépendu de moi, vous savez. Si seulement j'avais su que j'allais vous rencontrer, j'aurais vécu comme dans un couvent afin d'être assez bien pour vous !

– Eh bien, ne nous occupons plus de cela », fit Knight.

Ils partirent, et, pendant qu'ils s'en allaient, il tâcha d'adopter un ton plaisant :

« Diogène Laërce raconte que certains philosophes se sont volontairement privés de la vue pour ne pas être dérangés dans leurs méditations. Lorsqu'ils tombent amoureux, les hommes devraient en faire autant.

– Pourquoi ?... N'importe... je ne veux pas le savoir. Mais vos propos sont trop laconiques. »

Cette désapprobation était énoncée sur un ton plaintif.

« Pourquoi ? Parce que la découverte que leur idole est de seconde main ne viendrait pas leur brouiller l'esprit. »

Elle baissa les yeux et soupira ; ils quittèrent le vieil édifice en ruine et traversèrent lentement le cimetière. Knight n'était pas dans son assiette et il ne pouvait pas le cacher. Elle ne lui avait pas tout dit.

Il l'aida à franchir l'échalier et se montra pratiquement aussi attentionné qu'un amoureux peut l'être. Mais l'exaltation avait disparu et le rêve n'était plus ce qu'il avait été. Peut-être que la nature n'avait pas taillé Knight pour le mariage. Les manières contraintes qu'il avait eues sa vie durant avec les femmes, et qu'il attribuait au hasard, n'étaient peut-être pas fortuites, après tout, mais le résultat naturel d'actes tellement infimes que, même à lui, ils n'étaient pas perceptibles. À moins que la dissipation brutale d'une brillante illusion, quelle qu'en ait été la part de l'imaginaire, ne déprécie l'éclat véritable, non exagéré, de sa base. On ne saurait dire. Toujours est-il que, devant la découverte qu'il n'était arrivé que le deuxième ou le troisième, devant l'ambiguïté d'Elfride et devant sa répugnance à être franche, la déception de Knight l'entraîna au bord du cynisme.

33

Fille de Babylone, la dévastée[1]

Une des habitudes de Knight – faire environ une demi-heure de marche, seul, entre le dîner et le coucher, quand il n'avait pas à s'occuper d'Elfride dans l'immédiat – était devenue familière à tous ses amis d'Endelstow, et Elfride s'y était faite aussi. Quand il l'eut aidée à franchir l'échalier, elle lui dit gentiment :

« Si vous avez envie de faire votre promenade coutumière sur la colline, Harry, je peux courir seule jusqu'à la maison.

– Merci, Elfie ; dans ce cas, j'y vais. »

La silhouette de la jeune femme finit par se fondre dans la nuit, et Knight, après être resté près de l'échalier quelques minutes de plus, retourna vers l'église. En temps ordinaire, c'était pour lui le moment d'allumer un cigare ou sa pipe et de se laisser aller à une calme méditation. Mais son esprit était trop tendu, cette nuit-là, pour rechercher ce genre de réconfort. Il se contenta de revenir là où un pan de la tour s'était écroulé, et il s'installa sur un amas de ces gros moellons qui l'avaient constituée jusqu'à ce jour où sa destruction résulta d'un enchaînement de circonstances à l'origine desquelles se

1. *Psaumes*, CXXXVII, 8.

trouvait Stephen Smith, du temps qu'il était l'employé de M. Hewby, architecte à Londres.

Absorbé dans sa réflexion sur les épisodes éventuels du passé d'Elfride et sur la façon dont il avait supposé qu'il n'y avait rien de notable dans sa vie antérieure, il restait assis en face de la tombe blanche du jeune Jethway, maintenant tout proche de lui. De cet endroit, on pouvait entendre la mer, comme d'habitude et bien qu'elle fût paisible, en train de clapoter et de tourbillonner autour des rochers isolés qui parsèment le littoral sur toute l'étendue qui sépare le promontoire de droite de celui de gauche – misérables ossements de vieilles falaises torturées qui n'ont toujours pas succombé à l'usure des marées.

Pour modifier son humeur morose, Knight voulut se livrer à de l'exercice physique. Il se leva et se prépara à gravir un amoncellement des décombres de la tour jusqu'au sommet, d'où s'offrirait une perspective plus étendue. Afin de s'aider dans son escalade, il tendit le bras pour s'agripper à l'arête vive d'un bloc plus gros que les autres, mais sa main rencontra brusquement une substance différente au possible du minéral. C'était filandreux et emmêlé, et cela traînait sur la pierre. L'ombre profonde du mur de la nef l'empêchant de rien distinguer, il fut obligé de hasarder des conjectures.

« C'est une espèce filamenteuse de mousse ou de lichen », se dit-il.

Mais la chose n'était pas fixée à la pierre.

« Plutôt une touffe d'herbe. »

Mais cela n'avait pas la même rugosité que l'herbe ni son humidité.

« On dirait un badigeon de maçon. »

Il se souvint que ces pinceaux avaient des poils plus raides ; en outre, s'ils étaient fort utiles pour réparer des structures, on ne pouvait guère s'en servir pour les démolir.

« Ce doit être une frange de fils de soie. »

Il tâtonna un peu plus loin. Il y avait quelque chose de chaud. Cela le glaça instantanément.

Sentir la froideur de l'inanimé là où l'on s'attend à de la chaleur est assez saisissant ; mais une température plus froide que celle du corps étant la règle plutôt que l'exception pour les substances habituelles, le saisissement en question est quand même moins perturbant que de trouver du chaud là où l'on s'attend à une complète froideur.

« Dieu seul sait ce que cela peut bien être », se dit-il.

Il tâtonna encore plus loin et, au bout d'une minute, il mit la main sur une tête humaine. Le visage était tiède, mais figé. La masse filamenteuse était faite de cheveux longs et épars, ce qui indiquait que la tête était celle d'une femme.

Perplexe, Knight resta immobile un instant et rassembla ses pensées. Suivant le récit que le pasteur avait fait de la chute de la tour, les ouvriers avaient fait un travail de sape toute la journée et ils étaient partis à la fin de l'après-midi, remettant le coup de grâce au lendemain. Une demi-heure après leur départ, la partie minée s'était effondrée. La femme qui était à moitié ensevelie devait, semblait-il, s'être trouvée juste au-dessous au moment de la chute.

Knight bondit et se mit à la tâche de déblayer les décombres à la main. L'amas qui recouvrait le corps était surtout fait de petits gravats et de poussière, mais en quantité énorme. Cela gagnerait du temps d'aller chercher du secours. Il s'empressa de franchir le mur du cimetière pour courir vers le bas de la colline.

Non loin, une route transversale passait sur une petite crête dont on voyait la masse sombre se profiler sur la lune, et cette route formait là une sorte d'encoche dans l'horizon. Au moment où Knight parvint au croisement, il vit un homme sur cette éminence, qui venait dans sa direction. Knight se précipita à sa rencontre.

« Il y a eu un accident à l'église, s'écria-t-il sans autre

préambule. La tour s'est écroulée sur quelqu'un qui gît depuis sous les décombres. Voulez-vous venir m'aider ?

– Certainement, fit l'homme.

– C'est une femme, dit Knight tandis qu'ils se hâtaient, je pense qu'à deux nous suffirons pour la dégager. Savez-vous où nous pourrions nous procurer une pelle ?

– Les outils du fossoyeur ne doivent pas être loin. Ils étaient habituellement entreposés dans la tour.

– Et on devrait en trouver d'autres qui appartiennent aux ouvriers. »

Ils n'eurent pas à chercher longtemps pour découvrir trois pelles, soigneusement rangées dans un coin du porche. Après avoir fait le tour jusqu'à l'extrémité ouest, Knight indiqua le lieu de la tragédie.

« Nous aurions dû apporter une lanterne ! s'exclama-t-il. Mais nous pourrons peut-être nous en passer. »

Il s'attaqua à l'amoncellement. Après avoir donné l'impression qu'il était sans ressources, l'autre homme suivit bientôt l'exemple de Knight, et se mit à retirer les plus grosses des pierres qui étaient mêlées aux gravats. Malgré tous leurs efforts, il fallut dix bonnes minutes pour dégager le corps de la malheureuse créature. Ils la soulevèrent aussi précautionneusement que possible, la transportèrent en haletant jusqu'à la tombe de Felix Jethway, qui n'était qu'à quelques pas vers l'ouest, et l'y déposèrent.

« Est-elle vraiment morte ? demanda l'étranger.

– Il semble bien. Quelle est la maison le plus proche ? Le presbytère, je suppose.

– Oui ; mais puisqu'il va falloir faire appel à un médecin de Castle Boterel, je pense qu'il vaudrait mieux la transporter dans cette direction, au lieu de l'éloigner de la ville.

– Si l'on va de ce côté-là, le première maison n'est-elle pas beaucoup plus loin que le presbytère ou que Les Rochers ?

– Pas beaucoup plus, assura l'étranger.

– Alors, allons-y ! Et je vais vous montrer ce que je pense être la meilleure façon de nous y prendre, si ça ne vous ennuie pas de me prêter main forte.

– Pas le moins du monde ; je serai heureux de vous aider. »

Joignant leurs mains en croix sous la femme inanimée, ils formèrent une sorte de berceau qui leur permit de la soulever et de la porter ; ils descendirent de front un petit sentier indiqué par cet étranger qui s'avérait bien connaître les lieux.

« Je suis resté assis dans l'église près d'une heure », reprit Knight quand ils eurent quitté le cimetière. « Ce n'est qu'ensuite que je suis venu là où la tour s'est effondrée et que je l'ai découverte. Cela me peine de penser que j'ai inconsciemment perdu tellement de temps à proximité d'une créature sur le point de périr.

– La tour s'est écroulée au crépuscule, n'est-ce pas ? Cela fait deux bonnes heures, je crois ?

– Oui. Elle doit s'être trouvée là toute seule. Que pouvait-elle être venue faire dans le cimetière à pareille heure ?

– C'est bien difficile à dire. » L'étranger essaya de scruter la visage penché de la forme inanimée qu'ils transportaient. « Tournons-la un peu, de façon que son visage soit plus éclairé », suggéra-t-il.

Ils orientèrent sa tête vers la lune, et l'homme regarda attentivement ses traits.

« Ma parole, je la connais ! s'exclama-t-il.

– Qui est-ce ?

– Mme Jethway. Et le cottage vers lequel nous la transportons est justement le sien. C'est une veuve ; je lui ai parlé pas plus tard que cet après-midi. Je me trouvais à la poste de Castle Boterel, et elle est venue y déposer une lettre. Pauvre femme ! Hâtons-nous !

– Serrez mon poignet plus fort. La tombe sur laquelle

nous l'avions déposée, n'était-ce pas celle de son fils unique ?

– Si. Oui, je vois maintenant. Elle devait être venue s'y recueillir. Depuis la mort de ce fils, c'était une femme affligée, déprimée, et qui ne cessait pas de le pleurer. C'était l'épouse d'un fermier, mais elle avait fait des études. »

Knight ressentit une vive sympathie pour cette femme. D'une manière assez étrange, son propre sort lui donnait l'impression d'être lié à celui de ces Jethway, à travers l'influence qu'Elfride avait exercée sur lui-même et sur le malheureux fils de cette famille. Il ne dit rien, et ils continuèrent leur chemin.

« Elle commence à peser lourd, fit l'étranger en rompant le silence.

– Oui, c'est vrai. »

Après une nouvelle pause, Knight ajouta :

« Je crois vous avoir déjà rencontré, mais je ne parviens pas à me rappeler où. Puis-je vous demander qui vous êtes ?

– Certes. Je suis lord Luxellian. Et vous ?

– Je suis ici en visite aux Rochers – Henry Knight.

– J'ai entendu parler de vous, M. Knight.

– Il en va de même pour moi, lord Luxellian. Je suis ravi de vous rencontrer.

– Je peux en dire autant. Votre nom m'est familier, je l'ai souvent vu imprimé.

– Moi, je connais bien le vôtre. Serait-ce la maison ?

– Oui. »

La porte était close. Knight réfléchit un moment, fouilla la poche de la morte et en retira une grosse clef qu'il fit jouer dans la serrure. À l'intérieur, le feu était éteint, mais la lune entrait par la fenêtre et en dessinait les petits carreaux sur le sol. Sa clarté leur permit de voir que la pièce – celle-là même ou Elfride s'était trouvée seule deux ou trois soirs plus tôt – était très bien meublée. Ils déposèrent leur charge inanimée sur un divan à l'ancienne mode adossé au mur, et Knight fureta à la recherche d'une lampe. Il trouva une bougie sur une étagère, l'alluma et la plaça sur la table.

Lord Luxellian et lui scrutèrent le pâle visage de la femme et, même si cet examen superficiel n'indiquait aucune trace de violence, ils furent tous deux convaincus qu'il n'y avait guère d'espoir.

« Comme je sais où demeure le docteur Granson, dit lord Luxellian, je vais courir le chercher pendant que vous resterez ici. »

Knight acquiesça. Lord Luxellian partit et le bruit de ses pas pressés décrut. Knight se pencha encore quelques minutes sur le corps pour un examen plus minutieux et se persuada que la médecine ne pouvait plus rien faire. Ses extrémités étaient déjà gagnées par la rigidité et le froid. Knight recouvrit le visage et s'assit.

Les minutes passèrent. L'essayiste songeait à tout ce qui s'était passé cette nuit-là. Ses yeux se portèrent sur la table, où il avait déjà vu qu'il y avait de quoi écrire. Son regard plus appuyé nota l'encrier, la plume, le buvard et du papier à lettres. Plusieurs feuilles avaient été repoussées à l'écart : débuts de lettres inachevées faute de satisfaire leur rédacteur. Il y avait aussi un bâtonnet de cire noire et un cachet, comme si la fermeture ordinaire d'une lettre n'eût pas paru suffisamment sûre. Les feuillets de papier abandonnés étaient étalés de telle façon que, d'où Knight était, il pouvait lire ce qui y avait déjà été écrit.

Sur l'un :

Monsieur,

Une femme, à qui le ciel avait accordé autrefois la bénédiction d'un fils chéri, vous implore d'accepter un avertissement...

Sur un autre :

Monsieur,

Si vous daignez écouter l'avertissement d'une étrangère avant qu'il ne soit trop tard, sachez que...

Sur le troisième :

Monsieur,

Ci-joint une lettre qui, sans autre explication supplémentaire, vous révélera une histoire saisissante. Je désire toutefois ajouter quelques mots pour vous permettre de voir plus clairement combien vous avez été abusé...

Il était évident qu'après ces débuts abandonnés une quatrième lettre avait été rédigée, jugée satisfaisante et expédiée. Il y avait sur la table deux gouttes de cire à cacheter et, en porte-à-faux sur le bord, le bâtonnet dont elles provenaient ; l'extrémité en pendait, prouvant que la cire était encore chaude au moment où il avait été posé là. Il y avait la chaise sur laquelle on avait pris place pour écrire ; l'empreinte de l'adresse portée sur la lettre marquait le buvard ; et la pauvre veuve qui avait fait tout cela gisait morte tout à côté. Knight en avait vu assez pour parvenir à la conclusion que Mme Jethway, voulant communiquer une chose de grande importance à un ami ou une relation, lui avait écrit une lettre aux termes bien pesés et était allée la poster elle-même ; elle n'était pas revenue chez elle entre le moment où elle en était partie et celui où lord Luxellian et lui-même l'avaient rapportée, morte.

L'indicible mélancolie de tout ce décor au milieu duquel il continuait d'attendre, seul et silencieux, ne dissonait pas du tout avec l'humeur de Knight, bien qu'il fût fiancée à une fille engageante et belle, dans la compagnie de qui il s'était encore trouvé peu de temps auparavant. Pendant qu'il était assis sur les décombres de la tour, un sentiment nouveau s'était précisé en lui : l'inaction prolongée à laquelle il s'était récemment laissé aller, à cause d'Elfride, n'était probablement pas bonne pour lui, un homme qui avait des choses à accomplir. Il était possible d'y mettre rapidement un terme en hâtant son mariage avec elle.

Selon sa propre opinion, Knight était une personne qui avait manqué son but à cause d'une visée excessive. Comme il avait maintenant, dans une grande mesure, renoncé à ses idéaux ambitieux, il souhaitait sérieusement diriger ses moyens sur une voie plus pratique, et corriger ainsi les tendances introspectives qui ne lui avaient jamais apporté beaucoup de bonheur ni fait grand bien à ses semblables. Inaugurer ce nouveau cours de sa vie par le mariage – une idée qui l'avait transporté, depuis qu'il connaissait Elfride –, lui semblait cette nuit un projet moins exquis. Que la perte de ses illusions en ce qui la concernait eût quelque chose à faire avec cette réaction et avec le retour de ses anciens sentiments quant à la perte de temps, c'était plus que probable. Bien que le cœur de Knight l'eût grandement maîtrisée, cette maîtrise n'était pas si parfaite qu'elle se maintînt en face d'un retour mesuré des forces intellectuelles.

Sa rêverie fut interrompue par un bruit de roues et de sabots de cheval. La porte s'ouvrit pour livrer passage au médecin, à lord Luxellian et à un certain M. Cole, coroner du district (qui était en service à Castle Boterel ce jour-là et bavardait encore après son dîner avec le médecin lorsque lord Luxellian était arrivé) ; deux infirmières les suivaient, ainsi que quelques badauds.

Après un examen rapide, le Dr Granson déclara que la femme était morte par suite d'une suffocation causée par une pression extrême sur son appareil respiratoire ; des dispositions furent prises pour que l'instruction du coroner se fasse le lendemain matin, avant qu'il ne rentrât à Saint-Launce.

Peu après, la maison se vida de tous ses occupants vivants, et, dans sa mort, comme elle l'avait été ces deux dernières années dans sa vie, la veuve resta entièrement seule.

34

Heureux qui te rend la pareille, Le mal que tu nous as fait [1] !

Seize heures s'étaient écoulées. Revenu aux Rochers après avoir assisté à l'enquête du coroner sur la mort de Mme Jethway, Knight entra dans le boudoir des dames. Elfride ne s'y trouvait pas.

Mme Swancourt posa quelques questions sur le déroulement de l'instruction et sur le verdict. Puis elle dit :

« À peine aviez-vous quitté la maison ce matin que le facteur est venu. Il n'y avait qu'une lettre pour vous ; la voici. »

Elle retira une lettre de sa boîte à ouvrage et la tendit à Knight. Celui-ci la prit distraitement, mais il fut frappé par son apparence ; il marmonna quelques mots et quitta la pièce.

L'enveloppe était fermée par un cachet de cire noire et l'écriture de l'adresse était celle qu'il avait eue longtemps sous les yeux la veille.

Grandement agité, Knight chercha un endroit où personne ne viendrait le déranger. C'était la saison des fortes rosées qui subsistaient toute la journée sur l'herbe,

1. *Psaumes*, CXXXVII, 8.

là où le soleil ne donnait pas ; cela ne l'empêcha pas de se réfugier sur un coin de pelouse peu entretenue au milieu des arbustes, pour y prendre connaissance de la lettre qu'il avait ouverte en chemin.

L'écriture, le cachet, le papier, les premières lignes, tout lui avait indiqué sur l'instant que cette lettre lui venait de la veuve Jethway, raide morte depuis. Il avait immédiatement compris que les mots inachevés qui avaient retenu son attention la veille n'étaient destinés à personne d'autre que lui. Il s'était rappelé quelques-unes des paroles qui avaient échappé à Elfride, pendant son sommeil sur le steamer, selon lesquelles elle serait perdue si quelqu'un lui disait quelque chose à lui : un détail qui lui avait paru jusqu'ici si dénué d'importance et de signification qu'il l'avait presque oublié. Tous ces éléments se combinèrent pour lui inspirer une puissante émotion d'une sorte angoissante. La lettre trembla dans sa main pendant qu'il la lut.

La Vallée, Endelstow.

Monsieur,

Une femme qui n'a pas grand-chose à perdre, par suite des conséquences que son geste pourrait entraîner, désire vous fournir quelques indications sur celle que vous aimez. Si vous daignez accepter un avertissement avant qu'il ne soit trop tard, tenez compte de ce que votre correspondante vous expose.

Vous avez été abusé. Que mérite la femme qui a commis les méfaits que voici ?

Elle a encouragé un honnête garçon à l'aimer, puis elle lui a tellement manqué d'égards qu'il en est mort.

Elle a pris ensuite pour amoureux un homme de basse naissance, a qui son père refusa l'entrée de sa maison.

Elle quitta sa maison en secret pour épouser cet homme, et s'enfuit avec lui à Londres.

Elle rentra chez elle sans être mariée, pour une raison ou une autre.

Elle n'hésita pas à l'appeler son mari, dans la correspondance ultérieure qu'elle entretint avec lui.

Elle m'a écrit la lettre ci-jointe, à moi qui connaissais les dessous de cette histoire mieux que personne, pour me demander de garder le silence sur ce scandale.

Je pense être bientôt au-delà du blâme ou de l'éloge. Mais avant de me rappeler à lui, Dieu m'a donné le pouvoir de venger la mort de mon fils.

Gertrude Jethway

La lettre jointe était celle qu'Elfride avait rédigée au crayon, dans le cottage de Mme Jethway.

Chère Mme Jethway,

Je suis venue vous rendre visite, car je désirais beaucoup vous voir, mais je ne peux pas attendre plus longtemps. Je venais vous supplier de ne pas mettre à exécution les menaces que vous m'avez répétées. Je vous adjure, Mme Jethway, de ne révéler ce que j'ai fait à personne ! Ce serait ma perte et me briserait le cœur. Je ferai n'importe quoi pour vous, pour peu que vous me traitiez avec bonté. Au nom de la solidarité féminine, je vous implore de ne pas provoquer un scandale.

Bien à vous,

E. Swancourt

Knight regarda d'un air las vers la maison. À partir de ses murs, le sol s'élevait jusqu'aux arbustes au milieu desquels il se tenait, au point qu'il se trouvait presque au niveau du premier étage des Rochers. Le cabinet de toilette d'Elfride était dans l'angle de la maison qui saillait dans cette direction, et les deux fenêtres qui l'éclairaient étaient disposées de telle façon que, de la position qu'il occupait, Knight pouvait parfaitement voir l'intérieur de la pièce au travers des deux. Elfride était là, immobile entre les fenêtres, en train de se mirer dans sa psyché. Elle s'examina de face, longuement et avec beaucoup d'attention ; puis elle tourna, rejeta la tête en arrière et contempla son image par-dessus son épaule.

Personne ne pourrait rendre compte avec une certitude absolue de ce qu'elle avait en tête à ce moment-là ; elle pouvait avoir agi ainsi de l'intérieur même d'une profonde tristesse ; au fond de son cœur, il n'y avait peut-être que cette seule plainte : « Que je suis malheureuse ! » Mais l'impression produite sur Knight fut déplorable. Il baissa les yeux, la mine maussade. La conjoncture conférait à la lettre de la morte un pouvoir bien supérieur à celui qu'elle avait en propre. Les circonstances faisaient suivre ses paroles dures d'un écho de justice impitoyable venu d'outre-tombe. Knight ne put supporter de l'avoir en sa possession. Il déchira la lettre en petits morceaux.

Il entendit un bruit de branches derrière lui et, lorsqu'il eut tourné la tête, il vit Elfride qui le suivait. La belle jeune femme le regarda droit dans les yeux, avec un vague sourire d'espoir, mais d'un espoir trop forcé pour supplanter les craintes solidement établies qu'il masquait. Les paroles sévères que Knight avait prononcées la nuit précédente pesaient encore lourdement sur elle.

« Je vous ai vu de ma fenêtre, Harry, dit-elle timidement.

– La rosée va vous mouiller les pieds, remarqua-t-il, comme s'il ne l'avait pas entendue.

– Cela m'est égal.

– Il est dangereux d'avoir les pieds mouillés.

– Bien... Harry, qu'y a-t-il ?

– Oh, rien ! Dois-je reprendre la conversation sérieuse que j'ai eue avec vous hier ? Non, peut-être pas ; il vaudrait peut-être mieux que je ne le fasse pas.

– Je ne peux pas vous dire ! Que tout cela est lamentable ! Ah, comme je voudrais vous retrouver ! Que ne m'avez-vous donné un baiser quand je suis arrivée !

Pourquoi ne m'en avez-vous pas demandé un ? Pourquoi ne le faites-vous pas maintenant ?

– Voilà des manières bien trop libres ! entendit-il sa voix intérieure lui murmurer.

– C'est cette horrible conversation d'hier, poursuivit Elfride. Oh, ces terribles paroles ! Cela a été pour moi une nuit de cauchemar.

– « Un baiser » ! Je déteste ce mot ! Ne parlez pas de baiser, pour l'amour de Dieu ! Je trouve que vous auriez eu avantage à montrer assez de tact pour éviter de prononcer le mot « baiser », compte tenu de tous ceux que vous avez acceptés. »

Elle devint extrêmement pâle et une expression de profonde désolation envahit son visage. Ce visage avait maintenant une telle apparence de délicatesse et de fragilité qu'on imaginait la marque livide que la simple pression d'un doigt eût suffi à y laisser.

Knight continua sa marche et Elfride avec lui, silencieuse, consentante. Il ouvrit une barrière, et ils s'engagèrent dans un sentier qui courait au milieu des chaumes.

« Je vous suis peut-être importune ? demanda-t-elle pendant qu'il fermait la barrière. Voulez-vous que je vous laisse ?

– Non. Écoutez-moi, Elfride, fit-il d'une voix basse et voilée. J'ai été franc avec vous ; voulez-vous bien l'être avec moi ? Si quelque – étrange – lien a existé entre vous et un prédécesseur à moi, dites-le maintenant. Il vaut mieux que vous me l'appreniez maintenant, même si cela doit nous séparer, plutôt que de m'en laisser faire la découverte dans le futur. Des soupçons ont été éveillés en moi. Les moyens utilisés me paraissent méprisables, je ne vous dirai donc pas comment cela s'est fait. Mais sachez que la découverte d'un mystère dans votre passé nous empoisonnerait la vie. »

Knight attendit avec une sorte de calme. Ses yeux étaient tout à la fois tristes et impérieux. Ils avancèrent quelque peu le long du sentier.

« Me pardonnerez-vous, si je vous dis tout ? s'écria-t-elle d'un ton suppliant.

– Je ne peux pas le promettre ; beaucoup dépend de ce que vous avez à me dire. »

Elfride ne put supporter le silence qui s'ensuivit.

« Vous n'allez plus m'aimer ? explosa-t-elle. Harry, Harry, aimez-moi, et parlez-moi comme vous le faites d'habitude ! Je vous en conjure, Harry !

– Allez-vous être loyale avec moi ? s'enquit Knight. Oui ou non ? Que vous ai-je fait pour que vous me traitiez ainsi ? Je me sens comme un oiseau pris au lacet. Tout devait m'être caché ! Pourquoi en est-il ainsi, Elfride ? Voilà ce que je vous demande. »

Dans leur agitation, ils avaient quitté le sentier et se déplaçaient parmi les éteules mouillées sans s'en rendre compte ni y prendre garde.

« Et qu'est-ce que j'ai fait, moi ?, balbutia-t-elle.

– Quoi ? Comment pouvez-vous le demander, quand vous le savez si bien ? Vous savez pertinemment que j'ai été maintenu à dessein dans l'ignorance d'un fait se rapportant à vous, lequel, l'eussé-je connu, eût pu entièrement modifier ma conduite ; et cependant vous demandez ce que vous avez fait ? »

Elle fut visiblement abattue mais ne fit aucune réponse.

« Ce n'est pas que j'ajoute foi aux lettres ou aux rumeurs malveillantes ; pas moi. Je ne sais pas si je suis disposé ou non à le faire : sur mon âme, je ne saurais le dire. Mais en tout cas, je sais ceci : une religion s'installait dans mon cœur à votre sujet. J'avais regardé dans vos yeux, et j'avais cru y voir la vérité et l'innocence sous la forme la plus pure et la plus parfaite que Dieu eût incarnée dans une femme. On ne saurait être dans l'expectative de la vérité parfaite ; mais ou bien j'aurai droit, pour ma part, à une vérité ordinaire, ou alors je ne veux rien du tout. Il vous faut donc simplement me le dire : ce dont vous ne voulez pas parler, est-ce de la plus haute importance, oui ou non ?

– Je ne comprends pas tout ce que vous voulez dire. Si je vous ai caché quelque chose, c'est parce que je vous aime tant et que j'avais peur... peur... de vous perdre.

– Puisque vous n'êtes pas portée aux confidences, je veux vous poser quelques questions simples. M'en donnez-vous la permission ?

– Oui, dit-elle (et son visage prit une expression de résignation lasse). Usez des paroles les plus dures que vous voudrez ; je suis prête à les supporter.

– Il y a du scandale dans l'air à votre sujet, Elfride. Et je ne peux même pas le combattre sans savoir exactement de quoi il retourne. Peut-être ne s'agit-il pas entièrement de vous ; peut-être même ne s'agit-il pas du tout de vous. (Malgré la profondeur de son amertume, Knight trouva le moyen de badiner.) Pendant la Révolution française, on a décapité par erreur le maître de ballet Pariseau qu'on avait pris pour Parisot, un capitaine de la Garde royale. Je souhaiterais qu'il y eût une autre « E. Swancourt » dans le voisinage. Voyez ceci. »

Il lui tendit la lettre qu'elle avait écrite et laissée sur la table de Mme Jethway. Elle la regarda d'un air absent.

« Ce n'est pas si grave que ça en a l'air, plaida-t-elle. Cela donne maintenant l'impression d'une affreuse tromperie, mais c'est à l'origine une chose bien plus naturelle que vous ne le pensez. Mon unique désir était de ne pas mettre notre amour en danger. Oh, Harry, c'était mon seul but ! Cela ne pouvait pas faire grand tort.

– Oui, oui ; mais indépendamment des déclarations de la pauvre et misérable créature, cela paraît impliquer... quelque chose de mal.

– Quelles déclarations ?

– Celles que contenait une lettre que j'ai déchirée. Elfride, vous êtes-vous réellement enfuie avec l'homme que vous aimiez ? Car telle était l'odieuse allégation. Y a-t-il dans une pareille accusation... quelque chose de vrai, Elfride ?

– Oui », murmura-t-elle.

Knight avait maintenant la mine défaite et c'est d'une voix altérée qu'il demanda :

« Afin de l'épouser ?

– Oui. Oh, pardonnez-moi ! Je ne vous avais pas encore rencontré, Harry.

– À Londres ?

– Oui ; mais je...

– Répondez à mes questions ; n'ajoutez rien, Elfride. Avez-vous jamais délibérément tenté de l'épouser en secret ?

– Non ; pas délibérément.

– Mais l'avez-vous tenté ? »

Le visage de la jeune femme s'empourpra légèrement.

« Oui, fit-elle.

– Et après cela... est-ce que... vous lui avez écrit en l'appelant votre mari... et lui vous appelait-il sa femme ?

– Écoutez-moi ! C'était...

– Répondez-moi, bornez-vous à me répondre !

– Dans ce cas, oui. »

Ses lèvres tremblaient, mais c'est avec une certaine dignité qu'elle poursuivit :

« Il m'eût bien plu de vous le dire, car j'ai conscience d'avoir mal agi. Mais je n'ai pas osé, car je vous aimais trop. Oh, je vous aime tant ! Vous avez été tout au monde pour moi, et vous l'êtes toujours. N'allez-vous pas me pardonner ? »

Il y a de quoi inspirer beaucoup de mélancolie dans ce constat : des hommes qui ont tout d'abord décidé que leur fiancée ou leur femme était parfaite et qui ne tiendraient aucun compte d'un témoignage contraire, fût-il de Dieu lui-même, ces hommes-là, dès qu'ils viennent à soupçonner la pureté de leur dame, sont moralement prêts à la pendre suivant des preuves qu'ils n'accepteraient certainement pas pour juger un chien.

La réticence d'Elfride à parler – liée à l'ingénuité qui l'amenait à se trouver beaucoup plus coupable qu'elle ne l'était effectivement – avait joué un rôle fatal dans l'esprit de Knight. Cet homme d'idées, à présent que son premier rêve de choses impossibles était évanoui, oscillait trop loin dans la direction opposée. Chaque mouvement des traits de la jeune femme, chaque frémissement, chaque propos confus, tout était pris pour une preuve de son indignité.

« Trêve de compliments, Elfride. L'heure n'est plus aux politesses. Regardez-moi droit dans les yeux et, devant Dieu qui est au-dessus de nous, dites-moi la vérité sur encore un point. Étiez-vous seule avec lui ?

– Oui.

– Êtes-vous rentrée chez vous le jour même ?

– Non. »

Ce mot fit l'effet d'un coup de tonnerre qui parut ébranler la terre et les cieux. Knight se détourna. L'expression d'Elfride témoignait de la profondeur de son désespoir à voir qu'elle était incapable d'expliquer les choses de manière qu'on ne fût pas abusé par les apparences – non seulement un tel désespoir cesse de compter sur des éclaircissements directs, mais il renonce aux possibilités accessoires de minimiser les choses.

La scène se grava pour de longues années au fond des yeux de Knight : les chaumes morts brunis, mêlés aux mauvaises herbes ; la lointaine haie de hêtres qui masquait la maison, et dont les feuilles étaient devenues rouges.

« Il faut m'oublier, dit-il. Nous ne nous marierons pas ensemble. »

L'air de souffrir un atroce supplice qui vint alors à Elfride témoignait de l'épouvantable angoisse qui l'avait submergée en entendant Knight lui parler ainsi.

« Que voulez-vous dire, Harry ? C'est une plaisanterie, n'est-ce pas ? »

Elle le regarda d'un air de doute et s'efforça de rire, comme si l'irréalisme de ses propos était évident.

« Je sais bien que vous ne parlez pas sérieusement... n'est-ce pas ? Je vous appartiens, bien sûr, et vous allez me garder.

– Elfride, je vous ai parlé trop durement ; j'ai dit à haute voix ce que j'eusse dû me contenter de penser. Je vous aime bien ; laissez-moi vous donner un conseil. Épousez cet homme dès que possible. Quelque lassitude vous puissiez éprouver l'un de l'autre, vous vous appartenez, et je ne vais pas m'immiscer entre vous. Pensiez-vous que j'allais le faire ? Pensiez-vous que j'eusse pu y songer même un instant ? Si vous ne pouvez pas l'épouser à présent, et qu'un autre fasse de vous sa femme, gardez-vous de lui révéler ce secret après le mariage, si vous ne l'avez pas fait avant. La sincérité vous vaudrait alors un enfer. »

Confondue par ce discours, elle s'exclama :

« Non, non ; je n'épouserai personne d'autre que vous ; il faut que je sois votre femme !

– Si nous nous étions mariés...

– Mais vous ne pouvez pas vouloir dire vraiment... que... que... vous allez m'abandonner et que vous ne serez plus rien pour moi... Non, vous ne pouvez pas ! »

Des sanglots convulsifs retirèrent toute assurance à ses paroles. Elle parvint à les contenir et continua à le regarder droit dans les yeux, en guettant vainement sur son visage de quoi alimenter une lueur d'espoir.

« Je rentre, dit Knight. Vous ne me suivrez pas, Elfride ; c'est le vœu que je forme.

– Non, je m'en abstiendrai.

– Je partirai ensuite pour Castle Boterel. Au revoir. »

Il prit congé comme si c'était pour une seule journée – du même ton léger qu'il avait eu maintes fois auparavant pour de courtes séparations – et c'est ainsi qu'elle parut le comprendre. Knight n'avait pas la force de lui dire carrément qu'il partait pour toujours ; il pouvait difficilement s'assurer lui-même qu'il en était bien ainsi, ignorant s'il allait s'empresser de revenir, sous le coup d'une émotion irrépressible, ou bien s'il aurait une suffisante maîtrise de lui – et d'elle en lui – pour qu'il s'agît d'un adieu définitif et qu'il se présentât à nouveau dans le monde comme un homme sans attache féminine.

Dix minutes plus tard, il quittait la maison en laissant des instructions pour que, s'il n'était pas de retour dans la soirée, ses bagages fussent adressés à son appartement de Londres, d'où il avait l'intention d'écrire à M. Swancourt pour lui fournir les raisons de son départ soudain. En descendant la vallée, il ne put s'abstenir de tourner la tête. Il vit le champ de chaumes, où une mince silhouette féminine se profilait sur le ciel. Elfride, docile comme toujours, n'avait guère bougé, puisqu'il lui avait enjoint de rester là. Il regarda encore une fois : elle était toujours là – il allait la voir ainsi des semaines et des mois durant. Il détacha son regard de ce spectacle, passa la main sur ses yeux, comme pour en effacer cette vision, eut un gémissement sourd et poursuivit son chemin.

35

Vas-tu me quitter ainsi ? Dis non ! Dis non[1] !

Nous retrouvons le décor de l'appartement de Knight dans Bede's Inn, le lendemain de son départ d'Endelstow. La soirée était avancée. Un halo humide et triste autour de toutes les lumières de Londres était dû au crachin. Il ne tombait pas encore depuis assez longtemps pour que les véhicules rapides fissent entendre ce bruit clair et net qui suit le lavage des pavés par une pluie serrée, mais il avait suffi à rendre les trottoirs et la chaussée glissants, poisseux et collants, aussi bien pour les pieds que pour les roues.

Knight se tenait près du feu et regardait mourir les braises avant de franchir sa porte pour faire le morne trajet jusqu'à Richmond. Il avait déjà mis son chapeau et éteint le gaz. Le store de la fenêtre qui surplombait la ruelle n'était pas tiré ; avec la lumière venant d'en bas qui se réfléchissait sur le plafond de la chambre montait, au lieu des habituels bruits de voix bavardes, un brouhaha restreint et les seuls échanges rapides liés à des nécessités.

Pendant qu'il attendait ainsi l'écoulement des quelques

1. Sir Thomas Wyatt, *La Prière de l'amant.*

minutes qui le séparaient de l'heure du départ de son train, un léger coup frappé à sa porte se mêla aux autres sons qui parvenaient à ses oreilles. Il était si léger que les bruits extérieurs suffisaient presque à le noyer. Lorsqu'il se répéta, Knight traversa l'antichambre, encombrée de livres et de tout un fatras, pour ouvrir sa porte.

Une femme, étroitement emmitouflée mais évidemment fluette, se tenait sur le palier, sous le bec de gaz. Elle s'élança, jeta ses bras autour du cou de Knight et poussa un cri étouffé :

« Oh Harry ! Harry ! Vous me tuez ! Je n'ai pas pu m'empêcher de venir. Ne me renvoyez pas, je vous en prie ! Pardonnez sa venue à la pauvre Elfride... Je vous aime tant ! »

Pendant quelques instants, Knight ne fut qu'agitation et surprise.

« Elfride ! s'écria-t-il. Qu'est-ce que cela veut dire ? Qu'avez-vous fait ?

– Ne me faites pas de peine et ne me punissez pas, je vous en prie ! Je n'ai pas pu m'empêcher de venir, je me sentais mourir. Hier soir, quand vous n'êtes pas rentré, je n'ai pas pu le supporter... Je n'ai pas pu ! Laissez-moi rester près de vous et voir votre visage, Harry ; je n'en demande pas plus. »

Ses paupières étaient rouges, lourdes et gonflées par tous ses pleurs ; ses joues, d'un rose délicat, étaient ravagées par les larmes et enflammées par le frottement continu du mouchoir.

« Qui est avec vous ? Êtes-vous venue seule ? s'enquit-il vivement.

– Oui. Quand vous n'êtes pas rentré hier soir, j'ai veillé, en espérant votre retour. Cette nuit a été pour moi une véritable agonie... j'attendais... j'attendais, et vous ne reveniez pas ! Puis, quand au matin votre lettre annonça votre départ définitif, je n'ai pas pu le supporter ; je me suis enfuie jusqu'à Saint-Launce et suis venue par le train. J'ai voyagé toute la journée pour arriver jusqu'à vous ; vous n'allez pas me renvoyer, dites, Harry, parce que je vous aimerai toujours, jusqu'à la mort.

– Pourtant, vous ne pouvez pas rester. Oh, Elfride ! Pourquoi vous êtes-vous compromise ainsi ? Courir ainsi vers moi va ruiner votre réputation ! Votre première expérience n'a-t-elle pas suffi pour vous retenir d'agir de cette manière ?

– Ma réputation ? Je vais bientôt mourir ; à quoi me servira alors cette réputation ? Oh ! si seulement c'était *moi* l'homme et *vous* la femme, je ne vous abandonnerais pas pour une faute aussi vénielle que la mienne ! Ne croyez pas que ma fuite avec lui fut une chose tellement vile. Ah, comme je voudrais que vous vous fussiez compromis avec vingt femmes avant de me connaître, pour que je puisse vous montrer que je ne tiendrais pas cela pour une faute, que je serais heureuse de vous avoir après elles pour moi toute seule ! Si vous me connaissiez vraiment, Harry, vous sauriez combien je suis honnête. Ne puis-je être à vous ? Dites que vous m'aimez tout autant et que rien ne nous séparera plus ! Je ne peux pas supporter la perspective des longues heures, des jours et des nuits qui s'écouleraient sans vous, parce que vous me détesteriez !

– Je ne vous déteste pas, Elfride, dit-il doucement en la soutenant de son bras. Mais vous ne pouvez pas rester ici maintenant... pour l'instant, je veux dire.

– Je suppose qu'il ne le faut pas... J'aimerais le pouvoir. J'ai peur que si... vous me perdez de vue... quelque chose d'affreux ne survienne, et que nous ne nous retrouvions pas. Harry, si je ne suis pas bonne à être votre femme, je souhaite devenir votre servante pour vivre avec vous, plutôt que d'être renvoyée et de ne plus jamais vous revoir. Tout m'est égal pour éviter cela !

– Non, je ne vous renverrai pas, je ne le peux pas. Dieu sait quel sombre avenir aura la présente soirée ;

mais je ne peux pas vous renvoyer ! Asseyez-vous, pendant que je tâche de rassembler mes pensées pour imaginer ce qu'il convient de faire. »

À ce moment-là, ils entendirent tous deux un coup retentissant frappé à la porte de l'immeuble, accompagné de sonneries précipitées qui résonnèrent de la cave au grenier. La porte fut rapidement ouverte ; il y eut un rapide échange de propos dans le hall, et des pas lourds escaladèrent les marches.

La visage de M. Swancourt, congestionné, chagriné et sévère, apparut au coin de l'escalier. Arrivé sur le palier, le pasteur se tint devant eux. Il dévisagea Knight avec une indignation silencieuse et se tourna vers la jeune femme toute tremblante.

« Ah Elfride ! Je vous trouve enfin. Quelles sont ces façons, mademoiselle ? Quand renoncerez-vous à ces idioties et vous conduirez-vous de manière convenable ? Ma famille et mon nom doivent-ils être déshonorés par des actes qui feraient scandale même pour la fille d'une blanchisseuse ? Allons, mademoiselle, venez !

– Elle est tellement lasse ! dit Knight d'une voix fortement angoissée. M. Swancourt, ne soyez pas dur avec elle... Je vous supplie de vous laisser attendrir et de l'aimer !

– Quant à vous, monsieur », fit M. Swancourt, en se tournant vers lui comme forcé par les circonstances, « j'ai peu de chose à vous dire. Je puis seulement remarquer que le plus tôt je serai hors de votre présence, le mieux je m'en trouverai. Pourquoi vous n'avez pas fait votre cour à ma fille comme un galant homme, je n'en sais rien. Pourquoi une sotte jeune fille inexpérimentée comme elle a été entraînée à commettre cette folie, je n'en sais rien. Mais même si elle ignorait qu'il ne faut pas s'enfuir de chez soi, je crois que vous auriez dû le savoir.

– Ce n'est pas de sa faute : il ne m'a pas entraînée, papa, je suis venue de mon plein gré.

– Si vous vouliez rompre ce mariage, pourquoi ne pas l'avoir dit carrément ? Si vous ne vouliez pas du tout vous marier, pourquoi ne pas l'avoir laissée tranquille ? Sur mon âme, cela me tord le cœur d'être forcé de penser tant de mal d'un homme que je croyais mon ami ! »

Écœuré, las de la vie, Knight ne tenta même pas de faire la moindre réponse. Comment pouvait-il se disculper, quand, pour se défendre, il fallait accuser Elfride ? De telle sorte qu'il éprouvait une piètre satisfaction à laisser son père continuer de penser et de s'exprimer injustement. C'était un faible rayon de plaisir infiltré dans les ténèbres de son esprit que la pensée du pasteur persuadé à jamais que lui, son amoureux, avait détourné Elfride du droit chemin, puisque telle semblait être la forme prise par l'incompréhension de M. Swancourt.

« Enfin, venez-vous ? » répéta M. Swancourt à sa fille. Il prit sa main qui ne résistait pas, l'attira sous son bras et conduisit ainsi Elfride jusqu'au bas des marches. Knight la suivit des yeux, avec un ardent espoir soudainement né qu'elle tournerait la tête. Elle disparut, sans avoir jamais regardé en arrière.

Il entendit ouvrir la porte... la refermer. Les roues d'un fiacre rasèrent la bordure du trottoir ; cela fut suivi du murmure d'une adresse. Les portières claquèrent, les roues s'ébranlèrent et s'éloignèrent.

Depuis le moment où Elfride était réapparue, un terrible conflit se livrait dans le cœur de Knight. Son instinct, son émotion, son affectivité – quelque nom qu'on lui donnât – le poussait à se manifester, à s'emparer d'Elfride et à devenir celui qui la chérirait et la protégerait pour la vie. Puis venait la pensée dévastatrice que l'acte puéril, irrationnel, inconsidéré de s'enfuir pour venir le trouver ne prouvait qu'une seule chose, c'est que pour elle les convenances ne devaient être que lettre morte ; que ce manque de réserve (qui n'était en réalité que du naturel sans détours) signifiait de l'indifférence pour le décorum ; qu'il allait de soi qu'une telle femme eût pu être abusée dans le passé. Il se dit, avec le cynisme le plus amer :

« La femme sage et soupçonneuse qui imagine des choses sombres et mauvaises à propos de tout le monde est beaucoup trop perspicace pour être dupée par un homme ; les créatures confiantes comme Elfride sont les femmes qui tombent. »

Les heures et les jours passèrent, et Knight demeurait inerte. L'écoulement du temps affaiblissait le pouvoir qu'avait sur son cœur la présence de la jeune femme et fortifiait les raisonnements qu'il lui opposait. Elfride l'aimait, il le savait, et lui-même ne pouvait pas s'empêcher de l'aimer ; quant à l'épouser, ça non ! Autre chose eût été qu'elle redevînt son Elfride à lui – celle qu'elle avait paru être – mais cette femme-là était morte et enterrée, il ne la retrouverait plus ! Comment épouser cette Elfride-ci, une personne qui n'eût été à ses yeux rien de plus qu'une relation intéressante et digne de compassion, l'eût-il vue dès le départ telle qu'elle était ?

Son cœur se pinça à l'idée qu'il était confronté avec un parfait exemple d'état des choses pire que tous ceux qu'il avait postulés dans ses plaisantes chroniques sociologiques et satiriques.

La rectitude morale de la vie de cet homme méritait toutes les louanges ; mais, malgré une certaine finesse d'esprit, Knight avait en lui une petite portion de cette perversité du jugement que l'on trouve principalement chez les gens d'une honnêteté scrupuleuse. La vérité lui paraissait une abstraction trop nette et trop pure pour être aussi irrémédiablement pétrie d'erreurs que l'observent les pragmatiques. Comme il avait maintenant constaté qu'il s'était trompé en supposant Elfride incomparable, rien au monde ne pouvait le convaincre qu'après tout elle n'était pas franchement mauvaise.

Il s'attarda à Londres une quinzaine de jours, pendant

lesquels il ne fit guère qu'osciller entre la passion et les convictions. Une idée demeura invariable : mieux valait ne pas rencontrer Elfride.

Quand il promenait ses regards sur les livres occupant ses rayonnages – rares étaient ceux qu'il avait ouverts depuis qu'Elfride s'était emparée de son cœur –, leur arrangement méthodique intact lui reprochait d'avoir renié l'ancienne foi de sa jeunesse et du début de son âge d'homme. Il avait déserté ces amis qui ne vous font jamais défaut, semblaient-ils lui dire, pour les délices inconstantes de la compagnie d'une femme docile qui avaient cessé dans l'amertume. L'esprit d'abnégation, à la limite de l'ascétisme, qui avait toujours animé Knight dans les temps anciens l'avait quitté à la naissance de l'amour, et avec lui était parti l'amour de soi qui compensait les frustrations personnelles. La pauvre petite Elfride, au lieu d'occuper comme auparavant une grande place dans sa religion, commença à revêtir la seule forme de la tentation. Il était peut-être humain et tout à fait conforme à la nature que Knight ne se demandât pas une seule fois s'il ne lui devait pas un petit sacrifice pour la prodigalité de sa dévotion qui lui avait sauvé la vie.

Avec la conscience d'avoir ainsi, comme Antoine, « perdu en baisers des royaumes et des provinces[1] », il songea ensuite à la manière dont il lui avait révélé ses mobiles souterrains et ses plus grands secrets, un manque de réserve auquel il ne se serait jamais laissé aller avec aucun homme au monde. Comment avait-il pu se faire qu'il ne se retînt pas de lui communiquer des intuitions jusqu'alors enfermées dans les citadelles les plus fortifiées de son esprit ?

Knight avait un esprit vigoureux qui, à l'extérieur de la sphère des affaires de cœur, était à même de percevoir que son propre amour, comme celui des autres, pouvait

1. Shakespeare, *Antoine et Cléopâtre*, III, 10, 7-8.

être affaibli par un changement de décor et de situation. Cette perception se doublait en même temps de tristesse :

Ô dernier regret, regret qui peut mourir[1] !

Mais, comme il était convaincu que la mort de ce regret était ce qui pouvait lui arriver de mieux, il ne différa pas plus longtemps sa tentative d'y parvenir. Il ferma son appartement, suspendit ses relations avec les éditeurs et quitta Londres pour le continent. Nous allons le laisser là, errant sans autre but que celui, nominal, de favoriser l'oubli d'Elfride.

1. Tennyson, *In memoriam*, LXXVIII.

36

Le sou est le bijou qui embellit tout[1]

« J'comprends pas du tout c'qui s'passe avec les gens de Saint-Launce.

– Avec leurs « Comment qu'ça va ? » tu veux dire ?

– Oui, avec leurs « Comment qu'ça va ? », leurs poignées de main, leurs invitations et leurs gentilles demandes de nouvelles de toi, John. »

Cet échange faisait partie d'une conversation entre John Smith et sa femme, un samedi soir du printemps qui suivit le départ d'Angleterre de Knight. Stephen était depuis longtemps retourné en Inde, ses parents avaient émigré du parc de lord Luxellian à Endelstow vers une habitation confortable au bord de la route, à un mille de Saint-Launce, où John avait installé un dépôt de matériaux de construction à son propre nom.

« Quand on est arrivé ici, y a six mois, poursuivit Mme Smith, malgré que j'ai payé comptant en ville pendant tellement d'années, ces gaillards de boutiquiers ne me parlaient que par-dessus le comptoir. Quand j'les rencontrais une demi-heure plus tard dans la rue, i'm traitaient comme si z'avaient jamais vu ma tête.

1. Burns, *Il y a un jeune...*

– I'regardaient à travers toi comme à travers une vitre ?

– Oui, c'est ce que faisaient les effrontés. Les paisibles et les froids regardaient au-dessus du sommet de mon crâne, juste à côté de moi, par-dessus mon épaule, mais rencontraient jamais mes yeux. Ceux qui étaient doux et modestes tournaient leur visage vers le sud si je venais à l'est, se glissaient dans un passage si j'allais partager le trottoir avec eux. Le jeune libraire qu'est toujours tiré à quatre épingles jouait ce genre de jeu, tout comme les filles du boucher et les jeunes gars du tapissier. On est de mèche avec vous pour faire des affaires sans être vu, mais on s'fiche complètement d'une vieille femme quand on veut paraître comme il faut en dehors de sa profession.

– C'est bien vrai, Maria.

– Eh bien, aujourd'hui, c'est tout différent. J'étais pas plus tôt arrivée au marché que Mme Joakes a couru vers moi devant toute la ville et qu'elle m'a dit : « Ma chère Mme Smith, votre marche jusqu'ici a dû vous fatiguer. Venez déjeuner chez moi ! J'insiste, puisque je vous connais depuis tellement d'années ! Vous vous rappelez comme nous allions ensemble chercher des plumes de hibou dans les ruines du château ? » On sait jamais ce qui peut arriver, alors j'ai répondu bien poliment à c'te femme. J'avais pas encore tourné le coin que le jeune et prospère avocat, Sweet, qu'est un parfait dandy, m'a couru après, tout essoufflé. « Mme Smith, qu'i'm'a dit, excusez ma grossièreté, mais il y a un bout de ronce qui a dû s'accrocher dans la campagne au bas de votre robe ; permettez-moi de le retirer pour vous. » Tu me croiras pas, mais c'était en plein devant la mairie. Qu'est-ce que ça veut dire cet amour soudain pour une vieille femme ?

– J'saurais pas dire ; à moins qu'ce soit du repentir.

– Du repentir ! A-t-on jamais vu un homme aussi

niais que toi, John ? Est-ce que quelqu'un s'est jamais repenti, s'il avait de l'argent dans ses poches et cinquante ans devant lui ?

– J'pensais justement moi aussi », dit John, ignorant la question comme si elle manquait de pertinence, « que les gens m'ont montré plus de gentillesse aujourd'hui que depuis tout le temps qu'on est installés ici. Tiens, le vieil Alderman Hope est venu jusqu'au milieu de la rue où que j'me trouvais pour me serrer la main... et c'est ce que j'ai fait. Comme je portais mes vêtements de travail, j'ai trouvé que c'était bizarre. Oui, et puis y a eu le jeune Werrington.

– Qui c'est ç'ui-là ?

– C'est l'homme de Hill Street, ç'ui qui joue et qui vend des flûtes, des violons et des pianos à queue. L'était en train de parler à Egloskerry, ce tout petit célibataire qu'a placé son argent en bons du Trésor. Moi, j'passais et, pour sûr, j'm'attendais pas que des gens de cette nature me fassent même un signe de tête quand j'ai mes vêtements de travail...

– Toi, tu vas toujours faire une virée en ville dans tes vêtements de travail. J'ai beau te supplier de te changer, y a rien à faire.

– En tout cas, je portais mes vêtements de travail. Werrington m'a vu. « Ah, M. Smith ! Quelle belle matinée ! C'est un temps superbe pour bâtir », qu'i m'a dit, avec une voix aussi forte et amicale que si on s'était rencontrés dans une profonde caverne, où qu'il aurait trouvé personne d'autre à qui parler. C'était bizarre : parce que Werrington est une personnalité de premier plan. »

À ce moment-là, on entendit frapper doucement à la porte, laquelle fut immédiatement ouverte par Mme Smith en personne.

« Vous voudrez bien nous excuser, Mme Smith, assurément. Mais nous n'avons pas pu supporter de rester à la maison par ce beau temps printanier. Alors, à peine avions-nous fini de boire notre tasse de thé, j'ai pris Mme Trewen par le bras, et nous sommes sortis. En voyant la floraison de vos beaux crocus, nous avons pris la liberté d'entrer. Nous allons faire le tour de votre jardin, si cela ne vous ennuie pas.

– Pas le moins du monde », fit Mme Smith.

Ils partirent se promener. Dès qu'ils eurent tourné le dos, Mme Smith leva les bras au ciel de stupéfaction.

« Dieu nous garde en sa faveur !

– Qui c'est-y ? s'enquit son mari.

– C'est véritablement M. Trewen, le directeur de la banque, et sa femme. »

Assommé, John Smith sortit de sa maison regarder par-dessus la grille du jardin, afin de rassembler ses idées. Il n'était pas là depuis deux minutes qu'un bruit de roues se fit entendre et qu'une voiture à deux chevaux s'avança sur la route. Une dame distinguée s'y prélassait, avec un maintien de duchesse. Arrivée devant la grille de Smith, elle tourna la tête et donna immédiatement l'ordre au cocher d'arrêter.

« Ah, M. Smith, je suis contente de voir que vous avez si bonne mine. Je n'ai pas pu m'empêcher de faire halte un moment pour vous féliciter, vous et Mme Smith, pour le bonheur qui est le vôtre. Continuez, Joseph ! »

Et la voiture reprit sa route vers Saint-Launce.

Mme Smith s'écarta précipitamment d'un buisson de lauriers derrière lequel elle méditait.

« J'allais juste lever mon chapeau devant elle, tout comme j'le levais y a des années devant la pauvre lady Luxellian.

– Seigneur ! qui est-ce ?

– La dame du bistrot... Comment qu'elle s'appelle déjà ? Mme... Mme... celle du *Faucon*.

– La dame du bistrot ! Voilà bien la gaucherie de la famille Smith ! T'*aurais pu* dire la propriétaire de l'*Hôtel du Faucon*, puisqu'il est question de politesse. Les gens sont assez ridicules, mais faut leur donner leur dû. »

Il est possible que Mme Smith eût été amadouée, malgré elle, par ce remarquable phénomène d'amitié chez les habitants de Saint-Launce. Et, pour leur rendre justice, il était tout à fait souhaitable qu'il en fût ainsi. L'intérêt que les gens inexpérimentés de cette ville exprimaient d'une manière aussi grotesque était authentique dans son genre, et avait une valeur intrinsèque égale aux meilleures manières souriantes de communautés plus grandes.

M. et Mme Trewen finirent leur promenade dans le jardin.

« J'vais leur demander carrément, murmura John à sa femme. J'dirai : « On est dans l'brouillard... Excusez-moi que je vous pose une question, M. et Mme Trewen. Comment que ça se fait que vous soyez tous si amicaux aujourd'hui ? » Qu'est-ce t'en dis ? Ç'aurait l'air correct et raisonnable, pas vrai ?

– Dis pas un mot ! Miséricorde ! Quand donc sauras-tu te tenir ?

– Vous devez assurément être très fiers en ce moment, M. et Mme Smith, d'avoir un fils aussi glorifié, dit le directeur de banque en s'avançant.

– Ah, c'est Stephen... Je le savais ! se dit triomphalement Mme Smith.

– On connaît pas les détails, dit John.

– Ma foi, toute la ville en parle. Notre estimable maire y a fait allusion dans son allocution au dîner, hier soir, du club *Tous producteurs*.

– Alors quoi, pour Stephen ? insista Mme Smith.

– Eh bien, votre fils a été fêté par des sous-gouverneurs, des princes parsis et à peu près n'importe qui en Inde ; il est au mieux avec des nababs et il doit établir les plans d'un palais, d'une cathédrale, de plusieurs hôpitaux, universités, résidences, le tout avec l'agrément général des autorités tant chrétiennes que païennes.

– Pour sûr que ça devait arriver au fiston, fit modestement M. Smith.

– C'est dans la *Gazette de Saint-Launce* d'hier ; et notre estimable maire qui présidait la soirée d'hier a magistralement introduit ce sujet dans son allocution.

– C'était certainement très bien de la part de notre estimable maire qui présidait la soirée, dit la mère de Stephen. J'espère que le fiston aura le bon sens de garder ce qu'il a ; mais il pourrait se conduire comme tous ceux de son sexe. Une femme va y mettre le grappin dessus.

– Eh bien, M. et Mme Smith, la soirée s'avance et nous devons rentrer ; mais souvenez-vous de ceci : lorsque vous venez chaque samedi au marché, il faut que vous considériez notre maison comme la vôtre. Vous y trouverez toujours une tasse à thé et sa soucoupe ; comme vous le savez, elles vous ont attendus depuis des mois, même si vous l'avez oublié. Je suis une femme qui a son franc-parler, et ce que je dis, je le pense. »

Les visiteurs partis, le soleil couché, les rayons de la lune venant à peine de commencer à s'imposer sur les murs de l'habitation, John Smith et son épouse s'assirent devant le journal qu'en toute hâte ils s'étaient procuré en ville. Quand la lecture en fut achevée, ils débattirent du meilleur moyen de satisfaire aux nouvelles exigences sociales qui s'imposaient à eux, ce qui ne pouvait être réalisé, à l'avis de Mme Smith, que par un nouveau mobilier et l'agrandissement de la maison.

« Et, John, rappelle-toi bien d'une chose, conclut-elle. En écrivant à Stephen, faut jamais plus mentionner le nom d'Elfride Swancourt. Nous avons quitté cet endroit et nous ne savons plus rien d'elle, en dehors des on-dit. Il semble bien qu'il se libère d'elle, et j'en suis bien heureuse. C'était une heure sombre pour lui, la première fois qu'il a posé les yeux sur cette fille. Cette famille lui a rien valu de bon, ni au début ni à la fin ; alors faut les laisser garder leur sang pour eux-mêmes, s'ils en ont envie. Il pense toujours à elle, je sais, mais c'est pas incurable. Alors, faut pas que t'essayes de savoir quelque chose à son sujet, et on peut pas répondre à ses questions. Elle pourra alors mourir dans ses pensées.

– Ça sera comme tu dis », répondit John.

37

Avec le temps [1]

Knight erra vers le sud, sous couleur d'étudier les antiquités du continent.

Il arpenta les hautes nefs latérales d'Amiens, s'attarda dans les abbayes des Ardennes, escalada les étranges tours de Laon, analysa Noyon et Reims. Puis il se rendit à Chartres, examina ses flèches écaillées et son étrange sculpture. Ensuite, il flâna à Coutances. Il fit du canotage au bas du mont Saint-Michel et vit sous différents angles se détacher sur le ciel la silhouette des édifices croulants qui y sont incrustés. Saint-Ouen-de-Rouen le vit de nombreuses journées ; de même que Vézelay, Sens et bien d'autres monuments sacrés. Abandonnant l'examen de l'art ancien français avec la même précipitation gratuite qu'il avait eue pour l'entreprendre, il alla plus loin et traîna à Ferrare, à Padoue et à Pise. Saturé de médiévisme, il goûta le forum romain. Puis il observa le clair de lune et l'effet de la lueur des étoiles sur la baie de Naples. Il se tourna vers l'Autriche, devint amolli et déprimé dans les plaines de Hongrie et de Bohême et fut ragaillardi par les brises qui balayaient les pentes des Carpathes.

1. « Jette ton pain sur la face des eaux ; car avec le temps tu le retrouveras. » *L'Ecclésiaste*, XI, 1.

Il se retrouva ensuite en Grèce. Il visita la plaine de Marathon et s'efforça d'imaginer la défaite perse ; la colline de l'Aréopage, pour se représenter saint Paul en train d'admonester les anciens Athéniens[1] ; les Thermopyles et Salamine pour récapituler les faits et les traditions de la deuxième guerre Médique – le résultat de ses efforts fut plus ou moins chaotique. Knight finit par se lasser de ces lieux comme de tous les autres. Il éprouva alors le choc d'un tremblement de terre dans les îles Ioniennes et partit pour Venise. Là, il remonta et descendit en gondole les méandres du Grand Canal, s'attarda la nuit dans les *calle* et sur les *piazze*, lorsque pas une ride ne trouble la lagune et qu'on n'entend pas d'autre son que les coups de l'horloge à minuit. Par la suite, il passa des semaines dans les musées, les galeries et les bibliothèques de Vienne, de Berlin et de Paris ; de là, il rentra chez lui.

Nous voilà ainsi arrivés à un après-midi de février, quinze mois s'étant écoulés depuis la séparation d'Elfride et de son amoureux dans un brun champ de chaume non loin de la mer.

Deux hommes – évidemment pas des Londoniens, avec quelque chose d'étranger dans leur mise – se sont rencontrés par hasard dans une des allées de gravier qui traversent Hyde Park. Le plus jeune, plus habitué à regarder autour de lui que l'autre, avait remarqué l'approche de son aîné avant que celui-ci n'eût levé ses yeux du sol où son regard absent était fixé d'une manière qui semblait lui être coutumière.

« Mais c'est vraiment M. Knight ! s'exclama le plus jeune.

– Stephen Smith ! » fit Knight.

On aurait alors pu observer des opérations simultanées se produire chez les deux hommes, dont le résultat fut qu'une expression moins franche et moins spontanée

1. *Actes des Apôtres*, XVII, 22.

que la précédente prit possession de leurs traits. Il était clair que les mots qui allaient être prononcés maintenant seraient destinés à voiler superficiellement leur contrainte réciproque.

« Êtes-vous depuis longtemps en Angleterre ? demanda Knight.

– Depuis deux jours seulement, répondit Smith.

– Vous êtes toujours resté en Inde ?

– Presque toujours.

– On faisait tout un tapage à votre sujet, l'année dernière à Saint-Launce. Je pense bien avoir vu quelque chose de ce genre dans les journaux.

– Oui ; je crois qu'on a parlé de moi.

– Je dois vous féliciter pour vos succès.

– Merci, mais il n'y a là rien de bien extraordinaire. C'est l'évolution naturelle d'une carrière qui n'a subi aucune opposition. »

Cet échange fut suivi de cette difficulté à trouver ses mots qui s'impose toujours à ceux qui n'ont plus d'ami que le nom, lorsqu'ils constatent que les liens amicaux sont rompus mais qu'ils ne sont pas encore devenus de simples relations. Chacun des deux regardait de tout côté dans le parc. Knight avait peut-être conservé pendant tout le temps qui s'était écoulé le souvenir de la manière dont Stephen s'était conduit avec lui la dernière fois qu'ils s'étaient rencontrés ; peut-être avait-il laissé s'éteindre en lui l'intérêt qu'il portait au bien-être de Stephen, parce qu'il le jugeait mal placé. Stephen était assurément plein des ressentiments nés de la croyance que Knight lui avait pris la femme qu'il aimait tant.

À ce moment-là, Stephen posa une question d'un ton dégagé et en affichant une certaine insouciance dans son maintien, pour cacher – si possible – que le sujet avait pour lui une importance bien plus grande que son ami ne l'avait jamais imaginé.

« Êtes-vous marié ?

– Je ne le suis pas. »

Knight avait parlé avec une indescriptible amertume qui confinait à de la morosité.

« Et je ne le serai jamais, trancha-t-il. Et vous ?

– Non », répondit Stephen, de cette voix triste et calme que l'on adopte dans une chambre de malade.

Comme il ignorait complètement si Knight connaissait ou non les droits antérieurs qu'il avait eus sur Elfride, il décida cependant de hasarder quelques mots sur un sujet qui le fascinait douloureusement encore maintenant.

« Vos fiançailles avec Mlle Swancourt n'ont donc pas eu de suite, fit-il. Vous vous souvenez qu'il m'est arrivé de vous rencontrer avec elle ? »

Ici, la voix de Stephen le trahit quelque peu, en dépit de ses plus grands efforts. Ses occupations indiennes n'avaient pas atténué ses émotions au point qu'il pût entièrement les contrôler.

« Elles ont été rompues, répondit Knight très vite. Ces engagements se terminent souvent ainsi... pour le meilleur ou pour le pire.

– Oui ; c'est bien vrai. Et qu'avez-vous fait, ces derniers temps ?

– Fait ? Rien.

– Où êtes-vous allé ?

– J'aurais de la peine à vous l'expliquer ; disons que j'ai parcouru l'Europe. Cela vous intéressera peut-être de savoir que j'ai entrepris une étude sérieuse de l'art continental au Moyen Âge. Les notes que j'ai prises à chacune de mes visites sont à votre disposition. Elles ne me seront d'aucune utilité.

– Je vous en sais gré... Ainsi donc, vous avez voyagé au loin et tout près !

– Pas loin, fit Knight avec une désinvolture maussade. Vous savez peut-être qu'il arrive aux moutons d'être pris de vertige... Dans ce cas, on parle d'hydatide dans la tête qui grignote le cerveau. L'animal présente alors l'étrange particularité de tourner continuellement en rond sur lui-même. J'ai voyagé exactement de cette façon-là, en tournant en rond comme un bélier pris de vertige. »

Le discours irréfléchi, amer et décousu de Knight, cherchant à faire passer des images plutôt qu'à communiquer des idées, frappa péniblement Stephen. Son ancien ami était rongé de l'intérieur, ce n'était plus le même homme. Lui-même avait beaucoup changé, mais pas autant que Knight.

« Vous avez les noires pensées d'un Hamlet qui enchérit sur Hamlet lui-même[1] », dit Stephen avec une franchise navrée.

Knight ne fit aucune réponse.

« Savez-vous, reprit Stephen, que j'aurais presque juré vous retrouver marié, d'après ce que j'ai vu ? »

Le visage de Knight se durcit :

« Vraiment ? »

Stephen était incapable d'abandonner ce sujet douloureux et fascinant.

« Oui ; je suis vraiment surpris.

– Qui vous attendiez-vous à me voir épouser ?

– Celle que j'ai vue avec vous.

– Merci pour la surprise.

– Elle vous a plaqué ?

– Smith, je vais vous le dire en peu de mots, répondit Knight fermement. Ne me questionnez jamais sur ce sujet. Dites-vous bien que j'ai mes raisons pour vous le demander. Et si vous me posez des questions, vous n'aurez pas de réponse.

– Je ne souhaite pas du tout vous faire parler de choses qui vous sont désagréables... Certes non. J'ai eu un instant le sentiment que j'aimerais vous expliquer quelque chose de mon côté et entendre une explication

1. Référence à « Cet Hérode de théâtre enchérit sur Hérode lui-même. » Shakespeare, *Hamlet*, III, 2, 14.

analogue du vôtre. Mais laissons tomber, n'en parlons plus.

– Que voudriez-vous expliquer ?

– J'ai perdu la femme que j'allais épouser ; vous ne vous êtes pas marié comme vous en aviez l'intention. Nous aurions pu comparer nos notes.

– Je ne vous ai jamais demandé de confidences.

– Je le sais.

– Et la déduction est évidente.

– Tout à fait.

– La vérité, Stephen, est que j'ai résolu de refuser obstinément de jamais faire allusion à cette question... et que j'en ai un fort bon motif.

– Sans aucun doute. Un motif aussi bon que celui qui vous a détourné de l'épouser.

– Vos propos sont insidieux. J'en avais un bon... un motif misérable. »

L'anxiété poussa Smith à hasarder une autre question :

« Ne vous aimait-elle pas assez ? »

Il retint sa respiration dans l'attente craintive de la réponse.

« Stephen, vous dépassez les bornes en me questionnant ainsi, après ce que je viens de vous dire. Je ne vous comprends pas du tout. Je dois vous quitter.

– Bon Dieu ! s'emporta Stephen, vous parlez comme si vous ne l'aviez pas enlevée à un homme qui avait sur elle des droits meilleurs que les vôtres.

– Que voulez-vous dire ? s'enquit Knight avec surprise. Que savez-vous ?

– Rien. Je dois m'en aller. Bonne journée !

– Si vous devez partir, allez-y, admit Knight avec réticence. Mais je ne comprends vraiment rien à votre conduite.

– Ni moi à la vôtre. J'ai toujours eu pour vous de la reconnaissance et je trouve, pour ma part, que nous n'avions pas lieu de nous brouiller.

– J'ai toujours fait montre de bonnes dispositions à votre endroit, Stephen, vous ne l'ignorez pas. C'est vous qui avez commencé à manifester de la réserve, vous le savez bien.

– Non, non ! Vous intervertissez nos rôles à tort. Vous avez toujours été réservé avec moi, alors que je vous faisais mes confidences. Et quand moi, l'élève, je suis devenu aussi réservé que vous, le maître, cela ne vous a pas plu. Quoi qu'il en soit, je me proposais de vous demander de passer me voir.

– Où demeurez-vous ?

– À l'hôtel Grosvenor, dans Pimlico.

– Moi aussi.

– Voilà qui est commode, pour ne pas parler de l'étrangeté de la chose. Eh bien, je suis retenu à Londres un jour ou deux ; ensuite, je vais descendre voir mon père et ma mère qui vivent à Saint-Launce. Voyons-nous ce soir ?

– Peut-être ; je ne promets rien. J'avais envie de rester seul une heure ou deux ; mais je saurai où vous trouver, en tout cas. Au revoir. »

38

La jalousie est inflexible comme le séjour des morts [1]

Stephen ne médita pas qu'un peu sur cette rencontre avec cet ancien ami qui lui avait autrefois été un cher modèle. Il était affligé : au milieu de la confusion de ces dernières années, la petite voix de la fidélité à Knight n'avait pas cessé de se faire entendre en lui. Cette constance était peut-être liée au fait que Knight l'avait toujours traité en simple disciple, allant parfois jusqu'à le remettre à sa place ; pour finir, il lui avait infligé le pire des affronts, inconsciemment il est vrai, celui de lui enlever sa fiancée. La partie émotionnelle de la nature du jeune homme était constituée suivant un modèle féminin plutôt que masculin ; et cette terrible blessure due à la main de Knight peut avoir eu pour effet de préserver une petite ardeur que la sollicitude eût totalement exténuée.

Knight, de son côté, était fâché, après qu'ils se furent quittés, de n'avoir pas traité Stephen un peu à la manière dont il usait autrefois. Ces propos de Smith sur une personne qui aurait eu des droits antérieurs sur Elfride, les eût-il tenus quand il était plus jeune, se seraient attiré

1. *Cantique des cantiques*, VIII, 6.

une réponse comme « Allons, mon garçon, racontez-moi ça » ; et Stephen aurait immédiatement accouché de tout ce qu'il savait sur le sujet.

Bien que recouverte maintenant par l'image de Stephen en homme calculateur, celle de Stephen en garçon ingénu resurgit avec une grande netteté dans la mémoire de Knight cet après-midi-là. Celui-ci n'était plus maintenant à Londres qu'un passant ; après s'être occupé des deux ou trois affaires qu'il lui restait à régler ce jour-là, il parcourut de façon distraite les sombres couloirs du British Museum, pendant la demi-heure qui précédait la fermeture. Cette rencontre de Smith avait relié le présent au passé, comblant le gouffre de son absence d'Angleterre comme s'il n'avait jamais existé, au point que les dernières particularités de sa précédente période de résidence à Londres ne formaient plus qu'une sorte d'hier par rapport à la conjoncture présente. Le conflit qui avait fait rage en lui à propos d'Elfride Swancourt se ranima, fortifié par son sommeil. En vérité, durant les nombreux mois de son absence, bien qu'il eût étouffé l'intention d'en faire sa femme, il n'avait jamais oublié qu'elle était le genre de femme adapté à sa nature ; et au lieu d'essayer d'oblitérer totalement les pensées qui lui venaient à son propos, il avait fini par les tenir pour une infirmité qu'il était nécessaire de tolérer.

Knight revint à son hôtel beaucoup plus tôt dans la soirée qu'il ne l'eût fait en temps ordinaire. Il ne se préoccupa pas de savoir si cela était lié au désir amical de réduire l'écart qui s'était creusé entre lui même et une personne de très ancienne connaissance, ou bien à l'ardent désir de connaître la signification du discours obscur que Stephen avait fait précipitamment, indiquant qu'il en savait plus sur Elfride que Knight ne l'imaginait.

Il dîna rapidement, s'enquit de Smith et fut introduit auprès du jeune homme, qu'il trouva installé devant un feu confortable, à côté d'une table où étaient étalées quelques revues scientifiques et artistiques.

« Je me suis décidé à venir, dit Knight. Il m'a paru souhaitable de vous faire cette visite, car ma conduite de ce matin était bizarre ; mais je sais, Stephen, que vous avez bien trop d'esprit pour en prendre ombrage. Mettez cela au compte de mes voyages en France et en Italie.

– N'ajoutez pas un seul mot et asseyez-vous. Je suis bien trop content de vous voir. »

Stephen se serait bien gardé de dire à Knight à ce moment-là que, une minute avant qu'il ne fût annoncé, il relisait de vieilles lettres d'Elfride. Il n'y en avait pas beaucoup ; jusqu'à cette nuit, elles étaient empaquetées et rangées dans un coin de sa malle de cuir, avec d'autres souvenirs et différentes reliques qui l'avaient accompagné dans ses voyages. Les spectacles et les sons familiers de Londres, ainsi que la rencontre de son ami, avaient redonné vie, chez lui aussi, à une sensation de continuité durable, en ce qui concernait Elfride et l'amour, que son absence de l'autre côté du monde avait suspendue, sans jamais la rompre. Au début, il avait seulement eu l'intention de sortir ces lettres pour les regarder ; puis il en lut une ; puis une autre ; jusqu'à ce que la totalité servît une fois de plus à activer de tristes souvenirs. Il finit par les replier, les mettre dans sa poche, puis, au lieu de poursuivre par un examen de l'état du monde des arts, il resta à songer à cette étrange situation où il constatait à son retour qu'en fin de compte Knight n'était pas l'époux d'Elfride.

Dès qu'apparaît une éventualité gratifiante, elle engendre le sentiment croissant de son caractère nécessaire. Stephen laissa libre cours à son imagination, et il ressentit plus intensément qu'il ne l'avait fait depuis de nombreux mois que, sans Elfride, sa vie ne lui procurerait jamais de grands plaisirs et qu'elle n'honorerait guère son Créateur.

Assis près du feu, les deux amis bavardèrent de choses et d'autres, mais aucun des deux ne voulut être le premier à aborder le sujet qui les agitait le plus. Il y avait sur la table, avec les périodiques, deux ou trois calepins, dont l'un était ouvert. En voyant, d'après la page qu'il avait sous les yeux, qu'il ne contenait que des dessins, Knight commença d'en tourner machinalement les feuillets de son doigt. Un peu plus tard, quand Stephen se fut absenté de la pièce et pour passer le temps, Knight regarda les dessins plus attentivement.

De premières idées à l'état brut, relatives à toutes sortes de construction, étaient esquissées à grands traits sur les différentes pages. On avait copié des antiquités ; des fragments de colonnes indiennes, des statues colossales et de bizarres ornements des temples d'Elephanta et Kenneri étaient négligemment mêlés à des esquisses de portes modernes, de fenêtres, de fourneaux de cuisine et de mobilier de maison bourgeoise ; bref, toutes choses dont peut avoir à se préoccuper un architecte en activité qui voyage les yeux grands ouverts. Parmi ces dessins apparaissaient de temps à autre des esquisses de sujets moyenâgeux pour sculptures ou vitraux : têtes de vierges, de saints et de prophètes.

Stephen n'était pas un dessinateur à main levée de métier, mais son coup de crayon était habile et exact. Dans les nombreuses répétitions sur les côtés et les bords des feuillets, Knight s'avisa d'une particularité. Toutes les saintes avaient un même type de traits. Il y avait de grands ou de petits nimbes autour de leur tête penchée, mais le visage était toujours le même. Ce profil... comme Knight le connaissait bien, ce profil !

S'il n'y avait eu qu'un seul échantillon de cette expression familière, il eût pu passer sur la ressemblance en la croyant accidentelle ; mais la répétition avait une signification plus lourde. Knight repensa aux propos sommaires que Smith avait tenus un peu plus tôt ce jour-là et se reporta aux dessins maintes et maintes fois.

Au retour du jeune homme, Knight demanda avec une agitation manifeste :

« Stephen, à quoi ces dessins sont-ils destinés ? »

Celui-ci jeta sur le calepin un coup d'œil très indifférent.

« Ce sont des saints et des anges dessinés à mes moments perdus pour un projet de vitrail destiné à une église anglaise.

– Mais qui idéalisez-vous dans ce type de femme que vous adoptez toujours pour la Vierge ?

– Personne. »

Une pensée traversa alors l'esprit de Stephen, et il regarda son ami.

En vérité, Stephen s'était servi d'Elfride comme modèle d'une manière si peu consciente qu'il n'avait pas compris tout de suite la portée de ce que lui demandait son interlocuteur. La main, comme la langue, acquiert facilement un tic répétitif par routine, sans plus faire appel à l'assistance de l'activité mentale ; et c'est ce qui s'était produit dans ce cas-là. Les jeunes hommes qui ne savent pas écrire des vers sur la femme qu'ils aiment se mettent à en faire le portrait. Or, dans les débuts de son amour, Smith ne s'était jamais occupé de dessiner Elfride ; la configuration de ses esquisses avait alors opéré un réajustement de beaucoup de choses. Knight l'avait reconnue. L'occasion de comparer les notes était venue sans avoir été cherchée.

« Elfride Swancourt, à qui j'étais fiancé, dit-il calmement.

– Stephen !

– Je sais ce à quoi vous pensez en vous exprimant ainsi.

– Était-ce donc Elfride ? Et alors, c'est *vous* ?

– Oui ; et vous vous demandez pourquoi je vous ai caché ce fait la fois où nous nous sommes vus à Endelstow, n'est-ce pas ?

– Oui, et aussi...

– J'ai fait pour le mieux ; blâmez-moi si vous voulez, mais j'ai fait pour le mieux. Et dites-moi maintenant si je pouvais être avec vous par la suite comme je l'avais été auparavant.

– Je ne sais pas du tout. Je ne saurais dire. »

Knight resta un moment plongé dans ses pensées, puis il murmura :

« Cet après-midi, j'ai eu le soupçon qu'il pouvait y avoir un sous-entendu de ce genre, quand vous m'avez dit que je l'avais enlevée à quelqu'un, mais je l'ai écarté. Comment l'avez-vous connue ? demanda-t-il ensuite, d'un ton presque péremptoire.

– Je suis allé là-bas au sujet de l'église ; il y a des années de cela.

– Du temps que vous étiez chez Hewby, bien sûr, naturellement. Eh bien, je n'arrive pas à comprendre. (Il haussa la voix.) Je ne sais que dire, vous m'avez donné le change si longtemps !

– Je ne crois pas vous avoir donné le change le moins du monde.

– Si, si, mais... »

Knight se leva de son siège et commença à marcher de long en large. Son visage était extrêmement pâle. Il reprit d'une voix troublée :

« Vous n'avez pas agi comme je l'aurais fait avec vous dans de telles circonstances. Je le ressens profondément ; et je vous le dis carrément, je ne l'oublierai pas !

– Quoi ?

– Votre conduite lors de cette rencontre dans le caveau de famille, quand je vous ai dit que nous allions nous marier. Tromperie et malhonnêteté partout, tout le monde est du même acabit ! »

Cette interprétation erronée de ses motivations ne plut guère à Stephen, même si ce n'était que la conclusion hâtive d'un ami perturbé par l'émotion.

« Je ne pouvais pas agir autrement que je l'ai fait, compte tenu de la considération due à Elfride.

– Ah, vraiment ! fit Knight du plus amer des tons de

reproche. Pas plus, j'imagine, que compte tenu de la considération qui lui était due, vous ne pouviez l'épouser ! J'ai espéré – j'ai ardemment désiré – que l'*autre homme*, qui s'avère être *vous*, finît par le faire.

– Je vous suis très obligé d'avoir eu cet espoir. Mais vous intervenez en plein mystère. Je crois que j'avais sans doute la meilleure raison que quiconque pouvait avoir pour le pas le faire.

– Ah, et quelle raison était-ce ?

– Je ne le pouvais pas.

– Il fallait vous en ménager l'occasion ; il faudrait le faire maintenant, ce ne serait que justice par rapport à elle, Stephen ! éclata Knight. Et vous le savez très bien ; cela me peine et me blesse plus que vous ne pouvez l'imaginer de constater que vous n'avez jamais essayé de fournir quelque réparation à une femme de cette sorte – si confiante, si susceptible de se laisser emporter par ses sentiments – pauvre petite sotte, tant pis pour elle !

– Mais c'est que vous parlez comme un dément ! Vous me l'avez bien enlevée, n'est-ce pas ?

– Ramasser ce que quelqu'un d'autre a jeté peut difficilement être appelé « enlever ». Quoi qu'il en soit, nous n'allons sans doute pas nous mettre d'accord sur ce sujet, nous ferions mieux de nous séparer.

– Je suis tout à fait certain que vous faites une grave méprise, fit Stephen, remué jusqu'au fond de l'âme. Qu'ai-je fait ? Dites-le-moi. J'ai perdu Elfride, mais est-ce un tel péché ?

– Fut-ce de son fait ou du vôtre ?

– Quoi ?

– Votre séparation.

– En toute honnêteté : ce fut entièrement, totalement du sien.

– Quel motif avait-elle ?

– Je ne saurais le dire. Mais je vais vous raconter toute l'histoire sans réserve. »

Jusqu'à ce jour-là, Stephen avait estimé sans la

moindre hésitation qu'elle s'était fatiguée de lui et s'était tournée vers Knight ; mais il ne lui plaisait pas de faire un tel énoncé maintenant, ni même de garder cette pensée en tête. Imaginer autre chose s'accordait mieux avec l'espoir auquel la désaffection de Knight avait donné naissance : l'amour d'Elfride pour son ami n'était pas la causc dircctc mais le résultat d'une sorte de suspension de l'amour qu'elle avait pour lui-même.

« Nous ne devrions pas laisser cette histoire installer de la discorde entre nous », répondit Knight, en reprenant des façons qui cachaient ses véritables sentiments, comme si la confiance devenait maintenant impossible. « Je vois bien que votre réticence à mon endroit, dans le caveau, peut avoir été dictée par des considérations de prudence. » Il conclut de manière artificielle : « C'était une chose tout à fait étrange ; avec le recul du temps, je suppose que cela n'a plus grande importance ; cela ne me concerne plus, à présent, mais je veux bien écouter votre histoire. »

Ces paroles de Knight furent prononcées sur un tel ton de renoncement et d'apparente indifférence qu'elles engagèrent Smith à parler – avec un peu de complaisance peut-être – de ses anciennes fiançailles secrètes avec Elfride. Il rapporta les détails de leur origine, ainsi que les propos et mesures péremptoires de son père pour venir à bout de leur amour.

Knight persista à garder le ton et les manières d'un étranger indifférent. Il lui était devenu plus impératif que jamais de cacher ses émotions à Stephen ; sinon, le jeune homme eût été moins franc et leur réunion se fût encore une fois envenimée. À quoi bon une fâcheuse candeur ?

Stephen en était arrivé au moment de son récit ingénu où il avait quitté le presbytère suite au comportement du père d'Elfride. L'intérêt de Knight grandit. Leur amour paraissait jusque-là si innocent et puéril.

« C'est un joli point de casuistique, observa Knight, de décider de votre degré de culpabilité pour n'avoir pas dit à Swancourt que vos amis étaient ses paroissiens. Il n'était que très naturellement humain de tenir votre langue dans ces circonstances. Eh bien, quel a été le résultat de ce congé qu'il vous a donné ?

– Que nous sommes convenus de nous être fidèles en secret. Et, pour le garantir, nous avons pensé nous marier. »

L'attente anxieuse et l'agitation de Knight s'accrurent quand Stephen aborda cette partie de l'histoire.

« Cela ne vous ennuie pas de continuer votre récit ? fit-il.

– Oh, pas du tout. »

Alors Stephen raconta par le menu comment il avait retrouvé Elfride à la gare. Il détailla la nécessité où ils s'étaient trouvés d'aller à Londres, faute de quoi la cérémonie eût été ajournée ; la timidité de la jeune femme et son revirement de sentiments, lequel culmina quand ils parvinrent à Londres ; leur course jusqu'au quai inférieur de la gare et leur retour immédiat, seulement pour satisfaire le désir qu'elle avait exprimé ; le voyage toute la nuit ; leur attente anxieuse de l'aube et leur arrivée finale à Saint-Launce. Il rapporta comment une femme du village nommée Jethway avait été la seule personne à les reconnaître, pendant l'aller et le retour, et dans quelle affreuse terreur cela avait plongé Elfride. Il relata son attente dans les champs, pendant que sa bien-aimée, dès lors pleine de reproches, allait chercher son poney, et que la dernière fois qu'il ait jamais pu lui donner un baiser, ce fut à un mille de la ville, sur la route d'Endelstow.

En entrant dans tous les détails, Stephen avait une intention précise. Il croyait que chaque mot allait contribuer à établir le caractère raisonnable des droits qu'il revendiquait sur Elfride.

« Qu'elle soit maudite ! Maudite soit cette femme !... Cette misérable qui nous a séparés ! Oh, mon Dieu ! »

Knight avait commencé à marcher de long en large

et proféré ces mots à l'extrémité la plus éloignée de la pièce.

« Qu'avez-vous dit ? demanda Stephen en se retournant.

– Dit ? Ai-je dit quelque chose ? Oh, je pensais seulement à votre histoire et à la bizarrerie du fait que je me sois entiché de la même personne par la suite. Et qu'à présent, moi... je l'aie presque oubliée ; ni vous ni moi ne nous en soucions plus, sinon de façon amicale, n'est-ce pas ? »

Knight avait ainsi poursuivi à l'extrémité de la pièce, quelque peu dans l'ombre.

« Exactement », fit Stephen en exultant intérieurement, car il était réellement trompé par le ton dégagé de Knight.

S'il était dupé, cependant, c'était moins par la perfection de la fausse apparence de Knight que par le pouvoir de persuasion de ce fait que, jamais auparavant, son ami ne l'avait trompé en aucune façon. L'hypothèse que celui-ci avait cessé d'aimer Elfride allégeait ainsi énormément le poids qui avait fait pencher la balance en sa défaveur.

« En admettant qu'Elfride *pût* aimer un autre homme après vous, avança Knight sous le même masque de critique insouciant, elle n'en était pas moins pure pour autant.

– Moins pure ? Assurément non.

– N'avez-vous jamais pensé qu'elle avait agi de façon folle et mal avisée ?

– En vérité, non, dit Stephen. C'est moi qui l'ai persuadée. Elle n'y a pas vu malice, jusqu'au moment où elle a décidé de s'en retourner ; et moi, non plus ; d'ailleurs, il n'y en avait pas, sauf que tout cela était bien inconsidéré.

– Aussitôt qu'elle a pensé que c'était mal, elle n'a pas voulu aller plus loin ?

– Effectivement. Je venais moi-même de commencer à trouver que c'était mal.

– Une personne mal intentionnée eût pu donner une image fausse de cette escapade puérile, ne croyez-vous pas ?

– Peut-être bien, mais je n'ai jamais appris que cela se fût produit. Quiconque eût vraiment connu toutes les circonstances de cette aventure n'eût pu que sourire. Si tout le monde en avait été informé, Elfride eût été la seule à considérer qu'elle avait péché. Pauvre enfant ! Elle a toujours persisté à le croire et elle a été terrifiée plus que de raison.

– Stephen, l'aimez-vous encore ?

– Ma foi, je l'aime bien, et, voyez-vous, il en sera toujours ainsi, fit-il de façon évasive suivant la stratégie que l'amour suggérait. Mais il y a si longtemps que je ne l'ai pas vue qu'on peut difficilement s'attendre que je l'aime. Et vous ?

– Comment répondre sans rougir de honte ? Ah, Stephen, que les hommes sont inconstants ! Leur amour est peut-être plus intense pendant un certain temps, mais les femmes aiment plus longtemps. Je l'aimais... à ma façon, vous savez.

– Oui, je comprends. Moi aussi, je l'ai aimée à ma façon. De fait, je l'ai aimée très profondément à un certain moment ; mais les voyages ont tendance à effacer les anciens attachements.

– C'est bien vrai. »

Le trait le plus marquant de cette conversation était peut-être que, malgré les soupçons que différents petits indices avaient éveillés dans l'esprit de chaque interlocuteur, quant au caractère durable de la passion de l'autre, aucun des deux ne se fût permis de voir que son ami pouvait être en train de parler avec autant de duplicité que lui-même.

« Stephen, reprit Knight, maintenant que tout est

éclairci entre nous, je vais prendre congé. Vous ne m'en voudrez pas d'être pressé de rentrer chez moi ?

– Puisque vous n'êtes pas venu dîner avec moi, vous allez certainement rester pour une sorte de souper ?

– Il faut vraiment m'excuser pour cette fois.

– Alors venez demain prendre le petit déjeuner.

– Je n'aurai guère le temps.

– Un petit déjeuner très matinal qui ne contrarierait rien ?

– Je viendrai », fit Knight, avec autant d'empressement qu'il était possible d'en greffer sur un énorme tronc de réticences. « Oui, très tôt ; disons 8 heures, puisque nous demeurons sous le même toit.

– Quand il vous plaira. Entendu pour 8 heures. »

Et Knight le quitta. Porter un masque, dissimuler ses sentiments comme il l'avait fait au cours de leur dernière et pitoyable conversation constituait une telle torture qu'il n'avait pas pu l'endurer plus longtemps. C'était la première fois de sa vie que Knight avait si complètement joué un rôle. Et l'homme qu'il avait ainsi trompé était Stephen, celui qui, dès son plus jeune âge, avait respecté en lui un être supérieur, à l'intégrité sans tache.

Il se coucha et s'abandonna à la fièvre d'une agitation effrénée. Stephen... son rival, ce n'était que lui... seulement Stephen ! Il y avait là une absurdité décevante que Knight, tout malheureux et pris de remords qu'il fût, ne pouvait s'empêcher de reconnaître. Stephen n'était qu'un gamin à ses yeux. Il éprouvait maintenant une grande douleur à constater que c'était l'innocence même d'Elfride, laquelle avait donné une telle gravité à sa petite faute, qui l'avait induit en sa fatale erreur. Eût-elle quelque peu froidement affirmé qu'elle n'avait rien fait de mal, l'haleine empoisonnée de la défunte Mme Jethway n'eût eu aucun effet. Pourquoi n'avait-il pas fait parler davantage sa docile jeune amie ? Si seulement il avait été aussi impérieux à ce sujet qu'il avait coutume de l'être à d'autres, tout eût pu être expliqué.

Son cœur se brisait au souvenir de la gentillesse qu'elle mettait à supporter qu'il la fouaillât de ses discours, ne lui retournant jamais le moindre reproche et se contentant de l'assurer de son amour sans borne.

Knight bénit Elfride pour sa douceur et oublia sa faute. Il se représenta sous l'aspect le plus éclatant des scènes estivales avec elle. Il la revit telle qu'elle était lors de leur première rencontre, timide mais emportée presque malgré elle par son ardeur à s'expliquer. Comme elle l'attendait dans la verdure, sans témoigner aucune de ces affectations d'indifférence dont les femmes sont coutumières ! Comme elle était fière d'être vue avec lui, et qu'il était lisible dans ses yeux qu'elle le trouvait le plus grand génie du monde !

Il prit une résolution et ne put dès lors prétendre encore dormir. Il se leva, s'habilla et s'assit pour attendre le jour.

Cette nuit-là, Stephen fut agité lui aussi. Non parce qu'il retrouvait le décor de l'Angleterre et qu'il n'y était plus habitué, ni parce qu'il était sur le point de revoir ses parents et de s'ajuster quelque temps à la vie campagnarde. Il se laissait aller à rêver ; et, pour la circonstance, les entrepôts de Bombay, les plaines et les forts de Pûna n'étaient plus que l'ombre d'une ombre. Son rêve était constitué à partir de ce minuscule petit fait : Elfride et Knight étaient séparés, et c'était comme si leurs fiançailles n'avaient jamais eu lieu. Leur rupture avait dû se produire peu après la découverte que Stephen avait faite de leur union ; et Stephen en vint à penser qu'un retour à lui-même de l'affection d'Elfride en était probablement la cause.

Son opinion sur cette question était celle d'un amoureux, et non pas le jugement équilibré d'un spectateur impartial. Porté à l'optimisme, il superposa espoir sur espoir, jusqu'à ce qu'il devînt peu douteux dans son esprit que la tendresse qu'elle lui conservait avait été perçue par Knight de quelque manière et avait provoqué leur séparation.

Des élans auxquels il lui était impossible de résister lui suggéraient d'aller revoir Elfride. En tout cas, courir de Saint-Launce à Castle Boterel, un trajet de moins de vingt milles, et glisser comme un fantôme dans les lieux qu'ils hantaient jadis en s'enquérant furtivement d'elle, voilà qui serait une manière fascinante de passer ses premières heures de loisir, après être rendu chez lui après-demain.

Il était maintenant un homme plus riche qu'autrefois, dressé sur ses propres fondations ; la position solide dans laquelle il s'était établi annulait les distinctions locales. Il était devenu illustre, et même *sanguine clarus*, à en juger par le ton de l'estimable maire de Saint-Launce.

39

Tous deux de part et d'autre de l'aimée[1]

Les amis et rivaux déjeunèrent ensemble le lendemain matin. Ni l'un ni l'autre ne souffla mot de ce qui avait fait l'objet, la veille, d'une discussion si pateline et si creuse. Stephen s'absorba la plupart du temps dans son vœu de n'être pas obligé de rester un jour de plus à Londres.

« Comme vous le savez, je n'ai pas l'intention de partir pour Saint-Launce avant demain, dit-il à Knight à la fin du repas. Qu'allez-vous faire aujourd'hui ?

– J'ai un rendez-vous aux environs de 10 heures, répondit posément Knight. Ensuite, j'ai deux ou trois visites à faire.

– Je vous verrai ce soir, fit Stephen.

– Oui, je vous en prie. Vous pourriez aussi venir dîner avec moi, si tant est que nous nous rencontrions. Il se peut que je ne dorme pas en ville cette nuit ; de fait, je n'ai pas encore tout à fait décidé de mes déplacements. Quoi qu'il en soit, ma première tâche sera de déménager mes bagages d'ici vers Bede's Inn. Au revoir,

1. Scott, *Le soleil est bas sur le lac.*

donc, pour l'instant. Si je ne peux pas vous retrouver, je ne manquerai pas de vous écrire. »

Il était 9 heures moins le quart. Quand Knight fut parti, Stephen s'impatienta encore plus à l'idée qu'une autre journée allait s'étirer avant qu'il ne pût se diriger vers ce seul endroit de la terre où ses douces pensées pouvaient peut-être s'alimenter davantage. Il adopta subitement l'opinion qu'il pouvait différer sans grand inconvénient l'obligation professionnelle qui le retenait en ville.

Dès que cette pensée lui vint, il se mit en devoir de lui donner suite. Sa montre lui apprit qu'il lui restait quarante minutes avant le départ de son train de Paddington, ce qui lui laissait un quart d'heure avant de devoir se rendre à la gare.

Il rédigea une ou deux lettres en toute hâte – l'une pour reporter son rendez-vous, l'autre à Knight, pour s'excuser de n'être pas là le soir ; il régla sa note, en donnant l'ordre de faire suivre ses malles par le train de marchandises ; puis, il se jeta dans un fiacre et se fit conduire à toute vitesse vers la « grande gare de l'Ouest ».

Peu après, il s'installait dans un wagon.

Le chef de train retarda son coup de sifflet juste assez pour que pût sauter dans le compartiment jouxtant celui de notre ami un homme dont Stephen avait entrevu la silhouette pendant qu'il courait au dernier moment sur le quai.

Perplexe, Stephen se renfonça dans son siège. Cet homme ressemblait à Knight... lui ressemblait étonnamment. Se pouvait-il que ce fût lui ? Il lui eût fallu aller au triple galop jusqu'à Bede's Inn, puis, à peine arrivé, repartir de même. Non, ce ne pouvait pas être lui, ce n'était pas sa manière de faire les choses.

Durant la première partie du voyage, les pensées de Stephen Smith se bousculèrent dans sa tête au point qu'il eut l'impression d'avoir le cerveau enflé. Une de ses préoccupations portait sur son activité immédiate. Il avait une journée d'avance sur ce qu'il avait écrit à ses parents ; ils étaient convenus avec lui de venir à sa rencontre à Plymouth, et c'était un projet qui plaisait à l'estimable couple au-delà de toute expression. Une fois auparavant déjà, un arrangement analogue avait été pris, qu'il avait infirmé en avançant son arrivée. Cette fois-ci, il se rendrait directement à Castle Boterel ; parcourrait ses environs qu'il connaissait si bien, pendant la soirée et le matin suivant, en allant aux informations ; et retournerait à Plymouth pour les retrouver comme convenu – une combinaison qui ne contrarierait pas leur cher projet, tout en apaisant sa propre impatience.

À Chippenham, il y eut un peu d'attente pour détacher des wagons et en rattacher d'autres.

Stephen pointa sa tête à l'extérieur. Au même moment, celle d'un autre homme émergea de la portière voisine. Ils se dévisagèrent l'un l'autre.

Knight et Stephen se faisaient face.

« Vous ici ! s'exclama le plus jeune.

– Oui. On dirait que vous êtes ici, vous-même, fit Knight d'un ton étrange.

– Oui. »

À cet instant-là, l'égoïsme de l'amour et les affres de la jalousie se trouvaient assez bien illustrés. Chacun des deux hommes regardait son ami comme il ne l'avait jamais regardé auparavant. Chacun était *troublé* par la présence de l'autre.

« Je crois bien vous avoir entendu dire que vous ne veniez pas avant demain, remarqua Knight.

– En effet. C'est une réflexion après coup qui m'a fait partir aujourd'hui. Ce voyage constituait donc votre rendez-vous, alors ?

– Non, pas du tout. C'est le fruit d'une réflexion après coup pour moi aussi. J'ai laissé une lettre pour vous l'expliquer et rendre compte de mon impossibilité de vous retrouver comme nous l'avions envisagé.

– J'en ai fait de même.

– Vous n'avez pas bonne mine, à la différence de ce matin.

– J'ai la migraine. Vous êtes plus pâle que vous ne l'étiez.

– J'ai moi-même mal au crâne. Il va nous falloir patienter quelques minutes ici, je pense. »

Ils arpentèrent le quai, et chacun était de plus en plus gêné par l'embarrassante présence de son ami. À l'extrémité, ils s'arrêtèrent, simplement distraits. Le regard perdu de Stephen s'attarda sur les manœuvres de quelques cheminots, lesquels détachaient un curieux fourgon noir de l'arrière du train pour garer le wagon qui y avait été attelé en tête. La manœuvre achevée, nos deux amis revinrent à la hauteur de leur wagon.

« Montez-vous avec moi ? demanda Knight sans beaucoup de chaleur.

– J'ai là ma couverture de voyage, ma valise et mon parapluie. Cela me ferait bien du tracas d'avoir à les déplacer, répondit Stephen à contrecœur. Pourquoi ne viendriez-vous pas avec moi ?

– J'ai moi aussi des effets personnels. Ça ne vaut pas la peine de les déménager, car vous savez bien que nous allons nous revoir.

– Certes. »

Et chacun retourna à sa place. Au moment de partir, un homme qui était sur le quai leva les mains et arrêta le train.

Stephen voulut voir ce qui se passait.

Un des employés expliquait à un autre :

« Ce fourgon aurait dû être raccroché. Ne vois-tu pas qu'il est destiné à la ligne principale ? Vite ! Le monde est plein d'imbéciles !

– C'est un sacré fléau que ces arrêts ! s'impatienta Knight en sortant sa tête. Qu'y a-t-il ?

– Ce singulier wagon que nous avons vu a été

détaché de notre train par erreur, semble-t-il », répondit Stephen.

Il observa la manœuvre de raccordement. Le fourgon ou wagon, qu'il reconnaissait maintenant pour l'avoir vu à Paddington avant le départ, était d'un aspect opulent et solennel plutôt que triste. Il paraissait être tout à fait neuf, d'un dessin moderne, et il attirait l'attention d'autres personnes que lui-même. Il le vit avancer petit à petit, poussé par deux hommes de chaque côté, s'approchant plus lentement et comme avec tristesse ; il y eut un petit choc, l'accouplement se fit, et l'on repartit.

Stephen passa tout l'après-midi à réfléchir sur le motif de la réapparition inattendue de Knight. Allait-il jusqu'à Castle Boterel ? S'il en était ainsi, il ne pouvait avoir qu'un seul objectif en vue : une visite à Elfride. Et cela semblait une drôle d'idée !

À Plymouth, Smith alla chercher de quoi manger et se rendit sur le quai d'où partait le train pour Camelton, la nouvelle station près de Castle Boterel et d'Endelstow.

Knight s'y trouvait déjà.

Stephen marcha jusqu'à lui et se tint à son côté sans rien dire. Sur ces entrefaites, deux hommes rampèrent entre les roues pour sortir de sous le train qui attendait.

« Le wagon est assez léger, dit l'un d'eux d'un ton sinistre. Léger comme la vanité ; plein de rien.

– Rien par la taille, mais beaucoup par la signification », fit l'autre, un homme de meilleures manières et d'un esprit plus brillant.

Smith s'aperçut alors qu'on avait rattaché à leur train ce grand wagon d'aspect sombre qui le poursuivait sur tout le trajet depuis Londres.

« Vous continuez, je suppose ? » dit Knight en se retournant vers Stephen, après avoir regardé le même objet sans réagir.

« Oui.

– Nous pourrions aussi bien faire ensemble le chemin qui nous reste, ne croyez-vous pas ?

– Mais certainement. »

Et ils montèrent dans le train par la même portière.

Le soir tomba rapidement. C'était la veille de la Saint-Valentin – cet évêque béni des jeunes amoureux – et le soleil, qui apparaissait très bas sous le bord d'un épais nuage sombre, décorait les collines d'une couronne de feu orange. Comme le train changeait de direction en décrivant une vaste courbe, les rayons du soleil filtrèrent au travers de la vitre et vinrent caresser les yeux mi-clos de Knight, en sorte qu'il les ouvrit.

« Vous descendrez à Saint-Launce, j'imagine, murmura-t-il.

– Non, fit Stephen. On ne m'attend pas avant demain. »

Knight garda le silence.

« Et vous... vous allez à Endelstow ? demanda le jeune homme de manière appuyée.

– Puisque vous le demandez, je ne peux pas faire moins que l'admettre, Stephen », fit doucement Knight, avec plus de résolution qu'il n'en avait montré de toute la journée. « Je vais à Endelstow voir si Elfride Swancourt est encore libre ; et, si elle l'est, pour lui demander d'être ma femme.

– Moi aussi, dit Stephen Smith.

– Je crois que vous perdez votre temps, assura Knight d'un ton décidé.

– Naturellement, répliqua Stephen d'une voix pleine d'amertume. Vous auriez pu dire *j'espère* au lieu de *je crois*, ajouta-t-il.

– Là n'est pas la question. Je vous ai fait part de mon opinion. Elfride peut vous avoir aimé autrefois, sans doute, mais elle était si jeune qu'elle comprenait à peine ce qui se passait en elle.

– Merci bien. Elle savait ce qu'elle faisait aussi bien que moi. Nous avons le même âge. Si vous n'étiez pas intervenu...

– Non, Stephen, ne dites pas cela ! Comment pouvez-vous prétendre que je suis intervenu ? Soyez juste, je vous prie !

– Ma foi, elle m'appartenait avant d'être à vous... vous le savez ! Il m'a été pénible de constater que vous vous en étiez emparé, et que, sans vous, tout aurait pu bien s'arranger pour moi. »

Stephen avait parlé le cœur gros, le visage tourné vers l'extérieur pour cacher l'émotion qui eût pu s'y manifester.

« Il est absurde, dit Knight d'un ton plus aimable, que vous voyiez les choses dans cette lumière. Ce que je vous en dis, c'est pour votre bien. Il est bien naturel qu'il vous déplaise d'admettre la vérité... que son amour pour vous n'était que le premier béguin d'une fille jeune, lequel n'est jamais très profond.

– C'est faux ! s'emporta Stephen, c'est vous qui m'avez écarté. Et voilà que vous voulez vous faufiler à nouveau entre nous et me priver encore une fois de mes chances ! J'ai des droits ! Quel manque de générosité de votre part, de chercher à me l'enlever une nouvelle fois ! Lorsque vous l'avez conquise, je ne suis pas intervenu ; vous pourriez me rendre la pareille, je crois, monsieur Knight.

– Ne me donnez pas du monsieur ; vous êtes à présent aussi bien placé dans le monde que moi, mieux même.

– Le premier amour est le plus profond, et c'est à moi qu'il est allé.

– Qui vous a dit cela ? s'enquit Knight avec une nuance de dédain.

– J'avais son premier amour. Et je devine assez bien que c'est à cause de moi que vous vous êtes séparés.

– En effet. Si je vous indiquais la part que vous avez prise dans notre séparation, vous seriez convaincu d'avoir tout à fait tort de vouloir vous imposer à elle... et que vous allez perdre votre temps, comme je l'ai dit pour commencer. Mais je préfère ne rien expliquer, car les détails me sont pénibles. Mais si vous ne voulez pas m'écouter, allez-y, pour l'amour de Dieu. Peu m'importe ce que vous faites, mon garçon.

– Vous n'avez pas le droit de me régenter comme vous le faites. Quand j'étais un gamin, je vous respectais comme mon maître ; vous m'avez un peu aidé, ce dont je vous ai été reconnaissant et qui m'a conduit à vous aimer ; pour autant, vous ne pouvez présumer de tout et me faire obstacle. C'est cruel – c'est injuste – de votre part de me faire ce tort. »

Knight se montra profondément blessé.

« Stephen, voilà qui est inexact et indigne de quelque homme que ce soit, indigne de vous, en tout cas. Vous savez que vous me faites injure. Si vous avez effectivement profité de mon enseignement, je n'en suis que trop heureux. Vous savez qu'il vous a été dispensé de bon cœur, et que je n'ai jamais considéré que cela pût faire de vous mon débiteur en aucune manière. »

D'un naturel aimable, Stephen fut touché, et c'est d'une voix peinée qu'il dit :

« Oui, oui. Là, j'ai été injuste, je le reconnais.

– Je crois que voici Saint-Launce. Descendez-vous ? »

La manière dont Knight revenait au problème en suspens fit que Stephen se renferma en lui-même.

« Non, je vous ai déjà dit que j'allais à Endelstow », répliqua-t-il d'un ton résolu.

Knight recomposa son visage et n'ajouta pas un mot. Le train continuait à rouler avec fracas. Stephen se renfonça dans son coin et ferma les yeux.

Les tonalités jaunes de la fin d'après-midi devenaient des bruns, les ombres sombres s'épaississaient, et une bouffée de poussière venait de temps à autre caresser la vitre, portée par une brise froide qui soufflait du nord-est. Pour avoir perdu leur dorure antérieure, les collines avaient un aspect triste et commençaient à perdre ce volume que leur conférait la lumière du jour, en devenant des disques sombres gansés de ciel. La nature revêtait ce manteau que la sixième heure étend sur le paysage à cette période de l'année.

Après une longue immobilité, Stephen sursauta et mit longtemps à se reprendre.

« Eh bien, que ça paraissait vrai ! fit-il en se frottant les yeux.

– Quoi ?

– Mon rêve. Je me suis endormi quelques minutes et j'ai fait un rêve... le plus vivant que j'aie jamais eu. »

Il chercha à percer l'obscurité extérieure de son regard las. On approchait alors de Camelton, dont on pouvait apercevoir les lumières – chaque flamme de lampe s'élevait par intervalles et clignotait faiblement dans les rafales du vent.

« Qu'avez-vous rêvé ? demanda Knight d'un ton maussade.

– Oh, il n'y a rien à en dire. C'était une sorte de cauchemar. Il n'y a jamais rien dans les rêves.

– Je n'ai jamais supposé le contraire.

– Je sais bien. Cependant, puisque vous vouliez le savoir, voici ce que j'ai rêvé avec tant de netteté. C'était le plus radieux des matins radieux à l'église d'Endelstow-Est, et vous et moi nous tenions près des fonts baptismaux. Lord Luxellian était debout au loin dans le chœur, tout seul, froid et impassible, tout à fait différent de son apparence habituelle, mais je savais que c'était bien lui. À l'intérieur de la grille de l'autel se tenait un étrange clergyman, avec son livre ouvert. Il leva les yeux et dit à lord Luxellian : « Où est la future ? » Lord Luxellian répondit : « Il n'y a pas de future. » À ce moment-là, quelqu'un arriva par le portail, et je sus que c'était lady Luxellian, laquelle est morte. Il se tourna et lui dit : « Je croyais que vous étiez dans le caveau, au-dessous de nous ; mais cela ne devait être que dans mon rêve. Venez. » Elle est allée vers lui, passant entre nous en nous frôlant. J'ai alors été glacé jusqu'à la moelle, au point que je me suis exclamé : « La vie est sortie de moi ! » et, comme cela se produit avec les rêves, je me suis réveillé. Mais nous voici à Camelton. »

Ils entraient lentement en gare.

« Qu'allez-vous faire ? demanda Knight. Entendez-vous réellement rendre visite aux Swancourt ?

– Nullement. Je vais d'abord prendre des renseignements. Je passerai la nuit à l'auberge *Aux Armes des Luxellian*. Vous, j'imagine, vous allez directement à Endelstow ?

– Je peux difficilement le faire à cette heure de la journée. Peut-être ignorez-vous que sa famille – son père, tout au moins – me bat froid autant qu'à vous.

– Je n'en savais rien.

– Et que, pas plus que vous, je ne puis me précipiter dans cette maison comme un vieil ami. Il est vrai que je jouis des privilèges d'un cousin lointain, si tant est qu'il y en ait. »

Knight baissa la vitre et regarda à l'extérieur.

« Il y a beaucoup de monde à la gare, constata-t-il. On dirait qu'on est venu nous attendre. »

Quand le train se fut arrêté, nos amis à demi brouillés purent constater à la lumière d'une lampe que l'assemblée des badauds entourait un noyau d'hommes vêtus de noir. Une porte latérale de la grille du quai fut ouverte, derrière laquelle se trouvait un véhicule sombre qu'ils ne parvinrent pas à distinguer tout d'abord. Puis Knight vit que les formes d'espèces de cèdres se découpaient sur le ciel dans sa partie supérieure, et il comprit que ce véhicule devait être un corbillard. Peu de gens attendaient devant les wagons pour accueillir les voyageurs, la majorité était rassemblée au bout du quai. Knight et Stephen descendirent et se tournèrent dans cette direction.

Il s'avérait que le sombre fourgon qui les avait accompagnés depuis Londres avait la même destination qua la leur. Il avait été immobilisé exactement en face de la porte ouverte dans la grille. Les assistants se reculèrent et formèrent une haie entre cette porte et le fourgon, où montèrent les hommes en noir.

« Je pense que ce doivent être des ouvriers, dit Stephen. C'est bizarre, j'en reconnais trois d'Endelstow. Voilà qui est assez remarquable. »

Ils sortirent bientôt en se suivant par paires ; à la clarté d'un bec de gaz, on les vit porter entre eux un cercueil de couleur claire, en bois satiné de l'Inde d'un vernis brillant, sans clous. Les huit hommes chargèrent le fardeau sur leurs épaules et, en le portant ainsi, ils s'avancèrent vers le corbillard.

Knight et Stephen sortirent de la gare et s'approchèrent de la procession au moment où elle s'ébranlait. Une voiture appartenant au cortège tourna sous un réverbère, dont la lumière éclaira le visage du pasteur d'Endelstow, M. Swancourt, très grandement vieilli depuis leur dernière entrevue. Knight et Stephen se rejetèrent involontairement en arrière.

Knight interrogea un spectateur :

« Qu'est-ce que M. Swancourt a à voir avec cet enterrement ?

– C'est le père de la dame.

– De quelle dame ? fit Knight d'une voix si caverneuse que son interlocuteur le dévisagea.

– Celle qui se trouve dans le cercueil. Elle est morte à Londres, voyez-vous, et on l'a rapatriée par le train. Elle est conduite chez elle pour cette nuit, et elle sera enterrée demain.

Knight fixa un regard vide sur l'endroit que le corbillard venait de quitter, comme s'il l'y voyait encore, ou bien quelqu'un d'autre. Puis il se tourna et aperçut que le souple Stephen présentait subitement la dégaine d'un vieillard cassé en deux. Il prit son jeune ami par le bras et l'entraîna loin de la lumière.

40

Soyez la bienvenue, noble dame [1]

Une demi-heure s'était écoulée. Deux hommes misérables erraient dans l'obscurité de la route menant de Camelton à Endelstow.

« A-t-elle eu le cœur brisé ? demanda Henry Knight. Se peut-il que je l'aie tuée ? J'ai été implacable avec elle, Stephen, et elle est morte ! Puisse Dieu n'avoir aucune indulgence miséricordieuse pour moi !

– Pourquoi seriez-vous plus que moi responsable de sa mort ?

– Mais c'est que je l'ai quittée – m'enfuyant presque comme un voleur – sans même lui dire que je ne reviendrais pas ; la dernière fois que nous nous sommes vus, je l'ai lamentablement laissée partir, sans même l'avoir embrassée une seule fois. Je me suis comporté comme un imbécile, un imbécile ! Ah, si seulement l'humiliation de le confesser devant des foules de mes compatriotes pouvait racheter de quelque manière l'intense cruauté dont j'ai fait montre à ma bien-aimée !

– *Votre* bien-aimée ! fit Stephen avec un sorte de rire. N'importe quel homme peut le dire, j'imagine ; n'importe qui. Tout ce que je sais, c'est qu'elle a été *ma*

1. Dernier vers du poème de Scott, *Noble Maisie*.

bien-aimée avant d'être la vôtre ; et aussi après. Si quelqu'un a le droit de dire qu'elle est à lui, c'est moi.

– Vous parlez comme un homme qui est dans les ténèbres, et c'est bien ce que vous êtes. A-t-elle jamais fait quelque chose pour vous ? Risqué sa réputation pour vous, par exemple ?

– Oui, elle l'a fait, déclara Stephen avec emphase.

– Pas tout à fait. A-t-elle jamais vécu pour vous, prouvé qu'elle ne pouvait pas vivre sans vous, ri et pleuré pour vous ?

– Oui.

– Jamais ! A-t-elle jamais risqué sa vie pour vous ? Non ! Ma bien-aimée l'a fait pour moi.

– Alors c'était par pure gentillesse. Quand a-t-elle risqué sa vie pour vous ?

– Pour sauver la mienne sur cette falaise là-bas. La pauvre enfant était avec moi, en train de regarder l'approche du vapeur *Puffin*, et j'ai glissé vers le vide. Nous l'avons échappée belle, mais il s'en est fallu très peu. Puissions-nous être morts à ce moment-là !

– Ah, mais attendez, plaida Stephen des larmes dans les yeux. Elle est allée sur cette falaise pour me voir rentrer au pays : elle l'avait promis. Elle m'avait dit qu'elle le ferait, bien des mois auparavant. Y serait-elle allée si elle ne m'aimait plus du tout ?

– Vous nourrissez sans doute l'idée qu'Elfride est morte pour vous, dit Knight dans un sarcasme lugubre trop mou pour se soutenir lui-même.

– Ce n'est pas votre affaire ! Si nous découvrons qu'elle était à vous quand elle est morte, je ne dirai plus jamais rien.

– Et si nous découvrons qu'elle était alors à vous, je ne dirai plus rien moi-même.

– Fort bien... qu'il en soit ainsi. »

Les noirs nuages où le soleil s'était enfoncé avaient commencé à fondre en une pluie croissante.

« Ne pourrions-nous attendre quelque part la fin de cette averse ? intervint Stephen de façon décousue.

– Si vous voulez. Mais ça n'en vaut pas la peine. Nous allons écouter les détails et nous en retourner. Ne laissons pas les gens savoir qui nous sommes. Je ne vaux pas grand-chose en ce moment. »

Ils avaient atteint le point où la route se divisait en deux aux abords immédiats du village de l'ouest.L'une de ses branches y pénétrait directement, l'autre continuait vers Endelstow-Est. Comme ils avaient couvert un peu de la distance en empruntant le raccourci d'un sentier, le corbillard n'avait que peu d'avance sur eux.

« Je pense qu'il a dû tourner vers Endelstow-Est. Le distinguez-vous ?

– Non. Vous devez faire erreur. »

Knight et Stephen entrèrent dans le village. Un trait de lumière rouge traversait la rue, venant de la porte entrouverte d'une forge, où se faisaient entendre des halètements de soufflets et le tintement d'un marteau. La pluie avait redoublé, et c'est machinalement qu'ils se dirigèrent vers le confort de ce lieu chaud.

Un autre homme marchait sur leurs talons ; il portait un paquet sous le bras mais n'avait ni pardessus ni parapluie.

« Quel mauvais temps ! » fit-il en passant devant nos deux amis. Ceux-ci étaient restés dans l'appentis extérieur, mais l'homme entra là où était le feu.

Le forgeron cessa de travailler pour parler avec le nouvel arrivant.

« J'ai fait à pied tout le chemin depuis Camelton, dit celui-ci. Vous savez, j'étais obligé de venir ce soir. »

Il tint son paquet plat dans la lumière du feu, pour voir si la pluie n'y avait pas pénétré. Puis il le posa de chant sur la forge, en le soutenant d'une main, pendant que de l'autre il s'essuyait le visage avec un mouchoir.

« Vous savez ce que j'ai là, j'imagine, dit-il au forgeron.

– Ma foi non, répondit-il en s'arrêtant de manœuvrer ses soufflets.

– Puisque la pluie n'a pas cessé, je vais vous montrer.

Il prit le paquet mince et large, dont les angles aigus pointaient dans différentes directions, et le posa à plat sur l'enclume, pendant que le forgeron soufflait sur son feu pour donner plus de clarté. Le paquet une fois ouvert, une première feuille de papier brun fut retirée et bien étalée. Puis c'est un morceau de feutrine qui fut déplié et étalé sur le papier. La troisième enveloppe était un papier de soie qui fut étalé à son tour. Le contenu apparut, que l'homme souleva pour que le forgeron pût l'examiner.

« Ah, je vois », fit celui-ci, dominant l'ardeur de sa curiosité en se rapprochant. « Pauvre jeune femme... C'est terriblement triste... Et cela s'est fait si vite ! »

Knight et Stephen tendirent la tête pour essayer de voir.

« Et ça, qu'est-ce que c'est ? reprit le forgeron.

– C'est la couronne... La finition en est superbe, n'est-ce pas ? Ah, c'est que ça coûte un bon prix !

– Pour sûr que c'est du beau travail, et j'm'y connais.

– Ça vient du même endroit que le cercueil, vous voyez, mais ça n'a pas été prêt assez tôt pour qu'on l'envoie hier à la maison de Londres. Il me faut les fixer cette nuit même. »

Les deux articles soigneusement emballés étaient une plaque de cercueil et une couronne.

Knight et Stephen s'approchèrent. En les voyant s'efforcer de voir l'inscription, l'employé des pompes funèbres tourna poliment la plaque vers eux, et tous deux lurent, presque ensemble, à la lueur rougeoyante du charbon :

ELFRIDE
Épouse de Spenser Hugo Luxellian
Quinzième baron Luxellian
Morte le 10 février 18..

Ils lurent, relurent et recommencèrent encore – Stephen aussi bien que Knight – comme s'ils étaient animés d'une seule âme. Puis Stephen mit sa main sur le bras de Knight, et ils se reculèrent de la lumière, loin, loin, jusqu'à ce que l'obscurité glacée les enveloppât et que le ciel calme affirmât sa présence au-dessus de leur tête, comme un drap blafard de mélancolie muette.

« Où irons-nous ? demanda Stephen.

– Je ne sais pas. »

Un long silence suivit.

« Elfride mariée ! » murmura alors faiblement Stephen, comme s'il redoutait de faire entendre cette assertion.

« Infidèle, ajouta Knight.

– Et morte. Elle nous à reniés tous les deux. Je déteste, oui, vraiment, je déteste *infidèle* ! »

Knight ne répondit point.

Ils n'entendirent plus rien que le battement de leur cœur rythmant l'écoulement du temps, le choc mou de la pluie sur leurs vêtements et le faible ronflement des soufflets de la forge proche.

« Allons-nous suivre Elfie plus loin ? s'enquit Stephen.

– Non, laissons-la seule. Elle est au-delà de notre amour, laissons-la au-delà de nos reproches. Puisque nous ignorons la moitié des raisons qui l'ont fait agir comme elle l'a fait, Stephen, comment pourrions nous dire, même maintenant, qu'elle n'a pas été pure et loyale dans le fond de son cœur ? »

La voix de Knight était devenue légère et douce comme celle d'un enfant. Il continua :

« Pouvons-nous la qualifier d'ambitieuse ? Non. Les

circonstances, comme d'habitude, ont pris l'avantage sur ses intentions... fragile et délicate comme elle était... toujours susceptible d'être bousculée par la brutalité d'un événement fortuit. Je sais qu'il en est allé ainsi... pas vous ?

– Peut-être... Certainement ! Continuons. »

Ils prirent la direction de Castle Boterel, où ils avaient envoyé leurs bagages depuis Camelton. Ils marchèrent ainsi en silence pendant quelques minutes. C'est alors que Stephen s'arrêta et prit Knight par le bras.

« Je me demande comment elle est morte, dit-il d'une voix brisée. Si nous retournions pour en apprendre un peu plus ? »

Ils rebroussèrent chemin, revinrent une nouvelle fois dans Endelstow et parvinrent devant une porte ouverte. C'était celle d'une auberge à l'enseigne du *Bon accueil*. La maison avait récemment été remise en état et entièrement modernisée. Le nom du propriétaire avait changé, c'était maintenant celui de Martin Cannister.

Knight et Smith entrèrent. L'auberge était tout à fait silencieuse ; ils suivirent un couloir jusqu'à une cuisine où un grand feu ronflait dans la cheminée et projetait sur le sol, le plafond et les murs nouvellement blanchis une lumière si intense que la bougie ne faisait office que d'éclairage d'appoint. Une femme en robe noire et en tablier blanc se tenait debout, seule, derrière une table en bois blanc bien récurée. Stephen d'abord et Knight ensuite reconnurent en elle Unity, la bonne du presbytère et la femme de chambre d'Elfride aux Rochers.

« Unity, dit doucement Stephen, me reconnaissez-vous ? »

Elle le regarda un instant d'un air interrogateur, et son visage s'éclaira.

« Mais oui, c'est M. Smith ! fit-elle. Et voici M. Knight ! Veuillez vous asseoir. Peut-être savez-vous que depuis notre dernière rencontre, j'ai épousé Martin Cannister.

– Depuis quand êtes-vous mariée ?

– Environ cinq mois. Nous nous sommes mariés le jour même où ma chère Mlle Elfie est devenue lady Luxellian. »

Des larmes perlèrent dans les yeux d'Unity et coulèrent le long de ses joues, malgré ses efforts pour les retenir.

Devant cet exemple, la difficulté des deux hommes à se contrôler fermement pour ne pas s'abandonner à un soulagement de la même nature faisait peine à voir. Ils se détournèrent tous les deux et s'éloignèrent de quelques pas.

Unity proposa alors :

« Voulez-vous entrer au salon, messieurs ?

– Restons ici avec elle », glissa Knight à voix basse vers Stephen.

Il se tourna vers elle et répondit :

« Non ; nous allons nous asseoir ici. Nous voulons nous reposer quelques instants et faire sécher nos vêtements, si vous le permettez. »

Les deux amis affligés passèrent ainsi une partie de la soirée assis en compagnie de leur hôtesse près du grand feu de cheminée – Knight se tenant dans un recoin formé par le manteau, où il était dans l'ombre. En témoignant de la confiance à Unity, ils gagnèrent la sienne, et elle leur dit ce qu'ils souhaitaient savoir : les derniers épisodes de l'histoire d'Elfride.

« Un jour, juste après votre dernier départ, M. Knight – elle disparut des Rochers ; son père courut après elle et la ramena à la maison, malade. Où était-elle allée ? Je ne l'ai jamais su, mais elle est restée très malade ensuite, des semaines durant. Et elle m'a dit que peu lui importait ce qui pouvait lui arriver, qu'elle voulait mourir. Quand elle fut mieux, je lui ai dit qu'elle guérirait et vivrait bien assez pour se marier. « Oui, m'a-t-elle répondu. Je ferai n'importe quoi pour le bien de ma famille, afin que ma pauvre vie inutile serve à quelque chose. » Eh bien, voilà que lord Luxellian a commencé de lui faire la cour. Depuis la mort de la première lady Luxellian, il se tourmentait de voir les petites filles rester sans mère. Quelque temps après, elle prirent l'habitude de venir voir Mlle Elfride dans leurs petites robes noires, car elles l'aimaient autant que leur vraie mère ; plus, même, j'en suis sûre. Elles l'appelaient « petite maman ». Ces gosses lui ont redonné un soupçon d'entrain supplémentaire, mais elle n'était plus la jeune femme qu'elle avait été – ça, je le voyais bien – et elle maigrissait beaucoup. Bon, il s'est trouvé que milord a invité de plus en plus souvent les Swancourt à dîner – à la différence de toutes de ses autres relations – et la famille du pasteur a fini par faire continuellement le va-et-vient, à toutes les heures de la journée. Bon, le bruit court que les petites filles ont demandé à leur père de prier Mlle Elfride de venir vivre avec elles ; il leur aurait répondu que, si elles étaient sages, il le ferait peut-être. Quoi qu'il en soit, le temps passait, et un jour je lui ai dit :

– Mlle Elfride, vous n'avez pas aussi bonne mine qu'avant ; même si personne n'a l'air de le remarquer, je le vois bien, moi.

« Elle a eu un petit rire et elle m'a répondu :

– Pourtant, je vivrai bien assez pour me marier, comme tu me l'as dit.

– C'est vrai, mademoiselle ? J'en suis bien heureuse.

– Et qui crois-tu que je vais épouser ?

– M. Knight, je suppose.

– Oh ! » fit-elle, en devenant toute blanche ; elle s'est évanouie et, avant que j'aie pu la retenir, elle s'est effondrée comme si elle n'était qu'une pile de linge. Au bout d'un certain temps, elle est revenue à elle et m'a dit :

– Reprenons notre conversation, Unity.

– Vaudrait mieux pas aujourd'hui, mademoiselle.

– Mais si. Qui crois-tu donc que je vais épouser ?

– Je ne sais pas.

– Devine.
– Ce ne serait pas milord ?
– Si, fit-elle d'un ton farouche.
– Mais il ne vient pas souvent vous faire la cour.
– Tu n'y connais rien. »

« Alors, elle m'a dit que le mariage devait avoir lieu en octobre. Par la suite, elle se requinqua un peu. Était-ce à l'idée de quitter la maison ou pour une autre raison ? Je n'en sais rien. Parce que, autant vous le dire carrément, la maison avait cessé d'être un doux foyer pour elle. Son père était cinglant et dur avec elle ; et même si Mme Swancourt était plutôt bien à sa manière, c'était avec une sorte de politesse froide qui ne valait pas grand-chose. De sorte que, finalement, la pauvre petite avait bien du tourment.

« Environ un mois avant le mariage, elle, milord et les deux enfants prirent l'habitude de se promener ensemble à cheval, et c'était un bien joli spectacle ; mais vous me croirez si vous voulez, pas une seule fois je ne l'ai vu avec elle si elle n'était pas déjà avec les enfants, ce qui était une étrange façon de lui faire la cour. Comme milord est extrêmement beau, je crois qu'elle a fini par bien l'aimer et je l'ai vue sourire et rougir aux propos qu'il lui tenait. Lui, il la voulait surtout à cause des enfants, mais chacun pouvait voir qu'elle allait être pour eux la plus tendre des mères, en même temps qu'une amie et camarade de jeu pour lui. Milord n'était pas seulement beau, il avait aussi toutes les manières d'un galant homme. De sorte qu'il lui faisait les plus magnifiques présents ; je me rappelle ainsi un superbe bracelet, avec des diamants et des émeraudes. Oh, comme elle a rougi quand il le lui a donné ! Les roses d'autrefois sont alors revenus sur ses joues pendant une minute ou deux.

« Je l'ai aidée à s'habiller le jour où nous nous sommes mariées toutes les deux – c'est la dernière fois que je l'ai servie, la pauvre enfant ! Quand elle a été prête, je suis montée enfiler ma robe de mariée ; ils sont partis, puis Martin et moi sommes partis aussi ; à peine milord et milady ont-ils été mariés que le pasteur nous a mariés aussi. Ce furent deux noces paisibles... presque personne n'était au courant. Et puis, quand il s'installe, l'espoir tient bon dans un jeune cœur, et milady s'est un peu requinquée, tellement milord était beau et bon. »

« Comment est-elle morte ?... loin de chez elle ? murmura Knight.

– Elle n'était pas mariée depuis longtemps, voyez-vous, qu'elle a recommencé à dépérir, et milord l'a emmenée à l'étranger pour lui changer les idées. Sur le chemin du retour, ils étaient déjà parvenus à Londres, quand elle fit une fausse couche et tomba gravement malade. Elle était intransportable, et c'est là-bas qu'elle mourut.

– Était-il très épris d'elle ?

– Qui ? milord ? Oh, que oui !

– Extrêmement épris ?

– Extrêmement, par-dessus tout. Pas d'un seul coup, mais progressivement. C'était dans la nature de mademoiselle de gagner les gens à elle, quand ils la connaissaient bien. Je suis sûre qu'il serait mort pour elle. Pauvre milord, il a le cœur brisé, maintenant !

– L'enterrement a lieu demain ?

– Oui ; mon mari est en ce moment au caveau avec les maçons, pour déblayer les marches et nettoyer les murs. »

Le lendemain, deux hommes remontaient la vallée familière qui va de Castle Boterel à l'église d'Endelstow-Est. Et lorsque la cérémonie fut achevée, que tout le monde eut quitté le cimetière pareil à une pelouse, ce couple descendit doucement les marches du caveau des Luxellian, sous la voûte basse qu'ils avaient déjà connue éclairée de la même façon qu'elle l'était maintenant.

Dans la nouvelle niche de la crypte reposait un cercueil récent, qui avait déjà quelque peu perdu de son lustre, et un autre, plus neuf, d'un brillant que rien n'avait encore terni.

On pouvait distinguer auprès de celui-ci la forme sombre d'un homme, agenouillé sur le sol humide, le corps jeté en travers du cercueil, les mains jointes, et donnant l'impression de s'abandonner totalement à une affreuse douleur. Il était encore jeune – plus jeune, peut-être, que Knight – et, même dans cette situation, sa silhouette apparaissait gracieuse et sa conformation harmonieuse. Il murmurait une prière à mi-voix, totalement inconscient que les deux autres se tenaient à une faible distance de lui.

Knight et Stephen s'étaient avancés jusqu'à l'endroit où ils s'étaient tenus à côté d'Elfride, le jour où ils s'étaient rencontrés là tous les trois, avant qu'elle ne se fût enfoncée dans le silence, comme ses ancêtres, et n'eût fermé à jamais ses lumineux yeux bleus. Et c'est seulement à ce moment-là que, dans la demi-obscurité, ils distinguèrent la silhouette agenouillée. Knight reconnut sur-le-champ lord Luxellian, l'affligé mari d'Elfride.

Ils se sentirent des intrus. Knight pressa le bras de Stephen, et ils se retirèrent silencieusement, comme ils étaient entrés.

« Venez, fit-il d'une voix brisée. Nous n'avons aucun droit d'être ici. Un autre a la première place... plus près d'elle que nous ne le sommes ! »

Et, côte à côte, ils revinrent sur leurs pas et redescendirent la calme vallée mélancolique vers Castle Boterel.

Rivages poche / Bibliothèque étrangère

Harold Acton
Pivoines et Poneys (n° 73)

Sholem Aleikhem
Menahem-Mendl le rêveur (n° 84)

Kingsley Amis
La Moustache du biographe (n° 289)

Jessica Anderson
Tirra Lirra (n° 194)

Reinaldo Arenas
Le Portier (n° 26)

Beryl Bainbridge
Georgie (n° 367)

James Baldwin
La Chambre de Giovanni (n° 256)

Melissa Bank
Manuel de chasse et de pêche à l'usage des filles (n° 326)

Quentin Bell
Le Dossier Brandon (n° 102)

Stefano Benni
Baol (n° 179)

Ambrose Bierce
Le Dictionnaire du Diable (n° 11)
Contes noirs (n° 59)
En plein cœur de la vie (n° 79)
En plein cœur de la vie, vol. II (n° 100)
De telles choses sont-elles possibles ? (n° 130)
Fables fantastiques (n° 170)
Le Moine et la fille du bourreau (n° 206)

Elizabeth Bowen
Dernier Automne (n° 265)
Eva Trout (n° 358)
L'Adultère (n° 376)

Paul Bowles
Le Scorpion (n° 3)
L'Écho (n° 23)
Un thé sur la montagne (n° 30)

Mary Elizabeth Braddon
Le Secret de lady Audley (n° 340)

Emily Brontë
Les Hauts de Hurle-Vent (n° 95)

Louis Buss
Le Luxe de l'exil (n° 327)

Robert Olen Butler
Un doux parfum d'exil (n° 197)
Étrange Murmure (n° 270)
La Nuit close de Saigon (n° 296)
La Fille d'Hô Chi Minh-Ville (n° 339)

Calamity Jane
Lettres à sa fille (n° 232)

Peter Cameron
Week-end (n° 245)
Année bissextile (n° 303)

Ethan Canin
L'Empereur de l'air (n° 109)
Blue River (n° 157)

Truman Capote
Un été indien (n° 9)

Willa Cather
Mon ennemi mortel (n° 74)
Une dame perdue (n° 101)
Destins obscurs (n° 117)
La Mort et l'Archevêque (n° 144)
Mon Ántonia (n° 159)
La Maison du professeur (n° 217)
L'Un des nôtres (n° 285)
Des ombres sur le rocher (n° 337)

Daniel Chavarría
Madrid cette année-là (n° 341)

Gaetano Carlo Chelli
L'Héritage Ferramonti (n° 290)

Rafael Chirbes
Tableau de chasse (n° 316)

Fausta Cialente
Les Quatre Filles Wieselberger (n° 10)

Barbara Comyns
Les Infortunes d'Alice (n° 94)

Joseph Conrad
Le Duel (n° 106)

Lettice Cooper
Une journée avec Rhoda (n° 137)
Fenny (n° 264)

Giuseppe Culicchia
Patatras (n° 227)
Paso Doble (n° 309)

Silvio D'Arzo
Maison des autres (n° 78)

Robertson Davies
L'Objet du scandale (n° 234)
Le Manticore (n° 260)
Le Monde des Merveilles (n° 280)

Angela Davis-Gardner
Un refuge en ce monde (n° 118)
Felice (n° 203)

Andrea De Carlo
Oiseaux de cage et de volière (n° 178)

Walter de la Mare
L'Amandier (n° 108)
Du fond de l'abîme (n° 141)
À première vue (n° 219)

Daniele Del Giudice
Le Stade de Wimbledon (n° 209)

Erri De Luca
Une fois, un jour (n° 119)
Acide, Arc-en-ciel (n° 201)
En haut à gauche (n° 251)
Tu, mio (n° 315)

Alfred Döblin
L'Assassinat d'une renoncule (n° 25)

Heimito von Doderer
Un meurtre que tout le monde commet (n° 14)
Michael Dorris
Un radeau jaune sur l'eau bleue (n° 121)
John Meade Falkner
Le Stradivarius perdu (n° 153)
Sergio Ferrero
Le Jeu sur le pont (n° 370)
Eva Figes
Lumière (n° 5)
Ronald Firbank
La Fleur foulée aux pieds (n° 304)
Les Excentricités du cardinal Pirelli (n° 305)
Richard Ford
Rock Springs (n° 220)
Janet Frame
Les hiboux pleurent vraiment (n° 375)
Mavis Gallant
Les Quatre Saisons (n° 82)
Voyageurs en souffrance (n° 175)
L'Été d'un célibataire (n° 205)
Chroniques de Mai 68 (n° 246)
Jane Gardam
La Dame aux cymbales (n° 276)
William Gass
Au cœur du cœur de ce pays (n° 146)
Kaye Gibbons
Ellen Foster (n° 4)
Une femme vertueuse (n° 31)
Barry Gifford
Les Vies parallèles de Jack Kerouac (n° 81)
Paysage avec voyageur (n° 133)
Lars Gustafsson
Musique funèbre (n° 135)
Thomas Hardy
Les Yeux bleus (n° 371)
MacDonald Harris
La Valise de Hemingway (n° 149)

Christopher Isherwood
Le Condor (n° 28)
Octobre (n° 284)
Henry James
Mémoires d'un jeune garçon (n° 27)
Owen Wingrave (n° 36)
Le Dernier des Valerii (n° 62)
Un épisode international (n° 97)
Carnet de famille (n° 292)
La Tour d'ivoire (n° 355)
Diane Johnson
Nuits persanes (n° 185)
Elizabeth Jolley
L'Héritage de Miss Peabody (n° 87)
Tombé du ciel (n° 131)
Foxybaby (n° 161)
Le Puits (n° 282)
Francis King
La Maison des ténèbres (n° 349)
Barbara Kingsolver
L'Arbre aux haricots (n° 224)
Les Cochons au paradis (n° 242)
Les Yeux dans les arbres (n° 331)
Rudyard Kipling
Le Miracle de saint Jubanus (n° 85)
Fatos Kongoli
Le Paumé (n° 271)
L'Ombre de l'autre (n° 301)
Le Dragon d'ivoire (n° 366)
Mirko Kovač
La Vie de Malvina Trifković (n° 111)
Gavin Lambert
Le Crime de Hannah Kingdom (n° 104)
Wendy Law-Yone
Tango birman (n° 342)
Ella Leffland
Rose Munck (n° 134)
David Lodge
Jeu de société (n° 44)

Changement de décor (n° 54)
Un tout petit monde (n° 69)
La Chute du British Museum (n° 93)
Nouvelles du Paradis (n° 124)
Jeux de maux (n° 154)
Hors de l'abri (n° 189)
L'homme qui ne voulait plus se lever (n° 212)
Thérapie (n° 240)
Les Quatre Vérités (n° 362)

Rosetta Loy
Les Routes de poussière (n° 164)
Un chocolat chez Hanselmann (n° 255)
Madame Della Seta aussi est juive (n° 318)

Alison Lurie
Les Amours d'Emily Turner (n° 7)
La Ville de nulle part (n° 21)
La Vérité sur Lorin Jones (n° 32)
Des gens comme les autres (n° 38)
Conflits de famille (n° 46)
Des amis imaginaires (n° 71)
Comme des enfants (n° 107)
Femmes et Fantômes (n° 182)
Liaisons étrangères (n° 207)
Ne le dites pas aux grands (n° 279)
Un été à Key West (n° 300)

Norman Maclean
Montana, 1919 (n° 140)
La Rivière du sixième jour (n° 213)
La Part du feu (n° 243)

Norman Mailer
Les vrais durs ne dansent pas (n° 177)

Javier Marías
L'Homme sentimental (n° 24)
Le Roman d'Oxford (n° 114)
Un cœur si blanc (n° 186)
Ce que dit le majordome (n° 237)
Demain dans la bataille pense à moi (n° 253)
Quand j'étais mortel (n° 295)

Olga Masters
Le Cœur labyrinthe (n° 115)

Jay McInerney
Toute ma vie (n° 229)
Steven Millhauser
La Galerie des jeux (n° 37)
Vicente Molina Foix
La Femme sans tête (n° 377
Rick Moody
Purple America (n° 374)
Lorrie Moore
Des histoires pour rien (n° 8)
Vies cruelles (n° 61)
Anagrammes (n° 91)
Que vont devenir les grenouilles ? (n° 236)
Frank Moorhouse
Quarante/Dix-sept (n° 112)
Guido Morselli
Dissipatio (n° 173)
John Mortimer
Félix aux enfers (n° 363)
Alice Munro
Les Lunes de Jupiter (n° 147)
Amie de ma jeunesse (n° 198)
Secrets de Polichinelle (n° 328)
Vladimir Nabokov
L'Enchanteur (n° 215)
Roger Nimier
Les Indes Galandes (n° 64)
Whitney Otto
Le Jour du patchwork (n° 184)
Cynthia Ozick
Le Rabbi païen (n° 29)
Grace Paley
Les Petits Riens de la vie (n° 1)
Plus tard le même jour (n° 13)
Énorme changement de dernière minute (n° 163)
Victor Paskov
Ballade pour Georg Henig (n° 33)
Pier Paolo Pasolini
Descriptions de descriptions (n° 168)

Walker Percy
Le Cinéphile (n° 18)
L'Amour parmi les ruines (n° 88)
Les Signes de l'apocalypse (n° 172)

Annie Proulx
Nœuds et dénouement (n° 267)
Cartes postales (n° 332)

Barbara Pym
Adam et Cassandra (n° 15)
Secret, très secret (n° 35)
Lorsqu'un matin d'orage (n° 47)

Elisabetta Rasy
La Première Extase (n° 228)

Simon Raven
Les Mauvaises Fréquentations (n° 324)
Les riches payent tard (n° 350)

Laura Restrepo
Douce Compagnie (n° 293)

Bernice Rubens
Le Visiteur nocturne (n° 329)

Umberto Saba
Couleur du temps (n° 6)
Comme un vieillard qui rêve (n° 17)

Lisa Saint-Aubin de Terán
Les Jours de l'Orénoque (n° 90)

John Saul
Baraka (n° 142)
De si bons Américains (n° 183)
Mort d'un général (n° 216)
Paradis Blues (n° 338)

Karel Schoeman
En étrange pays (n° 249)

Budd Schulberg
Un homme dans la foule (n° 76)
Le Désenchanté (n° 77)
Le Visage de Hollywood (n° 156)

Carl Seelig
Promenades avec Robert Walser (n° 65)

Le Papier tue-mouches (n° 250)
Une partie de cache-cache (n° 273)
Le Cœur lourd (n° 307)
Vue sur le port (n° 373)

Gore Vidal
Un garçon près de la rivière (n° 269)
Myra Breckinridge et *Myron* (n° 383)

Alberto Vigevani
Le Tablier rouge (n° 136)
Un été au bord du lac (n° 195)

Evelyn Waugh
Trois nouvelles (n° 138)

Fay Weldon
Copies conformes (n° 128)

Paul West
Le Médecin de Lord Byron (n° 50)

Rebecca West
Femmes d'affaires (n° 167)

Joy Williams
Dérapages (n° 120)

Tim Winton
Cet œil, le ciel (n° 225)
La Femme égarée (n° 262)

Banana Yoshimoto
N·P (n° 274)
Lézard (n° 354)

Evguéni Zamiatine
Seul (n° 16)
Le Pêcheur d'hommes (n° 19)

Imprimé en France
Achevé d'imprimer en juillet 2002
sur les presses de l'Imprimerie Maury-Eurolivres
45300 Manchecourt
pour le compte
des Éditions Payot & Rivages
106, bd Saint-Germain - 75006 Paris

2e édition

Dépôt légal : avril 2002
N° d'imprimeur : 96081